广 视 角 · 全 方 位 · 多 品 种

盘点年度资讯 预测时代前程

社会科学文献出版社

2010年版皮书

权威·前沿·原创

社会科学文献出版社
SOCIAL SCIENCES ACADEMIC PRESS (CHINA)

权威分析 专家解读 机构预测
社会科学文献出版社 "皮书系列"

"皮书系列"是社会科学文献出版社近十年来连续推出的大型系列图书，由一系列权威研究报告组成，在每年的岁末年初对每一年度有关中国与世界的经济、社会、文化、法治、国际形势、区域等各个领域的现状和发展态势进行分析和预测，年出版百余种。

该系列图书的作者以中国社会科学院的专家为主，多为国内一流研究机构的一流专家，他们的看法和观点体现和反映了对中国与世界的现实和未来最高水平的解读与分析，具有不容置疑的权威性。

2010年起，皮书系列随书附赠产品将从原先的电子光盘改为更具价值的皮书数据库阅读卡。读者可以凭借附赠的阅读卡获得皮书数据库高价值的免费阅读服务。

皮书是非常珍贵实用的资讯，对社会各个阶层、各种职业的人士都能提供有益的帮助，适宜各级党政部门决策人员、科研机构研究人员、企事业单位领导、管理工作者、媒体记者、国外驻华商社和使领事馆工作人员，以及关注中国和世界经济、社会形势的各界人士阅读。

法 律 声 明

1. 经济蓝皮书

2010年中国经济形势分析与预测

陈佳贵 李 扬 主编　2009年12月出版　49.00元

▲ 本书为"总理基金项目"，由中国社会科学院副院长、经济学部主任陈佳贵及中国社会科学院副院长李扬担任主编，中国社会科学院经济研究所所长刘树成、数量经济与技术经济研究所所长汪同三任副主编，联合国内权威专家学者共同编写，深度解析了全球金融危机背景下2009年中国经济的发展，并在此基础上对2010年中国的经济形势作出科学的预测。

2. 社会蓝皮书

2010年中国社会形势分析与预测

汝 信 陆学艺 李培林 主编　2009年12月出版　49.00元

▲ 中国社会科学院核心学术品牌之一，荟萃国内主要学术单位的多名社会学学者的原创成果。以社会学的视角来分析2009年中国的社会发展问题，并在此基础上，针对未来可能出现的社会热点、焦点问题作出科学的预测，并提供相应的对策建议。

3. 文化蓝皮书

2010年中国文化产业发展报告

张晓明 主编　2010年4月出版　59.00元（估）

▲ 本书由中国社会科学院文化研究中心与文化部、上海交通大学国家文化产业创新与发展研究基地共同编写，内容上涵盖了我国的文化产业分析及政策分析。既有全国文化产业发展的宏观分析，又有文化产业内不同行业的年度发展分析，是研究我国文化发展问题的难得的年度报告。

4. 经济信息绿皮书

中国与世界经济发展报告（2010）

王长胜 主编　2009年12月出版　65.00元

▲ 本书由国家信息中心主编。全书论述在全球金融危机演变的背景下中国及世界经济发展问题，高屋建瓴，从宏观角度及全球经济一体化的背景考虑我国经济发展的定位、战略目标、战略重点、战略对策等深层次问题。

5. 世界经济黄皮书

2010年世界经济形势分析与预测

王洛林　张宇燕　主编　　2010年1月出版　　49.00元

▲　本书由中国社会科学院世界经济与政治研究所编写，中国社会科学院特邀顾问、研究生院教授王洛林及中国社会科学院世界经济与政治研究所副所长李向阳两位作为本书主编。本书从2009年世界经济发展的现状出发，对2010年世界经济形势发展形势作出预测和分析。

6. 国际形势黄皮书

全球政治与安全报告（2010）

李慎明　王逸舟　主编　　2009年12月出版　　49.00元

▲　本书由中国社会科学院的相关学者专家编写，着眼于国际关系发展的全局，对2009年国际关系发展的新的动态作出研究与分析，并对2010年国际关系可能出现的新的重大动态作出前瞻性的分析与预测。

7. 欧洲蓝皮书

欧洲发展报告（2009～2010）

周　弘　主编　　2010年2月出版　　79.00元（估）

▲　本书由中国社会科学院欧洲研究所及中国欧洲学会联合编写，从政治、经济、法制进程、社会文化和国际关系以及国别等角度，对欧洲的年度发展形势作出全面的分析与论述。本书对研究欧洲问题的学者和需要了解欧洲的读者有重要的参考意义。

8. 亚太蓝皮书

亚太地区发展报告（2010）

李向阳　主编　　2010年3月出版　　79.00元（估）

▲　本书由中国社会科学院亚洲太平洋研究所的专家学者编写，本书从经济、政治与社会、国际关系等角度系统地论述了2009年亚太地区发生的重大事件，并在此基础上对2010年亚太地区的发展作出科学的展望。

9. 农村经济绿皮书

中国农村经济形势分析与预测（2009～2010）

中国社会科学院农村发展研究所 国家统计局农村社会经济调查司　著

2010年4月出版　　49.00元（估）

▲　农村经济发展及研究的两大权威部门联合，针对2009年中国农业和农村发展和运行状况加以调查，系统分析农村发展中存在的各种社会问题，对社会各界关注的热点和难点问题进行科学分析，并在此基础上对2010年中国农村经济发展趋势提供了科学的预测。

10. 人口与劳动绿皮书

中国人口与劳动问题报告No.11（2010）

蔡　昉　主编　　2010年9月出版　　49.00元（估）

▲　本书关注中国当前人口的总量与增量情况，在人口学预测的基础上，研究我国人口总量及劳动力人口的数量与结构问题，提出随着"人口红利"的消失，我国劳动力供给方面可能带来的一些重要变化。本书对关心我国经济发展动力以及就业研究的人群有重要的参考意义。

11. 环境绿皮书

中国环境发展报告（2010）

杨东平　主编　　2010年5月出版　　59.00元（估）

▲　本书由"自然之友"组织编写，汇集了学者、记者、环保人士等众多视角，考察中国年度的环境发展态势，附加经典案例分析，并提供翔实的环境保护资料索引。本书可供研究环境发展领域的学者进行研究参考，也适合对资源环境感兴趣的一般人群进行阅读。

12. 旅游绿皮书

2010年中国旅游发展分析与预测

张广瑞　主编　　2010年5月出版　　59.00元（估）

▲　本书由中国社会科学院旅游研究中心组织编写，内容涉及2009年度我国旅游业发展的状况及未来发展态势。本书深入分析旅游业相关的各类因素的影响状况，并对旅游业的热点问题进行分析，提供其产业运行方面的深入思考。

13. 教育蓝皮书

中国教育发展报告（2010）

杨东平　柴纯青　主编　　2010年3月出版　　49.00元（估）

▲　本书由著名教育学家杨东平任主编，代表了中国教育的国际视野和专家立场，对于我国当前的教育改革进行了专业性的研究与分析，对关系我国教育发展的人群有重要的参考意义。本书同时推出英文版，是皮书系列中首批"走出去"的皮书。

14. 法治蓝皮书

中国法治发展报告（2010）

李　林　主编　　2010年9月出版　　68.00元（估）

▲　中国社会科学院法学研究所主创，对中国年度法治现状和法治进程进行客观的记述、分析、评价和预测。总结回顾了2009年我国法治发展所取得的一系列进步，并在此基础上，对接下来2010年我国法治发展情况进行了科学的探讨。

15. 就业蓝皮书

2010年中国大学生就业报告

王伯庆　主编　　2010年5月出版　　98.00元（估）

▲　这是一份基于科学的数据调查、借助于统计学和劳动经济学的科学体系来研究高等教育的全新报告，也是一个结果导向的评价系统。本书供高校的各级管理者、各级政府的教育管理官员、高等教育的研究者和招募大学毕业生的企业参考使用，对于高考生和求职的大学生而言也是一本了解就业市场的重要参考书。

16. 区域蓝皮书

中国区域经济发展报告（2009～2010）

戚本超　景体华　主编　　2010年3月出版　　69.00元（估）

▲　由北京市社会科学院、河北省社会科学院、上海社会科学院、广东省社会科学院等单位的专家联手编写，是对中国区域经济最全面、最深入的分析和预测。内容上涉及我国区域发展领域的新近动态，并提供2010年我国各个不同区域发展的科学预测。

17. 长三角蓝皮书

长三角发展报告（2010）

上海社会科学院 主编　　2010年5月出版　　59.00元（估）

▲　上海社会科学院、江苏省社会科学院、浙江省社会科学院强强联合，共同发布《长三角蓝皮书》，对中国最具活力和竞争力的长三角地区的经济、社会发展进行全面解读与预测。

18. 东北蓝皮书

中国东北地区发展报告（2010）

辽宁省社会科学院等　主编　　2010年9月出版　　69.00元（估）

▲　本书由东北地区的社会科学院联合编写，汇集了吉林、辽宁、黑龙江和内蒙古社会科学界学者的研究成果，同时也汇集了东北地区有关部门和院校专家的一些理论思考和理论探索。本书是顺应东北地区振兴战略形势而推出的一本蓝皮书，对东北地区的发展状况及态势提供了科学的分析与预测。

19. 中部蓝皮书

中国中部地区发展报告（2009）

张　锐　林宪斋　主编　　2010年2月出版　　59.00元

▲　本书由中部六省社会科学院联合编创，在承接东部产业结构升级、迎来发展良机的背景下，对中部地区2009年经济、社会发展状况进行了分析，并对2010年我国中部地区各省市的发展作出科学的展望。

20. 西部蓝皮书

中国西部经济发展报告（2010）

姚慧琴　主编　　2010年7月出版　　79.00元（估）

▲　本书由教育部人文社会科学重点研究基地——西北大学中国西部经济发展研究中心组织编写，汇集全国长期研究西部经济发展问题的众多专家学者的研究成果，对国家实施西部大开发战略进行了动态跟踪，并对西部经济发展中的重大理论与现实问题进行了深度分析。

21. 城市竞争力蓝皮书

中国城市竞争力报告No.8（2010）

倪鹏飞　主编　　2010年5月出版　　79.00元（估）

▲　本书由著名城市经济学家倪鹏飞担任主编，汇集了众多研究城市经济问题的专家、学者关于城市竞争力方面的最新研究成果。本书评述客观、内容丰富，基于详尽的基础数据，科学构建各项指标，对各级政府、有关研究机构、社会公众具有重要的决策参考及借鉴意义。

22. 中国省域竞争力蓝皮书

中国省域经济综合竞争力发展报告（2009~2010）

李建平　黄茂兴　主编　　2010年3月出版　　238.00元（估）

▲　本书在科学界定省域经济综合竞争力的基础上，紧密跟踪前沿研究动态，利用科学的指标体系及数学模型，深入分析当前我国省域经济综合竞争力的特点、变化趋势及动因，对我国31个省市区综合经济竞争力进行了比较分析。

23. 金融蓝皮书

中国金融发展报告（2010）

李　扬　主编　　2010年6月出版　　79.00元（估）

▲　本书由中国社会科学院副院长李扬担任主编，从多个方面对中国金融业总体发展状况进行分析和预测。本书对2009年我国的金融领域发生的各个重大事件进行了评述，对金融领域内研究及工作人群具有重要的参考和借鉴意义。

24. 房地产蓝皮书

中国房地产发展报告No.7（2010）

牛凤瑞　主编　　2010年4月出版　　59.00元（估）

▲　本书由中国社会科学院组织编写，汇集了众多研究城市房地产经济的专家学者关于城市房地产方面研究的最新成果。本书秉承客观公正、科学中立的宗旨和原则，追踪我国房地产市场的最新资讯，并对未来房地产市场发展的态势进行了深度分析。

经济类

经济蓝皮书
2010年中国经济形势分析与预测
著(编)者：陈佳贵 李扬 等 2009年12月出版 / 估价：49.00元

经济蓝皮书春季号
中国经济前景分析——2010年春季报告
著(编)者：陈佳贵 等 2010年5月出版 / 估价：49.00元

经济信息绿皮书
中国与世界经济发展报告(2010)
著(编)者：王长胜 2009年12月出版 / 定价：65.00元

宏观经济蓝皮书
中国经济增长报告（2010）
著(编)者：刘霞辉 2010年3月出版 / 估价：49.00元

农村经济绿皮书
中国农村经济形势分析与预测（2009~2010）
著(编)者：中国社会科学院农村发展研究所
　　　　　国家统计局农村社会经济调查司
2010年4月出版 / 估价：49.00元

民营经济蓝皮书
中国民营经济发展报告（2009~2010）
著(编)者：黄孟复 2010年7月出版 / 估价：69.00元

发展和改革蓝皮书
中国经济发展和体制改革发展报告（2010）
著(编)者：邹东涛 欧阳日辉 2010年10月出版 / 估价：98.00元

城乡创新发展蓝皮书
城乡一体化发展报告（2010）
著(编)者：傅崇兰 2010年10月出版 / 估价：58.00元

城市蓝皮书
中国城市发展报告No.3（2010）
著(编)者：牛凤瑞 2010年5月出版 / 估价：78.00元

城市竞争力蓝皮书
中国城市竞争力报告No.8（2010）
著(编)者：倪鹏飞 2010年5月出版 / 估价：79.00元

省域竞争力蓝皮书
中国省域经济综合竞争力发展报告（2009~2010）
著(编)者：李建平 黄茂兴 2010年3月出版 / 估价：238.00元

企业蓝皮书
中国企业竞争力报告(2010)
著(编)者：金培 2009年11月出版 / 估价：69.00元

民营企业蓝皮书
中国民营企业竞争力报告No.6(2010)
著(编)者：刘迎秋、徐志祥 2010年11月出版 / 估价：59.00元

中国总部经济蓝皮书
中国总部经济发展报告（2009~2010）
著(编)者：赵弘 2009年11月出版 / 估价：55.00元

金融中心蓝皮书
中国金融中心发展报告（2010）
著(编)者：王力 2010年10月出版 / 估价：58.00元

就业蓝皮书
中国大学生就业报告（2010）
著(编)者：王伯庆 2010年5月出版 / 估价：98.00元

人才蓝皮书
中国人才发展报告（2010）
著(编)者：潘晨光 2010年6月出版 / 估价：65.00元

人口与劳动绿皮书
中国人口与劳动问题报告No.11（2010）
著(编)者：蔡昉 2010年9月出版 / 估价：49.00元

商业蓝皮书
中国商业发展报告（2010）
著(编)者：荆林波 2010年3月出版 / 估价：49.00元

商品市场蓝皮书
中国商品市场竞争力报告（2010）
著(编)者：荆林波 2010年10月出版 / 估价：59.00元

社会类

社会蓝皮书
2010年中国社会形势分析与预测
著(编)者：陆学艺 李培林 2009年12月出版 / 估价：49.00元

社会保障绿皮书
中国社会保障发展报告 No.4（2010）
著(编)者：陈佳贵 王延中 2010年5月出版 / 估价：59.00元

老年蓝皮书
中国老年发展报告（2010）
著(编)者：田雪原 2010年10月出版 / 估价：58.00元

教育蓝皮书
中国教育发展报告（2010）
著(编)者：杨东平 柴纯青 2010年3月出版 / 估价：49.00元

环境绿皮书
中国环境发展报告（2010）
著(编)者：杨东平 2010年5月出版 / 估价：59.00元

气候变化绿皮书
应对气候变化报告（2010）
著(编)者：潘家华 2010年10月出版 / 估价：68.00元

民族蓝皮书
中国民族发展报告No.2（2010）
著(编)者：郝时远 王希恩 2010年6月出版 / 估价：59.00元

宗教蓝皮书
中国宗教报告（2010）
著(编)者：金泽 邱永辉 2010年3月出版 / 估价：59.00元

法治蓝皮书
中国法治发展报告（2010）
著(编)者：李林 2010年9月出版 / 估价：68.00元

妇女绿皮书
中国性别平等与妇女发展报告（2009～2010）
著(编)者：蒋永平 姜秀花 2010年3月出版 / 估价：79.00元

妇女发展蓝皮书
中国妇女发展报告（2009~2010）：妇女与传媒
著(编)者：王金玲 2010年2月出版 / 估价：59.00元

妇女生活蓝皮书
2009～2010年：中国女性生活状况报告
著(编)者：韩湘景 2010年4月出版 / 估价：49.00元

妇女教育蓝皮书
中国妇女教育发展报告（2009～2010）
著(编)者：宋胜菊 2010年8月出版 / 估价：68.00元

政府创新蓝皮书
和谐社会与政府创新（2009～2010）
著(编)者：俞可平 2010年3月出版 / 估价：78.00元

电子政务蓝皮书
中国电子政务发展报告（2010）
著(编)者：王长胜 2010年4月出版 / 估价：55.00元

创新蓝皮书
创新型国家建设报告（2010）
著(编)者：詹正茂 2010年6月出版 / 估价：79.00元

民间组织蓝皮书
中国民间组织报告（2009～2010）
著(编)者：黄晓勇 2009年12月出版 / 定价：59.00元

企业公民蓝皮书
中国企业公民报告（2010）
著(编)者：王再文 2010年7月出版 / 估价：58.00元

企业社会责任蓝皮书
中国企业社会责任研究报告（2010）
著(编)者：陈佳贵 2010年10月出版 / 估价：59.00元

慈善蓝皮书
中国慈善发展报告（2010）
著(编)者：杨团 2010年8月出版 / 估价：59.00元

文化类

文化蓝皮书
中国文化产业发展报告（2010）
著(编)者：张晓明 2010年4月出版 / 估价：59.00元

公共文化蓝皮书
中国公共文化服务发展报告（2010）
著(编)者：张晓明 2010年10月出版 / 估价：59.00元

文化创新蓝皮书
中国文化创新发展报告（2010）
著(编)者：文化部文化科技司 武汉大学国家文化创新研究中心
2009年11月出版 / 估价：98.00元

文化遗产蓝皮书
中国文化遗产事业发展报告（2010）
著(编)者：刘世锦 林家彬 苏杨 2010年11月出版 / 估价：69.00元

科学传播蓝皮书
中国科学传播报告（2010）
著(编)者：詹正茂 2010年6月出版 / 估价：79.00元

区域类

区域蓝皮书
中国区域经济发展报告（2009~2010）
著(编)者：戚本超　景体华　2010年3月出版 / 估价：69.00元

北京蓝皮书
北京经济发展报告（2009~2010）
著(编)者：梅松　2010年3月出版 / 估价：59.00元

北京蓝皮书
北京社会发展报告（2009~2010）
著(编)者：戴建中　2010年3月出版 / 估价：49.00元

北京蓝皮书
北京文化发展报告（2009~2010）
著(编)者：张泉　2010年2月出版 / 估价：49.00元

北京蓝皮书
北京城乡发展报告（2009~2010）
著(编)者：黄序　2010年2月出版 / 估价：59.00元

北京蓝皮书
北京公共服务发展报告（2009~2010）
著(编)者：张耘　2010年2月出版 / 定价：58.00元

北京蓝皮书
中国社区发展报告（2009~2010）
著(编)者：于燕燕　2010年2月出版 / 估价：59.00元

上海蓝皮书
上海经济发展报告（2010）
著(编)者：屠启宇　沈开艳　2010年2月出版 / 定价：59.00元

上海蓝皮书
上海社会发展报告（2010）
著(编)者：卢汉龙　2010年2月出版 / 定价：69.00元

上海蓝皮书
上海文化发展报告（2010）
著(编)者：叶辛　蒯大申　2010年2月出版 / 定价：49.00元

上海蓝皮书
上海资源环境发展报告（2010）
著(编)者：周冯琦　2010年2月出版 / 定价：69.00元

广州蓝皮书
中国广州经济发展报告（2010）
著(编)者：李江涛　朱名宏　2010年6月出版 / 估价：59.00元

广州蓝皮书
中国广州社会发展报告（2010）
著(编)者：涂成林　2010年5月出版 / 估价：49.00元

广州蓝皮书
中国广州文化发展报告（2009~2010）
著(编)者：王晓玲　2010年8月出版 / 估价：59.00元

广州蓝皮书
中国广州科技发展报告（2010）
著(编)者：涂成林　2010年6月出版 / 估价：49.00元

广州蓝皮书
中国广州城市建设发展报告（2010）
著(编)者：涂成林　2010年7月出版 / 估价：49.00元

广州蓝皮书
中国广州创意产业发展报告(2010)
著(编)者：卢一先　范旭　舒扬　2010年7月出版 / 估价：65.00元

广州蓝皮书
中国广州汽车产业发展报告（2010）
著(编)者：李江涛　2010年9月出版 / 估价：49.00元

深圳蓝皮书
深圳经济发展报告（2010）
著(编)者：乐正　2010年3月出版 / 估价：68.00元

深圳蓝皮书
深圳社会发展报告（2010）
著(编)者：乐正　2010年5月出版 / 估价：59.00元

深圳蓝皮书
深圳劳动关系发展报告（2010）
著(编)者：汤庭芬　2010年1月出版 / 估价：78.00元

经济特区蓝皮书
中国经济特区发展报告（2010）
著(编)者：钟坚　2010年4月出版 / 估价：79.00元

河南蓝皮书
2010年河南经济形势分析与预测
著(编)者：刘永奇　河南省统计局　2010年4月出版 / 估价：49.00元

河南蓝皮书
2010年河南社会形势分析与预测
著(编)者：林宪斋　赵保佑　2010年2月出版 / 定价：59.00元

河南蓝皮书
河南文化发展报告（2010）
著(编)者：张 锐 2010年2月出版 / 定价：49.00元

河南蓝皮书
河南城市改革发展报告（2010）
著(编)者：林宪斋 喻新安 王建国 2010年2月出版 / 定价：49.00元

陕西蓝皮书
陕西经济发展报告（2010）
著(编)者：杨尚勤 2010年2月出版 / 估价：59.00元

陕西蓝皮书
陕西社会发展报告（2010）
著(编)者：杨尚勤 2010年2月出版 / 估价：59.00元

陕西蓝皮书
陕西文化发展报告（2010）
著(编)者：杨尚勤 2010年2月出版 / 估价：49.00元

四川蓝皮书
2010年四川经济形势分析与预测
著(编)者：侯水平 2010年8月出版 / 估价：55.00元

四川蓝皮书
四川文化产业发展报告（2010）
著(编)者：侯水平 2010年7月出版 / 估价：59.00元

武汉蓝皮书
武汉经济社会发展报告（2010）
著(编)者：刘志辉 2010年5月出版 / 估价：49.00元

武汉城市圈蓝皮书
武汉城市圈经济社会发展报告（2009～2010）
著(编)者：李春洋 2010年2月出版 / 估价：79.00元

武汉城市圈蓝皮书
武汉城市圈房地产发展报告（2009～2010）
著(编)者：王涛 2010年6月出版 / 估价：89.00元

郑州蓝皮书
郑州文化发展报告（2010）
著(编)者：窦志力 2010年1月出版 / 估价：49.00元

浙江服务业蓝皮书
2009浙江省服务业发展报告
著(编)者：浙江省发展和改革委员会 2010年2月出版 / 估价：68.00元

温州蓝皮书
2010年温州经济社会发展形势分析与预测
著(编)者：王春光 2010年3月出版 / 估价：59.00元

海南蓝皮书
海南经济发展报告（2010）
著(编)者：刘仁伍 2010年3月出版 / 估价：49.00元

辽宁蓝皮书
2010年辽宁经济社会形势分析与预测
著(编)者：曹晓峰 张 晶 张卓民 2010年2月出版 / 定价：69.00元

东北蓝皮书
中国东北地区发展报告（2010）
著(编)者：辽宁省社科院 等 2010年9月出版 / 估价：69.00元

环渤海蓝皮书
环渤海区域经济发展报告（2010）
著(编)者：周立群 2010年5月出版 / 估价：59.00元

长三角蓝皮书
长三角发展报告（2010）
著(编)者：上海社会科学院 2010年5月出版 / 估价：59.00元

珠三角蓝皮书
珠三角发展报告（2010）
著(编)者：中山大学港澳珠三角研究中心 2010年4月出版 / 估价：59.00

中部蓝皮书
中国中部地区发展报告（2009）
著(编)者：张 锐 林宪斋 2010年2月出版 / 定价：59.00元

西部蓝皮书
中国西部经济发展报告（2010）
著(编)者：姚慧琴 2010年7月出版 / 估价：79.00元

长株潭城市群蓝皮书
长株潭城市群发展报告（2010）
著(编)者：张萍 2010年8月出版 / 估价：69.00元

泛北部湾蓝皮书
泛北部湾合作发展报告（2010）
著(编)者：古小松 2010年8月出版 / 估价：65.00元

福建经济竞争力蓝皮书
福建经济综合竞争力报告（2009～2010）
著(编)者：王秉安 罗海成 2010年9月出版 / 估价：49.00元

环海峡经济区蓝皮书
环海峡经济区发展报告（2010）
著(编)者：李闽榕 王秉安 2010年9月出版 / 估价：49.00元

海峡西岸蓝皮书
海峡西岸经济区发展报告(2010)
著(编)者：叶飞文 2010年9月出版 / 估价：49.00元

香港蓝皮书
香港经贸发展报告（2010）
著（编）者：荆林波　2010年4月出版／估价：49.00元

台湾蓝皮书
台湾经贸发展报告（2010）
著（编）者：荆林波　2010年4月出版／估价：49.00元

澳门蓝皮书
澳门发展报告（2010）
著（编）者：吴志良　2010年1月出版／定价：79.00元

行业类

住房绿皮书
中国城市住房发展报告（2010）
著（编）者：倪鹏飞　2009年11月出版／估价：69.00元

房地产蓝皮书
中国房地产发展报告NO.7（2010）
著（编）者：牛凤瑞　2010年4月出版／估价：59.00元

汽车蓝皮书
中国汽车产业发展报告（2010）
著（编）者：国务院发展研究中心产业经济研究部
　　　　　　中国汽车工程学会　大众汽车集团
2010年1月出版／估价：59.00元

医疗卫生绿皮书
中国医疗卫生发展报告（2010）
著（编）者：张文鸣　2010年11月出版／估价：68.00元

食品药品蓝皮书
食品药品安全与监管政策研究报告（2010）
著（编）者：上海市食品药品安全研究中心
2010年4月出版／估价：69.00元

金融蓝皮书
中国金融发展报告（2010）
著（编）者：李扬　2010年6月出版／估价：79.00元

金融蓝皮书
中国商业银行竞争力报告（2010）
著（编）者：王松奇　2010年4月出版／估价：49.00元

金融蓝皮书
中国金融生态报告（2010）
著（编）者：李扬　2010年4月出版／估价：49.00元

金融蓝皮书
中国理财产品分析与评价报告（2010）
著（编）者：殷剑峰　2010年5月出版／估价：59.00元

产权市场蓝皮书
中国产权市场发展报告（2009～2010）
著（编）者：曹和平　2010年7月出版／估价：59.00元

资本市场蓝皮书
中国场外交易市场发展报告（2010）
著（编）者：高峦　2010年11月出版／估价：58.00元

财经蓝皮书
中国服务业发展报告NO.8（2010）
著（编）者：裴长洪　2010年2月出版／定价：59.00元

旅游绿皮书
2010年中国旅游发展分析与预测
著（编）者：张广瑞　2010年5月出版／估价：59.00元

交通蓝皮书
中国交通发展报告（2010）
著（编）者：韩峰　崔民选
2010年10月出版／估价：58.00元

体育产业蓝皮书
中国体育产业发展报告（2008～2010）
著（编）者：中国体育产业研究中心
2010年2月出版／定价：69.00元

餐饮蓝皮书
中国餐饮产业发展报告（2010）
著（编）者：杨柳　2010年6月出版／估价：49.00元

循环经济蓝皮书
中国循环经济发展报告（2010）
著（编）者：齐建国　2010年3月出版／估价：79.00元

会展经济蓝皮书
中国会展经济发展报告（2010）
著（编）者：王方华　2010年4月出版／估价：55.00元

商会蓝皮书
中国商会发展报告（2009～2010）
著(编)者：黄孟复 2010年9月出版 / 估价：98.00元

传媒蓝皮书
中国传媒产业发展报告（2010）
著(编)者：崔保国 2010年4月出版 / 估价：79.00元

广告主蓝皮书
中国广告主营销传播趋势报告（2009～2010）
著(编)者：黄升民 杜国清 2010年8月出版 / 估价：68.00元

能源蓝皮书
中国能源发展报告（2010）
著(编)者：崔民选 2010年5月出版 / 估价：80.00元

煤炭蓝皮书
中国煤炭工业发展报告（2010）
著(编)者：岳福斌 2010年9月出版 / 估价：50.00元

电力蓝皮书
中国电力工业发展报告（2010）
著(编)者：张安华 2010年10月出版 / 估价：58.00元

农业竞争力蓝皮书
中国农业竞争力发展报告（2009～2010）
著(编)者：郑传芳 2010年9月出版 / 估价：89.00元

林业竞争力蓝皮书
中国林业竞争力发展报告（2009～2010）
著(编)者：郑传芳 2010年9月出版 / 估价：89.00元

茶叶产业蓝皮书
中国茶叶产业发展报告（2010）
著(编)者：荆林波 2010年4月出版 / 估价：49.00元

测绘蓝皮书
中国测绘发展研究报告（2010）
著(编)者：徐永清 2010年8月出版 / 估价：58.00元

国际类

世界经济黄皮书
2010年世界经济形势分析与预测
著(编)者：王洛林 张宇燕 2010年1月出版 / 定价：49.00元

国际形势黄皮书
全球政治与安全报告（2010）
著(编)者：李慎明 王逸舟 2009年12月出版 / 定价：49.00元

世界社会主义黄皮书
世界社会主义跟踪研究报告（2009～2010）
著(编)者：李慎明 2010年1月出版 / 估价：79.00元

上海合作组织黄皮书
上海合作组织发展报告（2010）
著(编)者：吴恩远 2010年5月出版 / 估价：79.00元

美国蓝皮书
美国发展报告（2010）
著(编)者：黄平 2010年4月出版 / 估价：79.00元

欧洲蓝皮书
欧洲发展报告（2009～2010）
著(编)者：周弘 2010年2月出版 / 估价：79.00元

亚太蓝皮书
亚太地区发展报告（2010）
著(编)者：李向阳 2010年3月出版 / 估价：79.00元

中东非洲黄皮书
中东非洲发展报告（2009～2010）
著(编)者：杨光 2010年3月出版 / 估价：79.00元

拉美黄皮书
拉丁美洲与加勒比发展报告（2009～2010）
著(编)者：苏振兴 2010年4月出版 / 估价：79.00元

俄罗斯东欧中亚黄皮书
俄罗斯东欧中亚国家发展报告（2010）
著(编)者：吴恩远 2010年4月出版 / 估价：79.00元

日本蓝皮书
日本发展报告（2010）
著(编)者：李薇 2010年4月出版 / 估价：79.00元

日本经济蓝皮书
日本经济与中日经贸关系发展报告（2010）
著(编)者：王洛林 2010年4月出版 / 估价：79.00元

韩国蓝皮书
韩国发展报告（2010）
著(编)者：牛林杰 2010年3月出版 / 估价：79.00元

越南蓝皮书
越南国情报告（2010）
著(编)者：古小松 2010年7月出版 / 估价：49.00元

注：2010年起，每册皮书将附赠100元的皮书数据库阅读卡。

创社科经典　　出传世文献

社会科学文献出版社
SOCIAL SCIENCES ACADEMIC PRESS(CHINA)

社会科学文献出版社成立于1985年，是直属于中国社会科学院的人文社会科学专业学术出版机构。

成立以来，特别是1998年实施第二次创业以来，依托于中国社会科学院丰厚的学术出版和专家学者两大资源，坚持"创社科经典，出传世文献"的出版理念和"权威、前沿、原创"的产品定位，走学术产品的系列化、规模化、市场化经营道路，取得了令人瞩目的成绩，销售收入等主要效益指标取得了年平均增长20%以上的发展速度，先后策划出版了著名的图书品牌和学术品牌"皮书"系列、获得国家图书奖和"五个一工程奖"的《世界沧桑150年——＜共产党宣言＞发表以来世界发生的主要变化》、《甲骨学一百年》、《二十世纪中国民俗学经典》以及"全球化译丛"、"经济研究文库"、"社会理论译丛"等一大批既有学术影响又有市场价值的系列图书，使社会科学文献出版社的知名度和美誉度日益提高，确立了人文社会科学著作出版的权威地位。

基于人才的优势和创新的理念，通过准确的市场定位和科学的发展规划，社会科学文献出版社在选题策划、主题出版与主题营销、品牌推广、数字出版等方面取得了领先，虽然目前还不能称为大社、强社，但对专业学术出版的坚持与执着以及先进的经营理念和科学的管理方式已经使社会科学文献出版社具备了现代企业快速发展与大规模成长的条件。在新的发展时期，社会科学文献出版社结合社会的需求、自身的条件以及行业的发展，提出了新的创业目标，那就是：精心打造人文社会科学成果推广平台，发展成为一家集图书、期刊、声像电子和网络出版物为一体，面向高端读者和用户，具备独特竞争力的人文社会科学内容资源供应商。

规划皮书行业标准，引领皮书出版潮流
发布皮书重要资讯，打造皮书服务平台

中国皮书网
www.pishu.cn

皮书博客
blog.sina.com.cn/pishu

中国皮书网全新改版，增值服务大众

请到各地书店皮书专架/专柜购买，也可办理邮购

咨询/邮购电话: 010-59367028 邮箱: duzhe@ssap.cn
邮购地址: 北京市西城区北三环中路甲29号院3号楼华龙大厦13层学术传播中心
邮　　编: 100029
银行户名: 社会科学文献出版社发行部
开户银行: 工商银行北京东四南支行
账　　号: 0200001009066109151
网上书店　电话: 010-59367070　QQ: 168316188
网　　址: www.ssap.com.cn;www.pishu.cn

BLUE BOOK

权 威 · 前 沿 · 原 创

深圳蓝皮书
BLUE BOOK
OF SHENZHEN

编委会主任／许德森　乐　正　管林根

深圳劳动关系发展报告
（2010）

ANNUAL REPORT
ON SHENZHEN'S
LABOR RELATIONSHIP
(2010)

主　编／汤庭芬
副主编／秦晓南　刘　秦　吴　挺

社会科学文献出版社
SOCIAL SCIENCES ACADEMIC PRESS (CHINA)

法 律 声 明

"皮书系列"（含蓝皮书、绿皮书、黄皮书）为社会科学文献出版社按年份出版的品牌图书。社会科学文献出版社拥有该系列图书的专有出版权和网络传播权，其LOGO（▧）与"经济蓝皮书"、"社会蓝皮书"等皮书名称已在中华人民共和国工商行政管理总局商标局登记注册，社会科学文献出版社合法拥有其商标专用权，任何复制、模仿或以其他方式侵害（▧）和"经济蓝皮书"、"社会蓝皮书"等皮书名称商标专有权及其外观设计的行为均属于侵权行为，社会科学文献出版社将采取法律手段追究其法律责任，维护合法权益。

欢迎社会各界人士对侵犯社会科学文献出版社上述权利的违法行为进行举报。电话：010－59367121。

社会科学文献出版社

法律顾问：北京市大成律师事务所

中文摘要

2009 年是深圳在危机中前行的一年，更是在困难中取得显著成效的一年，《深圳劳动关系发展报告2010》给出了客观真实的答卷：一是全力打造充分就业城市。建立政府为主导与社会多方合作的促进创业机制，构建具有深圳特色创业政策体系、资金扶持体系、教育培训体系、创业服务体系和宏观管理体系。二是社会保险参保人数创历史最高。2009 年 1 月深圳出现参保人数降到 2008 年 8 月份以来的最低点，到 12 月底，五险种的参保人数均达到历史最高水平。深圳还率先在全国实现了"社会医疗保险全覆盖"和社会医疗保险"三统筹"。三是"双爱"活动成为应对经济危机的独特创举。深圳各级工会持续开展"企业爱员工，员工爱企业"活动，员工与企业同舟共济，推动企业、推动深圳经济走出危机、走向复苏。四是以工资增长为核心的集体协商机制正在成型。深圳在大型企业、外资企业中推行集体协商制度，尤其在工资增长机制上取得了突破性进展，对于如何平衡劳资利益，实现劳资双方的共决共赢、共建共享，给出了一个实实在在的答案。五是创建多样化劳动争议调解新机制。建立以劳动信访为依托、以劳动监察为保障、以劳动仲裁为后盾的"三位一体"综合调解模式。建立人民法院多元化大调解格局，实现诉讼机制与非诉讼机制的衔接互动，运转协调，纠纷解决方式的整体合力。六是劳动争议呈现"三下降"的良好局面。用人单位守法经营自觉性日益提高，劳动者维权日益理性，金融危机时期员工主动与企业共渡难关的多了，劳动关系更趋于和谐。全市劳动争议呈现出劳动争议案件量持续下降、因加班工资引发的劳动争议明显下降、重大集体访大幅下降的良好局面。

2010 年是深圳经济特区建立 30 年，也是"十二五"规划的谋篇布局之年。深圳既要正视面临的困难与问题，更要立足新起点，瞄准新目标，实现新发展。第一，创新企业内部自我协调机制，促使内部矛盾内部解决。引导企业建立内部协调沟通机制，积极在企业建立专门的劳动关系协调机构，集体协商机制，及时化解矛盾和冲突。第二，创新救助机制，维护劳动者合法权益。强化失业人员就业援助，强化困难劳动者的生活援助，强化劳动争议法律援助，强化完善工会法律援助。第三，创新基层调解机制，将劳动争议化解在基层。完善街道、社区、企业三级调解网络，组建以劳动保障、司法工作人员以及工会、行业协会代表为主体，劳动争议信息员为辅助的劳动争议调解组织。第四，积极探索新法律环境下劳动关系理论与实践。既要符合科学发展观的要求，又要解放思想与世界先进国家管理体制接轨，促进深圳劳动关系和谐稳定，推动经济社会健康发展。

Abstract

In 2009, Shenzhen went ahead in crisis but achieved remarkable achievements during difficult times. *Annual Report on Shenzhen's Labor Relationship 2010* presented objective responses. Firstly, effort to build the city with full employment. Establish a government-led, social multi-party cooperation mechanisms to promote entrepreneurship. Build policy system of starting a business, financial support system, education and training system, the business service system and the macro-management system with Shenzhen's characteristics. Secondly, the number of social insurance reached the highest in the historical record. In January 2009, the number of insurance went down to the lowest point since August 2008. But by the end of December, the number of five types of insurance reached the highest level in history in Shenzhen. Shenzhen is also the first city to achieve the "full coverage of social health insurance" and "three co-ordinations" of the social medical insurance. Thirdly, the "double loves" campaign became a unique initiative to deal with economic crisis. Trade unions at all levels in Shenzhen proceed ongoing "enterprises love employees, the staff love business" activities, with employees and enterprises helping each other and encouraging enterprises to promote Shenzhen's economy out of crisis to recovery. Fourthly, wage growth as the core of the collective consultation mechanism is formed. The implementation of the collective consultation system, in particular, wage growth mechanisms has been made breakthrough in large enterprises and foreign-funded enterprises. It gives a real answer to employers and employees that they must realize win-win situation and resource sharing on how to balance the interests between them. Fifthly, create a new mechanism for diversification of the labor dispute mediation. Establish a "Trinity" integrated mediation model with the labor petition as the support, labor inspection as the insurance, and labor arbitration as the backing. Establish a large pattern with diverse conciliation in courts to achieve resultant force of interface interaction, coordinated operations and the method of dispute resolution between non-action mechanism and action mechanism. finally, present a good situation of the labor dispute "three downs". Employers' awareness of the law-abiding business is increasing. Labors' right-safeguarding is increasingly rational. Active employees and companies tide over the difficulties during the financial crisis. Labor relations will be more harmonious. The city's labor dispute shows a good situation that labor dispute cases continued declined, overtime pay caused by labor disputes decreased and substantial decreased in major collective petitions.

In 2010, the Shenzhen Special Economic Zone has been for 30 years and the 12th five-year-plan is brewing. It is necessary for Shenzhen to face with the difficulties and the problems, base on a new starting point, and aim at new targets to achieve new development. Firstly, Establish the innovative self-coordination mechanism within the enterprise and promote the internal contradictions within the settlement. Guide enterprises to establish internal coordination and communication mechanisms. Build actively a special coordinating body of labor relations and collective consultation mechanism to resolve contradictions and conflicts in time in the enterprises. Secondly, Establish the innovative relief mechanism to safeguard the legitimate rights and interests of laborers. Strengthen employment assistance for unemployed workers, the lives aid of difficult workers, legal aid of labor dispute and legal assistance of union. Thirdly, the innovative grass-roots mediation mechanism to resolve labor disputes at the grass-roots level. Improve three mediation network of the streets, communities and businesses. Form labor dispute mediation organizations. The main body of organizations is the representatives from labor protection, judicial officers, trade unions and professional associations. The auxiliary body is information members of labor dispute. Finally, explore actively labor relations theory and practice of research under new legal environment. It is necessary to comply with the requirements of the scientific development concept, but also emancipate the mind and integrate with the advanced management system of other world countries to promote harmonious and stable labor relations in Shenzhen and develop the healthy economy and society.

目　录

总　报　告

深圳劳动关系 2009 年发展状况与 2010 年发展对策………汤庭芬　古　迹／001

社会保障篇

《深圳经济特区和谐劳动关系促进条例》的落实情况

　　及其影响分析 ……………………………………… 吴丽莎／030

2009 年深圳市就业发展现状与展望 ………………… 陆　晔　唐钦华／042

深圳建立工资指导价位制度的实践与思考 …………………… 房　琦／059

2009 年深圳社会保险状况与展望 …………………… 袁建勇　胡建和／073

走向全民医疗保险的实践与感悟 ……………………………… 沈华亮／089

2009 年深圳市劳动保障信访现状分析和发展趋势 ……… 董文红　郭　勇／102

2009 年深圳市劳动仲裁现状分析与对策建议 ……………… 李　卓　刘　莉／115

深圳劳动争议调解工作机制的探索与实践 ………………… 吴　挺　王湘兰／129

基层社保经办机构管理服务实践与探索 …………………… 朱　虹　姚瑞逸／142

工会工作篇

把企业和员工团结在一起共渡难关 ………………………… 李系程　伍　兵／152

大萧条时期美国劳动关系调整给我们的启示 ·········· 王同信 / 166

集体协商开启劳方理性维权时代 ··················· 张　玮 / 174

探索建立工会法律援助维权工作新模式 ········ 深圳市总工会法律工作部 / 186

深圳对工会既定理念的一种突破 ··················· 程立达 / 197

国际金融危机对深圳劳动用工和劳动关系的影响与对策

··· 王鸿利　秦晓南 / 208

深圳市建设系统劳务工基本状况调查分析与对策研究 ·········· 王贵斌 / 225

从沃尔玛组建工会的实践看中国工会的转型 ·············· 程立达 / 238

专题研究篇

深圳市企业劳动关系和谐模型研究 ················· 汤庭芬 / 247

劳资恳商：从源头上实现劳资和谐的新机制

············· 姚文胜　翟玉娟　冯　力　赖惠强　刘晓曦　陈　刚 / 261

深圳法院参与和推动建立劳动争议大调解机制的现状与展望 ········ 李　骏 / 275

从仲裁实践，看《劳动争议调解仲裁法》 ·············· 王国社 / 286

新视角下劳动合同的概念与分类 ··················· 彭小坤 / 301

《调解仲裁法》、《劳动合同法》适用上的若干疑难问题

··· 深圳市中级人民法院课题组 / 312

英国裁员案例的借鉴及改革我国裁员制度的建议 ············ 李连刚 / 326

劳动争议 ADR 研究 ························· 翟玉娟 / 336

日本重构劳动争议处理体制的研究 ············· 李天国　吴　挺 / 352

30 年深圳市从业人口发展变化脉络 ················· 王世巍 / 370

构建和谐劳动关系中的集体谈判制度研究 ········· 冯　力　李红兵 / 381

皮书数据库阅读 **使用指南**

CONTENTS

General Report

Current Situation in 2009 and Development Countermeasures in 2010

  of the Labor Relationship in Shenzhen   *Tang Tingfen, Gu Ji* /001

Volume of Social Security

Implementation and Impact Analysis of *Labor Relationship Promoting*

  Regulations of the Shenzhen Special Economic Zone   *Wu Lisha* /030

Current Situation and Prospects of Shenzhen's Employment

  Situation in 2009   *Lu Ye, Tang Qinhua* /042

Practice and Thinking of Establishing the Guidance Wage Levels System

  in Shenzhen   *Fang Qi* / 059

Current Situation and Prospects of Shenzhen's Social Security in 2009

      Yuan Jianyong, Hu Jianhe / 073

Practice and Sentiment of Making the Medical Insurance Applicable

  to All People   *Shen Hualiang* / 089

Current Situation Analysis and Suggestions of Letters and Visits Involved

  with Labor Security in Shenzhen   *Dong Wenhong, Guo Yong* / 102

Situation Analysis and Countermeasures of labor arbitration

  in 2009 in Shenzhen   *Li Zhuo, Liu Li* / 115

Research and Practice of the Labor Dispute Mediation Mechanism

in Shenzhen　　　　　　　　　　　　　　　*Wu Ting, Wang Xianglan* /129

Practice and Research of the Management and Services Offered

by Social Security Agency at the Grass—roots　　*Zhu Hong, Yao Ruiyi* / 142

Volume of Trade–union Work

Uniting the Staff and Enterprises to Tide Over the Difficulties during

the Financial Crisis　　　　　　　　　　　*Li Xicheng, Wu Bing* / 152

Revelation of the Labor Relationship Adjusting in America during

the Great Depression　　　　　　　　　　　*Wang Tongxin* / 166

Starting the Age of the Labor Rationally Safeguarding Their

Lawful Rights by Collective Consultation　　　　　　*Zhang Wei* / 174

Trying to Establish a New pattern of Union's Legal Aid to Safeguard Rights

Law Department of Shenzhen's Federation of Trade Unions / 186

Breakthrough of Fixed Idea of Trade Union in Shenzhen　　*Cheng Lida* / 197

Impact of International Financial Crisis on the Employment and Labor

Relationship of Shenzhen and Its Countermeasures　*Wang Hongli, Qin Xiaonan* / 208

Current Situation Investigation and Countermeasure Research

of Establishing the Systematic Labor Workers in Shenzhen　*Wang Guibin* / 225

Studying the Trade Union Transition in China from Wal-Mart's

forming Trade Union　　　　　　　　　　　*Cheng Lida* / 238

Volume of Special Topic

Study on the Harmonious Model of Labor Relationship

in Shenzhen　　　　　　　　　　　　　　*Tang Tingfen* / 247

Labor and Management Negotiations: Achieving the New Harmony

Mechanism from the Sources

Yao Wensheng, Zhai Yujuan, Feng Li, Lai Huiqiang, Liu Xiaoxi and Chen Gang /261

Current Situation and Prospects of the Labor Dispute Mediation

    Mechanism Involved and Promoted by the Court of Shenzhen   *Li Jun* /275

Study on the Labor Dispute Mediation and Arbitration Law in terms

    of Arbitration Procedure   *Wang Guoshe* / 286

New View of the Conception and Classification of Labor Contract

    Peng Xiaokun / 301

Some Problems about the Use of the Mediation and Arbitration Law

    and the Labor Contract Law   *Research Group of Shenzhen Intermediate People's Court* / 312

Experience of the Layoffs in England and Suggestions of the Reformation

    of Layoffs System in China   *Li Liangang* / 326

Study on ADR of Labor Dispute   *Zhai Yujuan* / 336

Study on of Rebuilding the System for Handling Labor Dispute in Japan

    Li Tianguo, Wu Ting / 352

Development Change of Employed Population Size in Shenzhen during

    the Last 30 Years   *Wang Shiwei* / 370

Study on the Building the System of Collective Bargaining

    in Harmonious Labor Relationship   *Feng Li, Li Hongbing* / 381

总 报 告

GENERAL REPORT

深圳劳动关系 2009 年发展
状况与 2010 年发展对策

汤庭芬　古　迹*

摘　要：劳动关系是在动态中发展的。本文对 2009 年深圳应对金融危机出台系列创新性举措推动劳动关系健康发展的实效及需解决的问题做了实事求是的分析；对劳动关系的发展走势进行了客观的、理性的预测；对立足现有基础，着力建设中国特色社会主义新型劳动关系提出了对策建议。

关键词：劳动关系　现状　走势　对策建议

2009 年是进入 21 世纪以来经济发展最困难的一年，也是企业劳动关系面临严峻挑战的一年，世界各国笼罩在金融危机的"寒冬"之中；然而，深圳经济

---

* 汤庭芬、古迹，深圳市社会科学院。

却春意盎然，逐步向好。其奥秘在哪里？就在于深圳市委、市政府引领深圳各级党员干部和广大人民群众坚定信心，奋力拼搏，共同践行科学发展观，高奏"保增长、保民生、保稳定"的凯歌，在应对金融危机中确保劳资两利。但需不断解决新形势下劳资关系的新矛盾，保持深圳劳动关系和谐稳定发展。

一 2009 年深圳劳动关系在克服金融危机中再放异彩

（一）经济目标的实现为劳动关系和谐发展增添底气

数据统计显示：2009 年深圳地区生产总值比上年增长 10.7%，高出全国全省平均水平；外贸出口接近实现 17 连冠，其中民企外贸出口飘红，同比增长 2.9%。这对外贸依存度高达 300% 的深圳并非易事。虽然 2009 年深圳固定资产投资比上年增长 14.7%，创近年新高，但不足全国平均增幅的一半。这说明深圳经济的增长更多的不是依靠投资拉动，而是闯出了一条"调整转型、创新升级、内外并举"的新路。

调整转型，改变发展方式。金融危机的冲击，给深圳产业结构调整带来新的契机。一方面，以旧工业区及工商混合区升级改造为切入点，探索"工改工"、"工改商"、"工改文"等新的发展模式；另一方面继续抓好城中村和旧住宅区的综合整治，为引入高端企业、高端服务业营造舒适安全的工作生活环境。通过调整转型，电子、通信、互联网、新能源、生物医药、文化创意、星级酒店等新兴、高端产业和现代服务业已成为深圳经济"回暖"的生力军。福田产业结构调整和发展方式转变是深圳的缩影，是广东省的先进典型；上沙旧工业园改造成为以南方手机检测中心落户引来数十家通信企业进驻的创新科技园，又是福田"调整转型"的代表。这个园区年产值增长了 16 倍，集体物业年收入翻了一番多，年耗电量下降了 58%。有资料说明：目前，深圳每平方公里产出上升，万元 GDP 的能耗和水耗持续下降。

创新升级，提升核心竞争力。深圳在源头创新方面取得重大突破。国家华南超级计算中心等国家工程实验室纷纷落户深圳；在产业化建设方面的重大项目进展顺利，高世代液晶面板生产线等一批重大项目正式启动，高新技术产业的龙头正引领各行各业高歌猛进。华为、中兴、比亚迪、腾讯等行业龙头企业逆市上扬，背后都是核心推动力的自主创新带来的强大竞争力。金融服务创新也十分突出。创业板在深圳开启，金融环境进一步改善，资金扶持力度不断加大。2009年深圳用于扶持产业发展的资金规模达110多亿元，创历史新高；在中小板和创业板上市的企业，给予总额最高310万元的资助；通过深圳市中小企业信用再担保中心、实施互助融资工程、互保金和小额贷款股份公司等创新融资途径，帮扶中小企业破解贷款难题，仅担保中心就累计贷款15.1亿元，市财政10亿元搭建企业互保增信平台，正式备案贷款达100亿元。同时，在用地、行政收费等方面创新扶持的力度都很大，使小中企业成功抵御了全球金融危机造成的影响，保持了良好的发展势头。

内外并举，协调拉动两个市场。面对国外市场不景气的状况，着力扩大内需。2009年，深圳组织5000多家企业参加国内展会，累计成交金额超过100亿元；深圳工业品内销比重达45.5%，比上年同期比重提高6.3个百分点，同时，深圳举办购物节、展销会等各类促销活动，推动"家电以旧换新"，活跃本地消费市场，社会消费品零售总额增长15.1%。这对于以外向型经济为主的深圳是一个有效补充。2009年，深圳一手抓扩大内需，一手抓拓展外销市场，开辟东盟、欧美、俄罗斯、非洲等销售渠道。先后组织800多家企业参加境外展览项目，签订贸易合同额达3亿多美元。

深圳2009年的实践说明：深圳以超常规的服务保增长，不断出台扶持企业发展的各项政策措施，吸引国内外一些大企业和企业总部纷纷落户深圳；特别是不遗余力地扶持中小企业的发展，实现了就业增长型的经济逆市飘红。深圳企业增多了，服务业扩大了，经济发展了，就为大批劳动者提供了更多的就业岗位；大批劳动者的劳动权利得到落实，劳动工资、劳动福利有了保障；企业也增加了利润。企业和员工在化"危"为"机"中实现双赢的事实折射出经济增长是构建和谐劳动关系的重要基础。

（二）把就业"寒冬"化为就业"春天"

2009年深圳的就业与经济发展一样，经历了一个短暂的"回落"到逐步"升温"的变化过程。即3月前遇寒；4月回春；五六月趋暖；下半年升温，并出现有些行业、企业出现"招工难"状况；全年实现就业稳中有升。

2009年，深圳共有30791名失业人员实现就业，城镇登记失业率为2.55%，控制在 3% 以内，保持了低失业率；消除"零就业家庭"434 户，始终保持"零就业家庭"动态归零。

深圳就业形势趋暖，从宏观层面而言，2009 年 3 月中旬，深圳出台的十大惠民就业政策和层层签订的就业工作目标责任书起到至关重要的作用。新促进就业政策的特点就是明确各项就业指标的量化要求。为了保证这个目标的实现，从 2009 年起深圳市级和区级财政每年投入 4 亿多元资金促进就业。这个新的促进就业政策包括十大方面，规定职业培训范围扩大到所有劳动者、实行职业培训补贴、增加灵活就业补贴、符合条件适龄人员社保补贴、职业介绍补贴、青年见习学员生活补贴、执行高校毕业生创业扶持政策和"零就业家庭"毕业生就业援助政策等，充分体现了惠民、利民、为民的理念，增强了各方劳动者求职的信心。层层签订的就业工作目标责任书突出的方面，就是把保就业纳入保增长的重要目标，明确体现保增长就是保就业，并且狠抓落实。在宏观层面的思路、路子、措施统一的前提下，深圳各级政府各个方面从微观层面创造性地开展工作，形成多形式多途径多方面稳定和扩大就业的广阔门路，尽最大努力满足各类劳动者的就业需求。

帮扶企业保就业。深圳以促进经济增长、发展和谐劳动关系为着力点，采取启动"服务年"活动、立法和制定政策支持中小企业发展、重点扶持大型传统项目建设、创新企业融资模式和发挥社会保险功能调节作用等措施，有效保证企业生产正常进行，促进劳动者就业。深圳市委、市政府根据百人工业贸易服务团及各部门深入企业调研的情况，由市直多个部门联合发出《关于发挥社会保险功能减轻企业负担稳定就业局势的通知》，明确困难企业在一定时期内可暂缓缴纳社会保险费，扩大失业保险金用于支付社保补贴、岗位补贴和培训补贴，以帮助困难企业稳定就业岗位。仅此一项，预计深圳困难企业少交各项社保费约 20 亿元。2009 年 2 月中旬，市劳动保障部门随机调查了 100 家 500 人以上的企业。调查结果显示：企业开工时间基本正常；近九成企业无经济性裁员；劳动合同签订率达 99.65%；绝大多数企业开展或即将开展员工培训；企业员工劳动关系稳定。

现代家电产业集聚基地是深圳扶持发展的大型传统产业项目。其中，联创家电城是集聚基地的重要组成部分，是深圳重点建设项目之一，已在 2009 年 9 月上旬落成，其占地面积 99105.72 平方米，建筑面积 150000 平方米，现已形成巨大产能，年产空调、风扇共 100 万台，冬季暖风机 400 万台，电子礼品及通信、节能产品共 1000 万台，其他小家电 500 万台，年产值达 60 亿元人民币，利税约 5 亿元人民币，可解决 13000 人就业。保企业就是保就业。联创家电城的投入运营，不仅有利于带动周边地区的产业，而且对深圳经济发展和扩大就业都有非常大的作用。

深圳中小企业近 30 万家，几乎涵盖所有行业，其全年生产总值约占深圳市 GDP 的 65%，技术创新数量占企业创新总数的 90% 以上，提供就业岗位 450 多万个。依据中小企业资本有机构成低与提供就业贡献大的特点，深圳市人民代表大会第四届常务委员会第三十三次会议于 2009 年 9 月 22 日对《深圳经济特区促进中小企业发展条例》进行第一次审议。该《条例》针对中小企业发展中遇到的各种软肋，提出加大对中小企业的资金支持，用创新的手段和方式破解融资难的"瓶颈"；加大对中小企业自主创新的扶持，为中小企业发展营造良好的创业环境；制定促进中小企业发展政策，统筹规划促进企业发展；市财政年度预算安排扶持中小企业发展的专项资金，并视当年财政收入增长情况适度增长；区政府根据本辖区实际情况，安排资金专项用于扶持区中小企业发展。2009 年深圳经济增长与就业回暖说明，首次以立法来促进中小企业健康发展和保就业的稳定乃至扩大的实践，其意义非同寻常。

投资项目拉动就业。2009 年深圳建设 188 个重大项目，累计完成投资 500 多亿元。目前，轨道交通二三期工程、综合交通体系、广深沿江高速、南坪快速二期（A 期）等重大基础设施项目的规划建设速度不断加快，大铲湾港一期水工结构基本完成，盐田港扩建第五泊位正式投产。大项目的建设带动了一大批劳务工和专业技术人员就业。

深圳 6 个区和 2 个新区分别从各自实际出发，充分发挥自建项目拉动就业。罗湖区从黄金珠宝产业链中整合 20 个项目，为 200 余个劳动者提供了就业岗位。随着水贝黄金珠宝行业分工细化和衍生行业，将先行展开 10 个"最易创业项目"，预计可吸纳两万多人就业，其产值约占深圳整个黄金珠宝产业比重的 25%，约为 167 亿元，创利空间接近 7.57 亿元。罗湖区辖 10 个街道，共推出项目 150 个，推荐 140 名失业人员接受技能培训，其中 108 人已成功就业。

鼓励、支持大学毕业生全方位就业。有不少大学毕业生更新就业观念，不讲面子，面对实际，先就业再择业；有些大学生愿意到基层锻炼自己，就地当

"村官"或到中小企业就业;有些大学生主动到社会组织实习就业;有些大学生根据政府及其部门提供的创业平台实践创业就业。在政府扶持下,深圳大学毕业生就业正在向全方位、多元化拓展。

目前,深圳已建立创业载体11家。深圳大学创业园不仅为学生创业项目提供免费的办公场地,而且按项目评审分数高低给予3万~8万元创业资助。华南城自主创业孵化示范基地成功吸引400多名高校毕业生和失业人员等入城创业。

深圳职业技术学院管理专业毕业生胡晓婷得到一个带薪到深圳市童话艺术团进行教务和招生工作的实习机会,她高兴地说:"今年工作太难找了,这个实习的机会我要好好珍惜。"像她这种带薪实习的大学毕业生,还不在少数。深圳一次就安排了100多名大学生到61家社会组织实习,市慈善会则给这些为大学生提供岗位的社会组织以资助,此举开创了国内公益事业的先河。

湖南第一师范大学初等教育英语专业毕业的刘芊芊,放弃了月薪1700元的文员工作,在深圳做起了"家教"、"家务"的全职保姆。她满怀信心地说:"不管什么职业,只要靠劳动赚钱,没什么不好的,况且家政行业前景是不错的。我有耐心,想什么工作都试着做做。"像刘芊芊这样把目光投向家政行业的大学生越来越多。仅深圳中家家政公司2009年上岗和待岗培训的大学生保姆就有近200名。其中不乏计算机、英语、物流、工商管理专业的大学本科生。业内人士反映,大学生从事家政行业,改变了社会对保姆行业的传统认知,提升了家政行业的知识结构,有望提高家政行业整体水平。

深圳创意文化企业青睐高技能人才,2009年出现60家企业"争抢深圳技师学院168名毕业生"的故事。这从一个侧面揭示出按照市场需求培养人才的重要性,解决大学毕业生就业的路径也就在眼前。

大力帮助农民工充分就业。金融危机对农民工的冲击最大,深圳又是农民工务工人数最多的地区,况且在金融危机的环境下农民工外出务工仍是主流方向。直面农民工就业的巨大需求,深圳多措并举一如既往地大力帮助农民工充分就业。从深圳市到其所辖各区,均建立健全公益职介机构,为农民工就业牵线搭桥;举办公益招聘会,为农民工提供免费就业服务;开展免费技能培训,为农民工就业提供竞争条件;进行法律援助,为农民工就业维权;整顿人力资源市场,为农民工就业营造良好的求职环境。2009年2月的一天,也就是大年初八,深圳比往年提前一周为农民工举办"春风行动"的专场招聘会,吸引了提前返深的 6000 名农民工竞聘 3000 个岗位。2009 年共举办 1169 场免费招聘会，为农民工提供就业岗位超过 195 万个，50 多万名农民工实现了就业。

龙岗区以一年一度的"春风行动"为契机，仅在 2009 年上半年，就为农民工举办了 118 场公益性免费招聘活动，提供了就业岗位 20.4 万个，并在招聘会场为求职者提供免费咨询、职业定位、岗位推荐等一条龙服务；免费培训农民工达 14000 人次，共为从事特殊工种的农民工培训补贴 860 人次。同时，开展整顿人力资源市场专项行动，摸排出未经许可从事职业介绍机构 52 家，其中依法查封、取缔非法职业中介组织、非法人才中介机构 36 家，自行撤离 7 家，责令 10 家超范围经营的中介机构限期整改，使农民工免遭求职陷阱。

2009 年宝安区在广东省茂名市和河源市龙川县举办了两场招聘会，共有 2.5 万余人入场求职，现场达成就业意向的近 5000 人，竭诚为农民工就业提供机会和便利。此事受到当地群众的称赞，得到广东省政府领导的肯定，赞赏"宝安做了件好事"。宝安还高度重视农民工的培训工作，2009 年 1～10 月底，宝安已培训员工 13 万人。"授人以鱼，不如授人以渔。"在全球金融危机的影响下，加强农民工职业培训尤为重要。

积极推动"农转居"居民就业。深圳市和各辖区大力开发"农转居"居民就业岗位，推动"农转居"居民就业；举办"农转居"居民专场招聘会，促进"农转居"居民就业；实施生源大中专毕业生"展翅行动"，激励生源大中专毕业生就业；举行户籍青年职业见习推介会，为户籍青年提供见习职位。通过"农转居"居民就业工作的深入开展，有效促进了就业工作目标落实。

宝安区在 2009 年上半年共开发"农转居"居民就业岗位 2026 个，促进"农转居"居民就业 1243 人。宝安所辖石崖街道上半年开发企业就业岗位 324 个，成功推荐 37 人进企业就业，开发物业管理公司就业岗位 42 个，通过物业管理公司吸纳户籍居民 16 名。整个宝安区 2009 年上半年共完成"农转居"居民就业年度任务的 83%，尽最大努力满足"农转居"居民就业的愿望。

帮助就业困难人员实现就业、再就业。2009 年深圳全市全面开展以就业"援助进家、政策到人、帮你就业"为主题，以就业困难人员、零就业家庭和家庭困难高校毕业生为重点，以送政策、送服务、送岗位、送补贴、送温暖为主要内容，开展各项就业援助活动。

深圳市登记的失业人员达 1 万多人，其中就业困难人员有 2000 多人。深圳各街道社区先就辖区内就业困难人员、零就业家庭以及家庭困难高校毕业生进行摸底调查，了解本人职业技能、就业愿望等情况，并与援助对象签订援助计划书。在2009年9月18日的居民专场招聘会上，根据困难人员的特点，量身定做了3079个就业岗位，涉及仓库员、营业员、司机、电工等87个工种，79家企业参会聘用。不少企业放宽年龄和技能限制，优先考虑聘用大龄特困人员。进场应聘的共有800多人，现场同企业达成就业意向的有200多人。

残疾人是就业困难人员中的特殊群体。新安街道充分利用有关促进残疾人就业优惠政策，大力帮扶、推荐残疾人就业。截至2009年4月末，新安残疾人就业总数达313人，占就业年龄残疾人总数384人的81.5%。很多残疾人谈到今后发展时，充满了信心，认为未来想学的东西、想干的事情很多很多，生活和事业充满阳光和希望。

促进以创业带动就业。2009年深圳市出台首部促进创业以带动就业的系统性文件，大力营造有利于创业的政策环境。鼓励创业实现就业的范围从失业人员扩大到大学生、退役军人、农转非人员等，让更多的劳动者实现创业；对创业者提高小额担保贷款，最高可贷10万元；大学生首次创业资助4000元；创业带动就业一次性奖励1000元。示范基地创业者可享场租补贴、提供创业项目可获推荐补贴、毕业生享受培训补贴。这些措施直接降低了企业运行成本，而创业失败后可获一年社保补贴和就业援助，为创业者构筑可靠的"缓冲带"，起到一定的"定心丸"作用。据统计，2005~2009年8月深圳市已成功帮助2200名失业人员创业，带动8600多人实现就业；发放小额担保贷款累计达1700余万元，扶持700多人实现创业。

深圳市构建完善创业服务体系，大力发展创业示范基地、孵化基地、培训基地、实训基地和见习基地以及创业项目等创业平台和载体，给"创业"插上翅膀。福田区创新技能培训创业园，是全国第一家引入具有本地适应性创业实训实景模拟系统的就业创业孵化园，是广东省第一家由人力资源和劳动保障部门主办的创业园区，是深圳市第一家劳动、教育合办的集职业教育、技能训练、创业实训、孵化服务、创业就业于一体的"多功能"基地。目前明确有创业意愿的近1000人，通过初审的创业项目就有106个。创业园首批有58个项目进驻。

罗湖建有水贝黄金珠宝创业园，推出24个黄金珠宝创业项目，为创业者奠定了创业基础。

深圳市华南城创业孵化示范基地,帮助百名户籍创业者成功创业。

南山区创业园向创业者提供 409 间铺位。2009～2010 年有近 500 名创业者在园内创业,带动 2500 人就业。

宝安区观澜街道"农转居"居民创业孵化基地的 25 家店铺全部开张营业,经营项目涉及电脑维修、艺术品专卖、五金、餐饮、便利店、文具店等,创造了 85 个就业岗位,安置了 52 名"农转居"居民就业。

深圳鼓励创业带动就业的实践说明:创业不单是一个人的事。全社会有了这样的共识,并为之作出努力,才是创业最需要的动力和氛围。

(三) 让培训成为真正的"加油站"

培训是提高劳动者就业、创业能力的重要途径。总结培训实践,深圳在 2009 年更加注重培训的针对性,并且把它作为克服金融危机影响的有效举措来抓。在实际工作中,强调分类指导,因需施教,注意培训的实效性。对求职的劳动者,主要抓好岗位所需技能培训;对在岗的劳动者,关键是根据岗位需要提升技能和工作能力;对要求就业的应届大、中专和高中毕业生,考虑他们的实际,组织预备劳动技能和工作能力的培训;对有创业愿望和具备一定创业条件的劳动者,则积极开展创业培训,提升创业能力,促其自主创业和带动他人就业;对从事职业经理的人员,提供他们到相关院校深造的机会,尽量满足其提升专业素质的愿望。这里择其 2009 年典型事例,以一睹他们学用对接的"培训风姿"。

盐田区劳务工学校和中华职业进修学校盐田分校承担在区属范围内对从事旅游酒店管理的劳动者的行业培训。旅游酒店培训班 60 个课时,酒楼培训班 36 个课时,学期 1 个半月。仅以首批开设的 8 个班为例:这些班共接收学员 460 人,学员是下岗职工、困难家庭子女和企业员工。培训结束时,对考试成绩列前百名的学员提供参加全国统考的机会,对考试成绩合格的由中国教育发展战略终身教育工作委员会、全国商务人员专业技能考评委员会颁发全国通用的"助理旅游酒店管理师"(中级)职业技能认证。这既为辖区旅游酒店业的发展培养了人才,又为劳务工用知识书写人生创造了条件。

2009 年 3 月上旬,罗湖区户籍的 20 名失业大中专毕业生通过区政府出钱买培训的方式参加了 15 天的培训,基本掌握了电子商务技能,并经现场考核,认为基本符合要求,于是与广东德尔集团签订了正式劳动合同,如愿以偿地走上了就业之路。

2009 年深圳市高技能人才公共训练基地正式启动大学生就业前免费培训。主要培训对象为毕业或即将毕业的户籍或非户籍大学毕业生；培训内容为数字印刷、现代汽车维修、工业设计、工业自动化控制、智能楼宇等五大实训中心的 17 个实训项目；培训老师大多是来自企业的有丰富实践经验的技师；2009 年为 400 名大学生提供就业前免费培训。7～8 月，先后接待了来自中南林业科技大学计算机与信息工程学院自动化专业的 61 名大学生和深圳大学 180 名大学生关于"三菱可编程控制器控制自动化生产线"、"单片机控制自动化生产线"、"西门子可编程控制器控制自动化生产线"、"西门子可编程控制器控制自动化生产线"、"气液电操控技术"、"数控机床电气维修" 5 个专业的就业前培训。许多同学反映在学校学的多是理论，而这次学习，既能接触到最先进的设备，又能学到生产线的整套技术，对今后到企业工作有极大帮助。

2008 年深圳市被国家人力资源和社会保障部确定为首批国家级创建创业型城市后，初步形成"纵向多层次、横向全覆盖"的创业培训体系。纵向多层次，包括创业技能、创业实训、创业后再提高等不同层次培训课程；横向全覆盖，包括培训高校毕业生、复转军人、农转居人员、农民工、困难人员等。截至 2009 年二季度，深圳市共举办创业大讲堂、创业技能班、创业沙龙、创业论坛、主题讲座等 301 期，培训 2.27 万人次，为创业者提供指导和咨询服务 2.62 万人次。通过培训和指导，让 1360 人成功创业，直接带动 4000 多人就业。

以上几个典型事例，是深圳培训工作的缩影和代表。他们的经验彰显出培训针对性的极端重要性。做到这一点，才能使参与培训者在创业就业中提高能力，增强后劲。

（四）社会保险改革更便民利民惠民

2009 年深圳市深化社会保险改革关键点，就是倾情服务户籍居民、广大农民工和在深高校求学的学生等。从 2009 年 1 月 1 日至 11 月底，深圳医疗保险参保人数已达 910 多万人，约同比增长 9.4%，提前 4 个月超额约 3.41% 实现全民医保人员目标（全民医保目标为 880 万人），其中基本医疗保险参保人数 379 万人，同比增长 17.4%；少儿医疗保险参保人数 63.54 万人，同比增长 24.59%；农民工医疗保险参保人数 473 万人，同比增长 2.2%。2009 年，深圳工伤保险参保人数达到 815.65 万人，同比增长 7.6%。深圳对登记结核病人防治率达 100%，受到全球基金结核病防治项目官员和中国疾病预防控制中心负责人的充分肯定。

深圳市社保卡与银行卡"联姻"，参保人住院看病不用再带现金。实现社保卡与银行卡并联之后，参保人就医时自费部分的医药费就从绑定的银行卡中自动扣除。此项改革之举，于 2009 年 11 月开始试点，2010 年全面推开。

农民工医保参保人转诊广州可刷卡记账。经与广州商定，从 2009 年 9 月起，广州市开通为深圳市综合医疗保险参保人刷卡记账的便民服务。承担这项记账服务的 8 家定点医疗机构是中山大学中山眼科医院、中山大学附属第一医院、广东省人民医院、广州医学院附属肿瘤医院、广州军区广州总医院、广州市第一人民医院、中山大学附属第三医院、中山大学附属第六医院。正常转诊的农民工医疗保险参保人，在广州定点的医院住院时人均住院费用偿付标准则与综合医疗保险相同。

市民可就近到药店看中医。2009 年深圳依据本地法规新增中医坐堂药店和中医馆两种医疗机构，充分发挥中医药"简、便、验、廉"的特点，满足社区群众就诊中医的需求，积极推动中医药的广泛应用。

医疗账户余额必要时可取出或转移。当参保人医疗保险关系终结时，个人账户余额转入户籍所在地的社会保险机构；余额无法转移的，一次性发还给本人。

少儿医保范围扩大到普通门诊。过去，深圳少儿医保只限于住院和大病门诊。随着常住人口和流动人口的增加，少儿患病率也相对提高。依据家长经济承受能力和少儿健康状况，考虑把普通门诊也纳入少儿医保保障范围，届时有能力承担少儿疾病诊治的社康中心也将纳入少儿医保定点医疗机构范围。

把大学生纳入城镇居民基本医疗保险范围。2009 年，在深各类全日制普通高等学校、科研院所中接受普通高等学历教育的全日制本专科生均可享受。参加医疗保险本着自愿原则，缴费标准按规定个人和政府补助资金每年各 75 元，对于家庭经济困难的大学生，可通过向所在高校申请医疗救助等途径得到资助。

非深户籍人口持居住证可享医保。按规定，深圳居住证有效期为 10 年，而在这期间持证人返回内地长期居住的，享受医保待遇必须是在深定点医疗机构发生的费用。住院医保人员，同时可享受生育医保待遇。

农民工不需缴纳工伤保险费。2009 年，深圳市政府出台了在深建筑施工企业农民工参加工伤保险的新规定。根据此规定，农民工的工伤保险费作为工程造价的一个组成部分列入规费项目，单独设项，专款专用，而农民工个人则不需要缴纳工伤保险费。

居家养老实行全覆盖。2009年，深圳将19000名符合条件的老人纳入服务范围，进一步扩大养老消费券的使用者。目前，深圳社会组织提供居家养老服务的只有87家，离社会需要差距很大。面对这种状况，将逐步把经卫生部门批准的医疗机构和社区健康中心纳入居家养老服务机构范围，为老年人提供康复服务。

推行医保"家庭账户"。深圳实施"家庭账户"，使参保人就医更方便了，医疗保险的受益面更扩大了。参保人医保卡的积累额只要符合条件，其家庭成员就医时都可使用其医保卡。

深圳社会保险改革的深化，还拉近了户籍人口与在深的非户籍人口医保待遇的距离，这表明深圳在创新社会公平、公正的道路上迈出了新的步伐。

（五）企业和员工携手共克时艰氛围浓浓

企业和员工是一个利益共同体。面对金融危机的冲击，深圳没有出现企业大批裁员的现象。企业和员工互相鼓励、互相支持、同舟共济、共存共荣，似如一家亲。整个鹏城大地虽然一时被金融危机的阴影遮挡住，但企业和员工合奏的同心曲却像一颗耀眼的行星给人们带来了喜悦和生机。

企业出于社会责任，顶住金融危机的影响，响亮提出"不裁员不减薪"。如，2009年初，当很多人担心裁员、降薪、就业难时，深圳麦当劳公司给7000多名员工发了一封公开信，承诺不仅不会在经济危机中裁员和降薪，而且将一如既往按员工绩效加薪。这如同打了一剂强心针，极大地增强了广大员工的信心和干劲，使员工以更大的工作热情与企业一起迎接挑战。"翰威特2009年中国最佳雇主研究"显示，麦当劳有75%的雇员"完全敬业"，这个比例高出同行业平均水平26个百分点。正是广大员工的敬业爱岗，帮助深圳麦当劳在经济"寒冬"中仍然保持高速发展的势头。又如，深圳艾美特公司在2009年春，欧美订单不足30%，生产线削减一半。在危机面前，公司认为，不能把员工推向社会，这不符合企业责任的要求，更不利于劳资和谐，况且困难是暂时的，金融危机过后将会赢得更广阔的市场空间。于是，提出"员工一个不能少"的口号，这不仅温暖了员工的心，而且让员工把企业真正当成了自己的"家"。通过技能培训，开拓内需市场、亚洲市场和欧盟市场，研发创造名牌产品等多管齐下，公司发展仍然上扬。

企业在应对金融危机中着力构建和谐企业文化，让员工的心与企业贴得更紧。在这方面，深圳华侨城集团和深圳福兴达科技公司等企业的做法很有代表性和说服力。如，福兴达科技实业（深圳）有限公司在全体员工中脱产集中进行5天"军训"，收到"凝聚思想、激发热情、规范行为，鼓舞斗志"的好效果；建立员工宿舍代表制度，代表负责向公司反映员工意见，公司决策由代表向员工反馈，上下及时沟通，起到了营造温馨企业的重要作用；利用公司的文化资源，有计划地开展丰富多彩的文体活动，使员工充分感受到大家庭的温暖与和谐。公司把员工当家人看待，员工就把自己当成企业的主人处事。正因如此，在几万平方米的厂区，就没有人舍得往地上扔一片纸屑和垃圾。员工的心就是企业发展的根。2009年初福兴达在出口订单下降近30%的窘境下，有计划地采购先进设备、扩大研发团队、开发新产品生产线，不仅陆续招收了近400名新员工，而且员工工资稳中有升。"为人诚，必为人信；为人利，必得人心"。企业对员工发自内心的关爱，必然获得员工对企业的忠诚。爱心让员工和企业共渡难关，共图发展。

（六）社会化调处劳动纠纷模式成效凸显

劳资矛盾实质是社会矛盾。社会矛盾需举全社会之力方能及时有效解决。在特殊困难的2009年，深圳劳资关系稳定、和谐。2009年，深圳劳动保障信访部门受理群众来信来访案件数及人数同比分别下降28%和47.1%；深圳市劳动保障监察部门处理劳动纠纷群众性突发事件804宗，同比下降62.4%。劳动争议呈现"三下降"的良好局面：劳动争议案件量，因加班工资引发的劳动争议，以及重大集体上访大幅下降。其中，妥善处理重大集体上访宗数和人次，同比分别下降65.2%和68.6%。这里一个重要原因，就是不断健全完善社会化调处劳资矛盾的新模式，坚持走社会化调处劳资矛盾的新路径。

以法律法规为准绳。2009年，深圳在深入贯彻执行《中华人民共和国劳动合同法》等一系列重要劳动法律的过程中，抓住本地劳动执法中的重点、难点问题，废止了本地尚存的全国首个保护劳务工权益法规等两大"落伍"条例、出台了《深圳市安全管理条例》、《深圳市员工工资支付条例》和首个《深圳市失业登记管理办法》等法规、规章。这对于处理用人单位和员工在劳动合同中依法约定的正常工作时间工资的兑现，员工依法享受年休假、探亲假、婚假、丧假、产假、看护假、节育手术假等假期的工资支付，员工最低工资每两年至少调整一次和对失业人员管理服务所产生的矛盾纠纷，提供了更加明确的具体的监督检查和调处有劳资纠纷的法规、规章依据，有利于依法维护劳动者的合法权益，维护和保持企业、社会的和谐、稳定。依据《中华人民共和国劳动合同法》和《深圳市和谐劳动关系促进条例》的精神，2009年深圳把完善劳动合同制度当做维护员工权益，促进和谐劳动关系健康发展的一件大事来对待。2009年，深圳劳动合同签订率达98.3%，劳动合同短期化现象明显改善，2年或3年及以上期限的占90%以上，促进了就业的稳定。

以大调解为主轴。2009年，深圳逾6成劳动纠纷通过大调解方式成功化解。其特点是：整合劳动争议调解资源，建立人民调解、司法调解和行政调解有机衔接机制，实现劳动争议案件的来访、调解和结案"一条龙"服务，畅通渠道，方便群众，快捷、高效解决劳动争议；把调解工作重心下移，关口前置，在街道、社区等基层建立调解组织，由劳动部门牵头，相关部门人员联运运转，从源头上化解劳动纠纷；坚持从实际出发开展劳动争议调解工作，实行"调解组织多样化、调解人员多元化、调解方式多渠道"，以实际效果作为调解工作的评价标准，突出大调解以和为贵的本质属性，倾力向利益一致基础上的企业与员工讲清法说透理，更用春风化雨的真情温暖人感动人，把一般的本不属于对抗性的矛盾化解在基层、化解在萌芽状态之中，为劳动关系增添更多和谐的音符。

深圳市6个区，外加2个新区，55个街道、630个社区，全部设立了人民调解组织，共有专、兼职调解员17000多人，劳动、公安、法院、信访等部门和一些企业、行业都建立了调解机构。现在已形成市、区、街道和社区多级劳动争议调解工作体系，开展全方位、多层次、多形式的劳动争议调解工作。

南山区建立区、街道、社区三级劳动争议调解工作网络。目前，三级调解组织共有专、兼职调解员252名，其中社区调解员就有196名，占总数的78%。南山区调解中心自2007年成立以来，现场调解的案件占总量的75%，一次性调解成功率高达82%。南山区"三级"劳动争议调解网络的经验，受到中央、省和市主管部门的充分肯定，并在全国推广。

福田区建立区级依托社区劳动信访调解中心、街道依托综治信访维权中心和社区依托人民调解的模式，形成了区—街道—社区三级调解劳资纠纷的格局。在调解劳资纠纷过程中，开展区里领导、部门领导大接访、大调解活动。区委主要负责同志不仅亲自接待群众来访，还率队到现场调解，多次与福田保税区一家发生重大劳资纠纷的外资企业老板对话，讲解法律规定和区政府态度，使劳资纠纷终于化解。区劳动局领导多次到上访人员家中安抚情绪，化解纠纷。2009 年，福田区劳资纠纷案件调解成功率达到 85.2%。

罗湖区构建区和 10 个街道两级劳动争议调解中心，并与区劳动仲裁委员会互相支持、倾力合作。调解中心调解成功后可将调解协议置换成仲裁调解书，确保了调解的成功率和权威性，使调解率大幅上升。

宝安区西乡街道通过融合人民调解、司法调解和行政调解三方力量，设立了劳动争议联调室，充分发挥劳动争议调解资源整合优势，解决了许多"劳动部门管不了，法院管不着，部门管不好"的棘手问题，被群众誉为劳动争议调解的"西乡模式"。

宝安区公明法庭 2009 年将"大调解"工作机制引入"审前调解"、"联合调解"，一些重大劳动争议纠纷得以有效预防和及时处理。该庭用"审前调解"办法就成功调解一起重大劳资纠纷案，使 69 名员工获补 58.9 万元劳动报酬。

深圳整合劳动争议调解资源，下沉劳动争议纠纷第一现场，在第一时间联调劳动纠纷，构筑劳动关系维稳第一道防线，调解之便利，效果之快捷，员工之满意，充分显示了大调解在健全完善社会化调解劳动争议模式中的显赫地位和在这一特殊时期的现实意义及重要作用，也折射出创新调解劳动争议纠纷的无限魅力。

以行政执法为着力点。金融危机的冲击给员工的维权蒙上了阴影，而获取工资报酬又成为维权的重中之重。在这种情况下，深圳实行"一统一，三结合"的原则，即职责与职权相统一，属地管理与"谁主管、谁负责"紧密结合、当地稳控与归口调处紧密结合、分工负责与齐抓共管紧密结合。这一原则的实行，强化了人力资源和劳动保障部门、相关部门单位、行业协会和事发地的行政机关的职责任务，把各自单打独斗变成各方统一的合力，把单一的措施变成强有力的"组合拳"，依法行政、联合调处以工资为焦点的侵犯员工权益的劳动纠纷事件。在 2009 年，深圳依法行政处理劳动纠纷的"组合拳"主要是：健全、完善调处劳资纠纷的长效机制。其内涵有制度约束类、政策规范类、经济制裁类、集中整治类、调处和解类、联合监管类、多方助推类，等等。突出的举措是，分段集中开展欠薪整治行动，重点打击携款逃匿违法的企业法人；把企业工资发放纳入实时监管，发挥欠薪预警机制功能作用；实施欠薪保障基金，缓解企业欠薪的负面影响；启动应急预案，及时调处欠薪纠纷。

如，深圳市人力资源和社会保障局从 2009 年 11 月中旬至 2010 年 2 月上旬，在深圳市范围内开展为期 2 个半月的用人单位工资发放情况大检查活动。检查对象是深圳市各类用人单位，重点是建筑、加工制造和餐馆娱乐服务等劳动密集型行业企业。检查以市级督察、区级集中检查、企业自查自纠为主，对没有按规定整改的用人单位重点检查。执法检查过程中，充分发挥联合执法、上下联动的整体执法效能。通过检查，进一步规范用人单位工资发放等用工行为，保护劳动者合法权益。公明劳动部门针对金融危机影响下的企业经营状况，适时推出了劳动纠纷隐患每日排查制度，并对屡次拖欠工资的企业主动约谈，把矛盾纠纷化解在萌芽状态。仅 2009 年上半年就为农民工追回工资 250 多万元。同时，还倡导将74 家企业 8200 多名农民工工资由银行代发的改革，受到大家的普遍欢迎。

又如，2009 年，深圳充分发挥欠薪保障基金的功能作用，共为企业垫付欠薪金额达 3643 万元，涉及劳动者 12384 人，与 2008 年相比分别下降 6.3%、17.4%。2009 年一季度为企业垫付宗数为 29 宗，二季度下降为 17 宗，四季度更是大幅下降。

再如，2009 年 10 月下旬，深圳市沙头角商贸协宏鞋业来料加工经营者欠薪逃匿，员工工资没有着落。盐田区人民法院接到报案后立即启动应急机制，仅用 3 天时间，完成 981 宗劳动仲裁裁决案件的立案及执行款项的划付工作，执行到位总金额达人民币 2525447 元，占裁决应支付款项总额的 97.3%，为 981 名员工追回工资。

还如，2009 年底，深圳 48 家欠薪逃匿、拒不协助处理重大劳资纠纷等企业违法信息被中国人民银行深圳市中心支行银行企业信用信息基础数据库"记录在案"，这个信息在全国银行系统"共享"。因此，一旦违法，在全国寸步难行，即"欠薪企业面临信贷限制"。

2009 年深圳在重点解决企业欠薪问题的同时，对企业用工、安全生产、员工生活安置等一一进行检查调处，还把农民工纳入住房保障范围、停止收取农民工子女在深义务教育阶段的就读费，全方位维护农民工权益。

以法律援助为善举。2009 年 5 月 1 日起正式施行经过修改的《深圳市法律援助条例》，取消了法律援助范围限制，让更多的困难群众能免费打官司；建立辅助性法律制度，让家庭经济状况不善、争议标的不低于人民币 3 万元的群众打得起官司；明确参与法律援助的律师列入名册并向社会公布，从制度上加大法律援助的保障力度。按照法律援助条例精神，深圳从市到基层基本建立了法律援助中心，并组织律师进社区、进企业，参与劳动争议案件的调处，在依法维权中充分发挥律师的智囊和骨干作用。据统计，深圳各级法律援助机构受理的劳动争议案件占 1/3 以上，主要集中在用工单位不签订劳动合同、随意拖欠工资和不及时处理工伤赔偿等三方面。

南湾街道大力推进"法律进社区、法律进企业"，收到显著效果，在深圳市和龙岗区起到榜样作用。在 2009 年先后有 8 个律师事务所与南湾街道 12 个社区、2 个工业区签订了服务协议书，共有 21 名从业律师进驻各社区、工业区。在一段时间内，律师接待群众来访 1718 人次，举行法律咨询 40 场次，解答法律咨询 1689 人次，举办法律培训 25 场次、培训人数 5520 人，参与调解、调处纠纷 85 宗，其中劳资纠纷 53 宗，占调解、调处纠纷总数的 62.4%；担任社区及企业法律顾问 25 家，其他服务 47 宗、代理诉讼 77 件。"法律进企业"实现了"三提高、三减少、三不出"的实效。即企业员工的法律素质和依法维权能力明显提高，企业的依法经营和依法管理能力明显提高，劳资纠纷的调解能力明显提高；劳资纠纷的发生明显减少，诉讼资源的浪费明显减少，劳资纠纷集体越级上访事件发生明显减少；使一般纠纷不出企业，较大纠纷不出社区，重大纠纷不出街道。整个南湾街道 19 个工业区、315 家企业、近 10 万名员工，呈现出一片人心欢快的景象。

以媒体监督为手段。运用媒体的强大舆论功能遏制无良企业欠薪逃匿等违法行为，是在金融危机冲击下调处劳资纠纷的一个重要手段。2009 年上半年深圳通过媒体向社会曝光 17 家欠薪企业名单，三季度曝光 19 家欠薪企业名单，年底曝光 70 家欠薪企业名单。在媒体曝光后，深圳市所辖宝安等区还要求相关单位做出响应和处理。公安部门要立案侦查，追捕逃匿老板；贸工部门要协调海关监管逃匿企业进出口货物；税务部门要对逃匿企业依法采取税收保全和税收强制措施；劳动部门对逃匿企业要做出行政处罚；财政部门要负责协调将逃匿企业信息录入银行信用数据库；法院要按规定及时限制逃匿老板出境；司法机关要迅速启动司法程序，依法追究逃匿老板的经济刑事法律责任；深圳市还规定，禁止逃匿企业参加招投标、行政审批、政府采购、银行贷款、上市融资和各类市场交易活动；等等。事实证明，这种釜底抽薪的办法，使铤而走险的逃匿企业在深圳无法立足，在市场上寸步难行。

以接访解困为推手。深圳市各级领导、各级干部、各方人士等通过参加"大信访直通车"、"基层大接访"、"信访大厅接访"和"党代表接访日"等活动，直接与反映劳资纠纷的企业员工进行心灵沟通，晓之以理，动之以情，明之以法，一桩桩劳资纠纷案终于尘埃落定。盐田区委主要负责同志认真听取沙头角环卫女工代表反映的关于过节费、加班费、高温补贴等福利不落实的问题后，当场要求区人事部门牵头，城管部门协助，依据事实，按照政策，在一周内解决问题。

民治街道办负责人在"基层大接访"中，当得知在金地梅陇镇 18 栋 B 座装修工程完工后尚有 17% 的工程款被发包方携款逃匿的事实后，立即责成街道城建科、司法所、信访办及挂点律师组成调查组处理此事。当天，由发包方现场支付工人工资 13627 元，余下的 10% 工程款待工程项目验收后一周内支付给工人。工人们在拿到被拖欠的工程款后激动地说："感谢政府帮助我们讨回了血汗钱。"各级干部身体力行，帮助员工维护合法权益，这既有利于劳动争议案件的调处，发展稳定的和谐劳动关系，又有利于党的优良传统作风的继承和发扬，进一步塑造党和政府在群众心目中的良好形象。这就是各级干部通过"大接访"这个平台，与群众更好地心连心的真谛所在。

综上所述可以看出，社会化调处劳资纠纷的模式，把政府主导与社会管理结合起来，把制度化约束与人性化服务结合起来，把刚性调处与柔性调解结合起来，值得进一步完善提高，使之在调处劳资纠纷中发挥更重要的作用。

（七）工会在应对金融危机中推动劳动关系和谐发展发挥重要作用

2009 年，深圳市总工会要求所属各级工会坚持以员工为本，密切关注这场国际金融危机给员工生产生活带来的影响，及时提出要把深圳市委、市政府大力提倡的"企业爱员工、员工爱企业"活动深入开展下去，同心化"危"为"机"；在全面履行维护、建设、参与、教育等各项社会职能的同时，把突出维护员工合法权益贯穿于"保增长、保民生、保稳定"的全过程，为深圳克服国际金融危机的影响作出积极努力。

坚持维护广大员工的合法权益。2009 年，深圳各级工会始终把维护员工的经济利益与维护员工的民主政治权利、精神文化需求和社会权利统一起来抓，突出加快建立以工资为核心内容的集体协商制度，创新维权的体制机制，使之更好地主动科学依法维权。为此，把工会购买律师专业资源为工会会员提供法律服务的这种社会化维权机制不断加以延伸、完善，扩大工会维权覆盖面，提升工会维权力度，增强工会维权实效。2009 年 4 月底，沃尔玛"优化分流"方案引发集体劳资争议，深圳市总工会与深圳市劳动部门及时介入引导，经劳资双方开展平等协商的"约定"，获双方认可。在深圳市总工会指导下，富士康集团公司劳资双方经过多轮谈判，终于在 2009 年底由其双方主要负责人在集体合同上签字。这份集体合同涵盖劳动报酬、工作时间、休息休假、劳动安全卫生、保险福利、职工培训、劳动纪律、劳动定额管理等 8 个方面，均作出了"约定"，特别应指出的是，在这份合同中明确约定 2010 年员工工资增长幅度不低于 3%，这是集体合同的核心内容，而这次有了重大突破，为富士康在深圳地区的 40 多万职工的工资增长提供了法律保障。这标志富士康维护职工权益进入到科学依法维权的境地。这两个案例具有典型性和说服力，显现出专业人士和有丰富谈判经验的实际工作者的智能作用。个案的积累为建立集体协商制度提供了智力资源和具体经验。2009 年，深圳又在 4100 家企业建立了集体协商制度，同时也丰富了社会化维权体制的内涵。

不断扩大工会工作的覆盖面。深圳是农民工最多的地方，把包括农民工在内的广大职工最广泛地组织到工会中来，显得十分重要和迫切。2009 年，深圳市各级工会坚持从这一实际情况出发，锲而不舍地坚持做好工会组建工作，提高工会组建率，尽快实现基层工会组织全覆盖。盐田区于 2009 年 7 月已率先在深圳市完成工会组织全覆盖目标。盐田现有工会组织 736 家，会员 5.37 万余人，形成包括 1 个区级总工会、4 个街道总工会、18 个社区工联会、7 个行业区域工联会、706 个基层工会在内的工会组织系统，工会组织凝聚力明显增强。

"两新"组织和外资企业组建工会，是扩大工会覆盖面的难点、热点问题。深圳市福田区建立"党政主导、工会主抓，各方协调、全力推进"的联动机制，在突破沃尔玛等大型跨国企业工会组建后，在辖区的世界 500 强企业有 8 家相继成立工会组织，其组建率达 94%。截至 2009 年 9 月中旬，福田区 8 个街道成立总工会、94 个社区成立工会联合会、饮食、美容美发 2 个行业工会联合会,实现行业全覆盖。福田区已建立健全区、街道(含行业)、社区、基层工会四级网络体系,基层工会组织建设实现新飞跃。

有资料显示:到 2009 年 9 月底,深圳市基层工会约有 2.76 万家,会员 428.36 万余人,分别比 2008 年同期增长 22.7% 和 11.2%。

推进职工素质工程建设。维护职工的教育权,就是维护职工的就业权、生存权、发展权,也是工会服务深圳工作大局的一个有效抓手。深圳市提升农民工素质,是一项最重要而又十分紧迫的任务。只有农民工的技能素质提高了,他们才能更好地适应深圳产业转型升级的需要,为深圳的科学发展作出新贡献。因此,深圳市总工会审时度势,启动了深圳工会史上迄今规模最大的一项职工培训计划,即从 2009 年起,连续 3 年每年筹集 5000 万元工会经费,共投入 1.5 亿元帮助企业开展职工培训,同时争取深圳各级党委、政府、社会和企业给予一以贯之的支持,进一步形成深圳职工培训的"大格局"。与此同时,2009 年深圳市总工会选择 50 家企业挂牌成立首批深圳工会大学校职工培训示范基地,创新载体,摸索规律,指导全面。3 年培训 300 万农民工计划的实施,为职工成长开辟了一条"大通道"。职工素质将会上一个新台阶,为深圳科学发展增添后劲。

在深圳市总工会的带动下,深圳各级工会、各类企业纷纷行动起来,开展企业班组长培训,计划每年培训 1 万班组长,推进"学习型工会"、"学习型企业"、"学习型班组"建设;在街道、社区和企业建立一批职工"学习中心"、百家"职工书屋"、开设深圳工会系统专门学习网站,健全深圳职工教育学习网络;建立深圳职工素质教育百人讲师团,组织"流动课堂",每年为社区、企业免费举办素质教育讲座 300 场,并向深圳农民工免费发放 10 万册《深圳市农民工素质教育读本》及有关学习资料;加大教育帮扶工程投入,扩大实施"教育帮扶工程"和"圆梦计划",向优秀农民工和困难职工送学历教育、送技能培训,3 年帮扶达到 5000 人。深圳工会系统开展大规模的创新型组织的学习,必将造就一大批知识型、技术型、创新型的职工队伍,在推进深圳科学发展中发挥主力军作用。

开展系列帮扶行动。深圳市总工会依托市、区两级帮扶中心开展一系列帮扶活动,不仅逢年过节到困难职工家中慰问,而且将帮扶救助工作日常化、常态化,尽力协助党和政府为困难职工排忧解难。

2005～2009 年 5 年时间，深圳市总工会共帮扶特困职工 15785 名，发放困难补助 2035 万元；为困难职工子女发放"金秋助学金" 2271 万元，帮扶困难职工和困难农民工子女 1400 余人。实施的"女职工安康互助保障计划"，已有 206 名重病女职工获得总金额 537.25 万元的赔付，帮助患病女职工缓解了后顾之忧。

深圳市各级工会按照市总工会的思路和安排，在日常帮扶工作中，倾力把帮扶工作打造成深圳工会的新品牌。以宝安区各级工会帮扶为例，5 年来仅通过"金秋助学"、"工伤探视"活动，共帮助 113 名品学兼优的贫困生圆了大学梦；为 8731 名工伤、重病、困难职工、农民工送去总金额达 16891213 元慰问金、慰问品。

二　2009 年在金融危机的冲击下更应注重研究解决影响深圳劳动关系和谐发展的根本性问题

2009 年深圳劳动关系经受住了金融危机的严峻考验，总体发展健康和谐，有些方面比预想的还好。但也存在一些"不足"，而这些"不足"是前进中的"不足"，随着工作的深入，会逐步加以解决。

解决"不足"，需抓住根本性问题。根本性的问题，就是职工利益问题，主要是职工经济利益问题。这是劳动关系最基础最重要的方面，当然还有职工应享有的政治民主、精神文化需求和社会权利等。从 2009 年深圳劳动关系的情况分析，涉及经济利益问题诸多，当然这当中也夹着其他因素，有时不可能分得很清楚。如，职工工伤索赔程序烦琐，争议多，耗时耗力。工伤赔偿在进入诉讼程序之前需经工伤认定、劳动能力鉴定、劳动仲裁三个必经程序。如果穷尽所有程序，需经劳动关系确认仲裁———一审——二审、工伤认定——行政复议——行政一审——行政二审等 13 个环节，历时长达 2～3 年。这样设置，操作十分烦琐，工残者身体和经济难以承受，用人单位也可拖延赔偿。无论从哪方面看，经济的、政治的、劳动关系的受损均在其中。

又如，职工工资的增长与企业经济效益的提高不同步。在深圳的农民工，月收入一般的只有千元左右，年工资收入增长没有法律作保障的明确比例，有的是零增长，有的虽增长，但幅度很小，跟不上企业利润增长的幅度。职工工资分配总额占企业利润总额的比例远不及世界发达国家。随着职工素质的不断提升和企业的持续发展，应适时考虑职工工资分配占企业利润的合理比例要求，再不能以"中国廉价劳动力"为由加以搪塞。经济利益分配的不公，是制约劳动关系健康发展的大碍。

再如，2009年深圳经济在克服金融危机中向好，因而一些单位提高年终发奖标准，但差距之大，苦乐不均，令人震惊。在制造行业有的仅发50元消费券，有的分文未给，而在基金高管层有的年终奖超200万元。这种机会不均等、结果不均等的信号，与构建和谐劳动关系、和谐深圳的意愿严重相悖。

还如，2009年深圳职业病突破"零死亡"。应该肯定，深圳在这方面的工作做得是好的。现在的问题是需在成绩面前看到死角和漏洞。中央人民广播电台对深圳尘肺病引发矛盾纠纷的曝光就值得警醒。以职工为本，首要的是爱护职工生命。

理论和实践告诉我们，面对金融危机的挑战，只有创新劳动管理的体制机制，紧紧抓住职工利益这个根本性问题，维护职工权益，才能把深圳劳动关系推向一个新阶段，谱写新型劳动关系的新篇章。

三 2009 年深圳劳动关系和谐发展的趋势分析

就业前景继续向好。就业是民生之本，收入之源，和谐之基。有业内人士调查分析称，与2009年第四季度相比，深圳2010年第一季度净雇佣前景指数上升2个百分点；矿业、建筑业净雇佣前景指数上升7个百分点，金融、保险、房地产、制造业、服务业、零售业、批发及零售业、运输及公用事业等行业均有不同程度的上升。2010年深圳第一季度就业前景继续趋好，首要的是深圳2009年经济增长超过计划目标，企业人才储备信心增强。从深圳市人才市场2009年底和2010年1月前期反映看，汽车、物流、中介服务、文化教育等行业对人才的需求量继续表现出明显的增长势头；继续加大基础设施建设力度，一些大项目相继开工刺激建筑、服务、运输等行业的用人需求；国家对新兴产业发展特别是能源产业发展的鼓励以及深圳节能政策的杠杆作用，推动三大新兴产业和矿业的发展；国家对文化产业的厚爱和市场的兴旺，设计之都求才若渴；社会组织的发展和承接政府转移的职能，为就业开辟更广阔的途径。最新职场信息显示：人才交流服务进一步拓宽，公益性招聘活动频率增加，特殊行业、特殊岗位人才资源合理流动性加强。经济社会持续发展与就业前景向好将有效良性互动。2010 年春节过后，深圳和全国不少地区一样，企业普工、技工出现阶段性"招工难"。从表象看，是需求不对接；究其根源仍是利益之争。相信在相互博弈中，会有一个实质性的进展。

中高端人才需求呈上扬趋势。人才市场求职信息表明，2010 年深圳经济继续回暖引发新一轮企业人才需求热。研发营销管理等高端人才炙手可热，软件测试工程师成 IT 热门职业，珠宝评估师和珠宝设计师备受青睐，高级秘书市场呈"人才荒"，金融、地产行业人才紧俏，3G 人才需求旺，顾问人才短缺，医药和医疗行业人才需求量大，企业高技能人才和技工需求旺盛。深圳 IBM、中兴通讯、TCL、创维集团、深圳机场等行业龙头企业曾于 2009 年 9 月到深圳技师学院"抢才"；深圳 186 家企业提前"抢订"深圳技师学院 2010 年毕业生；31 家信息技术企业、11 家电子通信企业也"抱团"抢聘职业院校的技能人才。这一情况表明：在深圳经济平稳发展的过程中，产业结构转型，发展方式转变，自主创新加强为各类人才提供更广阔的舞台。各类人才恰逢其时，大有所为。同时，也折射出企业对技能人才竞争的加剧性和实施人才培养工程的紧迫性。

职工工资会有"缩"有"涨"。所谓"缩"，是行业之间、行业内部职工工资收入差距"缩小"；涨是指企业利好的同时，职工工资会有一定幅度的提高。2009 年深圳总体工资差距由上年的 25 倍继续缩小为 21.5 倍，工资差距最大的行业是金融业，工资差距为 20.1 倍；工资差距最小的行业是社会保障和社会福利业，工资差距为 10.6 倍。一些经济发展平稳、效益较好或好的企业，一般的均给职工增加了不同比例的薪酬。2010 年，深圳经济持续看好，职工工资仍会有"缩"有"涨"，况且这是社会朝着公平方向发展的大趋势，没有不可抗拒的因素，这种规律是不会改变的。

应对国际贸易摩擦有成功经验可以借鉴。在金融危机中，国际贸易保护主义愈演愈烈。深圳外向型经济突出，难免各类贸易摩擦。2009 年深圳遭遇各类贸易摩擦达 8 起，反倾销大案要案明显增多。燕加隆是一家深圳本土企业，它的拳头产品是自主创新研发的地板产业核心技术即"一拍即合"锁扣技术，1997 年进军国际市场累遭国外同行的阻挠，2004 年、2005 年、2007 年、2008 年四次反倾销调查，都能积极应对，一直保持"零反倾销税率"的胜诉成果，2009 年又在德国临时禁止令案中获胜。燕加隆的成功做法可以归纳为在深圳市 WTO 事务小组的统一协调下，充分发挥深圳市预警系统和 WTO 事务工作机制的作用，做到"立足于早、勇敢面对、锲而不舍、筹划谋略、舍得投入、依法维权"。为了取得最好的胜诉成果，燕加隆不惜投入上千万元人民币，聘请国内外知名律师组成专业化的律师团队，积极应诉，最终取得满意的结果。燕加隆的经验被商务部向全国推广。现在，国际金融危机尚未见底，国际贸易摩擦仍会延绵不断，甚至在某些国家和地区还会加剧，"预则立，不预则败"。燕加隆的经验为我们提供了对付国际反倾销调查的良策，应予研究和借鉴，并在实践中丰富完善，以更好地"走出去"发展。

四 2010 年深圳劳动关系向更高层次更新领域更富特色道路发展的对策建议

（一）把思想和行动统一到建立中国特色社会主义新型劳动关系上来

根据中国工会"十五大"精神，王兆国同志于 2009 年 5 月 27 日在《人民日报》发表了题为《深入学习贯彻党中央重要指示精神，努力使中国特色社会主义工会发展道路越走越宽广》的重要文章，明确提出了建立规范有序、公正合理、互利共赢、和谐稳定的中国特色社会主义新型劳动关系。我们认为，这一重要精神，既体现了中国国情，又反映了时代精神；既丰富了新型劳动关系的内涵，又指明了新型劳动关系的发展道路；既强调依法发展，又突出科学发展。坚定走中国特色社会主义新型劳动关系的发展道路，核心在于坚持中国共产党的领导，根本在于坚持社会主义性质，关键在于维护职工合法权益，目的在于共建共享发展成果。社会公平，是它的理念支撑；制度性安排，是它的基本需要；机制创新，是它的重大举措；双重效应（即利益平衡和发展稳健），是它的根本目标。联系深圳实际，把广大企业、广大职工、广大干部群众的思想和行动统一到推动建立中国特色社会主义新型劳动关系的道路上来，深刻认识建立中国特色社会主义新型劳动关系的发展道路的时代意义和重大作用，抓住新型劳动关系的各个重要方面创新体制机制，建立健全制度，完善各项政策，注重实际效果，着力开创深圳建立中国特色社会主义新型劳动关系的新局面，用看得见、摸得着、叫得响的实效，更好履行"先行先试"的重大责任，促进深圳社会在应对后金融危机阶段持续和谐发展，让广大企业职工进一步共享改革发展成果。

（二）健全社会服务业就业长效机制

目前，我国社会服务业处于一个极为微弱的阶段。全国正式登记注册的社团、基金会、民办非企业单位就业人口仅占当年城镇劳动人口的 1.56%。如果按照国际平均水平的 5% 计算，那么我国非营利部门的就业率则将增长 3.2 倍，这说明在我国非营利部门有很大的就业空间。目前，我国非营利就业主要集中在社会服务业中的残疾人服务和老年人服务。其实，重症残疾人和残疾人家庭的康复需求和服务、60 岁以上老人特别是 60 岁以上的失能、失智老人的服务，有相当需求是"零服务"，这就是非营利机构的发展潜力，也是社会服务业就业的巨大潜力。况且登记类接纳就业的社会组织仅占免于登记类社会组织数量的 0.075%，"微不足道"。要是把免于登记的社会组织向适应社会需要的社会服务业机构转型，那我国社会服务业就业的能量则非常可观。相对而言，深圳改革开放力度大一些，社会组织发展快一些，社会服务业就业有一定成效。但毋庸置疑，我国在社会服务业就业方面的状况在深圳也不同程度存在。我国包括深圳在内与国际社会的差距，就是社会服务业发展的前景。重视并切实抓好社会服务业，应是破解现阶段就业难题的"良策"，也是就业的新增长点，更是就业的长远之计。因此，深圳有必要在现有基础上，健全社会服务业发展的长效机制，为社会服务业就业提供可靠的制度性保障。

规划导向。根据金融危机影响出现的社会服务业的变化情况，用创新思维的方式，重新审视深圳市残疾人事业发展规划和深圳市 60 岁以上老年人养老事业发展规划，则应注意把当前发展与长远发展结合起来，在抓好 2010 年发展规划落实的同时，着力谋划"十二五"甚至更长时期的发展规划；在规划社会服务业发展的同时，着力谋划非营利机构的发展；在规划社会组织变革的同时，着力谋划民办非营利机构的发展。通过规划安排，逐步把非营利机构的"蛋糕"做大，成为调整产业结构的新内涵、大容量就业的新路径、向内需倾斜的社会经济发展的新战略。用赋有法律效力的发展规划，规范以非营利机构为核心内容的社会服务业的发展。

政策扶持。社会服务业尤其是民办非营利机构的发展，离不开政府的帮助。政府在政治上、法律上予以应有支持外，主要是资金的支持。政府用购买服务、财政补贴的方式支持非营利机构的发展是行之有效的，需要继续实施。具体到非营利机构，应视其发展情况和效能，区别对待和解决。在硬件设施建设和人员培训提高方面确有困难的非营利机构，政府也需伸出援助的手，扶持它们正常发展。就税制而言，政府对非营利机构应是免税的，但对名不副实的需另当别论，以维护政策的严肃性。

上岗验证。这需作为一条硬性规定来监督执行。上岗的雇员必须具有与岗位相称的技术素养和从业素质。因此，任何应聘人员上岗前需参加集中培训，并经考试合格方可发证。任何打"折扣"的做法，都是对以非营利机构为主要发展方向的社会服务业的成长不利的。

行业监管。改革实践表明，行业监管机制是可取的，应重视这一来之不易的成果，充分发挥行业协会监管的作用，推动以非营利性机构为主要发展方向的服务业自律发展，自觉跳出偏重追求经济利益的局限，释放服务文化"慈善、关爱和志愿"公益精神的元素，呈现人与人和谐相处的氛围。

（三）建设一流的技能培训体系

建设一流的技能培训体系，是深圳产业转型升级、转变发展方式的必然要求；是用技术装备劳动密集型企业的紧迫需要；是用知识、技能武装广大职工的根本举措；是应对后金融危机，保持深圳经济平稳较快发展的治本之策；是深圳担当"先行先试"责任，在职业技能培训方面理应走在前列的内在动力。为此，应把技能培训当做全局工作中的一件大事，用抓"保增长、保民生、保稳定"的劲头和谋略，建设一流的技能培训体系。

建设一流的技能培训体系，需要建立技能培训链。深圳市级是培训链的上端，应就建立不同类别、不同规模、不同内容的技能培训基地，主要培训企业高管层、技术拔尖人才，发挥示范、引领功能；区级是培训链的中端，亦根据辖区企业实际，分阶段分类别分内容，举办企业中层以上管理人员和技术骨干培训班，起到培训"种子队"的作用；街道一级是培训链的下端，需建立技能培训信息捕捉和传播机制，适时组织各方力量送技能知识到企业、到工地、到职工饭厅、到职工文化娱乐场所、到职工宿舍区，为企业开展技能培训搭建平台，帮助解决实际问题；企业是技能培训链的末端，也是技能培训的主阵地，需用企业领导层的技能培训链连接车间技能培训链，再用车间技能培训链连接班组技能培训链，再到企业职工个人链，企业内部的技能培训链条与街道级的链条连接起来，最后形成深圳逐级链条的衔接。这个培训流程和操作细节，应具体化、制度化、规范化，做到把逐级培训链紧扣在一起，不脱链，不掉挡，成为一个技能培训的完整系统，更好地发挥培训链的整体效能。

建设一流的技能培训体系，需要编写一系列实用型教材和选聘一批高层次的教师。企业职工来自五湖四海，技能基础参差不齐，需按职工实际水平和岗位需求，以及国家、国际行业标准，产业优化、升级的发展方向，有的放矢地分层编写系列技能培训教材，使之具有针对性、实用性和前瞻性，分别为不同层次的职工所接受，让他们乐意学、钻得进、用得上。培训教师，应聘用那些有理论素养、善于实际操作的行业知名人才、顶尖人才或中高等职业院校的拔尖人才担任，确保教学质量和实际效果。

建设一流的技能培训体系，需要制定一套行之有效的制度作保证。即应有"责任制度、投入制度、合作制度、参培制度、督学制度、考评制度、奖惩制度"，用制度管人、管事，规范技能培训工作，打造技能培训品牌，让技能培训积聚的强势功率，有力推动产业优化升级，加速深圳产业发展方式的转变。

（四）进一步完善社会保险制度

创新相关政策率先完善社会保险市级统筹，为市民就近方便快捷就诊提供更好的条件，彻底解除市民后顾之忧。尽快实现工伤保险全覆盖，让每一名职工都能享受到工伤保险。工伤索赔，在保证双方权益的前提下，应简化赔偿程序，开辟快速处理通道，设专项救助基金，为受伤较为严重、生活陷入窘境的劳动者提供快速处理通道和较为便利、及时的救助。积极探索工伤预防的有效机制，收取符合实际的合理的工伤预防费用，开展工伤预防性职业健康检查和检测工作，建立职工工伤预防性职业健康档案，把工伤预防的建立同工伤赔付、工伤康复有机结合起来，促进工伤保险制度健全完善。大力破解企业年金发展的制约因素，进一步做好企业年金基金集合计划正式推出提供可操作的法规保障的准备；健全各管理机构间操作运营互动机制；优化对中小客户的服务；创新金融产品，以解企业年金缴费职工资金需要之急。从更新理念、调整税收政策、健全相关制度、完善集合计划诸方面添措施，加大企业年金扩面力度。加强社区社康中心建设，提高社康中心全职医生素质，健全各项医疗制度，强化社康中心医疗服务监管，真正把社康中心办成市民家门口的医疗、健康服务之家。大力推广使用监管软件，规范非现场监管，做好基金预算管理，确保基金绝对安全。进一步解决社会保险制度的缺失，则是对社会保险制度的健全完善。社会保险制度的健全完善，参保人得到的实惠多，社会保险制度的公信力和权威性就能得到更好地提升。

（五）夯实大调解的基础

全面推进、规范建设企业劳动争议调解组织。企业已成立工会的，需迅速把企业劳动争议调解委员会建立起来；企业尚未成立工会的，应把工会组建与劳动争议调解委员会同步成立；企业劳动争议调解委员会组建后，应充分发挥作用，构筑化解争议的"第一道防线"。在加强区域性劳动争议调解组织建设的同时，需全面推开行业性劳动争议调解组织的建立健全，让行业自律功能在劳动争议调解领域得到释放。无论是企业内部劳动争议调解委员会，还是区域性、行业性劳动争议调解组织，均应建立健全例会制度、案件通报制度、重大或疑难案件会审制度、对调解员和调解活动的监督制度等，以保证调解能力的最大释放。调解员素质在很大程度上决定调解成功率。应下大工夫培训调解员队伍，提高他们的法律知识水平，判断劳动争议是非的能力和与双方当事人沟通、斡旋的技巧，化干戈为玉帛。加强调解与仲裁、司法合作，健全联动机制，坚持"预防为主、基层为主、调解为主"的原则，从预防做起。在生产经营的源头，尽量使劳动者保持心情愉悦；在纠纷的萌芽阶段，竭力对非理性情况加以预防，这应是处理劳动争议的基本思路，也是一件高回报率的事情。

（六）全面推进工资集体协商制度

无论何种所有制企业，只要已建立工会组织的都应实行工资集体协商制度；职工在100人以上的非公有制企业和民办非企业单位，原则上亦应实行工资集体协商制度；在中小企业和外资企业集中的区域、行业全面推行工资集体协商制度，使工资集体合同制度覆盖各类企业和员工，不断提高集体合同履约率。企业开展工资集体协商时，需结合本企业经济效益情况，依据深圳市当年度工资指导线、深圳地区劳动力市场工资指导价位，合理确定本年度职工工资总额、水平和幅度。建立企业职工工资正常增长机制和支付保障机制。企业利润应适度向职工特别是农民工倾斜，提高农民工工资收入，缩小工资差距，减少负面效应。企业合理的工资薪金支出需依法通过工资集体协商和职工代表大会进行确定。

参考文献

2009 年 1 月至 2010 年 1 月《中国劳动保障报》。

2009 年 1 月至 2010 年 1 月《深圳特区报》。

社会保障篇

VOLUME OF SOCIAL SECURITY

《深圳经济特区和谐劳动关系促进条例》
的落实情况及其影响分析

吴丽莎*

摘　要：《深圳经济特区和谐劳动关系促进条例》（以下简称《促进条例》）是全国第一部和谐劳动关系的地方性法规，自贯彻实施一年多来，对调整劳动关系、规范企业用工行为和保护劳动者合法权益发挥了积极作用，同时也对企业的生产经营产生了重大影响，为全面推进深圳市劳动合同制度建设、构建和发展和谐稳定劳动关系提供了重要法律保障。当前有必要对《促进条例》实施后深圳市劳动关系总体状况进行分析研判，积极探索新法律环境下劳动关系调整工作对策，以进一步促进深圳市劳动关系和谐，推动经济社会健康发展。

关键词：促进条例　劳动关系　情况报告

---

* 吴丽莎，深圳市人力资源和社会保障局。

一 《促进条例》实施一周年深圳市劳动关系状况

《促进条例》于 2008 年 9 月 23 日获正式通过,从 2008 年 11 月 1 日起施行。这是全国第一部和谐劳动关系的地方性法规,是民主立法、科学立法的结晶。《促进条例》实施以来,深圳市政府将维护和促进劳动关系和谐稳定作为重要职责,结合深圳实际创造性地进行制度建设和协调机制建设,成效显著。《促进条例》实施一年来,深圳市劳动关系总体和谐稳定,主要体现在四个"进一步"。

第一,劳动合同制度进一步完善。《促进条例》的颁布实施,为全面推进深圳市劳动合同制度建设、构建和发展和谐稳定的劳动关系提供了重要的法律保障。并配合《劳动合同法》及其实施条例,共同构筑起深圳市劳动合同制度体系奠定了坚实的法制基础。2009 年,深圳市用人单位落实劳动合同制度情况良好,员工劳动合同签订率为 98.3%,农民工劳动合同签订率为 97.9%,均比 2008 年提高 0.2 个百分点。

第二,用人单位劳动管理进一步规范。通过贯彻落实《促进条例》,深圳市用人单位更加注重规章制度建设和民主管理,能够积极按照《促进条例》的规定,着手制定、修改规章制度,全面规范劳动管理,人力资源管理水平明显提高。劳动者对用人单位劳动保障违法行为的投诉大幅下降,2009 年,全市劳动保障信访部门共受理群众来信来访 89129 宗(件),涉及 188997 人次,同比分别减少 28% 和 47.1%。

第三,劳动者权益保障进一步充分。《促进条例》进一步明确了劳动者的休息权、劳动报酬权、获得法律援助权等权利,劳动者的权益得到了强化保障,严重侵害劳动者权益的违法事件明显减少。2009 年,全市劳动保障监察部门处理劳资纠纷群体性突发事件 804 宗,同比下降 62.4%。

第四,劳动关系进一步和谐。《促进条例》归纳列举了劳资双方的权利义务,对用人单位与劳动者构建和发展和谐劳动关系进行了明确的法律指引,劳动关系双方更加清楚履行义务的重要性,法制意识明显增强。用人单位守法经营自觉性日益提高,劳动者维权日益理性,特别是在金融危机时期员工主动与企业同舟共济、共渡难关的多了,劳动关系更趋于和谐,劳动争议呈现出"三下降"的良好局面。

一是劳动争议案件量持续下降。2009 年深圳市各级仲裁机构共受理劳动争议案件 4.1 万宗，其中立案 3.7 万宗，立案涉及人数超过 7.7 万人次，同比分别下降了 21.5%、22.7% 和 59.2%。尤其是下半年劳动争议案件量下降显著，立案数同比降幅从一、二季度的 6% 和 12% 扩大到了三、四季度的 38% 和 29%，呈逐季减少态势。

二是因加班工资引发的劳动争议明显下降。员工追讨加班工资和以此为由要求解除劳动关系并给予经济补偿金引发的争议曾是导致 2008 年劳动争议案件飙升的主要原因，但该类案件在《促进条例》颁布实施，对加班工资计算基数进行了明确规定后，2009 年因要求加班工资及因此而要求解除劳动关系并由用人单位支付经济补偿金的争议在很大程度上有所减少。

三是重大集体上访量大幅下降。2008 年 10 月~2009 年 2 月，由于受金融危机和多种因素的交织影响，劳动关系的不稳定性增加，劳资矛盾和冲突明显增多，群体性劳资纠纷和欠薪逃匿案件高发。为此，深圳市劳动保障及相关部门采取一系列有效举措，切实维护劳动者和企业的合法权益，有效遏制了劳资纠纷急剧上升的势头。2009 年全市劳动保障信访部门妥善处理重大集体访 354 宗，涉及 31971 人次，同比分别减少 65.2% 和 68.6%。

二 贯彻实施《促进条例》的主要做法

深圳市政府高度重视《促进条例》的贯彻实施工作，采取完善政策措施、广泛宣传培训、加强指导和服务、强化监管和仲裁等切实有效措施，从七个方面确保《促进条例》在深圳市顺利平稳实施。

（一）加强贯彻落实《促进条例》的领导工作

深圳市政府高度重视《促进条例》的贯彻实施工作，市领导多次听取劳动关系协调工作的专题汇报，及时了解出现的新情况、新问题，解决工作中存在的实际困难，为《促进条例》的顺利实施打下良好基础，确保了《促进条例》得以全面贯彻落实。市劳动保障部门始终把这项工作摆在首要位置，在条例颁行伊始，即迅速成立了贯彻落实《促进条例》领导小组，制订实施方案，明确目标任务和工作措施，确保各项工作落到实处。

（二）营造和谐劳动关系的法制环境

宣传《促进条例》是 2009 年深圳市普法工作的重点之一，劳动保障、司法、工会、街道办事处等部门积极开展多形式、广覆盖、多层次、全方位的普法宣传活动。一是充分利用广播、电视、报纸、杂志、网络等媒体，以开设法律专栏、播放公益广告的形式海量普及条例。二是分门别类抓好劳动保障系统工作人员、企业法人和管理人员、劳动者的学习培训，确保法律主要执行者和适用对象准确把握法律精神实质，提高依法行政能力、依法经营管理和依法理性维权意识。三是编印并广泛发放普法书籍、单行本、条例问答、漫画海报等宣传资料，全市共派发条例等宣传资料 100 多万份。劳动保障部门编写了《用人单位构建和谐劳动关系指引》、《劳动者依法维权指南》、《企业劳动法律实务指南》多本普法书籍，成为用人单位和劳动者学法、用法的好帮手。四是组织开展普法知识竞赛、公众咨询、有奖问答、文艺晚会、送法上门活动，以各种形式强化宣传培训效果。开展了"小手牵大手、把法带回家"活动，劳动保障部门与教育部门联手，通过学生将劳动法规带给家长，提醒家长学习、遵守劳动法规，进一步拓宽普法覆盖面。五是劳动保障部门结合招调工、信访、监察、稽核、征收等日常业务工作，在办事窗口发放条例宣传资料，向用人单位和劳动者宣讲条例，充分挖掘普法宣传的潜力。

（三）完善和谐劳动关系的长效机制

一是做实劳动关系三方协调机制。按照《促进条例》规定，深圳市政府将成立劳动关系协调委员会列入了 2009 年度重要工作目标并积极推进此项工作，市劳动关系协调委员会的筹备工作已经完成并即将成立，各区劳动关系协调委员会已于 2009 年相继成立。二是按照《促进条例》规定，大力推行集体协商，扩大集体合同覆盖面。2009 年，深圳市新签订集体合同 4100 家，全市实行集体合同企业达 3 万家，涉及员工 310 万人。积极指导企业在裁员、减薪等重大事项中与员工开展集体协商，最大限度维护劳资双方的权益。深圳市集体协商工作有效发挥了预防劳资纠纷的作用，签订了集体合同的企业没有发生一宗重大群体性劳资纠纷，有力促进了劳动关系的和谐稳定。三是开展和谐劳动关系先进企业评选表彰活动。市劳动保障部门联合市总工会和市企业联合会/企业家协会开展了

"深圳市劳动关系和谐企业"评选活动，2009年5月全市共评选出740家"2008年度深圳市劳动关系和谐企业"，并向它们颁发了奖牌和荣誉证书，经过宣传和推广，充分发挥和谐企业在遵守劳动保障法律方面的示范作用。四是在全市范围内广泛开展"企业爱员工、员工爱企业"活动，号召企业和员工为应对金融危机积极行动起来，同舟共济、共渡难关。自2008年12月以来，包括富士康、沃尔玛、华为、盐田国际等知名企业在内的近万家企业和百万名员工共同参与了此项活动。"双爱"活动成为深圳市应对经济危机的一个独特举措，为构建和谐稳定劳动关系，营造良好的经济发展环境，起到了积极的推动作用。此项活动将作为深圳市的一个品牌活动长期开展。

（四）夯实和谐劳动关系的监管机制

一是调整执法思路，推行以教育整改为主的"柔性执法"模式，重点开展了在金融危机形势下指导服务企业和清理整顿人力资源市场秩序专项行动。2009年，全市劳动保障监察部门共检查各类用人单位46729家次，涉及劳动者516.73万人次。二是建立完善劳资纠纷信息预警与应急处置机制。实行欠薪逃匿突发事件、重大群体性劳资纠纷即时报送制度，做到"情况早知道、工作早到位、问题早解决"。三是开展劳动保障监察"两网化"（网格化、网络化）管理试点工作，全市55个街道划分为601个监控网格，按照"专格专人，责任到人"原则配备专职劳动保障监察员和协管员，明确网格职责，量化任务指标，对用人单位实行分类监控。打造劳动保障监察信息化系统平台，实行案件网上办理，违法信息网上录入，运用系统对用人单位劳动用工情况实施网上监察和全程动态监管。四是按照《促进条例》规定，积极开展用人单位劳动用工信息网上申报工作，自条例实施以来申报用工信息的用人单位达11万多家，已将21.25万家企业纳入系统管理。五是按照《促进条例》规定，积极建立健全劳动关系信用征信制度。近几年来市劳动保障部门累计向市企业信用信息系统报送劳动投诉和处罚信息2万多件，企业欠薪黑名单信息393件，市政府相关部门通过信用信息系统进行信息共享，加强联合监管。同时通过深圳信用网公开企业劳动关系信用状况，向社会曝光，作为企业参加招投标、行政审批、政府采购、银行贷款、各类先进性评比、上市融资和各类市场交易活动的重要参考依据，逐步形成覆盖全社会的失信惩戒机制，提高企业失信成本，优化深圳市信用环境。2009年市劳动保障部门与中国人民银行深圳市中心支行建立协调联动机制，将企业劳动保障违法信息纳入银行征信系统，作为各金融机构审办信贷业务的重要依据，提高企业违法成本。在2009年5月20日召开的新闻发布会上，已将首批48家企业违法信息移送中国人民银行深圳市中心支行，形成对违法企业强大的信用约束力，有效预防和抑制欠薪等违法行为。

（五）创新和谐劳动关系的调处机制

按照《促进条例》关于建立和完善调解工作机制的规定，深圳市逐步形成了以职能部门为主导、社会化调解并重的新型劳动争议调解模式。2009年，全市各级调解组织及仲裁机构共调解结案3.7万宗，总体调解成功率达70%。进入正式仲裁程序的案件也有约50%以调解方式得到解决，真正实现案结事了。一是区、街道、社区三级调解机制逐渐成形，并发挥积极作用，承担了约八成的劳动争议调解工作。二是劳动保障部门形成了以信访为依托、以监察为保障、以仲裁为后盾的"三位一体"综合调解模式，为劳动者和用人单位提供一条龙、一站式调解服务，涌现出了以南山、罗湖、西乡为代表的多渠道、开放式劳动争议调解模式，2010年人力资源和社会保障部、广东省劳动保障厅先后在深圳市召开现场会，推广深圳市创造的劳动争议调解"深圳模式"。三是劳动仲裁调解工作效能提升。全市劳动仲裁机构坚持"调解为主、仲裁为辅"原则，采取周末开庭、夜间开庭、预约开庭、巡回开庭等积极措施，全力化解积案，使案件积压现象大为缓解。2009年，全市劳动仲裁机构共办结案件38968宗。四是指导企业建立内部劳动争议调解机构，将调解机制更广泛地向企业特别是中小企业延伸，及时调处劳资纠纷，防止矛盾扩大升级。

（六）健全和谐劳动关系的服务机制

一是做好就业服务工作，筑牢劳动关系和谐稳定的基石。2009年2月和7月深圳市相继出台了《关于做好促进就业工作的意见》（深府〔2009〕26号）、《关于促进以创业带动就业工作意见》（深府〔2009〕143号），就业政策体系和就业保障体系日趋完善，就业失业登记管理工作、预防失业、稳定就业工作和以创业带动就业工作取得突破性进展。2009年，全市共促进30791名失业人员实现就业，城镇登记失业率为2.55%，始终保持"零就业家庭"动态归零，14.3

万家企业和 837 万人办理就业登记。二是建立企业联系制度。通过上门走访和电话联系等方式，了解企业需求，针对企业发展面临严峻挑战的形势，加强对用人单位劳动用工的指导和管理，根据不同企业的不同情况进行分类指导服务，细化劳动标准，重点帮助企业解决用工成本、用工机制等实际问题，通过事前指导、事中服务、事后协调，帮助企业解决执行法律中遇到的实际问题和困难，使企业在"金融冬天"倍感政府送来的温暖。着重建立回访制度，在依法查处存在重大违法行为的企业或妥善处理企业重大劳动争议案件后，对企业进行跟踪回访，督促企业及时纠正内部用工管理中存在的问题，自觉依法规范用工行为。三是畅通劳动者维权渠道，多层次、全方位、立体型、现代化的信访体系已经形成，为员工利益诉求提供了便捷。对拖欠工资、医疗费、工伤生活费的案件一律快捷立案，快速审理，必要时先行部分裁决用人单位预先支付工资、医疗费和生活费。四是按照《促进条例》规定，建立劳动争议法律援助机制，劳动保障部门联合法律援助中心在市仲裁院、盐田区劳动局、龙岗区劳动局、宝安区劳动局设立了法律援助窗口，为仲裁申请人提供法律咨询服务，引导劳动者依法维权。目前宝安区已将法律援助延伸至街道，为妥善解决基层劳动争议发挥了重要作用。

（七）健全和谐劳动关系的保障机制

一是指导用人单位建立正常的工资调整机制，向社会公布了《2009 年深圳市人力资源市场工资指导价位》，涉及 18 个行业、职位（工种）数达 566 个，对用人单位合理确定内部各职位（工种）的工资水平、理顺内部分配关系以及指导工资协商起到了积极的作用。二是充分发挥欠薪基金的保障功能。按照有限垫付原则，依法、快速启动欠薪保障基金，优先解决倒闭企业拖欠员工工资问题，确保员工基本生活不受影响，妥善解决因企业欠薪引发的群体性事件。2009年，全市欠薪保障基金垫付欠薪企业 90 家，垫付金额 3643 万元，涉及劳动者12384 人，同比分别下降 6.3%、17.4% 和 8.9%。同时建立欠薪企业曝光机制，定期向社会公布使用欠薪保障基金垫付员工工资的用人单位名称、地址、欠薪和垫付金额等情况，自条例颁布以来，通过媒体向社会公布了全市 113 家欠薪企业名单，较好地抑制了欠薪逃匿事件的发生。三是市政府不断加大劳动关系协调工作的人、财、物投入，确保《促进条例》的贯彻落实。2009 年 6 月市政府专门批准市劳动争议仲裁院增设审理三庭，增加了 6 名事业编制和 12 名专业技术雇员编制，加大对劳动争议仲裁的人力投入，以应对 2008 年以来劳资纠纷"井喷"现象，并力争变被动为主动，扭转劳资纠纷高发的局面。同时为缓解劳动关系协调工作硬件设施相对不足的问题，市政府还给市劳动争议仲裁院配置了新的办公大楼，为劳动者和用人单位提供宽敞舒适的化解纠纷环境。

三　实施《促进条例》面临的困难和挑战

《促进条例》对于深圳市构建和发展和谐劳动关系起到了非常重要的作用，它不仅更加切合深圳实际，完善了法律规定，而且劳动关系的运行规则更趋细化、标准化，为构建和谐劳动关系提供了有力的法律保障，为推动深圳市劳动保障事业全面持续协调发展提供了良好的机遇，但同时也对劳动关系调整工作提出了新的更高要求。劳动关系作为一种社会经济关系，其发展变化受政治、经济、法律等诸多因素的影响。目前深圳市劳动关系总体和谐稳定，但和谐稳定是相对的，随着深圳市社会经济发展，劳资矛盾仍将长期存在，劳资纠纷的绝对数量仍保持高位运行态势。当前，深圳市劳动关系调整工作仍然面临许多困难和新的挑战。

（一）深圳劳动关系总体继续保持稳定，但形势仍不容乐观

2009 年以来深圳市劳资纠纷稳中有降，劳动关系形势呈现出缓和局面，一方面是国家应对金融危机相关政策发挥效力，另一方面是深圳市扶持企业稳定劳动关系的措施有力，有效抗击了金融危机对劳动关系的影响。此外也与员工在特殊时期为保住岗位而主动降低要求的克制行为密不可分。但深圳市劳动争议总量仍处于高位，且呈现出"三突出"的特点：第一，新型劳动争议问题突出，在因经济问题或法律问题引发的传统劳动争议逐渐减少的同时，劳动争议呈现出多样化和新型化，如法外诉求问题增多，职业病问题凸显。第二，群体性劳动争议的组织化、规模化、群体化倾向突出。第三，局部区域劳动争议问题突出，区域间差异性较大。而且预测将来劳资纠纷的发生存在下列情形：一是随着经济企稳复苏，全市用工需求持续回暖。据市人力资源市场供求分析统计显示，自 2009年 4 月开始，人力资源市场岗位短缺状态逐步回暖，求人倍率稳步回升，2010

年将延续上升趋势，由此劳动力流动将会比上半年频繁，劳资纠纷亦将会相应增多。二是 2009 年上半年相当一部分企业采取了放假、停工停产等措施应对金融危机，存在未依法支付停工停产期间工资等问题，今后随着企业经营状况好转，劳动者将会要求企业偿还旧账，由此引发争议。三是部分企业受金融危机影响难以复苏，由于生产经营困难引发的劳资矛盾将进一步显现。基于以上特点分析，今后劳动争议仍将高发，冲突的对抗性可能进一步加大，调处难度也随之增大，劳动关系调整工作任务艰巨。

（二）欠薪问题仍未得到根本遏制

尽管近年来我市采取行政司法联动等多项举措不断加大欠薪治理工作力度，但欠薪案件总量和重大案件数量仍居高不下，部分行业、企业欠薪问题还十分突出，欠薪逃匿事件和由欠薪问题引发的群体性事件时有发生，欠薪仍是引发重大劳资纠纷的首要原因。而且在 2008 年 10 月～2009 年 1 月，由于受国际金融危机影响，欠薪逃匿事件呈现出集中爆发态势。究其根源在于现行法律法规不够健全，对欠薪行为没有明确的刑事责任约束，主要靠行政手段，处罚力度有限，缺乏有威慑性的打击力度，造成用人单位违法成本低，若企业经营者欠薪逃匿后，其个人信用几乎不受影响，仍可申请营业执照成立新公司，甚至开始新的欠薪行为。

（三）基层劳动保障监察和劳动争议仲裁力量薄弱，难以适应新形势要求

2008 年以来，关于劳动关系调整的多部重要法律法规如《劳动合同法》及实施条例、《劳动争议调解仲裁法》、《促进条例》等相继颁布实施，扩大了劳动保障部门调整劳动关系的范围，增加了许多新的职责，劳动关系调整工作任务较以往更加繁重。而且随着 2010 年深圳市机构改革新的事权划分确定，管理重心下移，本来就人员配备不足的基层劳动保障监察和劳动争议仲裁部门，在今后的工作中将更显捉襟见肘。

（四）劳动争议调解机制有待进一步完善

一是劳动争议调解工作机构建设参差不齐，部分区域尚未建立区、街道级别

的劳动争议调解中心，除南山区外，其他区尚未将调解组织伸延至社区。二是劳动争议调解组织建设有待加强。目前大多数调解组织处于"三无"状态，无编制，无固定人员，无财政经费，从很大程度上制约了调解组织的积极作用。三是劳动争议调解人员队伍有待加强。据统计全市现有劳动关系调解员约 390 人，但专职调解员比例不到四成。同时由于缺乏科学的长效培训机制，调解员的业务水平有待提高。

（五）"黑律师"、"黑代理"滋生，为劳资纠纷群体性事件推波助澜

"黑律师"、"黑代理"挑拨劳资矛盾以谋取私利的问题在深圳一直非常严重，因"黑律师"、"黑代理"介入而导致劳动关系恶化的案例层出不穷。部分劳动者特别是进城务工人员本身文化素质不高，法律知识淡薄，缺乏防范意识，不懂得利用法律武器来维护自己的权益，在正当权益受到侵害时也不善于通过合法渠道来寻得帮助，容易受一些非法民间组织和"黑律师"的误导、鼓动和组织，产生"小闹小解决、大闹大解决、上路全解决"的偏差思想，误以为采取过激行为可以对政府造成压力，能较快实现维权目标，使本来能依法解决的劳资矛盾演化为群体性事件。现在非法代理的形式从单一化向多样化转变：一是非法公民代理从开始的单打独斗，到以非法民间组织、咨询公司形式出现，再到现在挂靠在正规律师事务所名下以律师助理身份介入，律师与律助之间形成了"律助拉业务，律师出庭"的"业务"分成关系。二是打着合法旗号的正牌律师加紧了用不正当手段猎取高额利润的步伐。在市劳动保障局、市司法局等多部门的联合治理下，目前深圳市的非法公民代理现象已逐渐得到遏制，但同时也出现了越来越多正牌律师不规范代理的问题。"黑律师"、"黑代理"这一现象可能在未来一段时间里持续存在，如不尽快解决，不仅大大增加劳动争议处理难度，更有损劳动关系双方的利益。

四　进一步贯彻实施《促进条例》的思路与举措

（一）强化"三项服务"，促进用人单位规范内部管理

强化对用人单位的服务，促进用人单位规范内部管理，适应条例实施，重点

抓好三方面的服务：一是继续加大有针对性的法规宣传服务。重点面向基层、企业和劳动者，大力开展全方位、多角度的普法宣传工作，把全社会的思想认识引导到全面准确理解和执行法律的轨道上来。二是用工指导服务。研究制定劳动合同、规章制度示范文本，有效指导企业完善内部管理，依法管理，预防和减少劳资纠纷，以免因违法而加大用工成本。三是企业联系服务。着重建立回访制度，在依法查处存在重大违法行为企业或妥善处理企业重大劳动争议案件后，对企业进行跟踪回访，督促整改，及时纠正内部用工管理中存在的问题，自觉依法规范用工行为。

（二）完善"三项制度"，着力解决突出违法问题

继续加大对贯彻实施《促进条例》情况的监督检查力度，及时纠正用人单位内部用工管理和实施劳动合同制度中的突出问题。着力完善"三项制度"：第一，完善行政执法制度，积极预防和及时查处违法行为。强化劳动保障监察网格化、信息化和分类监控制度建设，向科技要效率，实现对有限执法力量的科学分配，实现对用人单位和谐劳动关系情况的有效监控。第二，完善联动协调制度，打破执法手段局限性。着力建立四个层面的联动：一是内部联动。劳动保障部门内部监察、信访、仲裁等职能单位加强沟通、协调。二是上下联动。市、区劳动保障部门密切协同作战，形成全市一盘棋，及时妥善处理重大劳动争议和重大违法案件。三是部门联动。劳动保障、工商、公安、城管、工会等部门加强合作，互通信息，联合执法，齐抓共管。四是与新闻媒体联动。及时曝光侵害劳动者权益的典型事件，强化舆论监督。第三，完善行业监管制度，从源头预防劳动违法行为发生。行业监管是否到位直接关系到行业内劳动关系的和谐与稳定，直接影响到劳资纠纷的发生概率和事后调处的效率。在深圳市近年来发生的重大劳动争议中，建筑业、交通运输业、住宿餐饮业（主要是桑拿按摩业）三个行业占的比重较大，行业管理不到位是这些行业重大劳动争议高发的重要原因之一。充分发挥行业主管部门的监管职能，强化行业监管措施，营造行业公平竞争、健康持续的发展空间。建立建筑行业工资支付保证金制度，重点解决建筑行业违法转包导致的不签订劳动合同以及欠薪、欠保等突出问题；完善劳动信用征信制度，对欠薪逃匿等严重违反劳动法律法规的用人单位，除行政处罚外，通过新闻媒体予以曝光，加大对其的监督力度。

（三）创新"三项机制"，全面推进劳动关系协调工作

要继续着力抓好"三项机制"建设：第一，创新企业内部自我协调机制，促使内部矛盾内部解决。引导企业建立内部协调沟通机制，积极在企业组建专门的劳动关系协调机构，促进劳动关系双方平等协商，及时化解矛盾和冲突。积极倡导企业社会责任理念，培育企业社会责任意识，鼓励企业积极履行社会责任，自觉执行劳动保障法律法规。第二，创新救助机制，维护劳动者合法权益。一是强化失业人员就业援助，对就业困难人员、政策安置对象等实施就业援助；二是强化困难劳动者的生活援助，对被拖欠工资、工伤事故、重大疾病等困难劳动者的基本生活采取应急扶助措施；三是强化劳动争议法律援助，争取在全市劳动争议仲裁和劳动信访机构窗口或附近设立法律援助免费咨询服务点。第三，创新基层调解机制，将劳动争议化解在基层。完善街道、社区、企业三级调解网络，在各街道和部分有条件的社区设立劳动争议联调室，组建以劳动保障、司法工作人员以及工会、行业协会代表为主体，劳动争议信息员为辅助的劳动争议调解组织，建立劳动争议调解网络化工作机制，强化预警，注重协调，及时预防并消除争议隐患。

2009 年深圳市就业发展现状与展望

陆晔 唐钦华*

摘 要：2009 年以来，深圳市继续实施积极就业政策，积极应对金融危机对就业形势的持续影响，加大促进就业工作力度，加强就业目标责任制度，着力构建具有深圳特色的积极就业政策体系和工作格局。本文全面总结了 2009 年深圳市就业工作进展情况，从促进就业工作目标责任和狠抓工作创新方面综述了取得的成绩和突出亮点，从宏观经济形势变化、就业结构矛盾、失业群体特点等角度详细分析了目前深圳市的就业形势，为做好 2010 年就业工作提出了具体的工作目标和措施。

关键词：劳动保障 就业 发展现状

一 2009 年深圳市促进就业进展情况

2009 年以来，深圳市继续实施积极就业政策，积极应对金融危机对就业形势的持续影响，加大促进就业工作力度，加强就业目标责任制度，着力构建具有深圳特色的积极就业政策体系和工作格局，在促进就业工作各项目标任务和落实就业各项优惠政策等方面迈出了新的步伐，全市就业形势总体上仍然保持稳定。

（一） 促进就业工作主要目标任务进展情况

2009 年全市就业服务系统共促进失业人员就业 30791 人，完成全年促进就业目标任务的 102.64%，城镇累计新增就业 14.04 万人。年末实有登记失业人数 33988 人，城镇登记失业率为 2.55%，完成控制在 3% 以内的目标。全市共认定

---

* 陆晔、唐钦华，深圳市人力资源和社会保障局。

"零就业家庭"427 户，消除"零就业家庭"434 户，实现就业的"零就业家庭"成员 489 人，累计消除"零就业家庭"4538 户，至 12 月底，全市"零就业家庭"保持动态归零的目标。全年参加再就业培训人数有 7917 人，合格率为 82.05%，培训后实现再就业人数 3399 人；参加创业能力培训 4062 人，同比上升 39.73%，合格率达 93.21%，成功创办企业人数为 530 人，同比上升 121.76%，实现自谋职业 451 人，雇佣就业人数 577 人，新创造就业岗位 975 个。

（二）2009 年就业人员结构基本情况

根据深圳市就业登记信息系统的数据显示，截至 12 月底，全市就业登记上报总人数达 842.35 万人，在职职工 580.48 万人，立户企业数量达 14.28 万多家，与 2008 年相比全市就业人口结构明显改善。

1. 就业人口总量平稳上升，流动率下降，内部流动相对均衡

2009 年，全市登记在职人数同比共增加 40.92 万人，9 月后就业登记新增率和就业登记终止率均出现下降，两者数量的差距逐渐缩小，由此看出，就业人口的流动率在下降，且这种内部流动正趋于平缓和相对均衡，就业人口总量呈现平稳上升。

2. 就业人口综合素质有所提升，人才总量仍显不足

深圳市就业人口在文化水平、职业技能等级和职称等级等素质衡量指标上均有不同程度的提升。大专以上学历人才占总就业人口的 14.45%；初级技术等级以上占 10.89%；初级以上职称占 12.20%，与 2008 年底相比比重分别上升了 1.57%、0.41% 和 0.26%。但是这三类人才的比重均占就业人口总量的 1/10，显示出深圳人才的拥有总量还很低，与北京、上海、广州等国内大中城市相比在人才竞争上不占优势（详见图 1、图 2、图 3）。

3. 就业结构发展势头总体良好，稳中有变

从产业分布变化来看，第一、第二产业吸纳就业人员比重略有下降，第三产业吸纳就业人员比重上升。与 2008 年底相比，第一产业就业人口比重占 0.83%，比重下降了 0.12 个百分点；第二产业就业人口比重占 57.30%，比重下降 4.79 个百分点；第三产业就业人口比重占 41.87%，比重上升了近 5 个百分点。从经济类型分布变化来看，就业人口在外商及港澳台投资经济比重占 13.37%，同比

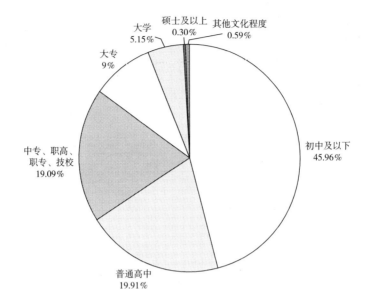

图 1　2009 年深圳市就业人口文化程度分布情况

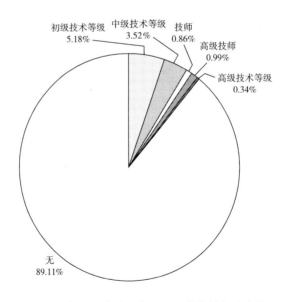

图 2　2009 年深圳市就业人口职业技能等级分布情况

比重减少了 10.80%；个体经济、股份制经济、私营经济等内资企业的就业人口数量却逐步上升，尤其是股份制经济表现活跃，同比从业人口增加 29 万人，增幅达 25%，个体经济、国有经济增幅均超过 20%。从行业分布变化来看，深圳

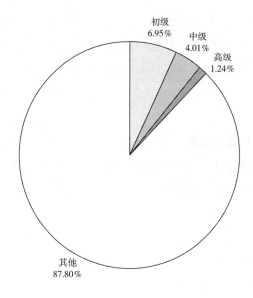

图 3　2009 年深圳市就业人口专业技术职称分布情况

市行业平均就业人口增长率为 7.58%，制造业占 55.67%，批发零售业占 7.08%，房地产业占 3.81%，信息传输、计算机服务和软件业占 3.22%，制造业和房地产业呈下降趋势，比重分别下降了 5.14% 和 0.63%，其他行业如住宿和餐饮业、金融业及信息传输、计算机服务和软件业增长较快，均高于行业平均增长率。

（三）就业责任体系、就业政策体系、就业服务体系、就业援助体系、农民工就业服务管理体系和高校毕业生就业促进体系日趋完善

1. 就业责任体系日趋完善

深圳市就业工作领导小组及市居民就业工作委员会的所有成员单位都对促进就业工作高度重视，全市纵向到底、横向到边的促进就业联动工作体系已基本成型，促进就业责任体系日趋完善。《深圳市居民就业工作委员会工作规则》进一步明确了市政府直属各有关单位在促进就业方面的工作职责，并将就业工作领导小组成员单位促进就业工作纳入深圳市就业再就业工作目标责任制考核范围，每年召开全市就业工作会议，市长与市就业工作领导小组所有成员单位签订就业工作目标责任书。2009 年 3 月，市就业工作领导小组首次对 29 个成员单位进行了 2008 年度就业工作目标责任制考评检查，各成员单位均高度重视就业工作，充

分发挥部门职能作用，多渠道、多形式、多层次开展工作，形成了各职能部门相互配合、齐抓共管、全方位促进就业的良好局面。同时，在2009年初提前制定《深圳市2009年度就业工作目标责任书》和《深圳市2009年度就业工作目标责任制考评办法》，通过考核9大项目和36项指标，促进就业目标不断常态化、规范化和科学化。

2. 就业政策体系日趋完善

深圳市在总结评估上一轮积极就业政策（2006～2008年）实效基础上，2009年2月正式出台《关于做好促进就业工作的意见》（深府〔2009〕26号），实施全市新一轮积极就业政策（2009～2011年）。进一步加强促进就业工作力度，实施扩大就业的发展战略和促进以创业带动就业的发展战略"两大战略"，构建促进就业政府责任体系、政策支持体系、人力资源市场体系、公共就业服务体系等"十大体系"。目前，《关于支付职业介绍补贴有关事项的通知》、《关于认定就业困难人员和零就业家庭有关事项的通知》等配套文件已经发布实施，新一轮积极就业政策成效十分显著，全市就业形势继续保持稳定。

深圳市促进以创业带动就业政策也已基本形成。2009年7月正式出台《关于促进以创业带动就业工作意见》（深府〔2009〕143号），重点引导和鼓励大中专院校毕业生及技校毕业生、失业人员、复员转业退役军人、随军家属、归国留学人员、农转居人员等开展创业以带动就业。目前已逐步制定鼓励创业税费补贴、创业资助、社保补贴、小额担保贷款、创业社会化服务、创业示范基地和孵化园区管理等办法，以及创业财政资助、小额担保贷款及贴息、创业园区孵化、创业场租补贴等配套文件，形成创业政策、培训、服务三位一体的机制，促进创业政策环境得以进一步改善和优化。

3. 就业服务体系日趋完善

全市公共就业服务系统继续开展"再就业援助月"活动。2009年活动期间共访问用人单位1055家，入户家访就业困难人员1462人，发放政策宣传材料29330份，帮扶就业困难人员成功实现就业698人。开展就业服务进社区系列活动，采取多种形式，在创业项目、岗位帮扶、培训指导、公益职介四方面，使失业人员就近就地享受公共就业服务。创新岗位开发机制，集中开展就业援助，市、区就业服务机构联动，组织各种主题的户籍居民招聘会和组织企业招聘进街道、社区活动。与商会、行业协会等社会机构合作，在失业人员较为集中的区域举办针对就业困难人员的特色专场招聘会。

4. 就业援助体系日趋完善

全市公共就业服务系统紧紧围绕控制登记失业率和减少"零就业家庭"户数两大目标，加大促进就业工作力度，强化基础工作，着力构建具有深圳特色的就业保障体系。一是建立健全"零就业家庭""灭零"机制，始终保持"零就业家庭"动态归零；二是不断完善就业困难人员援助机制，就业困难人员援助范围从 40 ~ 50 岁人员扩大到 35 ~ 45 岁准就业困难人员，并将逐步建立面向所有困难群众的就业援助制度；三是建立了灵活就业和临近退休人员保障机制，对就业困难人员实现灵活就业和临近退休人员给予一定的补贴和社会保险补贴；四是不断完善公益性岗位开发机制，创新岗位开发新模式，探索岗位开发新渠道，开展就业服务进社区、实行岗位援助承诺制等，全面加强就业援助力度，促进社会和谐稳定。

5. 农民工就业服务管理体系日趋完善

近年来，深圳市积极依托街道社区劳动保障工作平台开展农民工管理服务工作，将农民工就业、维权、管理工作全部纳入街道劳动保障事务所和社区劳动保障窗口职责范围。全面系统地提出了农民工工作的目标任务，将农民工就业工作纳入全市积极就业政策体系和公共服务体系。一是把稳定农民工就业作为"保增长、保民生、保稳定"的一项紧迫而重要的任务来抓。及时出台和实施了《关于印发深圳市倒闭企业劳动保障工作应急处置预案的通知》、《关于积极稳妥做好我市农民工稳定就业工作的紧急通知》等一系列应对文件，有效稳定了农民工就业。二是每年组织开展"春风行动"，引导农民工有序就业。为加强农民工就业服务，深圳市在春节前启动了"春风行动2009"，全年计划为农民工举办免费招聘会 1000 场以上，在农民工集中地点广泛派发印有求职就业指南、维权注意事项、举报电话等信息的"春风卡" 30 万份，确保各地来深劳动者第一时间得到便捷求职的指引。截至 2009 年底，全市已举办 1169 场农民工工作免费招聘会，进场企业达 11.31 万家，提供 195 万个就业岗位，累计进场求职达 193 万人次，达成就业意向的有 56 万人。三是加强区域劳务合作，促进农民工转移就业。2009 年深圳市先后在甘肃、广西、四川等省、自治区，以及广东省内湛江、河源等地组织举办大型劳务合作招聘会 14 场，提供就业岗位 24.9 万个，达成就业意向的有 3.2 万人。四是实行政府补贴的技能培训政策，发挥企业培训基地的主体作用。2006 年起，深圳市全面实施《深圳市农民工技能提升培训行动计划（2006～2010）》，制定了《深圳市来深建设者技能培训鉴定补贴办法》，对农民工参加职业技能培训和技能鉴定实行分级分类补贴，目前已向 44 多万人发放补贴。重点指导和扶持大企业建立培训基地，作为高技能人才培训基地。目前已认定高技能人才培训基地 57 家，其中大企业培训基地 34 家。

6. 高校毕业生就业促进体系日趋完善

面对严峻的毕业生就业形势，深圳市人力资源保障部门多策并举促进毕业生就业创业。实施高校毕业生自主创业扶持、就业见习、"三支一扶"等一系列扶持政策，鼓励用人单位为毕业生尤其是深圳生源毕业生提供就业岗位。一是大力开展高校毕业生就业推进行动。深圳市积极开展高校毕业生就业推进行动，将毕业生就业工作纳入全市就业工作体系统筹考虑，想方设法拓宽就业渠道。2008～2009 年上半年，深圳市 4 次公务员招考，共录用 1745 人，其中应届毕业生 890 人，占总数的 51%，2 次事业单位职员公开招考，面向应届毕业生招考 254 个职位 327 人，雇员职位招考的毕业生约占招考人数的 1/3。2009 年深圳市出台了《深圳市 2009 年度用人单位接收普通高校毕业生管理办法》，取消了应届毕业生入户深圳的条件限制，为更多的毕业生实现就业入户创造了有利条件。二是积极落实"六补贴一扶持"政策。全市各级人才服务机构积极落实"六补贴一扶持"政策，各区出台有力措施引进各类人才。如宝安区 2009 年出台《关于加快引进各类人才的若干措施》，规定企业接收全日制本科以上学历毕业生可享有每人每年 3600 元社保补贴，每人每年 240 元人事代理、档案保管费补贴。罗湖区由财政下拨专项资金，对在区人事部门立户登记的企业，每接收 1 名本科以上学历毕业生并签订 1 年以上劳动合同，一次性给予 1000 元/人的培训补贴。三是加强离校未就业高校毕业生登记管理。深圳市人才交流服务中心积极为高校毕业生办理接收及档案托管手续。同时为做好毕业生推介工作，在 2009 年第二季度专门推出"公益服务季"活动。活动期间，凡是获得广东省或深圳市政府认定的高新技术企业、参加"文博会"的文化企业、在深圳市注册的文化企业及招收应届毕业生的本地企业都可在深圳人才网获得一周免费会员服务，同时组织免费讲座，为广大毕业生提供职业规划、简历撰写、面试技巧等方面的详细指导，深受毕业生的欢迎。四是实施高校毕业生就业见习制度。从 2006 年开始，深圳市在公办医院建立深圳生源医护类毕业生见习基地，在 1 年见习期内为每位深圳生源医护类毕业生提供每月 400 元的补贴，3 年内共有 258 名毕业生参加了见习培训。另外，深圳市已在深圳腾讯计算机有限公司等 8 家单位建立了市级毕业生见习基地，先后为 1127 名毕业生提供了见习岗位。各区人事部门也纷纷建立了大学生见习基地，为毕业生提供实践的平台。如福田区制定了《关于建立福田区大学生实习基地的实施意见》，在辖区高科技、高端服务、文化产业等企事业单位中建立大学生实习基地，扎实推进金融危机下辖区高校毕业生的就业工作，已接纳 500 多名毕业生参加见习。五是加强对"三支一扶"工作的扶持力度。市人事局 2009 年出台《关于印发〈深圳市高校毕业生支教、支农、支医和扶贫工作管理暂行办法〉的通知》（深人规〔2009〕7 号），对"三支一扶"大学生在公务员招考、事业单位公开招聘、人事代理等方面制定了若干优惠措施。

（四）就业失业登记管理、预防失业和稳定就业、促进以创业带动就业、就业理论研究、创建充分就业社区等工作取得突破性进展

1. 就业和失业登记管理工作取得突破性进展

深圳市自 2008 年 8 月 1 日开始全面实施与居住证制度相结合的就业登记制度，就业登记信息系统与居住证信息系统"二口合一"，实现了劳动就业与公安人口管理的数据交换和资源共享。截至 2008 年底，就业登记上报总人数达842.35 万人，在职人数 580.48 万人，立户企业数量约 14.28 万家。目前，就业登记信息系统不断完善，统计分析功能和社会功能逐步扩大，为深圳市建立长效就业管理体系奠定了坚实的基础。2009 年 8 月出台了《深圳市失业登记管理办法》，进一步规范失业登记流程，精简办理程序，完善信息管理系统，规范证件材料，强化了公共就业服务，实现动态管理，创新了失业登记的进入和退出机制，就业基础工作实现新跨越。

2. 预防失业和稳定就业工作取得突破性进展

2009 年深圳市提前启动就业服务"春风行动"，并组织开展了"民营企业招聘周"、"高校毕业生招聘周"等就业服务活动，现场招聘会效果明显，社会反响强烈。及时出台《关于发挥社会保险功能减轻企业负担稳定就业局势的通知》（深劳社规〔2009〕18 号），市人力资源和社会保障局、财政等多个部门联合开展困难企业认定工作，帮助企业稳定就业岗位，截至 2009 年底，首批有 19 家企业申请，其中绝大部分为加工制造类企业，原计划缓缴执行期限暂定为 2009 年

的时限也有望按国家政策顺延至 2010 年。从 2009 年 4 月份开始，深圳市人力资源市场由 2008 年底以来连续 5 个月的岗位缺口转为用工缺口状态，求人倍率也稳步回升，已经从 1 月份最低点的 0.79 回升到了 12 月份的 1.82。

3. 促进以创业带动就业工作取得突破性进展

一是加强了政策支持和服务保障，优化创业环境。全面完善和落实创业政策体系，完善小额担保贷款政策，落实创业人员税费优惠政策，拓宽创业融资渠道，加强创业人员社会保障，鼓励更多劳动者实现创业。二是公共创业服务工作平台建设得到加强。建立完善创业指导服务组织，构建市、区、街道和社区四级创业指导服务网络体系，充分发挥中小企业服务机构、高校毕业生就业指导机构和各类创业咨询服务机构的作用，共同做好创业带动就业工作。发展了一批创业示范基地、孵化基地、培训基地、实训基地和见习基地，正式挂牌运营的有福田技能培训创业园、深圳大学的大学生创业园、宝安"观澜版画艺术、体育休闲商业街"创业孵化基地、南山"万花筒创业园"、龙岗区的华南城自主创业孵化示范基地等。目前全市共建立创业孵化基地 8 家，可容纳经营企业 1570 家，已进驻创业企业 709 家，带动就业 1866 人。三是组织开展创业大讲堂、创业技能班、创业项目推介会等活动，如启动了一系列专项服务计划，如市就业服务中心"彩虹计划"、福田青年创业"起航"计划、南山"万花筒"计划、宝安"金钥匙"计划、龙岗"金翅膀"计划等，不断加大工作力度，推动创业带动就业工作向纵深化迈进，多渠道、多层次开展宣传活动，激发城市创业的活力、民众创业的激情，营造良好的社会创业氛围。

4. 就业理论研究工作取得突破性进展

按照深圳市委、市政府的统一部署，市人力资源和社会保障部门负责《深圳市就业承载力研究报告》子课题的研究工作，研究内容包括从劳动力供给与需求等方面深入调研分析深圳的就业现状、构建指标体系与计量分析模型以评价深圳就业承载力水平和警戒就业承载力水平、建立深圳就业承载力的信息采集机制以实现对就业承载力的动态监测等方面。目前，就业承载力理论研究已经成型，从就业承载力的角度为深圳市可持续发展提出科学的政策建议，也将为实施就业体制机制综合配套改革奠定理论基础。

5. 创建充分就业社区工作取得突破性进展

全市全面开展创建充分就业社区活动，继续把创建充分就业社区工作全面纳入就业再就业工作总体计划和目标责任制中，统筹安排，创造性地开展工作，取得了积极的成效，深圳市达标比例居全省第一。2009 年初，对全市 2008 年创建充分就业社区达标活动进行评审、总结和通报，在全省创建充分就业社区达标评估中达标比例在全省 21 个地级以上市中最高。全市 620 个社区有 561 个社区达到充分就业社区标准，达标率为 90.48%，比全省平均达标率高出 43 个百分点，比第二名高出 10 个百分点。达标的充分就业社区实现有劳动能力和就业愿望的登记失业人员就业率达 85% 以上，持《再就业优惠证》人员就业率均达 85% 以上，就业困难群体得到有效的就业援助服务，"零就业家庭"实现"出现一户、援助一户、解决一户、稳定一户"和当年动态归零的目标。

二　深圳当前就业形势分析

2009 年受全球金融危机的持续影响，国际需求下降对我国出口贸易、投资需求产生较大的影响，国内宏观经济形势经受了前所未有的困难和挑战。宏观经济的变化必然会对就业形势造成影响，深圳市就业形势的影响主要表现在企业订单减少、开工不足、用工规模减少以及一部分企业关停倒闭，失业人员增加，大学生和就业困难人员就业问题较突出。今后一个时期，深圳市就业形势仍将面临严峻的挑战。

（一）就业形势依然存在忧患

经济形势决定就业形势，经济增长速度下降是导致就业形势严峻的根本原因，经济增长速度下降会影响就业的增长空间。过去的一年，我国经济发展情况好于预期，回升向好的趋势得到巩固，但同时仍然面临不少困难和问题。从外部环境看，虽然一些发达国家经济开始复苏，但基础不稳固、动力不足，全球经济复苏将是一个缓慢曲折的过程。从国内经济形势看，经济回升的基础还不稳定、不巩固、不平衡，一些深层次矛盾特别是结构性矛盾依然突出。当前我国经济社会发展仍处在企稳回升的关键时期，特别是下一阶段重点任务是调整经济结构，这是经济能否持续回升并健康发展的关键。

从就业形势看，由于经济形势的复杂性和不确定性，就业形势依然严峻。金融危机对未来就业形势的隐忧仍将存在，不确定性也在加大，平均失业时间可能会延长。预计世界经济复苏尚需时日，经济调整周期可能需 1～2 年，各项保增长政策的功能发挥存在时滞性，这将加大劳动就业状况改善的难度。尤其是失业人员和就业困难人员，技能素质整体偏低、年龄偏大的群体特征使其就业竞争力减弱，再就业水平将会有所降低，从而导致平均失业时间的延长，生活将更为困难。

（二）就业结构性矛盾依然突出，就业压力仍然较大

现阶段，深圳市失业人员总量较大，就业结构性矛盾突出，依靠资金推动就业的惯性越来越大。2009 年末深圳市累计仍有登记失业人员 3.4 万人，积极就业政策的实施，对困难群体的帮扶力度加大，就业困难人员认定达 21543 人，同比大幅上升。目前深圳市调查失业率处于 5% 水平，明显高于城镇登记失业率；实际失业人员在 5 万人左右。解决就业困难群体的就业问题约有 1/3 依靠政府出钱安置在临时性公益岗位，而临时性公益岗位的开发难度和所容纳的就业承载力决定了临时性公益岗位安置的局限性，所以依靠资金推动就业的惯性越来越大。

全球金融危机加速了产业结构的调整和优化升级，劳动力的行业结构性需求差异明显。一方面劳动密集型、出口导向型企业的就业下滑更快。由于市场不景气，辖区外贸、出口型制造业纷纷调整用人计划，甚至有部分企业开始通过裁员来缓解成本压力。值得注意的是，这些行业对劳动力的吸纳能力较强，就业人数在就业总量中的比重较高，加上薪酬待遇相对较好，其就业量减少对全社会就业水平的降低将产生更大影响，而失业人员基本素质和文化技能偏低，根据 2009 年深圳市城镇居民劳动保障基本情况调查显示，失业人员构成从文化程度上看，高中及以下学历占 65.50%，中专、技校或职高占 14.10%，高级技工、技师占 0.70%，大学专科（含专科学校、高等职业学校）占 12.70%，大学本科及以上学历占 7%。从专业技术水平上看，有 90.10% 不在专业技术岗位上工作或取得专业技术工作岗位，初级的占 2.80%，中级的占 0.70%。从职业技能水平看，不在技能劳动者岗位或没有取得资格证书的占 87.90%，初级工（国家职业资格五级）的占 2.10%，中级工（国家职业资格四级）和高级技师（国家职业资格一级）分别占 1.40% 和 0.70%。因此，可以看出失业人员的职业能力和素质亟待提高，一时难以适应新的就业岗位需求在所难免。另一方面，深圳市新兴产业、行业和技术职业需要的技能人才特别是高技能人才又供不应求，劳动力市场供求结构性不平衡，企业出现"招工难"现象。

（三）失业群体就业难度加大，就业基础尚不稳固

从国内经济形势看，经济回升的基础还不稳定、不巩固、不平衡，一些深层次矛盾特别是结构性矛盾依然突出。从就业形势看，由于经济形势的复杂性和不确定性，就业形势依然严峻，就业基础尚不稳固，部分困难企业经营困难，就业岗位不稳定，劳动力供大于求的矛盾进一步加剧，就业市场竞争更加激烈。在整体就业趋紧的情况下，困难失业人员、未就业高校毕业生、农民工等特殊群体就业难度进一步加大。

一是失业人员再就业难度加大。在深圳市登记失业人员中，就业困难人员（包括"4050"人员、夫妻双失业、单亲家庭、连续 3 年失业等）占登记失业人员的 30% 左右，他们因受文化程度、劳动技能、就业心理素质、就业愿望、健康状况、婚姻和家庭背景等因素的影响，适应工作的能力差，很难进入劳动力市场参与竞争，在竞争激烈的就业市场中被日益边缘化。二是未就业高校毕业生就业压力空前加大。根据 2009 年深圳市城镇居民劳动保障基本情况调查显示，从失业人员年龄分布情况看，19 岁及以下占 1.40%，20～24 岁占 9.20%，25～29 岁占 12%，30～34 岁占 10.60%，35～39 岁占 12.70%，40～44 岁占 24.60%，45～49 岁占 19.70%，50 岁及以上所占比例为 9.80%，这个分布表明当前大中专毕业生的就业形势相当严峻，20～29 岁这一年龄段正好是大中专毕业生的毕业年龄，其比例占了 21.20%。另据统计，2009 年我国应届高校毕业生达 611 万人，其中大约有 20% 无法实现当年就业，加上历年累计未就业高校毕业生，这将给全社会带来巨大的就业压力，深圳作为移民城市和劳动力输入城市，相对发达的经济环境和高容量就业承载力吸引大量高校毕业生。当年高校毕业生就业属于增量就业，因此受宏观与微观经济环境变化的影响较大。同时，目前我国高等教育模式和学科设置与就业市场结构脱节，供需结构不合理，也加大了大学生的就业压力，体现了市场消化与人才供给的矛盾。三是农民工就业前景不容乐观。深圳的建设者中外来工占绝大多数，劳动力户籍结构明显倒挂，现有外来建设者超过 800 万人，其中农民工约占 74%，成为深圳经济社会建设的主力军。由于农民工的就业岗位主要集中在以简单劳动为主的加工制造业、低端服务业等领域，可替代性较强，受金融危机的冲击更大。

（四）就业管理和服务条块区域分割，影响积极就业政策落实的效果

目前，深圳市现行就业管理服务体制仍然是就业服务对象管理和就业专项资金的使用按市区两级隶属关系分类，即 1000 万元以上企业失业人员在市里进行失业登记，并由市提供就业服务和就业援助，注册资金 1000 万元以下企业失业人员在区按属地进行失业登记，并由区提供就业服务和就业援助，市、区两级就业专项资金严格区分使用，市和区、区和区之间有严格界限。这种体制直接影响了就业服务的效果，就业管理服务体制与经济社会的发展不相适应，造成就业服务对象不能就近享受公共就业服务而"舍近求远"，同时，用人单位享受政策补贴和奖励补贴的申领也极不方便，影响招用失业人员的积极性。

就业管理和服务条块区域分割，制约了积极就业政策的落实和推广，就业管理工作存在深层次的体制障碍，极大地分散了行政资源的有效配置，同时失业人员和用人单位仍未能得到有效、便捷、及时的公共就业服务。只有改变目前的状况，以就业资金全市统筹为切入点，消除条块区域分割的就业管理体制，建立全市统一的就业服务体系，才能在更大程度上发挥积极就业政策的实效。

三　深圳市促进就业工作展望

展望未来，深圳市促进就业工作总体思路是深入贯彻落实科学发展观，坚持以人为本，以党的十七大"实施扩大就业的发展战略，促进以创业带动就业"精神为指导，贯彻实施《就业促进法》，完善就业目标责任制度，建立"促进就业政策体系和促进以创业带动就业政策体系"，统筹做好各类群体的促进就业工作，创建充分就业城市和国家级创业型城市，努力开创深圳市促进就业工作新局面。

（一）建立和完善促进就业政策体系

一是完善促进就业的政策体系。按建设创新型城市和国际化城市的要求，实施发展经济与促进就业并重的战略，全力打造充分就业城市，贯彻落实深圳市人民政府《关于做好促进就业工作的意见》（深府［2009］26 号）文件精神，不

断完善促进就业的"十大体系",包括政府责任体系、政策支持体系、人力资源市场体系、公共就业服务体系等,实施"十大具体惠民措施",包括税费优惠、职业介绍补贴、职业培训补贴、青年见习等政策。

二是完善促进以创业带动就业的政策体系。按国际化要求借鉴发达国家的有效做法,同时借鉴全国创业型城市的做法,整合、梳理现有的各部门鼓励创业的政策,清理现有阻碍创业的政策。贯彻落实深圳市人民政府《关于促进以创业带动就业工作意见》(深府〔2009〕143 号),建立以政府为主导与社会多方合作的促进创业机制,构建具有深圳特色创业政策体系、资金扶持体系、教育培训体系、创业服务体系和宏观管理体系。完善包括基本公共就业服务、重大项目带动就业、困难就业援助、创业孵化基地认定、创业服务、就业专项资金管理、就业登记、失业管理等配套政策及其操作程序和办法,构建促进就业创业长效机制。制定和完善鼓励创业税费补贴、创业资助、社保补贴、小额担保贷款、创业社会化服务、创业示范基地和孵化园区管理等办法,形成创业政策、培训、服务三位一体的机制,创建国家级创业型城市。

(二) 进一步完善促进就业创业的目标责任制

构建全市创业带动就业联动工作机制,推动相关职能部门共同做好促进就业创业工作。制定创建创业型城市发展规划和实施方案,以目标责任制为核心,将高校毕业生就业、创业带动就业纳入目标责任制的考核内容,完善创业带动就业工作指标体系和相应的考核指标。对各成员单位开展创业带动就业工作,进行年度目标责任落实情况考核检查,强化对有关职能部门的任务目标考核。

(三) 完善就业管理服务机制

推进就业管理服务体制改革,完善就业困难人员就业援助机制,推进就业服务的属地化、基层化和便民化,完善社区就业工作机制,完善促进就业的服务体系。

一是完善就业和失业登记管理制度。全面实行就业和失业登记制度,规范就业失业登记操作流程,加快建立和完善劳动力调查统计制度,实现对就业人口与失业人口动态信息的及时掌握。二是完善促进就业的部门联动机制。进一步发挥市和区就业工作领导小组、居民就业工作委员会及其办公室的统筹协调作用。加紧研究重大建设项目带动就业的操作办法；探索就业岗位与居家养老、居家养残等社区服务对接；制定鼓励创业的工商登记手续和税务办理手续；研究鼓励和吸纳失业人员从事学生午托管理服务的办法；完善情况通报制度，充分发挥各成员单位的积极性，形成全社会共同关注、参与和支持就业工作的良好氛围。三是完善人力资源规范化管理机制。充分发挥市场对人力资源配置与调控的基础性作用，全面推进人力资源市场建设；加强人力资源市场基本设施建设和信息化建设，不断完善市场信息发布制度，建立标准化管理模式；统筹公办、民办职业介绍信息管理，建立全市统一的公益性职业介绍服务信息网，并将民办职业中介机构信息纳入统筹管理；开展深圳市人力资源市场管理办法调研，全面加强人力资源市场的规范化管理。四是完善就业服务援助制度。探索建立新型的就业管理服务体制机制；按照上级部署，开展各项就业服务的专项系列活动；推广和提升福田就业服务 ISO9001：2000 模式，推进全市就业服务的标准化；推广和提升罗湖居家养老"40～50服务70～80"模式，推进就业服务特色化、精细化；继续开展创建充分就业社区活动，充分发挥街道、社区优势，依托社区平台，实现援助的制度化；积极落实各项就业援助政策，按时兑现各项补贴和奖励；多渠道、多形式加强就业服务和就业援助，探索推进就业服务社会化。五是加强就业管理服务信息化网络建设。开展全市统一的就业管理服务信息系统调研，建立网上办事服务大厅，方便群众，方便用人单位，全面提升全市就业管理服务信息水平。

（四）构建创业服务体系

加快创业载体建设，大力发展创业示范基地和创业孵化园区，鼓励社会各类机构开展政策咨询、项目推荐、开业指导等专业化创业服务。强化创业培训，建立和完善创业培训体系，扩大创业培训补贴范围，拓宽创业培训内容。完善创业带动就业工作机制，健全公共创业指导服务组织，建立市、区、街道、社区四级创业指导服务网络，建立创业带动就业的各项工作制度。

全力推动创业带动就业工作。发展创业孵化基地、示范基地、培训基地、实训基地和见习基地；落实扶持创业的税费政策、金融政策、财政政策和劳动保障政策；推行院校创业培训、公共创业培训、社会创业培训和网上创业培训；在公共服务、社会化服务上实现创业服务全覆盖；扶持一批创业典型；开展创建创业社区活动的试点工作。

（五） 进一步发挥失业保险援企稳岗作用

继续贯彻落实中央和省出台的"应对危机，稳定就业"，发挥失业保险基金预防失业促进就业政策，在原有基础上延续一年，加强实施《关于发挥社会保险功能减轻企业负担稳定就业局势的通知》（深劳社规〔2009〕18号），充分发挥援企稳岗政策效应，巩固扩大就业和稳定就业取得的初步成果，帮助企业稳定就业岗位。抓紧完善失业动态监测应急机制，制定失业调控预案，建立企业用工形势动态跟踪制度，监测企业用工变化情况；建立区、街道企业关停倒闭引发失业预警和信息报告制度。

（六） 完善农民工就业服务管理体系

贯彻落实国家、省关于解决农民工问题的各项政策措施，切实解决涉及农民工的利益问题，进一步推进体制改革和制度创新，努力实现全体劳动者公平享受就业权利，加强农民工公共就业服务，提升农民工技能和就业质量，鼓励困难企业开展在岗培训，全面落实政府对农民工的培训补贴，提高劳动者就业质量，完善农民工技能培训补贴制度。

加强劳务合作和对口帮扶，确保省委省政府"双转移"战略目标的实现，完善区域劳务合作机制，扩大劳务合作领域，提高劳务合作水平。通过加强校企合作、推广远程见工系统、加强省内农村劳动力培训转移就业、实施劳务合作信息通报制度等多项措施，实现劳动力在珠三角地区及省际有序流动，促进周边地区劳动力资源转移就业，解决深圳劳动力补给问题。到2014年，实现与3～4个劳动力输入省区的常态化劳务合作和技能人才引进，校企之间达成"订单式"培训和输入协议，开通远程招工系统。加强珠江口东岸地区人力资源和社会保障工作紧密合作，全面履行《珠江口东岸地区人力资源和社会保障工作紧密合作协议》。

（七） 着力做好高校毕业就业服务工作

完善高校毕业生就业服务管理体系，提高就业服务水平，鼓励毕业生自主创业，贯彻落实《广东省人民政府办公厅关于促进普通高等学校毕业生就业工作的通知》（粤府办〔2009〕34号），加紧出台深圳市促进高校毕业生就业政策及落实各项扶持补贴办法。积极引导和鼓励深圳市毕业生到基层和中小企业服务和就业，进一步拓宽毕业生就业渠道。积极组织用人单位参加校园招聘及"毕业生就业服务周"等活动，充分利用"双选会"及"高交会"、"文博会"人才交流板块为毕业生与用人单位搭建平台。加强毕业生见习基地的规范管理，适当扩大基地范围，推荐一批优秀基地申报省级或国家级见习基地。加强与市内高校就业指导部门的沟通。及时了解市内院校及毕业生对就业工作的需求和建议，积极与高校配合，做好相关服务工作，努力实现毕业生就业工作的无缝衔接。

（八）推进就业管理服务的信息化工作

整合现有的就业登记、失业管理服务、职业介绍等信息系统，建立全市统一的包括就业失业管理、职业介绍服务、就业资金使用、统计信息分析等功能的信息系统，全面提升全市就业管理服务信息化水平。探索通过购买信息服务的办法，开发收集适合失业人员就业岗位信息，整合全市岗位信息资源，建立全市统一共享的岗位资源数据库。

参考文献

张小建主编《中国就业的改革发展》，中国劳动社会保障出版社，2009。

梁雨钝：《深圳失业问题研究》，海天出版社，2008。

郜风涛、张小建主编《中国就业制度》，中国法制出版社，2009。

深圳建立工资指导价位
制度的实践与思考

房　琦*

摘　要：经过多年的经济体制改革，深圳已初步建立了适应社会主义市场经济要求的企业工资分配制度，企业工资分配的市场化程度已趋于成熟，企业员工工资水平已由国家决定转为由市场决定的发展态势。为了今后更科学规范地制订工资指导价位，对企业、员工及社会提供更广泛的指导，本文试图对深圳建立工资指导价位的情况进行回顾和反思，通过对工资指导价位变化情况及影响因素的比较分析，探讨工资指导价位对深圳经济社会发展的影响，提出完善深圳市工资指导价位的对策建议。

关键词：工资指导价位　制度构建　对策建议

工资指导价位制度，是指政府有关部门按照国家的统一规范和要求，定期调查人力资源和劳动力资源配置过程中各种职位（工种）的工资水平，在整理、汇总、分析数据的基础上，依照职位分类的结果向社会发布的各个职位（工种）工资价位预测区间。既可以作为劳资双方集体协商各个职位（工种）报酬水平的参考依据，又是人力资源市场建设和建立现代企业工资分配制度改革的重要内容之一。自 1999 年以来，伴随着市场经济的迅速发展，深圳劳动行政部门按照原国家劳动部的要求，努力探索，不断创新，提出政府向间接调控方向转变的理念与举措。推行劳动力市场工资指导价位制度，为市场机制调节工资分配奠定基础。对企业工资制度改革和劳动力市场建设起到了积极的推进作用。

---

* 房琦，深圳市人力资源和社会保障局。

一 深圳建立工资指导价位的背景和理论依据

(一) 建立工资指导价位的背景

合理的工资收入是劳动者利益的核心，也是构建和谐劳动关系的重要因素。在现代市场经济条件下，劳动力要素是重要的生产要素，就其商品属性而言，也应有自身的价位、成本和利润。劳动力作为生产要素进入市场以后，每个劳动者就是一个独立的劳动力商品经营者。劳动力的市场价位包括劳动力要素的经营成本和经营利润两部分。其经营成本是指该劳动力生产和再生产投入的总和。其经营利润就是指个人实得收入与经营成本间的差额。由于市场竞争的原因，高素质劳动力获利能力强一些，低素质劳动力获利能力低一些，不同的市场供求关系决定了各劳动力要素的经营利润率不同，因此，薪酬价位即工资水平也不一样。

经过多年改革，深圳已初步建立了适应社会主义市场经济要求的企业工资分配制度，企业工资分配的市场化程度已相当高，企业员工的工资水平已由国家决定转为由市场决定的发展态势。但是，由于深圳各种人力资源市场仍在发育之中，存在许多不完善之处，市场对工资的决定也处于初级形态，市场对各类人员的工资价格反映的标准不一，无章可循。人力资源和劳动力市场价格不清晰导致了许多问题，影响了人力资源和劳动力市场运作效率，企业内部工资关系也不易协调，企业很难准确、全面地掌握劳动力市场价格及其变化情况的信息，从而造成企业工资分配和工资管理上的困难，出现不同企业同类工种或相同技术人员工资水平高低不一，进而影响投资环境。在此情况下，企业和社会都迫切需要政府部门有一个明确清晰的人力资源和劳动力市场价格信号。由此，作为引导深圳企业工资分配的人力资源和劳动力市场工资指导价位应运而生。

(二) 市场价格机制与工资指导价位

人力资源和劳动力市场价格机制发挥着引导人力资源、劳动力流动与供求以及激励劳动力素质提高等方面的作用，并对收入分配有着直接重要的影响。市场价格机制发育完善的程度，是人力资源和劳动力市场成熟与否的标志之一，也是收入分配市场基础是否健全的重要标志。人力资源和劳动力市场价格完善与否，已经成为是否阻碍人力资源和劳动力市场发育完善的一个瓶颈问题。在促进人力资源和劳动力市场价格机制形成的过程中，政府应发挥主导作用，通过调查、分析、预测，发布人力资源和劳动力市场指导价位，引导人力资源和劳动力市场价格机制的形成，用以指导各种人力资源市场供需双方确定合理的报酬水平以及企业的分配行为。

市场工资价位，是在市场经济条件下，由各种市场因素影响自发形成的各类从业人员劳动报酬水平的集合区间，市场工资价位是现实从业人员劳动报酬水平的反映。而人力资源市场工资指导价位则是较为客观地反映一段时期内一些具体职位的工资总体水平和走势，传递市场各个工种职位的工资价格信息，并通过传递市场工资价位信息，指导企业合理确定和调整各岗位员工工资水平和工资关系，调控人力资源和劳动力市场工资价格并引导人力资源和劳动力合理流动。工资指导价位不同于城镇单位职工工资水平，两者不可比较；原因是两者的调查口径、调查方式和调查范围均有所不同，工资指导价位只具有指导性意义。

工资指导价位是按职位分类的市场成交价与在职员工职位工资报酬的加权平均数为基础形成的。深圳市制定人力资源和劳动力市场工资指导价位的前提条件，首先是全市范围内的企业员工工资收入情况调查，调查方式主要采用抽样调查与典型调查相结合的方法，调查顺序采用分阶段抽样调查，第一阶段采用分层抽样的方法确定企业，按被调查区域内所有行业进行分层调查；第二阶段采用简单随机抽样或等距抽样的方法调查企业员工，再用按职位分类的市场调查结果分门别类分析汇总。

确定深圳人力资源市场每一个工种、职位系列指导价位的测算指标有 4 个数值：平均数、高位数、中位数、低位数。其中，某一特定指标的平均数是指这一指标系列工资价位的算术平均值，计算公式为：$W_a = \sum W_i / n$。其中，W_a 为平均工资价位，W_i 为调查工资价位，n 为调查的职工人数。而某一特定指标的高位数、低位数是指分别将这一系列工资价位，按照从高向低的次序排列后，高位数是从高向低，低位数是从低向高，依次抽取整个系列的一定百分比（一般为 5％）数量的价位，再分别计算出的算数平均数。

高位数的计算公式为：$W_{高} = \sum (W_{最高}, W_{次高}, \cdots, W_{5\%高}) / 5\% n$；

低位数的计算公式为：$W_{低} = \sum (W_{最低}, W_{次低}, \cdots, W_{5\%低}) / 5\% n$；

其中，在某一特定指标中，$W_{高}$ 为高位数，$W_{最高}$ 为调查工资价位的最高值，

$W_{次高}$为调查工资价位的次高值，$W_{5\%高}$为调查工资从高至低排序后，在第5%的数值位置抽取的数值；$W_{低}$为低位数，$W_{最低}$为调查工资价位的最低值，$W_{次低}$为调查工资价位的次低值，$W_{5\%低}$为调查工资从低至高排序后，在第5%的数值位置抽取的数值。中位数则是指某一特定指标系列工资价位按照从高向低的次序排列后，位于数列中间位置的算数取值。

工资指导价位以实际调查数据为基础的计算公式有三种：

公式1：工资指导价位 =（上期市场工资价格×市场工资成交价权数 + 上期职位工资报酬×职位报酬权数）×（预测期本市招聘供求比×供求比权数 + 预测期本市国内生产总值增长率×本市国内生产总值权数 + 预测期本市物价指数×本市物价指数权数）；

公式2：工资指导价位 = 上期实际工资价位 + 预测调整值；

公式3：工资指导价位 = 上期实际工资价位×预测增长率。

在实际调查数据汇总后，劳动行政部门根据调查结果和测算评估数据，分别以全市总体情况、国民经济各行业情况及各个职位（工种）的高位数、中位数、低位数、平均数形式发布深圳市人力资源市场工资指导价位。真正使工资指导价位能尽可能准确反映劳动力市场的同期价格走向，正确传达劳动力市场交易价格信息，最终将工资指导价位作为深圳市内企业与员工协商职位报酬水平的参考依据。

二 深圳建立工资指导价位的实践

深圳是全国率先建立并向社会发布工资指导价位的地区。通过多年的努力，深圳发布的工资指导价位对人力资源和劳动力市场及企业内部分配行为的指导作用已经明显地反映出来，并且在社会上产生了重要影响。社会各界，有关政府部门、新闻媒体，对人力资源和劳动力市场工资价位的指导作用给予了充分的肯定。1999年，深圳首次发布工资指导价位后，深圳各大媒体、中央电视台、香港部分报刊以及内地十多家新闻媒体均对此进行了争相报道，社会反响热烈。深圳市体改办、市政策研究室、市计划局及市统计局等一致认为，劳动行政部门做了一件非常有意义的实事。

（一）严谨信息采集，科学分析数据，保证调查工作科学规范

深圳在建立全市工资指导价位制度工作时，为了使工资指导价位能真实反映深圳的劳动力市场价格，真正成为企业确定内部工资分配的参考依据，按照原国家劳动保障部《关于建立劳动力市场工资指导价位制度的通知》要求，依照规范的方法和口径，对全市企业员工实际工资基本情况进行调查；在严谨进行调查信息采集和科学的数据分析基础上，科学客观地制定工资指导价位。

一是选择科学的调查方法，并不断修正和完善。深圳近年来对企业员工和社会的工资基本情况进行信息采集，来源于多种方式的抽样调查，并采用两个阶段抽样方法：第一阶段用分层抽样的方法确定企业（按被调查区域所有行业分层），第二阶段采用简单随机抽样或等距抽样的方法调查企业职工。为保证调查数据更加科学规范，以便制定的工资指导价位更加客观并具有代表性，每年 3 ~ 5 月开展较大规模的企业专项调查和高技能人才问卷调查，通过多种途径进行数据采集。2009 年，更分别通过分层抽样、随机抽样和等距抽样方法，完成了包括 1432 家企业的指定工种调查、40 个社区抽样调查、高技能人才网上调查及各类培训鉴定报名点技能人才抽样调查等。经过质量检验，共回收 21724 份有效问卷。为制定人力资源市场工资指导价位提供了较客观的基础数据。

二是回访跟踪调查，评估数据质量。为了保证数据的质量，每次调查后我们都随机抽取问卷进行电话回访，评估问卷质量，确保回访调查问卷的误差率尽可能地控制在较低的范围内。

三是使用 SPSS 专业的统计软件，对获得的调查数据进行各种分析、汇总、计算及评估；并结合深圳市的实际情况，对计算结果进行总分类和各种明细分类，最终制定深圳各行业、职位（工种）的工资指导价位。

（二）科学设定标准，规范职位名称，保证职业分类的标准化和统一性

深圳在制定工资指导价位前，不仅要对全市不同企业、不同行业员工的工资总体情况进行调查了解，还要对不同职位、工种的具体情况有一个基本的了解，以便结合全市经济发展状况和经济指标更好地制定不同行业不同群体中具体工种

的工资指导价位。在开展工资基本情况调查的过程中，深圳以各类企业为调查单位，员工个人为调查个体，对决定员工工资的各个因素选取多个指标进行量化，尽可能在不同方面反映员工的工资价位，以此根据员工个人的信息进行分析，确定不同职位（工种）员工的工资价位。

在设计调查表时，深圳选取了个人所在区域、受教育程度、职业技能等级、职称等级、企业经济类型、企业经营规模大小、所属行业、从事工种等多项指标制作成调查问卷（表），分别对企业管理人员、技能人才、基层员工等不同群体进行抽样调查，取得了宝贵的第一手资料，经过严谨的数据分析运算，制定出不同职位、不同工种的工资指导价位。在此基础上，还不断完善调查方式并扩大调查范围，逐年将工资指导价位的职位（工种）数量不断增长。总职位（工种）价位数量已由最初 1999 年制定发布的 87 个增加到 2009 年的 566 个（见图 1），其中，专业技术人员职位 122 个，生产、运输设备操作人员职位为 238 个，办事人员和有关人员职位 37 个，商业服务业人员职位 86 个（见图 2）；此外，分职业技能等级的技能人才工种有 57 个，分各种经济类型的工种有 73 个，均为全省最多。

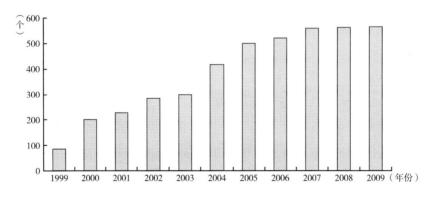

图 1　1999～2009 年深圳市公布工资指导价位的职位数量

此外，深圳在制定工资指导价位的过程中，涉及的职位（工种）均严格采用国家有关标准，对企业员工的具体调查工种与国家职业分类大典（《中华人民共和国职业分类大典》）进行严格比对。行业也严格按照国民经济 20 个行业的口径进行分类；除了国家机关事业单位和社会团体与采矿业外，其他 18 个行业均有包括，基本保证了职业工种分类的标准化和统一性。

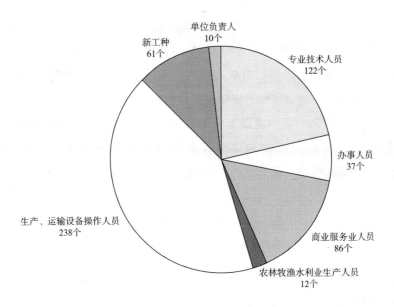

图2　2009年工资指导价位公布工种情况

（三）2009年实施工资指导价位的效果评估与特点分析

1. 工资价位高低差不断收窄，工资调控初见成效

2009年工资指导价位总体高位数、中位数、低位数及平均数分别为：23700元/月、2460元/月、1102元/月、2750元/月。受全球金融危机影响，高位数比上年度下降了8.5%，中位数及平均数也分别下降了3.9%和3.8%，低位数则比上年度增长了7%。低位数在总体工资价位略有降低的情况下有所增长的主要原因，是深圳市政府长期以来高度重视保障低工资劳动者的工资收入，加大了调控力度，有效缓解了金融危机对低收入群体收入水平的冲击，基本体现了国家"控高、保低"的工资调控政策。

此外，各行业工资水平逐年不断趋近，不同职位（工种）高位数与低位数之比的工资差距离也在不断收窄，垄断行业和高收入群体的工资有所控制，不同行业、不同职位（工种）的工资收入差距正逐步缩小，说明国家宏观工资调控政策正在有所显现。

2. 一线劳动者工资价位随技能提高而增长

由于深圳劳动力市场经常出现技工短缺，这也促使用人单位了解技能的重要性，不断完善内部的工资制度，突出了技能工资含量的比重，在工资分配方面加强了对技能操作人员的倾斜。从图3中可以看出，技能水平是影响一线劳动者工资水平的关键因素，在已经取得职业资格证书的劳动者中，技能越高，工资越高。从总体情况看，初级工的工资价位平均数为2245元/月，中级工为2838元/月，比初级工提高26.4%；高级工为3645元/月，比中级工提高28.4%；技师为4446元/月，比高级工提高22%；高级技师为5940元/月，比技师提高33.6%，是初级工同比工资价位的2.65倍。

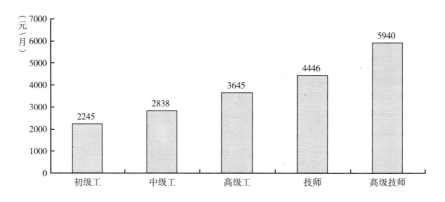

图3　2009年各技术等级工资指导价位情况

从具体的职位工种而言，有多个工种高级技师每月的高位数工资价位超过1万元，而有的紧缺工种和特殊工种的技师甚至个别高级工，其工资价位高位数也处于突破1万元的较高水平。

3. 学历仍是影响工资水平的重要因素

员工接受教育程度的差异，也是影响工资收入的一个重要因素。从总体情况看，初中及以下学历工资价位平均数为1563元/月，高中、技校工资价位平均数为2119元/月，大专为3113元/月，本科为4318元/月，硕士及以上研究生学历人员的工资价位平均数为7958元/月，硕士及以上研究生比本科生提高84.3%，是初中及以下学历人员同比价位的5.1倍（见图4）。从初中及以下到硕士及以上研究生，学历每提高一级，平均工资价位也相应提高50%左右。

4. 工资差缩小，工资价位逐步趋于合理

随着劳动力市场的逐渐完善，尤其是企业对外部竞争性的重视和内部公平性的关注，部分企业在安排职工工资增长时，注重了向普通员工及一线生产服务人

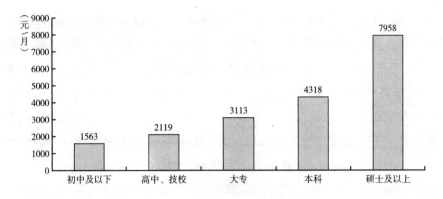

图4　2009年不同学历人员工资价位情况

员倾斜，企业工资体系的合理性逐步增强，从高位数与低位数的工资差比较情况
来看，总的工资指导价高位数与低位数工资差为21.5倍，较上年的25倍有所减
少；工资差距最大的行业也是金融业，相差20.1倍，其次是信息传输、计算机
服务和软件业与制造业，两个行业的高位数与低位数工资差均为19.2倍；工资
差距最小的行业是卫生、社会保障社会福利业及居民服务和其他服务业，分别为
10.6倍和12.3倍。一些通用性的职位，高位数和低位数的差距也在逐步缩小。

三　北京、上海建立工资指导价位的情况和借鉴

（一）公布最早，影响最大，北京为全国树立了表率

北京市自1997年起，为弥补劳动力市场中缺乏价格机制的不足，率先对北
京上市企业中的部分职位工资进行调查。当年调查涉及7个行业，23个职位。
在35户企业中选择2400个职工样本。首次调查主要是摸索经验。调查数据整理
后，作了详细的分析。1998年，北京开始逐步建立工资指导价位制度，在全市
企业中扩大调查范围，从9个行业的57户企业中抽取5400个职工样本，共包含
25个职位。数据经整理分析后，首次发布了20个重点职位职工平均工资数据，
成为全国各地建立工资指导价位制度的表率。十年来，北京这项信息的发布受到
社会各界，尤其是企业和劳动者的重视和普遍关注。

2009年，北京又发布了职业（工种）工资指导价位，其中涉及通用性职业

（工种）393 个，酒店业专项职业（工种）442 个，家政服务业专项职业（工种）14 个，物业服务业专项职业（工种）211 个，新毕业生职业（工种）143 个的价位信息。基本覆盖了北京市地方企业中主要的通用性职位。调查涉及各类企业近200 家，抽样职工样本达 40 余万人。调查数据经整理后，根据劳动力市场职业需求的热门岗位，对外发布了《北京市劳动力市场工资指导价位与企业人工成本状况》。其中，服务、生产人员岗位共 281 个职业（工种），以"综合价位、初级工、中级工、高级工、技师、高级技师"六个等级分组，并以"低位数、中位数、高位数、平均数"四种形式发布。往年针对企业存在不确定技术等级的岗位职工的情况发布的无技术等级由综合价位代替。综合价位指各工种总体的工资水平，在计算综合价位中，包含所有各技术等级的职工的工资水平以及不评定及未评定技术等级的同岗位职工的工资水平。另外，管理人员及专业技术人员岗位有 112 个职业（工种），这些职业以"低位数、中位数、高位数、平均数"四种形式发布。为方便企业更细致地做好内部分配工作，北京将管理人员及专业技术人员岗位职业（工种）分别按经济类型、企业规模、国民经济行业等形式的细分，并分别发布"低位数、中位数、高位数"三个价位等级。在发布的酒店业职业（工种）工资指导价位有 442 个，分为五星级、四星级、三星级、三星级以下及公寓五种类型，并以"低位数、中位数、高位数"三种形式发布，其中三星级以下和公寓的分类是北京 2009 年首次发布。

北京市工资指导价位的公布，引起社会的广泛关注与反响。企业，特别是非国有企业和求职者十分重视公布的价位数据。每年社会媒体均纷纷报道和转载北京市劳动局公布职位工资价位的消息，一位从事人力资源研究的专家认为：工资指导价位的发布，是"政府为劳动力市场做了一件大好事。"标志着"劳动行政部门的职能已从行政管理为主，转变为行政管理与服务指导双重并进。"

（二）工种最多，范围最广，上海工资指导价位已成为企业工资分配的风向标

上海市也继北京之后连续多年发布了劳动力市场工资指导价位。每年发布的范围覆盖多个行业、各种经济类型、不同企业规模，发布的职位工种包括经营管理、专业技术、生产服务等岗位。2009 年，上海发布的职位数已达到 1400 个。近年来，上海市针对不同人群的特点，不断调整指导价位的信息发布方式和时

间，在发布全日制工资指导价位的同时，还分行业发布部分行业的劳动力市场工资指导价位。此外，在毕业生就业高峰，上海市先对上年毕业并从事工作半年以内的毕业生工资水平进行调查，在此基础上，发布涵盖研究生、本科、大专、中职等各学历层次当年毕业生的首月工资指导价位；在临近节假日，上海还发布百姓关心的非全日制岗位工资水平，目前非全日制岗位工资指导价位已发布88个工种。上海工资指导价位对上海市企业工资支付和各类人群求职、自身合理定位已具有十分重要的参考价值。

职位工资指导价位与全市职工平均工资、职工最低工资等三项"工资"，已成为上海指导社会经济的重要指标。从近几年的实践情况看，上海工资指导价位已充分发挥出其在市场经济中的积极作用：一是推动了劳动力市场价格机制的形成，促进了上海市劳动力市场健康有序发展；二是满足劳动力市场供需双方的信息需求，使上海劳资双方在协商劳动报酬时有一个参考的依据；三是可以帮助企业实行市场化的工资管理，促进企业逐步建立起以岗位工资为主的基本工资制度；四是有利于促进劳动力合理流动、提高劳动者素质。

除了北京、上海外，近几年来许多地方也积极探索建立劳动力市场工资指导价位制度，取得了积极成效，有力地推动了劳动力市场的发展和企业工资分配宏观调控体系的建设。如江苏省已在南京、苏州、无锡、常州、泰州、南通、扬州7个城市建立劳动力市场工资指导价位制度。浙江省宁波市工资指导价位制度建设工作取得积极成效，《浙江日报》评述："劳动力指导价格出台说明了有关职能部门正在转变自己的角色，既是一个兼顾各方利益的裁判，又是一个服务者，提供多样、准确的信息服务。如果每个职能部门都在工作中贯彻这样的思路，社会主义市场经济一定能健康地发展。"

四　工资指导价位调查制度存在的问题

（一）　工资指导价位制度的依据有待更新

制定工资指导价位的核心依据是原劳动保障部《关于建立劳动力市场工资指导价位制度的通知》和《劳动力市场工资指导价位调查和制订方法》，而原劳动保障部《关于建立劳动力市场工资指导价位制度的通知》和《劳动力市场工资指导价位调查和制订方法》均为 1999 年所颁布，随着社会经济和劳动保障事业十年来经济社会的不断发展变化，许多规定、标准和方法亟待调整和更新。

（二）《中华人民共和国职业分类大典》与职业技能工种有待更好衔接

在制订工资指导价位的过程中，需要规范每一个职位和工种名称，而作为职位和工种分类依据的《中华人民共和国职业分类大典》（下简称《职业分类大典》）不够细化和明晰，甚至存在滞后的情况。《职业分类大典》与企业现有岗位无法有效对接，使工资基本情况调查的具体对象（职位、工种）难以统一，进而影响到调查数据的科学性和准确性。尽管国家有关部门近两年已增补《职业分类大典》工种分类，但随着产业结构的升级和社会分工的深化，工种分类也越来越细化，人力资源市场很多工种分类还没有统一口径，工种名称混淆不清，此外，许多现行的国家职业资格鉴定工种与《职业分类大典》也无法衔接，增加了职业、工种分类和代码编制的难度，影响了工资指导价位职业、工种分类的统一性和标准化。因此，应进一步健全和完善《职业分类大典》，实现针对性和实用性相互统一。

（三）工资指导价位在劳动关系工作中的作用有待加强

工资指导价位不仅要通过调查在岗职工的工资来反映工资水平的发展状况，更应当通过对人力资源市场上各职位（工种）工资水平的判断及趋势预测，体现政府作为工资宏观调控部门的指导意图，参与指导企业劳资双方的工资协商。工资指导价位虽然在理论层面为企业进行工资集体协商提供了参考依据，但因分配决策程序及职工民主参与制度还未建立起来，加之劳动力在市场中长期处于供大于求的状态，企业内明显存在劳资双方力量不均衡，职工方处于明显的弱势地位，因此，以工资指导价位作为参考依据进行工资集体协商的阻力很大，迫切需要强化工资指导价位在劳动关系工作中的作用，建立和完善以工资指导价位作为参考依据的工资集体协商制度，促进劳动关系进一步和谐稳定。

五　完善工资指导价位制度的措施和建议

劳动力市场工资指导价位作为一种公开透明的较为科学的重要市场信息，既是企业劳动力成本的一种较好反映，又有利于劳资双方进行公平公正的工资协商谈判，具有较高的参考价值，更好地维护劳动者的合法权益。因此，更好地完善工资指导价位制度，对深圳社会经济发展将产生积极的影响和作用。

（一）建立和完善收入分配政策法规，加强国家层面的工资调控立法

加快国家工资调控立法，进一步明确企业工资分配中必须坚持的原则，明确坚持"劳动"在按要素分配中占主要份额，明确坚持企业与职工应共同决定工资分配，明确坚持职工工资应与企业效益同步增长。将工资指导线、工资指导价位制度作为工资宏观调控的手段之一写入法规，使政府相关部门能更好地依法制定工资指导线和工资指导价位，以便工资宏观调控政策能够得到更好的落实。

（二）发挥工资指导价位在企业工资分配中的调控作用，健全和完善政府对企业分配的宏观调控和管理手段

充分发挥工资增长指导线和工资指导价位在企业工资分配中的客观调控作用，健全和完善政府对企业分配的宏观调控和管理手段，进一步完善以工资指导线制度、劳动力市场工资指导价位制度和人工成本预测预警制度为核心的新型政府宏观调控体系，引导企业依据市场工资信号调节内部工资关系，从制度、机制层面切实解决好职工工资决定和调整问题，形成科学合理的分配格局，有效地预防和减少劳动争议的发生，实现社会经济的和谐稳定。

（三）加强工资指导价位在工资集体协商中的参考作用，完善企业工资集体协商制度

人力资源市场工资指导价位制度应该成为企业工资管理工作的一项重要内容。积极引导企业参考人力资源市场工资指导价位来制定企业内部分配政策，引导企业和劳动者在工资集体协商谈判的过程中，参考工资指导价位进行协商，将工资指导价位作为企业工资集体协商的重要参考依据。政府行政主管部门与工会、企业联合会等相关部门，加强相互协调配合，建立、完善以工资增长指导线、工资指导价位为参考依据的工资集体协商制度，通过平等协商，确定和调整

员工工资水平，从而建立企业工资分配的共决机制和职工工资的正常调整机制。使企业在做好企业自身内部工资分配的同时，与企业员工一起积极应对经济危机带来的冲击。

（四）进一步完善工资指导价位制度，更好地调节人力资源的合理流动

市场工资价位在一定程度上会反映和影响着人力资源市场供求关系，因此政府部门对于市场工资价位的异常变化现象，应深入分析原因，对未来人力资源市场工资指导价位的发展趋势做出分析预测，积极采取应对措施。要进一步完善工资指导价位制度，在充分利用各种渠道宣传工资指导价位信息的同时，将其作为调整就业政策的重要参考指标，根据人力资源市场工资指导价位的变化和比较，发现就业岗位的供需矛盾，对于工资价位较高的紧缺岗位，及时加强人力资源和劳动者的职业培训，通过增加有效供给的方式予以解决。同时积极推动知识、技术产业的发展，引导人力资源市场工资指导价位的稳定增长，调节人力资源和劳动者的合理流动。

2009 年深圳社会保险状况与展望

袁建勇　胡建和*

摘　要：2009 年是我国进入新世纪以来经济发展最为困难的一年，对社会保险部门来说也是压力巨大、挑战严峻的一年。深圳市克服了各种困难，社会保险工作取得了佳绩，参保人数创历史新高，医疗保险达到了 911 万人，基本实现了"全民医保"。展望 2010 年，实现养老保险关系跨省转移接续将是新突破，为实现养老保险省级统筹，乃至全国统筹创造了条件，为此，深圳市将修改养老保险条例。

关键词：社会保险　历史新高　发展趋势

一　深圳社会保险的新发展

2009 年是我国进入新世纪以来经济发展最为困难的一年，对社会保险部门来说也是压力巨大、挑战严峻的一年。深圳市社会保险战线的干部员工坚决贯彻落实党中央、国务院关于保增长、保民生、保稳定的决策部署，在深圳市委市政府的正确领导下，积极践行科学发展观，结合全市开展的"服务年"活动，齐心协力，迎难而上，解放思想，完善政策，加强管理，提升服务，各项工作取得显著成绩。

（一）克服危机力保增长，社会保险参保呈现前低后高

为切实帮助企业渡过难关，深圳市在社会保险方面采取了一系列措施：一是阶段性降低医疗保险、工伤保险的缴费费率。深圳市出台政策决定临时性下调社

---

*　袁建勇、胡建和，深圳市社会保险基金管理局。

会保险费缴费费率，以减轻企业缴交社会保险的经济负担。此次下调包括工伤保险、综合医疗保险、住院医疗保险和农民工医疗保险的缴费费率，下调部分主要为企业所缴交部分，个人缴交部分维持不变，不会影响到参保人原有社会保险待遇，且住院医疗保险参保人还增加了生育医疗保险待遇，调整期限为2009年2月~2010年1月。此次社会保险费率下调具体比例为：①工伤保险缴费费率在实行浮动费率后，实际费率整体下调50%。如某参保企业原来缴费费率为1%，实行浮动费率后费率变为0.8%，再在此基础上下调50%，最后该企业实际缴费费率为0.4%。②综合医疗保险缴费单位缴费费率下调2个百分点，即参保企业缴费费率由原来的6.5%调整为4.5%（基本医疗保险费率为4%，地方补充医疗保险费率为0.5%），个人缴费率仍为2%，调整后进入个人账户的比例保持不变。③住院医疗保险单位总体缴费费率下调0.1个百分点，由1%下调到0.9%。此外，单位缴费0.9%中的0.2%划入生育医疗保险基金，使住院医疗保险参保人同时享受生育医疗保险待遇。④农民工医疗保险单位缴费部分在原来的基础上减少2元，即单位缴费由原来的8元/人·月调整为6元/人·月，个人缴费仍为4元/人·月。截止到12月底企业少缴社会保险费17.27亿元，其中医疗保险少缴13.27亿元，工伤保险少缴4亿元，有效地减轻了企业负担。此外，还结合全市开展的"服务年"活动，主动走访和服务企业。开展"柔性执法"，以说服教育为主，以行政处罚为辅，促使企业主动为员工参保。加强宣传，广开言路，畅通信访渠道，将问题化解在基层。

2009年1月参保人数降到2008年8月以来的最低点，养老、医疗、工伤、失业、生育五险种的参保总量为2408.10万人次，基本养老、医疗、工伤保险参保人数环比分别下降了0.06%、6.86%、2.71%，其中农民工医疗保险环比下降了12.24%。到12月底，五险种的参保人数均达到历史最高水平，参保总量达到2864.58万人次。

（二）完善制度积极扩面，基本实现"全民医保"

2009年，深圳市政府将实现"全民医保"作为对市民承诺的十件民生实事之一，要求到年底按常住人口计算，全市医疗保险参保人数达到880万人。为此，深圳市对《深圳市社会医疗保险办法》进行了修改完善，3月份起，将原参加住院医疗保险的参保人纳入了生育保险范围，在不增加缴费的情况下，使其也享受生育保险待遇。出台实施了《大学生医疗保险办法》，将在校大学生纳入市少儿医保范围，保障其住院和门诊大病的医疗保险待遇。考虑到金融危机造成未就业大学生增加，将全市未就业高校毕业生也纳入住院医疗保险。完善医保配套政策，制定了《深圳市地方补充医疗保险药品目录与诊疗项目增补暂行办法》、《深圳市农民工医疗保险调剂金使用暂行办法》。修改《深圳市离休人员医疗保障办法》和《深圳市一至六级残疾军人医疗保障办法》，对目前深圳市特殊医保人员的参保及就医行为进行了规范。至 2009 年底，深圳市社会医疗保险参保人数达 911.38 万人，其中基本医疗保险 383.02 万人，劳务工医疗保险 464.06 万人，少儿医疗保险 64.3 万人，深圳市医保网覆盖了新的医疗改革意见中提出的所有人群，率先在全国实现了"社会医疗保险全覆盖"，并率先全面实现社会医疗保险"三统筹"，即市级统筹、城乡统筹和门诊统筹。

（三）为企业退休人员调整养老待遇

为了提高企业退休人员的养老水平，逐步缩小企业退休人员与机关事业单位退休人员养老待遇的差距，根据国家统一的部署，继过去 3 年连续为企业退休人员调整待遇后，深圳市从 2009 年 1 月 1 日起，再次为企业退休人员（含农村城市化退休人员）提高养老金。本次调整采取普遍调整与政策倾斜调整相结合的方法，普遍调整为：①先每人每月增加 140 元；②再按照每名企业退休人员本人的缴费年限（含视为缴费年限），每 1 年增加 5 元。倾斜调整为：对具有高级职称或高级技师职业资格的企业退休人员，1953 年底以前参加工作人员、原工商业者再适当增加养老金，此外对 70~80 岁的退休人员每人每月再增加 70 元；对 80 岁及以上的高龄退休人员每人每月再增加 80 元。市劳动保障局已于春节前将调整后的养老金发放到企业退休人员手中。据统计，深圳市共有 13.59 万名企业退休人员享受了养老金调整，其中 3.64 万人领取了高龄补贴，6390 人享受了高级职称补贴；企业退休人员月人均调整达到了 271 元，其中普遍调整 246 元，倾斜调整 25 元；深圳市社保基金每月为此增加支付 3683 万元。深圳市调整后的企业退休人员月人均养老金为 3504 元。

2009 年 9 月，广东省劳动保障厅发布《关于改革完善企业职工养老保险基本养老金计发办法的通知》，为了缩小基本养老金水平的地区差距，加快实现养老保险省级统筹，要求全省各地级以上市和省直统筹区，为企业离退休人员统一按照每人每月 100 元的标准加发过渡性养老金。为了用足用好上级的政策，进一步提高深圳市企业退休人员的养老待遇，维护社会稳定，深圳市决定在企业退休人员基本养老金结构中增加过渡性养老金 100 元，对 2009 年 1 月 1 日前已领取基本养老金的企业退休人员从 2009 年 1 月起开始加发，对 2009 年 1 月 1 日后首次领取基本养老金的企业退休人员，则从首次领取基本养老金之月加发。企业退休人员基本养老金增加后，其社会医疗保险费也相应增加。加发的过渡性养老金由基本养老保险共济基金支付，为此基金每月将增加支出 1400 多万元，全年将增加支出 1.7 亿元。2009 年，深圳市为企业退休人员（含农村城市化退休人员）提高养老金，月人均共提高了 371 元。从企业正常退休的人员月人均养老金为 3604 元。

（四）将甲型 H1N1 流感防治纳入医保支付范围

2009 年，一场突如其来的甲型 H1N1 流感从境外传入中国，深圳也未能幸免，发生了许多确诊甲型 H1N1 流感病例。关于该疾病的隔离排查治疗费用，国家、广东省都没有相关减免政策。为了更好地做好这项防控工作，维护社会稳定，确保深圳市甲型 H1N1 流感参保患者能得到及时排查和诊治，有效控制甲型 H1N1 流感疫情，减轻参保患者的经济负担，深圳市对本市参保人发热隔离排查和治疗甲型 H1N1 流感患者纳入本市医保支付范围，即深圳市医疗保险参保人经确诊为甲型 H1N1 流感患者，或者发热疑似病例住院隔离排查，其住院、检查、治疗等费用，按深圳市社会医疗保险办法享受相关医保待遇。

（五）将建筑施工企业农民工纳入工伤保险

深圳市工伤保险参保近 800 万人，但建筑施工企业的农民工一直未被纳入工伤保险。建筑施工企业有其独特性，一是农民工多，流动性大；二是围绕着工程招用员工，因此典型的定人定时的工伤保险对他们不太适用。而建筑施工又是个高危行业，工伤事故时有发生。为了解决这个问题，深圳市制定了政府规章《深圳市建筑施工企业农民工参加工伤保险试行办法》，采取有别于一般行业的办法，将建筑施工企业农民工纳入工伤保险：①将农民工工伤保险费作为工程造价的组成部分列入规费，农民工个人不缴纳工伤保险费。②工资高于深圳市上年度在岗职工平均工资的农民工，企业应当逐月为其缴费；工资低于深圳市上年度在岗职工平均工资的农民工，企业可以选择以工程项目一次性缴费或者逐月为其缴费。③以工程项目一次性缴费形式参保的，按税前工程造价的 0.06% 计取，由建设单位作为专款在施工前一次性拨付给总承包企业，再由总承包企业向社保机构缴付，并办理工伤保险参保。④选择对部分农民工实行按月缴费、部分农民工实行一次性缴费的建筑施工企业，整体缴费水平高于工程总造价 1‰ 的，按 1‰ 的标准缴纳工伤保险费。⑤选择按月缴费的，按《工伤保险条例》的规定享受工伤保险待遇；选择一次性缴费参保的，施工单位应将施工人员花名册及其变化情况事先向社保机构备案，发生工伤事故后由社保机构支付工伤保险待遇。

（六）率先实行代理保险营销员参加社保

深圳市社会保险一直是覆盖到与企业建立了劳动关系的员工，以及深圳户籍居民。商业保险公司的营销员由于不是保险公司的员工，与保险公司之间是一种代理关系，因此非深圳户籍的保险营销员一直无法参加社会保险，目前深圳市代理保险营销员约有 3.6 万多人，其中非深圳户籍人员的社保问题成了一个空白。为了推进全民社保，深圳市从 2009 年 4 月开始将代理保险营销员纳入社会保险，凡在深圳市登记注册的保险机构中非深圳户籍的代理保险营销员，只要没有在其他地区参加养老保险或医疗保险，没有达到退休年龄，便可以自愿参加深圳的基本养老保险、综合医疗保险和地方补充医疗保险。为了防范道德风险，规定在本市保险机构中从事保险营销工作 6 个月以上；身体健康，未患癌症、肾衰竭等重大疾病，也没有进行过器官移植的代理保险营销员才能参加深圳的社会保险。参保的代理保险营销员可以在深圳市上年度在岗职工月平均工资 60%～300% 的范围内选定本人月缴费基数，社会保险费由本人全额缴纳。本人将应缴纳的社会保险费按月存入市保险行业协会的指定账户，由深圳市保险行业协会统一办理参保缴费事项，其待遇水平与深圳户籍参保人员相同。此举在全国、全省属首创。

（七）积极探索深莞惠三地"医保同城化"

为全面推进深圳、东莞、惠州三市紧密合作向更深层次拓展，进一步落实《珠三角地区改革发展规划纲要（2008～2020）》和《推进珠江口东岸地区紧密合作框架协议》文件精神，方便深莞惠三地参保人在居住地就医，经深入调研，按照医疗技术水平高、医疗保险信誉好、医院等级和位置分布合理的原则，深圳市人力资源和社会保障局于2009年11月分别与惠州、东莞两地11家定点医院签订了《深圳市社会保险定点医疗机构医疗服务协议书》，将东莞、惠州部分医院纳入深圳市医保定点医院范围，深圳市参保人在这些医院就诊视同在深圳市医保定点医院就诊，深圳医保参保人常驻东莞、惠州可就地就医刷卡记账，就地结算，率先在珠江三角洲东岸，实现了深圳市医保参保人员在三地的定点医院就医待遇不变、跨区享受、实时结算和就地结算，极大方便了深圳市常驻东莞、惠州参保人异地就医，彻底解决了深圳市参保人垫付费用资金困难、报销往返烦琐和报销周期长等问题，向"医保同城化"迈进了一大步。此前，深圳市已于2006年8月与广州10家医保定点医院签订了医保服务协议，极大地方便了常驻广州的深圳市参保人员就医看病。

（八）失业救济金标准每月提高120元

根据深圳市社会保险有关政策的规定，社会保险缴费基数和待遇补偿基数每年都进行一次调整，调整的依据是深圳市上年度在岗职工月平均工资的变化。根据深圳市统计局发布的《深圳市2008年国民经济和社会发展统计公报》，深圳市2008年度在岗职工年平均工资为43454元，折合成月平均工资为3621元。因此，深圳市社会保险缴费基数和待遇计发中的市上年度在岗职工月平均工资均按3621元计算。深圳市2007年在岗职工月平均工资为3233元，2008年比2007年增长了12%，据此2009年社会保险缴费水平和待遇水平也都相应作了提高。但是考虑到国际金融危机影响，为减轻企业经营成本，2009年深圳市不调整特区内外的最低工资，仍按2008年市政府公布的最低工资执行，特区内为1000元，特区外为900元。深圳市非深圳户籍员工养老保险的最低缴费基数也不作调整，实际缴费特区内为1000元×18%＝180元，特区外为900元×18%＝162元。深圳市2009年失业救济金按照深圳市政府公布的本市上年度最低工资80%计算，调整为800元/月，比2008年的680元/月增加了120元/月，增幅为17.65%。

（九）成立深圳市社会保险基金管理局坪山分局

2009年7月，经过紧张筹建的市社会保险基金管理局坪山分局正式揭牌成立。6月30日，深圳市委、市政府宣布成立坪山新区，这是深圳市贯彻落实科学发展观、落实《珠江三角洲地区改革发展规划纲要》和《深圳市综合配套改革总体方案》，加快特区内外一体化进程、推进以大工业区为中心的坪山新城的统筹发展，促进全市区域协调发展，全面提升城市化水平，构建适应区域协调发展新体制的重大举措。为了配合深圳市行政管理体制改革，将原来的坪山社保站和坑梓站合并为社保坪山社保分局，这标志着坪山、坑梓46.3余万参保人在家门口即可办理社保业务。目前坪山新区共有参保企业近2000家，参加工伤保险18.9万人，参加医疗保险16.9万人，参加养老保险9.8万人，参加少儿医保0.7万人。社保坪山分局可以为46.3万人就近办理社保业务提供服务。

（十）贯彻国务院《养老保险关系转移接续暂行办法》

2009年12月22日，国务院通过了《城镇企业职工基本养老保险关系转移接续暂行办法》，该办法规定从2010年1月起，参保人跨省流动就业的，其基本养老保险关系应随同转移到新的参保地，或者职工户籍所在地，在未达到待遇领取年龄前，不得中止基本养老保险关系并办理退保手续。转移资金包括个人账户储存额和相当于个人实际缴费工资12%的统筹基金。目前深圳市个人账户由职工个人缴交工资的8%，计入个人账户，企业缴交职工工资的10%，计入共济基金。为了贯彻国务院的规定，确保由退保向转保的平稳过渡，深圳市社保部门采取了一系列措施：一是启动了应急管理预案，实行一把手负总责，统一协调指挥，分级负责。对可能引发冲突的事件提前布置。二是在各大媒体和网络上进行政策宣传，大量印制了"致企业的一封信"、"致参保人的一封信"、"温馨提示"和《宣传册》，发至各企业和参保人，张贴在办事窗口。宝安、龙岗等区政府召开紧急会议部署各街道办事处和各社保分局以及辖区内500人以上的企业宣讲《暂行办法》。三是统筹安排，科学调配，加派人手，对坚决要求退保的，在充分讲明政策的情况下，在12月31日前及时办理退保。

（十一）推进养老保险基金省级统筹

为推进养老保险省级统筹，促进广东省养老保险区域均衡协调发展，按照《广东省社会养老保险条例》的规定和《中共广东省委广东省人民政府关于争当实践科学发展观排头兵的决定》关于"改革养老保险省级调剂办法，强化富裕地区支持欠发达地区的责任机制"的精神，从2009年1月1日起，省级养老保险调剂金上缴比例由企业养老保险单位缴费的3%统一上调为9%。原实行的返还（返拨）办法同时终止。在确保各市基本养老金按时足额发放的同时，适当扩大省级调剂金使用范围，按照养老保险关系转移接收人数，对接收地给予补助；支持欠发达地区做实养老保险个人账户。广东省根据各市执行预算情况和当地财政落实补助养老保险基金的情况，合理安排省级调剂金，帮助各市解决基金缺口问题。省劳动保障厅会同省财政厅制订省级养老保险调剂金具体分配方案，并于每年的上半年、下半年各拨付一次调剂金。深圳市政府坚决实行广东省的决定，经市政府批准，根据省政府《关于改革完善省级养老保险调剂办法的通知》（粤府〔2008〕106号），2009年，深圳市全额上缴养老保险省级调剂金9亿元。

（十二）进一步完善机关事业单位社会保险制度

2009年，深圳市继续推进机关事业单位社会保险政策改革，完成了《深圳市国家公务员医疗补助暂行办法》的报审工作；组织落实驻深中央和国家机关工作人员暂时停缴基本养老保险费工作，退还养老保险个人账户中个人缴费部分；落实财政部驻深特派办、审计署驻深办等驻深中央国家机关参照执行深圳市公务员医疗补助办法的工作，核定了参加人数及工资基数；事业单位改革配套工作进展顺利，全年累计为全市转企事业单位1022名退休人员核发计提待遇2200万元，保证了这项待遇的按时足额发放。

二 深圳社会保险的基本情况

（一）养老保险

2009年，深圳市养老保险参保人数突破580万，至12月底达到584.09万人，同比增长7.8%。其中深圳户籍员工131.29万人，非深圳户籍员工452.80万人。参加企业年金人员约7.3万人，2009年新增通过审核准予方案备案的企业共计59家，通过审核准予合同备案的企业共计14家，新增的企业年金基金共计约2.60亿元。2009年全市享受离退休待遇14.79万人，企业正常退休人员月人均养老金3604元。支付企业年金待遇共计约1.38亿元，办理领取企业年金待遇人员共计 2699 人。深圳市社保局就农民工养老保险和城镇企业员工养老保险关系转移接续问题及原基建工程兵特殊工种遗留问题进行了调研，向国家人社部和深圳市政府报送了有关意见和报告。在退休人员更换社会保障卡和设置密码方面，打破原专属管理的规定，实行属地管理，退休人员在全市任何社保网点的养老窗口均可办理，方便了退休老人办理换卡加密。全年全市共采集指纹 11710 人，采集率 98.1%；验证指纹 131779 人，验证率 97.8%。社会化管理服务工作稳步推进，企业退休人员社会化管理服务业务工作规范出台实施，各区社会申办退休人员退管活动经费全部落实，截至 12 月底，共有 3.9 万名社会申办退休人员移交社区实行社会化管理。上报新增社会化管理服务省级示范点 5 个，确定第一批市级示范点 32 个。

（二）医疗保险

2009 年，深圳市医疗保险参保人数达到 911.38 万，同比增长 9.6%。其中综合医疗保险 193.26 万人，住院医疗保险 189.76 万人，劳务工医疗保险 464.06 万人，少儿和大学生医疗保险 64.30 万人。2009 年，为医疗保险参保人提供门诊服务 3554.27 万人次，住院服务 25.6 万人次，门诊特检 116434 人次，医疗费用审核报销 42731 人次，全部实现网上支付。社保部门加强社保与卫生、医疗机构的协调配合，与卫生、物价部门联合检查定点医疗机构收费情况，建立健全了医改配套文件共同会签制度、重大事项磋商制度、医疗保险专家咨询论证制度和医疗保险情况反馈制度。结合预付制开展了定点医疗机构信用等级评定，并实现了提高对医院的医疗保险费用偿付标准，进一步完善结算办法，农民工医疗保险实现结算医院以外实时记账，并首次实现在广州实时记账，社会医疗保险服务和监管不断加强。医疗保险参保人住院报销率（含按国家政策范围内报销率和全口径，含自付和自费）已经远远超过国家标准。国家医药卫生体制改革方案要求 2009 年对政策规定范围内的住院费用，城镇职工、城镇居民医保住院报销比例分别不低于 75%、60%，深圳市城镇职工、城镇居民的政策范围内医保住院报销比例达到了 87.96%。目前全市定点医疗机构和零售药店达 1498 家，其中定点医疗机构 905 家，定点零售药店 593 家。2009 年新增定点医药机构数量 88 家（定点医疗机构 43 家，定点药店 45 家）；新增市外定点医疗机构 11 家，其中东莞 6 家，惠州 5 家。全年共检查住院病历 20305 本，门诊处方 200308 张，核卡

57351 人次。共查处严重违规并取消或暂停定点医疗机构和定点零售药店资格的 14 家，扣回违规金额 99.72 万元，扣回违规违约金额合计 324.52 万元。

（三）工伤保险

2009 年，深圳市工伤保险参保达到 815.65 万人，同比增长 7.6%。依法补偿工伤事故 42091 人次。在工伤保险浮动费率调整的基础上，对全市工伤保险费进行减半征收，全年为企业减少工伤保险费 5.6 亿元左右，深受全市企业欢迎。在完善工伤保险制度方面，出台了《深圳市建筑施工企业农民工参加工伤保险试行办法》，制定了《深圳工伤预防费使用管理办法》、《深圳市职工工伤康复管理暂行办法》和"工伤康复服务流程及相关操作细则"。加大工伤预防工作力度，加强规范工伤医疗管理，全市的工伤定点医疗单位增至 82 家，工伤康复定点医疗单位达到 12 家。市社保局与市安全监督局联合召开了全市工伤预防先进单位表彰大会，给工伤预防先进单位发放了奖励金。

（四）失业保险

2009 年，深圳市工伤失业保险参保达到 218.97 万人，同比增长 6.8%。积极化解金融危机下失业员工的生活困难，主动提示每个前来办理失业保险待遇申请的员工申请生活困难救助，1 ~ 12 月共发放生活困难补助 3050 人；发放生活困难补助金 1739.64 万元，比上年增长 13.5%；发放一次性失业保险金 117 人，发放金额 139.87 万元；办理延长领取失业救济金 66 人；代发内退生活费 226 人次，代发金额 155.43 万元。与深圳综合开发研究院一起开展了对修改完善失业保险制度的调研。

（五）生育医疗保险

2009 年，深圳市工伤失业保险参保达到 334.48 万人，同比增长 121%。2009 年，深圳市扩大了生育医疗保险的覆盖范围，将原参加住院医疗保险的参保人纳入了生育保险范围，在不增加缴费的情况下，使其也享受生育保险待遇。全年生育医疗保险就诊人数 103 万人次，记账费用 1.84 亿元，现金报销人数 5962 人次，报销金额 1335 万元。

三　深圳社会保险基金管理

（一）基金征收

2009 年，深圳市各项社保基金收入 288.25 亿元，完成预算收入的 126.40%，同比增长 1.63%。其中：基本养老保险基金收入 204.22 亿元，同比增长 3.73%；地方补充养老保险基金收入 7.10 亿元，同比增长 73.11%；基本医疗保险基金收入 52.11 亿元，同比减少 5.90%；地方补充医疗基金收入 4.39 亿元，同比增长 4.62%；工伤保险基金收入 5.86 亿元，同比减少 8.30%；失业保险基金收入 3.65 亿元，同比增长 18.85%；生育医疗保险基金收入 4.62 亿元，同比增长 67.32%；劳务工医疗保险基金收入 5.50 亿元，同比增长 19.99%；少儿医疗保险基金收入 0.80 亿元，同比减少 5.99%。住房公积金收入 14.24 亿元。全年还代收残疾人就业保障金 4.34 亿。在征收工作中，实行信访、稽核、征收联动，督促企业参保，对企业不自觉参保的，坚决依法查处，切实维护员工的社保权益。

（二）基金偿付

2009 年，深圳市各项社保基金支出总额为 132.88 亿元，同比增长 30.9%，支出增幅明显大于收入增幅，说明对参保人的保障更充分了。其中：养老保险基金支出 85.37 亿元（含退转保 19.67 亿元、97.3 万人），同比增长 31.51%；医疗保险基金支出 40.91 亿元（含生育医保 1.85 亿元），同比增长 33.51%；工伤保险基金支出 5.08 亿元，同比增长 9.93%；失业保险基金支出 1.52 亿元，同比增长 15.21%。住房公积金支出 7.86 亿元。全年各项社保基金收支相抵后，总结余为：155.37 亿元，但其中大部分都是养老保险、医疗保险中个人账户中的结余。

（三）基金管理

2009 年，深圳市在社会保险法规制度建设、内控制度建设、信息化建设及队伍建设方面提出了建立长效机制的意见，对于征缴、支出等业务操作及历史遗留的问题，及时发现并认真进行了整改，基金管理更科学规范。社保基金财务管理信息化建设和社保基金财务管理体制改革方案实施等工作继续推进，基础性工作的管理得到加强，特别是在全系统范围开展的以财务基础工作规范为主体的业务交叉检查工作对规范业务程序和基金管理各环节取得了显著效果。结合"服务年"，实行了加强社保基金管理服务的十大举措：进一步推动医保报销财务确认一站式服务；提高医疗报销档案管理的科学性；探索建立储蓄式医疗保险个人账户；在全系统推行网上退保结算模式；用短信、网络平台等手段开展服务；将实时托收权限下放到征收业务员；大力推动电子化档案管理进程；做好财务统计报表的数据库和分区域统计；建立实现社保基金财务与社保业务系统无缝衔接后的资金管理与运作机制和完善社会保险基金监控系统。

（四）社保稽核与基金清欠清收

2009 年，深圳市全面开展社保专项大检查，积极探索社保稽核及违法企业信息披露机制，稽核办案系统正式上线试运行。全年社保稽核部门共检查用人单位 5946 家，涉及员工 89.19 万人次，追缴社会保险费 5797 万元，受理信访案件 3618 件，已处理 3419 件，其中 30 人以上信访重大案件 36 件，涉及人数 15226 人，处理 5 人以上 30 人以下信访案件 33 件，涉及人数 664 人。处理上级部门转办和通过"民心桥"、"直通车"、"政府在线"、"市长专线"等转办来信 1234 件，涉及人数 2533 人次。加强历史投资的清理工作，妥善解决社保投资公司 1000 万元注册资金案，历史上社保基金投资的布心厂房过户完毕，积极做好深南石油股份和平安银行股票转让工作，加强社保基金资产管理。2009 年，深圳企业年金资产实现投资运营收入 10902.39 万元，实现净收益为 3561.95 万元。

四 深圳社会保险发展趋势前瞻

（一）社保覆盖面将进一步扩大

2010 年，将继续实行阶段性降低社会保险缴费率的措施，做好扩面征缴工作。进一步提高社保覆盖面，重点是做好全民医保扩面和建筑行业工伤保险参保工作，实现深圳市户籍人员、在校（在园）学生（幼儿）和已签订劳动合同的农民工全部纳入医疗保险的目标，稳步推进养老保险扩面工作。全面开展对参保企业的登记、年审和参保人资料审核工作。建立和完善企业征收网上自主申报系统，实现企业网上自主逐月申报、自主缴费。进一步提升企业和个人网上申报功能，提高网上申报率。将完成电子服务大厅和 AS400 系统整合工作。实现参保企业从企业登记到各征收环节的无纸化操作，实现全程征收业务的无纸化审批，提高办事效率。

（二）贯彻国务院《城镇企业职工基本养老保险关系转移接续暂行办法》

从 2010 年 1 月 1 日起，国务院《城镇企业职工基本养老保险关系转移接续暂行办法》正式实施，停止退保，实行转保，难度很大。深圳市将加强与其他地区经办机构之间的联系，使转移接续工作顺畅、便捷、高效。为适应国家养老保险关系转移接续办法和养老保险省级统筹的要求，根据国家有关政策对《深圳经济特区企业员工社会养老保险条例》及其实施规定进行修改，将适当提高养老保险缴费比例。探索研究公务员及职员养老保险的政策改革。配合深圳市事业单位改革，做好社会保险配套措施的调研和政策落实工作。做好事业单位养老保险制度改革完善工作，推进事业单位职员职业年金制度和聘任制公务员职业年金制度试点工作。依托社区劳动保障服务窗口，在居住社区为退休人员提供更换新一代社保卡和设置社保卡密码的服务。

（三）修改《深圳市社会医疗保险办法》

2010 年，配合深圳市医疗卫生体制改革，将完成《深圳市社会医疗保险办法》的修改，进一步提高医疗保险的保障和服务水平。还将起草《深圳市社会医疗保险医疗补助办法》，调整少儿和居民医疗保险政策，争取将门诊医疗待遇扩大到少儿医保，调研如何进一步推进企业补充医疗保险，探索医疗保险向健康保险发展。建立统一的定点医疗机构和定点药店监管机构，加大医保监督力度。积极探索建立医保经办机构与医药服务提供方的谈判机制，进一步完善对医院的医疗保险偿付标准。探索异地就医结算机制和医保关系转移接续制度，配合卫生部门开展家庭病床试点，新增地方补充医保目录，清理基本医保"三个目录"，核定千元以上医用材料普及型价格。与定点医疗单位重新签约，将新增定点医院20家、定点药店40家。

（四）完善工伤保险、失业保险、生育保险

在工伤保险方面，深圳市将继续加强工伤保险认定工作，努力提高依法行政工作水平。进一步加强工伤医疗监管工作和工伤预防工作，制定工伤预防管理办法。待国家《工伤保险条例》修改后，根据修改后的条例调研建立《深圳市工伤保险基金使用管理办法》。积极开展工伤康复工作，制定工伤康复管理办法，积极探索强化深圳市工伤康复工作的新思路。开展机关事业单位因公伤亡认定及待遇核发工作。逐步完善工伤保险电脑网络系统的各项功能，做好工伤保险身份认证管理系统、工伤医疗电脑监管系统和工伤保险业务网上服务的软件开发工作。

在失业保险方面，将调研和修改《失业保险条例》，实现与国家和省失业保险政策的衔接。探索制定适合深圳特区企业实际的失业保险费率，加大失业保险基金对扶持再就业的力度。建立失业保险基金的预警机制，随时监测失业基金的收支情况，建立和完善全系统的失业保险基金的统一发放、统一管理实时监督机制。

在生育保险方面，将完善生育保险政策，完成对生育保险定点医疗机构的费用测算工作，为生育保险基金独立结算做好准备。

（五）社保基金科学管理和安全运行将进一步加强

进一步完善"一级核算、三级管理"的基金财务管理模式和"统一账户、统一系统、统一结算"的"三统一"基金财务结算模式的经验，全面实施《深圳市社会保险基金财务管理体制改革方案》。逐步实现管理手段科学化，进一步完善社保基金实时监控系统，加强内部制约机制和权限控制，实现层级权限的有效控制，做到应收尽收、应付尽付、科学管理、监管有力。

继续加强基金财务管理基础性工作的建设。进一步梳理和完善社保基金财务管理制度和财务档案管理办法，制定社保基金财务管理操作规程、财务工作人员操作手册。加强基金账户管理，逐步撤销管理站的支出户，确保基金运行相对集中。积极配合各级审计监督部门对社保基金的审计检查工作。

推进基金科学管理和保值增值工作。加强社保基金的宏观管理和宏观研究，加强基金预决算管理和基金运行分析研究。合理调度资金，科学掌握基金的存款结构，适度安排社保基金购买国债，提高基金收益率。继续做好深南石油股权、平安银行股权和宇丰工业城等历史投资的清收及企业年金的移交工作。做好社保基金保值增值的调研和培训，借助综合配套改革的东风，力争省厅与人力资源和社会保障部的支持，申请深圳市作为单列市进行社保基金投资运营试点。

（六）进一步规范业务流程，全面提高管理服务水平

2010 年，将按照准金融机构管理的要求和 ISO9000 标准化管理的模式及发展方向，积极推进社会保险业务流程的标准化、规范化管理。对业务流程和操作规范进行统筹、梳理、协调和规范。进一步推进依法行政，完善行政审批事项，缩短业务链条，简化业务流程，提高办事效率。规范文书表格，形成制度汇编，将各岗位职责、办事程序，重新在服务窗口醒目位置公布上墙，方便群众办事，接受群众监督。加强依法行政教育，落实行政过错责任追究制度，充分发挥电子监察系统对具体行政行为的监督预警作用，进一步提高行政行为的准确率和行政复议、行政诉讼案件的维持率。

提高信息化管理水平。学习银行业务全市通存通兑的管理服务方式，实现常规性、标准性社保业务的跨区跨站办理。开展社保信息系统 ISO9001、ISO27001 国际质量管理体系标准认证工作。开发未成年人医疗保险系统、社保行政执法电子监察系统、市直机关事业单位工作人员工伤管理系统、养老保险关系转移接续系统。升级生育医疗系统、统计报表分析系统和基金财务系统，实现财务系统与业务系统的无缝连接。建设社会保障卡社会化服务平台。

提高社保服务水平。社保经办机构将教育干部职工忍辱负重，踏实工作，进一步提高服务意识，更新服务观念，充分理解社会转型期各种矛盾和问题多发的特点，满怀对参保人的深厚感情做好服务。从强化服务职能，拓展服务领域，优化服务平台等方面入手，加强社保业务培训和职业道德教育，教育广大干部职工遵守公务员的职责、修养和品德，提高业务能力、服务水平以及化解矛盾的能力。

（七）积极稳妥推进社保机构调整，优化业务结构

2010 年深圳市将按照精简统一效能的原则和"决策、执行、监督"相互制

约、相互协调的要求，进一步理顺职责关系，优化业务结构，建立层级分明、结构合理、职责明晰、运作高效、管理规范、服务完善的行政管理体制和业务运行机制。

完成日常业务的属地化管理。将深圳市社保局的具体经办业务下放各社保分局和管理站，市局强化决策、指导、协调、监管、保障的职能，基层强化经办、执行、服务的职能。按照专业化、规范化管理的要求，整合内设处室，减少事权的重叠和交叉，对机构缺位的、职能要加强的，增加相应机构。机构和业务的调整要平稳推进，要公正、妥善地做好人员、场地、经费方面的安排，教育全体干部职工服从大局、保持稳定，确保机构调整平稳有序、顺利完成。

市社保局机关各业务处室要加强对社保政策的宏观研究，结合国家、省社保政策的调整和深圳市的实际情况，对社保业务的发展趋势、发展方向做出尽可能准确的判断。要立足长远，高屋建瓴，在发展战略和机制研究方面多下工夫。

加强队伍建设，优化人员结构。根据实际工作需要，这次机构调整会相应增加一些人员，要以此为契机，根据比例适当、结构优化以及向基层、向窗口倾斜的原则，及时做好人员配备和人员机构调整。按照社会保险管理服务量的一定比例，对人员实行动态管理，适时调整。根据各单位各部门人员结构需求，对行政人员、专业人员、辅助人员按合理比例进行科学分配，优化组合，梯次配备。

在充分挖潜的基础上做好机构调整。首先要通过优化业务程序、理顺业务机制、提高技术手段、采用服务外包等途径提高管理运行效率，在充分挖掘内部潜力的基础上再考虑人员的增加。

参考文献

深圳市人大：《深圳经济特区企业员工社会养老保险条例》。
深圳市政府：《深圳市城镇职工医疗保险办法》。
广东省人大：《广东省工伤保险条例》。
深圳市人大：《深圳经济特区失业保险条例》。
深圳市政府：《深圳市少年儿童住院及大病门诊医疗保险试行办法》。
深圳市政府：《深圳市非从业居民参加医疗保险补充规定》。

走向全民医疗保险的实践与感悟

沈华亮*

摘　要： 深圳市全民医保具有鲜明特点，如制度覆盖面广，有多种形式的基本医疗保险供选择，参保资金补助渠道多，缴费水平低，医疗保险待遇水平高，保障范围宽，能够引导"小病在社区，大病进医院"的理性就医行为形成，方便参保人就医，实现了医疗保险"三项统筹"等。通过实践笔者认为，全民医保是大势所趋，公平与效率、大病与小病需兼顾，落实门诊统筹、保障社区首诊、实现市级统筹与城乡统筹等需要在制度设计中予以考虑，增加制度的灵活性和可选择性，增强制度自身的吸引力，变"要我参保"为"我要参保"。此外，政府重视与财政补助是实现全民医保的重要保证。

关键词： 基本医疗保险　全民覆盖

中共中央、国务院印发的《关于深化医药卫生体制改革的意见》（中发〔2009〕6号）和国务院印发的《医药卫生体制近期重点改革实施方案（2009～2011）》（国发〔2009〕12号）（以下统称"医改文件"），把加快推进基本医疗保障制度建设作为近期的五项重点改革之首，重点提出了人人享有基本医疗保障的目标。在2009年全国医疗保险工作座谈会上，人力资源和社会保障部胡晓义副部长作了题为《走向全民医疗保险》的重要讲话。本人通过对深圳市二十年全民医疗保险实践的回顾与总结，结合医改文件和胡副部长讲话的精神，谈一些个人的体会与感悟，供同人参考并指教。

---

* 沈华亮，深圳市社会保险基金管理局。

一 深圳市走向全民医疗保险的改革历程

（一） 第一阶段：改革调研试点（1989 年 3 月 ~ 1992 年 7 月）

1989 年 3 月国家体改委确定深圳市为我国社会保障制度综合改革试点地区，同年 4 月成立改革领导小组。

1990 年起草《深圳市医疗保险试行方案（讨论稿）》，并组织德国、新加坡和国内专家进行科学论证。

1992 年 5 月深圳市在沙头角镇进行城镇职工医疗保险试点。

（二） 第二阶段：建立统一的城镇职工医疗保险制度（1992 年 8 月 ~ 1996 年 6 月）

1992 年 5 月 1 日深圳市政府颁布了《深圳市社会保险暂行规定》和《深圳市社会保险暂行规定医疗保险实施细则》，同年 8 月 1 日在全市范围内推行。实行公费医疗和劳保医疗一体化，打破干部职工身份界限，建立统一的城镇职工医疗保险制度。

1995 年 8 月深圳市城镇职工医疗保险实行市级统筹。

（三） 第三阶段：建立多形式的基本医疗保险制度（1996 年 7 月 ~ 2003 年 6 月）

1994 年 6 月 3 日深圳市政府常务会议决定开展社会统筹与个人账户相结合医疗保险新模式试点，同年 11 月在南山区试点。

1996 年 5 月 2 日深圳市人民政府颁发《深圳市基本医疗保险暂行规定》（深府〔1996〕122 号），同年 7 月 1 日在全市推行统账结合医疗保险新模式及多形式的基本医疗保险制度，并在综合医疗保险开始探索个人医疗账户与普通疾病门诊统筹的有机结合，即个人医疗账户用完后，超过市上年度城镇职工平均工资 10% 以上的门诊基本医疗费用，无论大病或小病根据就诊的医院级别由统筹基金报销 65% ~ 75%。

（四）第四阶段：建立多层次的社会医疗保险体系（2003 年 7 月 ~ 2005 年 2 月）

2003 年 5 月 27 日深圳市人民政府颁布第 125 号令《深圳市城镇职工社会医疗保险办法》，该令于 2003 年 7 月 1 日起施行。

2003 年 11 月 1 日深圳市农村城市化人员依据《深圳市城镇职工社会医疗保险办法》参加综合医疗保险或住院医疗保险，标志着深圳市社会医疗保险开始实现城乡统筹。

（五）第五阶段：建立全民医疗保险体系（2005 年 3 月至今）

2005 年 3 月 1 日深圳市在四个街道进行农民工医疗保险试点，并开始试行普通疾病社区门诊统筹。

2006 年 6 月 1 日开始在全市推广农民工医疗保险。

2007 年 9 月 1 日开始在全市实施少儿医疗保险。

2008 年 3 月 1 日《深圳市社会医疗保险办法》（市府令 [2008] 第 180 号）在全市实施，从整合医疗保险政策、实行全民医疗保险、建立政府财政补助机制、提高医疗保险待遇、扩大门诊社区统筹范围、引导参保人充分利用社区医疗服务和加强医疗保险基金监管等七方面进一步完善具有深圳特色的全民医疗保险制度。

二　深圳市全民医疗保险体系框架

（一）深圳市医疗保险体系分四个层次

第一层次：基本医疗保险，体现全国一致和公平性；

第二层次：地方补充医疗保险，体现地区经济差别；

第三层次：公务员医疗补助和企业补充医疗保险，体现同一地区不同单位间经济差别；

第四层次：商业性医疗保险，体现个体经济差别。

（二）深圳市基本医疗保险分四种形式

1. 综合医疗保险

参保对象主要是有深圳户籍的在职职工、退休人员和其他非从业居民，非深户在职职工经用人单位申请可参加综合医疗保险。

2. 住院医疗保险

参保对象主要是非深圳户籍在职职工，深户低保人员、低收入农村城镇化人员、领取失业救济金的失业人员、在深按月领取养老金的非深户退休人员和其他生活困难非从业居民等。

3. 农民工医疗保险

参保对象主要是企业非深户在职职工。

4. 少儿住院和大病门诊医疗保险

参保对象主要是在校、在园的少儿以及未入学入园或在市外定居未满18周岁的本市户籍少儿。本市大专院校在册学生参照执行。

（三）全民医疗保险覆盖全市常住人口

（1）深圳市社会医疗保险覆盖了本市行政区域内所有机关、事业单位、社会团体、企业、民办非企业单位、中介机构和个体经济组织在职员工（含非深户籍在职员工）；

（2）灵活就业人员；

（3）由深圳市社保机构按月支付养老保险待遇的退休人员及由北京市或广东省社保机构按月支付养老待遇驻深单位的退休人员；

（4）在深领取失业救济金的失业人员；

（5）低保人员；

（6）农村城市化人员；

（7）重度残疾人员；

（8）40/50就业困难人员；

（9）在校、在园少年儿童及未入学入园或在市外定居未满18周岁的深户少年儿童；

（10）劳动年龄其他非从业户籍居民；

（11）达到国家法定退休年龄后户口随迁入深圳且未在国内其他地方享受医疗保障的人员。

总之，深圳市全民医疗保险制度覆盖了所有在职职工（含农民工）、户籍城镇居民、户籍农村城市化人员以及非户籍在职员工在校、在园的子女。

三　深圳市全民医疗保险的特点

（一）覆盖面广

从政策上来看，覆盖了深圳市所有户籍人口和非深户在职员工及其在校、在园的子女。从实际上来看，根据市统计部门公布的数字，2008 年底深圳市常住人口 876.83 万，加上 2009 年新入户人口，截至 2009 年 8 月底深圳市社会医疗保险参保总人数达 890.34 万，常住人口医疗保险参保率在 99% 以上，其中关闭破产企业退休人员，社会医疗保险参保率达 100%。

（二）有多种形式基本医疗保险供选择

根据缴费水平分高、中、低三档，分别为综合医疗保险、住院医疗保险、农民工医疗保险。非深户员工可参加农民工医疗保险或住院医疗保险，经申请可参加综合医疗保险；深户人员可参加综合医疗保险，其中困难人员可参加住院医疗保险。并且允许同一单位部分员工参加农民工医疗保险、部分员工参加住院医疗保险、部分员工参加综合医疗保险。

（三）参保资金补助渠道多

低保人员的医疗保险费全额从福利彩票公益金支出；领取失业救济金失业人员的医疗保险费全额从失业保险基金支出；重度残疾人员的医疗保险费全额从残疾人保障金支出；低分配农村城市化人员的医疗保险费全额或部分从同富裕工程基金支出；40/50 就业困难人员由市就业服务中心按每人每月 300 元给予社保参保补助；深户非从业的其他居民由财政按每人每年 75～240 元不等的医疗保险参保补助。

（四）缴费低

深圳市三次大幅度下调医疗保险费：

第一次调整。财政为机关事业单位职工缴交的医疗保险费比例由 9.2% 下调到 7%，同时将用人单位为农民工缴交的住院医疗保险费由本人工资总额的 8% 下调到市上年度城镇职工月平均工资的 2%，使财政负担减轻了 24%，企业负担减轻了 50% 以上。

第二次调整。将用人单位为农民工缴交的住院医疗保险费由市上年度城镇职工月平均工资的 2% 下调到 1%（其中还包括地方补充医疗保险费 0.2%），负担相应减轻 50%。

第三次调整。农民工医疗保险的缴费标准为 12 元，其中企业交 8 元，个人 4 元，企业负担减轻 75%。

（五）医疗保险待遇高

基本医疗保险统筹基金最高支付限额为市上年度城镇在岗职工平均工资的 4 倍，现提高到 6 倍；地方补充医疗保险最高支付限额为连续参保 6 年以上取消封顶线。

2008 年深圳基本医疗保险参保人住院次均费用 7554.76 元；深圳市社会人群住院次均费用 5249.90 元；全国社会人群住院次均费用 5463.80 元。

参保人住院医疗总费用的社会医疗保险统筹基金偿付比：综合医疗保险为 81.77%，住院医疗保险为 81.09%，农民工医疗保险为 73.36%。

（六）保障范围宽

个人医疗账户积累 1 个月深圳市上年度城镇在岗职工平均工资以上的，可以用于支付健康体检、预防接种；地方补充医疗保险药品目录有 383 种药品；地方补充医疗保险诊疗项目 21 种，其中包括 PET、心、肝移植等。

（七）个人医疗账户家庭统筹

个人医疗账户积累 1 个月深圳市上年度城镇在岗职工平均工资以上的，可以用于支付子女、父母、配偶等直系亲属的门诊和住院医疗费用、健康体检、预防接种等。

（八）引导"小病在社区，大病进医院"

农民工医疗保险和住院医疗保险参保人门诊定点一家社康中心，实行按每人每月 6 元定额包干、社区首诊、逐级转诊；综合医疗保险参保人到社康中心就医，药品打 7 折，即个人医疗账户支付 70%，统筹基金支付 30%。下一步考虑将该政策从药品推广到社区诊疗项目，并且退休人员打 5 折。

（九）看病方便

全市有 1430 家定点医疗机构和定点零售药店，其中定点医疗机构 870 家，定点零售药店 560 家，622 个社区各至少有一家定点社康中心和基本上有一家定点零售药店，综合医疗保险参保人能到所有网点看病购药记账；全面实现就医记账和定点结算制度，2008 年全市医疗保险诊疗人次合计 2505.89 万人次，现金报销 4.13 万人次，现金报销人次占医疗保险总诊疗人次的比例仅为 0.16%；参保人尤其是异地居住在广州的退休人员，到深圳在广州的十家定点医疗机构就医，实现了就地就医、就地结算。

（十）实现了社会医疗保险"三项统筹"

1992 年 8 月，深圳市职工医疗保险实行普通疾病门诊统筹，1996 年 7 月综合医疗保险实行个人医疗账户＋普通疾病门诊统筹，2005 年 3 月农民工医疗保险开始实行社区门诊统筹，2008 年 3 月住院医疗保险实行社区门诊统筹；1995 年 8 月深圳市社会医疗保险实现市级统筹；2003 年 11 月农村城市化时深圳市社会医疗保险实现城乡统筹，农村城市化人员与城镇职工、城镇居民一样执行统一的社会医疗保险政策（不单设新农合和居民医疗保险险种）。

四 深圳市全民医疗保险实践感悟

（一）全民医疗保险大势所趋

《中华人民共和国宪法》第四十五条规定："中华人民共和国公民在年老、疾病或者丧失劳动能力的情况下，有从国家和社会获得物质帮助的权利。国家发展为公民享受这种权利所需要的社会保险、社会救济和医疗卫生事业。"医疗保险是社会保险的重要组成部分，人人享有医疗保险是宪法赋予每个公民的合法权益。

当前，社会上流传着这样一些顺口溜："小病施，大病挨，快死才往医院抬"；"脱贫三五年，一病回从前"。医疗、教育、住房已被老百姓称为新"三座大山"。推行全民医疗保险，是解决群众看病难、看病贵的重要途径，是贯彻落实科学发展观和构建和谐社会的客观要求，是"立党为公，执政为民"的重要体现。从世界医疗保险发展史来看，无论是发达国家，还是欠发达国家，包括台湾地区，都在大力推行全民医疗保险。可以说，医疗保险覆盖本国全体国民是全世界医疗保险发展的大趋势。党中央、国务院在医改文件中提出人人享有基本医疗保障的目标，是顺应时代发展潮流的英明决策。

（二）公平效率两者兼顾

社会医疗保险比较强调公平，但在体现公平时也应兼顾效率，例如缴纳的医疗保险费越高，划入个人医疗账户的金额就越高；连续参加医疗保险的年限越长，社会医疗保险统筹基金最高支付限额就越高等，这样有利于激励参保单位和参保人早参保、多缴费，减少有病才参保的投机行为，促进医疗保险事业持续、健康、稳定发展。

公平是相对的，有时过分强调公平，反而会成为真正享受医疗保障的障碍。在20世纪90年代初，深圳市委、市政府曾提出农民工应与户籍员工"同工同酬同保障"的口号，农民工参加医疗保险的缴费标准与待遇水平与户籍员工完全一样。这种理念无疑是正确和超前的，但从1992年8月至1996年6月运行近四年，深圳市农民工参加医疗保险人数始终未突破2万。究其原因主要是企业负担重，难以承受。1996年7月、2005年3月深圳市先后为农民工量身定做了住院医疗保险、农民工医疗保险，此类保险缴费低，待遇也相对较低。当时有人持有不同的看法，认为这是对农民工的歧视政策，可是到现在已有661万农民工享受到了最基本的医疗保障。到底哪种情况对农民工更公平呢？笔者认为，与其为农民工准备一桌"有龙虾、鱼翅的丰盛晚餐"，不如为他们准备一个能真正解决暖饱问题又能切实享受得到的"盒饭"，先解决医疗保障有无的问题，然后再逐步解决医疗保障水平高低的问题。

（三）保大顾小客观需求

笔者在 1995 年出版的《医疗保险学概论》一书中提出保"大病"原则。笔者当时把需要住院界定为"大病"，经过近二十年的实践才发现当时的观点有失偏颇，一是许多疾病不一定需要住院，但长期需要门诊治疗，累计年门诊医疗费用金额较大；二是普通门诊对工薪阶层来说，基本上可以依靠个人的经济能力支付，但对收入微薄的农民、农民工和无收入的城镇居民来说，同样难以承受。以农民工为例，大多数每月工资只有几百元，看一次感冒要花一两百元，有时患一次感冒就要花掉一个月的工资，患一次较重的病其医疗费用就更高。截至 2009 年 7 月底深圳市农民工参加医保总人数达到 661 万。分析其原因，主要是因为农民工医疗保险既保住院又保门诊，同时缴费标准低，深受企业和农民工的欢迎。

（四）门诊统筹民心所向

1999 年笔者在《中国卫生事业管理》第 3 期发表过一篇题为《深圳"统账结合"医疗保险模式的运行效果评价》的文章，通过对比研究发现：深圳"统账结合"医疗保险模式的运行效果是较好的。然后，为什么十年后全国会出现几乎一边倒、截然不同的评价呢？仔细分析发现，"统账结合"医疗保险模式之所以在深圳运行良好，主要是因为深圳有四方面的优势：一是人口年轻，全国医疗保险参保人退休在职比为 1∶2.66，深圳为 1∶34.23；二是谁为退休人员支付养老金，谁就要为其缴纳医疗保险费；三是缴费工资相对较高，而且拖欠医疗保险费现象较少；四是监管力度较大等。

相比之下，我国大多数城市人口老龄化明显，欠费现象较严重，缴费工资低和个人账户资金分配比例低，对年老、多病和患慢性病参保人来说，个人账户资金明显不足，造成许多参保人对个人账户有不满情绪；另一方面年轻、健康的参保人个人账户有积累，而又不能调剂使用，再加上个人账户的管理成本高，从而使人们对个人账户存在的必要性产生了怀疑。

笔者认为，对于"统账结合"医疗保险模式不宜全盘否定，尤其是在制度转轨期间发挥了不可低估的作用，同时应该认识到它也有一定的适用范围，它适合于人口结构相对年轻、经济较发达的城市或地区的城镇职工，不适合人口老龄化的城市或地区、经济欠发达的城市或地区，不适合医疗保险缴费标准较低的农民工、城镇居民和农民。从全国来看，只有小部分人群的医疗保险宜继续采用统账结合医疗保险基金管理模式，而大部分人群的医疗保险应采取社会统筹医疗保险基金管理模式。不仅应对住院和大病门诊实行社会统筹，有条件的地区，还应逐步对普通疾病门诊实行社会统筹。

以深圳农民工医疗保险为例，每人每月缴12元，其中单位8元，个人4元。从每个参保人的医疗保险费中划出6元进入参保人选定的社康中心所在社区门诊统筹基金，用于支付门诊医疗费用。假如选定在某社康中心的农民工医疗保险参保人数有3万人，按每人每月6元计，每月支付给该社康中心18万元，该社康中心负责这3万人的门诊基本医疗。深圳实行社区门诊统筹，在一个社区范围内共济互助，次均费用达45元，社区门诊统筹基金偿付比达73%，按照因病施治原则不限制就医次数。如果不实行门诊统筹，每月6元，每年72元，每人一年最多只能看一次门诊。深圳实践证明，门诊统筹深受广大参保人的欢迎。

（五）社区首诊意义重大

社会医疗保险实行门诊统筹，在设计制度时要吸取公费医疗和劳保医疗的教训，避免重复走老路，否则同样难以维持下去。要建立和完善门诊统筹的保障机制，一是调动定点医疗机构主动管理的积极性，同时又要引导定点医疗机构必须通过提供服务获得收益，而不是通过结余获得收益；二是实行社区首诊制和逐级转诊制，引导参保人尽可能在医疗费用较低的社区医疗机构就医，实现"小病在社区，大病进医院"的目标。如果不建立一整套有效的保障和费用约束机制，门诊统筹基金是难以平衡的，即使短暂平衡，也是不长久的。

门诊统筹医药费用结算办法主要有按项目付费和按人头付费两种。实践证明，按项目付费不仅不能调动定点医疗机构控制医疗费用的积极性，反而会诱导门诊医疗需求，造成门诊统筹基金的流失和浪费。在筹资标准非常低的情况下，如果采取按项目付费，要做到基金收支平衡是非常困难的，甚至是不可能的。只有采取按人头付费办法，才是最佳选择。在低缴费、既保住院又保门诊的情况下，按人头定额包干给社区医疗机构，实行社区首诊和逐级转诊，对维持基金收支平衡意义重大。

（六） 城乡统筹稳步推进

我国城乡二元结构形成了城乡分割的二元医疗保险制度，城市有城镇职工医疗保险和城镇居民医疗保险，农村有新型农村合作医疗。城乡医疗保险间的缴费标准、保障范围、待遇水平相距甚远，如城镇职工医疗保险报销比例为 60% ~ 80%，城镇居民医疗保险报销比例大致为 40% ~ 60%，新型农村合作医疗报销比例大致为 20% ~ 40%，非常不公平，这必将成为社会不稳定的重大隐患。因此，推进医疗保险城乡统筹是落实以人为本的科学发展观、构建和谐社会的必然要求。由于我国幅员辽阔，各地城乡经济差距有大有小，因此，在推进医疗保险城乡统筹的步骤上，应根据当地的具体情况有所区别。对于城乡经济差别不太大的地区，城镇居民医疗保险与新型农村合作医疗可以先实行并轨，甚至可以将城镇职工医疗保险、城镇居民医疗保险与新型农村合作医疗同时实行并轨；对于城乡经济差别较大的地区，宜采取分步实施战略，稳步推进。

（七） 市级统筹近期目标

在社会医疗保险制度创建初期，在相当一部分地区医疗保险统筹基金实行县级统筹或区级统筹也许是比较切合实际的选择，但随着社会医疗保险制度改革纵深发展，统筹层次过低的矛盾逐步显现出来，如统筹基金抗风险能力不强、各县区医疗费用负担畸轻畸重、医疗保险待遇相差悬殊、跨区就医报销不便等诸多问题，已成为社会关注的焦点之一。纵观国际医疗保险发展史，逐步提高统筹层次，最终实现全国统筹，可以说是社会医疗保险发展的客观规律，同时也是解决上述问题的有效途径。由于我国幅员辽阔，经济发展不平衡，要一步到位不太现实，但自国发〔1998〕44 号文（《国务院关于建立城镇职工基本医疗保险制度的决定》）颁布至今已十年有余，统筹层次由县区统筹过渡到市级统筹，条件已基本成熟。深圳的实践证明，社会保险或医疗保险经办机构和人员能否实现垂直管理，在很大程度上决定社会医疗保险市级统筹的进程。

（八） 财政补助责无旁贷

近年来，群众看病难、看病贵的问题成为社会普遍关注的热点和难点问题。经过全国上下共同参与和广泛讨论，普遍认为公共财政应增加对民生尤其是医疗卫生事业的投入，既应增加对医疗服务供方的投入，同时也应增加对医疗服务需方的投入。至于需方投入，如何做才算科学、合理、有效呢？在财政资金非常有限的情况下，补贴无收入或低收入的城乡居民看病是权宜之计，是下策，补助其参加社会医疗保险，将这些弱势群体纳入社会医疗保险"保护伞"之下，是上策。为了实现医疗保险全覆盖，医改文件明确3年内各级财政总计投入8500亿元，其中很大部分直接投入基本医疗保险领域。地方政府财政部门应根据医改文件的精神进行思想大解放，把帮助城乡居民参加医疗保险作为突破口，采取切实可行的措施，少搞一些"形象工程"，为群众多做一些实事，尽最大的努力，提高财政补助金额，落实补助资金，解决他们参加医疗保险筹资难的问题。

（九）制度灵活内在要求

实行全民医疗保险，首先要有制度安排，但有覆盖全民的医疗保险制度并不等于全体居民就能真正享受到医疗保障。深圳市社会医疗保险制度经历了五次大的调整，尚有进一步调整和完善的空间。全民医疗保险制度需要有一个逐步完善的过程。如果有政策但没有吸引力，即使采取强制措施也难以实现全民医保。政策包括宏观政策和微观政策两方面，宏观政策要尽可能做到缴费低、既保住院又保门诊、待遇较高以及有多形式的险种供选择；微观政策要尽可能显示出其灵活性，如取消医疗保险与养老保险捆绑缴费、允许同一用人单位不同人群选择不同形式的基本医疗保险险种等。

（十）政府重视至关重要

全民医疗保险是一项复杂的系统工程，涉及政府多个部门，影响到千家万户和每一位公民的切身利益，如果没有各级政府的高度重视和支持，其进展可想而知，一定是举步维艰。近五年深圳市政府每年向公众承诺的十大民生工程，都有医疗保险扩面的指标。以2009年为例，2008年底深圳市常住人口人数为876万，考虑到当年招、调、迁入深圳的人口，医疗保险参保人数年终目标定为880万。被列入政府十大民生工程后，新闻媒体关注、各级政府及其部门重视、用人单位配合和卫生部门支持，目标层层分解，责任落实到人，呈现年年超额完成医疗保险扩面任务的良好局面。

　　总而言之，只有不满足现状，不断进行制度创新、机制创新和体制创新，"小步快跑"，在维持医疗保险基金收支平衡的前提下，最大限度降低缴费标准，最大限度帮助解决缴费困难，最大限度提高医疗待遇，最大限度方便就医，提高统筹层次，缩小城乡差别，保大顾小，增加制度的灵活性和可选择性，增强制度自身的吸引力，变"要我参保"为"我要参保"，再加上政府强有力的推动，才能真正实现全民医疗保险和"人人享有医疗保障"的目标。

2009年深圳市劳动保障信访
现状分析和发展趋势

董文红　郭　勇*

摘　要：近年来，受多部劳动保障新法陆续实施、2008年开始的国际金融危机冲击等多重因素影响，信访维稳形势趋于严峻，深圳市劳动保障信访部门始终坚持以"为党分忧、为民解难"为工作指导思想，及时采取一系列有效举措，切实维护劳动者和企业的合法权益，其社会效果在2009年逐步显现出来，2009年来信来访量同比全面下降，劳资纠纷持续增长的势头得到了控制，确保了社会稳定。本文将对2009年深圳市劳动保障信访形势作出分析解读，介绍畅通信访渠道，创新工作机制等信访工作情况，预测和展望下一阶段信访发展趋势。

关键词：信访　形势　现状　展望

近年来，受多部劳动保障新法陆续实施，对劳动关系做了较大调整，以及2008年开始受到了国际金融危机冲击等多重因素影响，深圳市劳动保障信访维稳形势趋于严峻。面对严峻形势，深圳市劳动保障部门及时采取了一系列有效举措，确保了社会经济的稳定发展，但金融危机的冲击尚未完全过去，其对劳动关系的影响在可见的一个时期内仍将持续。

另外，2009年随着《珠江三角洲地区改革发展规划纲要》、《深圳市综合配套改革总体方案》获得通过，深圳市的《特区扩容方案》也已上报待批，一系列重大改革举措标志着深圳市进入了一个全新的时期，深圳市从社会、经济环境到劳动

---

* 董文红、郭勇，深圳市人力资源和社会保障局。

关系都必将发生深刻变化，信访工作也将面对新的挑战，为应对新形势下信访工作中出现的新情况、新问题，深圳市委、市政府结合深圳市工作实际，制定颁布了《关于进一步加强和改进深圳市新时期信访工作的意见》，从完善体制机制、创新思路办法入手，就进一步畅通信访渠道、加强源头治理、依法规范信访行为、强化信访工作责任制、加强组织领导等工作，提出了明确要求，作出了具体部署。深圳市劳动保障信访部门切实贯彻国家、省、市对信访工作的要求和部署，不断适应新形势，总结经验、推动创新。同时，以机构改革，原人事局和原劳动保障局两局合并为契机，整合资源，进一步提升服务水平、提高信访工作效能，切实维护劳动者和企业的合法权益，努力构建和谐劳动关系，2009 年来信来访量、集体访量同比全面下降，有效控制了劳资纠纷持续增长的势头，确保了社会稳定，为实现"保增长、保民生、保稳定"总体目标，为深圳市劳动关系和谐稳定发挥了积极作用。

一　2009 年劳动保障信访情况分析

（一）基本情况

2009 年深圳市劳动保障信访部门共受理群众来信来访 88569 宗（件），涉及 188147 人次。妥善处理重大集体访 354 宗，涉及 31971 人次。12333 和 96888 系统共受理来电 789.6 万人次，其中人工接听总量 133.1 万人次。

2009 年劳动保障群众来信来访主要集中在市局、宝安区劳动局和龙岗区劳动局，合计占信访总量的 78.2%，具体情况见图 1。

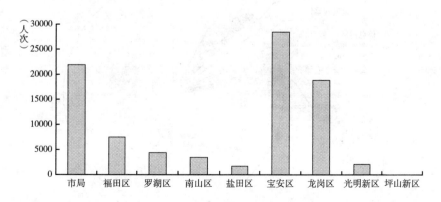

图 1　2009 年劳动保障信访量地区分布情况

2009 年劳动保障信访投诉举报主要集中在辞退补偿克扣工资、拖欠工资和未按规定支付加班费上，合计占信访总量 45%（见图 2）。

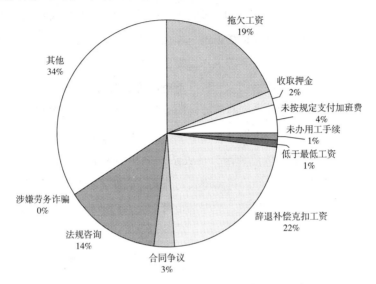

图 2 2009 年劳动保障信访投诉举报类型分布情况

2009 年劳动保障信访投诉举报行业分布高度集中于制造业，占信访总量的 77%（见图 3）。

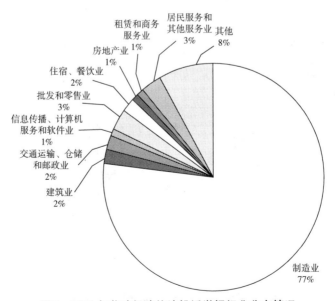

图 3 2009 年劳动保障信访投诉举报行业分布情况

（二）特点分析

1. 信访量出现明显下降

2009 年深圳市劳动保障信访部门共受理群众来信来访 88569 宗（件），涉及 188147 人次，同比分别减少 28.2% 和 47.3%。信访量明显下降的主要原因有以下几方面。

（1）从宏观上看，国家、省、市为应对金融危机的影响，及时采取了一系列有力措施，经济出现回稳回暖势头，由企业倒闭等引发的信访问题得到了有效控制。

（2）深圳市劳动保障系统做了大量工作。一是加大了法律法规宣传力度，提高了信访群众的法律意识，为 2010 年信访形势的全面好转打下了坚实的基础。二是加大了信访维稳工作力度，做到信访维稳机制完善、渠道畅通、信息传递及时、隐患排查到位、应急处置到位。三是加大劳动监察力度，推行"两网化"管理；进一步加强与金融机构的合作，将有违法行为的企业纳入金融征信系统，加大预防和打击欠薪力度。开展多次专项行动，加大对重点行业的监管力度。四是加大劳资纠纷调解力度，成立了劳动争议调解中心，在全市推广"三合一"调解机制，降低了信访群众维权成本，提高了矛盾纠纷的化解效率。五是加强劳动人事仲裁工作，全面落实"四快"原则，及时处理劳动争议案件，对于重点个案，开辟绿色通道，做到"快立、快调、快审、快结"。六是劳动合同签订率进一步提高，劳动关系进一步规范，企业管理水平提高，相应减少了劳资纠纷的发生。

2. 案件组织化、规模化、群体化倾向明显，"法外诉求"增多，调处难度加大

虽然群体性劳资纠纷总量有一定下降，但重大集体访组织化、规模化、群体化倾向明显，员工对应循诉讼、仲裁、行政复议等途径解决的争议，不依合法途径、程序处理。部分上访人员，过分强调个人利益的满足，刻意要求政府部门在短时间内作出处理，另外，采用如堵路、罢工、越级访甚至使用武力等过激手段表达诉求的情况增多，信访问题的处理难度进一步加大。

3. 劳动争议的类型更加多样化

2008 年劳动争议多集中在拖欠工资、未按规定支付加班费、经济补偿金方面，2009 年，劳动争议类型在固有集中于拖欠工资、未按规定支付加班费、经

济补偿金等基础上，呈现出诉求类型多样化的趋势，如要求确立劳动关系、要求进行离职前体检、要求提供劳动保护、出具离职证明以及就职业病问题维权等等。争议类型多样化，一方面说明劳动者的维权意识增强，从另一角度看，也增加了争议调处的难度。

二 2009 年信访主要工作

2009 年以来，劳动保障信访维稳工作统筹考虑保障职工权益与企业稳定发展，着力抓好"信访维稳"、"畅通渠道"、"信息分析"、"队伍建设"等工作。

（一）着力抓好信访维稳工作

充分发挥信访部门综合联系、协调、督导、推动信访维稳问题处理的作用，始终坚持强化领导带头、注重排查预防、加大调解力度，在确保整体稳定的同时，高度重视"春节"、"两会"、建国 60 周年大庆等敏感时期和节点，千方百计推动化解矛盾纠纷，全力以赴维护和谐稳定劳动关系。

1. 落实局领导接访接电和包案制度，探索领导下访制度，深入开展"信访积案化解年"活动

按照深圳市委、市政府的统一部署，集中力量深入开展"信访积案化解年"活动，严格落实"一案双责"制，通过"局领导包案制"和"疑难问题研讨会制"，实行"五定"、"四亲自"，认真履行事项责任单位或协办单位"事要解决"的责任，积极促成案件解决，努力化解社会矛盾，全力维护社会稳定。

2. 落实三级隐患动态排查调处机制

将预警与应急处置紧密结合。始终将每日"三级隐患动态排查"作为一项重要工作任务来抓，并紧密结合应急处置机制，力求做到"早发现、早报告、早处置"，有效遏制了隐患苗头延展成群体性事件或群体性事件发展成影响社会稳定的事件。

3. 落实信息联动机制

落实市、区、街道、社区四级信息联动机制，完善信息联络员制度，及时了解各单位信访工作动态，实现工作市、区上下呼应，同时使信访动态能及时转送至决策领导和相关责任单位，保证案件及时有效的解决。

4. 加大调解力度，力促劳资关系和谐

积极应对"金融海啸"的影响，从经济发展的大局出发，以加大调解力度，最大限度减少行政成本和社会成本，促进社会和谐的总体思路，始终坚持以调解为主要手段，化解劳资纠纷，充分利用信访窗口信息掌握早、处理时机好的特点，积极融入、参与并推动"三合一"大调解工作。

5. 完善疑难案件研讨会制度

不断增强工作的主动性和针对性，定期召开研讨、分析疑难问题处置的专门会议，分析研判重点难点案件，带动和实现市、区以及部门间处理重大劳资纠纷的协同处置，形成高效处置案件的一般规范，抓住有利时机第一时间解决问题。

（二）着力畅通信访渠道

1. 推进四级信访信息管理网络建设

基本完成了对旧信访系统的升级改造工作，组织了全系统各相关单位工作骨干进行了信息系统业务培训，在全市进行系统运行试点，初步建立起市、区、街道、社区四级互联互通的信访信息网络平台。

2. 编写劳动保障信访系列宣传材料

根据最新法律法规，结合 12333 劳动保障热线和接访、办信工作实际，围绕群众经常咨询的问题，整理、编写完成劳动保障信访系列宣传材料之《12333 常见问题解答》，全面分发到全市 6 个区和光明新区，进一步满足了广大群众了解劳动保障法律法规的需求，受到了广泛好评。

3. 进一步完善电话咨询服务，人工接通量提高三成

12333 电话中心通过增加人工坐席，实行新的考核奖惩办法及工资调整方案等激励措施，使工作效率得到了大幅提高，2009 年以来，12333 人工接听量呈现出大幅度增长的趋势，人工接听量同比增加 33.01%。同时，人工接听率的提高也减少了因无法接通人工接听而重复拨打的来电，在很大程度上减小了系统来电总量趋高的压力。

4. 进一步规范"网上信访"工作，提升"网上信访"工作效能

加强了与上级和网上信件转办和分流部门的有效沟通，规范了转办和分流的条件、范围，把市区事权划分的原则贯穿于网上信件转办和分流的始终。积极推进"网上信访"的规范化，增加了审核程序，加强了业务指引，为信访群众提供了更便捷高效的网上信访服务。

5. 及时、系统地调整和更新 12333 热线自动语音资料

为了做好来电人的解答释疑工作，给来电人提供及时准确的法律法规咨询，中心及时地对自动语音资料库的内容进行调整和更新。本着"早一步"的原则，始终坚持在新的法律法规、政策实施之前对语音库和资料库进行调整更新，对咨询员进行培训，为广大群众提供及时、准确的语音服务，同时缓解人工接听压力。

6. 免费法律援助服务作为辅助渠道，继续发挥良好的作用

充分发挥免费法律援助服务在法律法规政策咨询服务及解决劳资纠纷问题的辅助渠道作用，为上访群众提供了优质的法律援助服务，同时在一定程度上遏制了非法法律执业人员的生存空间，保障了信访秩序。

（三）着力信访信息综合利用

一方面，充分利用信访窗口直接面对群众的特点，立足于信访信息系统，进一步强化了信访的舆情汇集和信息采集工作，主动下到各区了解情况，及时搜集群众的愿望心声，以及带苗头性、倾向性的社会动态。另一方面，强化对零碎、分散、原始的信访信息的筛选、挖掘、提炼和分析，对信访问题进行定量、定性、定向分析和综合分析，提供综合性、前瞻性、预警性的信访信息和分析研判材料。

（四）着力加强信访队伍建设

通过专家授课等多种方式，加强信访工作人员的业务培训，2009 年以来开展了群众关注度较高的劳动关系和劳动就业相关业务知识的学习培训，提高了信访工作人员对法律法规的掌握程度和解决信访问题的能力。进一步加强内部管理，全面梳理了内部规章制度和业务管理规范，提高工作效能，打造"专业、高效、尽职"的信访工作队伍。

三　信访工作机制创新情况

深圳市劳动保障信访部门不断适应形势发展，坚持科学发展观，与时俱进，进行信访机制创新，做到信访问题"事事有着落，件件有回音"，解决群众最关心、最直接、最现实的利益问题。

（一）市劳动保障局积极探索建立信访第三方援助机制

基于信访部门的工作性质，常规工作只能是被动的、等信访群众"走进来"的工作模式，如何化被动为主动，实现"走出去"，另外，如何做到更具有"中立性"，减少公民由于对政府不信任而增加的解决矛盾的难度，也是目前探索信访工作创新的一个重点。2007 年底，原市劳动保障局在接访场所设置了免费法律咨询室，建立了律师参与信访接待工作制度，通过与律师事务所合作，每个工作日由其安排职业律师当值，接待群众来访，免费为劳动者提供法律咨询服务，宣传国家法律、法规、政策，引导群众依法解决劳资纠纷。律师参与到信访接待中，以专业知识引导群众依法维护自己的合法权益，为群众指明正确的法律维权途径。免费法律咨询室设立两年来，取得了明显成效。从 2009 年开始，市劳动保障局进一步探索建立第三方援助机制，在信访工作中引入律师、社工等第三方专业人员，充分发挥其价值中立、服务专业的特点，减少信访人由于对政府不信任而增加的解决矛盾的难度，缓冲直至化解矛盾，特别是推进解决缠访、闹访等信访疑难问题。对于一些确有需要的信访问题，还可以由社工或心理咨询师深入社区，进行下访跟踪，从根源上化解信访问题，为维护深圳市劳动关系和谐稳定发挥应有的作用。各区劳动（人力资源）局根据本区特点，也在积极地探索建立第三方援助机制。

（二）福田区劳动局建立"信访调解目标责任制"

福田区劳动局高度重视信访调解工作，将信访工作和调解工作合二为一成立了劳动信访调解中心，中心创新性地建立了"信访调解目标责任制"，以责任促业绩，制定了调解目标，把调解率变成了一个严格责任，将调解目标落实到人，并与每年评优评先等各项考评挂钩。在实行"信访调解目标责任制"以来，大幅提高了信访调解工作效能，信访调解率持续保持在 80% 以上，将大量案件化解在窗口，减轻了仲裁等局内业务部门的压力，降低了行政成本。

（三）南山区劳动局在"三合一"劳动争议调解平台基础上进一步探索构建基层争议调处网络

南山建立了信访、仲裁和监察"三合一"的劳动争议调解的"南山模式"，取得了明显成效。目前，南山以信访、仲裁和监察"三合一"的联动平台为基础，进一步探索重心下移，尽力把问题解决在基层，构建起区、街道、社区三级劳动争议调处网络，充分利用基层力量，调动街道、社区参与信访维稳工作的积极性，从源头上治理、化解各种不稳定因素，做到"小事不出社区，大事不出街道"。2009年以来，有三分之一的劳动信访量通过网络转到了街道、社区，将矛盾纠纷化解在基层。南山区"三合一"调解平台结合区、街道、社区三级争议调处网络，帮助劳动者以最低的时间成本和经济成本维权，实现劳动争议处理全面提速提效。

（四）罗湖区劳动局形成"两横一纵"调解工作模式

在罗湖区委、区政府的大力支持下，罗湖区劳动局成立了由区编制委员会下属的区、街道两级劳动关系矛盾调解中心，中心横向整合区政府各职能部门、区劳动局各科室资源，纵向构建区、街道、社区调解网络，形成了"两横一纵"调解工作机制，充分发挥劳动、司法、工会等部门的优势，整合资源，形成合力，将行政调解、人民调解、仲裁准司法调解有机结合，就近就地灵活调处劳资纠纷，切实维护劳动关系矛盾中当事人的合法权益，把劳资矛盾化解在基层，将调解工作重心下移和关口前置，为劳资双方提供最便捷、最实惠、最高效的优质服务，实现了劳动者节省维权成本、企业节省用工管理成本、政府节省行政成本的"三赢"局面。

（五）龙岗区劳动局、盐田区人力资源局依托本区资源积极探索"大信访"工作格局

龙岗区劳动局依托全区"大综管"网格化管理体系，完善了区、街道、社区三级信访网络，形成了高效运转的大信访工作格局，在基层建立同岗同责的网格化管理体系，在全区建立73个网格，明确责任制度，每个社区网络责任落实到组、具体到人。对一些群众举报投诉较多企业，将其作为重点对象予以监控，做好劳资纠纷的提前介入处理，有效地防范了越级上访等导致劳资纠纷扩大化、复杂化的后果。通过网格管理，加大隐患排查力度，并对所有排查出来的隐患实行专人负责、专人督办、定期反馈，将大部分劳资矛盾通过信访三级网络发现和解决在基层。

盐田区人力资源和社会保障局利用办公场所靠近区政府的特点，形成有盐田特色的大信访工作格局，实现劳动信访和区政府职能部门的高效沟通与互动，一旦发生劳资纠纷，涉及的区相关职能部门将第一时间赶到现场，和信访办合力化解矛盾，大大提高了信访问题化解的效能。

（六）宝安区构建区级劳务工维权信息平台

宝安区劳动局根据区委、区政府《关于加强和改善劳务工工作，建立和谐劳动关系的若干意见》要求，成立了劳务工信息中心，构建起劳务工维权信息平台，作为畅通利益诉求渠道的重要举措。劳务工信息咨询系统，设立全区统一的 29990000 投诉电话号码，实现 30 路电话接入，24 小时自动语音咨询服务，设置 6 个人工坐席，日接听电话最高达 270 多个，有效处置率达 98%。系统实现自动语音应答、人工应答、人工坐席全程同步录音等功能，所有劳务工投诉信息、统计报告均通过电脑自动生成，大大地提高工作效率。

四 目前信访工作中存在的主要问题

（一）缠访闹访问题

缠访闹访行为时有发生，而且缠访闹访人员经常做出过激行为，甚至有些闹访人对相关业务办理人员进行人身威胁。缠访闹访问题严重影响了行政秩序，同时也占用了大量行政资源，对于缠访闹访，信访部门目前除了像海绵一样吸纳问题，积极做好稳控工作，缺乏更为有效的应对手段。

（二）非法法律执业人员插手劳资纠纷问题依然突出

近年来，深圳市劳动保障信访部门通过加大法律法规宣传、设置免费法律服务室等措施，一定程度遏制了非法法律执业人员的生存空间，但是少数非法法律执业人员依然比较活跃，非法法律执业人员以维权为旗号，在幕后挑唆、煽动信访群众，大大增加了信访问题的处理难度，严重影响到劳资关系和谐稳定。

五 下一阶段信访形势

（一）信访量整体继续呈现稳中有降的趋势，但集体访调处难度可能加大

一方面国家应对金融危机相关政策的效力将延续，另一方面深圳市劳动保障集体协商三方机制的逐步建立，劳动合同签订率的进一步提高，市劳动保障局主动协助企业规范劳动关系的效果逐步显现，劳动关系整体将进入一个相对平稳状态，下一阶段信访量预计继续呈同比下降的趋势，值得注意的是，信访量虽然下降，但从个案来看，"法外诉求"案件仍有增加趋势，案件的尖锐性也在增加，调处难度也将增大。

（二）因工伤、职业病引发的劳资纠纷案件有可能增加，且处理难度很大

鉴于我国当前的职业病防治、监管、诊断、赔付机制及相关法律法规尚待进一步完善，疑似职业病人员客观上存在取证及赔付困难等问题，加上此前深圳市同类事件的示范效应，以及媒体对职业病群体的高度关注，预计此类群体性事件在未来的一个不短的时期内存在连锁反应风险，且职业病问题一般存在涉及面广、成因复杂、发病期较长、劳动关系认定难度大的特点，处理工作难度很大，相关问题是下一阶段需要高度关注的信访维稳隐患问题。

（三）劳动保障政策法规的出台或实施会对劳动关系调整产生一定影响，政策相对群体的信访问题会阶段性呈现

2010 年，将会出台部分与劳动者利益密切相关的规范性文件，法规政策的出台必然导致相对利益群体的关系调整，过程中信访问题会集中呈现，如从 2010 年 1 月 1 日起施行《城镇企业职工基本养老保险关系转移接续暂行办法》，包括农民工在内，其基本养老保险关系可在跨省就业时随同转移。新法规的出台，农民工从可选择退保改为必须转移保险，由于在政策实施初期对政策的不理解，可能增大对相关政策的咨询量，甚至可能引发信访问题。另外，已列入立法计划并在 2010 年可能出台的国家的"社会保险法"、"员工工资支付条例"，对

深圳市的医疗保险和失业保险等政策法规的调整将产生影响，从而对我市劳动关系产生一定影响。

（四） 由于行业运行管理特点导致的信访维稳隐患仍然较大

主要集中在建筑、清洁行业。建筑、清洁行业运行中固有的层层转包问题，导致劳动关系不清晰。往往存在不签订劳动合同、工资不按月结算、不买社保等问题，而且这些行业往往人数众多，一旦发生劳资纠纷，则规模较大，员工诉求激烈、调处难度大，社会后果比较严重。目前，在"地铁工程"等重大工程中已呈现出一些信访问题，预计随着工程的逐步完工，信访维稳隐患问题会有所增大。

（五） 在深圳市机构改革，行政体制进一步完善过程中，预计会暂时性的引发一些信访问题

2009 年深圳市进行了新一轮行政管理体制改革，行政体制进一步完善，但是在各机构整合初期，由于单位职能的改变、市区事权划分的改变，业务需要衔接，可能会暂时性的引发一些信访问题，这方面问题预计在 2010 年上半年会较为突出。

（六） 深圳市宏观经济调整对信访工作的影响仍将持续

一是"城市定位"改变和"双转移"的实施可能间接引发劳资纠纷问题。二是"总部经济"对劳动关系的影响仍将加深。

（七） 信访固有问题仍将继续存在

企业退休人员待遇问题、部分军队退役人员问题、国企改制遗留社保问题以及一些尚未解决的重信重访等信访固有问题，仍将持续，但形式上会呈现群体内部细分，相互呼应，增加信访压力的趋势。

六　下一阶段主要工作展望

（一） 总体思路

2009 年深圳市进行了政府机构改革，对政府工作提出了更高的要求，2010

年人力资源保障信访部门将以本次机构改革为契机，切实贯彻落实科学发展观，进一步整合资源，在保证既有工作顺利开展的同时，创新工作思路，改进工作方法，维护劳动者和企业的合法权益，力促劳资关系和谐，确保社会稳定。

（二）具体举措

1. 以机构改革为契机，进一步整合资源，完善制度，提高信访工作效能

根据机构改革后的机构新的设置和目前工作的实际情况，全面梳理、更新各项规章制度，完善工作流程，使信访工作更加规范、高效，进一步提升服务水平。

2. 全面提升信访信息化管理水平

2010 年第二期人力资源保障信访信息系统开始全面运行，并以此为契机全面提升信访信息化管理水平，充分发挥市、区、街道、社区四级信访业务网络平台作用，实现信访信息全系统联动、高效采集、准确统计，一旦出现突发事件做到实时反馈，促使信访工作全面提质、提速、提效。

3. 进一步加强信访队伍建设

2009 年政府机构改革，原市人事局和市劳动保障局进行了整合，相应信访工作也进行了整合，下一步将以"抓班子，带队伍，强化服务，提升效能"为指导，凝聚力量，统一思想，通过进一步加强思想政治教育、业务技能培训，完善内部管理，全力打造一支政治坚定、能力突出、作风过硬、群众满意的优秀的信访队伍。

4. 在政府机构改革的大背景下，借助创新社会管理体制，发展社会组织的契机，探索建立信访第三方援助机制

在现有律师援助机制的基础上，下一步拟以政府购买服务的方式，引入社工、心理咨询师等专业人员，最终构建起一个集法律援助、社工援助、心理援助为一体的、多层次的信访第三方援助机制，推进信访问题，特别是缠访、闹访等信访疑难问题的解决。

2009 年深圳市劳动仲裁
现状分析与对策建议

李卓 刘莉*

摘 要：2009 年，深圳市劳动争议仲裁事业继续在困难中前行。来自经济危机、新法实施、案多人少的压力依然存在，而机构改革也带来了前所未有的机遇和挑战。本文总结了一年来深圳市劳动仲裁总体工作情况，并对 2010 年发展趋势及工作重点提出了建议。

关键词：劳动仲裁 现状分析 对策建议

2009 年，是深圳市劳动仲裁事业发展历程中极为不平凡的一年。与 2008 年相比，新法实施的阵痛开始逐渐减弱，经济环境也似乎已触底回暖。在深圳市委、市政府的正确领导下，在各级领导和相关部门的大力支持下，在各级劳动保障部门的共同努力下，深圳市劳动争议总量明显下降了，劳动关系也逐步平稳。但是，一年来，深圳市劳动仲裁事业面临的压力与挑战并未随之减少。前所未有的大量未结案件，前景不明的经济发展形势，以及改革开放 30 年来力度最大的机构改革，这些多重影响形成的巨大压力如同悬在劳动仲裁之上的"达摩克利斯剑"，让我们时刻不敢松懈。本文旨在对 2009 年深圳市劳动仲裁相关数据及总体形势进行分析研究，总结一年来的工作情况及经验成绩，探索深圳市劳动仲裁事业的下一步发展思路。

一 2009 年深圳市劳动仲裁案件情况

（一）2009 年全市劳动仲裁案件总体情况

2009 年，深圳市各级仲裁机构共受理劳动争议案件约 4.1 万宗，其中立案

---

* 李卓、刘莉，深圳市劳动争议仲裁院。

3.7万宗，立案涉及人数超过7.7万人，分别比2008年下降了21.50%、22.73%和59.21%。在立案案件中，约有集体争议600宗，涉及劳动者近3.9万人，同比分别下降了51.43%和73.02%。与此同时，各级仲裁机构共办结案件近4万宗，同比下降4%。其中，仲裁调解超过1.4万宗，同比下降3.45%；仲裁裁决约2万宗，同比下降14.36%；以撤诉或其他方式结案近0.6万宗，同比增长59.41%。截至12月底，全市共有未结案件0.45万宗，与2008年底的0.93万宗相比，大幅减少了52%。

（二）2009年深圳市劳动仲裁案件主要特点

1. 案件飙升态势得到抑制，但总量仍居于高位

从总量上看，2009年深圳市劳动争议案件总量较2008年明显减少，涉案人数更是出现大幅下降。根据往年经验，上半年案件量一般少于下半年，三、四季度往往是全年劳动争议的高发期。但2009年下半年，深圳市劳动仲裁案件不仅在总量上明显低于上半年，而且案件下降幅度也远高于上半年。其中，立案数的同比降幅从一、二季度的6%和12%扩大到了三、四季度的38%和29%，呈逐季减少态势。可以说，在经历了2008年初的井喷与随后的持续高位后，深圳市劳动仲裁案件总体情况在三季度出现拐点，总体趋势从大幅增加转为明显减少，深圳市劳动关系总体发展态势向好。其原因主要在于以下四方面：一是2009年以来，世界总体经济环境逐步好转，我国也相继实施多项积极有效的经济政策与财政政策，全市经济状况触底回暖，大部分企业的生存环境有所改善，因经济因素而引发的劳动争议随之明显减少。二是《劳动合同法》、《劳动争议调解仲裁法》正式实施一年多来，《劳动合同法实施条例》、《深圳经济特区和谐劳动关系促进条例》等配套法规相继出台，劳动法律法规体系逐渐得到完善，为劳动关系双方处理争议提供了越来越明确的指引，避免了劳动争议的持续增加。三是随着普法宣传活动持续、深入地开展，劳动者对新法及其配套法规的正确理解程度不断提高，对新法规定的权利、义务也有了更深刻的认识，"误读"法律现象不断减少，也从一定程度上抑制了案件的上升趋势。四是2009年以来，包括仲裁部门在内的各级劳动部门针对新法实施引发的各种问题采取了积极措施，不断完善服务模式，帮助用人单位提高人力资源管理水平，协助其建立健全内部规章制度，从源头上遏制了案件的增长势头。虽然与矛盾高发期的2008年相比，

2009 年深圳市劳动关系总体形势相对缓和，但全市仲裁案件总量依然处于高位。与处于相对稳定时期的 2007 年相比，2009 年全市立案数和立案涉及人数分别增长了 117% 和 32%。可以说，新法实施和经济因素的影响并未完全消除，深圳市劳动仲裁工作依然面临着巨大压力。

2. 当期结案率①创历史新高，但积案现象依然严重

2008 年劳动仲裁案件的飙升导致深圳市劳动仲裁出现了前所未有的严重的积案现象，7 月起连续 4 个月全市未结案件均超过了 1 万宗。如何迅速化解积案，成为各级仲裁机构 2009 年工作的重中之重。各项积极措施的贯彻落实，使深圳市劳动仲裁办案效率显著提升。尤其是随着调解工作力度的日渐加强，大批案件经由仲裁机构调解，以制作调解书或调解撤诉的形式得以快速结案。同时，各级仲裁机构采取增加排庭次数、简化裁决书内容等方式，向时间要效率，全力以赴化解积案。全年当期结案率高达 105%，创下历史之最。市仲裁院下半年连续 6 个月当期结案率均超过了 100%，全年结案率高达 113%，为全市之最，其积案数量随之大幅下降。

市仲裁系统积案现象依然严重。由于办案人员相对减少，且案件总量仍在高位运行，全市 2009 年末仍有约 5000 宗未结案件。同时，全市仍有三个区的未结案件数同比出现上升趋势。可见，深圳市劳动仲裁积案现象虽然有所缓解，但要彻底消灭积案，仍需时日。

3. 特区外各区形势明显好转，但特区内情况不容乐观

2009 年，深圳市特区外案件总量下降明显，全年立案数及立案涉及人数同比分别下降了 26.94% 和 66.86%，其中集体争议及集体争议涉及人数更是分别大幅下降了 61.67% 和 78.82%。其原因主要在于，2008 年以来特区外众多中小型企业在金融风暴中停产、倒闭并引发了劳资纠纷潮，宝安、龙岗等区级仲裁机构相应采取了一系列积极措施应对并取得了良好效果。

与此同时，特区内各区情况则喜忧参半，不容乐观。特区内立案数及立案涉及人数同比分别下降了 7.40% 和 25.27%，远低于特区外降幅。其中，福田区、

---

① 当期结案率是指当期结案数与当期立案数之比，如当期结案率≥1，则说明仲裁机构结案速度高于案件增长速度；如当期结案率≤1，则说明当期仲裁机构结案速度低于案件增长速度，极可能造成积案。

南山区立案数同比分别增长 31% 和 6%，其他仲裁机构案件数量及涉案人数的下降幅度也低于全市平均降幅。究其原因，一是特区内劳动关系波动相对较小，2008 年案件增幅本来就低于特区外区域，2009 年案件总量降幅较低也属于正常现象；二是特区内中小型企业较少，以大中型企业居多，与特区外众多中小型企业在金融风暴中遭遇摧枯拉朽式"一次性消亡"的情况相比，这些大中型企业在恶劣的经济环境中得以继续生存，但经营状况在短时间内未能出现质的转变，因此持续引发各类劳动争议案件。

4. 劳动争议分布较为集中，但热点问题出现多样化

从行业上来看，劳动密集型行业依然是劳动争议多发领域，其中加工制造业及第三产业成为劳资纠纷重灾区。之所以出现这样的情况，一是由于金融危机影响依然存在，全球经济总体形势并不明朗，以进出口贸易为主的加工制造型企业订单未有明显增加，导致部分企业无法熬过寒冬，或处于停产、停工状态；二是由于第三产业从业人员流动性较大，且大多为中小型企业或个体工商户，劳动关系复杂，且 2009 年福田、南山等区多次对桑拿、按摩等休闲娱乐行业进行重点整治行动，一批非法营运企业被责令停业整顿甚至关闭，也引发了相关员工的仲裁维权浪潮。但随着楼市的迅速回暖，2008 年曾出现多宗上千人重大集体劳动争议的房地产行业，2009 年基本恢复正常。

从案件类型来看，2009 年深圳市仍以劳动报酬和解除劳动关系的经济补偿金、赔偿金、违约金两大类案件为主，其中劳动报酬类案件比例约为 45%，比上年下降了 4 个百分点；因解除劳动关系等原因引发的经济补偿金、赔偿金、违约金等案件所占比例约为 34%，比上年下降了 2 个百分点。曾引发 2008 年案件飙升的索取加班工资争议，以及因此而要求解除劳动关系并由用人单位支付经济补偿金的争议在很大程度上有所减少，这与法律法规对相关问题的进一步释明和日益明确的界定有关。同时，用人单位工资支付行为的逐渐规范和内部规章制度的逐步健全，也有助于降低这些争议的发生概率。此外，随着经济形势的回暖和欠薪保障机制的完善，因欠薪逃匿而引发的劳动报酬争议也大幅减少。

在案件类型相对集中化的同时，深圳市劳动争议热点问题呈现多样化、复杂化特点。热点一是加班工资问题。虽然该类案件比例有所下降，但仍是 2009 年最为常见的劳动争议。以市仲裁院为例，在全年受理的案件中，有近五成涉及加班工资问题。由于仍有许多用人单位长期不执行国家工时制度，超时工作后又未

支付加班工资，在解除或终止劳动合同时，劳动者往往一次性计算总账，甚至要求追溯十年以内的加班费。该类案件一般具有"诉求标的额大、时间跨度大、调解裁决难度大"的特点，而且其个案的示范效果很容易引发集体争议。热点二是解除、终止劳动合同问题。解除劳动合同向来是最容易引发劳资纠纷的一个事端，而随着《劳动合同法实施条例》的实施，关于劳动关系双方解除劳动合同的权利、义务、理由有了更为详尽的法律依据。尽管如此，仍有部分用人单位或劳动者误读法律法规，较为常见的是劳动者以用人单位非法辞退而被动要求违法解除合同的赔偿金，以及劳动者以用人单位未及时订立合同等新法新规定为由主动要求解除合同并给予补偿。同时，由于部分用人单位对新法关于终止劳动合同经济补偿金问题的规定存在不理解、不执行等问题，2009 年因此而引发的劳动争议同比增加了 51%。热点三是社会保险问题。《劳动争议调解仲裁法》将社会保险争议正式纳入劳动仲裁受案范围后，因"五险一金"① 前来申请仲裁的劳动者逐渐增加，全年该类案件所占比例达 6%，较 2008 年上升了 2 个百分点。热点四是劳务派遣问题。自《劳动合同法》实施以来，很多用人单位为了规避风险，大量采取劳务派遣的用工方式。但目前尚无针对该类用工形式的具体规范性文件出台，在实际操作过程中仍存在诸多有争议的做法，导致了劳务派遣争议案件的增加。热点五是未签劳动合同的双倍工资问题。用人单位如未在法定时限内与员工签订劳动合同，应支付双倍工资待遇，这本是《劳动合同法》赋予劳动者的重要维权手段，但该类案件不断增多的背后，却有一种不容忽视的现象，即用人单位常常主张劳动者为了获得双倍工资赔偿而故意拖延与单位签订合同。究其原因，大多是由于用人单位在新法实施前就存在不签订劳动合同的行为，由于新法对侵权行为的罚责更加清晰，并且提高了处罚和赔偿标准，一些劳动者就有意在法律实施后，继续不与用人单位签订劳动合同，以达到赔偿目的。不难看出，《劳动合同法》的实施，让很多劳动者对什么是违法用工有了进一步的认识，但也确实存在部分有心之人刻意利用法律漏洞牟利的现象。热点六是确认劳动关系。根据《劳动争议调解仲裁法》第二条规定，确认劳动关系案件由劳动仲裁部门受理，其结果导致绝大部分在申请工伤认定或职业病鉴定时无法明确劳动关系的劳动者前来申请仲裁。以市仲裁院为例，2008 年仅受理该类案件 30 余

---

① 五险一金，即医疗保险、养老保险、工伤保险、失业保险、生育保险及住房公积金。

宗，2009 年激增至 200 多宗。最具代表性的是在全国轰动一时的深圳尘肺病事件，部分耒阳、张家界等湖南籍疑似职业病患者纷纷向市仲裁院申请确认劳动关系，也使仲裁机构一度处于风口浪尖之上。

5. 集体争议出现"双降"，但维稳压力依然巨大

与 2008 年集体劳动争议此起彼伏的情况不同，2009 年，深圳市集体劳动争议无论是总量还是涉及人数均出现了大幅度的下降，平均每宗集体争议涉及人数约 60 多人，如考虑统计口径调整因素，① 则几乎与 2007 年持平。这一情况也再次说明，深圳市劳动关系在经历了 2008 年的动荡与波折后，已逐渐回归平稳，总体运行趋势向着既好又稳的方向发展。但与此同时，我们必须清醒地认识到，2009 年的集体争议更多地呈现出"局部焦点突出，社会关注度高"的特点。以盐田区某三资企业为例，由于受金融危机的持续影响，企业经营难以为继，最终导致破产，引发超过 2000 名员工分批、多次前来申请仲裁。此外，由于事业单位改制引发的会展中心解除劳动合同争议、因疑似职业病引发的湖南籍劳务工要求确认劳动关系争议、捷霸公司镉中毒员工要求补偿争议等案件，也因案情复杂特殊、员工维权手段过激等原因，引起了社会媒体的高度关注，增加了维稳难度。

二 2009 年深圳市劳动仲裁工作面临的主要困难与挑战

（一）案件总量仍居高不下，处理难度不断增加

如前所述，虽然与 2008 年相比，2009 年的劳动争议案件相对下降，但劳动争议的总量仍在高位徘徊。同时，劳动者的仲裁诉求标的也从以往的专项化、简单化向多样化、复杂化转变，仲裁诉求动辄上十项，标的总额高达几万甚至十几万的情况普遍存在，这无疑也增加了劳动争议案件调解与审理的难度。回顾 2009 年，深圳市仍处于社会矛盾高发期，劳动争议仲裁的工作量和工作难度未能出现质的好转。

（二）案多人少矛盾依然尖锐，仲裁工作质量有待提高

由于受编制、经费等因素的限制，深圳市仲裁系统 2009 年增加人手较少，

---

① 2009 年劳动争议仲裁部分统计项目口径调整，集体争议起算点从 30 人调整为 10 人。

案多人少问题已成为深圳市劳动仲裁事业发展的软肋。从工作岗位角度来看，深圳市现有专职仲裁员约 200 人，兼职仲裁员约 90 人。据不完全统计，2009 年深圳市仲裁员人均年办案量超过 150 宗，虽然较 2008 年有所减少，但仍为省仲裁办"人均年办案量 50 宗"标准的 3 倍之多。加班加点现象在仲裁系统普遍存在，部分仲裁工作人员甚至夜以继日地工作，健康状况堪忧。从编制情况来看，除市仲裁院以外，① 其余区级仲裁机构全年编制情况并无变化，全市仲裁人员队伍的在编与非编比例约为 3:7，聘用人员在深圳市劳动仲裁工作中扮演了极为重要的角色。但由于待遇、发展等问题，该部分人员流动性极大，人才流失非常严重。2006 年，深圳市曾举办两期初任仲裁员培训班，约 110 人通过考核并获得劳动仲裁员资格。但时隔三年的换证培训班中，仅有约 60 人仍在仲裁岗位上工作。高达 45％ 的人员流动，既无法保证仲裁办案质量，也影响了整个仲裁员队伍的稳定性，更不利于劳动仲裁事业的长远发展。

（三）新法配套措施频繁出台，全市仲裁工作规范有待统一

继《劳动合同法》、《劳动争议调解仲裁法》于 2008 年底实施以来，包括《劳动人事争议仲裁办案规则》、《深圳经济特区和谐劳动关系促进条例》等在内的多部相关配套法规与规章相继出台，对新法给予了调整、补充和细化。一些此前颇受争议的问题得以解决，但仍有许多实体性及程序性问题未得到明确。在实际操作中，各区对终局裁决的准入范围、未订立书面劳动合同二倍工资的计发标准乃至部分旧的规范性文件的效力问题等，依然存在观点不一、各自为政的现象。各区已逐步有针对性地与当地基层法院进行研讨，并确定相应规则，但全市的仲裁业务规范仍有待进一步统一。

（四）行政体制改革进展迅速，多重关系有待理顺

2009 年是行政体制改革的一年，不仅仅是因为劳动仲裁办案机制正逐步完成新旧衔接与过渡时期，更因为行政体制改革的快速发展对劳动仲裁机构改革提出了更新、更高的要求。2009 年 6 月底，坪山新区正式挂牌成立，这是深圳市

---

① 根据深府办［2009］100 号文，机构改革后成立的深圳市劳动人事争议仲裁院编制总数为 53 名。

加快功能区、管理区体制改革，创新基层管理体制的一大重要举措。但根据《调解仲裁法》第十七条规定，坪山新区不具备设立劳动争议仲裁委员会的条件，也不宜继续由龙岗区劳动仲裁部门继续处理相关工作。如何妥善处理新区内劳动仲裁案件，如何建立与新区性质相匹配的劳动仲裁机构一度困扰着我们。9月，市级政府机构改革序幕逐渐拉开，保税区管理局被撤并，保税区派出庭也随之成为历史，如何处理其遗留案件及今后的案件管辖问题成为当务之急。年底，随着市级政府机构改革逐渐落下帷幕，市级劳动仲裁和人事仲裁的机构、人员已开始整合，但业务融合仍需要一段磨合期。可以说，在大改革的背景下，深圳市劳动仲裁事业在2009年中既获得了不可多得的发展机遇，也面临更为复杂的形势与局面。如何理顺各种关系，如何解决改革进程中遇到的各类问题，成为2009年深圳市劳动仲裁工作的一个重要部分。

三 2009年深圳市劳动仲裁工作主要措施与成绩

面对上述困难与挑战，深圳市劳动仲裁部门冷静分析研判劳动关系发展趋势，以认真贯彻落实新法及其配套法规规章为工作核心，以"保增长、保稳定、保民生"为工作目标，以公正、及时处理劳动争议为工作原则，多管齐下，顺势而为，充分发挥了劳动仲裁作为劳动关系稳定器的重要作用。主要工作措施有以下几方面。

（一）做大做强三级劳动争议调解网络机制，调解成为劳动争议处理主要手段

为及时有效化解劳资纠纷，2008年底开始，深圳市开始推广以南山经验为基础的"三级劳动争议调解网络机制"。2009年，作为深圳市仲裁工作的一项重要任务，坚持强化调解工作不放松，健全三级劳动争议调解网络，逐步提高调解效率。2月，市劳动争议调解中心正式挂牌运作，在市级劳动部门实现了"劳动信访、监察、仲裁"的一站式服务。各区也积极开展劳动争议调解工作，通过强化"调解组织机构建设、调解人员队伍建设、调解工作机制建设"三大方面工作，逐步形成了以职能部门主导、社会化调解并重的新型劳动争议调解模式，并取得了良好的效果。以"调解前置、资源整合、因地制宜"为特点，多渠道、

开放式的深圳劳动争议调解模式已逐步成型。据统计，深圳市现有具备劳动争议调解职能的组织约 150 多个（主要为街道、社区的基层调解组织），专兼职调解员近 400 人。他们承担了约七成的劳动争议调解工作，真正实现了"小事不出社区，大事不出街道"。2009 年，超过 3.7 万宗①劳动争议经过了各级调解组织及仲裁机构的调解处理，涉及劳动者近 7 万人，约 70% 的劳动争议得到了妥善解决。进入正式的仲裁程序后，也有近五成的案件得以调解结案。可见，日渐成熟的劳动争议调解机制为及时化解劳资纠纷，确保深圳市劳动关系总体稳定提供了重要保障。2 月底和 5 月初，广东省劳动争议调解仲裁工作座谈会、全国部分省市贯彻落实《劳动争议调解仲裁法》座谈会陆续在深圳市举行，人力资源和社会保障部杨志明副部长高度评价了深圳模式，认为深圳经验对全国基层调解建设工作具有重要意义。

（二）想方设法提高仲裁办案效能，历史积案得到逐步化解

2009 年，深圳市新受理各类劳动争议案件约 4 万宗，再加上 2008 年底近万宗的未结案件，深圳市劳动仲裁全年工作总量接近 5 万宗，几乎与 2008 年持平。一方面，是天文数字的待办案件，另一方面，是仍然有限的办案力量。压力面前，各级仲裁部门咬紧牙关，挖掘潜能，继续利用"周末庭"、"夜间庭"的方式，加班加点，增加开庭数量，尽可能提高仲裁办案效率。自 8 月起，福田区全力开展"冲刺行动"，每周安排庭审 50 宗次，周庭审数提高 30%，新受理案件的开庭排期时间也从 90 天缩短至 60 天。市仲裁院也于 9 月出台了《关于进一步提高办案效能的工作意见》，明确每位仲裁员月排庭数不得少于 13 宗，并对仲裁各个环节的办理时限进行了严格限定，确保按照省仲裁办要求的办案时限及时结案。在全体仲裁工作人员的共同努力下，2009 年，全市劳动仲裁当期结案率高达 105%，历史积案正逐步得到化解。

（三）高度重视仲裁队伍建设，仲裁工作人员业务水平得到提升

拥有一支觉悟高、素质高、水平高的仲裁工作人员队伍，是深圳市劳动仲裁事业又好又快发展的重要保障。在忙碌的 2009 年，各级仲裁机构不但没有放松

---

① 此数字包含仲裁机构在立案前阶段所调解的劳动争议。

队伍建设，反而将此作为一项重要工作，真抓实干，力争实现劳动仲裁工作的"量"、"质"双优。

一是坚持抓好业务培训工作。为做好新旧法之间的衔接，市仲裁院年初即组织业务骨干力量，在全市范围内开展《劳动人事争议仲裁办案规则》巡讲培训活动。为提高培训效率，8月起，市仲裁院又建立了业务培训制度，利用全市联网的视屏系统，前后共举办六期专题式讲座，内容涉及法律文书、立案调解、工伤案件、证据认定等方面，将培训效果从市仲裁院辐射至区级、街道基层，效果显著。同时，各区也普遍加强了培训力度，通过举行培训班、座谈会、疑难案件研讨会等形式不断提高仲裁员的业务素质。宝安区先后组织"仲裁员法律法规培训班"、"庭长培训班"等8次专项培训，参加培训人员达600余人（次），并创新性地举办"书记员技能大比武"，在轻松快乐中提高书记员的知识和技能。

二是认真做好仲裁员换证培训工作。11月，深圳市10名仲裁工作人员参加了人保部调解仲裁管理司举办的首届劳动人事仲裁员培训班，经过5天的紧张学习，全部人员均通过了考试。12月底，市仲裁院顺利举办了深圳市劳动仲裁员换证培训班，全市共约110人参加了培训。本次换证培训班邀请了省仲裁办及深圳市相关仲裁专家前来授课，并严格按照省仲裁办要求进行考勤、考核。参训人员考试通过率高达100%。

三是坚持开展"评先进，树典型"活动。顺利完成了深圳市第二届"劳动争议仲裁能手"、"劳动争议调解能手"评选工作，钟燕军、甄丽萍等20名同志分别被授予"2007～2008年度深圳市劳动争议仲裁能手"、"2007～2008年度深圳市劳动争议调解能手"称号。与此同时，市仲裁院多名工作人员被评为市级、全国的岗位能手、先进工作者称号。通过能手、模范的示范效应，有力地提升了深圳市仲裁队伍的凝聚力和战斗力。

（四）加强疑难案件研讨工作，确保新法及其配套措施落实到位

2009年是新法配套措施密集出台的一年，虽然在一定程度上弥补了新法仓促出台的不足，但在实际工作中仍存在许多空白与盲区。为了及时发现问题、总结经验，我们加强了对疑难案件的研讨工作。一是坚持定期在全市仲裁系统内进行疑难案件研讨，利用半年工作总结会议、全市劳动人事争议调解仲裁工作座谈会的机会，对普遍存在的疑难问题进行研究探讨，逐步在全市范围内达成一致意

见。二是加强与法院系统的案件研讨，积极参与市、区人民法院劳动争议案件研讨会，并逐渐形成了对疑难案件及时进行意见交流和沟通探讨的良好机制，确保裁审一致。三是搭建深莞惠三地劳动仲裁沟通协作机制。11 月，深莞惠劳动争议调解仲裁工作座谈会顺利举行，为贯彻落实《深圳市、东莞市、惠州市关于推进珠江口东岸地区紧密合作近期重点事项的协议》，促进三地互通信息、互相学习、共同进步打下了坚实的基础。

畅通、高效的沟通机制为提高深圳市劳动仲裁工作质量发挥了积极作用。以终局裁决问题为例，我们坚持以"严格依法，规范适用"为原则，一方面加强市、区两级仲裁委之间的联系与沟通，在仲裁系统内部对终局裁决相关问题达成一致；另一方面保持与市中级人民法院进行定期交流，及时了解撤裁情况，尽快纠正存在的问题。据统计，2009 年市各级仲裁机构共出具终局裁决书 4600 多份，其中 47% 为劳动报酬类案件，38% 为经济补偿金或赔偿金类案件，7% 为工伤医疗费案件，8% 为社会保险及其他类型案件。市中院共受理要求撤裁案件 678 宗（人），[①] 截至 9 月份，仅对其中的 23 宗终局裁决案件作出了撤销裁定。终局裁决这一方式为及时、有效维护劳动者，尤其是弱势群体的合法权益发挥了重要作用。

（五）顺应机构改革发展浪潮，探索仲裁机构发展新方向

面对 2009 年掀起的改革浪潮，我们顺势而为，积极主动地探索新形势下仲裁实体化建设发展新方向。8 月，市劳动争议仲裁委员会坪山新区派出庭正式挂牌，成为市劳动争议仲裁委员会支持新区行政体制改革、创新新区劳动仲裁体制的一大举措。9 月初，经市政府批准，市级劳动仲裁与人事仲裁部门正式合二为一。深圳市劳动人事争议仲裁院的成立，标志着深圳市劳动仲裁事业翻开了崭新的一页。9 月底，保税区派出庭因保税区管理局被撤并而撤销，市仲裁院第一时间与相关部门人员进行交接，力保案件处理不间断、档案转移不混乱。10 月，为加强对派出庭的监督管理，市仲裁委通过了《深圳市劳动争议仲裁委员会光明新区派出庭案件处理办法》，并同意坪山新区参照执行。此举为理顺市仲裁委、市仲裁院及派出庭关系，为派出庭的有序化、科学化运作提供了保障。

---

① 法院系统立案标准为"一人一案"，与仲裁系统相异。

（六）推广使用劳动仲裁信息管理系统，强化深圳市仲裁标准化、规范化工作

2006年4月，深圳市劳动仲裁信息系统在市仲裁院开始运行，但由于种种原因，该系统未能实现全市联网。2009年下半年，市仲裁院对该系统进行升级、改造、推广，并在四季度完成了全市范围联网使用的各项准备。一是统一工作平台，制订了《全市劳动争议调解仲裁信息系统推广使用工作方案》，明确目标、落实责任，并要求各区将经费纳入预算，遵循"一人一机一CA"的原则，保证硬件配置。二是统一法律文书，将全市仲裁法律文书进行了梳理，对36种文书格式进行规范，并实现了网络编辑、保存、打印功能。三是统一工作流程，结合《调解仲裁法》、《办案规则》规定，对仲裁办案流程进行调整，并以此为基础形成了以18个流程为主要架构的操作体系。四是统一用印规范，明确各类仲裁法律文书所对应的印章，逐步纠正部分基层仲裁部门用印混乱的做法。五是统一编号规则，对市、区仲裁机构及派出庭在不同环节形成的仲裁文书编号进行规范，提升仲裁文书的权威性。此外，该系统还结合机构岗位设置、案件分送及审批、CA使用等方面制定了相应规则，并以此为基础形成了《系统使用手册》，为实现仲裁标准化办公提供了科学化平台。

（七）坚持将重劳案件作为工作重点，探索建立重大集体劳动争议处理机制

2008年此起彼伏的重大集体劳动争议使我们意识到，要从根源上实现仲裁提速，必须以重劳案件为切入点。对此，市仲裁院总结此前的重劳处理经验，以"提前介入、先行调解、优先立案、快速裁决"为原则，逐步建立起了一套及时、有效的群体性劳动争议处理机制。各区也因地制宜，积极处理群体性劳动争议案件。龙岗区对需要到现场处理的重劳案件，派遣办案人员深入各街道发生劳动争议的用人单位，指导劳动者填写仲裁申诉书等文件资料，当场立案，现场开庭，实行"一站式"上门服务。盐田区坚持实行"仲裁委员审理重大案件制度"和"仲裁委审议重大案件制度"，2009年开庭审理的5宗涉及3273人的重大劳资纠纷案件均由仲裁委员担任首席仲裁员，并由仲裁委对有重大影响的重劳案件

进行审议，确保裁决的及时与公正。经过努力，2009 年深圳市集体争议案件总体情况得以扭转，出现了案件总量及涉案人数双降的良好局面。

四 2010 年深圳市劳动仲裁发展趋势及工作重点

通过对 2009 年深圳市劳动仲裁总体情况的分析，我们预计 2010 年深圳市劳动仲裁将出现以下五大趋势。一是案件总量将在今年相对下降的基础上，进一步得到控制，劳动关系总体情况逐渐向 2008 年以前的平稳态势回归。二是随着扩编人员的落实到位和各项提速措施的积极实施，全市未结案件将持续下降，预计 2009 年底将基本消除积案现象，全年结案率可能创下新高。三是在总量下降的同时，诉求多、标的大、案情复杂将成为劳动争议案件的主要特点，深圳市劳动仲裁工作难度仍将持续增加。四是随着市级政府机构改革的推进，市、区两级仲裁机构事权划分原则可能发生改变，区级仲裁部门工作压力将有所增加。五是随着劳动仲裁与人事仲裁的合并与事业单位改革进程的不断推进，人事争议将逐渐增加，成为仲裁工作的一个重点。

对此，深圳市 2010 年劳动仲裁工作将坚持遵循以人为本的原则，进一步完善劳动人事争议仲裁制度，健全多渠道、开放式的调解网络，积极应对改革可能带来的各种问题，逐步实现劳动人事仲裁整合"五统一"① 目标。主要工作重点有以下几方面。

（1）顺势而为，积极把握改革所带来的机遇，妥善解决改革产生的各种问题。努力推进劳动、人事仲裁整合，同时依法处理事业单位改制可能引发的各种人事争议。

（2）进一步提升仲裁人员整体水平。2010 年计划安排仲裁员培训不少于 10 次，并邀请相关法律领域的专家前来授课。同时，配合部、省仲裁员培训工作，及时组织仲裁人员参加初任培训及换证培训。在"请进来"的同时，也要主动地"走出去"，积极与兄弟省、市乃至先进国家及地区学习、交流经验。

（3）狠抓仲裁调解工作，坚持将调解贯穿仲裁程序的始终。在及时总结深圳市调解工作经验与不足的同时，积极与司法部门协商，引入公益律师作为调解

---

① 五统一，即统一处理机制，统一办案制度，统一办案程序，统一仲裁机构，统一办案场所。

资源参与劳动人事争议调解工作。

（4）积极推进仲裁信息系统的全市联网使用，力争实现人事争议仲裁信息化，同时，做好新的劳动人事争议仲裁信息系统的立项申请、基础调研等工作。

（5）建立健全三级疑难案件研讨制度。首先是市、区各级仲裁机构内部每月进行至少一次疑难案件研讨；其次是全市仲裁系统每季度举行一次疑难案件研讨会；同时与市法院系统每半年开展一次疑难案件研讨联席会议。通过建立多层次、多方位的疑难案件研讨机制，加强裁审衔接，统一办案标准，提高办案质量

（6）促进仲裁庭达标工作。目前，深圳市共有62个仲裁庭，其中经省仲裁办验收达标或评定为星级以上等级的比例不到20%。为此，2010年将开展"星级仲裁庭"评选活动，争取在2010年实现仲裁庭全部达标，全面提升深圳市仲裁工作的整体形象。

深圳劳动争议调解工作机制的探索与实践

吴 挺 王湘兰*

摘 要: 近年来,随着社会经济的不断发展,深圳市的劳动关系日趋复杂,劳动争议纠纷逐年增多,使劳动争议调处工作的压力和难度也在不断增加。对此,寻求有效途径,注重发挥调解工作对于促进劳动关系和谐的功能作用显得尤为迫切。深圳市人力资源和社会保障局通过调动各方积极因素,整合劳动信访、监察和仲裁等资源,建立和完善市、区各级基层调解工作模式,积极探索和创新了多样化劳动争议调解机制的新路子。

关键词: 劳动争议 调解机制 探索创新

一 深圳创新劳动争议调解机制的背景

近十年来,深圳一直在进行劳动争议处理体制改革,不断提高劳动争议调处的效能。在改革取得成绩的同时,我们仍然感到劳动争议处理机制不适应深圳劳动关系新形势的需要,主要表现为以下两方面。

一是劳动争议飙升,劳动关系调整能力与新形势不相适应。2001 年,深圳在全国率先成立劳动争议仲裁院以来,深圳市劳动争议案件一直在 1.3 万宗以上高位运行,2008 年更是激增至 52141 宗,涉案人数近 19 万人,涉案金额超过 40亿元,无论是案件总数、涉案人数和涉案金额均为广东省乃至全国之最。与此同时,深圳市劳动争议处理机构及人员设置仍停留在多年前的标准,短时间内无法

---

* 吴挺,深圳市人力资源和社会保障局;王湘兰,深圳市劳动人事争议仲裁院。

在量上和质上得到突破。如果仅仅依靠原有劳动关系调处力量，根本无法应对案件飙升、难度增加等现实问题。

二是新的法律相继实施，劳动关系调整机制与新法要求不相适应。《劳动合同法》加大了对劳动者权益的法律保护，但不能完全从源头上解决构建和谐劳动关系的问题，尤其是集体协商机制不健全，使得劳资双方一旦发生争议，就要求政府介入。同时，深圳市劳动争议处理工作仍处于传统模式，存在周期长、程序烦冗、调解组织不健全、专业化调解力量薄弱、调解机制不顺畅等问题，与《劳动争议调解仲裁法》要求存在较大差距。2003年以来，深圳市劳动争议调解率持续在35%左右。劳动争议调解工作的整体效果一般，使调解作为劳动争议过滤器和劳动关系稳定器的功能难以得到充分发挥。

严峻的形势迫使必须寻求新的突破。长期的工作经验让我们逐渐意识到，与以监察、仲裁等刚性方式为主的传统劳动争议处理机制相比，调解是处理劳动争议的最佳途径，能够实现真正的定纷止争、案结事了。与此同时，《劳动争议调解仲裁法》也将调解的重要性提升到了一个前所未有的高度。坚持"预防为主、基层为主、调解为主"的工作方针，尽可能把劳动争议化解在初始阶段，正是《调解仲裁法》的立法本意。做好了劳动争议调解工作，不仅有助于夯实劳动关系整体工作的基础，对促进经济发展和社会稳定也具有举足轻重的意义。

一方面，现实工作要求我们尽快变革；另一方面，法律规定要求我们必须变革。在劳动关系日趋复杂和劳动争议矛盾日益凸显的形势面前，要扭转劳动争议处理工作的被动局面，必须以"加大调解力度、和谐化解劳资矛盾"为切入点。为此，我们调整思路，转变观念，积极实践，进一步拓展行政调解空间，完善调解工作机制，建立多样化的调解工作体系，逐步探索和创建可持续发展的深圳劳动争议调解模式。

二 深圳劳动争议调解典型模式

在深圳市委、市政府的正确领导下，深圳市坚持以"预防为主、基层为主、调解为主"的基本方针，强化了调解组织建设、调解人员队伍建设、调解工作机制建设，全市各区的工作都有创新特点，形成了深圳市立足和谐化解劳资纠纷、探索完善调解模式的局面。

（一）罗湖模式

罗湖区紧紧围绕"以新法出台为契机，共建和谐劳资关系"为主题开展调解工作，逐步实现了"办公自动化、队伍专业化、行为规范化、服务人性化"的目标。

1. 确保资源投入充足，狠抓硬件软件同步建设

2008 年 5 月 19 日，罗湖区劳动仲裁大楼正式启用，是我国第一栋区级劳动仲裁独立办公大楼。根据劳动争议仲裁的特点，罗湖区将立案调解庭与审理庭分开，立案窗口与劳动信访办共用一个业务大厅，启用电子叫号设备，使收案工作秩序井然。两个调解室面积均超过 30 平方米。同时，为及时解决案多人少的问题，罗湖区增加工作人员 13 名，并对内设机构进行改革，分设立案调解庭和案件审理庭，由立案调解员专事立案调解工作，调解率大幅提高。

2. 倾力构建"区—街道"两级劳动争议矛盾调解中心

2008 年 5 月 6 日，罗湖区编制委员会下文成立了罗湖区劳动关系矛盾调解中心和 10 个街道劳动关系矛盾调解中心，负责全区和各街道劳动争议的调解工作。同时，区劳动仲裁委员会与两级调解中心倾力合作，相互支持。调解中心调解成功后可将调解协议置换成仲裁调解书，确保调解的成功率和权威性。

3. 强化预防、宣传工作，大力帮扶企业提高劳动争议处理能力

组织业务骨干组成讲师团送法上门，面对面对企业进行指导。同时，编写了《用人单位构建和谐劳动关系指引》、《劳动者依法维权指南》等手册，采用问答形式予以解说，并辅以大量的图表和案例，帮助用人单位和劳动者迅速掌握并严格遵守劳动法律法规，从源头上化解纠纷，降低劳动争议发生的概率。

2008 年以来，罗湖区进一步强化了"预防为主、调解第一"的工作理念，充分发挥区、街道劳动关系矛盾调解中心的作用，横向整合区政府各职能部门、区劳动局各科室调解资源，纵向整合区、街道、社区三级调解网络，形成了"两横一纵"调解模式，快速、便捷、有效地化解了劳资纠纷。2009 年，罗湖区取得了"一降一升"的显著成绩：一是全区的重大劳资纠纷、劳动信访、劳动争议和集体争议案件同比分别下降 23.44%、16.92%、19.77%、29.63%；二是区调解中心劳动争议调解成功率大幅提升，达到 87.8%。

（二）南山模式

南山区作为深圳特区内面积最大、劳动密集型企业最集中的一个区，率先建立了劳动信访、劳动监察、劳动仲裁"三合一"调解平台，成立了区级劳动争议调解中心，并在8个街道办事处成立了劳动争议调解中心，98个社区均建立了劳动争议调解小组，形成了"区—街道—社区"三级调解网络。

1. 着力现场调解是南山模式的基础

劳资矛盾始发阶段无疑是成功调处的最好时段，为捕捉这一有利时机，调解中心在劳动者提出请求之初，立即以电话、协调函、预约等方式进行现场调解。同时，通过建立回访制度，适时掌控当事人双方协议履行情况，以便采取相应措施，防止反复。据统计，南山区调解中心自成立以来，现场调解的案件占总量的75%，一次性调解成功率更是高达82%。

2. 劳动仲裁介入前置是南山模式的核心

南山区坚持采取仲裁员直接接访、调处争议的方式，增加调解工作的权威性。通过借助仲裁员法律知识全面、调解技巧熟练的优势，引导劳动者依法维权。在调解达成一致时，仲裁员可依法出具可执行性的《仲裁调解书》和《调解协议书》，切实提高调解成功率和协议执行率。

3. 发挥劳动监察效能是南山模式的有力保障

在前期调解工作未取得实质进展的情况下，南山区立即启动劳动监察程序，做到上门调解与主动监察相结合，增加了调解工作的庄重性和严肃性，有力促成调解成功。同时，监察部门可及时对企业存在的违法行为进行督促整改，有利于减少或杜绝劳资纠纷。

4. 增强企业自我管理、自我协调意识是南山模式的落脚点

南山区在调处劳资纠纷过程中，注重以案析法、追根寻源，真正做到案结事了。调解中心还在法律允许范围内，帮助企业建立劳动争议调解委员会等内部协调组织，极大地提高了企业的人力资源管理水平。

5. 突出便民、快捷、亲和优势，彰显服务意识是南山模式的基本原则

一是便民：三级调解组织都设有专门的接访调解窗口，当事人可以选择就近的调解组织申请调解；区调解中心还制作了540块温馨提示牌，悬挂于全区各社区主要路口及工业区内，同时印制发放了2万张便民卡，公布调解组织的地址和办公电话，帮助劳动者就近维权。二是快捷：劳动者仅需提供有效证件便可申请调解；调解中心主要采取现场调解、协调函、预约调解、上门调解等方式，快速地解决当事人的纠纷，减少时间成本。三是亲和：如在室内张贴温馨劝语，一杯茶，几句暖话，拉近了调解员与当事人之间的距离，减少了当事人的对立情绪，也增加了调解成功概率。

2009年，全区各级劳动争议调解组织共调处各类劳资纠纷4703宗，涉及20270人次，全区平均调解结案率达到38%。两年多来，南山区的三级调解网络共调处各类劳动争议14289宗，帮助劳动者追回工资、经济补偿金等达2亿多元，为构建和谐劳动关系和社会稳定作出了积极贡献。

（三）宝安模式

宝安区拥有各类企业3万余家，劳务工480多万人。区劳动局创新机制，发挥"联合调解"的资源整合优势，积极推广劳动争议"大联调"模式，及时妥善处置了各类劳资纠纷案件。

2006年7月，该区率先在西乡街道通过整合人民调解、司法调解和行政调解三方力量，设立了劳动争议联调室，解决了许多"劳动管不了，法院管不着，部门管不好"的棘手问题，为维护社会稳定发挥了积极的作用。

1. 夯实基础，优化队伍，实现"六到位"、"八统一"

在上级部门人、财、物等方面的大力支持下，西乡于2006年7月20日完成了劳动争议联调室的建设及设备的配备，做到机构、人员、经费、场地、制度和工作"六到位"，工作职责、业务流程、资料台账、服务规范、管理制度、信息系统、设施标志和人员配置"八统一"。同时，按照"三懂一会"（懂政治、懂法律、懂政策、会做群众调解工作）的标准，从劳动办挑选2名，司法所2名，城建办1名有经验、有能力的工作人员到联调室坐班，社保、法庭随时因工作需要到位，优化调解队伍的综合素质，扎实做好调解工作。

2. 整合资源，关口前移，筑牢劳动争议第一道防线

成立劳动争议联调室，就是通过整合劳动、司法、城建和社保等多方的资源，取长补短，发挥优势，采取人民调解的方式，实行信访"直通车"的工作模式，实现了劳动案件的来访、调解和结案"一条龙"服务，使渠道更畅通，群众更方便。例如，以往对于涉及建筑工地包工头、无牌无照企业等问题，由于与法律主体不符，劳动部门对这些企业没有管理权和约束权，而主管部门对劳动法律法规又不熟悉，难以解决。但在西乡，由于城建办、劳动、司法等工作人员互相补充，联动运作，使劳动争议问题在法律的框架内科学分流，收到很好的效果。

3. 制度健全，程序明晰，确保联调工作顺利进行

联调室成立以来，建立健全了一套规章制度，对联调室进行规范化管理。一是规范联调室工作程序。根据联调室与劳动管理办工作的实际，研究制定了联调室工作流程，对符合联调室受理范围的，告知当事人到联调室申请调解，联调室对移交的符合人民调解范围内的民事纠纷必须进行受理。当联调室处理比较重大、复杂的案件时，劳动管理办的仲裁员要给予专职调解员指导，或全程参与调解。二是实行登记制度。调解的案件要按档案管理的要求制作人民调解卷宗，把当事人的基本情况、发生纠纷的情况、纠纷的调解过程和调解结果全部登记在案。三是坚持学习制度。联调室每周要组织一次学习，及时发现问题，查漏补缺，不断学习法律法规知识，提高个人的业务水平和调解水平。四是落实调解员管理制度。联调室与街道调解中心合作，对调解员各项行为进行了规范，实行持证调解，促进调解员扎实做好调解工作。

从 2007 年以来在全区逐步推广了劳动争议"大联调"模式。区局已正式挂牌成立了区劳动争议联合调解中心，实现劳动争议联调机制实体化，从相关部门抽调专人、设立专门办公场所开展联调工作。在街道一级，该区在 10 个街道均成立了劳动争议联调室，通过街道劳动部门与司法、城建部门建立劳动争议调解与人民调解联动互动工作模式，有效化解跨行业的劳资纠纷。2008 年，宝安区、街两级劳动争议联调部门共受理投诉案件 26717 宗，涉及人数 81924 人，调解成功 22214 宗，涉及人数 71564 人，调解成功率达 87.4%。2009 年，全区劳动关系形势保持整体和谐稳定，重大劳资纠纷、欠薪逃匿案件、劳动争议案件、劳动信访四项指标同比分别下降 77.6%、73.6%、33.2% 和 28.1%。

（四）福田模式

福田区劳动部门着重抓了三个"变"：变监管为服务、变处置为预防、变裁决为调解，将扶持企业发展和维护员工权益放在同等重要位置，灵活运用信访、监察和仲裁等部门的调解手段，全力打造和谐劳动关系环境。

1. 建立和推行劳资纠纷三级调解网络

充分发挥基层劳资纠纷调处作用。按照社区依托人民调解、街道依托综治信访维稳中心、区依托劳动信访调解中心的模式，建立了"社区—街道—区"三级调解网络，形成了全区劳资纠纷"大调解"格局。综合运用、充分发挥行政调解和人民调解在解决劳动纠纷中的重要作用，按照"属地调解、基层为主"的原则，逐级化解劳资纠纷。在具体程序上，简化劳动仲裁立案及调解流程，实行调解书简易置换，开展现场就近调解，免去司法程序带来的诉累。

2. 充分发挥"企业—员工—政府"三方协商机制的作用

加强与区总工会及经济管理部门的经常性沟通和协商，完善多极化的劳动关系监督调解网络，将劳动争议处理的工作重点由事后处理转向事前预防，从源头上减少劳资纠纷的发生。按照区委、区政府《福田区重大劳资纠纷联合预防和处理办法》（福府办〔2008〕73号）、《福田区重大劳资纠纷群体性事件联合处理方案》（福办发〔2008〕54号）等文件的规定，着重做好"三个抓"："抓早"，即早预防、早排查、早报告，根据形势及时组织开展专项检查活动。"抓快"，即发生劳资纠纷时，快速介入处置，避免矛盾升级、激化。"抓实"，即要解决问题，要做好跟踪和落实，坚持"四个到位"，即工作人员到位、现场处置到位、情况报告到位、监督检查到位。

3. 成立了辖区集体劳动争议快速调解工作组

仲裁委联系区工会、司法及政府调解部门，试行在辖区成立针对30人以上的集体重劳案件的快速反应部门，同时注重抓大顾小的原则，分别针对30人以下及100人以上的集体劳动争议进行调解工作，指导劳动者依法合理地维权。

4. 开展"大培训、大接访、大调解"的"三大"活动

一方面加大对企业和员工的法制宣传，让企业依法管理，引导员工依法维权，减少劳资纠纷；另一方面加大劳资纠纷调解力度。将调解贯穿于整个劳资纠纷的处理过程，将调解作为处理劳资纠纷的主要手段，开展局领导、科级干部大接访大调解活动，重点加强信访调解工作力度，信访案件调解成功率达到82.2%以上。劳动仲裁办坚持"快立、快调、快审、快结"的"四快"工作原则，对于诉求单一、案由明确的简易案件，实施调解庭审一体化的快速处理程序，大力促使劳资双方达成调解意愿，有效地化解双方的矛盾。

5. 探索建立专职律师驻点劳动信访调解中心服务制度

向区政府申请，通过政府购买服务的方式聘请律师驻点劳动信访调解中心提供专业法律服务，将律师调解、法律咨询、诉讼代理与劳动信访工作紧密结合起来，提高劳资纠纷调解专业度和成功率，为劳动者依法维权提供便利。

2009 年，福田区劳动部门接待处理群众来信来访案件 7345 宗，涉及 13451 人次；妥善处理重大劳资纠纷 75 宗，比 2008 年同期下降 21%，涉及人数 5147 人。全区大量的劳资纠纷矛盾在基层得到了及时调解和化解，劳动关系总体上保持了和谐稳定的状态。

（五）龙岗模式

龙岗区有生产型企业 1 万多家，外来劳动者 300 多万人。区劳动局充分利用"大综管"格局，坚持调解为主、仲裁为辅原则，进一步完善劳动争议调解和仲裁机制，全面加强劳动管理和服务，取得了较好效果。

1. 建立"大调解"体系

按照区委《关于深化"大综管"构建社会矛盾纠纷"大调解"体系实施意见》，初步建立"一化三调四级"的劳动争议调解体系，"一化"是信息化，"三调"即人民调解、行政调解和司法调解，"四级"是区、街道、社区和企业（工业区）。

2. 成立"巡回仲裁庭"

将仲裁庭开设在用人单位和争议发生现场，减少当事人仲裁成本；推行预约开庭，按照劳动者的要求安排开庭时间，解决其上班时间无法出庭的困难。

3. 实施六项调解制度

即属地管理、分级负责、首接责任、两调终结、文书格式化、限时办结的制度。能在社区调解的不到街道，能在街道调解的不到区；一般性争议由企业（工业区）或社区调解，30 人以上的由街道或区调解；同一宗案件，如两级调解都不成功，引导当事人进入仲裁程序。2009 年劳资纠纷调解结案 4007 宗，占案件总数的 37%。

4. 实行协议书置换

由区、街两级调解达成协议的，原则上置换成仲裁调解书，确认调解协议的法律效力，防止同一诉求反复处理。

5. 开辟仲裁"绿色通道"

快速、稳妥调解和审结 30 人以上集体劳动争议，对突发性群体性案件，启动特别程序，在 3 日内审结。2008 年以来共处理仲裁案件 2.8 万宗，涉及员工 11 万人。涉案金额 15.95 亿元。

6. 为劳动者免费提供劳动争议法律援助

2008 年以来共为 4 万多名劳动者提供法律服务，其中代理案件涉及金额达 1 亿多元。

（六）盐田模式

盐田区积极发挥劳动争议调解中心的作用，努力提高劳动争议调解成功率。2008 年 11 月，区编制办公室同意区人力资源局劳动信访办公室加挂区劳动争议调解中心牌子。2009 年 3 月份开始受理调解申请并采取劳动信访与劳动仲裁联合调解的模式，使行政调解与劳动争议仲裁调解能够无缝衔接。对有明确申请标的，组织当事双方当面调解的案件，按照劳动仲裁简易程序调解结果直接出具劳动仲裁调解书。其他电话、信函等调解模式则依据劳动争议调解处理流程，按时间地点做好跟踪调处工作。2009 年，盐田区劳动争议调解中心共受理调解申请 145 宗，涉及员工 262 人，申请调解金额 9 万多元，已成功调解 138 宗，调解率高达 95%，促进了劳资关系和谐。

三 构建多样化劳动争议调解模式的成效与体会

在探索创新各种调解模式过程中，得到市区各级领导和相关部门的支持。深圳市委刘玉浦书记曾到龙岗区参与劳资纠纷的调解工作。他强调：我们要充分重视调解的作用，通过加强调解力度，把社会矛盾化解在基层，化解在萌芽状态。市政法委、市维稳办等部门也多次到市区劳动局开展调研，协助解决调解工作面临的实际问题和困难。

从 2008 年底开始，深圳市开始推广以南山区经验为基础的"三级劳动争议调解网络机制"。2009 年，作为全市构建和谐劳动关系工作的一项重要任务，深圳市坚持强化调解工作不放松，建立和健全三级劳动争议调解网络。2 月份，市劳动争议调解中心正式挂牌运作，制定了《劳动争议调解中心工作办法》，在市级劳动部门实现了劳动信访员、监察员、仲裁员等联合调解的一站式服务工作机制。具体做法：一是需要现场处理的突发性劳动纠纷案件，根据监察网格化管理的规定，由所属网格监察员到场调解，需其他部门调解员配合的，调解中心根据现场情况协调调度。二是争议较小的简单案件，调解员向被申请人打电话沟通或发建议函调解。三是争议较大的复杂案件，调解员预约当事人到调解中心调解。四是依据案件的特殊情况，单位邀请或需要劳动监察、社会保险稽核部门介入时，调解中心安排调解员上门调解。五是对于重大、疑难的群体性案件，协调多个部门会审，集体讨论确定调解方案，实行联合调解，确保案件得到及时、妥善的解决。这些举措取得了积极的效果。2009 年市劳动争议调解中心受理案件总数 1555 件，成功调解案件 1006 件，涉及劳动者 2025 人，其中集体劳动争议 488 人，涉及金额 1549 万元，调解结案率达 65%。

全市通过强化"调解组织机构建设、调解人员队伍建设、调解工作机制建设"三大方面工作，逐步形成了以职能部门为主导、社会化调解并重，多渠道、开放式、多样化的深圳劳动争议调解模式。全市现有具备劳动争议调解职能的组织约 150 个（主要为街道、社区的基层调解组织），专兼职调解员近 400 人。据统计，2009 年，全市劳动部门受理劳动争议调解案件总数 3.8 万多件，按争议调解组织或单位分：机关、事业单位内部 520 件，机关、事业单位主管部门 1114 件，企业劳动争议调解委员会 133 件，区调解组织 6236 件，街道劳动争议调解组织 21859 件，仲裁机构 7214 件，其他 1244 件。调解结案涉及劳动者 73485 人，其中集体劳动争议 26381 人。经调解案外和解 13301 件，案外达成调解协议 9451 件，调解未成数 7200 件，调解结案率达 60%。

日渐成熟的劳动争议调解机制为及时化解劳资纠纷，确保深圳市劳动关系总体稳定提供了重要保障。2009 年上半年，国家部、省先后在深圳市召开现场会，推广了劳动争议调解工作的"深圳模式"。总结劳动争议调解机制探索和创新过程，主要的体会有以下几点。

（一）调解前置，以就地、尽快化解矛盾为调解工作的出发点

劳动争议调解是构建、发展和谐劳动关系的基础工作。为充分发挥调解"速度快，成本低，效果好"的优势，各级劳动部门坚持"预防为主、基层为主、调解为主"的原则，尽可能把劳动争议化解在初始阶段。在现实操作中，

把调解工作重心下移，关口前置，在社区、街道等基层建立调解组织，由劳动部门牵头，相关业务部门人员联动运转，变被动应对为主动出击，从源头上治理化解各种不稳定因素。这一做法有利于把纠纷矛盾化解在萌芽状态，真正实现了"小事不出社区，大事不出街道"。

（二）整合资源，以多部门协作参与为调解工作的着力点

根据职能分工，劳动保障信访、监察、仲裁等部门均承担了一定的劳动争议调解工作，造成在现实中常常出现劳动者多头申诉、多部门受理又互相推诿的现象。这种机制既增加了维权成本，也浪费了调解资源。对此，需要对不同部门职责进行整合，以成立调解组织的形式，将分散的调解职能集中纳入劳动争议调解机制，在打破部门壁垒的同时，确保不同部门权力在调解组织内的有序、联合运转。这一做法一方面保证了劳动者在投诉后得到"一条龙"服务，降低他们的维权成本；另一方面也极大地提高了政府对劳动争议的应急反应及调处能力，调解效率随之大幅提高。

（三）加大投入，以坚持软硬件同步建设为调解工作的支撑点

随着近年来我市劳动争议总量的不断增加，我市劳动争议调处机构建设滞后、人员配置不足、调处能力薄弱等问题日趋突出。对此，我们认为，要做好劳动争议调解工作，首先必须提供充足的人力、物力、财力支持，软硬件建设必须同步加强，才能保证调解工作的不断深入和不断提高。一是大力增加财政投入，拨付专项调解工作经费，确保劳动争议调解工作的经费充足。如南山区投入约420万元作为区级调解中心的建设资金，各街道也自行投入103万元用于调解组织的场地、设备等方面建设。二是大力增加调解人员，采取政府购买服务的方式，聘请符合资格的人员从事劳动争议调解工作。如南山区为充实调解力量，由政府出资聘请了16名人员专门负责调解工作；罗湖区由编制委员会下文增加了10多名雇员编制，为稳定调解员队伍发挥了重要作用。同时，我们大力推进基层调解机构建设，专设劳动争议调解办公场所，并配备先进的办公器材，借助科技力量提高调解工作效率。

（四）因地制宜，以多样化发展为调解工作的创新点

各级劳动部门坚持因地制宜地开展劳动争议调解工作，以实际效果作为调解

工作最重要的评价标准。一是采取多种渠道进行调解，即针对不同的案情，利用电话调解、信函调解、预约调解、现场调解等方式开展调解工作，对症下药；二是调解组织建设模式多样化，各级部门根据自身特点自行建立调解机构，不拘泥于一种方式；三是扩大调解人员范围，采用抽调劳动部门人员、临时聘请社会人员、邀请工会等相关人员等多样化方式，不断充实调解人员队伍。

四　完善深圳市劳动争议调解模式的几点思考和建议

经过探索和实践，深圳的劳动争议调解工作虽然取得了一定的成绩，但依然有许多问题需要进行思考和探究。

（一）完善劳动争议调解机制的思考

1. 健全基层劳动争议调解网络

2008 年 10 月，深圳市曾召开了南山区三级调解网络现场会，在全市范围内推广南山区模式。目前，全市基层调解工作网络已基本成形，但各区、街道、社区仍然存在调解组织发展参差不齐、队伍不够稳定等问题。对此，深圳市将继续对各区及各级的调解网络建设工作进行监督和督促，并逐年进行总结与考核，做到全面总结经验，及时发现问题，实现普及提高。

2. 提升调解工作总体水平

要实现调解工作的长远发展，深圳市将在继续做好基础工作的同时，理清调解工作思路，理顺各级调解组织关系，进一步规范劳动争议调解各项工作。尤其是要依据《劳动争议调解仲裁法》等法律的要求，加强基层调解组织建设。2010 年，深圳市将在 100 家大型企业成立企业劳动争议调解委员会，在绝大部分街道设立劳动争议调解组织，实现调解工作的规范化、高效化运行。

3. 健全劳动争议调解长效机制

目前，深圳市劳动争议调解模式仍以劳动部门为主导、相关政府行政部门协作为主要特点。受金融危机影响、集体协商机制欠缺等因素影响，这一政府主导模式在短期内仍将继续存在。2010 年深圳市将不断强化集体协商机制建设，加强劳动争议调解宣传工作，提高劳资双方对劳动争议调解工作的认识度、认同度与参与度。同时将在现有模式的基础上，积极整合和借助各种社会力量，形成共同参与、齐抓共管的"大调解"工作格局，采取切实有效措施拓宽劳动争议调解渠道，全面构建我市劳动关系调解的长效机制。

（二）完善劳动争议调解机制的几点建议

1. 要加强劳动争议调解相关立法工作

《劳动合同法》、《劳动争议调解仲裁法》虽然将调解的重要性提高到了前所未有的地位，但目前尚无相关配套规定，导致在具体操作时缺乏相应的依据。因此，建议以"人大"立法的形式，对劳动争议调解工作相关事宜进行专项立法，确保开展调解工作得到的人力、财力、物力的支持，为完善劳动争议调解机制提供必需的法律依据。

2. 要加强基层劳动争议调解网络建设

《劳动争议调解仲裁法》新增了在乡镇、街道设立劳动争议调解职能组织的条款，为使这一加强基层调解的规定落到实处，建议必须应明确该组织的组织规则和主管部门，解决谁建、谁管、谁养的问题，以避免多头管理或无人管理。同时还应明确劳动争议必须先经调解，规范调解协议与仲裁调解书的置换程序，以利于及时、有效地化解劳动关系矛盾。

3. 要加强劳动争议调解人员队伍建设

调解人员是调解工作的实体，调解队伍建设关系到劳动争议调解工作的长远发展。为此，建议由劳动行政（或仲裁）机构对调解组织工作人员进行培训并发证，明确调解人员必须持证上岗，并定期组织业务学习与交流，保证调解人员的业务水平。

加强劳动争议调解工作，促进劳动关系和谐、社会稳定是一项长期而艰巨的任务。我们将一如既往地对现有劳动争议调解模式进行改革，充分发挥调解机制的作用，不断开创深圳劳动争议调解工作的新局面。

基层社保经办机构管理服务实践与探索

朱 虹 姚瑞逸*

摘 要：近年来，随着社会保险事业的发展，深圳市社保覆盖面不断扩大，保障水平不断提高，公众对社会保险的需求与期望越来越高，使社会保险经办能力面临前所未有的考验与挑战。本文从基层社会保险经办机构管理者的角度，结合实际工作，研究探索基层社保经办机构的管理服务方式，提出标准化统一管理，拓展网上服务功能，多平台延伸服务，推行柜员制管理服务模式等创新思路，力求以更加高效优质的服务，提高公众办理社会保险业务的便捷度。

关键词：社会保险 基层 经办 管理服务

基层社保机构是接受国家委托和履行国家义务的责任主体，是社会保险业务管理和对社会保险参保人提供服务的专门组织，即服务型政府的执行机构，直接服务公众，具体管理各项社会保险事务。是实现国家社会保障各项政策法规的主要载体。面对当前日益艰巨的新任务和行政管理体制变革的新形势，如何大胆解放思想，按照科学发展的要求，不断加强自身的能力建设，以良好的管理体制、运营机制、组织结构和工作效能，探索社会保险管理服务的新模式，是基层社会保险经办机构值得认真思考和研究的课题。

成立于1992年的社保南山分局，是深圳市社保局的派出机构，负责南山区内养老、医疗、失业、工伤、生育保险和住房公积金的征缴、待遇审核偿付及各项社保业务的管理服务，其事业发展的轨迹是深圳特区基层社保工作的一个缩影。

---

* 朱虹、姚瑞逸，深圳市社会保险基金管理局南山分局。

一　基层社会保险管理服务面临的新形势

南山区位于深圳特区西部,是特区内外二线关口的重要衔接处。到 2009 年 12 月,管理人口 140 多万人,其中,常住人口 97.22 万,户籍人口 44.58 万。近年来,深圳市及南山区社会经济发展迅速,社会保险覆盖面逐年扩大。随着参保人数的增加,社保险种的增多,社保服务领域不断拓展。同时,由于社保业务量的快速增长,社会公众维权意识增强,社保管理服务的难度日益加大,对经办服务方式提出了新的要求和挑战。

(一) 参保人数不断增长,参保险种日益齐全

近年来,市、区政府更加关注民生问题,社会保险工作多次被列为政府向市民承诺的民生实事。在现有的"五险一金"基础上,针对不同人群,相继推出了劳务工医保、少儿医保、大学生医保等新的医疗保险办法,并对养老保险、职工医疗保险等政策进行了修改及调整,社会保险初步实现了从职工保险向覆盖所有人群的多层次全民保障体系转变。

据统计,2009 年南山区社会保险参保总数达 345 万人次,其中,养老保险参保人 69.35 万,医疗保险参保人 90.47 万(其中,基本医疗保险参保人 59.17 万、劳务工医疗保险参保人 19.88 万、少儿医保参保人 11.41 万),工伤保险参保人 74.58 万,失业保险参保人 48.20 万,生育保险参保人 59.90 万。与 2005 年相比,南山区各险种参保总人数增加了 1.09 倍,征收社保基金增加了 1.91 倍。基本达到人人享有社会保险的目标,深圳市民由此得到更多保障。

(二) 服务领域不断拓展,服务方式不断改进

参保人数的大幅增加,对社会保险经办能力及管理服务水平提出了新的要求。为了给参保单位和参保人提供更好的社保服务,南山分局拓展服务领域,改进服务方式,积极寻找与参保人需求相适应的管理服务模式。

一是企业实现网上申报社会保险业务。社保参保网上申报于 1999 年在南山区试点先行,继而在深圳全市推广,企业足不出户就可通过网络申办参加社会保险的相关手续。目前,南山区 95% 的企业已通过网上申办社保业务。

二是工伤保险服务模式逐步改进。2005年，西丽社保站首创基层街道工伤纠纷联合调解机制，将人民调解、行政调解及司法调解相结合，化解农民工工伤索赔纠纷；2008年，分局首创简易工伤案件"一条龙"处理办法，对一般简易工伤案件从申报、认定到补偿结案实行现场受理、当场办结，办理周期大幅缩短，提高了办事效率。

三是企业退休人员初步实现社会化管理服务。2006年，在南山区的南山街道办启动企业退休人员档案移交街道托管，使企业退休人员真正纳入社区管理服务。目前，全区11500名企退人员中约70%纳入社区，实现社会化管理服务，招商、西丽两个街道办被评为社会化管理服务"省级示范点"。退休人员基本实现在社区老有所养、老有所学、老有所为、老有所乐。

四是建立医疗保险监督管理新机制。深圳多层次医疗体系的建立，在方便参保人就医治疗的同时，也给医保管理监督带来了新的难题。南山区共有遍布全区街道和主要社区的医院、门诊部、社康及药店等定点医疗机构239家，针对部分医院、门诊部及社康中心等超标使用医保基金的情况，南山分局建立医保费用预警机制，按月对各定点医疗机构的医保基金使用情况进行动态分析并及时通报，有效遏制统筹门诊费超标情况，保证医保政策的实施。

（三）社会公众维权意识增强，经办服务难度加大

社会经济持续健康发展，社会保险体系日臻健全完善，保障水平逐年提高，参保人得到了更多的实惠，使社会公众越来越关注社会保障领域，参保意识日渐增强。同时，由于社会保险法规政策等宣传进家入户，参保人的维权意识增强，社保信访量、信访人范围日益增加，信访内容日趋多元化，社保行政争议案件也时有发生。基层社会保险经办机构直接面对和处理社保纠纷，对经办能力提出了更高要求，使经办服务工作难度加大。

南山区的西丽、南头等片区存在相当数量科技含量较低的以制造业为主的小企业，这些企业员工流动性较大，且经营管理者社会保险意识比较薄弱，未能主动为其员工参保，这不仅使员工没有得到合法保障，且容易引发工伤、医疗、养老等社保纠纷案件。基层社保经办机构常常为解决此类案件疲惫不堪，投入诸多人力与时间去协调处理，给管理服务工作带来不少难度。

二 基层社会保险管理服务实践初探

基层社保分局是社保经办服务的"大窗口"，是参保单位和参保人办理社会保险业务的主要载体，是直接面对参保单位和参保人的服务平台。近年来，社会保险各项业务量急剧攀升，服务对象的要求也越来越高，我们以服务为第一理念，认真思考经办服务的各个细节，精心打造经办服务的"大窗口"，在管理和服务方面主动作为，进行了一些有益的实践与探索。

（一）规范业务流程，明确职责权限

1. 梳理业务办理流程

以人为本、优化服务的一项重要内容就是业务办理流程的规范化，一套科学合理、运作高效的业务办理流程，能有效规范运作，使服务对象直观明了地了解如何办理社会保险业务，节省办理时间，提高工作效率。我们组成专门工作小组，按照科学、规范、务实、易懂的原则，在现有基础上重新拟定规范了社会保险经办业务流程和办事指南，编印了《社保南山分局规章制度和岗位职责汇编》，明确规定了业务运行控制和经办流程，厘清业务前台受理与后台复核等相关岗位的职责和权限。按险种重新拟定了办事指南，注明各项社保经办业务的政策依据、所需资料、最佳办理时间、办结时限及联系方式等内容。它不仅确保社保经办机构内部控制制度落到实处，更便于参保单位和参保人获得明了、方便和快捷的社会保险服务。

2. 加强业务内控管理

社会保险内部控制管理，重点是社会保险数据和基金财务的管理。只有认真管好人、管好权、管好事，才能从源头上有效防范社会保险基金的流失，把问题消灭在萌芽状态，保证基金安全完整，杜绝工作失误和腐败行为的发生。内控管理涉及经办业务的所有方面，涉及经办机构内部每一个业务环节、每一个岗位和每一位工作人员，贯穿于经办业务的全过程。

我们重点在几方面进行规范管理。一是建立健全各项内控管理制度，在严格执行市社保局相关规定的同时，根据工作实际，制定了《个人缴费窗口业务办理流程》、《少儿医疗保险业务操作流程》、《工伤外调操作规范》等，规范各险种业务操作；二是建立健全部门之间、岗位之间、业务环节之间既相互衔接又相

互制衡的机制。根据各险种业务特点和工作实际，完善各业务环节流转流程；三是明确职责、严格权限，对各险种审批权限的人员与范围、权力制约与监督、岗位设置与分工、AB角制进行明确界定，如个人补交养老保险业务，补交一年以内的要求业务员、科长两级审核，补交一年至两年的要求业务员、科长、分管局领导三级审核；四是监督检查常态化，要求各部门每季度对本部门业务进行一次自查，及时查摆问题，规范日常操作规程。在自查的基础上实行内部交叉检查制度，使各业务、各环节、各岗位始终置于科学严密监督之下，避免内部控制的盲点。

（二）丰富服务内涵，凸显维权职能

1. 推行个性化服务

南山区是深圳特区众多高新企业的聚集地，拥有国家级高新技术企业300多家，占深圳市同类企业50%以上，华为、中兴等大型高科技企业的员工均在南山区参保。这些企业参保人数多、参保险种全、缴费基数高，是辖区社会保险征收额迅速增长的有力保障。为方便这些参保大企业办理社保业务，提高办事效率，我们尤其关注企业的社保需求，为参保大企业量身定做个性化社保服务。如在分局本部服务大厅和三个社保管理站增设"大企业直通车"，按照"即收即办、特事特办、急事急办"的原则，对辖区内信誉较好的参保大企业实行方便快捷的直通车服务，减少等候的时间；在少儿医保等政策开始推行的时候，派工作人员到企业提供上门服务，方便企业员工办理子女参保业务；对华为、中兴等外向型企业的医疗保险报销、工伤保险申报、养老保险审核等，均提供适应企业特点的社保服务方式，切实方便企业。

2. 推行领导值班制度

社会保险工作直接面对千家万户，关系到广大人民群众的切身利益，因此，当群众的期望无法得到实现时，往往会出现不满情绪，甚至在办事过程中对工作人员进行无礼的侵犯。为此，社保南山分局推行领导值班制，由分局领导和科长每天轮流在服务大厅驻点值班，监督服务大厅工作，协调处理投诉事件及跨部门的业务工作，并解答群众提问及处理突发事件。

3. 推行青年文明岗服务机制

据统计，社保南山分局服务大厅每天接待办事人员2500人，其中不乏前来咨询社保政策的群众，为有效疏导，方便群众，分局在服务大厅设立"青年文明岗"服务窗口，由分局本部全体团员轮流每天值班，为不熟悉社保办事流程的群众答疑解惑、分流指引，并协助服务大厅值班领导处理突发事件，使服务大厅秩序井然，办事效率得到提高。

4. 强化社保维权职能

近年来，随着参保人维权意识的不断增强，社保维权职能日渐突显，南山分局在维护员工权益方面做了一些实践探索。一是建立健全社保监察稽核预警机制，加强社保监察稽核，重点对投诉多、参保险种悬殊、缴费基数偏低的问题企业，以及娱乐、饮食、制造、建筑等行业进行监察稽核，发现违规即责令整改，保障员工的社保权益。二是积极处理重大信访事件及辖区社保历史遗留问题，探索解决问题的途径，维护员工的合法权益。

（三）完善功能设施，改善服务环境

社保覆盖面的扩大，社保业务量的急剧攀升，对基层经办机构的服务环境提出了新的要求。面对日益拥挤的服务大厅，我们多方研究，尝试从硬件软件两个方面优化服务环境。

探索寻求扩充分局服务大厅，新购置两层楼房以扩增服务大厅，使服务面积由原来的 $1100m^2$ 增至 $2300m^2$，办事窗口由原来的 19 个扩增至 40 个。新服务大厅各服务窗口及功能片区划分清晰，环境简洁大方、文化氛围浓厚、设备设施齐全。增设了"绿色通道"企业服务窗口、排队叫号系统和自助打印设备。设置了轮候区，提供饮水机、移动电视、滚动播放办事程序的电子显示屏、手机充电、爱心药箱、失物认领等，为办事群众营造更加方便、温馨的服务环境。同时，重新修缮分局下设的蛇口、西丽、华侨城三个社保站的办事环境，以人为本，着力建设适应办事群众需求的基层社保服务环境。

建章立制，强化软件建设。首先是建立《社保南山分局窗口工作规范》，完善了岗位责任制、首问负责制、一次性告知制、同岗替代制（"AB角制"）、领导轮值制等窗口工作制度，使窗口业务受理工作有章可循；其次是优化人员配置，举办业务及礼仪等综合知识培训、窗口评优活动等多项活动，并派专人不定时对工作人员在考勤、着装、挂牌上岗、服务质量等方面进行明察暗访，切实提高窗口工作人员的纪律观念和服务意识，使工作人员的积极性、服务主动性得到强化，提升人性化管理服务理念，建立窗口优质服务长效机制。

（四）建立监督机制，强化队伍建设

建立监督机制，有利于收集参保人对社会保险工作的意见建议，有利于对社保服务工作的促进和改善，为此，我们引入金融行业的电子评价系统，并结合社保业务情况对系统进行改造升级，即在"服务监督牌"上公示窗口工作人员姓名、工号、职务和照片等信息，参保人每办理完一项业务后，可通过电子评价系统的"满意"、"基本满意"、"不满意"三个评价级别直接对工作人员的服务态度、服务质量、工作效率等作出综合评价，实现"零距离"实时监督。与此同时，在分局服务大厅和三个社保管理站分别设置群众意见箱，发放《投诉工作人员意见表》、《征求意见表》，派专人跟踪投诉情况，收集反馈意见，对群众提出的意见和建议，做到条条有答复，事事有回音。

在监督机制约束的基础上，强化队伍建设。基层社保队伍直接服务辖区群众，直接面对各项社保矛盾，为适应工作需求，分局特别注重队伍管理，引入"大家庭"经营理念，从思想觉悟、能力建设及身心健康等方面帮助和关心干部职工。一是注重对干部职工的责任意识，履职能力、服务态度等方面的培训教育，全面提升队伍综合素质和工作水平。二是推行"人才强基"战略，注重从一线考察选拔干部，对部分中层干部和工作人员进行调整、轮岗，焕发了新的工作气象和工作激情。三是建立层级谈心机制，即分管领导与科站长谈心、科站长与部门工作人员谈心，通过这种不定期的谈心活动，了解队伍的思想状况，有的放矢进行引导教育，提高干部职工的政治信念、思想水平、廉政意识和工作作风，以推动各项工作的发展。

三 基层社会保险管理服务创新思路

社会保险工作的开展，以及就业形势的多样化，使社会保险已从原来的职工保险转变为全民保障，传统的依托单位的保障理念、经办方式已不能适应新形势的要求，参保人对社会保障的需求与期望、对社会保险业务办理的便捷度均有了更高的要求。在这样的形势下，基层社保机构虽进行了多方面的实践探索，但距社会公众的需求仍有一定的距离，这就要求经办机构必须大胆解放思想、努力钻研业务、积极开拓创新，不断适应新形势的要求。笔者通过几年的社会保险基层

管理实践，在基层经办管理服务方面进行深入思考，提出以信息化提升服务手段，以多平台延伸服务范围，以标准化优化服务环境，以扁平化创新服务模式等创新思路，为服务对象提供方便、优质、高效的社保服务。

（一）以信息化提升服务手段

一是拓展网上办事功能。社会保险早在1999年就实现了网上申报，但因种种限制，目前，社保网上业务仅限于单位申报参保及一些简单的查询功能，大量的业务只能到经办机构办理，未能实现远程操作，既耗时耗力，又不方便参保人，同时也增加了经办机构的工作压力。应积极拓展网上办事领域，将更多的经办业务转变为电子业务，从而拓展服务对象、服务领域、服务空间。建议开通"网上办事大厅"，将个人参保、医疗保险报销、工伤保险申报、失业保险待遇申领等社保业务的办理搬上网，实现网上咨询、登记、办理，参保人可不必排队久候，按要求到社保部门递交一次材料就可办结相关业务，参保单位及参保人拿着材料多次往返社保经办机构的局面将不再出现，从而大大缩短了办事时间，提高了办事效率，真正实现网络化、无纸化和快速化。另一方面，拓展网上办事功能，也能从制度上、机制上，防止暗箱操作、权钱交易及行政不作为等弊端。"网上办事大厅"业务系统应设置齐全的项目功能，合理的流程设置。同时要有先进的系统设计理念，首先应体现人性化，系统界面要做到美观、清晰，提示功能全面、易懂，操作步骤直观、明了；其次应符合标准化，资料录入简便、快捷，项目的名称及代码符合标准化要求，数据实现同步交换；再次是功能更优化，录入栏目全面、醒目，企业申报、查询、变更资料等业务功能齐备，适用于各类参保单位及参保人办理社保事务。

二是建立健全社保公共信息发布平台，整合各险种业务数据，形成规范的参保个人和单位信息集合。设立网上咨询、在线访谈、网上调查等互动栏目，使群众足不出户就可以了解社会保险最新政策。运用手机短信、电话语音提示等多种形式，不断开拓政务信息公开的新领域。

（二）以多平台延伸服务范围

随着社会保险服务对象的重点由单位转向个人，社会保险机构应重新审视管理服务工作，各项经办业务的实施与办理必须以如何才能为参保人提供优质、便捷、及时和高效的社会保险管理服务为出发点和归宿。应着力改变单平台服务模式，把街道、社区建设成为社会保障工作的前沿阵地，将社会保险经办业务下沉、延伸到街道、社区。

首先，应加大街道、社区平台建设力度，扩大功能，充实力量，将社会保险计算机信息系统延伸到街道、社区，使街道、社区真正成为登记参保、变更信息、政策咨询、社保管理等的基本平台。其次，可探索将社保业务中部分个人申办业务的受理延伸到社区，由社保协管员在社区受理后，集中到区社保部门办理，如协助受理自由职业人员各类社会保险业务的申请、协助受理失业人员办理享受养老保险待遇的申请、协助受理养老人员调整养老金发放机构的申请、协助催缴社会保险费等。这样不仅方便了老百姓，辖区企业也将成直接受益者，节约办理时间与交通成本。对于社保经办机构，则能将社保业务办理有效分流，缓解高峰期各办理窗口的拥堵现象。

（三）以标准化优化服务环境

深圳社会保险发展二十多年来，工作内容不断增加，工作手段不断改进，工作方法不断创新，经办机构队伍不断扩大，规格不断提高，职能不断拓展，社会保险经办工作越来越受瞩目，必须不断提高服务水平，改善服务环境，实行标准化服务，才能满足参保单位和参保人的多元需求。在标准建设上，硬件方面，应该注重体现以人为本、创新服务的理念，实行标准规范化，办事区域环境建设，做到区域清晰、标志醒目、功能完善、环境整洁、秩序井然、安全方便、舒适美观，包括服务柜台的高低、环境的大小、颜色，都应该有一个统一标准，体现一体化的整体设计，树立规范的服务形象。软件方面，首先应该对业务的操作进行标准化、量化。每个机构或者窗口都应该按照统一的标准和流程进行操作。其次应该有标准的服务工作制度，如窗口岗位职责、文明服务细则、定期学习制、监督评议考核制、失职追究制等制度，以制度规范窗口工作，树立标准统一的社保形象。只有不断提高标准，才能赢得老百姓的认可，也才能不断提高老百姓对社保工作的满意度。

（四）以扁平化创新服务模式

随着经济社会的发展，劳动用工形式不断转变，以及灵活就业人员和居民医疗保险的逐步推进，以单位为管理单元的模式已越来越不适应社会保险经办要求，员工个人办理社保业务的数量大幅增加。另一方面，因社保业务个案特点不同，参保人办理业务时往往有养老、医疗及工伤等方面的多种需求，现有的以险种设置业务窗口的服务模式已不能满足参保人的需求。因此，传统的单平台经办服务模式渐渐显露出不足与无奈，常常出现参保人抱怨等待时间长、工作效率低等情况，从而产生抵触不满的情绪，直接影响社保形象，降低社保机构应有的公信力。目前，社保管理机构在某种意义上已成为一个准金融机构，可探索借鉴金融机构柜员制管理服务模式，实行扁平化管理，培养"一专多能"的窗口工作人员，推行"一窗受理、高效运转、前后衔接、全程服务"的工作机制，才能不断满足服务对象的需求，提高社会满意度。

实行柜员制管理服务模式，将取得如下效能：一是将大幅减少办事人员在不同窗口的排队等候时间，缩短了办事时间，提高了工作效率，平衡了各岗位之间的工作进度，降低经办成本。二是打破了以岗位定流程的模式，各个岗位均处于同一个水平面上，具有相同的工作职能，消除了部门之间的行政界线，也向上弱化了一个层级，即原科长的行政职能，转化为业务上、技术上的监督、检查职能，使上一层领导的指令得以迅速传达。三是各个岗位从事相同的经办内容，形成组织环境相对简单，利于发挥扁平组织优势，方便对员工的绩效考核，量化经办的准确率、时效性、满意度等。

柜员制的管理服务模式实现了社会保险登记、申报、核定、收缴、记录、查询、发放及享受待遇人员"一条龙"服务，避免了办事群众在不同业务部门和业务窗口来回奔波的状况。但柜员制管理服务模式的实施，对社保经办机构将是一个巨大的挑战，应统筹安排好如下问题：分清柜员制服务窗口与后台的联系与区别，不能简单地将柜员制服务演变成收发资料的窗口，应下放管理权限，将业务工作全权委托给柜员制服务窗口，应将社保经办服务机构的各个服务窗口进行整合，重新成立一个新的部门，专职管理柜员制服务窗口和人员培训。柜员制管理服务模式的实施必须有相关的配备措施，如应建立前台柜员受理申报，后台柜员进行事中、事后集中复核，优良的稽核内控检查队伍，智能化的管理系统等机制及立体风险控制体系，保障柜员制正常运转。

工会工作篇

VOLUME OF TRADE - UNION WORK

把企业和员工团结在一起共渡难关

——深圳工会开展"企业爱员工，员工爱企业"活动综述

李系程　伍 兵*

　　摘　要： 2009 年，全球金融危机继续对深圳经济造成前所未有的冲击。深圳各级工会在市委、市政府的统一领导下，持续开展"企业爱员工，员工爱企业"活动，通过宣传造势和调查研究推进活动扎实开展，通过共创和谐行动稳定员工队伍，通过培训提高职工素质为企业练好内功，通过员工与企业同舟共济推动企业走向复苏。"双爱"活动成为深圳应对经济金融危机的一个独特举措，为这一非常时期的经济平稳发展和社会和谐发挥着重要作用。

　　关键词： "双爱"活动　共渡难关　独特创举

---

* 李系程、伍兵，深圳市总工会。

"在企业和职工遇到困难的时刻，工会不能袖手旁观"。2009 年初，全球金融海啸爆发，经济外向型特征突出的深圳遭遇到前所未有的冲击。在金融危机面前，深圳工会在市委、市政府的领导下，持续开展"企业爱员工，员工爱企业"活动，动员职工与企业同舟共济，共克时艰，通过"双爱"实现"双赢"，共创和谐劳资关系，谋求共同发展。"双爱"作为 2009 年深圳工会工作的主旋律，已成为深圳应对经济金融危机的一个独特举措，对推动深圳经济走出危机、走向复苏起了重要作用。

一　金融危机使深圳经济受到严重冲击

2008 年下半年，金融危机对深圳企业的影响开始显现与深化。首先是出口导向型企业遇到的生存问题。全球金融危机爆发后，世界各国经济下滑趋势势不可挡，各国政府为了维持本币汇率稳定，都有采取贸易保护措施的倾向。深圳属典型的外向型经济，大多工业产品用于出口，决定其受本次全球金融危机冲击更为突出和典型。一些中小企业生产的产品在既无科技含量又无价格优势的情况下面临困境。其次是资金链的问题。一些出口导向型企业的困难造成企业三角债无法偿还，致使上游企业陷入资金枯竭的困境难以周转；另一方面，低利率的情况下，银行惜贷，无利可图，不愿意承受风险把钱借给中小企业；企业没有资金就像动物没有血液一样难以为继。

据综合开发研究院（中国·深圳）组织专家调研企业近 300 家，涉及十多个行业的调查结果显示，深圳产品的出口地域集中在欧美地区，港澳、日本次之，其中欧美市场遭受冲击程度最为严重，市场萎缩最大。在受调查的企业中，出口下降的企业占 48.2%，出口上升的企业占 51.8%，而加工贸易企业受到更大的冲击。2008 年一般贸易处于亏损的企业占 4.3%，加工贸易处于亏损状态占 24.1%。调查显示，48% 的企业认为金融危机对企业自身发展影响严重。2008 年企业订单总额比上年增长 4.9%，第四季度出现快速下滑趋势，一些企业下降幅度高达 30% 左右，严重的甚至超过了 50%。72% 的企业在 2009 年订单形势不乐观，只有 9% 的企业表示 2010 年订单会稍有上升。综合开发研究院院长助理曲建教授的"全球金融危机对深圳企业的影响和内地承接产业发展的模式"的研究备受媒体关注。

在这场经济危机中，不同行业企业所受影响不同，制造业受影响程度约30%，服务业受影响程度约20%，批发零售、医药制品等行业基本不受影响；贴牌代工型的企业受影响大，品牌研发型的企业受影响小；出口企业及其配套企业受影响大，尤其是出口欧美市场企业受影响最大，而内销型企业受影响小。订单不足是企业面临的主要困难。全球金融危机降低了国际市场需求，打击了消费和投资的信心，造成了企业正常订单数量的骤然下降。从2009年订单形势看，七成的企业预测2010年订单形势不乐观，预计将有不同程度的下降。严峻的经济形势使许多深圳企业和员工都感受到经济寒意。

二 深圳市总工会率先发出同舟共济共渡难关的呼声

市总工会一直注意围绕市委、市政府的中心大局去开展自己的工作。市委、市政府号召全社会都要关心企业，支持企业，共同营造良好的营商环境。"促进企业发展，维护职工权益"是企业工会工作的原则。企业稳定发展是广大职工利益的依附所在，支持和促进企业发展是工会维护职工根本利益的前提。金融海啸爆发以后，市总工会密切关注这场危机对深圳经济全局的严重影响，并围绕应对危机找准自己的工作定位。市人大常委会副主任、市总工会主席许德森很早就告诫全会，工会组织在这个非常时刻要积极行动起来，发挥密切联系职工群众的组织优势，动员广大职工与企业同舟共济，共渡难关。

2008年10月初，在金融危机的影响刚刚显露时，许德森主席就主持策划以市总工会名义向全市各区各产业工会、各基层企业工会发出了《关于动员广大职工与企业同舟共济共渡难关的通知》，《通知》要求各级工会组织要充分认识动员职工与企业同舟共济共渡难关的重要意义。在企业遇到困难的时刻，工会不能袖手旁观。各级工会务必把动员职工与企业同舟共济共渡难关作为近期工会工作的重要任务抓紧抓好。《通知》要求各级工会组织要教育激励职工继续发扬主人翁精神，共谋企业发展。要教育广大职工正确认识目前金融危机对企业经营影响的严重性，要发扬工人阶级识大体、顾大局的光荣传统，始终以主人翁的姿态与企业共克时艰、共渡难关；要忠于职守，敬业爱岗，艰苦奋斗，齐心协力，自觉遵守企业规章制度，服从企业管理，圆满完成各项工作任务；要积极为企业发展献计献策，对企业管理模式、经营方略、工序改进等提出合理化建议，开展经济技术创新活动，进一步提高企业劳动生产率；要体谅企业目前存在的困难，做好过紧日子的准备，为企业分忧，维护企业正常运营；要依法理性维护员工合法权益，对有关工资福利和劳动条件等方面的意见建议，应及时主动向企业行政反映，合理表达诉求，以集体协商的方式解决，自觉维护企业和社会的和谐稳定。通知号召各企业工会要根据本企业实际，广泛开展"企业爱员工、员工爱企业"活动，创造和谐的劳资关系；要以"当好主力军、建功'十一五'、和谐奔小康"活动为载体，开展岗位练兵、技术比武等活动，激发和调动广大职工的创造热情和劳动积极性；要大力开展开源节流、节能增效的劳动竞赛活动，提高劳动生产率和企业效益；要发挥好劳动模范和先进工作者的模范带头作用，以他们敬业爱岗、无私奉献的高尚行为感染职工，为企业渡过难关作出榜样。

深圳工会这一首创性举动，很快在全国引起关注。中央政治局委员、中华全国总工会主席王兆国专门作出批示，高度肯定深圳工会充分体现了"促进企业发展，维护职工权益"这一基本工作原则，并由中华全国总工会向全国转发深圳工会通知精神。中华全国总工会在此基础上，发起了持续一年的"共同约定行动"，为全国工会组织在金融危机中定出发挥作用的着力点。

这一举措也得到深圳市委、市政府高度重视，市委、市政府决定以工会组织在深圳非公企业中连续开展多年的"双爱双评"活动为基础，在全市所有企业中发起一场更加深入广泛的"企业爱员工，员工爱企业"活动，号召企业和员工齐心协力、和衷共济、风雨同舟、共渡难关，通过"双爱"实现"双赢"。市委决定成立全市"双爱"活动领导小组，由市委常委李意珍任组长，市委组织部、宣传部、劳动局、民政局、交通局、文化局、卫生局、安监局、总工会、总商会、经资委、经贸局等部门参加，活动办公室设在市总工会。

通过各级工会组织的积极推动，"双爱"活动迅速得到了全市上下的积极响应。龙岗区总工会牵头起草了《关于进一步发挥工会在构建和谐劳动关系中作用的实施意见》，2008年11月，该《意见》以区委70号文下发。此举立即引起各方强烈反响。省、市总工会都予以高度评价，认为这是"全省以党委名义出台加强工会工作最实在、最多'干货'的一个文件，是全省第一个"，并将这份文件转发至全省各市（区）总工会参考学习。全国总工会《工会要情》第127期也对此刊发报道。

在市委、市政府的直接倡导下，"双爱"活动从主办单位到参与企业的数量和广泛度均前所未有，成为深圳应对国际经济危机的一个独特举措。

三　通过宣传造势和调查研究推进活动扎实开展

2008年12月，由深圳市总工会牵头，有富士康、沃尔玛、华为、盐田国际等知名企业参加的100家深圳企业和2000多名员工，在深圳莲花山广场举行声势浩大的"双爱"启动仪式，仪式内容是百家企业和众多员工在大会上作出公开承诺：互助互爱，齐心协力，共同抗击金融风暴，共渡难关，实现双赢。百家企业在他们的公开承诺中说："企业和员工从来就是一个利益共同体。以员工之心为心，以员工之身为身，视员工如亲人，才是企业发展的长远大计，在这一点上，谁能站得更高，谁就能看得更远。"员工们一致表示："企业的困难，也是员工的困难，唯有员工和企业积力所举，众智所为，才是走出困境的最佳途径，唯有同舟共济，共创和谐，才是实现员工和企业利益最大化的根本保证。"

"双爱"活动领导小组李意珍在活动中表示："开展'双爱'活动，就是希望在企业和员工之间搭起一座和谐与信任的桥梁，让'企业就是我的家，员工就是我的亲人'的理念深入人心，让'双爱'在全社会形成风气。"市人大常委会副主任、市总工会主席许德森表示，全市各级工会组织要进一步深入开展"双爱"活动，构建和谐稳定劳动关系，营造良好的经济发展环境，谋求企业、员工的共同发展，顺利渡过当前金融危机。公开承诺活动通过媒体广泛宣传，在全市造成很大影响。

宝安区总工会在宝安区都之都广场隆重举行"双爱双赢、共创和谐"百家企业公开承诺活动。1100余名企业代表、劳务工代表在承诺书前签名，许下"企业爱员工、员工爱企业"的庄严承诺。龙岗区总工会迅速组织了三场"双爱"工作现场会，同时开展"百家企业公开承诺"活动，罗湖、福田、南山等区工会也举行一系列宣传造势活动，把"双爱"的目的意义和相关要求传达到基层。许多企业也以不同形式举办"双爱"活动的宣传造势活动，把"双爱"的要求普及到员工中，动员员工广泛参与到活动中来。

为了加大"双爱"活动的宣传力度，市总工会专门在深圳电视台和《深圳特区报》开辟版面，集中报道各区、各骨干企业开展"双爱"活动进展情况。

从 2009 年 1 月到 4 月，深圳特区报共发了"双爱"活动的版面 28 个，近 13 万字，造成强大的新闻舆论声势。市总工会还在全市 30 多条重要公交线路做"双爱"活动的车身公益广告，带有"企业爱员工、员工爱企业，同舟共济、共渡难关"的巨幅红色标语的公交车走遍全市大街小巷。宝安区的《宝安报》、龙岗区的《深圳侨报》也开辟相应专栏，报道"双爱"活动消息。许多企业利用宣传专栏、企业内刊、企业内网等载体开展"双爱"活动宣传。由于领导重视，多方配合，全市很快形成了浓厚的"双爱"活动舆论氛围，"双爱"活动宣传成了深圳金融危机期间的时代强音，成为经济寒冬中一股难得的温暖力量。

为了使"双爱"活动深入扎实开展起来，各级工会抽调力量，对金融危机给深圳企业和员工带来的影响进行专题调研，为应对危机寻找对策。罗湖区总工会根据区委要求，组织人员走访了众多企业，与各层次的员工进行座谈，掌握了大量一手资料，形成了《关于当前经济形势对罗湖职工权益的影响及工会的对策分析》的调查报告，报告分析了当前经济形势对罗湖的影响，对企业用工的影响，对员工权益的影响，以及新形势下劳动争议的主要特点，提出工会的对策。这份报告数据翔实，分析准确，思路清楚，措施有力，受到区委领导的高度赞扬，区委区政府专门开会对区总工会的建议进行研究。充分利用连心网、QQ群，及时收集员工生活工作状态信息，了解他们的思想动态，畅通员工权益诉求表达渠道，及时掌握信息并上报区委区政府。南山区副区长、总工会主席王东带领区总工会机关干部深入企业，主动了解企业，尤其是密集型企业的经营状况，把协调劳资纠纷放在第一位，推进维权机制建设。盐田区总工会建立了动态跟踪机制，对其中的重点企业、重点行业实行重点监测，及时掌握金融危机对辖区企业和员工队伍的影响。龙岗区总工会启动"走千家企业访万名员工"活动，区、街道和社区三级工会组织走访 1000 家企业、派出 1 万份调查问卷、送出 2 万份宣传学习资料、张贴 5000 份海报，以求更好地帮助企业渡过难关，维护员工合法权益，每一次走访都能为企业解决一件难事，为职工办成一件好事。通过走访，及时发现劳资关系中存在的突出问题，改进和完善工会工作的不足之处，研究探索保持职工队伍稳定、巩固工会维权阵地、促进劳资关系和谐发展的长效机制。通过走访活动，了解企业状况、了解员工诉求、化解一批矛盾、普及劳动法律宣传、改变工作作风的目的，为区委、区政府决策提供有益的参考。

四 共创和谐行动稳定员工队伍

艾美特电器（深圳）有限公司现有员工8000余人。2008年10月份之后，公司业务受金融危机影响，外销单锐减，欧美市场更是少了50%，生产线的缩减直接造成1500名员工闲置，一些员工看到每天都有其他企业工厂的员工一批批往外走，打电话回老家，家里也是说"谁谁又提早回村了"、"广州火车站回去的人已经和春运一样多了"之类的消息，所以整天担心公司会裁员。面对员工的猜测和不安，艾美特工会主席张万全找到了公司总经理杨浴复，认为企业不能把问题推向社会，反而可以利用金融海啸的空当，全面培训闲置员工，为员工"补课"。他和老板说，如果公司裁掉这1500名员工，将要为此支付一笔不菲的劳动赔偿金，而员工出去找不到工作将会给社会稳定带来不利影响；另一方面，很多员工都是在厂里工作了6年以上的老员工，公司对其品质和能力都十分了解，况且公司的内销市场已占40%以上，金融危机也总会过去，春节之后又将会进入生产旺季，届时又需招新员工，还得再进行业务培训。艾美特高层采纳了张万全的意见，不裁掉一名闲置员工。一场大规模的培训在企业工会的组织下全面在艾美特展开。除了开展了大量的业务技能培训，还组织了安全生产知识培训、职业卫生知识讲座、食品药品卫生与监督知识讲座、安全与应急自救知识讲座、法律法规讲座及考试，以及广播体操训练等全面提升员工整体素质和增强凝聚力的各类培训。所有员工都没想到企业在困难时期仍一如既往地善待员工，用培训代替裁员的举动给每位员工莫大鼓舞，也使员工对公司有了更深感情。

企业由于订单减少，资金紧张，经营困难，可能会采取裁员、减薪的方式来降低成本，转嫁危机。市总工会认为，金融危机造成的困难，不能最终由牺牲广大职工的权益来买单。因此，作为工会组织，在金融危机中，首要任务要倡导关爱员工，维护职工合法权益，千方百计稳定员工队伍，稳定了员工就稳定了大局。进入2009年后，市总工会开展了一系列以"双爱双赢，共创和谐"为主题的活动，要求各级工会到企业去，要动员企业不到万不得已不裁员，即使裁员也要尽量少裁，而且要给辞退者足够的补偿，以促进企业平稳健康发展。市总工会向145家具有较大社会影响的重点企业发出了集体协商要约，在包括富士康、盐田国际、沃尔玛等著名公司开展工资协商并签订员工工资与企业发展同步增长的协议。集体协商为劳资双方协调沟通搭建了很好的平台，稳定了企业劳动关系。市总工会出资聘请律师事务所帮助职工依法维权以来，代理职工维权案件已达1132宗，涉及职工3610人，涉案金额达9733万元。

为了增强维权的力度和广度，龙岗工会先后与司法局合作成立了法律援助中心，免费为劳务工打官司；区总工会设立了全市首家工会综合服务大厅，还建立了工会维权报告制度，考察基层工会作用的发挥情况。截至2009年底，全区工会共参与处理劳资纠纷4262起，涉及职工21087人，其中独立协调解决1514起，涉及职工5998人。特别是有效提前化解了几宗影响较大的劳资纠纷案件，如横岗阳光塑胶厂认证纠纷案、基士顿阀门劳资纠纷案等。这个区的宝龙社区工会参与处理160宗案件，涉及人员1225人，金额837万元，调解成功率达98.2%，结案率达100%，社区基本上实现了"四无"：无积压纠纷、无"民转刑"案件、无群体性械斗、无群体性上访，没有发生一起越级上访，基层工会的一线作用得到了充分体现。

福田区总工会大力开展集体合同要约谈判行动，建立阳光和谐双赢的劳动关系，签订集体合同341家，覆盖职工49254人；签订工资集体协商107家，覆盖职工10590人；他们组建"律师团"、"讲师团"，聘请10名优秀法律工作者，免费为职工提供援助，维护职工权益。南山区总工会把协调劳资纠纷放在第一位，推进维权机制建设。他们在全区推广劳动争议预警机制，对企业实施了劳资关系四级档案制度，即分别以绿、蓝、橙、红四色档案来区分企业劳资关系的和谐程度，对劳资关系紧张的橙、红色档案企业予以着重关注，采取重点预防，提前排解矛盾，实行维权工作月报表制度，重大劳资纠纷分片包干制度，并在全省率先成立了街道劳动争议调解中心，使全区劳动争议调解提效提速。

盐田区总工会对于破产关闭和欠薪逃匿导致的欠薪现象，区总工会积极配合政府做好员工的权益维护和安抚解释工作，帮助员工追回欠款，垫付欠薪，有效维护了辖区员工队伍的整体稳定。区总工会在各街道设立了维权工作站，在各社区、各工业区开设了维权工作点，在各企业设立了维权工作信息员，开设了24小时维权热线电话，建立了完善的维权信息传递网络和劳资矛盾突发调处机制。区总工会会同区人力资源部门组成调研组，深入指导企业开展集体谈判，签订劳动合同，力推企业和职工双方信守劳动合同，促进企业劳动关系的和谐稳定。

蛇口工联会下属的132家基层工会中，实行劳动合同制度的覆盖率为

100%，职工劳动合同签订率100%，覆盖职工4.32万人。蛇口工联会还把积极建立平等协商机制、签订集体合同工作作为工会源头参与、依法维护工作的重中之重。目前集体合同有效的企业72家，集体合同覆盖职工33749人，占职工总数的78%。

企业当中最不可或缺的"人"就是员工，只有员工与企业心心相印，企业才能兴旺发达。尤其是在困难的形势下，企业和员工通过"双爱"实现"双赢"，共创和谐劳资关系，谋求共同发展。在"双爱"活动中，许多企业把困难时刻善待员工看做是以人为本管理理念的一次实践。他们认为，员工多年来为企业创造了财富，现在不能因为企业困难把他们一推了之。深圳领威科技有限公司受金融危机冲击较大，企业按不裁减一个员工的原则，根据生产经营状况，分批安排员工离岗放假，或协助分流上岗。对于需离岗放假的员工，领威科技依法发放停工放假期间的保障工资，并与员工达成协议，留下其详细有效通讯方式，保证按时返厂上岗。部分基层员工返乡路途遥远，企业还鼓励放假员工提前预支放假工资500元。对家庭经济困难且不愿立即返乡的员工，领威科技鼓励并协助其到关联公司工作。

理光越岭美（深圳）科技有限公司有员工近1400人。自2008年美国次贷危机爆发以来，劳资双方的矛盾易激化。在这种形势下，理光越岭美工会委员会讨论决定，正式实施"工会委员接待日"制度。每月两次，收集工会会员和全体员工对公司制度、管理和福利相关意见和合理化建议；及时发现并尽快解决问题，稳定员工心理，并保障员工合法权益。深圳翠安实业公司是一家拥有500名员工的连锁服务型民营企业。在危机中公司主动实行"工资增长机制"，规定凡是做满一年的员工，其基本工资在原有基础上增加100元。

各级工会还特别关注受金融危机影响而造成生活困难的员工。市总工会派出工作人员组成6支"送温暖行动队"，为1039户困难职工和重病特困的农民工送去208万元慰问金。根据金融危机影响实际情况，市总工会对慰问金标准进行了调整，将2002年以来的1500元/户提高至2000元/户。罗湖区总工会与就业保障部门联合，通过各种渠道挖掘就业信息，举办专场的就业招聘会，为失业职工提供免费职业介绍，举办免费的知识技能培训，增强其就业能力，全年联合举办15场就业招聘会，提供1.5万个就业岗位，达成就业意向7500人次。

龙岗区总工会牵头举办了"关爱职工、服务企业"专场招聘会，提供招聘职位 5000 多个，帮助 2000 多名下岗职工和外来劳务工实现再就业。在工会送温暖活动中，重点帮扶受当前经济形势影响而发生困难的职工。全区困难职工帮扶共计 753 人次，慰问金额 75.79 万元。宝安区新安街道总工会千方百计为在金融危机冲击下陷入困境的员工送去温暖，保证他们在困难中能生活下去。他们依托街道困难职工帮扶指导中心对全街道困难职工进行排查，建立档案，认真抓好送温暖慰问活动，建立节日扶助与重大疾病临时救助相结合、物质扶助与精神扶助相结合的制度，重点对特困、重大疾病以及单亲家庭员工进行扶助，全年共扶助困难员工 286 人次，发放慰问金 340630 元。

福田区总工会完善帮扶体系，专门设立了区总工会解困济难资金，按时从工会经费中拿出 10% 救助外地来深困难劳务工，帮助他们解决子女失学、重大疾病等生活困难。华侨城集团工会把服务员工、关爱员工工作提上一个重要工作日程，他们采取企业出一点、工会出一点、职工个人出一点的办法，由企业建立职工互助基金，帮助职工解决重大生活困难；推行困难职工医疗互助保险，由工会按标准对低收入及重大疾病职工定期投保，解决就医难、子女入学难、住房难的问题。

"双爱"活动全面开展，有效抗击金融危机对深圳劳动关系的影响，为在困难时期建立稳定和谐劳动关系打下了牢固的基础。据统计，2009 年深圳劳动纠纷争议案显著下降，重大劳资纠纷、劳动争议案件、涉及人数等都有所减少。2009 年 1~9 月，市劳动保障信访部门受理的群众来信来访量同比减少 22.1%；全市劳动保障监察部门处理的重大劳资纠纷降幅达六成；全市各级仲裁机构受理的劳动争议案件、立案数和涉及人数，同比分别下降了 12%、15% 和 59%。尤其是第三季度，劳动争议案件立案数及涉及人数同比分别下降 38% 和 55%；因劳动报酬和解除劳动合同索要经济补偿金引起的劳动争议案件同比分别下降了30% 和 24%。

五 通过培训提高职工素质为企业练好内功

宝安区新安街道肯发公司受金融危机影响，企业开工不足。员工黄世平想方设法利用加班不多这段较为闲暇的时间参加技能学习，每天一下班顾不上吃饭就匆匆忙忙坐车赶往学校，放学之后回家还在台灯下反复练习。正是充分利用了这段工作较为宽松的时间顺利考取了国家劳动局所颁发的两项技能资格证书，后来还获得了入户深圳指标。

企业订单下降开工不足，一些企业给员工支付基本生活费放假，一些采取轮岗轮休的办法减少员工劳动时间，员工富余的时间怎么办？市总工会认为，金融海啸总有过去的时候，各级工会正好利用这个机会帮助员工苦练内功，提升员工劳动技能，提高职工队伍素质，为未来经济形势好转做好人力资源的准备。因此，他们以前所未有的力度倡导企业开展员工学习培训，成为深圳各级工会应对金融危机的一道亮丽的风景线。

市总工会率先加大投入，三年拿出1.5亿元帮助企业开展职工培训，成立了全省第一家由政府批准、有政府机构编制的"深圳市总工会农民工学校"，形成了市、区、街道三级培训网络，建立了一批全国、省级"职工书屋"示范点，通过"素质教育进社区"、"农民工周末大讲堂"等活动培训农民工500多万人次，"圆梦计划"更是为2000多名农民工提供了免费上大学的机会。到2011年底，全市将培训职工300万人次，培训班组长3万人次，帮扶困难职工（农民工）参加免费学历教育和技能培训5000人次；建立健全覆盖市、区、街道、企业四级的培训网络，建立200个职工教育培训示范基地；建立完善工会经费投入职工培训的长效机制，努力实现全市职工队伍整体素质的全面提升。深圳创维—RGB电子有限公司等50家被授予"深圳工会大学校职工培训示范基地"称号的企业（单位），分别得到20万~100万元不等的补贴经费。全市许多企业对自金融风暴以来市总工会一系列活动交口称道。

在市总工会的示范带头下，全市各级工会纷纷行动起来，抓住企业任务不饱满、员工加班不多的时段，大力开展职工培训活动，着力提升职工素质，为企业顺利度过金融危机和实现平稳发展打造一支高素质、高技能的职工队伍。盐田区总工会以深圳市第一家劳务工学校——盐田区劳务工学校为教育平台，大力开展劳务工教育培训工作，陆续开办了物流、电脑、报关员、酒店服务业等多个技能培训教育班，共培训外来劳务工500多名。同时，认真开展学历培训教育，与市职工继续教育学院合作，先后开办了物流、会计两个免费中专学历班，圆了100多名外来劳务工的中专读书梦。为了使更多劳务工获得学习和培训的机会，盐田区总工会还免费培训1000名以上劳务工，并被列入区政府2009年为民办十件实事项目。宝安区总工会加强职工教育阵地建设，逐步建立并完善了区、街道、社区、企业四级培训网络，加大了对职工岗位培训、技术技能培训和各类适应性培训力度。

从 2008 年金融危机爆发以来，宝安区总工会共举办 50 多期培训班、专题讲座和宣教活动，委托社会办学机构举办培训班 15 期，仅区总工会投入职工专题培训的经费就达 200 多万元。各街道、社区，工会联合街道成人学校、成人夜校等社会办学机构共同组织对劳务工的培训班，在非公有制企业通过开展"创建学习型组织、争做知识型职工"活动来开展对劳务工的教育培训。全区开展"创争"活动的企业有 6000 多家，通过"创争"活动教育培训职工近 200 万人（次）。天惠有机硅公司工会和中粮大洋开发区工会等与相关高校、市总职工继续教育学院联合开了学历教育培训班，利用职工的业余时间进行网络远程教学，为职工取得学历教育牵线搭桥。据不完全统计，区、街道、社区、企业工会四级共举办不同类型的培训班 19301 期，共有 350 万人（次）参加了培训学习。总工会联系区其他部门开展"六送"活动，即送书、送法（法律宣传和咨询）、送戏（文艺演出和电影）、送心理健康（咨询）、送技能（生产生活常识和职业技能培训）、送温暖（帮扶特困、重病员工）等等，为区内的员工和企业送上真诚的关怀。区总工会为各街道总工会、工委会、基层工会送去一批与劳务工工作、学习和生活相关的书籍，共 186.2 万册。南山区总工会依照市总工会的统一部署，在全区开展为期三年的职工素质培训专项工作。区总工会和各街道总工会一起，联系了多家培训机构，根据企业和职工的需求，由区总工会和培训机构进行有针对性的培训，如餐饮行业以礼仪为主、零售业以销售技巧为主、高危行业以安全规范为主，职场心理、个人形象设计、营养健康等公共课程也大受欢迎。在将免费讲座送到企业的同时，区总还开展了由工会企业员工自主申请报名的个人技能提升培训，2009 年共开展培训讲座 129 场，有 356 家企业参与，培训职工 9780 余人，培训资金达 200 万元。

金融危机也为企业提升员工素质提供了契机。深圳南方中集集装箱制造有限公司 2008 年下半年以来订单萎缩，面临危机和短暂的业务低潮，该公司工会配合企业有组织、有计划地开展员工素质培训工作，增强员工的整体素质，推动公司管理变革、技术创新及多种经营，提升整体竞争能力。尽管公司的订单减少了，但是对于培训基础设施建设的力度却加大了。在培训的硬件方面，投入 50 余万元，对公司的焊接技工培训基地进行扩建，占地面积扩大一倍，达到 600 平方米。在培训的软件方面，加强公司培训中心建设，完善培训教师队伍，2008

年培训中心共组织各类员工素质培训286项次，培训人数15925人次，培养合格技能工人1150余人，费用开支近200余万元。该公司下属服务公司针对基层管理人员的管理素质及业务水平有限的问题，为其安排相关管理拓展及业务能力培训，通过体验式教学、野外拓展活动等，使他们在人员管理、任务分配、沟通协作等方面收获颇丰，大大提升了服务公司整体管理水平和客户满意度，增加公司市场占有率。

六　员工与企业同舟共济推动企业走向复苏

深圳各级工会一方面动员企业关爱员工，稳定队伍，另一方面动员员工关心企业，忠于职守，敬业爱岗，艰苦奋斗，齐心协力，遵守制度，服从管理，圆满完成各项工作任务，与企业共渡难关。其成果则在此次金融海啸的猛烈冲击下得到了突出体现。经济寒冬之下，企业关爱职工、职工关心企业的良好氛围正在成为一股难得的温暖力量，为这一非常时期的经济平稳发展和社会和谐发挥着重要作用。不少实施较好的企业尽管订单量锐减，但不仅没有出现裁员情况，反而短时间即逆转形势，有些企业效益甚至还逆市上扬，经受住了考验。

"我们希望把金融海啸作为公司二次腾飞的起点。"艾美特电器（深圳）有限公司工会主席张万全说，中国有句俗话，叫"以心换心"，由于企业在危机时候不仅没有裁员，还管吃管住、照发每月基本工资，因此自公司恢复生产后，动员员工不要加班费、淡季调休等开源节流等要求，得到了员工的理解和响应。

宝安区由总工会牵头，在全区企业开展以"增产节约、增收节支"为主要内容的劳动竞赛活动，"我为企业发展献计策"的合理化建议活动，动员各企业工会积极组织员工为改进企业工序、生产流程等提出合理化建议。该区新安街道总工会2009年4月份举办了"我与企业共命运、我为企业作贡献"的演讲比赛，得到企业与企业员工的大力支持。他们共发放《我为企业发展献计策》表格3000份，收到合理化建议2000余条。南山区总工会开展"十佳企业"、"十佳员工"评选，开展劳动技术创新和劳动竞赛，树立和表彰一批"工人先锋号"，使员工在技术革新、创新、为企业献计献策方面真正发挥了工人的先锋作用。

肯发公司工会号召员工为公司渡过难关贡献自己的力量，从开展"节约一滴水，再省一度电"万人签名，到"向陋习告别"征文比赛，培养员工们节能降耗习惯，在休息时刻办公室及时关灯，电脑在非工作时段及时关机，用水完毕及时关闭水龙头，在饭堂吃饭适量打取饭菜，尽量减少空调的使用次数，尽量减少打印文件，尽量减少用车，尽量不使用电梯，纸双面使用、回收再利用、无纸化办公，在洗手间建立小水池，将洗手的废水回收，用来冲厕所，每天回收利用水258吨。

高新奇公司工会主席柳正东向员工动员说，公司承诺不减薪，不裁员，我们也要与公司同舟共济，共渡难关。公司目前的困难是生产任务不足，我们要利用自己的各种社会关系，为公司拉单，为公司拉订单也就是为自己保工作。许多平时只顾埋头岗位生产的员工听从工会号召想方设法为企业找门路，积极挖掘自己的社会关系，为公司联系生产加工业务。制造部蒋林刚、苟炳刚等到石岩、到东莞找以前的老同事老朋友，联系到200多万元的芯片插件生产订单。据公司统计，这半年来，由工会动员员工拉回来的订单就占了公司生产任务的三分之一。工会与企业同舟共济，创造了在危机年代逆市扩张的奇迹。到2009年下半年，公司的生产订单已超过历史最高时期，公司不得不扩招近千名新工人以完成交货任务，预计2009年销售总额将比往年增加30%。

面对金融海啸的冲击，联丰表壳厂工会向全厂员工发出倡议，动员大家提高物料的利用率，对旧的、废弃的物料进行改造和加工重新使用，避免浪费，几个月下来，共节省物料消耗数百万元。企业改革了部分生产部门的生产模式，大部分生产部门实施承包计件模式，虽然会辛苦一些但得到了员工的普遍支持。新的办法实施后，员工的生产效率大大提高，加班时间减少，从而节约大量的资源投放，企业的产出提高，员工的收入也大幅度提高。

"双爱"活动成果在此次金融海啸的猛烈冲击下得到了突出体现。经济寒冬之下，企业关爱职工、职工关心企业的良好氛围正在成为一股股温暖的力量，为这一非常时期的经济平稳发展和社会和谐发挥着重要作用。不少实施较好的企业尽管订单量锐减，但不仅没有出现裁员情况，反而短时间内即逆转形势，经受住了考验。全市主要经济指标在危机中逆市上扬，增幅达10%以上，受到省委领导的高度赞扬。

大萧条时期美国劳动关系
调整给我们的启示

王同信*

摘　要：我国当前的经济社会发展状况与美国20世纪二三十年代相比，有着太多的相似之处。为了应对当前国际金融危机给我国带来的日益严重的影响，更着眼于危机之后我国劳动关系的长期稳定。本文研究借鉴美国大萧条时期劳动关系调整带给我们的历史经验，思考探讨强化劳动法律的实施，把劳动关系领域中的矛盾、冲突和问题，置于一个有序可控的范围内，为战胜经济危机，实现经济社会长期稳定发展的内在关系。同时提出当前经济形势下对深圳劳动关系发展的建议。

关键词：美国经济危机　劳动关系调整　借鉴启示

2008年金融海啸引发的全球经济衰退，让我们联想起20世纪30年代美国同样波及全世界的经济大萧条。在那个危急时刻，罗斯福百日新政应运而生，力挽狂澜，其中的劳动立法更奠定了美国现代劳动关系的基石。回顾这段历史的经验和教训，为我们应对当前的经济衰退，把经济增长转向以扩大内需为主要动力的轨道上，具有一定的借鉴意义。

一　经济危机给劳动者带来的灾难

以1929年10月29日纽约股市崩盘为标志，美国爆发了人类经济发展史上

---

* 王同信，深圳市总工会。

迄今为止最为严重的经济危机。这场危机迅速蔓延，形成整个资本主义历史进程中持续时间最长、财富损失最重、影响程度最深的经济大萧条。在这次危机的头3年，共有5000家银行倒闭，由此造成的恐慌又加剧了大萧条，并给实体经济造成灾难。1929～1933年四年间，美国经济彻底瓦解了，国民生产总值减少了40%，失业率达到24.9%。国民经济的每个部门都受到了相应的损失，至少有13万家企业倒闭，汽车工业下降了95%，通用汽车公司的生产量从1929年的550万辆下降到了1931年的250万辆。1932年7月，钢铁工业仅以12%的生产能力运转。到1933年，工业总产量和国民收入暴跌了将近一半，商品批发价格下跌了近1/3，商品贸易下降了2/3以上；占全国劳工总数1/4的人口失业。高达一半的美国家庭主要劳动力失业或收入锐减，1/3的人口缺衣少食。1929～1939年这十年，由于大危机之后的长期萧条，经济几乎没有什么增长，1939年国民生产总值比1929增长不足0.1%。

大萧条给劳动者带来了深重的灾难。1932年，被美国现代史称为最惨的一年。据美国现代史记载：千百万人只因像畜生那样生活，才免于死亡。宾夕法尼亚的乡下人吃野草根、蒲公英；肯塔基州的人吃紫罗兰叶、野葱、勿忘我草、野莴苣等专给牲口吃的野草。城里的孩子妈妈在码头上徘徊等待，一有腐烂的水果蔬菜扔出来，就上去同野狗争抢。蔬菜从码头装上卡车，她们就跟在后边跑，有什么掉下来就捡。1932年10月纽约市卫生局报告说：公立小学生有20%营养不良。在俄亥俄、西弗吉尼亚、伊利诺伊、肯塔基和宾夕法尼亚各州的矿区，营养不良的儿童有时达总数90%以上，他们的症状是"思睡、发懒、困倦、智力发展受阻"。有一位教员劝一个小女孩回家去吃点东西，孩子回答说"不行啊，我家是轮流吃饭的，今天该我妹妹吃"。成千上万的失业者沦落为流民。1932年，有200万美国人在四处流浪。在芝加哥市，近200名妇女在格兰达公园和林肯公园露宿。她们一无窝棚，二无铺盖，什么遮身保暖的东西也没有。

造成如此惨景的真正原因在哪里呢？20世纪20年代所谓"新世纪的繁荣"，由于有了大规模生产技术，工人每小时的生产率提高了40%。资本和生产规模急剧扩张，要求消费者的购买力也要相应提高，但是在这一时期，工人的收入并没有随着生产力的提高而相应增加。1923～1928年，投资收益指数从100增长到410，工资指数仅仅从100增长到112。国民收入的增长能够用于消费的，实在少得可怜。在黄金时代的 1929 年，据布鲁金斯研究所的经济学家计算，一个家庭要想取得最小限度的生产必需品，每年要有 2000 元的收入才行，但当年美国家庭 60% 以上达不到这个数字。一句话，购买力跟不上商品产量，资本与劳动、生产与消费严重失衡。劳动与资本的尖锐对立使得所谓的经济繁荣缺乏了坚实的基础，造成了一面生产过剩、一面啼饥号寒的矛盾现象。大萧条时期黯然下台的胡佛总统后来不得不承认：终结了一个繁荣时代的这场崩溃，其主要原因是，工业没能把它的进步传递给消费者。

二 罗斯福新政的劳动立法

1933 年 3 月 4 日，弗兰克林·罗斯福宣誓就任美国第 32 任总统。当天，全国所有的银行几乎都关闭了，胡佛总统惊呼："我们再也没办法了"。罗斯福的就职演说以"这是一个民族献身的日子"开场。美国现代史上著名的百日新政就此开始。罗斯福说"如果失败，我就是美国的末代总统"。

面对银行关闭、企业破产、百业凋零的局面，罗斯福认为，是邪恶的垄断资本造成了这一切。因此，一定要为美国人民实行新政。新政来了个 180 度的大转弯，以前所未有的国家干预，介入社会经济的再生产过程，打破垄断资本对经济生活各方面的控制。面对数千万民众贫困潦倒、需求不振的状况，罗斯福指出，在一半繁荣一半破产的国家里，是不能达到持久繁荣的。因此，新政在劳动关系领域以立法手段，力图打破资本对劳动关系的绝对控制，调整国民收入的分配和再分配，规范和引导劳动关系。新政时期的劳动立法，包括全国工业复兴法、社会保险法案、全国劳工关系法案、公用事业法案、公平劳动标准法等立法，创立失业保险、老年保险、最低工资标准、按收入和资产的多寡而征收的累进税，保障工薪族的经济安全。这些劳动立法对推动工资增长、扩大需求、缓和资本与劳动的对立发挥了重要的作用，并奠定了美国现代劳动关系的基石。

1933 年 6 月 16 日，罗斯福上台刚刚过了百日，美国国会通过《全国工业复兴法》，这是新政最早涉及劳动关系的一部法律，为此成立了全国复兴总署。《全国复兴法》在两个方面对后来的劳动关系立法产生了重要影响，一是为了保障更多的工人就业，强制性地限制工时，规定产业工人每周工时为 35 小时，最低工资每小时为 40 美分。为了推动工业界实现再就业和保障工人的基本利益，复兴总署独出心裁地设计了一种"蓝鹰"标志，专门发给那些响应政府号召、承诺执行《全国复兴法》的企业。复兴总署还发起了大规模的群众集会和蓝鹰游行，并向全社会征集蓝鹰之歌。二是该法第 7 条第 1 款规定"受雇者有权通过他们自己选择的代表组织和举行劳资谈判。在任命代表时，他们将不受劳动雇主或代理人的干涉、限制和压制。"这虽然是一个很笼统的条款，但很明确地表明政府支持工会的态度，美国工会的领导人认为这个条文的重要性不亚于林肯解放黑奴的宣言。《全国复兴法》本来是为复兴工商业制定的，没想到倒是促进了工会的发展。在罗斯福签署这个法案以后还不到三周，联合矿工会退会工人就有13.5 万人重新入会，1934 年初，会员甚至增至 40 万人。不到一年，国际女衣工会会员就增至 3 倍，共有 20 万人，后来在 1939 年还超过 40 万人。

《社会保障法》是新政最重要，影响最深远的一部法律，尽管大多数欧洲国家、英联邦成员以及几个南美共和国都在 20 世纪初采用了强制养老保险制度，但美国是在大萧条以后才认识到了社会保障的意义。因为大萧条的冲击把失业、养老等这样一个长期问题转变成一种急迫的悲惨境遇，以前由民间和政府承担的救济和保障任务已不堪重负。基于欧洲所树立的榜样、社会主义的挑战、被大萧条所激活的社会良心以及企业不应该在繁荣时期为了巨额利润而剥削劳工，然后把失业和榨干耗尽的老人等全部重担扔给社会的现实，1934 年 6 月，罗斯福着手起草《社会保障法》，并于 1935 年 8 月 14 日通过。该法一是建立了由联邦政府直接掌握养老金制度，对于年老贫穷的 65 岁以上的人，由联邦政府与州政府各负担 50%。二是为那些已经丧失劳动能力或者在养老金体系之外的单身母亲、儿童和残疾人提供补助金。三是启动了失业保险，政府对雇主征收 3% 的联邦薪资税。《社会保险法》是该届国会上争辩得最激烈的问题。共和党人表示坚决反对，他们说，如果政府提出的法案得到通过，子女就将不再赡养父母，工人也将因征收工资税而心灰意懒，辞工不干，而且整个来说，采取这样的措施，将会失去"生活情趣"。罗斯福在他的余生中一直觉得，《社会保险法》也许是他在立法方面最大的成就。此后，美国逐步建立起了一套完善的社会保障体系，其制度范围涵盖了社会保险、社会福利、社会救济。其中最重要的社会保险包括了养老保险、医疗保险、失业保险和工伤保险。社会保障被视为美国社会安全的保护器，它一方面保护了其社会生产力的发展，另一方面调节了美国社会各阶层及利益集团的关系。

1935 年，纽约州参议员瓦格纳对罗斯福说，除非提高工资，让工人们买得起自己所生产的商品，否则大萧条的惨状就不会消失。罗斯福总统于 1935 年 7 月 5 日签署了《瓦格纳法》，又称《全国劳资关系法》。该法规定，雇员有组织工会、同雇主集体谈判的权利；雇主不得干预、压制雇员行使此种权利，不得禁止罢工，不得歧视工会会员；设立全国劳工关系局，负责本法案的实施。《瓦格纳法》是罗斯福"新政"的主要法案之一，它被称为工人的大宪章。在某种意义上讲，这是新政期间通过的最激进的立法，因为它通过赋予组织起来的劳工以经济和政治力量因而从根本上改变了全国的政局。同罗斯福的大部分改革方案和救济计划不同，这项法案正击中了劳资关系的要害，从根本上促进了建立强大的工会。

最后一个新政法案是《公平劳动标准法》，规定每小时的工资最少四角钱，每周最多工作 40 小时，加班工资加半，禁用 16 岁以下的童工。雇主最初可以每小时只给工资二角五分，八年内逐步到达法定标准。这样的法案，现在看来对老板并不苛刻。可是《公平劳动标准法》1937 年初向国会提出之后，同其他新政立法一样引起激烈的辩论。双方的焦点是在劳动关系领域，国家有没有权力制定最低工资、基本工时和社会保障的法律，而其实质是国家要不要对劳动者进行保护。保守主义者从经济自由的立场出发，认为契约至上，国家没有权力干预私人间的经济往来。但新政秉承了 20 世纪初以来美国进步主义的立场，在劳动关系这样一个最基础的社会关系中，通过立法来体现了对弱势群体的保护，实现社会公平正义。从 1935 年开始，代表保守势力的美国最高法院，连续否定了 11 部新政法案，1936 年 6 月，最高法院否定了纽约州最低工资标准法案，实际上也把各州的最低工资标准否定了，使双方的争论达到了高潮。但是，代表着社会公平正义的新政法案，最终在国会得到了多数的拥护。1938 年 6 月，罗斯福签署了《公平劳动标准法》。

事实证明，罗斯福新政中的劳动立法，在经历最严峻的经济大萧条，国家面临生死存亡之际，缓和了阶级矛盾，达到了"磨损劳工运动的激进锋芒，并将其纳入民主党改良政策的轨道"的目的，而且最大限度地激发了广大劳工的工作活力，为国家经济的复兴奠定了基础。罗斯福新政很快将美国带出大萧条的泥沼。从 1935 年开始，美国几乎所有的经济指标都稳步回升，国民生产总值从 1933 年的 742 亿美元又增至 1939 年的 2049 亿美元，失业人数从 1700 万下降至

800 万。"新政"通过救济和"以工代赈"政策、《社会保障法案》、《公平劳动标准法》等措施，在提高低收入群体收入、缩小社会分配差距、促进需求增加、促使美国向福利化社会转型方面发挥了重要作用。不仅如此，一个也许是出乎当时法律制定者意料之外的事实是，此后的七十多年，是美国工资增长最快的时期，也是经济发展最快的时期。在 20 世纪 40 年代以前，美国和西方国家曾经周期性的发生"生产相对过剩"的经济危机，在 40 年代后，这种经济危机则不再明显出现，而恰恰在这个时期，美国和西方国家劳动立法越来越健全和完善。这绝非巧合，两者之间有着内在的深刻联系。其实，战后大行其道的凯恩斯学说被称为国家干预主义，它绝不仅仅是停留在宏观经济一个方面，在微观经济层面对劳动关系的干预和调整，配合宏观经济政策的实施，为经济社会的长期繁荣和持续发展奠定了坚实基础。

三　由美国调整劳动关系引发的几点思考

我国当前的经济社会发展状况与美国 20 世纪二三十年代相比，有着太多的相似之处。为了应对当前国际金融危机给我国带来的日益严重的影响，借鉴历史的经验和教训，需要我们认真思考以下三个问题。

其一，社会主义市场经济会不会出现生产相对过剩的经济危机？从市场经济运行的规律来看，答案是肯定的。因为，资本的本性并不会因为社会制度不同而改变，市场经济的规律也不会因社会制度不同而改变。只要是搞市场经济，我们就无法完全避免垄断资本主义时期曾经周期性出现过的生产过剩的经济危机。引发当前我国经济困难的直接原因是国际金融危机，但投资与消费失衡，内需严重不足则是重要的内因。当前的经济衰退和困难，是否酿成严重的生产相对过剩型的经济危机尚待观察。但美国、欧元区和日本三大经济区已经集体陷入衰退，这是由结构性失衡引发的，解决的难度和时间长度都要大于普通的周期性衰退。这三大经济区占中国出口市场一半以上，我国经济产能严重过剩已成定局。三十年的改革开放，使我们积累了丰厚的财富，可以有充分的自信积极应对当前的经济困难。但我们必须认识到，要提高国内的消费率，一个很重要的因素就是要提高占人口绝大多数的低收入群体的边际消费能力，使其从温饱型消费水平向小康型消费水平过渡。

其二，市场经济能不能自然的产生中产阶层？从资本运行的本质中可以得出，答案是否定的。尽可能把劳动榨取干净，强者恒强，这是资本的本性。资本也从不会主动把利益让渡给劳动者。因此，纵观市场经济发展的历史，一个庞大的中产阶级的产生，绝不是劳动与资本自然交换的结果，而是来自两种力量的作用。一是国家法律法规对劳动关系的强制性调整；二是工人们的主动争取。当前的国际金融危机说明，我们既要看到市场对调节资源分配的基础性作用，但也必须看到资本的本性必然会导致市场失灵。社会主义市场经济的优越性就是国家有更大的能力，对市场进行调节和干预。我们要发挥这种优越性，尽快把劳动关系置于法制的轨道上，通过建立约束、规范劳资双方行为的"游戏规则"，实现和谐的劳动关系，为国家经济的可持续增长奠定基础。

其三，面对当前的经济困难，劳动合同法生不逢时吗？从大萧条时期美国劳动立法的历史经验看，答案是否定的。越是经济困难时期，特别是大的经济衰退时期，越是要关注劳动关系，强化劳动立法，通过国家的强制手段调整劳动关系，以公平正义的原则，把劳动关系领域中的矛盾、冲突和问题，置于一个有序、可控的范围内，这才能防止经济危机转化为社会和政治危机，为战胜经济危机奠定稳定的社会基础。这是美国大萧条时期一系列的劳动立法带给我们的重要的启示。所以，坚决执行《劳动合同法》，既对我们攻克时艰有关键性的经济意义，也对我们保持社会稳定有关键性的政治意义。我们欣喜地看到，最近全国人大常委会正在征求《社会保险法》的意见，这体现了国家对调整劳动关系的决心和意志。试想，一年前如果没有《劳动合同法》的实施，那么在当前的经济困难时期，可能会有更多的群体性劳资纠纷发生。在经济低迷时期，严格执行劳动法律法规对稳定工人队伍、稳定社会具有重要意义，决不能动摇。

四 当前经济形势下对劳动关系发展的几点建议

一是营造企业和员工劳资双赢、共创和谐的社会氛围。越是困难时期，劳资双方越是要同心同德、共克时艰，深入持久地开展"企业爱员工、员工爱企业"活动。建议在规模以上企业全面开展"双承诺"活动，鼓励和支持有条件的企业向员工承诺不减薪、不裁员、少裁员，即使是在万不得已的情况下要裁员也要依法行事，给员工以足额的经济补偿；要动员和组织员工对企业承诺，以企业为家、恪尽职守，为企业生存发展献言献策、开源节流、开展技术创新。通过"双承诺"活动，稳定企业、稳定员工队伍，稳定社会。

二是抓住经济萧条的时机大规模开展职工培训。要战胜困难、转危为机，必须走产业升级、自主创新的道路。职工素质高低是决定和制约新一轮快速发展的重要因素。在企业订单减少、开工不足的情况下，正是企业组织员工开展培训、提高素质，为迎接经济复苏储备人才资源的良机。深圳市总工会决定把工会经费用在关键的时刻、关键的地方，从历年经费结余和年度工会经费预算中，每年筹集5000万元，连续三年共计1.5亿元的资金，帮助企业开展职工培训，提高职工素质和职业技能，提高企业自主创新和参与竞争的能力。

三是加大劳动执法力度，规范企业用工行为。要严格要求企业遵守劳动法律法规，及时、足额支付员工劳动报酬，依法为员工缴纳社会保险金，依法裁员，不能因为一时的困难，而放松了执法的尺度和力度，防止企业把矛盾和问题转嫁给政府和社会；企业要推行以人为本的管理理念，切实履行社会责任，避免给未来带来劳资隐患；员工要自觉遵守劳动纪律，支持、服从企业正当管理，理性、依法维权，共同维护法律的尊严，珍视已经建立起来的法制基础，构建持久和谐的劳动关系。

四是开展工资集体协商，保障和逐步提高低收入群体的消费能力。扩大内需，提高占人口绝大多数的中低收入群体的消费能力，使其从温饱型消费水平向小康型消费水平过渡，必须与劳动关系的调整相结合，必须与改革企业分配制度相结合。在困难时期，要注意借助工资集体协商的平台，使劳资双方的利益在平等协商的基础上取得均衡，这对保障劳资双方权益、实现劳资双赢，维持企业和社会的和谐稳定，都具有十分重要的意义。

集体协商开启劳方理性维权时代

张 玮*

摘 要： 深圳工会探索符合国情的集体协商制度已有多年，但直到近年来发生"盐田国际罢工"和"沃尔玛签订集体合同"两件具有标志性意义的事件，才使得集体协商的作用以前所未有的级数发挥出来。本文探索的是发生这一转变背后的政治环境和社会根源，这些重大事件对于深圳开启劳方理性维权时代的意义，以及对集体协商制度现状的思考和未来发展的一点建议。

关键词： 集体协商　理性维权　工会转型

早在1994年，深圳便在全国率先推行了集体协商制度，尽管在制度探索初期有过不少创新，但由于深圳劳资关系的特殊性、复杂性，以及传统工会体制的制度约束等原因，在随后很多年，集体协商制度一直受到坊间和媒体"一纸空文"的质疑，其作用也逐渐被人淡忘。直到近几年来，伴随深圳工会在"盐田国际"、"沃尔玛"等事件中塑造的维权形象，集体协商制度开始为深圳庞大的务工者所认识，并为深圳劳方步入理性维权时代拉开新序幕。

一　新集体协商时代开启的背景

（一）随着改革开放的进一步深化，经济体制、社会组织形式和多方利益格局已发生深刻变革，特别是政治体制改革影响着工会工作思路，并对工会职责提出新内容和新要求

工会的变化其实是国家经济和社会政治发展变化的一个浓缩，也是时代脉搏

---

* 张玮，南方日报记者。

跳动的一个节奏。随着科学发展观在全国得到进一步贯彻落实，以人为本、关注民生、社会公平已成为全社会的共同理念，国家的经济发展战略和社会关系也发生着明显变化，靠牺牲职工利益而积累资本、谋取利润的发展模式已不可能延续。

党的十七大报告就明确提出，要规范和协调劳动关系，依法维护劳动者权益。《中共中央关于构建社会主义和谐社会若干重大问题的决定》也把"发展和谐劳动关系"作为重要内容。这些改变都直接影响着我国工会工作思路，并对工会的主要任务和能力提出了新内容和新要求。

深圳是全国改革开放事业的"窗口"和"试验田"。作为社会主义市场经济发育最早的地区，市场化劳动关系已建立并占据主导地位，目前国企改制基本完成，非公企业包括外商及港澳台商投资企业占绝大多数。经济体制的深刻变革让深圳的社会结构、社会组织形式、社会利益格局以及职工队伍均率先在全国发生巨大变化，劳动关系日益复杂。工会工作的许多新矛盾、新问题都在这里萌发，也促使身处各方利益之间的深圳工会提早在发展模式上探索转型之路，将"构建和谐劳动关系"作为深圳工会的主要任务，并努力为全国工会发挥应有的示范和引领作用。

（二）农民工问题变得非常突出，劳动关系变成社会关系当中最充满矛盾和冲突的领域，也是诱发群体性事件的主因之一

农民工是目前数量超过 2.3 亿并且仍然在增加的超巨大人群的制度性社会身份，这个概念正是在改革开放过程中逐步形成的。深圳经济发展至今，外来务工人员已近千万，其中，农民工又占绝大多数。庞大的农民工建设队伍是深圳经济社会建设的主力军和生力军，深圳成为拥有农民工最多的城市之一，数百万农民工构成了深圳工人阶级队伍和企业员工的主体。

而在市场经济体制下契约式劳动关系中，企业与员工成为各自独立的利益主体。虽然劳资双方有着共同的生产和发展目标，但在利益的分配上，存在着差异与矛盾，企业要求利润最大化，员工要求工资福利最大化。而市场经济条件下的企业掌控着生产资料、分配及管理权，劳动者是被管理者，处于从属地位，客观上使得劳动者势力过于单薄而难以实现公平。

另一方面，随着深圳法律和民主的进步，员工依法维护自身权益的意识日趋

增强，他们要求与企业一起分享发展成果、追求体面劳动、争取民主参与权利、实现社会公平正义与全面发展，这使得劳资双方利益的矛盾冲突日益显性化，深圳成为全国劳动争议仲裁案例最多的地区之一。

尤其是近几年，包括深圳在内的全国各地，农民工问题变得非常突出，劳动关系变成社会关系当中最充满矛盾和冲突的领域，劳动者停工、堵塞交通、围堵政府机关等事件时有发生，成为诱发群体性事件的主因之一，也成为影响深圳社会和谐稳定最重要、最棘手的因素之一。

（三）劳资矛盾中绝大多数问题都和工资、福利等劳动者最基本、最核心的利益相关，为实现劳资之间的平等对话，进而解决矛盾，"集体协商制度"成为工会摸索出的最有效地途径，它在劳资双方中起到相互平衡和制约的作用，被形象地称为"减压阀"

由于在市场经济和商品经济中，资强劳弱的现状天然存在，就单个劳动者而言，无法实现和资本的平等交换，甚至劳动者个人和企业之间还是一种人身依附关系，这直接决定了单个劳动者的要价能力、议价能力都很弱，必须通过工会组织把劳动者的意志和力量集合起来，形成共同的要求，再和资方开展平等协商，才能实现劳资之间的平等关系。因而，"集体协商制度"在这一背景下，成为工会组织为员工解决劳资矛盾的首选方式。

"集体协商制度"起源于西方经济国家，被称为"集体谈判"或"劳资谈判"，它是劳动双方不断调整劳动关系的必然结果，也是市场经济国家调整劳动关系的核心制度，不仅规定了劳动者的工资福利水平，而且确立了以集体协议的方式调整劳动关系的法律体系。在我国，集体协商是指工会或员工代表与用人单位或企业组织，按照法律法规规定的程序和原则就劳动报酬、工作时间、休息休假、劳动安全卫生、职业培训等问题进行商谈的行为，其目的是签订集体合同，来实现自身的合法权益，达到双赢的目的。

就像深圳之于改革开放是试验田和窗口一样，深圳摸索的集体协商制也经历着一个先行先试、创新发展的阶段。经过多年的实践，集体协商制度对工会而言，已被认为是最直接、最理性、最有效的维权方式，它在市场经济中起到的是一个相互平衡和制约的作用，被形象地称为"减压阀"。

二 新集体协商维权的标志性事件

深圳工会探索符合国情的集体协商制度已有多年，但直到近年来发生"盐田国际罢工"和"沃尔玛签订集体合同"两件具有标志性意义的事件，才使得集体协商的作用以前所未有的级数发挥出来。由于协商对象都是国际知名企业，事件均受到国内外媒体和各界的高度关注，不仅击破了外界多年来对这一制度"形同虚设"的诟病，也重新树立了"工会"的外在形象。

而这两个事件也正好大致概括了当前深圳工会运用集体协商制度的两种方式。其中，"盐田国际罢工事件"是劳资双方先有了矛盾，工人采取了罢工手段，进而工会介入，组织和指导企业先建会，再进入集体协商程序；"沃尔玛签订集体合同"则是企业建立工会组织后，深圳工会直接指导企业工会通过集体谈判的形式，最终签订集体合同，这是一种确立制度的形式。

（一）盐田国际罢工事件

盐田国际罢工事件是社会转型期的一起典型劳资矛盾纠纷，反映的正是20多年来，我国经济高速增长，但资本导向的改革长期忽视了劳动者利益，使劳动者的工资低水平增长。事件中，工人们选择了表达诉求，但最后也是以最常见的手段——罢工——来对待劳资矛盾纠纷。对此，深圳工会没有采取回避的态度，而是迅速介入，引导、规范罢工行为，通过集体协商最终让劳资双方在理性、有序的状态下进行了对话。

2007年4月7日凌晨，盐田港国际集装箱码头有限公司280名塔吊和龙门吊司机集体停工。港口营运停顿，影响国内外班轮14艘，引起世界关注。深圳市总工会获悉后，即派员赶往事发现场，会同市有关部门处理此次事件。

该公司高层开始认为，他们的塔吊和龙门吊司机工资待遇在深圳已经不低，罢工没有道理。但市总工会在调查中发现，这次罢工的原因，一是公司加班时间长，工时制度不合理。二是公司工资增长机制不合理，管理层与一线员工分配差距偏大。三是劳资双方缺乏畅顺的沟通机制，没有建立工会。同时，员工诉求中也有情绪化的、非理性的内容。

随后，市总工会一方面稳定工人情绪、控制场面，帮助工人选出谈判代表；

另一方面，指导谈判代表有理有据地提出谈判条件，同时代表工人向公司说明工人谈判条件的法律依据。经工会的直接指导，在集体谈判中，工人经修正提出了塔吊、龙门吊司机的工资增加 1000 元，立即成立工会，公司涉及薪酬等问题时要与工会协商等八项要求。

市总工会工作人员接着参与和监督了谈判的全部过程，对谈判的进程进行积极的引导，避免了谈判的无序和僵持。在谈判过程中，由于资方在加薪问题上采取回避的态度，一度导致谈判破裂，工人拒绝继续谈判。在这种情况下，工会与全体罢工人员展开对话，反复告诉工人只有继续谈判才是解决问题的唯一途径，并要求公司法定代表人向工人表达谈判的诚意，从而稳定了工人的情绪。

最后资方终于同意全体员工工资普涨 3%，塔吊、龙吊增加 500 元高空作业津贴，劳资双方签订了包括加薪、成立工会、加强双方沟通等 7 条内容的集体谈判协议。随后，盐田国际集装箱码头恢复正常生产。

（二）沃尔玛签订集体合同事件

在与企业对话时，企业工会往往因"既受雇于企业，又要代表员工说话"的双重身份而尴尬生存，工会沃尔玛的集体谈判是在深圳市总工会的直接参与和指导下进行的，这种模式对于破解集体谈判的许多难题，具有积极的指导意义。

自 2006 年世界企业 500 强企业沃尔玛在深圳成立工会后，2007 年 2 月，市总工会在全国首先启动了沃尔玛的集体谈判工作，并就此事同沃尔玛中国总部多次磋商，沃尔玛公司对此给予了积极的回应，以开放、坦率、友好的态度接受了工会的谈判要求。

接着，市总工会指导沃尔玛在深各工会通过问卷调查和座谈会等方式了解沃尔玛劳动关系的基本情况，听取员工的意见和要求，为集体谈判做准备。与此同时，市总工会也与沃尔玛公司就集体合同的内容、形式和谈判步骤等坦诚交换意见，达成了基础协议。

随后，市总工会组织沃尔玛在深的中国总部和各营运单位共 16 家工会，通过民主程序推举成立由 48 名工会主席、委员和员工代表组成协商委员会，以无记名投票方式推举出 10 名协商代表和首席协商代表。同时沃尔玛公司也派出 10

名协商代表，并指定了首席协商代表。在首席协商代表的率领下，双方经过两轮协商，就集体合同（草案）条款达成一致意见。

2008 年 7 月 22 日，沃尔玛美国总部批准该集体合同（草案），7 月 22～23 日，沃尔玛在深 16 个工会分别组织召开了员工大会，表决通过了集体合同（草案）。7 月 24 日，双方首席协商代表在集体合同上签字，沃尔玛集体合同正式成立。至此，历时 1 年半，经过多轮协商的沃尔玛集体谈判取得重大突破。

这份涉及 8500 多人的集体合同内容包括劳动合同、劳动报酬、工作时间与休息休假、保险福利和员工培训五个方面，其重点包括：建立工资集体协商机制，每年 12 月工会与公司就下一年度工资整体增长幅度进行协商；2008 年、2009 年工资平均增长幅度为 "9 + 1"，即工资平均增长 9%，同时公司提供 1%用于升职和特别调薪；公司的最低工资要明显高于深圳市政府公布的最低工资标准；在沃尔玛工作满三年的员工可签订无固定期限劳动合同；本集体合同作为公司制定和修改规章制度的依据；等等。这标志着沃尔玛的集体协商机制已经建立并取得成果，员工权益得到一定程度的发展，从而为构建和发展和谐劳动关系奠定基础，是世界 500 强企业中具有较好示范性的一次集体谈判。

随后，深圳市总工会以此为契机，以世界 500 强、中国 500 强在深企业和具有相当影响力的在深知名企业为突破口，总共向 145 家具有较大社会影响的重点企业发出了集体协商要约。截至目前，已与 118 家企业签订了集体合同，其中最核心的内容就是工资增长机制。

（三）沃尔玛人员分流事件

如果说前述两个事件对确立集体协商具有示范作用，那么 2009 年 4 月发生的"沃尔玛人员分流事件"则是工会会员主动运用集体协商制度解决问题的标志性事件。尽管在事件处理中，仍有声音质疑工会，但最终外界不得不客观评价：与以往发生过的同类劳资矛盾相比，此次事件的处理是相对平缓和完善的，堪称理性维权的范本。

2009 年 4 月 11 日，沃尔玛全国大量助理副总经理及主管（分店中层）被公司约谈，并给出一份员工此前并不知道的"人员优化分流方案"，由于该方案给出大致"①调到外地新店；②在本店降职降薪使用；③与公司协商解除劳动合同，按'N+1'月薪方式补偿"三个选择，而引起员工不满。翌日，包括深圳、长沙、青岛等地被分流的沃尔玛员工纷纷反弹，并质疑是"变相裁员"。

但由于集体协商机制已在该企业确立，被列入分流的深圳员工并未因不满而作出过激行动，而是首先找到企业工会，工会马上对企业行政方提出了集体协商要约，并第一时间通知了深圳市总工会。随后，深圳市总工会与深圳市劳动保障局先后介入，员工代表与总部高层多次谈判。

仅一周之后，这场在全国闹得沸沸扬扬的"裁员门"事件便以企业最终修改方案得以平息。新方案规定：一是鼓励沃尔玛的员工管理层到新店工作（新店基本上都在异地），如果去新店仍可保持深圳的工资待遇不变，还可领到3000元补助，并有协助搬家等优惠；二是在深圳继续工作，原来的岗位不变，工资不变，符合加薪条件的，还可以照常加薪；三是如果员工不想选前两项，也可选择自愿离职，企业按照"N+1（N=工作年限）"的标准给予一定补偿。该方案得到了员工代表的一致认可。

这一事件实际是对集体协商制度的重大考验，但令人满意的是，正是在这一制度的指挥棒下，力量博弈链条上的员工、工会和企业三方都有了应有表现。

首先，职工的维权方式是理性的，没有发生罢工、堵路等情况，而是首先找到工会组织反映意见，说明工会在发挥作用，可以把员工有效的组织起来；其次，两级工会组织中的企业工会在第一个方案推出时即对企业行政方提出了集体要约，并第一时间通知市总，起到第一知情人、第一报告人的作用。而市总接报后，当即约见劳资双方，搞清双方利益核心争议点后，坚持以协商的方式化解冲突和矛盾。再次，沃尔玛作为国际大公司最终选择了尊重法律，并体现在最后的方案上。

（四）集体协商制度化建设初现

深圳集体协商制度经过这几年的发展有较大改观，尽管尚不能从大范围说已真正意义上确立了该制度，但其制度化的建设在一些重要企业已有所突破。在这些企业中，务工者的工人阶级意识悄然觉醒，并敢于否决不满意的工资增长机制，自觉为自己的利益要价。

截至2009年底，盐田国际的集体协商已进入到第三年。企业行政方照例与企业工会就 2010 年公司福利及薪酬调整进行集体协商，经过了几轮谈判，盐田国际港口的装箱吞吐量在下降百分之十几的情况下，与企业工会达成共识，采取"二三四"的工资增长模式，即全公司 95% 的员工可获得加薪，其中 75% 的人工资可上调 2%，15% 的人可上调 3%，5% 的人可上调 4%。

但让工会方和企业方都十分惊讶的是，在薪酬调整方案提交职代会后，方案竟以 7 票之差"未通过"，职代会的员工代表认为增长幅度不够，进而行使了"否决权"。最终，该企业 2010 年的薪酬调整方案只能择机再集体协商。

尽管这是一个遗憾的结果，但却从侧面至少给我们带来两点思考：第一，在工资集体协商过程中，既然把权利交给了员工，他们必然有追求自身利益诉求的权利，而非一味地听从或服从上级方案，说明工资集体协商在该企业已向制度化发展；第二，集体协商源自西方国家，因而我们在操作时有生疏的地方。盐田国际的企业方和工会方显然此前并未想到薪酬调整方案会被员工否决，以至于在方案被否后，重新启动新的协商已时间很紧。因此，在集体协商逐渐实现制度化的过程中，各方都应跟上步伐，方可应对各种可能发生的问题。

三　新集体协商制度运作的保障

集体协商制度得以与以往不同来发挥实质性作用，仅靠制度本身实际并不足够，法律、机制等多层面的创新做法才是为其保驾护航的重要辅助因素。

（一）工会法等法律保障

构建和谐劳动关系最终要靠法律和制度。法规制定得越来越完备，员工的法律意识越来越强，企业对法律越尊重，工会就容易推动。2008 年 1 月 1 日，新实施的《劳动合同法》对于我国市场经济立法具有划时代的意义，也对工会组织的职能和功能提出更高要求。

与其他城市相比，深圳的特区立法权和较大市立法权均成为优势，因而主动参与和推动地方立法，参与制定规则，成为深圳工会的重要思路。2008 年 8 月 1 日，深圳正式颁布实施《深圳市实施〈中华人民共和国工会法〉办法》，该法在工会组建、工会主席产生与罢免、工会作用发挥以及开展集体谈判等方面都作出许多超前和大胆的突破，这是中国法律法规中第一次明确地提出了比集体合同和集体协商更进一步的集体谈判概念，在全国均具有创新意义。

2008年9月24日通过的《深圳经济特区和谐劳动关系促进条例》，是全国第一部有关促进劳动关系和谐的特区法规。深圳市总工会也全程参与了草案制订过程，广泛收集、充分表达广大职工和各级工会组织的意见和建议，在涉及劳动者权益的重大问题上，都提出了重要建议，并最终在条例中得到体现。这些做法都在法律层面，为相对缺乏手段的工会组织维权提供法律依据和力量支持。

（二）三方协商机制保障

深圳是最早探索建立三方协商机制的地区，从1995年起即采用政府、工会、用人单位共同参与劳动关系调整的国际通行原则，尝试建立和推行劳动关系三方协商机制。目前，全市已建立市、区、街道三级劳动关系三方协商机构。三方除了召开联席会议，在发生劳资纠纷时，也同时介入解决，避免了工会在维权上单打独斗的状况。

此外，上级工会也帮助下级工会开展依法维权，可以避免完全依靠企业工会本身去维权的尴尬，毕竟因为企业工会的主席也是企业员工，其双重身份容易受资方制约。

（三）社会化维权

目前工会会员在发生劳动争议时，因生活困难、法律知识薄弱、个人能力有限等原因，常出现"打官司难"等问题。为了建立有效的利益协调机制、诉求表达机制、矛盾调处机制和权益保障机制，深圳工会积极挖掘和开发、整合社会资源。从2005年开始，即对工会维权模式提出种种设想并构思方案，从反复论证到实践探讨，经历了尝试建立"工会法律援助中心"到最后决定"招聘法律服务机构"的过程。

2008年4月15日，深圳市总工会与招聘的广东盛唐律师事务所等数家经全市公开招标后的中标事务所郑重签约，标志着市总工会"社会化维权"工作的全面启动。这种方式带来三个好处：一是解决了基层工会可能碍于情面，在代表员工维权时的一些局限性；二是解决了基层工会人手不足、精力有限的问题；三是解决了工会人员在法律方面专业性、权威性不够的问题。

截至 2009 年 11 月，这一方式已处理职工维权案件达 1132 宗，涉及职工 3610 人，涉案金额达 9733 万元，成为依法维护职工权益的重要补充和有效途径。

四 关于新集体协商的几点思考

（一）集体协商必须以工资为核心

集体协商必须以工资为核心，适度要价，才是真正的谈判。目前深圳的工资出现了两个类型化，一个是"地板工资"，即以国家颁布的最低工资标准为基数，参照这个标准来发工资；另一个是"天花板工资"，即公司业绩可以有一个陡峭的增长线，但工人工资却是平行前进。如果这样的制度不打破，工会便无法在企业为员工建立工资增长机制，分享到企业的发展成果。

因此，必须继续加大宣传力度，把深入学习贯彻实施《劳动合同法》与推进工资集体协商结合起来。一是深圳各级工会组织要充分利用宣传媒体，以及加强与中央及地方主流媒体的沟通，大力宣传工资集体协商的重大意义，以提高社会各界，以及职工对工资集体协商的认知度，营造良好的协商工作氛围与社会声势；二是塑造一批在企业工资集体协商中取得丰富经验的典型，并加以推广；三是强力推进集体协商和集体合同制度。

（二）集体协商要对企业行政方始终保持压力

企业和工人的利益始终都是在斗争，靠企业主动让步实现员工工资增长是很难的。纵观这几年深圳在工资集体协商上的成绩，事实上，大多发生在一些国际国内知名企业，这些企业虽行业、规模各有不同，但相同点是，都在一定外在压力之下，同意在企业成立工会，建立工资集体协商制度，并按照法律要求每年与企业工会开展工资协商。

这些压力来自社会舆论、国际关注、工人内部有效的工人组织，以及各级工会方强有力的干预。换言之，就是深圳工资集体协商凡是做得好的，要么是关注度高的企业，因为企业在意商誉；要么是企业本身发生重大劳资矛盾，唤醒了工人的阶级觉悟和意识；要么是遇到部分有头脑、有组织能力的工会基层干部，否则在工资增长机制上难以取得突破。

（三）大幅提高工会组建率

深圳工会在沃尔玛、富士康等国际知名企业成功建会的成绩，全国有目共睹，但"组建难"仍然是目前深圳工会面临的最大难题。现状中，仍然有一些企业、尤其是非公企业不愿意组建工会，抱着"建立工会就是要跟企业对着干"的错误理解。

实践证明，凡是建有工会的地方，出现了劳资纠纷矛盾，工会往往能够成为一个疏导矛盾的"管道"，使劳资之间的矛盾通过工会得到释放和解决。即使发生了重大劳资矛盾，也能做到先发现、先协调、先解决，对稳定企业劳动关系起到关键作用。因此，如何最大限度地把职工组织到工会中来，是深圳工会工作一个永恒的主题，应力争2010年全市工会组建率及职工覆盖率分别达到90%的工作目标。

（四）加速《深圳市集体协商条例》的出台

由于在劳动关系客观上存在资强劳弱的状况，当前很多劳资纠纷仍是通过群体性矛盾、群体性事件来体现，而这些都是早期的一些状况，说明商品经济本身以及劳动力市场都还不完全成熟。工人的议价能力和要求应通过一个正常制度性的安排去实现。

另一方面，这一制度建设本身尚不完善。如现实中，有些企业已经建立了工会，却总发生企业方明明有能力提高劳动者工资，但就是不愿提高，更不愿意与劳方、与工会坐下来协商此事的尴尬，而目前对"企业不执行集体协商怎么办"，法律上并没有刚性约束，因此必须制定关于促进集体协商发展的法律法规。

再者，工资增长机制即工资能够随着劳动生产力的提高而增长，随着企业利润和盈利水平的提高而提高，这是企业和劳动者双方互动的结果，强调互动和平等，必须建立在集体协商制度的基础上。

目前，市总工会正参与市人大《深圳市集体协商条例》的制定，已列入2009年立法计划，这是制度上的突破。2010年初计划通过人大一读，并于上半年正式颁布实施，届时将为工会与企业开展集体协商签订集体合同提供更加强有力的法律依据。

（五）工会干部应尽快职业化

要有效的代表职工与企业进行集体协商，工会本身要能在谈判中谈得起来，并且会谈、敢谈、能谈。当前深圳工会正处于转型期，但工会在机构编制、人员素质和工作机制、方式方法上都与现实要求不相适应，工会自身建设迫切需要改革，使工会真正成为对工人阶级具有凝聚力的优秀群众组织。

这一探索已在龙岗率先开始。2009 年 7 月，按照"社会化招聘、契约化管理、职业化运作"的思路，龙岗区启动了基层工会干部职业化改革试点，欲建立一支稳定高效的队伍，即在每个社区，特别是工厂多、劳务工集中的地方，通过公开招聘，配一个素质高的专职干部，让其心无旁骛地做工会工作，多接触工厂和工人。在出现劳资问题时，让这些专职工会干部当好第一知情人、第一协调人、第一报告人，从而破解基层工会"组建难"、"维权难"等瓶颈问题。

目前，龙岗区工会已公开招募了 50 名社区专职工会主席，并进入工作实践阶段，一旦试点成功，深圳工会应尽快在全市推广。

探索建立工会法律援助维权工作新模式

深圳市总工会法律工作部

摘　要：随着深圳经济社会转型进入关键时期，各种社会矛盾、社会利益格局都出现新变化，工会在维护员工合法权益上面临全新课题。深圳市总工会主动作为，先行先试，积极寻求转型发展之路，大力整合社会资源，逐步推行工会法律援助的各项工作，服务于广大员工，形成了覆盖劳动关系全过程领域的协调机制，为工会组织创新法律援助维权机制进行了有益探索。

关键词：工会法律援助　构建模式　探索思路

自 2008 年以来，深圳市总工会在市委、市政府的领导下，认真贯彻落实科学发展观，坚持以发展和谐稳定的劳动关系为主线，积极主动作为，努力干在实处，大力整合社会资源，逐步推行工会法律援助维权的各项工作，服务于广大员工，形成了以协商调解，参与仲裁，代理诉讼，法律援助为基本手段，融整体维护与具体维护于一体，覆盖劳动关系全过程领域的协调机制，为创新工会组织的维权模式进行了有益探索。

一　工会法律援助活动取得显著成效

和谐劳动关系是和谐社会的重要基石。深圳经过 20 年的改革开放，其经济体制，社会结构，组织形式，利益格局与职工队伍都发生了深刻变化，劳动关系呈多元化、契约化、复杂化态势，劳动争议案件逐年大幅飙升，损害劳动者合法权益的问题更加突出。应对劳动关系深刻变化的新形势，市总工会在创新维权机制上已蕴含质的突破。

（一）先行先试，整合资源，突破以往传统维权模式

市总工会率先启动借用律师专业资源的法律援助机制。以建立有效的利益协调机制、诉求表达机制、矛盾调处机制、权益保障机制为目标，以创新法律援助维权机制为切入点，实现由计划经济维权模式向市场经济维权模式的重要转型。2007年，市总工会提出建立工会法律援助维权机制的思路，通过积极挖掘、大力开发，大规模购买服务的方式，使用律师专业资源为工会会员提供法律帮助。经过公开招标，市总工会共招聘7家律师事务所，由88名律师组成律师团队。2008年4月，市总工会与中标的7家律师事务所郑重签约，由市总工会出资，委托7家律师事务所为劳动者提供涉及劳动争议调解、仲裁、诉讼的法律帮助，同时标志着深圳市总工会率先在全国建立向专业化发展的维权机制的正式启动。

（二）切实维权，快速化解，发挥维护社会稳定减压阀作用

深圳市总工会自开展法律援助工作以来，促进了劳动关系和谐稳定，实现了良好的社会效益。同时也受到了全国总工会、广东省总工会的大力支持和高度评价。法律援助活动的主要特点有以下方面。

一是拓宽法律援助维权的覆盖面。据统计，截至2009年11月，市总工会开展法律援助活动共受理援助案件1132件，涉及员工3610人（见图1），涉案金额达9733万元。同时，还指派律师参与企业集体协商和集体合同工作。截至2009年11月，市总工会已投入资金358.2万元。借用律师资源开展法律援助工

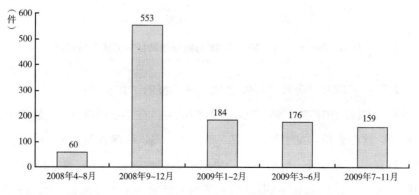

图1　2008年4月~2009年11月法律援助受理案件情况

187

作，解决了市总工会长期以来人员少，维权工作进展受限，覆盖面不宽的问题，其充分拓宽法律援助覆盖面的作用已充分显现。

二是大部分委托代理案件化解在仲裁程序。据统计数据显示，2008 年 4 月～2009 年 11 月，市总工会共办结法律援助案件 582 件，其中仲裁裁决 201 件，仲裁调解 165 件，仲裁撤诉 28 件，一审判决 68 件，一审调解 43 件，二审判决 41 件，二审调解 36 件，其中在仲裁程序结案的占结案总量的 67.7%，一审程序、二审程序结案的分别占 19.1%、13.2%（见图 2）。市总工会将工会的组织经费保障与律师的专业知识相结合，既引导员工理性维权，又实现劳动争议快速有效地解决。

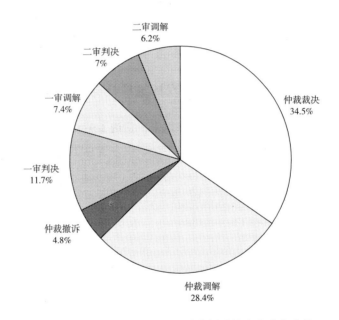

图 2　2008 年 4 月～2009 年 11 月法律援助结案方式分布情况

三是解除了广大劳动者的后顾之忧。法律援助工作机制的启动，在广大员工，特别是农民工中产生了强烈反响。他们认为，有工会帮助他们，能够让他们安心打工，放心劳动。发生劳动争议，市总工会提供法律咨询、协调纠纷、免费代理"打官司"等服务，切实维护与争取了他们的合法权益，真正解除了他们的后顾之忧。市总工会还多次收到员工送来的热情洋溢的感谢信、感谢锦旗等。法律援助维权活动逐步深入人心，在维护广大员工合法权益，建立科学、理性的维权机制上先行一步，为维护社会稳定发挥稳定器、减压阀的作用，优化了经济发展环境，推动了深圳社会的和谐稳定。

二　开展法律援助活动的主要做法

（一）规范运作，督导并举，推进法律援助维权工作制度化

承担工会法律援助维权工作的主体是市总工会与受委托的 7 家律师事务所，而加强制度建设，建立科学有效的工作规范，是确保主体双方工作质量、运行效率的必然要求与重要保障。

一是搭建法律援助工作的基本运作模式。市总工会在无任何依据和现成经验可循的情况下（当时全国总工会的《工会法律援助条例》尚未出台），通过调查研究，制定了《深圳市总工会社会化维权工作细则》（以下简称《工作细则》），以细则的形式搭建了法律援助工作的基本模式，明确了法律援助服务的宗旨与方式，申请法律帮助的条件、范围、开展法律援助工作涉及的指定律师、操作程序、监督管理、费用结算等规定。同时，还制定与运作程序相配套的统一的法律援助工作文书表格十多种，如《法律服务申请表》、《不予受理通知书》、《授权委托书》、《法律服务结案登记表》以及《深圳市总工会社会化维权内部工作流程指引》等。

二是制定律师事务所承办法律援助工作指引。为保证《工作细则》的要求落到实处，市总工会制定了《深圳市总工会社会化维权聘用律师事务所法律帮助工作指引》（以下简称《工作指引》和《法律服务合同》）。《工作指引》根据法律援助工作流程，对律师事务所提出 20 条的工作要求，明确要求律师事务所应当遵循的原则、律师团队备案、承办案件人数、履行的义务、办案规则、接受监督、违约责任、结案检查、违约解除等。指导聘用的律师事务所开展工作。《工作指引》和《法律服务合同》规范了律师事务所的法律帮助工作，避免和防止律师违规、违约行为的发生。

三是建立工作汇报案件研讨制度。市总工会法律工作部每月定期召开聘用律师事务所负责人参加的工作会议，各律师事务所按照市总工会要求汇报承办案件办理进度，集中讨论在案件办理过程出现的问题及疑难案件，市总工会法律部提出解决问题的基本原则和推进工作的具体步骤。对人数较多或重大的集体争议，

还要求委托的律师事务所提供案件进展的中期报告。市总工会法律部工作人员也随时与律师事务所保持密切联系，及时跟进了解案件的进展情况。

（二）注重宣传，畅通渠道，营造法律援助工作良好氛围

在推行法律援助维权工作的过程中，市总工会始终坚持正确的舆论导向，采取多种形式，深入开展法律援助维权工作的宣传活动。

一是加强舆论宣传与引导。召开启动法律援助维权机制新闻发布会。2008年4月，市总工会召开"深圳市总工会招聘律师服务机构签约仪式暨法律援助维权工作新闻发布会"。充分利用电视、电台、报刊等覆盖面广的优势，广泛宣传推行市总工会免费提供法律帮助的目的与方式、条件与范围、优势与便利等。受到社会各界和广大员工的广泛关注。

二是组织编印宣传资料。市总工会编印了通俗易懂喜闻乐见的三折彩色宣传册，简明扼要宣传了法律援助维权工作的鲜明特点、法援内容、律师事务所名单以及联系方式。通过举办劳动法律法规宣传月（周）活动，全市统一行动，宣传新法律与法律援助维权工作，向社会各界，广大劳动者派发宣传册17万份。扩大工会法律援助维权活动的社会影响，使更多的劳动者了解这项活动的主要内容，既提高劳动者依法维权的自觉性，也进一步增强了工会组织的凝聚力。

三是与时俱进调整宣传内容。2008年8月，全国总工会颁布了《工会法律援助条例》，深圳市总工会根据全总的规定，结合深圳五个月的法律援助维权活动实践，作出了扩大法律援助受案范围的决定，明确法律服务的对象由以往的工会会员扩展到需要帮助的其他非会员职工，服务重点向农民工倾斜；其案情符合法律援助帮助其他受理条件的，均可纳入法律援助免费法律帮助的范围。市总工会通过新闻媒体及时向全社会公布和宣传了调整扩大法律援助范围的信息。为切实帮助广大员工获得优质的法律服务起到积极的推动作用。

三　存在的主要问题

深圳工会法律援助工作尚处于起步探索阶段，在模式运行、制度建设、队伍管理等方面没有现成的经验可循。目前还存在一些不尽如人意之处，主要包括以下五方面。

（一）工会与司法局出现部分法律援助案件的重复受理

据市司法局反映，已办结的法律援助案件中，一些要求法律援助的当事人既委托了市司法局，同时又委托了市总工会参与调解、仲裁和诉讼的全过程，导致社会资源没有得到有效的运用。其主要原因是，尚未明确划分市总工会与市司法局受理法律援助案件的范围与条件，使得双方的工作人员在实际操作中无法界定。由于没有直接或清晰的指引，也造成员工在申请法律援助中的误解。

（二）限制受援条件致使法律援助受理面过窄

自 2008 年 4 月以来，法律援助受案条件经历了三个阶段。第一阶段，即有所限制阶段（2008 年 4 ~ 8 月）。明确接受法律援助的员工必须是深圳工会会员，这期间市总工会共受理案件 60 件，平均每月受理 12 件。第二阶段，适当放宽阶段（2008 年 9 月 ~ 2009 年 2 月）。市总工会作出放宽受理案件的通知，即非工会会员的劳动者，且可由合作律师事务所推荐当事人，此期间受理案件达 737 件，平均每月受理 105 件。第三阶段，有所限制阶段（2009 年 3 ~ 6 月）。市总工会根据实际情况，决定将聘请的律师事务所缩减为 6 家，并按第一阶段的受案条件办理。此期间共受理案件 176 件，其中的 150 件是一、二阶段延续或未结的案件，20 件是当期接受的新案，平均每月受理新案 5 件（见图 1）。可见，不同的法律援助受理条件，接受法律援助的群体数量差距较大，也直接影响受法律援助劳动者的覆盖面。

（三）律师事务所管理工作有待提高

据仲裁机构与各级法院情况反映，部分律师事务所在办理市总工会的法律援助案件过程中存在一些问题。一是不能保证律师自始至终办案。中途更换律师的情况时有发生，有的办案律师不是双方确定的律师团队的人员。一些律所还出现使用律师助理办案的情况，尚未真正形成稳定的办理劳动争议案件的律师团队。二是部分律师缺乏责任心。据接受法律援助的一些当事人反映，有些律师工作责任心、业务水平欠缺等。甚至还出现被代理人投诉的情况，影响了代理案件的质量。三是结案报告质量参差不齐。结案报告，是律师事务所根据《深圳市总工会社会化维权聘用律师事务所法律帮助工作指引》，在案件结束后向市总工会提交的工作报告。也是衡量各律所工作质量的重要凭证。从各所提交的结案报告看，其一格式不统一，有的采用表格式，有的装订成册；其二内容各异。结案报告内容应包括：申诉人（原告）请求；争议发生的经过与事实；代理情况；审理结果；法律建议（对仲裁、法院处理结果及当事人意见）等。有的律所提交的报告内容过于简单，重点不突出，带有应付之意；有的翔实完整，有理有据，分析到位。如盛唐、万承、雅尔德律师事务所制作的结案报告就十分规范。

（四）市区工会尚未形成法律援助维权工作的联动机制

市总工会曾于2008年下半年召开由各区工会主席参加的社会化维权工作会议，并下发文件，强调各区积极协助配合，推荐需要法律援助的员工。但目前各区尚未推荐一件援助案件。其主要原因，一是市总工会对各区工会的指导力度不够；二是各区对该项工作的重要性也认识不足。对本区域内发生的劳动争议，不主张引导员工进入仲裁或诉讼程序，而是希望以调解方式处理，致力于化解在企业，化解在本区域内。

四 进一步完善法律援助维权工作的思路与建议

2010年，深圳法律援助维权工作将处在一个新的历史发展阶段。深圳市的经济运行开始出现积极地变化，但国际金融危机的影响还在蔓延，经济下滑的压力仍然较大，劳动关系不稳定性因素还会增加，劳动关系矛盾将更加突出。工会组织维权工作还会出现新情况、新问题，面临前所未有的挑战，对法律援助维权工作将提出更新和更高的要求。

（一）明确工会法律援助与司法法律援助的有效衔接

一是加大与市司法局的沟通协作力度。工会法律援助是政府法律援助工作的必要补充，工会法律援助工作在接受司法行政机关业务指导的同时，需要建立长期性、稳定性的沟通协作机制，定期与市司法局通报法律援助工作情况，研究实践中出现的问题，不断调整与完善法律援助维权工作。二是制定《深圳市司法行政机关和市总工会法律援助衔接办法》（以下简称《衔接办法》）。经市总工会与市司法局共同研究，起草制定《衔接办法》，进一步明确工作机构、工作职责、工作内容、受理范围、统一系统、法律援助团队管理及经费使用等。强化规范法律援助工作。三是增设法律援助工作点。在《衔接办法》中，明确提出法律援助机构的派出机构，扩大法律援助工作点，加挂工会法律援助工作站的牌匾，共同开展法律援助的咨询，援助申请的受理和审批，承办法律援助案件。逐步拓宽工会法律援助维权工作的受案范围。

（二）适当放宽需要法律帮助的对象与条件

一是侧重于向困难职工的倾斜。目前，在深圳工会组建率不高，覆盖员工较少的情况下，法律援助维权提供法律服务的受理条件又仅限于工会会员，享受法律帮助的群体自然就十分有限。应当关注生活困难的非会员职工，尤其在发生争议时更需要工会的法律帮助。可根据全国总工会《工会法律援助办法》的规定，适当考虑将生活困难的非工会会员纳入法律帮助的范围。二是设定申请人经济困难的标准。研究测算符合深圳本地经济困难的具体标准，由相关部门出具申请人经济困难的状况证明，以设定的标准作为受理法律帮助的条件之一。三是设定不受限制的规定。农民工因请求支付工伤医疗费申请法律援助的，且企业未办理社会保险，又拒不支付工伤医疗费的，可以不受经济困难条件的限制而予以受理。

（三）制定《深圳市总工会法律援助工作管理规定》

市总工会与律师事务所在开展法律援助维权工作中是相对分离的两个部分，而律师事务所工作质量的好坏，不仅影响受援人的合法权益，还直接影响市总工会的形象与社会效益。根据国家、广东省、深圳市颁布的法律援助法律法规规定，在总结市总工会一年来法律援助工作经验的基础上，重点把握工会法律援助工作中的基本要素，以及需要解决的几个重要问题，起草制定《深圳市总工会法律援助工作管理规定》（以下简称《管理规定》）。总体结构包括六大部分。

一是设定总则部分。主要包括适用范围、承办机构、律师团队、律师名册、法律援助工作范围、基本原则与监管部门等规定。二是设定承办法律援助案件部分。实现高效优质的法律援助工作目标，主要取决于律师事务所与承办律师的工作质量。根据承办律师办理案件的具体环节，设定完成工作的时限要求、承办案件、工作职责以及回避制度、重大疑难案件集体讨论制度等，力求将承办机构、承办律师开展的工会法律援助工作纳入制度化、规范化的管理轨道。三是设定参与集体谈判部分。明确律师参与集体谈判的职责、工作要求以及办结后的工作报告等。四是设定费用结算部分。明确市总工会支付律师服务费的基本原则、支付标准和审批程序。五是设定监督管理部分。明确市总工会监督管理的工作制度、定期培训律师制度、表彰奖励制度、投诉查处制度以及对违约律师事务所解除合同的处理。六是设定附则部分。明确《管理规定》的解释权与实施日期。

（四）建立工会法律援助工作监督管理制度

建立规范有序的法律援助工作运行机制，确保此项工作纳入良性发展的轨道，市总工会加大监督管理的力度，具有至关重要的作用。着眼立足于从市总工会、相关部门、受援人以及《法律服务合同》的不同角度，采取多种措施，监督管理法律援助工作。一是设定承办机构的准入条件及律师名册制度。工会法律援助工作应提出公开招标择优遴选的思路，明确承办机构的产生方式、准入条件，组成五人以上律师团队的规定，同时市总工会建立相应的律师名册制度，开展业务培训、案件审查等活动，既加强了事前承办机构准入资格与条件的规范管理，又加强了事后的跟踪监督管理。二是明确建立定期协调会议制度。市总工会通过定期通报、疑难案件研讨、年度案件评估等形式，督促律所尽职尽责开展工作。市总工会制定案件评查标准（包括评查结案报告），每年举办 1~2 次对律师事务所办结案件的评查活动，检查评比各律所案件办理情况等，以简报形式向各律所通报评查结果、评查问题和改进意见等。推动律所加强管理，努力提高律师的综合素质与办案水平。三是健全工会法律援助工作审查结算制度。为了确保工作质量，建立快捷有效的内部审查结算制度是十分必要的。市总工会需进一步明确审结原则，完善结算审查程序，即律所报送办结材料的审核时限、信访室初审、法律工作部再审、财务审计部支付时限等。四是推行鼓励表彰制度。市总工会对在法律援助工作中作出突出贡献的律所与律师，适时给予表彰与鼓励，充分调动承办机构的工作积极性。

（五）建立法律援助投诉监督制度

建立该制度目的是维护受援助人和办案律师双方的合法权益，落实市总工会对办案律师情况的监督措施。起草制定《处理受援助人与办案律师投诉管理办法》。一是明确受援助人与办案律师投诉渠道。赋予受援人或相关部门监督承办机构与承办律师的权利。包括受理投诉范围、投诉时效，办案律师中途不代理办案的正当理由、投诉时效。二是明确工会的投诉审理与查处结果。针对受援人或相关部门的投诉，坚持查清事实，及时查处的原则，并告知投诉举报人查处结果。包括投诉审理、双方答辩、调查核实与作出决定程序。三是明确解除合约的具体情形。结合实践中存在的问题，大致存在四种情形，即承办律所与律师出现三次以上有效投诉的；因故意或过失导致严重后果或损害市总工会信誉及员工利益的；律所提交的律师名册中已有半数以上律师发生变更的；市总工会认为可以解除合同的其他情形。

（六）加大工会法律援助工作的宣传力度

一是将宣传工会法律援助维权活动纳入市区两级工会工作的重要议程。进一步加大宣传力度和经费的投入，制定宣传活动方案与工作目标，建立目标责任制，一级抓一级，层层抓落实。二是注重宣传实效。要利用多种形式，借助多种载体，在宣传的广度和深度上下工夫，抓住企业、行业、产业及基层工会组织，开展有针对性的法律宣传服务，举办多层次多形式的培训与宣传，重点宣传工会法律援助维权活动的意义、范围与方式，提高广大用人单位、劳动者、工会干部及全社会对工会法律援助维权活动的思想认识，将社会各界引导到正确理解和执行法规的轨道上来。

（七）完善工会法律援助维权工作的内部管理

一是加强信访办法律援助维权工作管理。信访办是工会负责法律援助维权工作的窗口部门，在明确该部门承担法律援助工作的宣传、受理、结案审核、监督检查等业务同时，还应建立健全相应的岗位职责、工作制度、考评制度等。在新建的信访办公场所内，设置电子大屏幕，将法律援助维权工作的各项制度、业务流程，以滚动播放的形式，作出法律帮助的清晰指引，方便广大员工。二是建立情况通报反馈机制。实行法律援助案件统计月报制度，由市总信访办的法务助理按月统计案件数量，分析案件类型，员工申诉请求，每月向市总工会领导报告深圳劳动关系动态和法律援助维权工作进展情况。三是增加聘请法务助理办案的辅助形式。推行信访办工作人员开展法律援助的试点工作。市总工会可安排信访办聘请的法务助理每月办理案件3～4宗，法务助理受理案件后，为受援人搜集证据，代写申诉书、代理词，参与开庭、调解等工作。可参照市总工会和律师事务所规定的标准，给予相应的案件补贴。一方面充分发挥法务助理的专业优势，另一方面也可探索由工会直接聘请人员开展法律援助活动，研究在市区两级工会成立"深圳市职工法律维权中心"机构的必要性与可行性，努力寻求多层次、广覆盖的法律援助维权工作的新思路与新路径。

深圳对工会既定理念的一种突破

——解读《深圳市实施〈工会法〉办法》中的一个提法

程立达*

摘　要： 多年来，工会一直沿用的"维护职工合法权益是工会的基本职责"的说法，在当前劳动者工资滞后于企业利润增长的背景下遇到新问题。职工权益不是"维护"得来的而是"争取"得来的，仅提"维护"已不能体现职工对工会的期待，工会不应是以"护法"为职能的执法机构，而应是以"争取"为职能的群众组织。《深圳市实施〈工会法〉办法》第八条关于工会职责的第八款规定：工会"代表会员和职工积极争取提高劳动报酬、改善劳动条件等正当权益"，用"争取"二字替代目前既定的"维护"二字，对"工会基本职责"这一重大问题作了创新性规定，是对工会既定理念的一种突破。盐田国际、沃尔玛、富士康等大型非公企业工会通过集体协商为员工争取提高工资的实践说明这种提法在现阶段更有特殊价值。

关键词： 工会职能　维护　争取　突破

2008 年 8 月，由深圳市人大修订、经广东省人大批准的《深圳市实施〈中华人民共和国工会法〉办法》（以下称《实施办法》）开始施行。《实施办法》对工会的组织体制、权利义务、保障监督、法律责任等多方面都有创新性的亮点，体现了深圳市作为改革开放前沿地区解放思想、敢为天下先的开拓精神，也体现文件的起草者——深圳工会争当建设中国特色社会主义工会排头兵的胆识。《实施办法》第八条，"基层工会委员会、工会联合会、工会工作委员会履行下

---

* 程立达，深圳市总工会。

列工作职责"，共 14 款，其中第八款规定：工会"代表会员和职工积极争取提高劳动报酬、改善劳动条件等正当权益"。这是对工会职责的一个崭新提法：用"争取"二字替代目前既定的耳熟能详的"维护"二字。

《实施办法》是第一个把"争取"写入工会职责的中国地方法规。两个字的改动涉及对"工会究竟是干什么的？""建设什么样的工会？"等一些重大问题的定位，涉及对"工会基本职责"这一课题的深层次思考，可以肯定地说，这是对工会既定理念的一种突破。

这一提法至少可以从以下几方面理解。

一 "争取"是对工会基本职责的创新性提法

要了解为什么"争取"二字是对工会既定理念的一种突破，有必要回顾一下我国对"工会职责"提法的历史沿革。

工会基本职能，有时候被称作工会的任务、工会的职责、工会的功能、工会的作用等等，其实这都是近义词，不同场合有不同的表述而已，其本质都是要表达工会这个社会团体究竟是干什么的这样一个思想。在新中国成立以后，大体上经历了"三位一体"、"四项职能"和"基本职责"这样三个阶段。

（一）三位一体阶段

1951 年 12 月全总党组第一次扩大会议批判了当时主持工作的李立三。冠以的罪名是"工团主义"、"工联主义"、"家长制、家天下"和企图把工会搞成"独立王国"。所有这些不实之词主要来自一点即工会要谋求职工的利益。批倒李立三、赖若愚之后，便形成了"工会为工会的消亡而奋斗"的口号。中央甚至以党的决议的形式决定先从县级开始，逐步取消工会，1958 年以后的中国工会工作的目标就是要为"消灭工会"而奋斗。虽然此举后来叫停，却形成并固化了中国工会"生产、生活、教育"三位一体的工作方针。1956～1992 年，中国工会就是在这"三位一体"（又称三菜一汤）的方针指导下开展活动。这个方针基本看不到工会作为劳动关系产物、作为职工利益代表者的存在价值，只是作为配合企业行政管理教育职工的一个附属部门，由企业领导安排摆布，以致后来衍生了工会的工作是"吹打弹唱、打球照相、布置会场、带头鼓掌"的调侃性说法。

（二）四项职能阶段

"文化大革命"结束之后，工会召开了第九次、第十次全国代表大会。这期间工会干部心有余悸地在探索新时期的工会工作。随着改革开放形势变化，劳动力市场化形成，劳动关系矛盾问题出现，对工会职责的提法有了实质性变化。1992年颁布实施了第二部《中华人民共和国工会法》确定了工会的"四项职能"：第一为参与职能，第二为维护职能，第三为建设职能，第四为教育职能。"四项职能"比"三位一体"的提法肯定是一种进步，提出工会"维护职工的合法权益"的职责，说明了在劳动关系变化时代工会对自身功能的认识，体现了工会作为职工利益代表者的性质，对新时期工会工作有启迪性意义。但由于当时把四项职能同时并列，没有主次之别，而且维护职能只位居第二，未能体现工会最本质的特征，工会的社会角色、社会形象还没有鲜明地展示出来。

（三）基本职责阶段

在中国工会第十二届全国代表大会上尉健行被选举为主席，在此届二次执委会上根据当时国有企业深化改革造成了大量的困难职工群体和非公企业侵犯职工权益的实际情况，提出了工会工作"突出维护职能"的"总体思路"。2001年10月底颁布修改后的《中华人民共和国工会法》的第六条规定："维护职工的合法权益是工会的基本职责"。这种提法一直沿用到今天。应该说，"维护职工的合法权益是工会的基本职责"的规定，是一个很有胆识很了不起的提法。它旗帜鲜明地确定了工会作为职工利益代表者这一社会角色的定位，使工会工作着眼点转移到劳动关系上来，对促进新时期工会工作改革转型起了导向性的作用。

现在的情况是，随着中国市场经济深入发展，随着劳动关系的日益复杂化，劳动者工资增长滞后于企业利润增长的矛盾越来越突出。特别是在改革开放前沿的深圳，在发生多次职工要求增加工资、提高待遇的群体性事件之后，工会职责单提"维护"回避"争取"已难以面对劳动者的期待，"维护职工的合法权益是工会的基本职责"这种提法也逐渐显出它有调整空间。

这里有一个典型案例：2007年3月到4月，深圳盐田港国际集装箱码头有限公司两次发生罢工事件。这家具有国际竞争力的一流企业，工人的工资在同行业中处于高位，更远远高于深圳在岗职工的平均工资水平。但盐田国际的工人们认为，企业的效益和规模连年增长，为之作出巨大贡献的一线工人的工资几乎十年没有相应增加，这是不合理的。与多数企业的农民工群体不同，盐田国际工人们的诉求不是维护已有的法定权益，而是在共建共享和谐社会的背景下，不愿继续充当廉价劳动力，要求建立合理的工资增长机制，改善待遇，与企业分享增长的成果，争取更大的利益。事情反映到上级工会，当时有的工会干部却面露难色："工会的职责是维护职工的合法权益，现在企业给工人的工资已经超过我们这里的最低工资标准，没有违法，他又不克扣你们的工资，没有侵犯你们的法定权益，工会出面干预不方便吧？"所幸的是深圳市委、市政府领导高度重视，指示市总工会抽调人员组成工作组，由市总工会副主席带队，进驻盐田港区处理这一事件。市总工会并没有因为工人的诉求超出了"维护"的范围而不作为，他们进场后向工人表明工会支持职工争取自己利益的立场，引导工人与资方开展集体协商谈判，最终取得积极的结果，企业同意改善工时计算方法，全员增加工资3%，塔吊、龙门吊司机每月补贴500元。谈判也促进了企业劳动关系的和谐稳定。市总工会的作为赢得工人信任，受到市委的赞扬。

多年来，中国工会一直沿用"维护职工合法权益是工会的基本职能"的说法，没有人对此提出疑问，好像"维护"是工会与生俱来、天经地义的职能。但在市场经济发达地区，这种提法却受到现实变化的挑战。"盐田国际"事件中工会为员工争取权益的实践，让我们回过头来想一想"维护职工合法权益是工会的基本职能"这个传统的既定的观念是否准确是否合理，是否有与时俱进的修改空间。此后出台的《实施办法》中关于企业工会要"代表会员和职工积极争取提高劳动报酬、改善劳动条件等正当权益"的提法，就是在劳动者工资增长滞后于企业利润增长的矛盾凸显这种大背景下提出来的。这种对工会基本职责的创新性提法并不是"照搬西方国家工会模式"，它来源于改革开放前沿基层工会的实践，经过了工会工作者的思考，是一种与时俱进的产物。

二 职工权益不是"维护"得来的，
而是"争取"得来的

从事工会工作的同志都会知道一个定律：老板是不会主动给员工加薪的。资本的本性是追求利润最大化，提高员工工资就意味着减少利润。劳动者在资本的眼中不过是一种生产要素，一种招之即来的生产力组合。就像企业用尽量低的价格采购原料一样，只要有劳动者愿意接受资本开出的这个低水平的劳动力价格，他就不会去主动提高。有资料表明珠江三角地区改革开放后经济高速增长，但职工的工资十几年来却只增加 66 元，职工并没有分享到经济发展的成果，就是这个定律在起作用。因为中国的劳动力是无限供给的，原因还有人愿意接受这个低价工资。我们在调查中发现即使一些颇具爱心的企业，一些在捐资助学、扶贫济困、社会公益方面颇慷慨大方的企业，他们员工的工资收入与周边地区、与同行企业相比并不高，就是因为在老板看来工资只是生产成本的组成部分，办企业的目标就是以最低的成本获取最高的利润，这是资本运营的规律在起作用，与老板的人格道德没有关系。

职工工资的提高，劳动时间的缩减，劳动条件的改善，不能靠资本的恩赐，而是要靠劳动者的争取。这是从上述定律引申出来的一条法则。现在人们羡慕发达国家工人工资福利好，那是工人阶级长期斗争、工人运动持续发展的结果。西方国家工业化初期，也出现大量农民工，也存在工资低下、劳动时间长、劳动条件恶劣的问题，也没有现成的法律去规定劳动者的种种权益。正是由于工人阶级不满受剥削的现状，不断提出增加工资、改善工作条件的要求，由于工会不断组织谈判、罢工、游行、示威以致暴力抗争，由于劳资双方的反复较量博弈，资产阶级才很不情愿地一小步一小步地改善工人的福利待遇，才催生了后来一系列保护劳动者的法律法规，包括 8 小时工作制，包括带薪休息休假制度，包括职业危害保护，包括养老退休保障等等。20 世纪 30 年代美国经济危机中，民主党的罗斯福执政后推行的《全国劳动关系法案》中明确规定，雇员享有自发组织、建立、参加工会，通过自己选出的代表进行劳资谈判的权利。正是这种谈判权利使美国劳动者争取到前些年经济繁荣期没有的权益，增加了收入，很多人后来上升为中产阶级。即使西方如今盛行的提倡人性化管理的行为科学理论、人力资源理论，也是工人长期斗争、劳资博弈、社会矛盾不断发展背景下的产物。如果当初的工会组织仅仅满足于"维护职工合法权益"，而不是去主动争取职工权益，是不会有当今福利社会的局面。同样，在上述处理盐田港劳资纠纷的实践中，如果工会组织仅仅满足于"维护职工合法权益"，也不会有全员增加工资 3%，塔吊、龙门吊司机每月补贴 500 元的结果。西方国家工会多把"争取"、"促进"、"增进"、"改善"而不是"维护"写在自己的章程或纲领中，就是基于对上述定律的充分认识。

三 仅提"维护"已不能体现职工对工会的期待

我们的国家是法治社会，工会要在法律的框架下行动，要依法办事。法律规定的我们就去做，法律所禁止的我们不能干，这是共建法治社会的需要，体现工会对法律的尊重。有人罗列了一系列法律法规关于工会职能的条款，证明"维护职工合法权益是工会的基本职能"的提法是国家法律的授权，不可有疑义，提"争取"是"照搬西方国家工会模式"。

这个说法的本意当然很好，论证也很省力。然而目前我们国家正走在法治社会的途程中，我们的法制建设还很不完备，还相当滞后，还有不少空白，还有很多需要修正。在这种条件下仅把"依法维权"作为工会的基本职能，法律没规定的工会就不去干，是不是缩减了工会本来就有限的工作空间。某沿海城市有个案例：一家外资企业要迁到内地，许多员工不愿意随迁，要求企业与他们解除劳动关系，并按工龄给予补偿。这个城市的劳动法规没有解除劳动关系要给补偿这一条，资方自然不同意。员工找到工会，工会也说没有规定解除劳动关系有补偿，不好处理。职工又提出他们为企业发展辛苦了十多年，不能白白就走了，能不能要一些遣散费或返乡费。工会说职工的要求超出了相关法规，不是维权工作范畴，无法可依，工会只能是爱莫能助。后来员工找到当地劳动站，人家反而积极与厂方协商争取，促成了员工的要求，每人按工龄拿到每年二百到五百不等的返乡费。员工自然对劳动部门感恩戴德。这个案例说明"维护"还是"争取"的职能定位是如何左右工会的工作空间，又如何影响工会在职工中的威望的。

不能一味指责当时一些工会干部的疑虑。因为按现行的《工会法》、《工会章程》，工会的基本职责就是维护职工的合法权益。如果发生了拖欠工资、超时加班、工伤索赔等法律框架内的事，我们相信很多工会干部都会理直气壮拍案而起去履行其"维护"职能的。现在他们遇到的问题是：职工提出增加工资这种超出了"侵犯合法权益"的要求，工会该不该干，能不能干？如果在其他国家，这种问题似乎不是问题，只要是职工提出了增加工资的诉求，作为职工自己的组织，作为职工利益的代表者的工会就必须作出回应，义无反顾，挺身而出。因为它的基本职能就定位在"增进劳工福祉"或"为职工争取权益"上。从诞生之日起，他们就一直干着这个活。不干这个活，工会就真无事可干了。

另外，我们知道法律规定的大多是社会秩序行为的底线，限制人们不能干什么，工会如果把自己的工作目标仅定位在维护这个底线，是不是自我降低了存在的价值和目标？比如本文开头介绍的那个盐田国际的案例，最低工资标准本来是员工劳动报酬的底线，如果工会"维护职工合法权益"的基本职责就是维护这个底线，岂不是辜负了职工的期望。珠三角地区改革开放三十年来职工工资无多大增长，职工没有勇气要求加薪，与工会未理直气壮要求加薪有相当大的关系。现在有些老板有恃无恐，拿最低工资标准作为给员工发工资的依据，永远拿劳动力成本低廉这个红利，反正不低于这个额度就不算违法，有关部门不会过问介入。职工寄希望于代表自己利益的工会，但工会组织的职能又定位在"维护职工合法权益"上，资方不违法，也不好出面干预。这就是我们目前社会现状：欠薪有人问，加薪没人管。——谁来为提高职工工资鼓与呼呢？谁来落实"让职工共享发展成果"呢？谁来"促进职工收入与企业效益和经济社会发展同步"呢？难道职工工资就只能长期处于这种低水平状态吗？难道一定要让职工采取群体性对抗性行动才能使资方让步吗？

四 工会不应是以"护法"为职能的执法机构，而应是以"争取"为职能的群众组织

政府是行政执法的权力机构，依法行政，保证法律的贯彻实施，维护法律的效力和尊严，是政府的职责所在。如果有组织或个人侵犯了他人的合法权益，政府必须加以制止，这是责无旁贷的。有人搞违章搭建，城管部门要出面拆除；有人贩假卖假，工商部门要查处没收；有人驾车闯红灯，交管部门要扣分罚款。同样，有人克扣拖欠职工工资，有人强令工人超时加班，有人不给员工工伤赔偿，劳动行政部门要干预纠正。《劳动法》、《劳动合同法》包括《工会法》的执行都是政府劳动部门职能范围内的事。由于政府劳动部门是权力机关，他们在维护职工合法权益中拥有充足的人力财力做后盾，有执法权，有不可抗拒性，有权对违法者作行政处罚，包括罚款、停业以至吊销执照等。如果老板对劳动部门的处罚不服，后面还有司法机构在为社会正义撑腰，违法严重者还会被逮捕法办。深圳市政府在查处欠薪过程中就动用了司法手段，将恶意欠薪者拘留法办，起到了巨大的震慑作用。所以政府"维护"起来理直气壮，义正词严。事实上各地的劳

动部门在维护职工合法权益中都起着决定性作用。职工在自己的合法权益受到侵犯时，往往是先到劳动部门投诉，因为政府"管得了老板"。

当然像讨薪、工伤索赔这类"维护"范畴的事工会组织也要干，也要干好，但即使在履行"维护"的职能时，工会也基本要依托政府劳动部门和司法机构支持。在政府高扬劳动执法大旗、维护职工合法权益的背景下，工会也把"维护职工合法权益"作为自己的基本职能，是否有越俎代庖的感觉？就是说，在政府履行行政执法职能的基础上，还需要在政府之外再成立一个同样以"依法维权"为己任的庞大的非政府组织吗？这个非政府组织与政府的执法机构在职能上有没有重叠之嫌呢？如果重叠了，工会又如何摆脱"行政附属品"、"社会装饰品"之嫌呢？

工会不把"维护"作为主要职责，能干什么呢？深圳的实践告诉我们："争取"。这个职能定位要求工会组织把主要精力放在利用一切条件为职工争取权益上，要求工会审时度势、有理有利、有序有节地去为增加职工工资、提高福利待遇、改善劳动条件而奋斗。这个"争取"的方式当然不是指"斗争"或"抗争"，而是用中国工会特有的方式，如参与跟职工利益有关的法规的制定修改，包括平等协商、签订集体合同，包括对困难职工的帮扶，包括我们为促进职工就业、健康、培训教育所做的一切好事实事等等。特别是我们现在大力推行的劳资协商、集体谈判，其实就是一个典型的"争取"过程。维护法定最低工资、维护按时得到报酬的权利等等是没有协商余地的，工会与资方协商不会把那些法律已明确规定的条款作为议题。只有如劳动报酬的标准、劳动定额的计算、年增加工资的幅度、员工奖惩制度以至车间能不能装空调、宿舍能不能提供热水等等议题才有协商谈判的必要和价值。而这些都是"争取"职能范畴的事。如果我们承认要把推行集体协商谈判作为工会的重点任务，我们就要接受"争取"是工会主要职责的提法。

五 "争取"职责的提法在现阶段有特殊意义

中国目前经济社会的主要问题是经济发展成果没有为劳动者所共享，目前劳动关系矛盾已突出表现为劳动者工资增长赶不上企业利润增长，企业财富明显向资本倾斜。世界银行数据显示，从2000年开始，我国基尼系数已越过0.4的警戒线，并逐年上升，目前已超过 0.48。之所以出现这种状况，原因或许是多方面的，但资本所得在初次分配中所占份额过大是一个不可忽视的因素。据了解，在发达国家，工资一般会占企业运营成本 50% 左右，而在中国则不到 10%。发达国家劳动报酬在国民收入中所占的比重一般在 55% 以上，在中国则不到 42%，并呈逐年下降趋势；资本回报的比重却节节上扬。这种工资增长滞后于利润增长的现象，不利于缩小收入差距，影响社会和谐稳定，更不利于扩大消费、拉动内需——如果老百姓没多少钱可以用来消费，出台再多的刺激政策也只能是事倍功半。

中央经济工作会议提出，下一步收入分配制度改革的关键，是以工资改革为核心、提高劳动所得在初次分配中的比重，建立职工工资正常增长机制和支付保障机制。这种"改革"、"提高"、"增长"从何着手？靠政府出台文件、制定提薪政策当然是最直接最有力度的手段。但在市场经济条件下，政府能直接干预工资分配制度的，恐怕只有国家机关、公有制企事业单位等，对有 70% 以上职工就业的非公有经济组织，政府干预其内部工资制度的能力和手段却相当有限。政府却不能强迫非公企业老板为工人加薪，老板也不会因为政府呼吁而主动为员工加薪。要改变这种现状，应从机制上突破，像富士康科技集团那样，在企业内部，在资本和劳动之间建立一套行之有效的协商谈判机制，提高普通劳动者与企业工资协商的能力。在金融危机的背景下，保证工资协商机制的实施比呼吁给工人加薪也许更有价值。

工会是劳动关系的产物。劳动关系中劳动者工资增长滞后于企业利润增长的矛盾凸显，要求工会关注大局，与时俱进，调整自己的工作目标，校正自己的着力方向。努力促进劳动者工资与企业利润增长同步，增加职工收入、提高福利待遇、改善劳动条件、实现体面劳动等，已成为当今中国工会的重要职责。把"争取"作为工会主要职责的提法，就是在这种背景下提出来的。它凸显了在共建共享时代工会组织独特的社会作用，强调了工会推进职工收入增长的责任，唤起工会工作者为职工争取正当利益的自觉意识。中央强调的"工资正常增长机制"、"提高劳动报酬"、"改善福利"等等，在非公企业大多要靠工会组织去实施落实。很明显，与"提高"、"增长"、"改善"等相匹配的词组，在正常语境下，不是"维护"，不会说"维护提高"、"维护增长"、"维护改善"，而是"争取"，即"争取提高"、"争取增长"、"争取改善"。——当然如果为了捍卫"维护"提法的神圣地位，也可以把简单明白的"争取"绕弯子说成"维护职能系统中的争取"，或"在维护中发挥主观能动性的争取"，但这种辞令在拗口之外，最终还是不得不回归到工会"争取"职责的本义上。

由工会组织代表劳动者就工资、福利与资方开展工资集体协商，实质上是集合劳动者的共同意志和力量与资方进行团体交涉，是一个最重要的"争取"过程，是市场经济条件下劳动关系的重要平衡机制。一部工人运动的历史就是通过开展集体谈判来争取职工利益的历史。广大劳动者强烈要求工会组织能旗帜鲜明地为他们争取利益，与资方进行有效的工资协商。惟其如此，才能打破资方垄断劳动力市场、资本控制工资的局面，才能有效地在企业内部争取劳动者工资的正常增长。

作为实证，2009 年 12 月，传来深圳富士康科技集团工会和行政双方签订了集体合同的消息。富士康集团是在改革开放中超常规崛起的特大台资企业，但它急速增长的财富并没有惠及它的职工，员工工资多年来没有相应同步提高。2009年 11 月，深圳富士康工会根据《实施办法》的规定，在分析有关数据的基础上，向富士康深圳地区的 30 家法人公司发出集体协商要约书，提出了员工工资增长方案。企业行政方在规定时间内做了同意协商的复函。经过双方多次协商，广泛斟酌，12 月底，双方签订了集体合同。合同涉及员工劳动报酬、工作时间、休息休假、劳动安全卫生、保险福利、职工培训、劳动纪律以及劳动技能管理等七个方面的重大切身利益问题，尤其约定在集团实际工作时间满一年（含）以上且符合绩效考核要求的员工工资平均增长幅度不低于 3%，惠及富士康科技集团 40 多万员工。在金融危机的背景下，作为特大型、劳动密集型和外向型企业的富士康签订集体合同具有普遍性和代表性，标志着富士康进一步完善了劳资双方集体协商机制，在员工重大利益问题上，员工有了要价能力，以及与企业进行协商的渠道，能够在与企业共同成长的同时，分享企业发展成果。这是企业贯彻《实施办法》的一次成功实践，是企业工会自觉地、有意识地履行"争取"职责的胜利。

《实施办法》的提法，具有鲜明的超前性、创新性。深圳市总工会在起草《实施办法》第八条，规定工会"代表会员和职工积极争取提高劳动报酬、改善劳动条件等正当权益"时，对"争取"二字经过了反复推敲、是刻意而为之的。此前已深刻意识到把工会组织的基本职能仅仅定位在"维护职工合法权益"，未必是准确用语。他们参阅了许多国家和地区关于工会职能的提法，多数是"争取职工权益"，或"促进职工福利"，或"增进职工福祉"。最后他们决定突破沿用的"维护"提法，采用"争取"这个词，应能涵盖我们目前所做的与职工福祉相关的一系列工作。这一改动，将进一步明确工会组织在社会舞台上所扮演的角色，适应工会在社会变革期间工作转型的需要，拓展工会的工作空间，同时也体现职工群众对工会组织的期盼。而深圳市人大、广东省人大的法律专家们也认可了工会的提法，表明深圳的突破性修法是有社会共识与实践基础的。

地处改革开放的前沿地区，深圳工会所遇到许多新问题、所产生的许多新思路都有深入研究的价值。《实施办法》的提法、盐田国际、沃尔玛、富士康等大型非公企业工会通过集体协商为员工争取提高工资的实践，体现了工会未来的发展趋势，对新时期中国工会职能的修订与完善，也许具有深远的导向性意义。

参考文献

中华全国总工会组织部编写《工会学》，中国工人出版社，1991。

《深圳市实施〈中华人民共和国工会法〉办法》2008 年 8 月由深圳市人大修订、经广东省人大批准实施。

国际金融危机对深圳
劳动用工和劳动关系的影响与对策

王鸿利　秦晓南*

摘　要： 为深入了解严峻经济形势对深圳劳动用工和劳动关系的影响，积极应对金融危机给深圳企业和广大员工带来的困难与挑战，充分发挥工会组织更好地维护劳动者合法权益的作用，2009 年 1～3 月，深圳市总工会开展了金融危机对深圳市企业劳动用工与劳动关系状况的专题调查研究。本文基于当时的调研情况与翔实数据，进行了客观分析与深入研究，结合工会工作的特点，提出了在严峻经济形势下以新视野、新高度、新思维应对金融危机挑战的思路与对策。

关键词： 金融危机　劳动用工　劳动关系　思路对策

自 2008 年下半年起，全球金融危机从虚拟经济向实体经济、从发达国家向新兴经济体和发展中国家蔓延，对我国经济影响进一步显现。全球经济的衰退对于外贸依存度高的深圳经济影响是毋庸置疑的，外贸出口大幅度滑落，外需萎缩造成经济增长速度放缓，深圳部分依赖出口的劳动密集型企业受到重创，一些相关行业的企业也陷入困境。深圳一些企业开始出现破产倒闭、停产歇业、裁员解除，甚至欠薪逃匿等问题，给深圳的劳动就业、劳动关系带来负面影响，增添较大压力，从而引起全社会的广泛关注。

为深入了解严峻经济形势对深圳劳动用工和劳动关系的影响，积极应对金融危机带来的困难与挑战，充分发挥工会组织更好地维护劳动者合法权益的作用，

---

* 王鸿利，深圳市总工会；秦晓南，深圳市人力资源和社会保障局。

深圳市总工会于 2009 年 1 月，开始了金融危机对深圳市企业劳动用工与劳动关系状况的专项调查研究。市总工会调研组在各区总工会和各产业工会的配合下，采取走访企业，召开座谈会与发放调查问卷等方式，共调查企业 3067 家，涉及员工 100.2 万人。为保证调查结果的客观与全面，课题组还先后走访了深圳市劳动和社会保障局、深圳市社会保险基金管理局、深圳市贸易工业局、深圳市统计局、深圳市出租屋综合管理办公室、深圳海关等单位，对进一步分析研究深圳劳动用工、劳动关系的总体情况，提供了较为翔实的客观数据，完成了预期的调研目标与任务。

一　金融危机对企业经济的影响

伴随着全球经济衰退的运行走势，金融危机对深圳企业经济的冲击，首当其冲为外需萎缩或锐减，再通过贸易、投资各服务领域，减缓了深圳经济的增长速度。调查情况显示：金融危机对深圳经济的影响总体可概括为"三小三大"，即整体影响小，局部冲击大；金融、高科技行业影响小，低附加值加工型产业冲击大；特区内影响小，特区外冲击大。

（一）部分企业冲击严重已经显现，困难企业问题多样化

2008 年，深圳市登记在册的各类企业共 27.9 万家，其中内资企业 2.5 万家，外资企业 2.7 万家，私营企业 19.3 万家，个人独资与合伙企业 3.4 万家，分别占企业总数的 9%、10%、69%、12%（见图 1）。

据深圳市各级总工会的重点排查结果和深圳市公安局、深圳市劳保障局、深圳市贸易工业局的调查数据显示，本次调研活动共调查企业 93803 家，涉及员工 812.15 万人。被调查的大部分企业经营状况正常，但出现外迁、倒闭、订单减少 30% 以上的企业共有 12494 家，约占被调查企业总数的 13.32%，涉及员工 209.06 万人。生产经营发生严重困难的企业主要原因还是来自金融危机的影响，其主要表现形式有以下几方面。

1. 停产歇业

自 2008 年四季度以来，被调查的企业中有 10430 家企业因订单减少，采取停产或半停产的方式来应对面临的困境。其中订单减少 30% ~ 50% 的企业有 8011

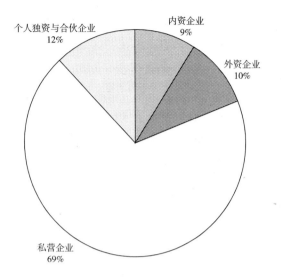

图1 各类企业在总数中的比例

表1 调查93803家企业的基本情况

困难企业情况	企业数(家)	涉及员工(万人)
破产倒闭的企业	903	10.44
搬迁离深的企业	1161	19.33
订单减少30%~50%的企业	8011	149.45
订单减少50%~70%的企业	1720	21.94
订单减少70%以上的企业	699	7.90
合　　计	12494	209.06

家,涉及员工约149.45万人;订单减少50%~70%的企业1720家,涉及员工约21.94万人;订单减少70%以上的企业699家,涉及员工7.9万人。另外,据深圳市有关统计资料显示:2008年全市总体用水、用电明显下降,第四季度全市用水量36762万吨,比上季度下降16.19%,比2007年同期下降6.33%。用水用电量的下降,说明企业开工不足,需求量也随之减少。

2. 搬迁离深

2008年以来,被调查的企业中迁出深圳的企业有1161家,涉及员工约19.33万人。其中,龙岗地区就有29家出口外汇超千万美元的企业,因受严峻经济形势的影响,出现搬离深圳的情况。据深圳市流动人口和出租屋综合管理办的统计数据显示:2008年,全市厂房空置率增加、租金下降,住宅类租金下降

10%，厂房类下降15%。2009年1月以来，福田区各租赁所均出现了大量提前终止房屋租赁合同现象，个别租赁所一个月内办理注销房屋租赁合同手续达几十宗。企业搬迁离深，出现了提前退租厂房与住房的现象，且有逐月下降趋势。

3. 破产关闭

2008年深圳市贸易工业局登记在册的关闭企业共有903家，涉及员工约10.44万人。另外，还有大量的作坊式企业，因自身实力较弱，抵御风险能力极差，又受上游企业订单减少的影响，而纷纷破产关闭。

（二）加工贸易进出口量大幅下降，外贸进出口形势严峻

改革开放以来，深圳发挥着独特的比较优势，利用加工贸易主动参与国际产业分工，取得了令人瞩目的成绩，但同时经济增长减弱的问题也逐渐显露。为解决深圳所面临的资源、环境、空间以及人口膨胀等对经济社会发展的制约，深圳市委、市政府提出加快高端服务业发展，确定创新金融、现代物流、专门专业、网络信息、服务外包、创意设计、品牌会展和高端旅游共八个高端服务业为重点领域的发展方向。近年来，随着深圳产业结构的调整，深圳加工贸易企业不断内迁。但由于国际市场需求旺盛，深圳加工贸易进出口量不但未减少，而且还在持续增长，只是增幅略有趋缓。2008年下半年，不期而至的金融危机打乱了这种正常的调整步伐。

1. 外贸进出口形势趋于严峻

受到国际金融危机的影响，国际市场需求急剧下行，2008年以来，深圳市持续多年的对外贸易高速增长势头明显放缓。随着欧美主要经济体先后步入衰退，深圳企业的进出口业务在2008年11月从小幅增长转为下降，至2009年2月连续四个月同比下降，且跌幅有加大趋势（见图2）。

2. 加工贸易进出口下降趋势不断加剧

深圳加工贸易进出口总额占全市外贸进出口总额的半壁江山，对外贸经济的影响也是举足轻重的。据相关部门统计资料显示：2007年，深圳对外贸易进出口总额为2876.09亿美元，其中加工贸易进出口额为1766.92亿美元，占全市外贸进出口总额的61.44%，占全国加工贸易进出口的17.92%；2008年深圳对外贸易总额为2999.75亿美元，其中加工贸易进出口额1752.02亿美元，占全市外贸进出口的58.41%，占全国加工贸易进出口的16.63%。

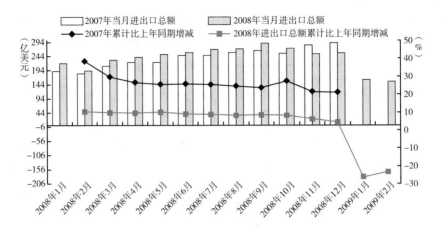

图2　近三年深圳市进出口变化情况

2008年初，深圳加工贸易进出口下滑趋势开始显露端倪：1月份加工贸易出口虽然大幅增长32.3%，但进口却暴跌22.5%，进口总量下滑，预示着开工减少和出口下降。2008年11月，随着金融危机的扩散，国际市场需求出现急剧萎缩，许多企业出现订单减少，经营压力增大，深圳加工贸易进出口呈快速下降的态势，继2008年11月出现19.5%的当月同比负增长后至2009年2月连续三个月负增长超过20%，下降趋势不断加剧（见图3）。

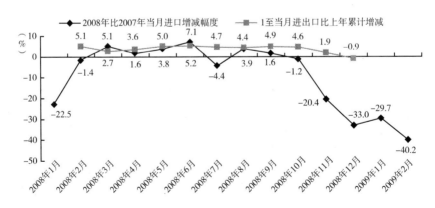

图3　2008～2009年加工贸易进出口增减幅度变化情况

（三）外贸进出口下降带来间接效应，相应行业业务量明显减少

与欧美国家过度消费的信用泡沫破裂相反，我国经济的明显特征是消费不

足。其根本原因就在于劳动生产力的提升速度远高于消费能力的提升速度，因此，大部分功能要依赖于出口，当国际市场出现萎缩时，不仅使对外贸易企业的经济增速放缓，也对货物贸易提供的物流业、服务业也产生影响。通过调查发现：深圳市的港口物流业与拖车运输行业业务量呈明显下降趋势，特别是海关监管仓和集装箱拖车运输的物流业务量急剧减少。据统计，2008 年四季度深圳市拖车运输行业业务量下降 30%；盐田港口货柜吞吐量比 2007 年下降 3%，南山赤湾集装箱码头业务量因此下降了 20%。国外需求的减少，外贸进出口经济体系向相关经济实体部门传导，一些相关行业，特别是中小企业的困难也呈现出日益扩大的趋势。

二　金融危机对企业劳动用工的影响

加入世贸组织以来，深圳经济处于新一轮高速增长周期，深圳的用工形势由过去劳动力市场的紧张状况，变为相对宽松，出现了"招工难"等普通劳动力短缺现象。正当人们讨论这种积极变化时，国际金融危机对深圳经济产生了冲击，使用工形势开始发生逆转。调研情况显示：全市劳动用工呈现三大变化，劳动力市场供求比例出现拐点；劳动者对求职工资要求更趋理性；加工贸易企业成为劳动者流失的主要区域。

（一）劳动力市场供求关系五年首次发生变化

1. 劳动力市场供求比例出现拐点

据深圳市人力资源市场职业供求统计分析模式四年来的数据显示：2005 年以来，深圳人力资源市场一直呈现需求人数大于求职人数的态势。但自 2008 四季度以来供求比例出现拐点，求职人数首次大于需求人数。据抽样调查情况显示：2008 年第四季度深圳市人力资源市场需求人数为 150.7 万，入场求职人数为 161.0 万，人力资源市场供求关系表现为"一降一升"，岗位需求相比上季度减少了 19.8 万人，减幅为 11.61%；求职人数增长了 31.8 万，增幅为 24.61%。

2. 企业提供就业岗位的能力有所下降

据劳动保障部门 2009 年 1 月统计，深圳市岗位需求人数为 14.6 万，求职人数为 18.6 万人次，岗位缺口是 3.9 万人次，求职倍率是 0.79，即一个求职者对应 0.79 个岗位。企业提供就业岗位的能力有所下降。据深圳市总工会 2009 年 2 月开展的全市用工情况调研显示：春节之后来深找工作的劳动者感到用人单位岗位明显减少，求职路途较为艰难。

一是找工作难度增大。求职者普遍感到 2009 年找工作难度增大。47.47% 的人表示求职难度比以往大一些，88.78% 的人表示找工作有难度（见图 4）。

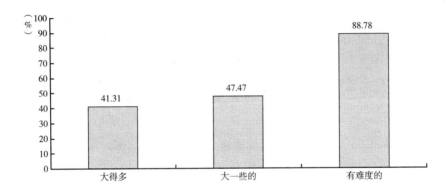

图 4　和往年比求职的难度

二是招聘单位明显减少。由于用人单位岗位稀缺，从而设置重重入职门槛，提高招用条件和增加附加条件，使得求职者很难达到用人单位的要求，在短期内无法找到工作（见图 5）。

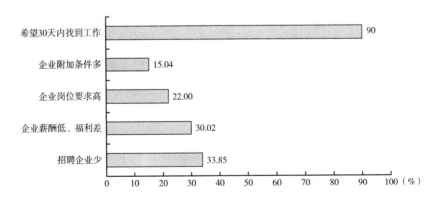

图 5　求职者遇到主要困难招聘单位少

（二）劳动者对求职工资要求更趋理性

虽然金融风暴肆意蔓延，但深圳在求职者的心目中仍具有较强的吸引力。深圳市总工会在调查中发现，求职者中有 84.43% 的人曾在深圳有过工作经历，其中 31.6% 的求职者在深圳度过 2009 年的春节，52.8% 的人即使回家或去外地过春节，也很快返回深圳继续找工作。在深圳没有工作经历的人员仅占 15.4%。2009 年对来深求职者的前途并不顺利，但市总工会在与求职者的座谈中，大多数求职者表示即使降低工资也不会离开深圳。表明求职者对深圳城市充满信心和很高的认同度（见图 6）。

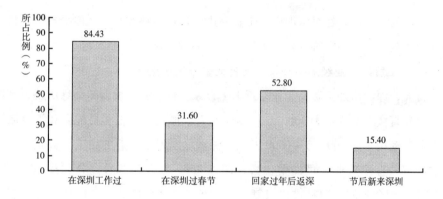

图6　求职人员基本情况

与此同时，求职者对薪酬的期望值也明显发生了变化。据调查显示：被调查的全部求职中，多达 88.75% 的人为找到工作愿意降低工资，其中对前一份工作的工资在 2000～3000 元的求职者中，有 42.7% 可以接受 1500～2000 元的工资水平；前一份工作工资在 1500～2000 元的求职者中，有 30% 愿意接受 1000～1500 元的工资水平，甚至有 1.65% 的受访者可以接受 1000 元以下的工资，57.1% 的受访者希望保持原工资收入水平不变（见图 7）。

（三）加工贸易企业成为劳动者流失的主要区域

加工贸易企业是深圳市吸纳普通劳动者的主要工作场所。加工贸易企业进出口持续大幅下滑，带来生产任务量的减少和用工需求的下降。从而导致 2009 年企业用工的减少。据统计，加工贸易企业流失劳动者大约 150 万人，占全市企业

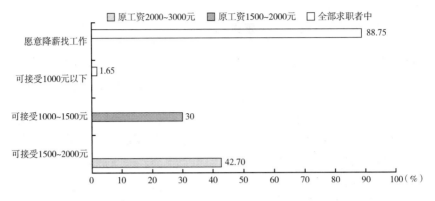

图7　求职者对薪酬要求变化情况

流失人员的大多数。经对深圳市加工贸易进出口量走势图与工伤保险参保人数走势图相比较，二者的走势变化竟出现惊人的一致性。

1. 加工贸易企业经济下滑与劳动者大量流失成正比

目前，深圳市加工贸易企业有近1.1万家。据商务部披露的信息反映，全国加工贸易直接从业人员为3000万~4000万人，加之与加工贸易配套和提供服务的企业劳动用工达5000万~6000万人。深圳加工贸易企业的用工人数至少占全国加工贸易直接从业人员的中位数，即以3500万人为基数。分别按2007年、2008年深圳企业加工贸易进出口额占全国的比重17.92%、16.63%计算，据此得出深圳加工贸易直接从业人员约为627万人和582万人，这与深圳市贸易工业局测算的加工贸易企业直接从业人员600万左右基本相符合。

据上述数据推算分析，员工大量流失来自三方面因素，一是自2008年12月以来，深圳加工贸易进出口同比下降24.1%，必然带来劳动用工劳动岗位的迅速减少。减少劳动者约145万人。二是部分企业采取放长假、减少加班等做法也流失相当数量的员工。三是严峻的经济形势不仅直接影响加工贸易企业，也会传导式同比例地影响与加工贸易相关的企业，劳动用工需求减少也同样存在。因此，从加工贸易领域释放出的劳动者大约有150万人。

2. 工伤参保人数大幅下降印证劳动者流失数量

自2008年11月以来，伴随着加工贸易经济遭受重创，深圳工伤保险的参保人数也迅速下滑，尤其是非深圳户籍员工工伤参保人数的变动，更能反映劳动密集型加工贸易企业员工大量流失状况。据深圳市社会保险基金管理局统计数据显示：非深圳户籍工伤参保人数从 2008 年 9 月的 757.6 万人减少到 2009 年 2 月的 658.6 万人，净减 99 万人（见图 8）。

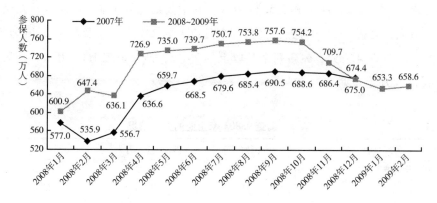

图 8　非深圳户籍工伤保险参保人数情况

非深圳户籍员工工伤参保率为 65.4%，主要通过深圳市出租屋暂住人口的统计数 1293 万人，扣除深圳户籍人口 30 万人、学龄儿童 45 万人、临时无工作岗位人员 60 万人（约为劳动人口的 5%）后，得出 1158 万人的计算基数。根据上述测算的参保率，减少 151.4 万人（即 99 万人/0.654 = 151.54），其计算结果与加工贸易企业释放出 150 万劳动人口基本相同。

三　金融危机对企业劳动关系的影响

劳动关系是和谐社会之基。当前，世界金融危机影响日益显现，全球经济环境趋冷的形势下，深圳市委、市政府在全市开展"企业爱员工，员工爱企业"的活动，广大员工在危机面前表现出了与企业风雨同舟、共克时艰的信心与决心，绝大部分企业信守"不裁员、不降薪、保岗位、稳队伍"的诺言。通过调查显示：深圳劳动关系总体保持和谐稳定，但局部地区情况较为严峻，欠薪引发的群体性争议有所增长，且对抗性增强；企业放长假增多，且隐患严重；员工收入开始有所变化，且呈逐渐下降趋势，员工权益有所弱化，且陷入较难境地。

（一）群体性争议有所增加，且对抗性程度增强

在金融危机的冲击下，一些企业生产经营发生严重困难，导致无力支付工资

的现象较为突出。欠薪问题成为引发群体性争议的主要诱因。据市总工会及五家单位对 93803 家企业的调查情况显示：在经营困难的企业中，有 537 家企业存在拖欠员工工资现象，涉及员工 5.23 万人，其中欠薪逃匿企业 167 家，涉及员工 1.31 万人，欠薪 3027.4 万元；欠薪一个月以上的 291 家，涉及员工 2.86 万人，拖欠工资 5737.4 万元；欠薪两个月以上的 79 家，涉及员工 1.06 万人，拖欠工资 4456.6 万元（见表 2）。

表 2　调查 93803 家企业的欠薪情况

欠薪企业情况	企业数(家)	涉及员工(万人)	欠薪金额(万元)
因经营困难发生欠薪的企业	537	5.23	13221.4
其中:欠薪一个月以上	291	2.86	5737.4
欠薪两个月以上	79	1.06	4456.6
欠薪逃匿企业	167	1.31	3027.4

经营者欠薪逃匿的案件冲突性特点明显增强。自 2008 年以来发生的 167 起欠薪逃匿案件中，涉及员工 1.31 万人，其中绝大多数案件均引发了讨薪上访的群体性事件。员工为追讨工资、补偿金等经济利益，与企业不能达成一致，即采取堵塞交通要道、围堵政府机关，甚至与警察发生冲突等过激的方式。

如 2008 年 11 月 12 日，福田美福瓦通纸业有限公司 200 多名员工在福田保税区门口堵路，并与强行恢复交通秩序的多名警察发生冲突，有的员工还向现场维持秩序的警察投掷石块，造成多名警察受伤；12 月 1 日，龙岗葵星公司 100 多名员工沿公路步行到区政府上访，沿途大量群众围观，持续时间长达 20 多个小时，龙岗区公安局分局为控制事态，先后调派了近百名警力，造成较大的负面影响。

金融危机的冲击成为引发群体性纠纷的重要原因。2008 年下半年以来，深圳经济已步入下行空间。在深圳目前的经济结构中，低附加值的来料加工制造业仍占有相当大的比重，同时也是吸纳劳动力最多的产业，这些劳动密集型企业技术含量和利润率低，抗击金融危机冲击的能力相对较弱。对三来一补或民营的来料加工、电子、玩具、服装、纸品等制造业，特别是劳动密集型和偏外向型企业的冲击尤为明显，这类企业大多集中在宝安、龙岗两区，导致宝、龙两区的群体性劳动争议持续增长，在全市所占比例也最高。

（二）企业放长假增多，且隐患严重

实体经济为维持和谋求利益最大化，将金融危机带来的经济损失逐渐转嫁给员工，企业千方百计采取各种自救措施。其中一些企业因订单减少，员工工作不饱和，开始选择放长假的方式，让员工被迫下岗或暂时回家，处于半失业或隐形失业的状态，随之带来一系列不稳定因素与隐患，一是企业不按规定的标准支付员工停工期间的工资；二是企业以经营困难为由，不缴或少缴员工的社会保险；三是无限期放长假，一些企业既不发放停工工资，也不解除劳动关系，员工认为企业是有意规避支付解除劳动合同的经济补偿金，对企业失去信心与安全感，从而导致劳动争议的发生。

如深圳蛇口亿利达公司于 2009 年春节前，通知 300 多名员工放假一个月，春节后员工返回公司被告知继续放假三个月，员工对此极为不满，数百名员工多次围堵工厂大门，到市、区政府上访，事态的发展引起在岗的 1500 名员工也随之停工。经深圳市劳动保障局、深圳市总工会和南山区政府工作组长达一个月的努力才初步得以解决。

（三）劳动者工资收入开始有所变化，且呈逐渐下降趋势

1. 工资标准下降逐渐显现

调查情况显示：随着企业经营状况下滑，受访者普遍反映直接受影响的是工资收入。受访者中工资略有减少的占 39.52%；工资已减少 20% 的占 22.69%；受访中工资没有变化的占 23.6%；工资增加的占 2.7%（见图 9）。

2. 企业下调工资标准呈现"两难"

工资既是劳动者生存和发展的重要物质基础，又是用人单位生产经营过程中需付出的必要成本，为了应对金融危机给企业带来的困境，企业选择降低工资成本，但陷入"两难"的尴尬境地，一方面降低工资是帮助企业渡过难关的无奈之举，另一方面又担心降低工资影响员工工作的积极性与生活质量，使员工产生抵触情绪，以致引发群体性的劳动争议。

（四）员工权益有所弱化，且陷入较难境地

随着金融危机的迅速蔓延，深圳市各级工会采取了积极的应对措施，大

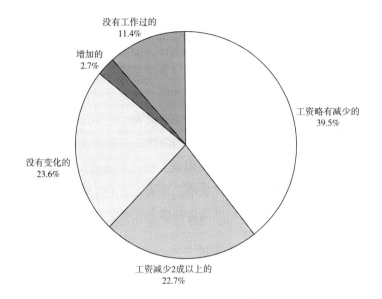

图9 受金融危机影响工资变化情况

力开展"企业爱员工、员工爱企业"的双爱活动。在积极倡导广大员工与企业同呼吸，共命运，齐心协力共渡难关的同时，也存在员工维权方面的诸多问题。

1. 部分企业忽略与淡化员工的合法权益

由于企业经营困难的压力逐渐增加，企业行政方对落实员工的权益不积极不主动，或千方百计减少员工劳动报酬的成本，使得工资收入水平开始下降，欠薪社保等问题有所抬头。

2. 政府相关部门放松对企业的监管

政府有关部门因将注意力转移到"保增长"、"保企业"上，在制定政策、舆论导向上明显倾向于企业、对企业的一些侵权行为出现执法放宽的现象，助长了部分企业逃避应当履行的法定义务。

3. 工会维权受制于用人单位

企业工会干部与工会主席均属于企业员工，同样会遭遇下岗、减薪、裁员或解除劳动合同关系的状况，在自身合法权益都难以保障的情况下，履行工会干部职责成为想为之而不能为，企业内部监督机制严重缺失的局面，使得工会维权难以真正落到实处。

四　直面挑战，应对金融危机的思路与举措

金融危机带给深圳无情的冲击与影响，但也使我们更清醒地看到存在的诸多问题。为了促进劳动就业，劳动关系向积极方向转化，除了需要在树立战胜金融危机信心的基础上，最大限度地利用有利因素消除不利的外部环境外，还应当站在更新的角度，更高的高度，分析研究当前经济形势下的新情况，提出具有前瞻性的思路与举措。

（一）加大实施《劳动合同法》等一系列新法律的力度，建立和谐劳动关系的长效机制，既切实保护困难时期员工的合法权益，并实现优化人力资源结构与优化产业结构的升级

稳定是发展的前提和基础。在经济运行困难、矛盾相对集中，劳动关系相对脆弱的经济危机时期，大力推行《劳动合同法》等一系列新法律法规则显得尤为重要。

1. 建立企业劳动合同管理制度

强化劳动关系的源头工作。规范企业订立、变更、解除和终止劳动合同的行为，工会组织要教育企业和员工依法履行法定义务，督促企业按时足额支付员工工资及停工期间工资，做到依法变更、依法裁员、依法解除。同时建立健全劳动合同管理制度，实行职工名册备查制度、劳动合同签收制度、变更解除终止的书面明示化制度等，将劳动关系纳入依法管理的轨道。

2. 建立起与《劳动合同法》相配套的规章制度

要着眼于进一步发展和谐劳动关系，以建立健全规章制度为切入点，建立与时俱进不断创新的对话制度、集体协商制度、调解劳动争议制度，营造员工干事创业的良好氛围。用劳动关系的长效机制来维护企业与社会的稳定。

3. 实现优化人力资源结构与产业结构的不断升级

深圳一直着力打造成为经济发达的地区，实现优化人力资源结构与优化产业结构的升级，要实现这一转变，《劳动合同法》的作用是至关重要的。新法律提高了劳动者的用工成本，这就使得低端产业外迁，从而提高外来资本质量的门槛，即实现产生结构的升级，增强对高端人力资源的需求，必然增加劳动者的收入，从而步入良性循环的轨道。

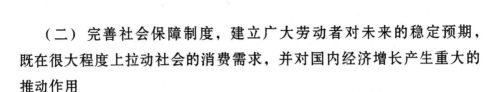

（二）完善社会保障制度，建立广大劳动者对未来的稳定预期，既在很大程度上拉动社会的消费需求，并对国内经济增长产生重大的推动作用

建立完善的社会保障制度不仅是发展的目标，也是解决当前金融危机带来的困境，促进经济发展的手段。当前，我国在这场金融危机中遇到的问题，与美国20世纪30年代的经济大萧条十分相似。为解决大萧条带来的危机，美国实施了罗斯福新政，其中一个重要的理念与举措就是启动内需与建立社会保障制度。目的就是通过社会保障，让广大劳动者建立起对未来的稳定预期，解决经济危机带来的生产过剩和产品积压的主要问题。美国的成功之举是值得我国借鉴的。

1. 建议国家加大推进完善社会保障制度的力度

让人人享有社会保障已成为党和政府工作报告中的庄严承诺，成为国家发展目标的重要指向，也是推动经济发展的良策。政府应当给予更大力度的公共投入，不仅有利于改变投资、进出口与消费者三者之间对经济拉动影响的不平衡状态，促使劳动者摆脱了医疗、养老等方面的后顾之忧，必将会在很大程度上激发社会的消费需求，同时对经济增长产生良性循环的推动作用。

2. 建立覆盖城乡的社会保障体系

摆脱所有劳动者的就业与生存危机，构建一个综合性的社会救助体系；免除所有人的疾病医疗恐惧，通过一个多元的医疗保障体系覆盖全民，先解决看病贵，再解决看病难的问题；解除所有人的年老后顾之忧，通过"三险一贴"制度覆盖到所有的人，充分体现社会保障公平、普惠、共济的原则。

（三）建立工资支付保障机制和职工工资正常增长机制，坚持更加注重公平的原则，既保证员工工资的按时足额发放，并增强企业的竞争力和生产经营的活力

收入分配是民生之源。工资是劳动关系中最为核心的要素，用人单位的工资水平、工资支付情况与劳动关系稳定状况、和谐程度有着直接关系，因此，建立完善的工资支付保障机制和职工工资正常增长机制可以有效解决金融危机时期企业因工资支付所引发的矛盾和纠纷。

1. 积极参与《深圳员工工资支付条例》的修订工作

首先，建议设立企业职工工资正常调整机制专章，明确规定政府、工会职责，协商主体、协商程序、工资增长水平以及不增长的具体条件等。指导企业形成符合市场经济规律的职工参与其中的企业工资正常增长机制，保障职工共享企业改革发展成果。其次，建议完善规范企业停产停业期间的工资支付行为。明确界定企业停工时间的最长期限，防止企业无限期的拖延，规避承担支付解除合同的补偿金的法律责任，从而引发重大的劳动争议。

2. 加大维护劳动者工资收入权益的力度

工会组织要针对金融危机影响下企业不按时足额发放工资的状况，通过集体协商，签订工资专项集体合同，规范企业工资支付行为及劳动报酬标准，联合劳动保障部门加强工资支付情况的监督检查，切实维护职工工资收入利益。上级工会组织要加强对基层工会协商谈判的指导和帮助，探索组建工资协商谈判专家队伍，努力使集体协商成为企业内调整劳动关系的有效制度，促进经济困难时期劳动关系的和谐稳定，从而充分调动员工工作积极性，增强企业的竞争力，有效降低企业的生产经营成本和风险，实现员工和企业的双赢。

（四）推广建立集体协商劳资共决机制，教育引导员工依法理性维权，既发挥工会组织在困难时期维护社会稳定的主力军作用，并探索开创科学理性维权的新路径

在金融危机的非常时期，企业面临重重困难，员工权益的保护力度被相应弱化，妥善处理好新形势下劳动关系领域出现的新情况新问题，充分发挥工会维权的独特作用，推动企业劳动关系纳入法制化，制度化的发展轨道是工会组织面临的重要课题。

1. 建立劳动关系预警机制

随着金融危机对实体经济影响的逐渐加深，各类企业将不可避免受到冲击，工会要加大工会组建力度，指导基层、企业工会的组织建设，创新组织形式与工作方式，为维权工作奠定基础。高度关注金融危机下劳动关系发展变化，开展专项调研，适时提出应对建议与措施。上级工会组织要指导各级工会建立社区、街道、各区三级劳动信息通报网络，对深圳区域内发生的劳动争议做到"第一知情人，第一报告人"。对于各种原因导致职工队伍不稳定的事件苗头，企业工会

要及时向上级工会报告，各级工会应及时介入，依法维护职工权益和社会稳定。

2. 推广建立劳资共决的企业利益平衡机制

长期以来，一些企业经营者基于管理者的地位，习惯于随意使用行政管理权，而单方决定涉及员工切身利益的重大事项，引起员工极大不满。《劳动合同法》等一系列新法律的出台，赋予劳动者参与协商与决定涉及切身利益的权利。工会组织要以贯彻实施新法律为契机，越是在经济困难时期，越要坚持实行集体协商、劳资共决制度，解决目前企业为摆脱困境，采取优化人员结构，调整员工岗位，减薪裁员，停工下岗等方式，引起员工的对立情绪与利益冲突。沃尔玛集体争议与富士康大幅裁减数万员工事件，都是工会组织通过启动集体协商劳资共决机制，使矛盾有效化解的成功典范。实践证明，集体协商和劳资共决在平衡劳资利益上具有不可替代的作用，当然同时也要教育引导员工依法理性维权，既考虑自身合法的利益，也要体谅企业在发展中遇到的困难，自觉与企业同舟共济共渡难关，推动企业建立规范有序、公正合理、互利共赢、和谐稳定的劳动关系。

深圳市建设系统劳务工
基本状况调查分析与对策研究

王贵斌*

摘　要：2009 年初，深圳市建设工会在全市开展了建设系统劳务工基本状况的抽样调查工作，比较全面地了解深圳市建设系统劳务工的工作、生活和学习情况，分析建设系统劳务工劳动报酬、休息休假、劳动保护、社会保障等劳动经济权益的实现情况和存在问题，并就如何更好地维护建设系统劳务工的合法权益问题提出若干对策和建议。调查报告对切实做好建设系统劳务工权益维护工作，具有一定的参考作用。

关键词：建设系统　劳务工状况　调查研究　若干对策

为全面了解深圳市建设系统劳务工的工作、生活和学习情况，深入分析建设系统劳务工劳动报酬、休息休假、劳动保护、社会保障等劳动经济权益的实现情况和存在问题，更好地维护建设系统劳务工的合法权益，深圳市建设工会于 2009 年初，在全市开展了建设系统劳务工基本状况的抽样调查工作。抽样调查问卷的样本量为 1000 份，发出调查问卷 1000 份，收回调查问卷 1000 份。现将本次调查的情况作出初步分析，并就如何更好地维护建设系统劳务工的合法权益问题提出若干对策和建议。

一　深圳市建设系统劳务工的基本状况及分析

（一）调查概况

1. 男性劳务工占职工总数近八成

在此次参与调查的 1000 人建设系统劳务工中，男性 769 人，占 76.9%；女

---

* 王贵斌，深圳市建设工会。

性 231 人，占 23.1%（见表 1）。由于建筑施工行业是重体力工种，并且主要在户外作业，因此，建设系统男性劳务工的数量明显多于女性劳务工。

表 1 性别构成

单位：人，%

项 目	类 别	数量	占样本总量的比例
性别	男	769	76.9
	女	231	23.1

2. 建设系统劳务工以青年为主，年龄在 25 岁以下的占到了六成以上

建筑施工属于劳动密集型产业，因此，年轻力壮、吃苦耐劳并能承受长时间高强度劳动的年轻人成为用人单位的首选。本次抽样的建设系统劳务工中，年龄在 20 周岁及以下的 254 名，占样本总量的 25.4%；21～25 周岁的 381 名，占 38.1%；26～35 周岁的 277 名，占 27.7%；36～45 周岁的 76 名，占 7.6%；46～55 周岁的 12 名，占 1.2%（见表 2）。以上数据显示，深圳建设系统劳务工年龄在 35 岁及以下的占 91.2%，尤其是年龄在 25 岁及以下的占到了六成以上，达 63.5%，这说明深圳建设系统劳务工是一支年轻的队伍。

表 2 年龄构成

单位：人，%

项 目	类 别	数 量	占样本总量的比例
年龄结构	20 岁及以下	254	25.4
	21～25 岁	381	38.1
	26～35 岁	277	27.7
	36～45 岁	76	7.6
	46～55 岁	12	1.2
	56 岁及以上	0	0

3. 超过七成的建设系统劳务工来自农村

数据显示，农村人口占调查样本的七成以上（见表 3），这表明深圳建设系统劳务工群体以农村进城务工人员为主。

表3　户籍构成

单位：人，%

项　　目	类　　别	数　量	占样本总量的比例
户籍构成	城镇人口	298	29.8
	农村人口	702	70.2

4. 以未婚青年为主，且以男工居多

数据表明，深圳建设系统劳务工群体以未婚青年为主，达65%。而且以男工居多（见表4），这与建设系统劳务工群体年龄在25岁及以下的占到了六成以上的情况是相符的。在调查中我们发现，深圳一些大型的建筑施工企业，80%以上是青年男工。男女比例的严重失调，客观上给男工的婚恋带来了困难。

表4　婚姻状况

单位：人，%

项　　目	类　　别	数　量	占样本总量的比例
婚姻状况	未婚	650	65
	已婚	330	33
	其他	20	2

（二）建设系统劳务工群体文化程度、职业技能素质偏低

数据显示，建设系统劳务工文化程度以初中及相当、高中及相当和中专（或职高、技校）为主，这三个文化层次的建设系统劳务工有883人，占88.3%（见表5）。建设系统劳务工群体的学历层次相对于深圳市的情况是偏低的。调查显示，参加抽样问卷的建设系统劳务工中，普通工617人，占61.7%，技术工383人，占38.3%；取得职业技能资格证书的185人，占18.5%，没有取得职业技能资格证书的815人，占81.5%（见表6），这表明深圳建设系统劳务工职业技能偏低，尤其是高级技工、工人技师奇缺，建设系统劳务工队伍技术素质有待优化。

表5 文化程度构成

单位：人，%

项目	类别	数量	占样本总量的比例
文化程度	没有上过学	0	0
	小学及相当	24	2.4
	初中及相当	374	37.4
	高中及相当	255	25.5
	中专(或职高、技校)	254	25.4
	大专及相当	71	7.1
	大学及以上	22	2.2

表6 普通工与技术工比例、职业技能证书获取情况

单位：人，%

项目	类别	数量	占样本总量的比例
普通工与技术工	普通工	617	61.7
	技术工	383	38.3
职业技能资格证书	有	185	18.5
	没有	815	81.5

（三） 存在超时加班加点现象

调查显示，"上星期您工作了多少天"中，工作7天的建设系统劳务工有224人，表明高达两成多的建设系统劳务工辛苦一周却得不到一天的休息，没有休息的原因是工厂赶货或餐饮、零售企业没有安排轮休。"上星期您平均每天工作多少个小时"中，23.3%的建设系统劳务工平均工作超过了10小时以上，"上星期您工作时间最长的一天工作多少个小时"中，33.9%的建设系统劳务工工作超过了10小时以上（见表7），这两项数据都远远高出《劳动法》规定的每天工作时间不超过8小时的工时标准，表明超时加班加点现象在一些企业普遍存在。令人忧虑的是，近两成的建设系统劳务工"每天中午休息时间（包括吃饭时间）"仅有半小时，其紧张程度可想而知。

（四） 工资水平偏低，收入增幅滞缓

建设系统劳务工总体学历、技能偏低，就业集中在企业施工一线，所从事的

工作技术技能含量不高，工资水平相对较低。调查表明，在工资（含加班费）水平一项中，月工资 1500 元及以下的占 17%；1501～1800 元的有 48%；1801～2100 元的占 26%；2100 元及以上的占 9%。由此可见，近五成建设系统劳务工的月工资收入在 1501～1800 元之间（见表 8），相对于深圳市的平均工资水平是偏低的。这种状况说明，深圳建设系统劳务工的绝对工资水平不但偏低，而且增幅滞后、缓慢，与深圳全市职工的平均收入水平差距越拉越大。当然，根据我们对建设系统劳务工的个人访谈，得知他们在深圳打工所获得的收入比起在家乡务农，平均收入水平还是要高一些。

表 7　工时状况

单位：人，%

项　　目	类　　别	数　　量	占样本总量的比例
上星期您工作了多少天	5 天	344	34.4
	5 天半	121	12.1
	6 天	276	27.6
	6 天半	35	3.5
	7 天	224	22.4
上星期您平均每天工作多少个小时	8 小时以内	492	49.2
	9 小时	275	27.5
	10 小时以上	233	23.3
上星期您工作时间最长的那一天工作了多少小时	8 小时以内	329	32.9
	9 小时	332	33.2
	10 小时以上	339	33.9
您每天自己愿意工作的最长时间是多少小时	8 小时以内	537	53.7
	9 小时	329	32.9
	10 小时以上	134	13.4
每天中午休息时间（包括吃饭时间）是多少小时	半小时	194	19.4
	1 小时	468	46.8
	2 小时	338	33.8
一般您每星期能休息多少天	半天	125	12.5
	1 天	585	58.5
	2 天	290	29

表8　工资状况

单位：人，%

项　目	类　别	数　量	占样本总量的比例
月工资	1500 元及以下	170	17
	1501～1800 元	480	48
	1801～2100 元	260	26
	2100 元及以上	90	9
工资一般多少个月发一次	1 个月	928	92.8
	2 个月	25	2.5
	3 个月	5	0.5
您能不能按时足额领取工资	能	754	75.4
	不能	23	2.3
	能足额领取但时间不固定	175	17.5
企业现在有没有欠您工资	有	70	7.0
	没有	894	89.4
您加班以后能拿到加班工资吗	一直都能拿到	674	67.4
	大多数时候能拿到	124	12.4
	偶尔才能拿到	37	3.7
	从来没有拿	71	7.1

（五）超过七成的建设系统劳务工参加了各种社会保险

数据显示，超过七成的调查单位参加了基本养老保险和医疗保险并给建设系统劳务工买工伤保险（见表9）。总体而言，相对于全省来说，深圳建设系统劳务工的社会保险参保率是比较高的。

（六）建设系统劳务工入会率有较大幅度提高，劳务工的会员意识得到了加强

抽样调查显示，84.3%的单位建立了工会组织；15.7%的单位没有建立工会组织；16.8%的建设系统劳务工不知道单位是否有工会组织，73.9%的建设系统劳务工参加了工会（见表10），这表明深圳市建设系统劳务工的入会率近年来有较大幅度提高，建设系统劳务工的会员意识得到了加强。

表9　参加社会保险状况

单位：人，%

项　　目	类　　别	数　量	占样本总量的比例
您参加基本养老保险了吗	没有参加	163	16.3
	参加了	705	70.5
	不知道	107	10.7
您参加医疗保险了吗	没有参加	226	22.6
	参加了	651	65.1
	不知道	97	9.7
您单位参加失业保险了吗	没有参加	496	49.6
	参加了	151	15.1
	不知道	269	26.9
单位里有没有给您买工伤保险	没有	156	15.6
	买了	730	73.0
	不知道	69	6.9

表10　参加工会情况

单位：人，%

项　　目	类　　别	数　量	占样本总量的比例
你们单位有没有工会	有	843	84.3
	没有	157	15.7
您参加工会了吗	参加了	739	73.9
	没有参加	261	26.1

（七）建设系统劳务工化解劳动纠纷的方式趋于理性

在回答"您是采用什么方式来解决与单位发生的工资待遇、劳动时间、劳动保护、福利、社会保险、劳动合同、职业培训的纠纷"时，建设系统劳务工选择的方式依次有：35.2%选择向上级部门反映，28.8%选择通过本人和单位方协商解决，25.5%选择通过工会和单位方协商解决，19.9%的选择申请劳动仲裁，16.8%选择求助同乡或朋友帮助，6.9%选择求助于新闻媒体，6.4%选择消极怠工（见表11）。上述数据显示，一旦出现劳动纠纷，建设系统劳务工尽量通过协商的方式化解，实在化解不了，也知道申请劳动仲裁，而对于自己和单位都没有好处的消极怠工，建设系统劳务工都普遍不认同，这些都表明，深圳建设系统劳务工化解劳动纠纷的方式趋于理性。

表11 化解劳动纠纷的方式

单位：人，%

项 目	类 别	数 量	占样本总量的比例
您是采用什么方式来解决与单位发生的工资待遇、劳动时间、劳动保护、福利、社会保险、劳动合同、职业培训的纠纷	向上级部门反映	352	35.2
	求助同乡或朋友	168	16.8
	求助于新闻媒体	69	6.9
	消极怠工	64	6.4
	本人和单位方协商解决	288	28.8
	本人通过工会和单位方协商解决	255	25.5
	申请劳动仲裁	199	19.9

（八）建设系统劳务工对住宿和伙食安排最不满意

在回答"你对单位方在以下方面所做的工作满意吗"这一问题时，建设系统劳务工对单位方所做的工作"不太满意"或"很不满意"的方面依次是：住宿和伙食安排19.8%，休假安排16.4%，业务培训15.9%，劳动时间14.7%，社会保险14.2%，工资支付13.5%，工会组织13.5%，职业安全与劳动环境8.2%。可见，住宿和伙食安排是建设系统劳务工最不满意的（见表12），本次调查显示，45.2%建设系统劳务工目前人均住宿面积3平方米以内，26.1%的建设系统劳务工对单位职工食堂的伙食不满意。

表12 对单位方所做工作的满意度

单位：人

项 目	非常满意	基本满意	一般	不太满意	很不满意
工资支付	214	339	235	94	41
劳动时间	167	369	250	111	36
休假安排	174	301	261	108	56
职业安全与劳动环境	187	371	264	59	23
住宿和伙食安排	123	300	287	137	61
社会保险	194	309	203	85	57
业务培训	165	325	226	106	53
工会组织	170	300	230	73	62

二 深圳建设系统劳务工基本状况的 总体估价、存在的问题及原因

（一）劳务工基本状况有所改善，多数劳务工就业首选深圳

调查结果显示，深圳建设系统劳务工的基本状况与前几年相比，有了一定程度的改善。主要体现在：一是经过近几年对欠薪问题的全市性检查清理，目前拖欠建设系统劳务工工资的现象已经大幅度减少，92.8%员工能在当月领到工资；二是深圳的社会保障制度比较健全，企业和建设系统劳务工对这方面都比较重视，建设系统劳务工社会保险的投保参保率比周边地区都高；三是建设系统劳务工劳动合同签订率与前几年相比有较大幅度提高，达到83.6%。

深圳建设系统劳务工的基本状况的改善得到了建设系统劳务工的认同，本次问卷调查显示，在问及深圳及深圳周边的广州、珠海、东莞、惠州哪个市的务工环境最好时，深圳以86.7%的得票率居于榜首，远远高于其他四个城市；对于未来一两年的打算，近八成建设系统劳务工愿意继续留在深圳工作（见表13）。建设系统劳务工的选择说明，深圳这个我国改革开放的窗口城市在许多方面都走在全国的前列，成为建设系统劳务工务工创业的首选。

表13　城市务工环境和未来打算

单位：人，%

项　　目	类　　别	数　量	占样本总量的比例
您认为在以下哪个城市务工环境最好	广州	50	5
	深圳	867	86.7
	珠海	62	6.2
	东莞	15	1.5
	惠州	5	0.5
您对未来一两年有什么打算	继续在深圳工作	790	79
	打算去其他城市	99	9.9
	打算回老家	111	11.1

（二）劳务工权益方面存在的问题

1. 部分企业存在拖欠工资现象

自《深圳经济特区欠薪保障条例》出台后，深圳市政府劳动保障部门和工

会组织每年都进行全市性欠薪大检查，拖欠工资的现象大大减少。但是部分企业仍然存在拖欠建设系统劳务工工资现象。主要原因：一是企业大都规模较小，一旦企业资金周转有困难，厂主就把建设系统劳务工工资挪作周转；二是企业亏损，发不出工资；三是少数企业老板携款逃匿。

2. 超时加班加点，不按《劳动法》规定支付加班工资

从调查来看，深圳大部分企业对法定工时执行得比较好，但生产旺季时，部分企业有超时加班加点现象。有些企业只按照平时的工资标准而不是按照《劳动法》规定的标准支付加班工资。

3. 存在故意不与建设系统劳务工签订劳动合同的现象

据调查，个别企业出于某种动机，随意招用建设系统劳务工，并迟迟不办理用工手续，故意不与建设系统劳务工签订劳动合同，建设系统劳务工处于易受损害的地位。

4. 部分企业不按政策要求为建设系统劳务工投社会保险

有些企业往往借口建设系统劳务工流动性大不为建设系统劳务工投工伤、养老、医疗保险，只为少数中高层管理人员投保；有些企业只重工伤险的投保，却不愿增加安全设备投入，忽视建设系统劳务工的生命安全及身体健康，一出问题就往社保部门推；大多数建设系统劳务工的保险意识不强，只重视眼前利益，而不愿花钱保明日安康。

5. 女职工"四期"保护难

一些企业只招收18~23岁的女工，避免招收生育期的女工。大部分女工一到孕期就自动离职回家。一些企业也有近90天的产假，但一般不发工资。在目前劳动力市场供大于求的情况下，要求非公有制企业按政策要求落实女工"四期"保护，难度相当大。

三 切实维护建设系统劳务工合法权益的对策和建议

（一）必须认同建设系统劳务工的工人阶级身份，提高对建设系统劳务工问题重要性的认识

农村富余劳动力向非农产业和城镇转移，是我国工业化和现代化进程中的一

种必然趋势。建设系统劳务工是新兴的以工资收入为主要生活来源的劳动者，已经成为我国工人阶级队伍中新的成员和重要组成部分。全社会必须认同建设系统劳务工的工人阶级身份，打破我国二元经济结构与社会的藩篱，使建设系统劳务工能与所在城市居民一样享受到各种体制内资源的眷顾。

深圳非公有制企业建设系统劳务工有 100 万人，主要分布在建筑施工、房地产开发、工程监理、装修装饰、物业管理等建设系统企业，是深圳劳动密集型企业劳动者的主体，已成为深圳产业工人的重要组成部分。他们在非农产业建设系统的企业中靠辛勤劳动创造着社会财富。可以毫不夸张地说，没有建设系统劳务工来深圳参与城市建设，深圳就不可能发展到现在的程度。因此，必须妥善处理好涉及建设系统劳务工的一系列问题，其中最重要的就是在认识和具体措施上尊重和善待建设系统劳务工，给他们以市民待遇，切实保障他们的基本权益，提高他们的社会地位，使他们获得应有的社会尊重。

（二）必须启发建设系统劳务工的工人阶级意识，提高他们的自身素质

建设系统劳务工大多来自农村，整体素质不高。本次抽样调查出现的一些情况很说明问题。一是关于"您单位对女工怀孕、生孩子采取什么政策"的调查，仅有三成的问卷进行了回答，这说明有相当多的建设系统劳务工不太珍惜本次表达自身意愿的机会。二是调查单位举办的预防有毒有害化学物品伤害方面的教育、安全生产和业务（技术）培训，分别有 9.6%、13.5%、17.5% 的建设系统劳务工放弃了参加培训的机会。三是一些建设系统劳务工为了多挣一点钱，不顾自己的身体状况能否承受，硬扛着超时加班加点。四是深圳建设系统劳务工文化程度、技能技术程度偏低，加强对建设系统劳务工的业务、技能培训，培养技术、技能型人才，迫在眉睫。

以上情况说明，建设系统劳务工的组织纪律性还不太高，自我保护意识亟待加强，技术技能素质有待优化。因此，必须对建设系统劳务工进行角色意识、工人意识培养，使其学会与自己新身份相适应的社会行为规则和法律、政策、专业知识、技术技能，启发和提高其工人阶级意识。

（三）加大《劳动合同法》、《工会法》、《安全生产法》和《深圳经济特区企业欠薪保障条例》、《深圳市工资支付条例》等法律、法规执法力度，切实保障建设系统劳务工的基本权益，营造良好的务工环境

建设系统劳务工的基本权益具体体现在：劳动就业权、劳动报酬按时支付、劳动安全生产条件的改善、福利和社会保险、岗位成才、参与企业管理和社会事务等。进一步加大执法力度，切实保障建设系统劳务工的基本权益，营造良好的务工环境。一是突出重点，围绕签订劳动合同、劳动安全、职业病防治、社会保险等重点内容，调整和理顺劳动关系。要以集体合同规范劳动合同，以工资集体协商谈判规范工资支付，以加强安全生产管理来保护建设系统劳务工的生命安全健康。二是完善欠薪保障制度，并在企业建立拖欠工资情况申报制度。基本思路是，所有企业必须按企业职工人数按期交纳一定数额的欠薪保障基金。这项基金应专用于经人民法院受理的破产申请的企业、依法整顿或经审计资不抵债且无力支付劳动者工资的企业，以及投资者逃匿的企业等。便于有关部门及时掌握企业的欠薪情况，及时督促企业按时发放工资，预防和减少企业主欠薪潜逃的恶性案件发生。三是提高建设系统劳务工的薪酬待遇。尊重劳动，尊重劳动价值，努力使劳动者的付出和劳动回报成正比，体现市场经济条件下劳动价值的公平原则，实现体面劳动和体面生活。四是严肃查处用工不规范、侵犯建设系统劳务工合法权益的企业，表彰爱护建设系统劳务工、保障建设系统劳务工合法权益的诚信企业，为建设系统劳务工营造良好的务工环境。

（四）关心建设系统劳务工的精神文化生活

建议各级政府加强公共文化设施建设，公共图书馆、阅览室、影剧院、职工书屋、职工学校、职工文体活动中心等文化娱乐场所要科学规划，合理布局。由政府出资建立免费为职工服务的咨询、培训网络，每一个服务点的服务范围半径不超过3平方公里，覆盖人群5万人左右，让职工能就近享受到法律咨询、学习、娱乐和培训等服务。

（五）充分发挥各级工会在维护建设系统劳务工合法权益中的重要作用

工会组织在代表和维护劳动者合法权益中具有不可替代的重要作用，要进一步加大对修改后的《工会法》和《深圳市实施〈工会法〉办法》的宣传贯彻力度，充分发挥各级工会的作用。一是加快新建企业工会组建步伐，最大限度地把建设系统劳务工吸收到工会组织中来；二是全面推行劳动合同和区域性、行业性集体合同制度，推进区域性、行业性工资集体协商工作，通过制度规范企业行为，化解劳资纠纷，维护建设系统劳务工的经济利益；三是探索非公有制企业职工民主管理的新路子，创新职工民主管理新机制，保障建设系统劳务工的民主权利。通过发挥工会在协调企业劳动关系方面的独特作用，努力做到"职工与企业两方满意"，维护职工合法权益，调动职工积极性，推动企业和社会的发展。

从沃尔玛组建工会的实践
看中国工会的转型

程立达*

摘 要： 深圳在沃尔玛组建工会的成功实践，对工会组织发展起到了特殊的启迪作用。在着眼点上看，从依托企业行政建会向依托职工意愿建会的转变，在着力点上看，从由上到下的逐级号召到深入职工做个别串联发动的转变。"职工意愿"是非公企业建会不能绕开的门槛，按"职工意愿"建立的工会能代表员工利益。"依托职工意愿建会"是对工会本义的回归。这种以职工意愿为依托的建会模式，在中国工会为适应经济社会发展而实行自身转型的过程中，具有开创性、导向性的意义。

关键词： 沃尔玛 职工意愿 组建工会

沃尔玛成功组建工会虽然已经两年多了，但这个案例对推动中国工会发展的特殊意义，不会随着时间的推移而减弱。它不仅在于把有广泛影响的两大非公企业的众多职工吸收到工会组织中来，壮大了工会的队伍，而且也为其他非公组织建会做出了榜样。也不仅在于它回答了面对拒建工会而著称于世的跨国公司的挑战，突破了世界性难题，长了全球工会的志气。而我们更看重的，则是在这个战役中，中国工会实现了建会思路上的两个重大转变，由依托企业行政建会向依托职工意愿建会的转变，由上而下的逐级号召到深入到每个职工做串联发动的转变。这种以职工意愿为依托的建会模式，在中国工会为适应经济社会发展而实行自身转型的过程中，具有开创性、导向性意义。

---

* 程立达，深圳市总工会。

一 "职工意愿"是非公企业建会绕不过去的门槛

进入新世纪以后，在非公企业建立工会是越来越难了。经过连续多年开展工会组建工作，易建的企业已经基本没留空白，剩下的都是最难啃的硬骨头。世界零售业巨头的沃尔玛就是其中之一。这个著名跨国企业1996年进入深圳后，深圳各级工会先后数十次约见其总部或各营运机构的负责人商谈建立工会事宜，均被婉言相拒。市相关部门出面协调，也是无功而返，以及全国总工会领导亲自到其总部，还是遭到"冷处理"。对方的说法，开始是说沃尔玛在世界各地都没有建立工会的惯例，不能在中国深圳开这个先河；后来说建立工会要请示美国总部，要等董事会批复。当这些推搪之词在中国《工会法》面前都无法自圆其说时，他们拿出了最后的盾牌："你们《工会法》说工会是职工自愿结合的群众组织，沃尔玛上下沟通渠道很通畅，我们的员工没有建立工会的意愿，怎么建会？"

这的确是一个非常有力的反诘：你们口口声声要我们建会，但我们的员工没有建会愿望，不提出建会要求，我们怎么组织？这一反问也触到中国工会的软肋上，多年来中国工会建会的程序都是找行政领导沟通，取得行政支持后发《会员表》给职工一填了事，很少考虑职工个人意愿如何。中国工会工作者也未有过事先联系基层职工同意建会再找领导的运作经验。沃尔玛的这一反诘向中国工会工作者提出一个无法回避的难题，迫使工会工作者转变建会工作思路，即眼睛向下，从底层做起，争取员工支持，以员工意愿为依托，走出新时期建会的新路子。

未经历过类似实践的人很难体会当时在沃尔玛建会的艰辛。由于没有企业行政的依靠，工会工作者只能通过亲戚、老乡、同学、朋友的关系去辗转联系沃尔玛的员工，会面时还要设法避开老板耳目。由于工会观念不可能自发地从职工尤其是农民工中产生，要通过派发资料、个别交谈、反复动员等渠道才能让他们懂得工会是怎么回事；由于不方便在公司内部找地方活动，只能借助社区、街道的场所去搞发动工作；由于不可能利用上班时间开会研究问题，只能在员工都下班后才能碰头聚会，交流协商，而零售业实行三班倒的工作制，要聚齐人员都要等到晚上十二点打烊盘点交接完毕以后。沃尔玛在深圳首家分店洪湖分店成立工会的那天深夜，正值台风光临，会员们没顾上吃饭就赶来参加选举，散会后已是凌晨三点，街道总工会发给他们每人100元交通和误餐补贴。

正是这种从前匪夷所思、异乎寻常的工作方式，才打破了"职工无建会意愿"的借口，取得点上的突破。资方后来看到建会已是大势所趋，不可阻挡，才转过来与工会合作，使这一以拒建工会著称的世界500强企业在中国成立了工会组织，成为世界工运史上一段传奇。

二 按"职工意愿"建立的工会能代表员工利益

沃尔玛在中国建立工会的信息第二天就传遍世界，一时议论蜂起。许多媒体对此给予积极和正面的评价，认为是新时期工会事业的重大发展，欢呼"工会的旗帜终于在跨国公司飘扬了"，称赞"中国工会为全世界工会作出有积极意义的突破"。但也有一些媒体对中国工会的突破表示怀疑，认为这可能是沃尔玛高层与中国官方的政治交易，认为在中国建立的工会组织只能是一种形式，很难期待能发挥什么作用，更有西方媒体评论说"沃尔玛在中国找到了对付工人的好帮手"，等等。

在中国社会主义市场经济体制大背景下建立的工会组织，即使是"依托职工意愿"建立起来的，能在代表、维护和争取职工权益方面发挥多大作用？在全世界关注的目光中，沃尔玛工会至今已走过两年多的历程。在这两年中，沃尔玛工会在参与企业民主管理、帮助生活困难职工、开展员工教育、劳动竞赛、活跃职工文化生活等方面做了许多工作，因为与其他许多工会的路数没有什么不同，留在人们脑中的印象不深，但有两件事却是令人有耳目一新之感。

一是劳资集体谈判取得重大突破。沃尔玛工会成立后，通过问卷调查和座谈会等方式，了解沃尔玛劳动关系的基本状况和员工的意见和诉求，决定以开展劳资集体谈判为着力点，为员工们发展和争取权益，促进企业发展。2008年，沃尔玛工会把在深的15个基层工会组织起来，分别推选3名员工担任谈判代表，组成集体谈判委员会，并在45名委员中推选出1名首席谈判代表，向沃尔玛行政方提出进行平等协商的要求。沃尔玛行政方根据中国法律，对此给予积极回应，接受工会方的谈判意愿。谈判期间，沃尔玛工会多次召开各基层店员工座谈会，听取员工的诉求，就薪酬福利、休假、保险、培训等方面提出了工会方集体合同文本。沃尔玛行政方对此进行认真研究，并提出行政方的意见。双方本着谅解合作、求同存异的精神进行了半年多沟通协商，沃尔玛工会在上级工会的指导下，运用足够的政治智慧和谈判策略，破解了集体协商中的许多难题，终于在一系列问题上达成一致意见。2008年7月24日下午，沃尔玛中国总部工会及深圳区15个营运单位的工会与沃尔玛公司在深圳市总工会举行了集体合同签字仪式。工会方首席协商代表、布吉店工会主席李翼新和公司方首席协商代表、高级人力资源总监闫冀敏分别代表沃尔玛在深的16家工会和沃尔玛公司在集体合同上签字，签订集体合同。

在这份集体合同中，沃尔玛建立了一套有效的员工权益维护制度，如确立明显高于深圳市最低工资标准的企业最低工资标准，规定在沃尔玛工作3年以上并无不良记录的员工可签订无固定期限合同，规定2008年、2009年公司员工工资增长幅度平均上调9%等等，使公司员工权益有了切实可靠的保障。合同还决定建立沃尔玛工资集体协商机制，每年12月进行一次工资集体协商，这在深圳外资企业中尚属首创，在全市外资企业中具有标杆性意义。

二是妥善调处化解了沃尔玛"4·11"重大集体劳动争议。2009年4月11日，沃尔玛人事部门面向全国所有分店推出人员优化分流的工作方案，其基本内容是：取消经理（助理经理）级，合并部门，鼓励中低层管理人员到异地新设的分店任管理人员，此次优化对象为经理（助理经理）和部分主管，深圳13家分店共172人。公司给出三种选择，同意到异地工作的，保持深圳的工资标准不变，但需要经过考核竞争管理岗位；不同意异地安置的降职降薪；上述两项均不选择的，按N+1的补偿方案解除劳动合同。员工须在4月17日前作出选择。对此，员工认为前两种选择方案不确定，只有第三种选择是确定的，企业是在变相裁员。同时，在沃尔玛员工中还流传着一个涉及普通员工、范围更大的裁员方案，如果处置不当，极易在全国产生连锁反应，引发重大群体性事件。

沃尔玛"4·11"人员优化分流方案涉及全国各分店及近2000名长期在企业工作的老员工，影响范围大、涉及面广，因而在沃尔玛全国各分店引起极大震动，员工情绪激动、反应强烈，集体上访甚至酝酿罢工。作为"按职工意愿"建立起来的沃尔玛工会在方案刚出台时，他们就感到事关员工利益，事情重大，给予极大关注。他们一方面向企业行政提出了进行集体协商的要约；另一方面，及时派员向市总工会报告，起到了"第一知情人、第一报告人"的作用；在市总工会的指导下，他们首先建议企业延缓要求员工在4月17日作出选择的最后期限，给解决争议留出空间，同时马上启动集体协商机制，解决争议。这个意见,得到了沃尔玛高层的认同。为了迅速控制事态,使沃尔玛"4·11集体争议"不至于酿成群体性事件,在员工情绪出现波动,沃尔玛工会干部深入员工当中,积极做好员工疏导工作,帮助员工推举协商代表,理性维权。因双方分歧较大,第一轮协商未取得进展,员工代表对协商失去信心,50多名员工一度围堵了山姆会员店。第二轮协商后,企业方也曾对协商失去耐心,试图通过诉讼解决争议。4月15日,有深圳沃尔玛员工在内部网络上联络,酝酿在4月16日下午5点举行罢工。面对协商过程中出现的僵局,沃尔玛工会态度明确,始终坚持集体协商的原则,积极帮助员工和企业重拾信心,回到协商中来并指导员工代表提出了一个具有建设性的方案,从而为协商的最终成功奠定了基础。

经过四轮协商,沃尔玛行政方对原方案做出了重大调整。4月17日,沃尔玛行政方公布了新方案,以优惠措施,鼓励员工到新店工作;对不愿去新店工作的员工,现有的岗位薪酬保持不变;自愿离职的员工,尽管依据法律规定企业无须支付经济补偿,但企业仍给予N+1的服务贡献奖。这实际是企业放弃了原方案。这个协商结果,保证了员工的就业和基本权益,企业也为其发展留住人才,稳定了员工队伍,集体协商取得了令人满意的成果。

为了统一沃尔玛员工的思想、巩固协商成果、做好善后工作,在上级工会帮助下,4月21日下午沃尔玛工会召开各分店工会主席和委员工作会议,要求工会组织认真履行教育引导职工的职能,帮助员工克服思想顾虑,动员和组织广大职工积极投身企业的生产劳动,为企业发展多作贡献。沃尔玛"4·11集体争议"的圆满解决,使人们看到工会在代表、维护和争取职工权益中不可替代的作用。按"职工意愿"建立起来的工会组织不能不令人刮目相看。

三 "依托职工意愿建会"是对工会本义的回归

今天反思回顾这段建会实践,我们认为,"依托职工意愿建会"与其说是当时被迫采取的一种对策,还不如说是对工会本义、或者说对工会本质的一种回归。

从工会运动的历史看,工会是工人群众进行反抗资本对劳动侵害的经济斗争的必然产物,是工人阶级自愿结合的群众组织。初期工人反抗资本的斗争是自发的,后来职工参加工会是自愿的(工人阶级政党则是在工会运动广泛发展的基础上才产生的)。尽管世界各国的政治制度不同,工会组织的派系不同,但把工会定义为"职工自愿结合的群众组织"却是高度一致的,没有人对此提出过疑问。自愿原则是工会群众属性对工会工作的客观要求。许多国家的工会在发展会员、壮大队伍时,没有其他资源可以依托,大都是由工会工作者深入到车间、作坊、矿山、商店等基层一线,面对面地向职工宣传、动员、访谈、说服、解析等,以争取职工的理解和支持。西方国家工会多元化,职工也只是根据工会组织能为他们做什么、加入工会组织对他会有什么帮助来选择是否入会。目前西方国家工会组织率并不高,与其内部劳资关系有所缓和、工会对职工帮助力度下降有关。

相比之下,目前我们国家工会组织率高出很多。这不是说我们的劳资矛盾非常激烈,工会运动非常活跃,而是我们的社会体制成就了工会的庞大。中国工会长期在计划经济体制下生存,有强大的行政资源作后盾,而且具有唯一性,职工不存在拒绝填表加入工会的问题,所有企业职工都是当然的工会会员。即使是在改革开放以后,市场经济框架建立,大量的非公组织出现,而我们党的坚强领导体制、政府的强势管理体制并未动摇,工会作为党的执政基础力量,作为政府的助手,依然可以利用党政和社会各方面的资源来推进自己的工作。不管是什么渠道投资的企业,不管你有何种背景,在中国社会体制框架下,工会总可以找到能监管你、能制约你的上级或部门。依托这种资源,工会在推进非公企业建会时也仍然能沿袭计划经济时期的做法,找投资方交涉,找企业行政协商,要求他们同意或支持建会。虽然有些老板不愿意,怕建会影响企业运作,怕交工会经费,但碍于党政管理部门的面子,也只能勉强答应。然后再由行政出面,召集员工开会,发《入会申请表》给员工填写成为会员。虽然表上有"我自愿加入工会组织"的字样,但很难说究竟在多大程度上反映了员工的意愿或选择。多数企业工会领导人选也是由工会与行政协商提出来的。这种建会方式的好处一是轻松、容易提高工会的组织率和覆盖率;二是得到资方支持,方便工会开展活动。由此带来的负面影响是工会难于摆脱资方的背景,在为员工主张权益、处置劳资纠纷时难免束手束脚,以致一些西方媒体称这是"资方对付劳工的助手"。

这种在新时期还屡试不爽的建会方式,终于在 21 世纪受到了挑战。像沃尔玛、富士康等巨型外资、非公企业,有跨国财团的庞大背景,有从中央到地方的一路绿灯,只要他们不违法,不发生重大劳资纠纷,地方工会一时还真找不到可以管住或制约住他们的部门。甚至连全总领导千里迢迢来亲自当面交涉,他们也敢于虚与委蛇。中国工会传统模式遇到新的对手，一时间，在沃尔玛、富士康等巨型外资、非公企业建会似乎走进了"山重水复疑无路"、"踏破铁鞋无觅处"的胡同。正是在这种背景下，工会工作者从跨国企业的反诘中，从《工会法》的论述中找到破解难题的钥匙，这就是绕开资方的推搪，以"职工意愿"为依据，首先在员工中启发入会意愿，发展单个会员，达到规定数量后即建立基层组织，取得突破后再回过头与资方交涉。这种方式虽然辛苦却很快让工会掌握了建会主动权，最终取得在沃尔玛、富士康成功建会的阶段性胜利。

现在很难说当时的这种建会思路是否基于对工会本质有多深刻的认识，那时更多的可能只是一种对策。但这种思路、这种对策却恰好符合工人运动的历史过程，切合工会产生的本意，体现了工会组织的性质：工会是职工自愿结合的群众组织，加入工会是工人群众自己意愿的选择。工会要实行自下而上的工作原则，启发工人群众的觉悟，吸引工人群众自觉自愿地参加工会活动。工会只有坚持自愿原则，才能使工人群众确认工会是自己的组织。在沃尔玛、富士康依托职工意愿建立工会的方式，反映了工会组织最基本的群众属性。在中国工会行政化色彩很浓的背景，在中国工会转型滞后于社会转型的情况下，这种思路是难能可贵的。我们正是从这个意义上说，依托职工意愿建立工会是对工会本义的回归。

四 "依托职工意愿建会"对中国工会转型过程的启示

随着中国经济体制改革的深入发展，随着社会主义市场经济的确立和健全，随着新一轮思想解放运动的兴起，中国工会改革步伐滞后于社会经济变化的问题越来越突出，要求工会改革加快的呼声也越来越高。这呼声来自社会各界，也来自工会自身和各级工会工作者。中国社会在转型，对中国工会改革的要求也不仅仅是具体工作方式方法的创新，而是整个工作思路、工作体制的转型。我们认为，"依托职工意愿建会"在中国工会实现转型过程中迈出了可喜的一步。这一步，对转型过程中的中国工会有什么启迪意义呢？

（一）中国工会改革的主要方向是克服行政化倾向，还原于群众化的本来属性

中国工会的最大问题在于脱离群众。西方国家常说我们的工会是官办工会，

我们的党政领导也往往把工会作为行政一个部门来使用。工会干部自己也常常习惯于依托与行政的密切关系来开展活动，履行职能。我们要搞工会组建，习惯是先找老板商量；要召开职工代表大会，习惯是先征询老板态度；要开展集体谈判，习惯是先观察老板脸色。至于开展劳动竞赛，文体活动，实施素质教育等等，则更是受命于企业行政，俨然以一个行政管理者的角色和手段去推动实施。这种体制、这种方式往往使工会干部处理问题时较多考虑行政管理的需要，较少考虑职工群众的实际意愿和诉求，职工群众常常认为工会是行政的一个附属部门而不是自己自愿组合的组织。列宁曾反复指出，联系群众是工会做好一切工作的基本条件，如果先锋队和职工群众之间的传动装置（工会）建立得不好或者工作犯错误，将给社会主义带来大灾难。社会主义时期一些国家工会运动的深刻经验和教训，充分证明了列宁的科学论断。我们尚不能预测新成立的沃尔玛、富士康工会在密切联系职工群众、为职工服务、得到职工群众信任拥护方面能为中国工会提供多少新鲜经验，但在工会组建的思路上，"依托职工意愿建会"确实为中国工会转型的探索赋予了太多的想象空间，留下了丰富的理论思考课题。

（二）工会转型也是工会运作方式的一次痛苦而艰辛的蜕变

由于长期行政化倾向，中国工会形成了一套独有的行政附庸的运作方式。如在工作内容上，多是行政的拾遗补阙，即俗话所说的打球照相、带头鼓掌之类，在工作方法上，则是习惯了由上而下的指挥、号召、管理、灌输等，这种运作方式轻松而简单，不用承担很大压力和责任。如果工会要实现社会转型，从行政化转向群众化，从管理型转向服务型，工会干部原来习惯的那套工作内容和工作方式都要跟着转变。工会组织要真正以代表、反映和维护职工群众的利益为自己的首要职责，像邓小平同志说的那样，"使广大工人都感到工会确实是工人自己的组织，是不会对工人说瞎话、拿工人的会费做官当老爷、替少数人谋私利的组织。"这对工会干部是一个很高的要求，即工会干部要真正生活、扎根在职工群众之中，真切了解职工群众的疾苦和愿望，有一套与职工沟通思想、串联情感的交流艺术，建立和职工群众心心相印、息息相通的血肉联系，获得职工群众真心实意信任和拥护；要切实把维护争取职工利益作为己任，娴熟保护职工权益的法律法规，善于代表职工与资方谈判博弈，必要时要敢于承受压力为职工的利益挺身而出；要习惯于自下而上的工作手法，放下官员的身份，放下干部的架子，改变按部就班的职员生涯，愿意牺牲业余时间到基层到职工中去交友串联，了解民情，组织活动；等等。在这种情况下，以前计划经济体制时期的工作方式都很难适应，很难用得上。就像这次在富士康组建工会，工会干部要在车水马龙、熙熙攘攘的商业街头摆个桌子，设个摊点，像个街边推销员一样笑对行人，招来员工，塞送工会资料，讲解工会常识，动员员工填表入会，遇到不理解的，有时还要遭受白眼。这种彻底市场化的工作方式，对以前习惯于管理和指教员工的工会干部来说，反差之大，无疑是一次凤凰涅槃般的蜕变。

（三）中国工会工作者能在工会转型中经受考验，走出新路

以前常有人感叹说，中国工会干部有行政资源作依托，在党政的怀抱里舒服惯了，一旦要像西方国家那样依从员工的意愿搞工会，恐怕许多人会无所适从，找不到饭吃。现在看来并非如此。在沃尔玛、富士康等外资、非公企业组建工会的过程中，我们许多工会干部都能很快转变角色，进入状态，以足够的智慧和崭新的作风去应对新形势新任务。他们有一套与陌生员工沟通交流的本事，在资方不合作的情况下，懂得如何找他们的员工联系，如何结合实际引导员工关心工会知识，如何物色最初发展对象，如何指导他们去串联其他工友，如何避开资方的耳目，"策划于密室，点火于基层"，造成建会的燎原之势；他们有对工会事业的忠诚和执著，富于奉献精神，在沃尔玛最初组建工会的日日夜夜，他们也能说哑嗓子，把业余时间全都搭上；在工会成立的那天晚上，他们也能顶着台风冒着暴雨召集人员张罗会场指导选举，一直忙到凌晨三点才回家。事实证明我们的工会工作者并不是想象的那么保守、那么无能、那么养尊处优，只要工会转型的大气候形成了，他们是可以以自己的智慧和汗水走出一条与市场经济相配套的工会发展新路的。

在沃尔玛、富士康等外资、非公企业依托员工意愿成功组建工会的实践，留给中国工会运动的思考是多方面的。我们有理由相信，随着社会主义市场经济体制进一步发展，随着中国社会转型进一步深化，中国工会的转型也将是大势所趋，不可逆转，而依托员工意愿建会的实践，将以其特有的启迪意义丰富中国特色社会主义工会发展道路的内涵，载入新时期中国工会运动的史册。

专题研究篇

VOLUME OF SPECIAL TOPIC

深圳市企业劳动关系和谐模型研究

汤庭芬*

摘　要： 变革劳动管理方式，实行定性与定量相结合的测评方法，是把劳动管理引入科学、依法轨道的有益尝试，对推动劳动关系和谐发展，实现企业和员工互利双赢有现实意义。本文从企业和员工的实际出发，依据劳动法律法规要求，抓住劳动关系的几个主要方面，制定了一套科学合理、直观形象、易于操作的评估企业劳动关系和谐模型（含和谐模型数学图表和调查问卷），提出了应用和完善企业劳动关系和谐模型的对策措施。

关键词： 劳动管理　和谐模型　应用对策　劳动关系

把企业劳动关系和谐模型（以下简称"关系和谐模型"）运用于创建和谐企业的实践，是调整劳动关系，促进企业和谐的有益尝试。党的十六届六中全会首

＊ 汤庭芬，深圳市社会科学院。

次提出"发展和谐劳动关系"。党的十七大进一步要求，深入贯彻落实科学发展观，积极构建社会主义和谐社会。这些，既是对过去处理劳动关系历史经验的深刻总结，也是对今后发展和谐劳动关系，构建和谐社会的总体要求。深入研究和探讨企业劳动关系和谐模型的基本内涵、实践要求和科学运作，具有重要的理论和现实意义。

一 制定劳动关系和谐模型是创建和谐社会的基本内涵

社会各种关系的和谐，是社会和谐的基本内涵。劳动关系作为生产关系最基本的组成部分，对生产关系的形成与发展，起着极为重要的作用。经济基础决定上层建筑。经济持续发展，决定社会稳定和谐。劳动关系和谐是社会和谐的基石，社会和谐又是劳动关系和谐的体现和保证。从这种关联度来分析，制定企业劳动关系和谐模型，以此对企业劳动关系状况进行科学评估，推动和谐企业的创建，扩大和谐企业的覆盖面，无疑会有力促进社会和谐稳定发展。因此，尽管企业劳动关系和谐模型是创建和谐企业的有效手段和方式，但理论和实践充分说明，它与创建和谐社会密不可分，是创建和谐社会的题中应有之义。

构建社会主义和谐社会是一个不断化解社会矛盾的持续过程。企业劳动关系和谐模型，运用评估的方式，在化解矛盾，促进和谐方面具有重要功能。企业劳动关系和谐模型，本质特征在于和谐，评估标准是和谐。讲和谐，不可能没有冲突。冲突与和谐是矛盾的两个方面，互相依存、相互转化。企业劳动关系和谐模型就是在冲突与和谐中，以中介角色，选择按照人的主观目的性进行转化，在两者的对立中合理调节，起到以冲突向和谐转化的引擎作用，和谐建设寓于其中则显而易见。

二 制定劳动关系和谐模型是创新劳动管理的客观需要

目前，深圳市企业劳动关系总体上是和谐的。但是，也存在一些影响企业劳动关系和谐的矛盾和问题，主要是：劳动争议在劳动密集型行业较为突出；劳动争议问题集中于经济利益；劳动争议的群体性及激烈程度显著增强；企业劳动管理与新的劳动法律法规相悖而引发大量的劳动争议问题。劳动争议的阶段性特征说明：企业善待员工仍是一件需要高度重视的大事，履行社会责任要尽心尽力；员工在新的劳动法律法规的激励和启示下，已经步入依法维权的新境地；政府及其主管部门和行业协会有待提高对贯彻执行新的劳动法律法规的认识水平、适应程度和驾驭能力，进一步推动劳动关系的和谐发展。

企业劳动关系的现状，呼唤创新劳动管理，发展和谐劳动关系。在这样的环境和条件下，应继续拓展原有的研究成果，积极探索对企业劳动关系进行科学管理的有效手段和途径，使企业劳动关系和谐模型应运而生。

借鉴现代管理理论及其处理策略，面对企业劳动关系的不和谐因素，必须及时了解和预测企业劳动关系发展的趋势，将劳动关系的矛盾和问题解决在基层，消灭在萌芽状态。在这个过程中，必须坚持以人为本的思维方式，把企业和员工视为在"根本利益上是一致的"一个有机统一体，以实现企业价值最大化和保障员工权益最佳化为出发点和落脚点，从发展企业和谐劳动关系的视角，不断研究、深化对和谐企业标准的认识，不断优化企业劳动关系和谐模型的结构，通过精心设计和运作，最终达到体现企业与员工"平等合作、互利双赢"的评估目的，充分发挥企业劳动关系和谐模型在创新劳动管理，发展和谐劳动关系方面的"助推器"作用。

三　确立劳动关系和谐模型的构建思路

（一）和谐运行，动态发展

企业劳动关系的和谐运行，是创建和谐企业的根本要求和基本目标，也是发展和谐劳动关系的重要基础和前进方向。在社会主义初级阶段的今天，劳动关系的平等性与从属性、对抗性与非对抗性、稳定性与非稳定性兼而有之，且较长时期的存在。企业劳动关系主体双方为实现经济发展共同目标而不断出现、不断解决利益矛盾的过程，是动态和谐发展的过程，最终企业必然达到"互利双赢"的最佳和谐境地。推动劳动关系和谐发展，需要建立科学评估的长效机制，从制度上规范劳动关系主体双方始终沿着"平等尊重、互利合作"的运转轨迹良性互动，共建共享。

在健全社会主义市场经济体制过程中，劳动关系的形态和调整模式都发生了根本性变化。劳动关系所处发展阶段不同，劳动关系表现形式各样。这就要求劳动关系和谐模型的制定，要体现企业和谐劳动关系动态发展的特征，特别是对一些特殊行业，要视不同阶段劳动关系状况，对模型内容进行合理调整和修改，使之更符合科学要求和客观实际。

（二）整体协调，筛选确定

按照科学发展观的思维，制定企业劳动关系和谐模型，要把企业与员工在经济、政治、文化等方面相互协调，全面而持续发展当做一个过程来综合评估。评估指标是否科学，直接关系到综合评估的结论是否正确。这首先得从理论层面、定性角度，对关系企业和谐的基础性指标、权益性指标、责任心指标和约束性指标等进行指标预选的精细分析，做到统筹兼顾，合理安排，既体现全面的客观的衡量和谐劳动关系的各项指标成功预选，又让预选指标有所侧重，以便解决当前劳动关系中的主要矛盾和问题。

在此基础上，通过有关数据的收集、整理，从实践层面、定量角度，对各个预选指标的有效性进行量化分析、判断，剔除针对性不强的和所属关联度高的指标，然后筛选出各个具体指标，组成企业劳动关系和谐模型评估指标体系。

（三）方法简明，便于操作

企业劳动关系和谐模型评估指标体系的运作方式，必须坚持从企业和员工的实际出发设计。企业所有者、经营管理者和劳动者完全适应体现新的劳动法律法规制度的劳动合同管理要求，就其全面素质还有个不断提高的过程；繁重的企业生产经营状况，决定企业劳动关系和谐模型评估指标体系的运作方式理该简便。讲简便不能降低衡量和谐企业的标准，讲标准要易于操作，让当事人看得懂，有兴致，善运用。从运作方式构建的层面，把广大企业和员工的积极性调动起来，推动评估活动的顺利开展，并取得预期效果。

在指标权重的确定方面，采用常规的打分法，对企业劳动关系测评指标体系中的一级指标和二级指标按重要度在0～1分之间进行测评，具体计算出七个一级指标的权重（ai）和三十个二级指标的权重（aii）。

在评估分值的计算方面，则根据被测企业填写的《企业和谐劳动关系测评表》的有关数据，先对各项二级指标的得分乘以它们各自的权重，然后相加得到每一项一级指标的得分；再把各项一级指标的得分乘以它们各自的权重，然后相加得到企业和谐劳动关系评价结果的最后得分（见表1~7）。

（四）循序渐进，逐步提高

事物运动规律是由低级向高级发展的。企业劳动关系和谐模型则有一个从构建到修改到完善的渐进过程。它绝不能一蹴而就，一劳永逸。当前，企业劳动关系和谐模型的构建还处在不成熟阶段，评估内涵尚存在一定局限性，这为完善企业劳动关系和谐模型提出了新的目标。企业劳动关系和谐模型的规范化、科学化、现代化，是创新劳动管理监测机制的必然路径。一方面，需要向书本求教。和谐劳动关系评估，是一种劳动管理制度，也是现代企业管理的重要组成部分。它涵盖哲学、管理学、劳动关系各类学科、计量经济学、心理学、系统学、运筹学等多门学科的专业知识。因此，弄清楚与劳动关系相联系的各类基础知识，有利于自觉地运用其所学知识指导企业劳动关系和谐模型高水准的构建。另一方面，需要向实践学习。不断吸取和谐企业创建的丰富营养，不断借鉴国内外在这方面研究的先进成果，联系实际，逐步消化，为我所用，努力构建出一幅直观形象感强、指标体系精确度高、有相当实用价值的企业劳动关系和谐模型，为加强企业劳动管理，发展和谐劳动关系添砖加瓦。

四　企业劳动关系和谐模型的总体构架

和其他科学理论一样，和谐理论指导构建的企业劳动关系和谐模型，可以清晰地诠释和表达该理论的作用机理。同时，通过相应的模型也可以解读和谐劳动关系的发展规律，为构建和谐劳动关系路径及长效机制提供良好的导向。

（一）企业劳动关系和谐模型

根据和谐理论和构建思路制定的企业劳动关系和谐模型如下。

企业劳动关系和谐模型揭示：企业和谐劳动关系所包含的四个方面的和谐，

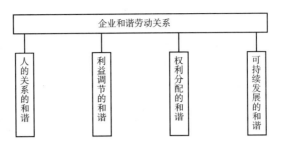

图1　企业劳动关系和谐模型

是运用从具体到抽象的方法进行的一种理性概括，是当前的认识水平在这个方面的一种诠释。简言之，所提出的"人的关系的和谐"，是指在企业中，各方人员之间的和谐是企业劳动关系和谐的基石；在人格上，应一律平等；在人权上，尤其要尊重劳动者的各项基本权利；在诚实守信上，劳动关系主体双方须严格执行劳动标准来实现各自的权、责、利。"利益调节的和谐"，强调在认识上明确企业与劳动者的利益，是对立统一的利益关系，最终走向统一；在生产经营的合作中，双方风险共担，互利共赢，把契约变成现实；在利润分配方面，要使劳动者收入在公平中增长，从根本上形成企业劳动关系的和谐。"权利分配的和谐"，实质是要对企业权利进行有效配置和正确实施，特别是要给劳动者应有的参与企业管理的各项权利，把加强企业民主管理，当做发展和谐劳动关系的一件大事来对待。"可持续发展的和谐"，是要求企业在经济、政治、文化各个层面整体的、长期的、稳定的和谐。这四个方面的和谐，是坚持"以人为本"的理念在构成企业和谐劳动关系方面的体现，具有鲜明的"三性"特征。

1. 统一性

它体现了劳动关系的发展作为其目的性与规律性相统一的过程。这就表现出作为主体的人对发展和谐劳动关系认识的不断深化与自觉调控，以促进劳动关系和谐发展的因素不断扩大和优化，从而推动劳动关系和谐稳定发展。这里从有序调控性思维的角度，联系深圳企业实际，把抽象的理性概括的四个方面的和谐，转换为具体的评估指标提供了正确选择。

2. 导向性

"关系和谐模型"提出的企业劳动关系和谐的四个方面的具体内容，集中到一点，就是以人为本，以人为中心。这就是人的利益需求。企业员工与企业利益关系是一切社会关系的基础。利益和利益关系具有根本性。建立和谐企业的核心，就是要协调处理好企业与员工之间的利益关系，保障员工的合法权益。发展和谐劳动关系是这样，构建企业劳动关系和谐模型也应这样。

3. 实践性

坚持"以人为本"，贵在实践，走实践之路。本文提出的衡量企业和谐劳动关系的四个抽象的理性概括，大都突出了公平性。"公平"是中国特色社会主义社会理应实现、而且通过努力有可能实现的一个基本的实践原则。

毋庸置疑构建企业劳动关系和谐模型应更直接地体现在运作中的评估指标体系上，为实现企业和谐劳动关系提供制度、政策等方面的保障条件。

（二）企业劳动关系和谐模型数学图表

依据和谐理论和构建思路可将其建成企业劳动关系和谐模型数学图表如下。

表1　企业发展（权重 $a_1 = 0.10$）

指标及权重	标准与分值（x = ij）
1. 净利润与去年同期比较, $a_{11} = 0.4$	①有增长,8分　②持平,5分　③有下降,0分
2. 员工总数与去年同期比较, $a_{12} = 0.2$	①有增加,8分　②持平,5分　③有下岗,0分
3. 发展方式与去年同期比较, $a_{13} = 0.4$	①有更快转变,10分　②有转变,5分　③无转变,0分

表2　劳动合同（权重 $a_2 = 0.16$）

指标及权重	指标构成	标准与分值（x = ij）
1. 签约率（%） $a_{21} = 0.25$	$\frac{\text{签订合同人数}}{\text{平均员工人数}}$ *	①>90%,9分　②80%~90%,8分　③70%~80%,5分　④50%~70%,3分
2. 合同期限 $a_{22} = 0.25$	—	①一年以下,4分　②一年,6分　③一年以上,7分　④无固定期限,10分
3. 合同签约规范性 $a_{23} = 0.25$	—	①规范,10分　②基本规范,6分　③不规范,5分
4. 签订集体合同 $a_{24} = 0.25$	—	①已签,9分　②未签,0分

* 此横线为分数线，下同。

表3 工资支付（权重 a₃ = 0.18）

指标及权重	指标构成	标准与分值（x = ij）
1. 工资增长情况 $a_{31} = 0.3$	与去年同期平均工资相比	①有增长,10 分　②略有增长,6 分　③持平,5 分 ④有一定下降,0 分
2. 与同行业比较情况 $a_{32} = 0.1$	与去年同期同行业平均工资相比	①略高,6 分　②持平,5 分　③略低,3 分　④较低, 1 分
3. 工资分配情况 $a_{33} = 0.3$	—	①较合理,8 分　②有一定问题,3 分　③不合理,0 分
4. 工资发放情况 $a_{34} = 0.3$	—	①不拖欠,10 分　②偶有拖欠,5 分　③严重拖欠, 0 分

表4 社会保险（权重 a₄ = 0.17）

指标及权重	指标构成	标准与分值（x = ij）
1. 养老保险参保率(%) $a_{41} = 0.09$	$\dfrac{参保人数}{平均员工人数}$	①>90%,9 分　②80%~90%,8 分　③50%~70%, 3 分　④30%~50%,1 分　⑤<30%,0 分
2. 养老保险费缴纳情况 $a_{42} = 0.09$		①按时缴纳,10 分　②有拖欠,5 分　③不缴,0 分
3. 医疗保险参保率(%) $a_{43} = 0.09$	$\dfrac{参保人数}{平均员工人数}$	①>90%,9 分　②80%~90%,8 分　③50%~70%, 3 分　④30%~50%,1 分　⑤<30%,0 分
4. 医疗保险费缴纳情况 $a_{44} = 0.09$		①按时缴纳,10 分　②有拖欠,5 分　③不缴,0 分
5. 工伤保险参保率(%) $a_{45} = 0.08$	$\dfrac{参保人数}{平均员工人数}$	①>90%,9 分　②80%~90%,8 分　③50%~70%, 3 分　④30%~50%,1 分　⑤<30%,0 分
6. 工伤保险费缴纳情况 $a_{46} = 0.08$		①按时缴纳,10 分　②有拖欠,5 分　③不缴,0 分
7. 失业保险参保率(%) $a_{47} = 0.08$	$\dfrac{参保人数}{平均员工人数}$	①>90%,9 分　②80%~90%,8 分　③50%~70%, 3 分　④30%~50%,1 分　⑤<30%,0 分
8. 失业保险费缴纳情况 $a_{48} = 0.08$		①按时缴纳,10 分　②有拖欠,5 分　③不缴,0 分
9. 计生保险参保率(%) $a_{49} = 0.08$	$\dfrac{参保人数}{平均员工人数}$	①>90%,9 分　②80%~90%,8 分　③50%~70%, 3 分　④30%~50%,1 分　⑤<30%,0 分
10. 计生保险费缴纳情况 $a_{50} = 0.08$		①按时缴纳,10 分　②有拖欠,5 分　③不缴,0 分
11. 医疗费报销情况 $a_{51} = 0.08$		①按时支付,10 分　②偶尔拖欠,5 分　③严重拖欠, 1 分
12. 企业为员工另购商业 保险或补充保险 $a_{52} = 0.08$		①是,10 分 ②否,5 分

表5　职业安全与卫生（权重 $a_6 = 0.11$）

指标及权重	指标构成	标准与分值（x = ij）
1. 工伤事故率（%） $a_{61} = 0.5$	2009年元月至考察期 事故涉及人数 员工总人数	①0%，10分　②1%，0分
2. 职业病防护状况 $a_{62} = 0.5$	—	①有防护，8分　②只有治疗，6分　③无防护，0分

表6　劳动争议处理（权重 $a_7 = 0.19$）

指标及权重	指标构成	标准与分值（x = ij）
1. 劳动争议率（%） $a_{71} = 0.5$	劳动争议发生数 平均员工人数	①0%，10分　②0% ~ 0.2%，8分　③0.2% ~ 0.5%，5分　④ > 0.8%，0分
2. 劳动争议调处 $a_{72} = 0.5$	—	①100%，10分　②80% ~ 90%，6分　③ < 60%，0分

表7　工会组织（权重 $a_8 = 0.09$）

指标及权重	标准与分值（x = ij）
1. 工会组织的设立，$a_{81} = 0.35$	①有工会，6分　②无工会，0分
2. 工会对员工权益的维护程度，$a_{82} = 0.35$	①形成制度，10分　②基本参与，7分　③偶尔参与，2分
3. 员工对工会的信任度，$a_{83} = 0.3$	①信任，8分　②比较信任，6分　③基本不信任，1分

综合上述企业劳动关系和谐模型的表1~7，可以得出如下结论。

1."指标体系"与"关系和谐模型"所含"和谐内容"实现了有效对接

表1~7显示的分类指标，不仅突出了新的劳动法律法规的要求，而且又紧贴深圳企业现阶段的实际，有很强的针对性。发展劳动和社会保障事业，需要从制度设计抓起。表1~7在社会保险方面拟定的全过程分项指标的测评，就有利于监督权益保障落到实处。评估指标有企业达到利润最佳值，又有履行社会责任最尽职的测评。这对企业实现价值最大化，扮演发展和谐劳动关系的主角是个推动。有了这样一个效果，"关系和谐模型"的评估作用就自然寓其中。"关系和谐模型"所含"和谐内容"是评估标准的理论之"源"，表1~7的各个指标是评估项目的运作之"流"，两者是一脉相承的，都是为维护劳动关系主体双方利益这个根本问题，分别从不同角度的界定。

2. 指标体系的层级结构较为科学、合理

企业劳动关系和谐模型数学图表，是劳资双方"矛盾统一体"的表现，体现了评估劳资关系的一级指标和所属全体指标的结合。但是，它不是几十个指标的简单总合，而是按照一定的结构和一定的规则结合起来的，是一个矛盾的结合。这种组织结构，指标层级少，透明度高，程序简便，操作易行，适用实效，确保评估结果的准确。数学图表涵盖的七个一级指标和三十个二级指标而形成的评估指标体系，就把涉及面广、不断变化的劳动关系状况，通过相关数据测算，掌握在可控范围，对发展和谐劳动关系将起到警示和推动作用。

3. 指标的排序不会影响评估效果

指标的排列，是依各项指标之间的因果关系和相互制衡关系，合理排序的。如，劳动争议处理一项指标排在一级指标序列的倒手第二的位置，其二级指标则也相应地在这个范围内运作。但深圳企业实际决定其权重达到 0.19，在一级指标中属最高比例。这说明，指标排序与其分量是两回事，不会对评估造成不应有的影响。只有按照表 1~7 中的各项指标计量认真运算，才能准确无误地得出符合实际的评估结果。

（三）企业劳动关系和谐模型调查问卷

1. 深圳市企业劳动关系调查问卷

深圳市企业劳动关系调查问卷共包括以下 23 个问题。

（1）企业成立的时间。

（2）企业的性质。

（3）企业位于的区域。

（4）企业员工总人数，其中非深户籍员工人数。

（5）企业 2009 年经济效益数据，并分别与 2008 年、2009 年同期比较。

（6）企业为员工提供集体宿舍间数、平方数及居住的员工人数。

（7）企业为员工建集体食堂面积数、餐桌数和容纳员工就餐人数。

（8）企业与员工签订劳动合同人数及其占员工总数的百分比。其中，签订一年以下和无固定期限劳动合同的员工人数及其各占劳动合同总数的百分比。

（9）企业履行集体协商情况与签订集体合同份数。

（10）企业员工月平均工资数，其中月均工资最高的和最低的数。

（11）企业员工工资与同行业员工工资比较数。

（12）企业员工工资分配和发放情况。其中，加班工资、节假日工资和年休假工资发放情况。

（13）企业员工日均工作时间和月均加班时间数。

（14）企业为员工购买养老、医疗、工伤、失业和计生保险等险种的人数及缴费情况。

（15）企业为员工提供的其他福利。

（16）企业在劳动场所的光线、温度、粉尘、有害气体、强烈噪音、易燃易爆品等方面的保护设施及解决程度情况。

（17）企业组织员工培训的方式、出资费用数额及效果。

（18）企业与员工民主沟通的形式、制度及实效。

（19）企业文化娱乐设施配置及企业文化建设情况（可选项回答）。

（20）企业工会组织建设及发挥作用情况。

（21）企业劳动争议发生数、争议内容、争议调处办法及效果。

（22）企业履行社会责任的内容、行动和实效。

（23）企业构建和谐劳动关系的信心、条件及问题。

2. 深圳市企业员工劳动关系调查问卷

该问卷包括以下 27 个问题。

（1）您的年龄？

（2）您的性别？

（3）您的文化程度？

（4）您的婚姻状况？

（5）您是否具有深圳户籍？

（6）您的专业技术等级？

（7）您的技能等级？

（8）您所在企业的性质？

（9）您的工作地点？

（10）您的工作岗位？

（11）您在本企业工作的年限？

（12）您与所在企业是否签订了劳动合同？

如果与企业签订了劳动合同，那么是一年以下的？还是一年的？还是一年以上的？还是无固定期限的？还是其他的？

在签订劳动合同时，企业是否向您索取了抵押物或保证金？

在签订的劳动合同的条款中，您的合法权益是否得到了有效维护？

（13）您所在的企业有没有签订集体合同？

（14）您的月平均工资多少？您有无加班工资？如果有加班工资，是按正常工资标准领取，还是高于或低于正常工资标准？

您在法定的节假日上班，工资按什么标准领取？

您有无带薪休年假？

面对金融危机，您的工资是否有保障？减薪没有？如果减薪，幅度有多大？

（15）您的工资能不能按时足额领取？如果不能，又是什么原因？

（16）您是否有奖金？奖金是否按时足额领取？

（17）您的工资是否与企业效益同步增长？

（18）企业为你们员工提供了哪些福利？构建了哪些福利设施？

（19）企业为您买了几项社会保险？费用缴纳是不是按规定执行？运转中还有些什么问题需要解决？

（20）您的食宿条件是不是企业帮助解决的？

您的对象来后，饮食起居又怎么办？

（21）您的工作和劳动环境怎样？有没有劳动保护设施和职业病防护措施？

（22）您日均工作和劳动时间多少？月均加班时间多少？节假日有无休息时间？

（23）企业是否出资为员工提供职业技能培训？您享受过这种待遇吗？

（24）您所在企业是否组建了工会？

如有工会，那么在维护员工权益等方面做得怎样？

（25）您所在企业建立了职工代表大会没有？企业各项决策是否征求员工的意见？

（26）若员工与企业发生劳动争议，通常采用哪些办法加以解决？效果如何？

企业党组织在这方面的作用发挥怎样？

（27）您所在企业劳动关系是好？还是一般？还是趋于紧张？

怎样才能创建和谐劳动关系？应该从哪几方面下工夫？

根据两份调查问卷的内容，现作如下阐释。

第一，两份调查问卷是劳动关系和谐模型总体构架不可或缺的组成部分。

深圳市企业劳动关系调查问卷是企业对某一阶段劳动关系各项情况的量化反映，深圳市员工劳动关系调查问卷是企业员工对某一阶段劳动关系的感受和评价。两者的结合，为选择评估劳动关系相关指标提供了信息来源。同时，又是对企业劳动关系和谐模型所含四个方面的和谐内容的具体印验，体现了科学评估劳动关系应运用理论指导实践，使主观判断与客观因素相统一的要求。充分发挥两份调查问卷的成果作用和合力优势，就能为科学评估企业和谐劳动关系打下坚实基础。

第二，两份调查问卷互相影响，互为补充，有机合成，可形成劳动关系的"风向标"。

通过两份调查问卷的定期测评，为准确把握企业劳动关系状况提供了主客观分析的依据，进而可对深圳企业劳动关系和谐模型数学表的评估指标体系作适时适当调整。

第三，两份调查问卷的实施，必须以提供准确的劳动关系信息为根本点。

问卷调查，以随机抽样为主；选择调查的企业类别，则应注意代表性；无论是向企业作调查，还是向员工作调查，都要有相当的接触面，使调查的劳动关系状况的信息更可靠、更有实用价值。

五　企业劳动关系和谐模型的应用和完善

发展和谐劳动关系，创建和谐企业是一个治本之策。在评选机制方面，基于企业劳动关系和谐模型建立在科学设计的基础上，继而衍生出量化的评价指标体系，将对科学、规范、公正地评估和谐企业提供有效手段。可以明确提出，"评估值"（即企业劳动关系评估结果）在9分（含9分）以上的为"和谐劳动关系企业"。达不到这个要求的，则应努力创造条件，积极争取实现这个目标。

在管理机制方面，运用企业劳动关系和谐模型的功能，就能更有针对性地找出发展和谐劳动关系工作中的不足，进一步改善劳动条件，加大新的劳动法律法规的落实力度，强化日常劳动管理，把企业管理推向更加"人性化"、"科学化"、"规范化"运作的新阶段。

在健全机制方面，深圳市企业劳动关系和谐模型建立后，曾对5个不同类型企业劳动关系状况进行了摸底评估，所得数据结论与向企业和员工方的调查结论大体一致。这说明该模型具有普遍意义和实用价值。但是，在实际运用中，还要根据不同行业、不同企业劳动关系现状，对模型指标的设置、指标权重的确定和评估分值的计算，作适当调整，使该模型评估体系更趋于完善，更符合实际。

参考文献

夏东民：《社会转型原点结构理论模型的构建》，《新华文摘》2006年第16期。

鲁翔、赵曙明：《大型公立医院高层管理者双核胜任力模型研究》，《学海》2008年第11期。

中国人民大学劳动关系评价指标体系课题组：《企业劳动关系评价指标体系的构建》，2008.10。

王新建、吴井田、管林根、乐正主编《2006年：深圳劳动关系发展报告》，社会科学文献出版社，2007。

汪泓、邱羚：《企业劳动关系定量评估模型》，《上海企业》2001年第7期。

陈苏：《以"三率指标"评价企业劳动关系和谐程度的理论与实践》，《工会理论研究》2007年第2期。

劳资恳商：从源头上实现
劳资和谐的新机制

——来自深圳市新安街道的实践与思考

姚文胜　翟玉娟　冯 力　赖惠强　刘晓曦　陈 刚*

摘　要：随着经济社会发展、产业结构升级、用工主体多元化，劳动关系日益多样化、动态化。构建和谐劳动关系面临新的困难和挑战，现行劳动关系调整处理模式存在的固有缺陷，迫切需要一种行之有效的新模式来应对这一困难和挑战。深圳市新安街道从瑞德公司发掘归纳出劳资恳商机制，通过在企业内部构建促进和谐劳动关系的新机制，从源头上解决影响劳动关系和谐的深层次矛盾，把劳动者权益保障与企业健康发展、社会稳定和谐及减少行政成本有机统一起来，促进劳动关系双方的和谐共处。目前此机制在30多家500多人企业实行，并取得十分明显的效果。

关键词：劳动关系　机制创新　劳资恳商　价值理性

劳动关系，通常是指生产关系中直接与劳动有关的那部分社会关系，它是劳动者与劳动力使用者以及相关组织为实现劳动过程所构成的社会经济关系。劳动关系是市场经济条件下最基本、最重要的社会关系。劳动关系的和谐是社会和谐的基础，是企业健康发展、劳动者权益保障、社会和谐稳定的重要保证。随着市场经济体制的建立和发展，形成多种经济成分、多种经营方式并存的格局，我国劳动关系的发展也发生了深刻的变化，呈现出多样化、动态化、复杂化等特点，

---

* 姚文胜，深圳大学法学院；翟玉娟，深圳大学法学院；冯力，深圳市人力资源和社会保障局；赖惠强、刘晓曦、陈刚，深圳市新安街道劳动所。

企业用工形式由原来单一、内容相同的劳动关系被不断出现的新的用工制度和就业形式所代替，长期、固化的劳动关系模式将逐步消失，多种因素、多种关系互相交错影响，使得劳动关系空前错综复杂。在这些情况下，劳资矛盾也呈现出新的特点，新型的劳资矛盾层出不穷，一些大型的劳资纠纷事件时有发生，对社会和谐稳定和经济发展造成了不好的影响。实践证明，我们目前现行建设和谐劳动关系的模式存在进一步完善的必要性，最根本的一点是不能满足和适应从源头上、根本上解决问题的需要，难以发挥长效作用。

一 现行建设和谐劳动关系模式存在的不足

审视我们当下构建和谐劳动关系的模式，可以看到其存在如下几方面缺陷。

（一）以政府包办为主

在现有工作模式中，政府处于主导地位，构建和谐劳动关系主要靠政府部门的有关行政命令来推行，企业处于被动应付、落实有关政府部门工作部署的境地。如果每一份劳动合同、每个企业的劳动关系都需要依靠且只能依靠国家公权力来监督维护的话，企业及员工就会对公权力产生固定的期待和依赖，而国家公权力作为一种稀缺资源，面对面广量大的劳动合同履行的监督，显得捉襟见肘、力不从心。随着经济社会的发展，劳动保障部门调整劳动关系的范围日益拓展，使得人员已经非常紧张的劳动监察部门和劳动争议仲裁部门力量分散，难以应付激增的工作任务。劳动关系双方一旦有些小摩擦，就要求政府介入，政府难以摆脱"保姆"的角色。

（二）现行模式属于"事后介入"模式

无论是调解，还是仲裁、诉讼都属于事后解决，也就是在劳资矛盾累积到一定程度或是已经爆发，劳资矛盾对立已经十分严重，出现上访、罢工乃至游行示威、堵路等事件后才启动。对于员工意见的预知、劳动纠纷的预防、群体事件的预警等事前防范有所不足，导致一些可以在企业内部解决或在萌芽状态可以预防的事件，大量进入仲裁与诉讼程序，既对有限的仲裁与诉讼资源带来压力，又易导致企业事件演变为社会事件，企业内部矛盾引发为社会冲突。

（三）集体谈判被证明为不符合我国国情

集体谈判制度产生于西方国家工业革命时期，集体谈判的过程是一系列劳方要求和雇主反要求对峙的过程，一方执矛、一方握盾，劳方通过谈判与雇主抗衡。谈判双方尚未完全体现人格身份和言论资格上的平等，谈判双方的对立和刚性容易导致谈判破裂，甚至引发暴力冲突。劳方的最后武器是罢工，而雇主的最后武器是关厂，这两者都将导致企业停产，形成双输的结果。最近的一个案例就是，2009 年 8 月 5 日，韩国双龙汽车公司劳资谈判破裂后，遭裁退工人占领工厂长达两个多月，并与警方对峙。有专家建议在我国建立集体谈判制度，但此举被多数劳动法专家诟病，认为其不符合我国国情和有关法律的规定。

（四）工会和劳动部门在和谐劳资关系构建中地位尴尬。就工会而言，《劳动法》第八十条规定，企业劳动争议调解委员会由职工代表、用人单位代表和工会代表组成，主任由工会代表担任

法律虽未规定工会居中调解地位，但实际上要求工会承担起不偏不倚"双维护"的职责，即以第三方的身份参与调解。而在《工会法》修改后，工会被定位为职工利益的代言人，不仅使得企业劳动争议调解委员会起居中调解作用的"第三方"缺位，同时调解委员会人员组成也失衡。就劳动部门而言，根据相关法律法规及司法解释，现行劳动争议处理方式包括协商、调解、仲裁、诉讼等四种，劳动争议解决过程周期长、成本高。"一调一裁两审"的解决方式，使得一个案件走完所有程序至少要一年半时间，存在加重劳动者维权成本，容易导致矛盾升级等弊端。

综上，面对当下劳动争议乃至冲突加剧的新情况，特别是针对有效进行劳动争议预防、纠纷隐患消除方面存在的问题，迫切需要寻求构建和谐劳动关系的新途径，改变单纯依赖政府调整和干预劳动关系的局面，从深层次上探究劳动关系协调机制缺失与断裂的根源，建立起企业与员工自主构建和调节和谐劳动关系的新机制。

二 构建从源头上预防劳资矛盾发生的
新模式——劳资恳商机制

2009 年初以来，新安街道在构建和谐劳动关系的实践中，提出既要解决维

护劳动者合法权益的突出问题，又要着眼于解决促进企业健康发展深层次问题的思路，认为劳动争议预防并不是简单的"灭火"行为，通过企业劳动关系内在调节机制预防劳动争议，更能起到积极的效果。基于上述认识，受辖区企业瑞德电子公司 CEO 等高管人员定期与基层一线员工见面沟通做法的启发，经过近 10 个月的实践，构建了一种从源头上预防劳资矛盾发生的新模式——"1 + 3"劳资恳谈协商机制，以下简称"劳资恳商机制"。

（一）劳资恳商机制的内容

劳资恳商机制可以概括为"一种载体、三个平台"（见表 1）。

1. "一种载体"

就是基于"劳资一心，互爱共赢"这个共同目标而确定的劳资对话沟通的载体，要求所有恳谈协商方都以人文关怀为本，采用员工喜闻乐见的沟通方式和载体。"恳谈协商"机制的两个核心字眼：一是"恳"，也就是"诚恳、真诚"，二是"商"，也就是平等对话、充分发表意见。通过案例分析可以看到，一些劳动争议和纠纷虽然涉及人数较多，但其实有的争议标的金额不大，有的甚至不涉及金钱给付，仅仅是人员班次安排不科学、宿舍设施配套不足等等问题，但因为这类问题影响劳动者的实际利益和人格尊严，也涉及用人单位的管理权威和制度安排，发生矛盾时，双方往往相持不下，互不相让，稍有不妥就容易激化，成为群体性纠纷。所以，如果争议双方特别是处于优势地位的企业一方能够放下身段，降低姿态，面对员工的质疑和期待，真诚与员工恳谈协商，充分听取员工意见，待之以诚，晓之以理，往往更容易消除员工的情绪，避免由小问题演变为大问题，导致纠纷的扩大化。强调"恳商"两字，以区别劳资谈判。

2. "三个平台"

就是劳资恳谈协商赖以进行的三个平台：①第一个层面是 CEO 与员工恳谈协商会。对话主题主要是让全公司员工了解公司的总体经营和盈利状况，以及经营困难、风险和对策。CEO 亲自主持并在对话过程中向员工解答疑问。实例：瑞德公司定期举办 CEO 与一线员工代表沟通会。参与人员中资方为 CEO 李新田先生及业务总监、部门经理，另一方为来自公司所属几个部门和 4 个分厂的 80 名员工代表，大家围坐在 8 张圆桌边，厂方准备了饮料和点心，大家在宽松平和的气氛中，谈笑间就各类问题坦诚交换意见，建立共识。在 2009 年 3 月的一次见面会上，李新田先生代表公司资方向一线员工讲述了当时国际、国内金融危机爆发的情况及对本公司生产经营的冲击，并公开作出了"不裁员、不关门、不减薪"的承诺。员工代表也讲述了其所感所忧，还提出了员工在生产和生活中遇到的一些实际困难。李新田先生和公司各高管分别作了回应，对其中一些问题当场解决，一些交由相关部门跟进，一些无法解决的问题则作了解释。瑞德公司正是通过这种高级管理层真诚与一线员工的有效对话，使员工们不仅感觉到自身被尊重，也极大地激发了他们的责任感。李新田先生指出，他们公司在内部建立和推行沟通与对话机制上充分尊重员工，保证他们在企业决策与制度方面的了解、参与权，因此增强了员工对企业的信心与归属感，激发了员工的积极性和创造性，进而化解劳资矛盾，建立了稳定和谐的劳资关系，有效地提高了生产效率和产品品质及企业的收益。

在辖区企业推广过程中，我们又吸收了信义玻璃公司、高新奇公司等企业的做法，在此平台中增加了一些即时沟通平台，也就是"CEO 热线"、"CEO 意见箱"、"CEO 恳谈协商论坛"（在一些设有公司内网的企业中）等。

②第二个层面是中层管理者与职能部门员工对话会。对话主题主要是公司劳动用工制度、劳动争议解决、帮扶生活困难员工等。对话平台是公司劳动关系协调委员会、团队精神委员会、事业部月度沟通会、绩效沟通会等，参与主持对话的一方是各分部负责人、总裁办、人事部负责人等，另一方是这些部门中的普通员工，对话载体可以是茶话会，也可以是聚餐会等。实例：劳资恳商机制提炼出来后，我们倡议瑞德公司各个业务单元每月举办一次职能部门员工座谈会，讲解公司的加班调休制度、职业健康体检、全勤奖设置等有关薪酬福利的政策，然后由员工现场提问。生产部经理刘振波是中层管理者，非常了解员工的工作和生活情况，他经常把员工在见面会上提出来的问题按权限及时解决或是及时反映高层，高层针对员工的问题来解决。他说，公司中层管理者通过和职能部门管理人员的对话沟通，增进彼此了解，及时化解工作的冲突，有针对性地帮助解决员工工作、生活中的困难，使广大员工的知情权、管理权、参与权更加充分体现，员工参与企业管理、关心企业发展的热情被有效激发出来，切实提高了管理效率。

③第三个层面是一线管理者与生产线员工对话会。对话主题主要是如何搞好生产，在生产计划调度、工作流程优化等方面，听取员工的意见和建议，收集采

纳员工的合理化建议，同时也收集在生活方面的问题。参与人员一方是主管和拉长等，另一方是生产线工人和业务线员工。参会人员每周固定时间，以茶话会的方式分小组进行讨论，大家从生产辅料回收利用、工序优化、加强 SMT 回炉管理等方面提出问题及改善意见。实例：刘月是瑞德公司的老员工，她从员工到组长，再到生产主管，她在生产线通过每周定期与员工沟通，将发现了解到的问题及时招集相关人员讨论，在最短时间内解决问题。例如，瑞德公司曾因故取消了员工双休日的伙食，员工针对这一点提出希望公司解决。由于这个问题她无权处理，于是向 CEO 反映。经过公司的研究，即使双休日工人不上班，那么也对工人照样开餐。她说，定期对话会解决了员工在住宿、生产车间及工厂环境、生活等方面的诉求，提高了员工的满意度，让员工主动、全心全力投入到工作中，对生产效率、品质的改善起到积极的作用。

上述三个恳谈协商平台，基本实现了参加恳谈协商对象的全覆盖，也就是涵盖了公司各个层面的员工，从最高管理层、中层管理者到普通管理者、一线生产组织者，再到最基层的一线员工。他们都参与对话，公司最高层意图可以传递到最基层员工，最基层员工的呼声可以直接反映给最高层，中层管理者可以根据实际提出执行建议，公司最高层管理层也可以通过一线员工的意见了解和考核中层管理者的管理能力和表现，从而使公司的管理由单向变为互动，公司的决策由单决改为共决，由此形成了闭合的恳谈协商链条，大量的矛盾、摩擦也就消灭在这个闭合的链条中。

从心理学的角度讲，企业员工的构成一般是呈金字塔形，由于信息传送递减效应，越到底层也就是越到一线员工往往越不容易知道公司的总体情况，越想能亲耳听到高层的声音。有时候，即便员工提出的问题没有即时解决，但只要能看到企业高层的关注，感到自身得到尊重，员工的情绪也能得到平息，避免事态不可控制，为企业最终解决问题提供时间。

以"一种载体、三个平台"为主要架构的劳资恳商机制，充分吸收了"员工参与"、"劳资共决"、"集体协商"等做法，淡化了单纯只讲集体谈判让人觉得强硬、对立的色彩，减少了双方认为是政府干预才被动接受的认识，而是强调企业与员工之间的恳谈协商是建立在双方自主、自愿、自利的基础上，在法律的框架下，更加注重双方的人文关怀、情感沟通、理性交流，培育双方信赖与合作的意识。

表1　劳资恳商机制简表

主要项目\平台名称	CEO与员工 直接对话平台	中层管理者与职能 部门员工对话平台	一线管理者与 生产线员工对话平台
参与人员	CEO、业务总监、部门经理；各职能部门员工代表，生产线员工代表	各分部负责人、总裁办、人事部负责人、员工代表	主管、拉长、生产线员工、业务线员工
对话载体	CEO与一线员工代表沟通圆桌会；辅之以CEO热线电话、CEO意见箱、公司内网BBS、E-mail	每月一次对话会	每周一次对话会
对话方式	宽松平和的圆桌会议	茶话会或聚餐会等	茶话会
对话主题	公司高层向员工介绍公司经营和盈利状况； 全面解析公司经营困难、风险和将采取的对策； 为员工解答疑问并引导积极向上的工作理念	公司劳动用工制度讨论； 解决劳动争议问题； 帮助生活困难的员工； 针对质检、营销的市场反馈，强化行政部门与生产部门的沟通	在生产计划调度、工作流程优化等方面，听取员工意见； 收集采纳员工的合理化建议
平台功能	引导员工有意识地将自己的工作目标与公司集体目标联系起来，明确定位自己在组织中的重要性和所肩负的使命； 在高层清晰而又具体的形势分析下，员工会对目标的实现全力配合，充满信心； 围绕公司总体目标凝聚各方力量，培植浑然一体的整体意识，加固员工对公司的归属感	及时化解日常管理中的劳资矛盾； 推进企业民主管理； 促进完善现代企业用工制度	解决生产经营中的摩擦和矛盾； 提高生产效率和产品质量

（二）劳资恳商机制的理论和实践基础

劳资恳商机制不是无本之木无源之水，它是在探寻历史与现代的思想轨迹，借鉴国外的相关成功做法的基础上，按照我国和谐社会建设的战略部署提出来的。

1. 我国的传统文化重视以沟通和对话来实现人际关系的和谐

中国古代传统文化倡导"和"的精神，推崇社会关系内部治理和谐，上下协调一致的状态。"万物并育而不相害，道并行而不相悖"（《中庸》），"礼之用和为贵"（《论语·学而》），"天时不如地利，地利不如人和"（《孟子·公孙丑下》）等语句在古代经典中比比皆是。这里的"和"主要指人与人相处融洽、团结，彼此协调，化解矛盾，像音律一样和谐；反之，互相抵牾、排斥、争斗，就是不合。"和"的精神要求恰到好处、灵活地处理各种纷繁复杂的矛盾关系，以达到和谐发展的目标。"和"的思想贯穿于古代各个时期，积淀为中国文化的基本精神，生生不息，闪烁着东方式的哲学智慧，在维系社会稳定、促进社会进步、推动社会发展的历史进程中，发挥了不可或缺的重要作用。

2. 现代企业管理理论格外重视企业与员工的有效沟通

现代员工关系管理理论提出，企业和员工的沟通管理，需要更多地采用柔性、激励性、非强制的手段，从而提高员工满意度，支持组织其他管理目标的实现。认为协商既是一种公司决策机制，又是一种公司治理机制。在公司经营管理过程中，要通过理性的讨论、对话、审议等方式作出决策。"当决策时通过公开讨论过程而达成，其中所有参与者都能自由发表意见并愿意平等听取和考虑不同意见时，这个体制就是协商性质的"（戴维·米勒语）。通过协商方式，管理者可以最大限度地捕捉到决策所需要的信息，协商是弥补决策过程中"有限理性"（bounded rationality）的有效方式；协商有利于打破决策的封闭、神秘的色彩和满足员工的参与权和知情权，能够通过讨论、审议等过程赋予决策以合法性，有助于决策的顺利执行。

3. 和谐社会建设战略把和谐劳动关系建设摆在十分重要的位置

党的十六届六中全会在《关于构建社会主义和谐社会若干重大问题的决议》中强调要完善劳动关系协调机制，发展和谐劳动关系。构建和谐社会已确定为党的治国方略。建设和谐社会必须高度关注构建和谐劳动关系。在构建和谐劳动关系方面，企业负有重要的职责。构建和谐的劳动关系是建设社会主义和谐社会的基石，如果劳动关系失调，职工的合法权益得不到保障，工作岗位处于不稳定的状态，劳动安全卫生得不到保证，不能得到合理的劳动报酬，职工的生存权由此而受到威胁，劳动关系陷入紧张和尖锐的冲突之中，建设和谐社会的基石就不稳固。构建和谐劳动关系既是经济社会发展的必然要求，也是全面建设和谐社会的必然选择。构建和谐劳动关系各项工作中最重要的是对劳动争议的预防和消除，推动建立规范有序、公正合理、互利共赢、和谐稳定的和谐劳动关系。

4. 国外已有类似做法可资借鉴

在新加坡，政府提倡"劳资政共生"的一些做法也可以给我们一些启示。新加坡在倡导共生、规范的劳动关系方面，以政府为主要发动者，制定了工业关系行事准则，主要内容为：一是合作而非对抗，劳资双方将彼此视为建立长久关系的伙伴，共同协商，通过对话方式来解决问题；二是领导和授权，领导人应以身作则，担负责任，确保工会与公司管理层的代表都获得授权进行协商，并支持所达成的协议；三是建立互信谅解关系，以互相信任、尊重和谅解为基础，建立起亲密的关系，并以正直和诚实的态度交往；四是分享信息，以开放及透明的态度分享信息，参与对话，促进彼此的信任以解决纠纷；五是专业态度，以扎实的商业与经济原则和对人际关系的了解为基础，专业地经营工业关系；六是互惠互利，确认共同的目标，建立共识，达成双赢的解决方法。把长远目标置于短暂的利益之前，优先考虑集体的利益而非局部的利益。①

新加坡模式给我们的启示主要有两点，一是政府在劳资关系中发挥主导型作用，二是劳资双方建立互信关系。诚然，上述做法只是对我们有所启示，必须看到，我们建立的劳资恳商机制与其存在本质不同，最突出的一点是，"1+3"恳谈协商机制强调政府引导劳动关系双方通过内部自我协调解决劳资矛盾。

三　劳资恳商机制的先进意义

（一）劳资恳商机制的实际效果

劳资恳商机制提炼出来后先在瑞德公司试行，然后又在新安街道 30 家 500人以上的制造业企业中推行，目前包括世界 500 强的日立金融设备公司等在内的 500 人以上用工企业已全部建立恳谈协商机制，效果良好，企业对建立恳谈协商机制的必要性和机制功能普遍认同，高度赞赏。

1. 推行劳资恳商机制使企业受益

辖区企业纷纷借鉴瑞德公司的有效做法，积极构建本企业的恳谈协商机制。日资新雷欧电子公司举办 QC 小组发表活动，听取合理化建议，建立每日晨会制度，加强与员工沟通。深圳高新奇公司在对话中得知员工希望开展技能培训的需求，联合职业学校在厂区开办技能学校，第一时间解决员工诉求。信义汽车玻璃公司在兼并原南玻公司后，注重与员工对话协商，设立员工意见箱，畅通员工反映问题的渠道，顺利解决原兼并企业的人员融合问题，他们还在国内各分厂全面

---

① 黄薇：《新加坡以政府主导的劳资政共生关系研究》，深圳大学管理学院硕士学位论文。

设立恳谈协商机制，收到非常好的效果，用公司副总裁查雪松先生的原话说："信义玻璃公司内部的恳谈协商机制在'宝安开花，全国结果'。"

2. 推行劳资恳商机制使员工受益

深圳恒利电子公司是生产计算机外围设备的一家劳动力密集型企业，由于企业与员工沟通不足，企业提出的班次安排、计件工资等用工方法没有得到员工的理解，导致员工集体到政府部门上访，公司的生产陷于停顿，损失巨大，公司老板甚至为此与员工发生暴力冲突。获悉情况后，街道劳动所负责人主动到企业推行恳谈协商机制，从员工代表的推选、到协商会议的举行，一一进行辅导，协助该公司建立协商机制，该公司生产恢复正常，员工也对经过集体讨论和决定的用工方法心服口服。恳谈协商机制的建立使劳动关系双方的平等地位得到体现，双方权益得到维护，获得了员工的一致欢迎。

3. 推行劳资恳商机制使政府和社会受益

恳谈协商机制成了缓解街道处理劳资纠纷工作负荷的"减压阀"，截至目前，新安街道 30 家规模以上企业没有发生劳资群体性纠纷事件，绝大部分企业员工投诉上访事件零发生，劳动仲裁案件涉及人数下降了 64%。矛盾纠纷在企业内部通过对话协商得到了解决。政府部门从处理纠纷事务中解脱出来，公共服务职能得到加强，把工作力量转移到劳动保障服务方面上来，如开展居民创业一条街、劳务工自选培训学校、困难群众就业帮扶等项目，使更多的群众得到方便。

（二）劳资恳商机制的价值理性

劳资恳商机制的核心价值在于引导企业正确处理与员工平等相处、合作共赢的关系，营造企业健康发展、员工凝聚奋进、劳资和谐的良好环境，激励企业在构建和谐劳动关系中发挥更加自觉的能动作用，激发员工循正常途径表达诉求、提出建议的积极性，协商双方以完全平等的人格身份和讨论资格，就共同关心的问题互相提问、交流看法，强调相互商量，理性讨论，通过协商求同存异、达成共识，从源头上维护和促进和谐劳动关系的发展，具有十分重大的意义，具体表现在以下几方面。

1. 劳资恳商机制有利于破解构建和谐劳动关系所面临的新难题

广东省委常委、代市长王荣同志曾指出，现在这批农民工的下一代再来到深圳市，穿的是 T 恤、牛仔裤，留的是很时尚的发型，他们不能再被称为农民工，他们不会像父辈们回到原来的土地，并且会待在城市，起码不会每年回去过年。在对待进城务工人员问题上，不能简单地把他们当做劳动力蓄水池，不能像以往那样采用相对简单、单一的工作方式对待他们，这是新时期和谐劳动关系建设所面临的新难题。我国经过一个时期的发展，劳务工规模持续扩大，堪称劳工大国。如何因应形势的发展，探寻发展和构建和谐劳动关系的新路，成为当前一项艰巨紧迫、急需解决的课题。劳资恳商机制强调构建和谐劳动关系，关键在于缓和企业内部不同层级、群体之间存在的利益冲突，基本前提是以资方和劳务工为主要构成部分的企业内部各层级能够自由表达自己的利益和愿望，利益诉求得到充分表达，正当权益得到有效维护。以突出双方友好协商、充分沟通为主要特征的劳资恳商机制，是企业构建和谐劳动关系的最好诠释和生动体现，符合科学发展观及和谐社会建设的内在要求，无疑提出了劳资关系建设的一种全新思路。

2. 劳资恳商机制有利于从根本上预防和治理劳资纠纷、促进社会稳定

劳动关系的和谐稳定是社会和谐稳定的基础及核心内容。构建和发展和谐劳动关系，是全面落实科学发展观的需要，也是全面贯彻实施《劳动合同法》，科学调整劳动关系，有效预防和化解劳动争议，实现劳动者与用人单位互利共赢，维护社会和谐稳定的内在要求。劳资恳商机制建立在文明有序的框架内，有利于避免基层员工群体因为利益表达渠道狭窄而相对容易受到损害，导致其采用非理性方式表达利益诉求。通过企业内部各类沟通平台，在涉及员工利益的政策出台前，进行事前评估和矛盾的预先调处，从源头上消除产生矛盾纠纷的隐患，是减少劳资纠纷的治本办法。这种做法，强调员工作为平等主体参与企业管理，适时平衡劳资关系，符合现代企业管理潮流，契合了政府提出的"保发展、保稳定、保民生"的要求，最大限度地增加了和谐因素，最大限度地减少了不稳定因素。

3. 劳资恳商机制有利于夯实企业持续发展基础，增强企业自主创新能力

企业的竞争归根到底是企业文化的竞争，通过企业文化塑造企业精神，有利于企业可持续发展。企业自主创新能力的关键是人才储备，企业应当为员工提供良好的职业发展环境，以增强员工对企业远景的信心，保持员工队伍稳定，提高员工参与自主创新的积极性。劳资恳商机制有助于企业树立"劳资一心、互爱共赢"的共同目标，全力培育特色企业文化，企业、员工一道共创企业精神，并内化为员工的精神动力，为企业发展提供更大的空间；有助于激发企业的创造力，提高企业自主创新能力。因此，"1+3"恳谈协商机制不仅仅是当下应对国际金融危机的权宜之计，而且还应该是谋求企业良性发展的长远之策。

4. 劳资恳商机制有利于节约行政资源，减少行政成本

充分调动社会上各方面的力量参与社会管理，是时代进步的体现，也是和谐社会的内在要求。通过建立劳资恳商机制，依靠企业、员工之间平等协商解决各类争议，实现企业、员工自我管理、自我约束。就企业来说，是企业家和企业恪尽社会责任的表现；对政府来说，通过在构建此机制初期少量的一次性投入，实现劳资关系和谐的高产出，可以大量减少在解决劳资矛盾方面所耗费的人力、精力和物力，有利于节约政府行政资源，把社会资源用到其他更加需要投入的地方，比如向扩大就业、扶持创业等民生方面倾斜。

四 完善"1+3"劳资恳商机制
需要进一步探讨的问题

（一）政府在协商机制建设中发挥什么作用、如何发挥作用

在劳资恳商机制构建过程中，需要明确的一个重要问题是有关政府部门应当充当什么角色、如何发挥好作用的问题。新加坡政府在劳动关系处理中扮演五种主要角色：第三方管理者，为劳资双方提供互动架构与一般性规范；法律制定者，通过立法规定工资工时、安全卫生的最低标准；政府服务者，出现劳动争议，提供调解和仲裁服务；政府还作为公共部门的雇主；政府同时还是收入调节者。"同坐一张桌"，建立劳资协商调解制度，"同乘一条船"，倡导劳资携手共渡难关。新加坡政府资政李光耀谈道："新加坡的情况是很特别的。为了使我们的主要经济领域能达到第一世界的水平，我们建立了一个独一无二的制度。在其他国家，劳资的关系是对立的，这些国家面对工潮、怠工以及其他的压力"。[①]我国与新加坡的劳工管理格局不完全相同，在涉及和谐劳动关系建设的政府部门中，除了有劳动部门，还有各级总工会、团委和妇联等群团部门以及企业内设的工青妇和党组织等，如何把这些部门和团体有机整合到劳资恳商机制构建中，是一个十分现实的问题。笔者的一个初步认识是，企业外的政府部门应以第三方身

---

① 黄薇：《新加坡以政府主导的劳资政共生关系研究》，深圳大学管理学院硕士学位论文。

份成为机制的外部引导者，通过协调资方与企业内设群团及党组织，促进企业根据实际建立自我协调劳动关系。政府主要从服务企业、构筑平台等方面提供第三方服务，尽量避免直接干预和介入内部事务。

（二）如何发挥企业和员工双方在恳商机制中的主体角色

企业聚集了产业要素、人员要素，是恳谈协商机制的具体组织者，企业负责人或者其委托的代表应当本着公平合理的原则与员工代表进行平等协商，听取员工代表的意见、建议和其他诉求，发生劳动争议时立足于协商解决，尽可能将争议化解在本企业内部。员工代表是恳谈协商议题的发起者、协商活动的参与者，员工代表应当认真履行代表义务，切实维护自身合法权益，理解和帮助企业解决遇到的困难。

（三）协商机制以什么样的方式运作才能取得最佳效果

协商机制的运作方式包括以下几方面，①由什么机构组织需要明确。笔者认为，企业可以建立劳动关系协商委员会等机构和协商专员、协商会议等制度。劳动关系协商委员会相对劳动争议调解委员会来说，应是更高层面、更广意义上的劳动关系维护机构，劳动争议调解委员会相对侧重于争议个案的解决。劳动关系协商委员会主要由企业负责人、协商专员、员工代表组成。设立协商专员，也就是企业制定负责开展协商活动、反馈协商结果的工作人员，负责协商活动的筹备、主持、记录等具体工作。②如何确定恳商议题范围需要明确。结合我们的实践，笔者认为，协商议题范围要围绕员工共同关心的问题，具体的范围有，第一，企业改革发展的重大决策问题，包括企业改制、搬迁、兼并破产及清产核资情况，重大技术改造方案，企业中长期发展规划，投资和生产重大决策方案。主要是向员工提供企业发展的长远规划和远景预期，有利于增强员工对于企业发展的信心。第二，涉及职工切身利益方面的重大事项，包括企业执行劳动法律法规的情况，例如劳动合同、工资奖金、社会保障、评优选先、安全生产和劳动保护措施、员工培训计划以及企业裁员、分流安置方案等事项。主要是维护员工劳动基准、福利待遇方面的合理利益，有利于保障员工的合法权益。第三，企业文化建设、质量管理方面的意见讨论，包括业余文化生活组织、团队精神提升活动、困难员工帮扶救助、环境保护、QC 合理化建议等方面的内容。主要是在节能降耗、生产管理方面发挥员工的集体智慧，增强员工的集体荣誉感和对企业的凝聚力。为保证协商富有效率，程序的规范和透明为追求的重要目标。可考虑在协商会前10日，利用企业内刊、厂区公开栏、班组长会、调查问卷等方式，向广大员工征求协商议题，把急需解决又涉及面最大的事项作为协商议题。③恳商机制中参与员工如何产生、对话会如何组织等程序性问题需要明确。可以考虑用抽签方式征集参会员工代表和候补代表，在协商会前3日，对参会员工代表名单进行公示，员工代表参加会议视为正常出勤，不影响工资福利的发放；根据议题的特点，会议的形式可以是茶话会、也可以是座谈会乃至聚餐会、户外集体活动等，形式不拘，但都必须具备一个共性就是营造轻松融洽的气氛。有条件的可以进行录像，便于回溯查找有关事项的讨论过程。

（四）恳商结果如何运用

结合我们的实践，笔者认为，协商结果的执行决定了协商的可持续性，要切实确保协商结果的运用，让协商双方切实感受到实行协商机制可以带来的企业受益、员工受惠的各种实际效果。每次协商结束后，把协商讨论的情况由企业以会议纪要或备忘录的形式向员工公开。涉及具体议题决定的，必要时可以把适用调解书的协商事项置换成具有法律效力的调解书形式。下一次会议时将上一次会议结果的落实情况进行公布，没有落实的事项要求相关承办负责人员进行解释，接受员工代表的询问。协商会议根据协商结果，必要时可以请有关法律工作者到会提供中立、公正的意见，发挥法律服务独特的作用。

参考文献

常凯主编《中国劳动关系报告——当代中国劳动关系的特点和趋向》，中国劳动社会保障出版社，2009。

程延园编著《劳动关系》（第二版），中国人民大学出版社，2007。

董保华主编《劳动关系调整的社会化与国际化》，上海交通大学出版社，2006。

左祥琦编著《劳动关系管理》，中国发展出版社，2007。

乐正等主编《深圳劳动关系发展报告（2009）》，社会科学文献出版社，2009。

乐正等主编《深圳劳动关系发展报告（2008）》，社会科学文献出版社，2009。

管林根、许少英主编《深圳集体协商和集体合同理论与实践》，海天出版社，2008。

深圳法院参与和推动建立劳动争议大调解机制的现状与展望

李　骏*

摘　要: 近年来, 深圳劳动争议案件激增, 而现有法律规定的解决纠纷程序又十分漫长, 不能使劳动者的合法权益及时得到保障和救助, 严重影响社会和谐稳定, 当前急需建立一种高效便捷的劳动争议处理机制, 有效疏导不断增长的劳动争议案件。人民法院通过对大调解纠纷解决方式的分析, 深入探究当前劳动争议纠纷解决机制的既有经验与存在的问题, 探讨各种劳动争议纠纷解决方式运作过程中的互补、互动与协调的方法和途径, 力求探索出一条多元化劳动争议纠纷解决机制循序渐进的发展道路。

关键词: 劳动争议　纠纷解决　大调解机制

深圳作为我国改革开放的窗口城市、典型的移民城市, 经济转轨早、社会转型早、利益分化明显, 劳动争议纠纷暴露得也较早、较多、较充分, 新情况、新问题不断涌现, 尤其是近年来, 劳动争议案件迅猛增长, 而现有法律规定的"一裁两审"(劳动争议仲裁、一审、二审)的解决纠纷的程序又十分漫长, 对于广大劳动者来说, 冗长的程序不仅不能使他们的合法权益及时得到保障和救助, 还可能使许多劳动者和他们的家庭陷于经济困境, 严重影响社会和谐稳定, 人民群众日益增长的司法需求与司法功能相对滞后的矛盾日益突出, 探索出一条多元化劳动争议纠纷解决机制的任务也更为紧迫。

---

* 李骏, 深圳市中级人民法院。

一　全市法院系统推动劳动争议大调解
机制建设的过程

为主动延伸职能，建立一种高效便捷的处理机制，有效疏导不断增长的劳动争议案件。深圳市中级人民法院经过认真调研、反复论证，从 2006 年初开始，专门成立了以院长邓基联为组长的领导小组，领导小组设在全国法院系统第一个专门审理劳动争议案件的深圳市中级人民法院民六庭，劳动争议案件人民调解的试点工作确定在劳务工集中、劳动争议案件数量众多的宝安区开展。市中级人民法院副院长郝丽雅带领市中院民六庭负责人，走访宝安区各街道办事处，积极推动各街道劳动管理站设立人民调解工作室。市中院民六庭全体工作人员 50 人深入宝安区 12 个街道办事处挂点开展工作，加强人民法院对基层调解工作的指导，建立法院诉讼和人民调解的诉调对接机制。

从 2006 年 5 月到 2007 年 3 月 12 日，通过实行劳动争议联调工作机制，宝安区的试点工作取得了较好的成效。据统计，共调处劳动争议纠纷 7475 件，调解结案 6319 件，调解成功率达 84.6%，涉案人数 24606 人，解决争议金额约 4460万元，劳动者的权益得到了及时的保障，因劳动争议引发的突发事件和群体性纠纷大幅下降，促进了辖区的和谐稳定。2007 年 4 月，深圳市委召开全市矛盾纠纷大调解工作现场会，在全市范围内推广宝安区劳动争议人民调解的工作经验。

2007 年，在成功试点的基础上，深圳市中级人民法院决定由市中院民六庭牵头，以点带面在全市范围内推行宝安经验，将联调方式从劳动争议纠纷领域延伸到其他纠纷多发领域，推动构建包括劳动纠纷在内的社会矛盾"大调解"格局。2007 年 11 月，深圳市领导对大调解工作给予了充分肯定，并以市委的名义专门出台《关于构建社会矛盾纠纷"大调解"体系的实施意见》（下简称《实施意见》），对市中院的大调解工作经验作出了整体规划。据统计，2007 年全市人民调解组织调解纠纷 61321 件，同比上升 24.88%，全市法院一审民商事案件的增幅则回落了 10.41 个百分点，其中包括劳动争议在内的大量纠纷化解在基层，化解在萌芽状态。

2008 年，市中院根据《实施意见》，通过进一步总结经验和深入调研，在副院长郝丽雅的带领下，起草制定了《深圳市中级人民法院关于进一步加强案件调解工作的意见（试行）》（下简称《意见（试行）》）及相关配套制度，提出了立案调解、法官助理参与调解、诉讼委托调解和协助调解、诉讼外调解协议审查确认以及工作考核等相应的指导性意见，进一步规范和加强了案件调解工作。该《意见（试行）》经市中院审委会讨论通过，并于 2008 年 11 月 12 日印发至市中院各部门、各区人民法院执行，其中有关考核方面的规定已于 2009 年起执行。

二 全市法院系统推动劳动争议大调解机制的主要做法

（一）完善诉讼调解机制，强化诉讼调解

全市法院系统始终将加强诉讼调解作为融入大调解、对接大调解的一项重要工作来抓，取得了较好的成绩。

1. 积极改革探索，推行全员调解机制

实行全员调解新机制，扩大调解工作的主体，引导建立多层次、全方位的调解架构，明确院庭领导、法官、法官助理以及速录员的调解职责，开展调解竞赛活动，组织调解经验与技巧交流会，不断激发和提高调解工作水平，形成全员调解的工作合力。

2. 推行立案调解建议书制度

立案工作是法院化解矛盾的第一道防线，全市法院明确规定诉前调解是人民法院部分类型案件诉讼的必经前置程序，立案庭在送达案件受理通知书和应诉通知书的同时，应一并向当事人送达调解建议书，鼓励当事人进行调解，使一部分案件不经过庭审程序就可及时解决。

3. 建立对重点案件重点调解的机制

对群体性诉讼、集团诉讼、涉及人数众多、利益涉及面广、易引起矛盾激化、引发群体性事件的案件，主动联系相关部门和调解组织，调动一切有利于化解矛盾的有利因素，尽最大限度以调解结案，有效地缓解纠纷的对抗性，社会效果十分明显。

4. 积极探索调解新方法

在市中院副院长郝丽雅的组织和带领下，由市中院民六庭牵头，对诉讼调解

制度的相关问题进行了较为全面、深入的调研，并将实践中行之有效的经验和做法，及时加以归纳、总结、提炼，形成《关于进一步改进和加强诉讼调解工作的调研报告》并进行推广，进一步促进调解工作的顺利开展。

（二）完善多元化调解机制，畅通诉调对接渠道

1. 完善法官挂点指导制度

市中院出台了六个民事审判庭分别挂点指导全市六个区人民调解指导工作的方案。逐步完善优化全市法院人民调解指导资源的配置，指导各区法院组建以法官为主体的人民调解指导队伍，实行分片负责制，将指导责任具体落实到每名法官，确保辖区内的每个社区居委会均有具体挂点指导的法官负责，保证两级法院的人民调解指导员每月到所挂点各街道指导一次以上。经市中院积极协调，全市法院先后派出300多名法官深入到56个街道、464个社区的基层调解组织，指导开展人民调解工作。

2. 建立来诉案件建议转处机制

对未经人民调解委员会调处的劳动争议案件，在尊重劳动者诉权的前提下，告知劳动者诉讼风险和诉讼成本，建议劳动者将纠纷交由人民调解委员会进行调解，充分发挥基层人民调解组织处理劳动争议案件灵活、便捷、减压的作用。

3. 建立人民调解协议诉前确认机制

试行对双方自愿达成的人民调解协议，在未有争议之前进行效力确认。基层调解组织对案件调解后，引导双方当事人自愿到基层法院或人民法庭办理效力确认。对双方当事人自愿到基层法院或人民法庭办理人民调解效力确认的案件，按照形式灵活，程序简便，快速处理，简化文书和减免收受理费的原则，当场制作民事调解书并及时送达，赋予人民调解协议以强制执行力，有效地维护人民调解的威信。

4. 强化对调解协议反悔而再生争议案件的优先处理机制

对一方当事人达成调解协议后反悔而起诉到法院的劳动争议案件，依最高人民法院《关于审理涉及人民调解协议的民事案件的若干规定》进行认真审理，建立该类案件优先处理的绿色通道，从立案、审理、执行等各个环节为该类案件的优先处理创造条件。对该类案件，按照司法解释的有关规定准确认定调解协议的性质和效力，通过司法程序维护人民调解的权威，对于调解协议被依法判决变更、撤销或确认无效的，均以适当方式告知人民调解组织，并提出具体建议，促

进人民调解组织提高调解水平。

5. 建立委托调解、协助调解机制

对已经进入诉讼程序的案件，在大力加强诉讼调解工作、鼓励法官以调解方式结案的同时，积极开展委托调解、协助调解等工作，如委托或邀请工会组织、行业协会参与调解劳动争议纠纷，双方当事人均聘请了代理律师的，则可以经法官商请或当事人申请，由律师居中主持当事人在自愿原则下进行庭外和解，从而充分利用基层干部、调解中心、社团协会、行政组织等社会资源，参与纠纷的调解，扩大、加强大调解的司法资源和社会各方力量。

（三）建立健全调解工作制度，推进标准化办案工程

1. 出台相配套的调解工作规范

市中院对诉讼调解制度的相关问题进行了较为全面的、系统、深入的调研，形成了《关于进一步改进和加强诉讼调解工作的调研报告》，并制定了《进一步加强案件调解工作的意见（试行）》及《开展诉讼委托调解和协助调解的工作规范》、《诉前调解及立案调解的工作规范》、《法官助理开展庭前调解的工作规范》、《对人民调解协议审查确认的规定》等配套规范，从制度上为开展调解工作提供保障。

2. 推进标准化办案工程

调解是建立在合法基础之上的，特别是法院的诉讼调解，更应当维持在判决结果的基准线左右，除非当事人明知而主动放弃权利，一般不应偏离预期的判决结果太远。否则，法院调解的权威性和社会效果都不会太好。为此，市中院充分发挥作用，积极推进标准化办案工作，对劳动争议的典型案件、疑难问题、新类型案件进行讨论，形成会议纪要、基本覆盖主要劳动争议案件类型的规范化办案指导意见体系供调解时参考，并起草制作诉讼调解文书模本，以提高调解文书的规范性和制作效率。

（四）采取多项措施，提高调解工作水平

1. 强化考核评比，将诉讼调解纳入岗位目标管理体系

全市法院将诉讼调解纳入审判流程管理、审判质效管理和法官业绩考评体系，诉讼调解率作为审判部门和审判人员岗位的目标管理、评先选优、晋级晋职

的考核内容之一。开展诉讼调解竞赛、经验交流等活动，加大了诉讼调解激励力度，有力激发了审判人员的诉讼调解热情，形成齐抓共管的调解氛围。

2. 组建人民调解指导队伍，确保对人民调解的培训工作

为优化全市法院人民调解指导资源的配置，市中院制订了六个民事审判庭分别挂点指导全市六个区的人民调解指导工作的方案，推动全市法院组建人民调解指导队伍，实行分片负责制，将指导责任落实到具体法官，确保挂点辖区内的每个社区居委会均有具体挂点指导的法官，保证两级法院的人民调解指导员每月到所挂点各街道指导一次以上。

3. 组建讲师团，对全市人民调解员进行业务培训

市中院从各民事审判庭抽调出业务素质高、调解经验丰富的法官组成讲师团，确定物业管理纠纷、劳动争议等社会多发纠纷所涉及的九个法律专题，分赴全市对各区的人民调解员进行专题培训。为确保培训效果，探索采取了专题讲座、法律咨询、组织法庭旁听、案例分析会等灵活多样的培训形式，实现了培训活动常态化，保证全市每个调解员都通过培训切实提高政策与业务水平，促进人民调解工作整体上新台阶。

三　建立大调解机制应把握的原则和注意的问题

（一）坚持深圳市委、市政府大力支持的原则

依靠深圳市委、市政府统一领导与有力支持，搭建沟通协调不同纠纷解决方式的有效平台，形成多层次全方位的大调解工作网络，是大调解工作开展的重要基础和根本保障。

（二）坚持以诉讼为中心原则

诉讼应在整个多元化纠纷解决体系中居于中心地位，诉讼外的纠纷解决方式则处于基础地位。诉讼制度，在现代纠纷解决机制中处于核心和主导的地位，通过诉讼程序和法院判决解决纠纷是诉讼的基本功能，法院的审判权应当是纠纷解决机制中最后和最权威的一个环节，法院拥有的是对社会纠纷的最终和最权威的解决权，而不是最先解决权。

（三）坚持便民原则

大调解工作必须立足以最大限度地回应社会与民众对纠纷解决路径的不同需求为出发点，尽可能地为各种矛盾纠纷提供多样的消解出口，方便民众的诉讼。完善大调解机制既要着眼于长远的纠纷解决需求，更要着眼现实的需要，强调纠纷解决的社会效果。

（四）渐进性原则

建立大调解纠纷解决机制是一个系统的社会工程，是一个社会整体成长与制度逐渐成熟的过程，不可能一蹴而就。要充分考虑制度与现实的统一性、和谐性，循序渐进地推进大调解纠纷解决机制的健全完善，应与时俱进，保持一个不断选择和平衡的动态体系。

（五）协同性原则

大调解机制不是多种纠纷解决方式的简单并列，而是多种纠纷解决方式的有机结合和互补与互动，必须强调资源的合理配置，明确各种纠纷解决机制的合理分工和良好对接，确保矛盾纠纷的合理分流。

（六）差异性原则

不同地区在资源配置、纠纷解决需求方面的差异非常明显，大调解工作必须考虑地区间的社会经济发展差异，必须防止不同纠纷解决方式相互看齐，应满足不同层次纠纷解决的需求。

四　发挥大调解整体合力作用及解决方法

（一）进一步完善诉讼外纠纷解决机制，切实发挥灵活便利的优势，完善劳动争议大调解工作格局

（1）综合考虑不同种类劳动争议纠纷的性质、总量和纠纷解决机构的实际承受能力，推动诉讼外各种纠纷解决方式在资源配置方面的进一步优化。

（2）正确定位劳动行政机关在劳动争议纠纷解决中的特殊职能，提升劳动行政机关处理劳动争议纠纷的主动性，特别是行使行政管理职权时，一并规范与调处及其相关的劳动关系、劳动争议纠纷。

（3）大力发展民间社会组织，推动其积极介入劳动争议纠纷的调处。积极培育各种民间社会组织，着力发展行业调解和行业仲裁机制，积极培育新型民间组织中的调解机构，大力倡导各种非诉机制运用调解方式化解纠纷。

（4）加强人民调解员的队伍建设，切实把好人民调解队伍的入口关，加强对人民调解员的教育培训工作，不断提高业务培训的有效性和实用性，提高和转变人民调解员的素质和观念。

（二）进一步推动诉讼机制与非诉讼机制的衔接互动，实现功能互补、运转协调，提升不同纠纷解决方式的整体合力

（1）强化诉讼程序的权威性和终局性，把诉讼机制定位于解决多数纠纷的最后选择而非首先选择，这是诉讼机制与非诉讼机制衔接互动的重要前提。

（2）明确司法对非诉讼纠纷解决机制的审查范围，强化诉讼机制对非诉讼机制的支持力度，这是诉讼机制与非诉讼机制衔接互动的重要方面。

五　大调解机制建设的主要经验

（一）领导重视，密切配合，是深入推进大调解的重要前提

当前各种深层次矛盾不断涌现，司法权的有限性与群众诉求复杂性之间的矛盾进一步凸显。在各级政府的高度重视下，在各级法院及相关部门的共同努力下，统一思想，转变观念，合力推进大调解工作，才能不断适应和谐社会建设的新要求，只有积极推行大调解工作，才能为广大人民群众提供更加简便、快捷、公正、高效的解决纠纷方式。

例如，龙岗区人民法院坪地法庭探索出以"三理"为核心，坚持大联动调解矛盾纠纷的新路子。所谓"三理"，即"统一受理、分口管理、依法办理"。统一受理，由街道诉求服务中心统一受理人民群众的各种诉求，法庭派专人协助受理涉及民商事纠纷的诉求，对诉求进行形式审查，征询当事人的调解意愿，对

诉求简单、法律关系明晰的案件，当场进行调解。分口管理，法庭在街道诉求服务中心受理涉及民商事纠纷的案件后，指导诉求中心的工作人员按照案件涉及内容范围，根据各部门、各单位的工作职责，依照分工分级的原则，确定纠纷调解管辖，将纠纷分流到街道劳动管理站、司法所等部门以及社区、商会、律师事务所、法律服务所进行调解。依法办理，分流到各个部门调解的案件，调解成功的，除劳动争议案件可由设在劳动管理站的劳动仲裁派出庭出具调解书外，统一由法庭以调解书的形式对调解协议进行确认，赋予调解协议强制力。

实行"三理"工作机制，避免了法庭调解工作的单打独斗，充分发挥了各个部门在调解工作中的职能优势，把职能部门由单个柔弱无力的"指头"，捏合成坚强有力的"拳头"，真正形成了街道党工委强力支持、各部门共同参加、法庭指导确认的配套大联动的调解新机制。

（二）勇于创新，以点带面，是积极推进大调解工作的重要手段

大调解工作在深圳市各地同时开展，而各地的矛盾纠纷和各个法院的实际情况不尽相同，只有紧密结合各地实际，找准突破口，选择基础条件好的街道、居委作为大调解工作的重点实施单位，适时总结经验，积极进行推广，起到示范辐射作用，带动其他地方和部门全方位地开展大调解工作。

例如，龙岗区人民法院坪地法庭还建立以"四模"为内容的矛盾纠纷调处新模式。所谓"四模"。坪地法庭根据最高人民法院《关于人民法院民事调解工作若干问题的规定》，就"法院附设 ADR"（指在法官或者受法官委托、指派人员主导下进行的，以替代性调解方式解决纠纷的活动）的具体模式和实践方法，进行积极的改革性探索，摸索出了一套以四个工作流程、四种调解模式为核心的纠纷解决机制。坪地法庭"法院附设 ADR"的工作流程，包括甄别、释明、分流和处理四个步骤。根据调解主体的不同，"法院附设 ADR"分为社区调解、商会调解、律师调解和法官助手调解等四种模式。各种模式交叉运用，互为补充，形成一个较为完整的调解体系。

四步工作流程：首先是甄别，法庭立案后，由立案员对相关材料进行分析甄别。其次是释明，包括立案员口头释明和向当事人送达《调解建议书》。再次是分流，由立案员根据案情决定按诉讼程序审理或适用"法院附设 ADR"。最后是处理，立案员征得双方当事人书面同意运用"法院附设 ADR"化解纠纷后，联

系和指派社区、司法所、律师事务所、商会的调解人员，并报经主审法官确定。庭长签发正式委托调解函后，主审法官与立案员携带案卷复印件、委托调解函、相关法律条文等到受托人处介绍案情，就办案思路、调解技巧、法律适用进行必要的指导。受委托调解人召集双方当事人进行调解，调解工作不受场地、次数限制，但需设定调解时限。在调解时限内达成调解协议的，主审法官进行司法审查后予以确认，制作民事调解书送达双方当事人。

（三）加强调解队伍建设，提高调解工作整体水平，是推进大调解工作的重要保障

构建大调解格局，不断强化人民调解工作，加强调解队伍建设是重要保障。只有调解队伍业务水平和综合素质的提高，才能使更多人信任并选择调解方式，才能使调解发挥更大更好的作用。

（四）提高人民调解协议的法律效力，维护人民调解途径的权威，是推进大调解工作的关键环节

一直以来，人民调解协议没有强制执行力严重影响到调解作用的有效发挥。法院试行对双方自愿达成的人民调解协议，在未有争议之前即进行效力确认，赋予其强制执行力，是对人民调解纠纷化解途径最有效、最根本的支持，是大调解工作的关键环节。

六　今后人民调解工作的主要思路与展望

有效地整合人民调解资源、行政管理资源、司法资源，充分发挥三种调解途径的优势，努力在诉讼外解决争议，是化解纠纷的可行办法。

（一）进一步加强诉讼调解工作

通过认真贯彻执行市中院制定的关于诉讼调解工作的各项工作制度，使劳动争议案件调撤率逐年有新的提高，努力实现定纷止争，和谐社会的目标。

1. 创新调解机制、深化调解制度建设，继续推动调解工作健康有序发展

坚持深入调研，提高认识，更新观念，创新调解机制，加快完善调解工作制

度，进一步下大力气推进标准化办案工程。诉讼调解的结果，可能会存在当事人部分权利的让渡，从而与法院的判决结果存在一定差异。为此，必须正确认识调解存在的局限性和实质性弊端，正视我国各级法院调解工作所面临的经济现状与社会条件，确保调解程序的正当性。

2. 拓宽调解工作思路，继续实现调解工作方式方法创新

全市法院系统将继续抓好诉讼调解工作，特别是立案调解工作和法官助理参与调解工作。就引入社会资源参与诉讼调解工作而言，将进一步完善、创新建立诉调对接机制，扩大委托调解的范围，拓宽大调解协助法院调解案件的思路，提高调解员的介入率，有效利用社会资源，推动建立多元化的纠纷解决机制。

3. 加强队伍建设，努力提高干警调解工作水平

将进一步通过邀请专家讲课、组织调解工作经验交流会、研讨会、编印调解工作指南手册等多种形式，加强培训，全面提升法院工作人员的司法水平和群众工作水平。

（二）继续积极推进全市社会矛盾纠纷大调解工作

1. 完善法官挂点指导人民调解纠纷工作制度

重点发挥人民法庭的作用，采取挂点指导、讲师团巡回授课、组织庭审观摩等多种形式，促进人民调解工作员队伍业务水平的不断提高。

2. 全面推行诉调对接制度

在全区范围内，积极推广宝安、龙岗人民调解工作的典型经验，因地制宜，探索本地区开展人民调解工作的新思路、新路径，为不断开创人民调解工作新局面提供理论与实践的支持。

3. 加强合作，研究总结

加强与司法、行政管理部门及有关部门的密切配合，及时总结在工作中发现的问题和经验，建立完善人民调解的定期协调会议制度、疑难案件研讨制度、联动调处制度，及时分析总结在大调解工作中发现的问题和经验，推进大调解工作和谐、健康的发展，为全市的和谐稳定发展作出应有的贡献。

从仲裁实践，看《劳动争议调解仲裁法》

王国社 *

摘 要：《中华人民共和国劳动争议调解仲裁法》（以下简称《仲裁法》）实施一年多来的情况如何，受到业内同行、企业员工以及社会各界的广泛关注。本文根据深圳及国内一年多来劳动争议仲裁实践，从法律层面、制度设计等方面进行深入分析，提出不断完善《仲裁法》的积极建议。

关键词：《仲裁法》 实施状况 分析研究

2008 年 5 月 1 日，《仲裁法》正式实施，标志着我国劳动争议仲裁事业在法制化道路上迈上了一个新的台阶，结束了建国 50 多年来，没有一部正式的劳动争议处理程序法的历史。该法对劳动争议调解仲裁的机构、范围、原则、程序等方面作出了规范和系统的规定，从法律层面较好地解决了实践中长期存在，社会反映比较强烈的诸多问题，为劳动争议仲裁事业的发展提供了良好的法律保障，具有深远的历史意义和现实意义。

一 新法颁布前我国劳动争议处理制度面临的主要问题

长期以来，我国劳动争议处理制度存在三大问题。

（一）劳动争议处理的制度落后

表现为：实行裁审并重、相互脱节的"一裁两审"制。

---

* 王国社，深圳市人力资源和社会保障局。

1986 年，我国恢复了劳动争议仲裁制度，对劳动争议的处理实行"一裁两审"制。1994 年出台的《劳动法》对这一体制给予了法律上的确认，即劳资双方发生劳动争议时，可申请劳动仲裁，对劳动仲裁不服的可申请诉讼，但必须经过劳动仲裁直接提起诉讼。劳动仲裁成为劳动争议诉讼的前置条件。如不服一审裁决还可以向二审法院上诉，二审为终局裁决。这一制度简称为"一裁两审"制。由于我国法律没有专门针对劳动争议案件设置相应的诉讼程序。人民法院对劳动争议案件的"两审"诉讼，一直按民事诉讼程序进行，出现了劳动争议仲裁与劳动争议诉讼之间在衔接上相互脱节的现象，不论仲裁裁决案件是实体上还是程序上的诉讼，是简单案件还是复杂案件的诉讼，是一般案件还是重大案件的诉讼，只要当事人一方提出，都予以受理，重新立案，重新搜集证据、重新审理、重新裁决。因此，形成了裁审分离、各自独立的"一裁两审"制。

而根据原《劳动争议处理条例》和《民事诉讼法》的规定，一个劳动争议案件的仲裁为两个月的时间，案情复杂的可延长一个月；一审诉讼为六个月，案情复杂的可延长六个月；二审诉讼为三个月，案情复杂的可延长三个月的时间，如果走完仲裁和诉讼的全部程序，时间短的需要一年，长的需要两年甚至三年的时间。导致"一裁两审"制度存在环节多、周期长、成本高、效率低的问题，不仅没有达到及时快速解决劳动争议的立法初衷，反而延长了劳动争议处理的时间，使当事人特别是劳动者的合法权益得不到及时的保护。有很多劳动者因无法承受如此长时间的过程而被迫放弃自己的权利。

（二）劳动争议仲裁的机制落后

表现为：仲裁程序诉讼化，仲裁结果行政化。

一是仲裁程序诉讼化问题严重。由于劳动仲裁程序主要按照民事诉讼程序的模式进行设置，仲裁程序诉讼化问题显得比较严重。如，要求三人组庭；答辩期必须给足 15 天；必须在庭审时进行质证、辩论；允许律师代理和其他代理人出庭；不管案件是否复杂，裁决是否清楚，都允许当事人提起诉讼；等等。仲裁程序在设置上没有充分体现劳动争议的处理需要快捷、简便、灵活的特点。

二是仲裁工作按行政化运作。对案件的处理，在内部管理上没有实行仲裁员负责制，而是实行案件裁决审批制。因此，这种仲裁处理行政化的运作机制，既不科学，也不利于案件的及时处理，更不利于增强仲裁员的工作责任感。

（三）劳动争议仲裁机构的体制落后

表现为：专业化运作，行政化管理。

根据原《劳动争议处理条例》规定，劳动争议案件由劳动争议仲裁委员会处理。仲裁委员会由劳动行政部门、工会、企业协会三方组成。实践中，劳动争议案件都由劳动行政部门的内设仲裁机构进行处理。因此，在业务的运作上是专业化运作，而在人员和机构的管理上又是行政化的管理。在实践中存在三方面问题：一是人员、经费不足。二是法律对仲裁员资格没有条件限制。造成仲裁人员素质参差不齐，整体素质不高。而仲裁员队伍素质不高，则很难保证案件的质量。三是对仲裁人员没有实行职业化管理，导致仲裁队伍人才流失比较严重，仲裁队伍很不稳定。

以上问题的长期存在，严重阻碍了劳动争议仲裁事业的发展和仲裁队伍的建设，也影响到劳动争议案件及时、有效的处理。正是基于以上原因，《仲裁法》应时而出。那么，《仲裁法》实施一年多来的情况如何，是业界同行比较关注的问题，本文对此根据劳动争议仲裁一年多来的实践，作一具体的分析。

二 从劳动争议仲裁实践，《仲裁法》呈现
六项创新和发展

（一）劳动争议仲裁不收费

这是《仲裁法》的一大亮点。我国劳动争议仲裁制度自 1986 年恢复以来，一直实行仲裁收费制，即收取案件受理费（每案固定收取 20 元）和案件处理费（根据诉求标的的大小按比例收取）。由于多数劳动争议案件属于劳动者追讨拖欠的工资、因病或工伤医疗费等，他们的经济比较困难。实施这一制度，增加了劳动者的经济负担，甚至导致一些当事人因承担仲裁费困难而打不起仲裁"官司"。对此，《仲裁法》第五十三条规定，"劳动争议仲裁不收费，仲裁经费由各地财政予以保障。"这一规定，从法律上解决了劳动争议仲裁收费问题，切实减轻了劳动者的经济负担。同时，也解决了劳动争议仲裁经费来源不明而造成经费短缺的问题。

（二）部分案件实行有条件的"一裁终局"

根据《仲裁法》第四十七条规定，部分案件实行有条件的"一裁终局"。这是我国《仲裁法》的首创，也是对现行劳动争议处理体制进行调整的一大突破。根据"一裁两审"制存在环节多、周期长、成本高、效率低的问题，《仲裁法》规定了两类案件实行"一裁终局"的处理模式：一是追索劳动报酬、工伤医疗费、经济补偿金或者赔偿金，不超过当地月最低工资标准 12 个月工资的争议；二是因执行国家劳动标准在工作时间、休息休假、社会保险等方面发生的争议。

属于上述两类劳动争议案件，经过仲裁后如果劳动者不再提起诉讼，则劳动仲裁为终局裁决。除此之外的案件仍适用于"一裁两审"制。

一年多来的实践证明，"一裁终局"对于申请仲裁标的不大，事实比较清楚的劳动争议案件的快速处理具有积极的作用。能有效解决现行劳动争议处理体制中存在的周期长、效率低、成本高的问题，使这部分案件能够得到及时处理，防止恶意缠讼，拖延时间的情况发生。

当然，这个规定在实践中还有需进一步完善之处，如"一裁终局"的数额是单项诉求的金额，还是多项诉求的总额。劳动者要求按国家法定标准执行工作时间、享受休息休假以及社会保险争议，是否涉及金额？如果涉及金额，那么金额的计算标准如何确定？如果不涉及金额，那么裁决生效后如何执行？如果一个案件的诉求事项即涉及"一裁终局"的内容又有"一裁两审"的内容，是分案裁决还是一案处理等，都需要进一步加以明确。对此，笔者认为，对于"一裁终局"的案件，应当以单项诉求的金额为标准。对于诉求事项即涉及"一裁终局"的内容，又有"非终局"内容的案件，应当体现当事人意思自治原则，在立案时应当提醒申请人分项申请诉求；如果当事人不愿分项申请诉求，则采取"一案审理、分项裁决、一份裁决书"的方式，但是，不能按"一裁终局"处理。

（三）延长申诉时效，缩短办案时限

《仲裁法》对劳动争议申诉时效作了较大的调整。根据《仲裁法》第二十七条规定，当事人的申诉时效由《劳动法》规定的 60 日延长为 1 年。并且，在劳动关系存续期间劳动者提出追诉用人单位拖欠工资的仲裁申请，不受 1 年时效的限制。在延长申诉时效的同时，《仲裁法》还规定了申请仲裁时效的中断与中止，当发生法定情形或特殊情况时，使申请仲裁时效得到合法的延续。与此同时，对仲裁机构的办案时限则由原来的90天缩短为60天。经过一年多的实践，是通过延长劳动者的申诉时间，确保劳动者有充分的时间维护自己的合法权益。同时，缩短仲裁时间，使劳动争议在仲裁环节能够得到更加及时的处理。通过对仲裁申请时效的延长和仲裁审理时效的缩短，确保当事人的合法权益。

（四）强调劳动争议的调解

调解是一种以柔性方式化解矛盾的机制，不仅成本低，程序也简单灵活。《仲裁法》设立了"调解"专章，对劳动争议的调解组织、调解人员、调解程序、调解效力等方面作了较为详细的规定，体现调解工作在劳动争议处理实践中的重要作用。

一年来的实施成效是显著的。一是进一步构建了多层次的调解网络。开展劳动争议调解工作，实行企业调解、人民调解、基层行政调解等多层次的调解，形成全方位立体化的劳动争议调解网络，将劳动争议化解在基层的萌芽状态。二是强化了调解协议的法律效力。为使双方达成的调解协议得到及时有效的执行，《仲裁法》第十六条明确规定，因支付拖欠劳动报酬、工伤医疗费、经济补偿金或者赔偿金事项达成的调解协议，如果用人单位不履行的，劳动者可申请支付令。这一规定明确了对劳动者在劳动报酬、工伤医疗费、经济补偿金或者赔偿金方面达成的调解协议的法律效力，强调了对劳动者的合法权益的保护。此外，《仲裁法》还在劳动争议仲裁程序中，引入了调解机制，是最经济的劳动争议解决方式，有利于和谐处理劳动关系。因此，劳动仲裁在立案和审理的各个环节，都将注重调解的立法精神贯穿于始终。

但有些方面的实际效果也并不理想，究其原因：首先，关于企业调解委员会的作用。由于企业工会主导的企业调解组织所处的地位，决定了其作用的敏感性和局限性，员工对其信任度不高，导致企业内部调解组织的调解力度和作用有限。人民调解组织由于兼顾社会各方面纠纷的调解职能，也难以集中主要力量专门调解劳动争议。其次，关于"支付令"的执行。由于法律没有明确可以不按照民事诉讼法的要求执行。所以，实际执行当中必须符合民事诉讼法的要求。而民事诉讼法对于"支付令"的执行，明确要求要在没有当事人提出不同意见的情况下才能执行。

民事诉讼法的这一规定，在实践中难以发挥实际作用。笔者认为：一是应当建立以行政调解为主，企业调解和社会其他调解组织调解为补充的多层次调解机制。政府应当适应社会主义市场经济条件下劳动关系的新情况、新特点，成立专门的劳动争议行政调解机构，充分发挥政府在劳动争议调解中的主导作用，维护劳动关系的和谐和社会的稳定。二是应明确规定"支付令"的执行不受民事诉讼法规定的约束。对于因支付拖欠劳动报酬、工伤医疗费、经济补偿金或者赔偿金事项达成的调解协议，当用人单位不履行时，劳动者申请支付令的，应当立即执行。

（五）机构设置有新规定

《仲裁法》第十七条、第十八条的规定，符合我国国情的客观实际状况，体现了实事求是的立法精神。劳动争议仲裁委员会具体如何设立，由各地政府根据实际情况确定的法律规定，符合中国的客观实际。既可以避免不考虑实际需要，按行政区划层层设立，造成国家资源浪费的现象，又可以防止有劳动争议而没有劳动争议仲裁委员会的情况。

1. 关于省级仲裁机构主要指导办案

《仲裁法》的这一规定，消除了省级仲裁机构与所在地的市级仲裁机构之间对于案件管辖的矛盾，有利于省级仲裁机构集中时间、集中精力研究重大政策和疑难问题，加强对基层的业务指导工作，对于提高劳动争议仲裁队伍的整体素质和办案质量起到积极的促进作用。

但是，省级仲裁机构要担负指导办案的重任，如果没有实际办案经验，要做到正确指导办案是比较困难的。笔者认为应当从用人体制上着手，对省级仲裁机构担负指导办案的人员应当从基层仲裁机构选拔，改变目前直接从学校招聘没有仲裁经验的人员的传统做法。

2. 关于省以下各级政府不按行政区划层层设立劳动争议仲裁委员会

笔者认为，针对《仲裁法》的这一规定，可考虑辖区内的市级政府（直辖市除外）根据发生案件的实际情况决定是否对所辖区、县层层设立劳动争议仲裁委员会，但县级政府一般应当设立。

一是从节约行政资源的角度分析，设区但不管辖县的市，层层设立劳动仲裁机构的必要性不足。因为，虽然近年来劳动争议案件不断增多，但是，总体上还没有达到所有行政区域都必须设立劳动争议仲裁委员会的程度。并且，辖区的市一般范围比较集中，不层层设立劳动争议仲裁委员会不仅不会给当事人造成困难，而且有利于集中仲裁部门人力、物力，减少国家行政资源的浪费，也有利于统一办案标准，减少在同一个城市，出现仲裁标准、仲裁结果不一致的情况。

二是县级政府不论是案件少的西部地区，还是案件多的东南沿海地区，原则上都应当设立劳动争议仲裁委员会。由于我国地域辽阔，县与县之间距离较远，如果不能做到县县设立，将会不方便当事人就近解决劳动争议。但是，对于一些劳动争议较少，距离地、市较近的县级政府，可不设立劳动争议仲裁委员会。对一些劳动争议较少，距离地、市较远的县级政府，从方便当事人就近处理劳动争议的原则出发，应当设立劳动争议仲裁委员会。但是，对于人员的配置上可实行兼职仲裁员制。当然，对于案件很少的偏远县，也可以采取设立仲裁庭的方式解决。

（六）明确了仲裁员的条件和标准

劳动仲裁制度建立以来，法律上没有对仲裁员的条件和标准作出规定，各地劳动仲裁机构的人员素质参差不齐，造成案件处理的质量高低不一，影响了劳动仲裁队伍的整体形象。针对劳动争议仲裁员没有入职门槛限制，造成劳动仲裁队伍整体素质不高的问题，《仲裁法》对此作了规范。

根据《仲裁法》第二十条规定，仲裁员必须具备四个相应的条件。这一规定，可以概括为三个标准：一是道德标准。仲裁员必须具备公道正派，刚直不阿的素质，这是保证劳动争议案件公正、公平处理的前提。二是知识标准。仲裁员必须具备过硬的劳动法律专业知识，这是保证劳动争议案件准确处理的基本要求。三是阅历标准。仲裁员必须具备一定的社会阅历和工作经验，只有社会阅历深，工作经验丰富，才能面对复杂的问题应对自如，及时处理重大疑难和复杂的劳动争议案件。这对提高劳动仲裁队伍素质和办案质量具有重大的现实意义。

《仲裁法》对仲裁人员实行入职门槛限制，既借鉴了国际惯例，也为仲裁机构实行仲裁员职业化、专业化奠定了基础，有利于提高劳动争议仲裁队伍的素质。但在按照新的仲裁员条件和标准把好进人关时，必须同步实行劳动争议仲裁职业化制度。只有专业化与职业化制度相互配套，同步实施，才能够既提高劳动争议仲裁队伍的整体素质，又能够留住劳动争议仲裁的专业人才。

三 从劳动争议仲裁实践，需进一步完善
《仲裁法》的相关规定

（一）应当明确劳动争议仲裁机构的性质

《仲裁法》没有明确仲裁机构的性质。性质决定机构的定位和发展的方向，关系到机构人员的配备和内设机构的配置，关系到仲裁委员会是否实体化，案件处理是否准司法化，仲裁员身份是否职业化，仲裁队伍是否专业化等一系列问题。由于我国法律没有对劳动争议仲裁委员会给予明确的定性、定位、定向，劳动争议仲裁委员会处于无编制、无经费、无人员的"三无"状况。因此，实践中由劳动行政部门的仲裁机构代替劳动争议仲裁委员会行使职能，处理劳动争议案件。

1. 由此带来的主要问题

一是人员不足。劳动行政部门作为劳动争议案件的处理部门，由于在法律上没有明确的人员配置比例的规定，因此其人员的配备往往受行政部门内设机构编制的限制，多数地方都存在案多人少，人手严重不足的问题。即使在劳动争议案件大量增加的情况下，劳动仲裁机构的人员编制也难以进行相应的调整。

二是经费不足。由于人手严重不足，各地采取聘请编外人员予以解决。但是，行政部门的经费是根据人员编制的多少所确定。聘请编外人员，又受在编人员人头经费的限制。因此，多数地区采取收取仲裁费的办法解决经费不足的问题。对于仲裁经费问题，虽然《仲裁法》规定，劳动争议仲裁委员会的经费由财政支付。但是，由于对多少案件应当配备多少办案人员没有明确的法律标准，所以，在执行当中仍然存在经费难以保证的问题。

三是管理行政化。目前实践中劳动争议仲裁机构实行的是专业化运作，行政化管理的模式。导致仲裁队伍不稳定，人才流失严重。其行政化管理模式的主要特点：一、必须对工作人员实行岗位轮换。仲裁机构处理劳动争议案件实行的是专业化运作，不仅要求仲裁员必须具备不同于一般行政人员的专业知识和素质要求，而且必须保持仲裁人员的相对稳定。如果经常轮换，必然导致仲裁队伍的不稳定。二、工作人员待遇的高低由行政级别和职务高低所决定。而行政级别和职务的高低又受干部级别职数的限制。因此，仲裁人员水平再高，能力再强，如果

没有干部级别职数的空缺，其待遇也无法解决。因此，能力强，水平高的仲裁员流失情况比较严重。三、聘请的编制外仲裁员，由于不在编制内管理，不仅工资待遇比在编人员低，而且没有职务晋升的发展空间。因此，一些素质好、水平高、能力强的编制外仲裁员，一有机会就会离职跳槽。所以，在目前的体制下，仲裁人员流动性大，仲裁队伍很不稳定。

2. 应进一步加以完善

以上问题的长期存在，严重阻碍了劳动争议仲裁事业的发展和仲裁队伍的建设，也影响到劳动争议案件及时、有效的处理。应当在《仲裁法》及相关配套规定（如《组织规则》）中，从以下方面加以完善。

（1）明确劳动仲裁的性质为准司法化。笔者认为，从劳动仲裁的实践看，将劳动争议仲裁定性为准司法性更为恰当。

一是劳动争议仲裁不属于民间仲裁的性质。虽然劳动争议仲裁与民商事和经济仲裁在程序上都具有简便、灵活的共性。但是，民商事和经济仲裁的一个显著特点，是当事人对争议处理的方式具有自主选择权，而这种自主选择权建立在双方绝对平等的前提之下。劳动争议仲裁处理的是因劳动关系发生的争议，而劳动关系双方则是处于平等但不对等的状态之下。劳动关系虽然具有民事、经济法律关系的重要元素，但本质上反映的是一种社会法律关系，对劳动争议的仲裁处理，关系到社会的和谐与稳定。因此，劳动仲裁不是由当事人双方自由选择，而是法律规定必须要经过的法定程序。

二是劳动争议仲裁也不属于行政仲裁的性质。虽然劳动仲裁与行政仲裁在处理的决定上都具有快速、及时的特点。并且劳动争议仲裁机构设在劳动行政部门，劳动争议仲裁委员会主任由劳动行政部门的负责人担任，劳动争议仲裁与劳动行政业务也有密切的关联性。但是，劳动争议仲裁有其特定的程序，实行的是专业化的运作，与劳动行政业务的运作模式截然不同。并且，劳动仲裁的裁决如果被法院推翻，也不能被当事人作为被告提起诉讼。

三是劳动争议仲裁也不属于司法仲裁的性质。虽然劳动仲裁与司法诉讼的生效裁决都具有法定的强制性。并且劳动仲裁也借鉴了司法诉讼程序的模式，运作方式与司法诉讼也有相似之处。但是，司法诉讼对法律关系的调整，在程序上体现的是细节上的完整性和技术上的严谨性，在结果上体现的是绝对公平性。而劳动关系的特殊性，决定了劳动仲裁对劳动关系的调整，在程序上体现的是快速、简便、灵活性，在结果上体现的是相对公平性。

（2）劳动争议仲裁委员会实体化。多年的实践经验证明，劳动争议仲裁委员会机构只有实体化，才能适应社会发展的需要，担当起及时化解社会矛盾，调处劳资纠纷的重任。如果没有一个相对独立的实体化的劳动争议仲裁机构，仍然维持劳动争议仲裁委员会虚化现状，不利于劳动争议仲裁事业的长远发展。

（3）明确仲裁人员的配置比例。劳动争议仲裁人员的配置对于劳动争议仲裁工作的顺利开展至关重要。在人员的配置上，应根据历年本地区年度案件量的多少，确定配备仲裁员及辅助人员的数量，并适当预留机动人员的额度，使仲裁人员的配备与实际需要相对应。根据劳动仲裁工作实践，仲裁员、辅助人员、书记员，按 1:1:0.5 的比例配备，每名仲裁员平均按每三天办理一宗案件，年办案量为 80 件确定，防止出现办案人员严重不足、编制内与编制外人员倒挂、专职与兼职倒挂的不正常现象。

（4）仲裁机构实行职业化管理。参照法院的做法，实行职业化管理的模式，对仲裁人员的职级待遇，按职业化管理的模式晋级，防止仲裁人员的流动性太大，保障仲裁队伍的稳定。

（二）完善劳动争议仲裁原则，使其更具针对性

《仲裁法》明确了合法、公正、及时、着重调解的劳动争议处理原则，以及具体的处理程序。但是，该原则是处理各类争议所要遵循的一般性原则，未能充分体现针对劳动争议的特点。在具体的程序规定上，也没能跳出民事诉讼程序的框架。笔者认为，劳动争议处理的原则，以及具体的程序规定，应当体现及时、简便、灵活的特点和要求，既不能程序诉讼化，也不能程序行政化。

劳动争议仲裁的目的，是为了及时处理劳动争议，将劳动争议解决在仲裁阶段，并且尽量避免案件进入诉讼程序，以维护当事人特别是劳动者的合法权益。实践中劳动争议案件的发生，大部分都是因为被拖欠、克扣工资，或者因为生病、负伤需要支出医疗费的原因，劳动者急需作出裁决。因此，对劳动争议案件的处理，应当体现及时性，就必须在程序上做到简便、灵活。

1. 仲裁程序不应诉讼化

劳动争议具有不同于民事或经济纠纷的特殊性，必须要有符合劳动争议特点的仲裁程序，实行简便、灵活的方式快速处理劳动争议案件。如，答辩期的时

间，按《仲裁法》第三十条的规定为 10 天。而根据劳动争议案件多数相对比较简单的特点，答辩期的时间 5 ~ 7 天足够；又如，《仲裁法》第三十一条规定，仲裁庭实行合议制，审理案件一般要三人组庭。而实践中多数地方、多数案件的开庭都是一人独任，其原因在于劳动争议案件多数事实清楚，案情简单，由三人组庭的必要性不足。同时，多数地方的仲裁机构都存在案多人少的问题，实行三人组庭也不具有现实性。再如，根据《仲裁法》第四十六条的规定，裁决书的格式要求，诉讼化的特征明显。对于诉求单一，事实清楚，案情简单的案件，裁决书的格式要求应侧重法律依据和裁决结果；对于诉求复杂，案情复杂或重大劳动争议案件，裁决书的格式可按《仲裁法》第四十六条的规定要求。综上所述，劳动争议仲裁程序只有体现出简便、灵活的特点，才能使劳动争议案件得到及时处理。这是切实保障劳动者合法权益的关键。如果按照诉讼化的模式处理，就难以实现及时、快速处理的要求。

2. 仲裁程序不应行政化

行政化的一大特点就是实行行政首长负责制。体现在具体的程序上，就是行政决定实行领导审批制。行政部门的每一项决定都必须要有相应部门的领导审批，这是行政部门办事程序的基本要求。实践中由于劳动仲裁机构设在劳动行政部门，仲裁人员实行行政化管理，导致在办案中往往按照行政管理的模式和程序运作。如，案件受理是否立案、案件裁决是否可行等等，都要由行政领导审批。因此，劳动仲裁如果由行政主导，难以避免人为因素影响办案。同时，仲裁程序行政化，必然导致仲裁员审理案件，行政领导审批案件的现象，也难以确保劳动争议仲裁的及时性和准确性。

综上所述，劳动争议仲裁原则必须体现程序简便、灵活，处理快捷、廉价的特征，如果与诉讼程序相一致或相差无几，那么，劳动争议仲裁制度就会失去存在的必要性。如此，不如直接由法院受理，还更有利于减少案件的处理环节，节约案件处理的时间和社会资源。

（三）修改和完善实际操作性不强的规定

1. 修改实行仲裁员名册制度的规定

《仲裁法》第二十条规定，实行仲裁员名册制度。这一规定，在经济仲裁和民、商事仲裁中是必须严格执行的制度。其作用在于将仲裁员的姓名、基本情况列出明示，方便当事人选择仲裁员组庭。由于经济仲裁和民、商事仲裁实行的是"一裁终局"制。因此，为确保案件处理的公平和公正，法律规定，一是必须实行"或裁或审"制，由当事人自己选择解决法律纠纷的方法和途径。如果双方自愿选择仲裁，则必须服从仲裁的裁决，不得上诉。二是必须实行仲裁员名册制度，由当事人各自选择一名仲裁员，仲裁机构指定一名仲裁员组成三人合议仲裁庭，以示公正。

而对于劳动争议案件的处理，一是不应实行"或裁或审"制。由于劳动争议涉及的不仅是经济关系，更主要的是社会关系。劳动关系与民事、经济关系的最大区别在于人身依附关系。劳动者与用人单位之间始终处于领导与被领导、服从与被服从的关系，因此，劳动关系的平等性与民事、经济关系的平等性，存在平等但不对等的差别。如果实行"或裁或审"制，由于签订劳动合同的主导权在用人单位，劳动者不可能对劳动争议采取何种解决方式具有主导权。因此，实行"或裁或审"制，对劳动者不公平。二是劳动争议的处理，可以根据案情实行仲裁员三人组庭，也可以由一人独任仲裁。三是劳动争议的处理实行的是"一裁两审"制。劳动争议的处理必须经过劳动仲裁前置程序，没有经过劳动仲裁，当事人不能直接向人民法院提起诉讼。因此，实行仲裁员名册制度，对劳动争议仲裁没有实际意义，实践当中也不具有可操作性。

2. 完善调解协议可以申请"支付令"的规定

我们认为，强调调解的重要性和法律效力十分必要。但是，《仲裁法》第十六条对调解协议可以申请"支付令"的规定，在实际运用中难以发挥积极的作用。根据民事诉讼法对申请"支付令"的规定，要执行"支付令"，必须具备被申请方没有任何书面异议的条件。一旦被申请方提出了书面异议，"支付令"则不能执行。因此，应当进一步明确对当事人双方达成支付拖欠工资、工伤医疗费、经济补偿金和赔偿金的协议后，在单位又不履行的情况下，劳动者申请"支付令"的，该"支付令"的发布应不受"被申请方没有任何书面异议"的条件限制。

3. 完善劳动争议仲裁委员会讨论重大疑难案件的规定

《仲裁法》第十九条规定，重大疑难案件由仲裁委员会讨论。这一规定无疑是正确的。但是，在实践中这一规定不具有操作性。其根本原因在于，劳动争议仲裁委员会没有实体化。

一是实践中重大和疑难案件时有发生，并且案件的仲裁处理有时间限制。因此，讨论重大和疑难案件是劳动争议仲裁委员会的一项常态工作。但是，由于目前我国的劳动争议仲裁委员会没有实行实体化，不可能实行常态化工作，一般都是每年召开一次年会。因此，不可能将时常发生的重大和疑难案件，集中到劳动争议仲裁委员会的年会上进行讨论。

二是根据法律规定，劳动争议仲裁委员会的成员由劳动行政部门、工会、企业协会等单位的领导组成。由于他们各自都有自己单位分工负责的业务工作，一般情况一年参加一次劳动争议仲裁委员会的会议都比较困难，要经常参加仲裁委员会会议讨论重大疑难案件，时间无法保证。

三是劳动争议仲裁委员会的成员一般都不是劳动法律方面和处理劳动争议方面的专业人员，要对重大案件，特别是疑难案件进行定性，容易作出与法律原则不相一致的结论。

因此，要实行劳动争议仲裁委员会讨论重大和疑难案件，并达到预期的目的，必须实行劳动争议仲裁委员会实体化。组成由资深仲裁员、劳动法律和专家学者组成的专家委员会进行研究和讨论，实行常态化工作。

（四）《仲裁法》中扩大劳动争议适用范围的规定有值得商榷之处

根据《仲裁法》第二条的规定，劳动争议仲裁的适用范围进一步扩大，增加了确认劳动关系、执行劳动标准等方面的内容，为劳动争议仲裁工作的深入开展提供了法律依据。但是，劳动争议仲裁适用范围的扩大，也带来一些法律问题。

1. 确认劳动关系的规定，增加了当事人处理劳动争议的时间

仲裁实践中，纯粹为了确认劳动关系而申请劳动仲裁的案件基本没有。当事人提出确认劳动关系的诉求，一般都是因为工伤认定问题所引起。而且，多数都是因为工伤认定部门要求劳动者提供仲裁部门确认双方存在劳动关系的法律文书所致。我们认为，由劳动仲裁部门确认劳动关系后决定是否认定工伤，有违法律规定。一是根据法律规定，行政机关在认定工伤时，就具有确认劳动关系的职责，而要求当事人首先要确认劳动关系再作工伤认定，属于行政不作为。二是如果由仲裁机构首先确认劳动关系，再对是否属于工伤进行认定，增加了当事人申请仲裁的次数，由此必然导致当事人处理工伤争议时间的延长。因此，这一规定的积极作用是有限的。

2.《仲裁法》第二条第（三）项与第（二）项的规定重复

我国劳动关系的调整，自1995年《劳动法》实施以来，都已纳入劳动法的调整范围。因除名、辞退和辞职、离职发生的争议，都属于解除劳动关系的具体表现形式。《仲裁法》作为处理劳动争议的程序法，应当与《劳动法》、《劳动合同法》等实体法相一致。

3. 受理社会保险争议存在的问题

（1）案件受理的范围不清。社会保险法律关系具有以下特征：从涉及主体看，涉及劳动者、用人单位、社会保险经办机构；从争议内容看，可分为待遇争议、缴费争议和发放争议；从法律关系看，即涉及劳动者与用人单位之间的私法关系，又涉及社会保险经办机构与用人单位、劳动者之间的公法关系。因此，社会保险争议是否属于劳动争议受案范围，不能一概而论。仲裁法是处理劳动争议的程序法，受案范围必须与劳动法律法规等实体法所调整的劳动关系相一致，对于社会保险机构与劳动者、用人单位之间因缴交、支付社会保险费等产生的争议，属于行政法律关系，即涉及公法关系，不应作为劳动争议案件受案范围。

（2）容易导致劳动争议仲裁与社会保险机构的行政职责相混淆。在社会保险争议中，主要有以下几种情况：一是因用人单位未为员工缴交社会保险，包括未缴齐社会保险项目的争议和用人单位未足额缴交社会保险的争议，即社会保险缴费争议；二是因用人单位未办理社会保险而导致劳动者遭遇工伤待遇、失业待遇、生育待遇、医疗待遇以及养老待遇损失的，即社会保险待遇争议；三是劳动者与社会保险经办机构因发放保险数额引发的争议，即社会保险发放争议。对于这些争议，如果全部由劳动争议仲裁机构受理，必然存在职责混淆，越权处理的问题。

国务院关于《社会保险费征缴暂行条例》规定，用人单位逾期拒不缴纳社会保险费、滞纳金的，由劳动保障部门或者税务机关申请法院强制缴纳。根据这一规定，用人单位如果未为劳动者参加社会保险的，劳动者有权向劳动保障部门或税务机关等社会保险费征缴机构投诉，由社会保险费征缴机构向用人单位征收。由此可见，缴纳社会保险费是国家行政法规规定的一种强制性行政义务，反映的是国家社会保险征缴部门与缴费义务主体（用人单位和劳动者）之间的一种管理与被管理的行政关系，并非劳动争议当事人之间的劳动关系。用人单位不缴纳社会保险费，违反的是行政管理法，损害的不仅是劳动者的利益，而且还损害了国家的利益，即整个社会保障制度。参加社会保险和缴纳社会保险费是征缴范围内的用人单位和劳动者的法定义务，必须严格依照法律规定的标准缴纳，用人单位和劳动者只有参加和缴纳的义务，没有放弃的权利。

而根据《社会保险行政争议处理办法》的规定，保险金的发放或者社会保险待遇的给付，属于社会保险经办机构的法定职责。这个职责属于行政法规授权社会保险经办机构行使行政职权的职责，社会保险经办机构应当自觉履行，如果社会保险经办机构未履行该职责而产生的纠纷，应属于行政争议案件。因此，根据以上两个规定，社会保险的征缴（包括未缴和未足额缴）以及发放争议均不属于劳动争议仲裁受理的范围，法律也没有赋予劳动仲裁部门对此争议进行评判的依据和空间。

但是，如果用人单位未办理社会保险导致劳动者损失，劳动者要求具体待遇的纠纷，则应属于劳动争议仲裁受案范围。因为国家已有明确规定，用人单位未依法参加社会保险的，支付社会保险待遇的义务由用人单位承担。如《工伤保险条例》第六十条规定，未参加工伤保险期间用人单位的职工发生工伤的，相关的费用由用人单位按照本条例的项目和标准支付；又如有些地方性法规规定，用人单位未缴交医疗保险费期间发生的医疗费用，由用人单位参照本法规的规定支付。因此，用人单位没有为劳动者缴纳社会保险费导致劳动者损失的，劳动者因此而要求用人单位支付工伤、失业、生育、医疗待遇和赔偿金，以及因用人单位降低劳动者缴纳社会保险费的工资标准，导致劳动者工伤待遇损失的，应作为劳动争议处理。但是，对于养老保险争议，如果是要求确认养老保险缴费年限，属于确认国家标准的争议，可纳入劳动争议仲裁的受理范围，按"一裁终局"的规定处理；如果是要求养老金待遇的争议，则不纳入劳动争议仲裁的受理范围。

（3）如果将社会保险争议都纳入劳动争议仲裁的受理范围，最终认定社会保险缴交标准，仍然要由社会保险经办机构确定。由于社会保险经办机构是确定社会保险缴交标准的专业机构，从事社会保险政策的制定，社会保险缴交标准的确定，社会保险费的计算等具体工作，对社会保险政策的理解和把握更加深刻和准确，对社会保险缴交标准的确认更具权威性。因此，既然劳动仲裁机构的裁决以社会保险经办机构确定的标准为依据，不如直接由社会保险经办机构处理更加便捷。

新视角下劳动合同的概念与分类

——兼论劳动合同与雇佣合同的比较

彭小坤*

摘　要：劳动合同是指劳动者与用人单位确立、履行、终结双方劳动权利义务的协议。劳动合同的特征包括劳动合同主体特定、劳动者以劳动给付作为对价、劳动合同兼具人身性和财产性、劳动合同为公力干预明显的继续性合同。劳动合同可按劳动合同期限划分、按劳动合同形式划分、按劳动者是否全日工作划分、按劳动者是否派遣划分。劳动合同与雇佣合同分别对应的是劳动关系与雇佣关系，两者具有相同点，也存在区别。

关键词：劳动合同　概念　分类　雇佣合同

辨析劳动合同的概念与分类是对劳动合同基础性的研究，清楚界定劳动合同的概念与分类有助于厘清概念，进行区别比较，区分不同的法律关系和法律适用。《中华人民共和国劳动合同法》（以下简称《劳动合同法》）颁布后，出现了对劳动合同概念和分类的新视角，以新视角对劳动合同的概念与分类进行研究具有重要意义。

一　劳动合同的概念

劳动合同，又称劳动契约、劳动协议，我国《劳动法》将劳动合同定义为"劳动者与用人单位确立劳动关系、明确双方权利和义务的协议"。学界对此各持己见，有人直接采纳劳动法的定义，[①] 有人认为，劳动合同"是指劳动者与用

---

* 　彭小坤，广东瀚诚律师事务所。

① 　参见王全兴主编《劳动法学》，高等教育出版社，2004，第136页；冯彦君：《劳动法学》，吉林大学出版社，1999，第110页；董保华：《劳动法论》，世界图书出版公司，1999，第156页。

人单位之间为确立劳动关系，依法协商达成的双方权利和义务的协议。"① 也有人认为，劳动合同"是市场经济体制下用人单位与劳动者进行双向选择、确定劳动关系、明确双方权利义务的协议，是保护劳动者合法权益的基本依据。"② 还有人认为，劳动合同"是劳动者和用人单位（企业、事业、机关、团体等）之间关于确立、变更和终止劳动权利和义务的协议"；③ 劳动合同"是双方当事人（劳动者与用人单位）间关于建立劳动关系的一种法律形式，是设立、变更、终止劳动权利和劳动义务关系的协议"；④ 劳动合同"是劳动者与劳动力使用者（用人单位）确立、变更、解除和终止劳动关系的协议"。⑤

以上关于劳动合同概念的定义，可以分为两类，第一类是强调合意，突出权利义务；第二类是强调劳动合同虽然属于特殊的合同，但仍然属于合同范畴，而且强调劳动合同的动态性，不仅包括劳动合同签订的过程，而且还包括劳动合同履行、解除和终止的各个方面。史尚宽先生则有自己独到见解，他认为，"劳动契约为受雇人以劳动给付为目的，有偿地为雇佣人所使用之契约"。笔者认为，史先生的定义强调劳动给付之特有对价，有助于将劳动合同区别于其他类型合同，但该定义在我国现阶段并不契合现有实际，因为我国现在是严格区分劳动合同与雇佣合同的，史先生的定义固然高度抽象，但却无法区分劳动关系与雇佣关系。笔者认为，劳动合同概念不仅仅要反映主体以及权利义务的范围，同时应当反映出劳动合同继续性特征所表现出来的动态性。《劳动合同法》及《中华人民共和国劳动合同法实施条例》（以下简称《实施条例》）虽然没有对劳动合同的概念重新进行定义，但新法中章节的编排体系及顺序明显体现了第二类的观点，其主要内容在于劳动合同的签订、履行、变更、解除和终止。⑥ 所以应以新视角来认识劳动合同的概念，笔者认为，劳动合同是指劳动者与用人单位确立、履

---

① 李景森、贾俊玲主编《劳动法学》，北京大学出版社，2001，第68页。
② 信春鹰主编《中华人民共和国劳动合同法释义》，法律出版社，2007，第1页。
③ 关怀主编《劳动法》，中国人民大学出版社，2008，第3版，第127页。
④ 喻术红主编、张荣芳副主编《劳动合同法学》，武汉大学出版社，2008，第2页。
⑤ 姜颖：《劳动合同法论》，法律出版社，2006，第7页。
⑥ 《劳动合同法》共八章，头尾两章为总则、附则，第五、六、七章分别为特别规定、监督检查和法律责任。核心内容为第二、三、四章，分别为劳动合同的订立、劳动合同的履行和变更、劳动合同的解除和终止。《实施条例》共六章，头尾两章为总则、附则，第四、五章分别为劳务派遣特别规定、法律责任，核心内容为第二、三章，分别为劳动合同的订立、劳动合同的解除和终止。

行、终结双方劳动权利义务的协议。

劳动合同与其他合同一样，均属于合同范畴，因此劳动合同具有合同的一般的共性，但是，劳动合同又存在有别于其他合同的特征，劳动合同的特征包括以下几方面。

（一）劳动合同主体特定

劳动合同所体现的是劳动关系，而劳动关系的特定化决定了劳动合同主体特定。劳动关系中的劳动并非广泛意义上的所有劳动，而是产业社会领域的有偿劳动。劳动关系中的劳动因此有别于诸如家庭劳动等其他人类的劳动，此类特定主体通过产业社会领域劳动产生的权利义务关系才是属于劳动关系范围，所以劳动合同主体是指劳动关系中主体。传统上，雇佣关系的主体称为"雇员"、"雇主"，但是我国劳动法没有使用传统的"雇员"、"雇主"概念，"可能是考虑到'雇主'概念使用会使人联想到剥削制度"，[1] 因此我国《劳动法》对劳动关系的特定主体确定为劳动者与用人单位。劳动者与用人单位成为我国立法及学界所通用的概念，尤其是用人单位概念的使用，使得劳动关系在我国的范围更加受限。我国劳动合同主体特定还体现在劳动者的范围限定这一方面，劳动者只有达到法定标准，而且在退休年龄之前才属于劳动法范围内的合格主体，才能够签订劳动合同并受劳动法保护。尽管立法机构不断扩张用人单位的范围，但显然主体仍然特定，必须符合法律的规定。[2]

（二）劳动者以劳动给付作为对价

劳动者在劳动关系中提供劳动，即应获得相应的报酬保障，享受劳动报酬权。

---

[1] 郑尚元：《劳动合同法的制度与理念》，中国政法大学出版社，2008，第9页。

[2] 《中华人民共和国劳动法》第二条规定："在中华人民共和国境内的企业、个体经济组织"统称为用人单位。《关于贯彻执行〈中华人民共和国劳动法〉若干问题的意见》规定："个体经济组织"是指一般雇工在七人以下的个体工商户；中国境内的企业、个体经济组织在劳动法中被称为用人单位。国家机关、事业组织、社会团体和与之建立劳动合同关系的劳动者依照劳动法执行。根据《中华人民共和国劳动法》的这一规定，国家机关、事业组织、社会团体应当视为用人单位。《劳动合同法》第二条规定用人单位包括中华人民共和国境内的企业、个体经济组织、民办非企业单位等组织，《实施条例》第三条将用人单位的范围扩大至依法成立的会计师事务所、律师事务所等合伙组织和基金会。

所以劳动合同中的权利义务关系并非以劳动者交付劳动成果为条件，劳动者的对价为提供劳动，劳动成果仅仅是评估其劳动效果的要件。劳动成果影响劳动者劳动报酬的数额，但不得影响劳动者获得法定最低劳动报酬标准，这也正是劳动合同区别于承揽合同之所在，"承揽合同的承揽人只有在交付工作成果后才能取得报酬"。①

（三）劳动合同兼具人身性和财产性

"受雇人之劳务给付系一种'从属性劳动'"、"从属性包括经济上从属性与人格上从属性"。② 劳动合同一旦订立，劳动者在劳动合同约定的工作时间范围内让渡部分人身支配权利，接受用人单位的指挥和安排，从事相应的工作活动，完成劳动给付。在此过程中劳动者属于用人单位成员，其工作亦构成用人单位之业务活动，所以劳动合同具有人身性，在人格上具有从属性。财产性体现于劳动者享受劳动报酬权，而该报酬来自用人单位，由用人单位依约支付。即使劳动者工作成果显著，也有赖于用人单位自愿支付高于劳动合同约定的报酬，所以财产性也具有从属性。

（四）劳动合同为公力干预明显的继续性合同

尽管劳动合同性质学说纷纭，有雇佣合同说、身份合同说、租赁合同说、独立合同说、劳动加工说等等，③ 但均无法否认劳动合同源于雇佣合同，又有别于雇佣合同，独立合同说成为理论界通说。因劳动法在本质上归属于社会法，④ 劳动合同基于社会法的理念，导入劳权保障理论，⑤ "劳动权是实现生存权的一项重要手段性协议"，⑥ 所以，劳动合同在修正契约自由原则的指导下，受到国家明显干预，即使是在西方资本主义国家亦是如此，"现行法律对雇佣关系的处

---

① 冯涛等著《劳动合同法研究》，中国检察出版社，2008，第11页。
② 黄越钦：《劳动法新论》，中国政法大学出版社，2003，第132页。
③ 参见李国光主编《劳动合同法教程》，人民法院出版社，2007，第3页；冯涛等著《劳动合同法研究》，中国检察出版社，2008，第15页。
④ 李鹏：《全国人民代表大会常务委员会工作报告》（2001年九届人大四次会议），载2001年3月20日《人民日报》。
⑤ 参见常凯《劳权论——当代中国劳动关系的法律调整研究》，中国劳动社会保障出版社，2004，第29页。
⑥ 李炳安：《劳动权论》，人民法院出版社，2006，第30页。

置可大不一样了"，"法律以无数种方式进行干预，以强化相互性，改变权力平衡。"① 劳动合同为继续性合同，"合同的内容并非一次给付可以完结，而是继续地实现"，② 由于继续性合同将在一定期间内存续或维持，所以信赖基础在劳动合同中显然格外重要，只要劳动合同没有约定明确的期限，信赖基础一旦丧失，劳动关系及劳动合同将难以维系。

二　劳动合同的分类

劳动合同根据不同的角度，存在不同的分类标准。在《劳动合同法》及《实施条例》通过后，劳动合同的分类也出现了新的视角。劳动合同的分类对于研究劳动合同单方解除具有重要价值，因为不同类型的劳动合同具有其独特的功能和定位，相应的劳动合同单方解除制度也会有所区别。

（一）按劳动合同期限划分

劳动合同可以分为固定期限劳动合同和无固定期限劳动合同。固定期限劳动合同又叫定期劳动合同，是指用人单位与劳动者约定合同终止时间的劳动合同。无固定期限劳动合同又称为不定期劳动合同，是指用人单位与劳动者不约定终止日期的劳动合同，③ "它没有明确规定合同有效期间，劳动关系可以在劳动者的法定劳动年龄范围内和企业的存在期限内持续存在"。④ 无固定期限劳动合同的期限长短不能确定，⑤ 是一种区别于固定期限劳动合同、以完成一定工作任务为期限的劳动合同趋向于长期稳定的劳动合同类型。尽管我国《劳动法》和《劳动合同法》将劳动合同按期限分为固定期限劳动合同和无固定期限劳动合同之外，还

① 〔美〕麦克尼尔原著《新社会契约论》，雷喜宁、潘勤译，中国政法大学出版社，1994，第80页。
② 韩世远：《合同法总论》，法律出版社，2008，第2版，第54页。
③ 《关于贯彻执行〈中华人民共和国劳动法〉若干问题的意见》第二十条对无固定期限劳动合同作此定义，系我国法律上对无固定期限劳动合同的首次定义。尽管《中华人民共和国劳动合同法》将无固定期限劳动合同定义为"是指用人单位与劳动者约定无确定终止时间的劳动合同"，但笔者认为后者不如前者简明，甚至存在歧义，故采纳前者的表述。
④ 王全兴：《劳动法》，法律出版社，2004，第2版，第125页。
⑤ 杨景宇、信春鹰主编《中华人民共和国劳动合同法解读》，中国法制出版社，2007，第39页。

规定了以完成一定工作任务为期限的劳动合同，但是，"以完成一定工作任务为期限的劳动合同实质上仍然是定期劳动合同"，① 因为工作任务正常情况下始终都是能够完成的，仅仅完成的日期不确定而已，一旦确定，该合同的期限也就固定了。

基于劳动合同继续性的特征，国外多以无固定期限劳动合同作为劳动合同基本类型，以固定期限为例外。法国与德国一般情况下都应当订立无固定期限劳动合同，除非法律特别允许订立固定期限劳动合同的情形出现。在美国，除非双方当事人事先约定固定期限，否则劳动合同即属于不定期。英国的连续性雇佣本质上也是无固定期限劳动合同，而日本在第二次世界大战后形成了具有日本特色的终身雇佣制。我国香港地区也以连续性的合约为主要的劳动合同形式。

按劳动合同期限划分是劳动合同分类最重要的形式，劳动合同单方解除与劳动合同期限类型密不可分。国外基本上以无固定期限劳动合同为主，所以其劳动合同单方解除制度也相应宽松，即使公力干预，也止于正当事由。而固定期限劳动合同的单方解除制度则非常严格，如非特别理由，不得中途解除。

（二）按劳动合同形式划分

劳动合同可以分为口头劳动合同和书面劳动合同。国外立法中有规定一般情况采取口头形式的，也有规定一般要求书面形式的，还有对形式不做任何要求的情况。这种划分方式其实与劳动合同期限制度存在内在联系。如果以无固定期限劳动合同为常态的国家，则口头形式的劳动合同往往就是无固定期限劳动合同类型，只有这样才能相互契合，而且降低交易成本。如果签订固定期限劳动合同，往往要求书面形式，否则难以确认具体期限。

我国由于特殊的国情，劳动合同原则上要求书面形式，甚至实践中曾有排斥对口头劳动合同按劳动法进行保护的案例。书面形式的劳动合同在单方解除制度上按照有关规定容易执行，但口头劳动合同目前法律规制不多，在我国形成了特有的事实劳动关系。事实劳动关系在承认口头劳动合同的情况下是并不存在的，即使现行法律强调书面劳动合同的规制，但也无法否认，无法消灭事实劳动关系，所以应当对现行法律制度的设计进行检讨，肯定全日制用工中的口头劳动合同，仅仅承认非全日制用工的口头劳动合同是不够的。

---

① 喻术红主编、张荣芳副主编《劳动合同法学》，武汉大学出版社，2008，第11页。

（三）按劳动者是否全日工作划分

劳动合同可以分为非全日制用工劳动合同和全日制用工劳动合同。非全日制用工是指"劳动者正常工作时间少于全日制正常工作时间标准，以小时计酬的用工制"，[①] 非全日制用工是适应用人单位灵活用工需求，同时创造更多就业机会的一种用工形式。国际劳工组织（International Labour Organization，"ILO"）1994 年在第八十一次国际劳工大会上通过了《非全日制工作公约》和《非全日制工作建议书》，[②] 对非全日制用工进行了肯定，同时也进行了规范。我国非全日制用工始于 2001 年通过的《上海市劳动合同条例》，2003 年原劳动和社会保障部下发《关于非全日制用工若干问题的意见》对非全日制用工进行规范。在总结经验的基础上，我国《劳动合同法》以特别规定对非全日制用工进行了肯定。"与一般劳动合同不同的是，非全日制用工合同为非要式合同，可以采取书面形式，也可以采取口头形式"。[③]

非全日制劳动合同的单方解除《劳动合同法》规定得非常简便易行："双方当事人任何一方都可以随时通知对方终止用工"。终止用工，也就是结束双方的劳动关系，终结劳动合同，"既包括劳动合同到期终止，也包括劳动合同未到期终止"。[④] 非全日制用工中的终止用工制度实际上是劳动合同单方解除制度和终止制度的综合，这一制度体现了劳动合同的继续性特点，但同时也暴露了与全日制用工中劳动合同解除制度和终止制度的矛盾。

（四）按劳动者是否派遣划分

劳动合同可以分为派遣员工劳动合同和非派遣员工劳动合同。这是一种新的划分方式，这种划分方式很有必要，因为派遣员工的劳动合同与非派遣员工的劳

---

① 董保华、杨杰：《劳动合同法的软着陆——人力资源管理的影响与应对》，中国法制出版社，2007，第 105 页。

② 参见劳动和社会保障部劳动工资研究所编《中国劳动标准体系研究》，中国劳动社会保障出版社，2003，第 304 页。

③ 郑功成、程延园主编《中华人民共和国劳动合同法释义与案例分析》，人民出版社，2007，第 189 页。

④ 董保华、杨杰：《劳动合同法的软着陆——人力资源管理的影响与应对》，中国法制出版社，2007，第 108 页。

动合同存在很大区别。根据《劳动合同法》的规定：劳务派遣单位应当与被派遣劳动者订立二年以上的固定期限劳动合同，该规定实质上是"劳务派遣单位必须和被派遣劳动者签订二年以上的固定期限劳动合同"，①"劳务派遣单位与被派遣劳动者订立的劳动合同的期限类型受到限制，即只能是有固定期限的劳动合同"，② 派遣员工没有权利签订无固定期限劳动合同！"在新法所谓'用人单位'看来，新法的实施意味着用工成本大为增加，新法关于'无固定期限劳动合同'的规定，极大限制了用工灵活性，终将削弱企业活力与创新能力"，③ 怪不得劳务派遣在《劳动合同法》实施后不但没有消灭，反而大行其道，不知立法何为？更有甚者，《劳动合同法》明确规定"被派遣劳动者可以依照本法第三十六条、第三十八条的规定与劳务派遣单位解除劳动合同"，独独不见了第三十七条！第三十七条可是劳动者的辞职权的规定啊！何故派遣员工没了辞职权？畸形的劳务派遣规定加剧了劳动关系的紧张。

三　劳动合同与雇佣合同的比较

新视角下劳动合同的概念与分类凸显了劳动合同与雇佣合同关系的密切性和复杂性，对两者进行比较研究是理论与实践的共同需要。

劳动合同与雇佣合同分别对应的是劳动关系与雇佣关系，劳动关系与雇佣关系两者之间的关系存在不同的学说，主要有并列说、包容说和重合说这三种学说。国外的立法多采用重合说，所以许多国家将劳动关系与雇佣关系一起通过民法进行规制。而在我国，由于雇佣关系的性质长期被理解为一种剥削关系，以至于至今没有雇佣关系方面的相关立法，我国法律也没有对雇佣合同进行规定，《中华人民共和国合同法》起草时曾专设雇佣合同一章，但最终未果。为了解决现实中存在的问题，《最高人民法院关于审理人身损害赔偿案件适用法律若干问题的解释》（法释［2003］20 号）对雇佣活动中的人身损害进行相应的规范，其中明确"从事雇佣活动"是指从事雇主授权或者指示范围内的生产经营活动或者其他劳务

---

① 谢增毅：《对〈劳动合同法〉若干不足的反思》，载《法学杂志》2007 年第 6 期，第 62 页。

② 林嘉主编《劳动合同法条文评注与适用》，中国人民大学出版社，2007，第 304 页。

③ 梁治平：《立法何为——对〈劳动合同法〉的几点观察》，载中国人民大学复印报刊资料《经济法学、劳动法学》2008 年第 9 期，第 19 页，原载《书屋》2008 年第 6 期。

活动；同时也指出：雇员在从事雇佣活动中遭受人身损害，雇主应当承担赔偿责任；属于《工伤保险条例》调整的劳动关系和工伤保险范围的，不适用本条规定。

在我国，劳动合同与雇佣合同实质上属于并列关系。因为我国的劳动关系仅指劳动法调整范围内的劳动者与用人单位之间因劳动而产生的权利义务关系，非此范围内以劳动为交付要件的劳动而产生的权利义务关系均归于雇佣关系来调整，诸如退休人员返聘、个人雇请帮工等等。采用重合说的国家由于雇佣关系包容了劳动关系，经常使用雇佣（雇用），雇佣关系（雇用关系）的概念，其中雇佣关系经常指的是劳动关系，雇佣关系中聘请一方称为雇主，受聘一方称为雇员；而我国劳动关系的主体对应的是用人单位和劳动者（员工、职工、工人）。

"目前学界关于劳动关系与雇佣关系之间相互关系的认识主要有以下几种观点：（1）劳动关系与雇佣关系是两种相互独立的不同的社会关系；（2）雇佣关系与劳动关系存在外延上的包含关系，雇佣关系的范围更宽，其包含了劳动关系，劳动关系是雇佣关系的一种；（3）雇佣关系与劳动关系具有同等性，二者之间没有本质区别。"[①] 由于存在学说上的差异，一些理论或著述经常将雇佣关系与劳动关系、雇佣合同与劳动合同等同使用。董保华认为，"劳动关系与雇佣关系都源于一种劳动与报酬的交换关系，两者只是从不同的视角进行观察"，"两者关系在原生状态下实质上是相同的关系"，[②] 在社会的发展演变过程中，两者逐渐出现区别。雇佣关系一直属于私法的范畴，相对应的雇佣合同也遵循私法自治的精神；而劳动关系则在意思自治的基础上为国家所干预，从雇佣契约到劳动合同，体现了契约自由到契约社会化的演进，体现了从市民法到社会法的变迁。这一变化正是公共利益所需，"在雇用契约领域，公共利益体现得更为明显，表现在工人或职员与雇主之间不再是单纯的契约关系，而是由公共规章规定了的身份关系"；[③] 这一变化也是平等主义的潮流，"究'平等主义'之根本，它其实是基于社会上弱势阶级的利益考量，对契约重新进行利益的平衡和分配"。[④]

① 林嘉主编《劳动合同法热点问题讲座》，中国法制出版社，2007，第10页。
② 钱裴、董保华：《论雇佣关系与劳动关系》，载董保华主编《劳动合同研究》，中国劳动社会保障出版社，2005，第10页。
③ 宁红丽：《我国雇用契约制度的立法完善》，载王利明、郭明瑞、潘维大主编《中国民法典基本理论问题研究》，人民法院出版社，2004，第649页。
④ Atiyah, P. S, *The Rise and Fall of Freedom of Contract*, *Claredon Press*, Oxford University Press, Oxford, 1979, p. 631.

所以劳动关系源于雇佣关系，而又区别于雇佣关系，是对雇佣关系的发展。因此，劳动合同与雇佣合同既存在相同之处，也存在区别。①

（一）劳动合同与雇佣合同的相同点

1. 二者本质相同

劳动合同与雇佣合同都体现了以劳动为交换，劳动提供者给付劳动，劳动接受者支付相应的劳动报酬。这一劳动不与成果直接产生联系，并非以劳动成果作为对价，这也是区别劳动合同、雇佣合同与劳务合同的关键所在。以劳动成果为交付对价的劳务合同大部分"都已成为有名合同，双方的具体权利义务在合同中都有明确的规定，如行纪、居间、保管、运输、承揽、出版、委托、仓储、建筑工程承包合同等等"。②

2. 二者都具有劳动从属性

劳动者在用人单位工作，其劳动从属于用人单位的安排；而雇佣关系同样具有劳动的从属性，雇佣关系的主体平等并不影响建立关系后的劳动从属性。劳动从属性是以劳动为交付对价的必然，只有在受到监督和管理的情况下，作为对价的劳动才能产生预期的效果。

3. 二者都是双务有偿合同

劳动合同和雇佣合同的当事人，通过签订并履行劳动合同或雇佣合同来实现交换，互为权利义务。提供劳动的劳动者或雇员在提供劳动后获得用人单位或雇主支付的报酬，用人单位或雇主支付报酬的同时获得对劳动者或雇员劳动的支配权，对劳动者或雇员安排适当的劳动，所以是双务有偿的合同。

4. 二者都是继续性合同

无论是劳动者还是受雇佣人，都需要进行劳动给付，而劳动给付无法一次性完成，必须在合同期间持续实施。如非法定特殊情形，无论是劳动合同还是雇佣

---

① 参见黄越钦《劳动法新论》，中国政法大学出版社，2003，第132~135页；喻术红主编、张荣芳副主编《劳动合同法学》，武汉大学出版社，2008，第9~10页；姜颖：《劳动合同法论》，法律出版社，2006，第16~22页；罗贝妮：《论雇佣合同与劳动合同之关系》，武汉大学法学院2005年硕士论文。

② 王金增：《劳动合同与劳务合同、雇佣合同辨析》，载《中国劳动关系学院学报》2005年第3期，第42页。

合同，由于其继续性的特征，都是无固定期限类型，以保障劳动的持续，进而保障用人单位或雇主的利益实现，同时保障劳动者的就业稳定。

（二）劳动合同与雇佣合同的区别

1. 当事人之间的关系不同

劳动合同的当事人是劳动者与用人单位，劳动者属于用人单位的成员；而雇佣合同主体地位平等，受雇佣人并不成为雇主的成员。在我国，劳动合同当事人之间的关系较之雇佣关系当事人之间的关系更为密切，雇佣关系中的当事人关系相对比较松散。

2. 受国家干预程度不同

无论劳动合同是否有专门的法律调整，都受国家干预程度较高，而且倾向于对劳动者提供保护；而雇佣合同受民法调整，国家干预较少，法律平等保护双方当事人的权益。如前所述，我国劳动合同有专门的《劳动合同法》及《实施条例》进行规制，而雇佣合同所体现的雇佣关系仅见于最高人民法院的司法解释。

3. 当事人之间的权利义务不同

劳动合同虽然同样以劳动给付为对价，但劳动者受最低工资及其他法定保护条件之保障；而雇佣合同体现意思自治，双方通过谈判、协商，自行约定相关权利义务，并没有最低报酬的强制要求，也没有劳动保护的详细规定。

4. 争议处理程序不同

我国的劳动合同纠纷必须先由劳动争议仲裁委员会处理，仲裁程序为诉讼的前置程序，不服仲裁裁决的，向人民法院起诉；而雇佣合同可以约定商事仲裁，也可以直接向人民法院起诉。

尽管劳动合同与雇佣合同存在区别，但实践中仍然存在难以判断的情形，笔者10年前曾处理过这样一个案件：某餐馆常年让个体维修人员李某帮助餐馆维修电器，需要的时候就打电话给他，每次支付的维修费用不等。在一次维修过程中李某不幸触电身亡，双方为是否构成因工死亡而产生了行政诉讼纠纷。双方之间是否存在劳动关系成了关键，并为此形成另外的劳动仲裁争议。尽管笔者综合各种因素后裁决认定双方构成以完成一定工作任务为期限的劳动合同关系，但由于行政部门认定不存在劳动关系，而行政诉讼以死者家属撤诉告终，所以最后也没有在终审法院得到明确的结论。

《调解仲裁法》、《劳动合同法》
适用上的若干疑难问题

深圳市中级人民法院课题组

摘　要：《劳动争议调解仲裁法》和《劳动合同法》的出台，或多或少都会对仲裁和审判实务带来一定的影响。本文立足于深圳审判实践，对两部新法律实施后法律适用上的若干疑难问题进行了探讨，详细阐述了新法律的溯及力，仲裁与诉讼、诉讼与执行、两级法院之间的衔接以及双倍工资、除斥期间等若干疑难问题，提出了一些探讨性的观点与建议。

关键词：新法适用　疑难问题　研究探讨

一　《调解仲裁法》的溯及力问题

《中华人民共和国调解仲裁法》（以下简称《调解仲裁法》）自 2008 年 5 月 1 日施行后，深圳市各级劳动仲裁部门和人民法院已面临新旧法律的相互衔接问题，首先涉及法律的溯及力问题。通常而言，对于实体法则适用"法不溯及既往"的原则，即新法对其生效实施前的行为不产生约束力。而对于程序法由于其并不涉及当事人的实体权利和义务，仅是关于诉讼过程中一些程序性问题的规定，因而大都具有溯及力。

《调解仲裁法》是对劳动争议案件处理程序的规定，其性质属于程序法的范畴。但该法第二十七条关于申请劳动仲裁时效期限的规定，涉及当事人的具体权利义务，又属于实体法规范。而由于《调解仲裁法》仅规定"本法自 2008 年 5 月 1 日起施行"，并未明确其具体的适用时间，因此，在理论上和实践中对《调解仲裁法》的适用时间都存在着不同的理解。我们认为，由于《调解仲裁法》

兼有程序和实体的规定，其溯及力问题不能简单地套用以往关于程序法规范的原则，而应根据具体规范的性质进行区别处理。

（一）一年申请仲裁时效的适用时间

《调解仲裁法》第二十七条明确规定劳动争议申请仲裁的时效期间为一年。适用一年仲裁时效应以何时为分界点？目前在理论和实践中都存在着不同的理解和做法。第一种意见认为，应以劳动争议发生之日作为分界点。对于在 2008 年 5 月 1 日之前发生的劳动争议案件，一律适用六十天诉讼时效。[①] 即使其时效届满之日跨越 2008 年 5 月 1 日也不延长为一年。第二种意见认为，应以劳动仲裁受理之日作为分界点。对于 2008 年 5 月 1 日后受理的劳动争议案件，只要劳动争议发生之日距仲裁受理之日未超过一年的都认定时效未过。且在 2008 年 5 月 1 日之前已按超过 60 天仲裁时效不予受理的案件，在 2008 年 5 月 1 日后再次申请仲裁的，如果在一年以内的，亦应受理。第三种意见认为，原则上以劳动争议发生之日作为分界点，但如果其时效届满之日跨越 2008 年 5 月 1 日则可自动延长为一年。

我们同意第一种意见，其理由在于：一是符合实体性规范"法不溯及既往"的原则。《调解仲裁法》虽然总体上是一部规范仲裁程序的法律，但有关时效的规定应属于实体法规范。而根据我国法学的一般原理，实体法一般没有溯及力，新法只对实施后发生的行为具有约束力。因此，以劳动争议发生之日为申请仲裁时效的分界点，符合实体规范有关溯及力的基本原则。二是有利于保护当事人的信赖利益。时效的目的在于督促权利人尽早行使权利，以结束双方之间的不稳定状态。当双方发生争议时，对仲裁时效都有合理的预期，而在经过原有仲裁时效后，双方的关系已趋于稳定。如适用新法仲裁时效延长原已超过的仲裁时效，使本已平静的劳动关系重陷争议状态，从而影响整个社会的稳定。三是有利于群体性案件的处理。如因同一用人单位的同一行为而与数名劳动者产生争议，如以劳动仲裁受理时间为新旧时效的分界点，可能造成因劳动者申请仲裁时间不同，而对其实体权利的保护不同的情况。例如某公司在 2008 年 2 月 20 日时无故解雇了一批员工，该批员工在 2008 年 3～5 月期间陆续申请劳动仲裁。如以受理时间为

---

① 李克俭：《〈调解仲裁法〉的法律适用时间分析》，载《中国劳动》2008 年第 9 期。

分界点，则会出现申请在前的劳动者（即在 2008 年 4 月 21 ~ 4 月 30 日期间提出劳动仲裁申请）的请求因已超过 60 日的仲裁时效而被驳回，而申请在后的劳动者（如在 2008 年 5 月提出劳动仲裁申请）的请求反而因未超过一年的仲裁时效而被支持的情况，明显造成实体权利保护上的不公平。

（二）新旧法律中程序性规定适用的分界点

通常认为，程序法应具有溯及力，但在实践中也存在两种做法。第一种是以案件的受理时间为新旧程序的分界点，在新法施行后受理的案件才适用新法规定；① 第二种是以案件是否审结为区分点，在新法生效后尚未审结的案件，无论其受理时间是否在新法生效后，均适用新法。②

我们认为，就《调解仲裁法》而言，因其对劳动争议处理制度进行了较大范围的修改。应当采纳第一种做法，即以案件受理时间作为新旧程序规定的分界点较为妥当。一是给予劳动仲裁部门和人民法院一定的准备与调整时间。例如，《调解仲裁法》提高了劳动仲裁员的任职资格要求，实践中仲裁员完全符合法律规定的条件尚存在一定差距，如果对正在仲裁过程中的劳动争议案件均适用《调解仲裁法》关于仲裁员任职资格的规定，则会造成部分劳动仲裁案件，因仲裁员不符合任职标准而需要中途更换仲裁员，势必影响劳动仲裁办案的正常运作。

二是符合当事人的预期。当事人申请劳动仲裁时，根据当时的法律法规对案件的处理程序和规则会产生合理的预期，并基于该预期采取不同的仲裁或诉讼策略，在案件审理过程中改变其处理程序，会造成当事人对新程序措手不及，准备不足。

三是便于劳动仲裁与司法诉讼的衔接。《调解仲裁法》关于当事人直接起诉权和"一裁终局"制度的规定，改变了以往劳动仲裁与法院诉讼的衔接模式，如果对正在仲裁或诉讼中的案件均适用《调解仲裁法》，面临仲裁与诉讼的衔接困难。如 2008 年 5 月 1 日前受理，但仍在仲裁过程中的案件，其并未超过原仲

---

① 如最高人民法院《关于适用鉴于程序审理民事案件的若干规定》第三十四条规定，"本规定自 2003 年 12 月 1 日起施行，2003 年 12 月 1 日以后受理的民事案件，适用本规定。"

② 如最高人民法院《关于审理劳动争议案件适用法律若干问题的解释（二）》第十八条第二款规定，"本解释施行后，人民法院尚未审结的一审、二审案件适用本解释。"

裁审理期限的规定，却已超过《调解仲裁法》规定的仲裁审理期限，如该部分案件都可以直接起诉到人民法院，将使人民法院劳动争议案件数量猛增，不堪重负。

对于《调解仲裁法》中关于起诉权的规定，有意见认为应与劳动仲裁时效一样采取不溯及既往的原则，以劳动争议发生之日为新旧法律的分界点。① 但我们认为，该处理原则会出现以下问题：第一，不符合我国关于程序法普遍具有溯及力的一贯适用原则；第二，与该法中其他程序性规定的溯及力原则不同；第三，有违当事人在提出仲裁申请时对处理程序的预期；② 第四，容易造成群体性案件处理方式不同。③ 因此，对于起诉权问题也应按照程序性规定以受理时间为《调解仲裁法》的适用时间较为妥当。

二 "一裁终局"制度的适用规则问题

减少劳动争议处理环节已成为我国当前劳动争议处理制度改革的关键问题。《调解仲裁法》对此进行了有益的尝试和探索，对部分劳动争议案件实行"一裁终局"制度。深圳法院 2008 年处理的"一裁终局"案件表明，该类案件的处理周期一般为 5 个月左右，相比"非终局"案件一般为 18 个月的处理周期，减少了 13 个月。"一裁终局"案件的高效率，由此可见一斑。同时，"一裁终局"制度的实施，有利于增强仲裁机构权威性和仲裁人员责任心，更加充分地发挥劳动仲裁制度的功效。虽然"一裁终局"制度是《调解仲裁法》的一大亮点，但该法所规定的"一裁终局"并不是完整意义上的"终局"，而是存在不全面、不彻底"终局"的法律与现实问题。

---

① 如广东省高级人民法院、广东省劳动争议仲裁委员会《关于适用〈劳动争议调解仲裁法〉、〈劳动合同法〉若干问题的指导意见》第十六条规定，"对于 2008 年 5 月 1 日前发生的劳动争议案件，有关仲裁时效和起诉权的规定仍适用《劳动法》"。

② 有观点主张，当事人的信赖利益应以其争议当时为准。但我们认为，对于实体性规范的信赖利益应以争议发生时为准，而对于程序性规范，因当事人根据不同的法律规定会采取不同的仲裁或诉讼策略，故应以案件受理时有关法律法规的规定为判断标准。

③ 如某公司在 2008 年 4~5 月间先后辞退了部分员工，该部分员工于 2008 年 5 月一同提出劳动仲裁申请，如以争议发生之日为起诉权的分界点，将造成同时申请仲裁的该部分员工因为被辞退的时间先后，而适用不同的处理程序。

（一）"一裁终局"的受理范围问题

《调解仲裁法》第四十七条关于"一裁终局"适用范围的规定较为笼统，没有明确界定其所涵盖的案件范围，在司法实践中引发了一些对于其适用范围问题的争议，成为申请撤销仲裁裁决的主要理由之一，在一定程度上影响了"一裁终局"制度作用的充分发挥。如深圳市中院 2008 年受理的申请真正符合法定理由的撤裁案件中，① 在近三分之一的案件中，用人单位以劳动仲裁部门认定裁决为终局裁决不服作为提出申请撤销劳动仲裁裁决的理由之一。

（二）《调解仲裁法》第四十七条第（一）项金额限制问题

《调解仲裁法》第四十七条第（一）项仅规定"追索劳动报酬、工伤医疗费、经济补偿或赔偿金，不超过当地月最低工资标准十二个月金额"，但未明确"十二个月金额"的限制是以"劳动报酬、工伤医疗费、经济补偿或赔偿金"四项总额为判断标准还是各个项目的分项金额为标准。根据全国人大法工委行政法室副主任张世诚的解读，其主张是以该四项的总金额为判断标准。但我们认为以各个项目的分项金额为标准，以扩大"一裁终局"制度的适用范围的做法更为恰当。《调解仲裁法》第四十七条将"一裁终局"制度的适用范围限定在不超过十二个月最低工资之内，标准过低。随着我国经济的不断发展，在该范围内的劳动争议案件将越来越少。如果再将该金额的限制理解为劳动报酬、工伤医疗费、经济补偿或赔偿金四项请求的总额，那么可能导致"一裁终局"这一精心设计的制度被架空，使立法者缩短劳动争议案件处理周期这一美好的立法意图落空。但分项终局也会导致终局裁决认定的事实与经过"一裁二审"后非终局裁决认定的事实不一致的情形发生（下文将会详论）。所以我们建议，原则上应当以分项终局为主，如果其中一项为非终局的，则全部作为非终局案件受理。

---

① 真正符合法定理由的申请撤裁案件是指用人单位在申请撤裁案件中提出的理由属于《调解仲裁法》第四十九条规定的理由范围，而将事实认定错误等不属于《调解仲裁法》第四十九条规定范围内的案件剔除在外。

（三）《调解仲裁法》第四十七条第（一）项金额限制的起算时间

《调解仲裁法》第四十七条没有规定十二个月最低工资金额的限定是以劳动者申请劳动仲裁时提出的请求为准还是以劳动仲裁部门做出裁决的金额为准。我们认为，以劳动者提出劳动仲裁时请求的金额为基准判定该案是否适用"一裁终局"制度更具有合理性，其理由在于：一是有利于明确案件的处理程序，可以使双方当事人和劳动仲裁部门从劳动仲裁一开始就都清楚地知道该案的处理程序；二是有利于尊重劳动者的选择，劳动者可以根据自身的需要及案件的实际情况，通过决定劳动仲裁请求数额的大小而选择不同的处理程序，从而有利于体现劳动者的意志，保护不同需要劳动者的利益；三是有利于促使劳动者合理主张权利，在目前劳动者仲裁请求不断向扩大化、高额化发展的形势下，以劳动者请求数额为判断基准，可以促使劳动者在提出请求时谨慎考虑案件的裁判结果与其所耗费时间、精力之间的对比关系，从而提出更加理性的仲裁请求。

（四）申请撤裁案件的认定与审查问题

1. 违反法定程序的认定

《调解仲裁法》第四十九条第（三）项规定了对于违反法定程序的仲裁裁决，人民法院应当裁定撤销。但对于此项规定是否以足以影响案件公正裁决为要件，在实践中存在两种意见：一种为肯定，即认为劳动仲裁违反法定程序且足以影响案件公正裁决的才达到可撤销的程度；另一种为否定，认为只要劳动仲裁违反了法定程序，则无论其是否足以影响案件的公正裁决，都满足撤销仲裁裁决的条件。参照民事诉讼法关于一审违反法定程序必须达到可能影响案件公正裁决才可以被发回重审的规定，我们赞同第一种意见。

2. 隐瞒重要证据的认定

如何掌握《调解仲裁法》第四十九条第（五）项之规定，通过司法实践我们认为应同时具备以下四种情形时即认定劳动者构成隐瞒重要证据：第一，劳动者持有足以影响案件公正裁决的证据；第二，用人单位对其自身无法提供相关证据不存在过错；第三，用人单位在劳动仲裁期间已提出要求劳动者提交相关证据的申请；第四，劳动者出于主观故意而未提交证据。对于第一至第三项要件，应由用人单位承担举证责任；在用人单位举证证明该案满足前三项要件后，应由未提供该项证据的劳动者举证证明其未提交并非其主观故意。

3. 认定事实错误是否属于撤销劳动仲裁终局裁决的理由

实践中一些用人单位以劳动仲裁终局裁决认定事实错误为由申请撤销仲裁裁决,我们认为原则上不应对仲裁裁决认定的事实进行审查,否则,既超出了法律规定的范围,也使得"一裁终局制度"变成了"一裁一审"制度。但是,如何明确区分事实认定与法律适用对法官来说,也是一个难点。审判实践中,法律适用是建立在事实认定基础上,而事实认定也经常涉及法律适用问题,很多争议很难区分到底是属于事实认定还是法律适用,如双方之间是否存在劳动关系和标准工资的涵盖范围等,都是两者相互联系、相互交叉的问题。《劳动争议调解仲裁法》将两者截然分开,不仅在理论上无法找到明确的标准,在实践中也对人民法院的司法审查造成了困难。

另一方面法律应进一步明确终局裁决与强制执行的衔接问题。一些用人单位在申请撤销劳动仲裁终局裁决被驳回后,常常在执行阶段又依照《民事诉讼法》第二百一十三条的规定,以劳动仲裁终局裁决认定事实的主要证据不足为由提出申请不予执行。由于《民事诉讼法》规定的不予执行理由中的"认定事实的主要证据不足"包括劳动仲裁终局裁决认定事实部分,这使撤销劳动仲裁终局裁决往往不如不予执行裁决更加彻底。而无论用人单位是否提出过撤销劳动仲裁终局裁决申请,其均有权再申请不予执行劳动仲裁裁决,而这两种司法监督手段在管辖主体、审查条件等方面存在不同,容易造成法院审判的混乱,也造成司法资源的浪费。我们认为法律应当明确规定用人单位申请撤销仲裁裁决后不能再提起不予执行请求。

(五)"一裁终局"范围认定错误的救济

由于《调解仲裁法》对"一裁终局"案件适用范围的规定并不明确,在实践中,难免造成劳动仲裁部门和人民法院对案件是否属于"一裁终局"范围的理解上的不同。这一理解上的差异主要包括两种情况:第一种情况是劳动仲裁部门认为属于"一裁终局",而人民法院认为不属于"一裁终局";第二种情况是劳动仲裁部门认定该案不属于"一裁终局"范围,而人民法院认为其属于"一裁终局"范围。对于第一种情况,有意见认为对于案件是否属于"一裁终局"的认定并不属于案件的仲裁裁决范围,不适用《调解仲裁法》第四十九条的规定，该仲裁裁决不能仅因劳动仲裁部门对"一裁终局"适用范围认定错误而被裁定撤销。但我们认为，虽然关于案件是否为"一裁终局"的认定并非裁决的具体结果，但也属于裁决内容之一，且其涉及当事人起诉权的保障，应当给予格外的重视，而撤销仲裁裁决对劳动者在实体权利的保护上并不会造成实质性的不利影响。因此，在此情况下，人民法院应当以劳动仲裁终局裁决适用法律法规错误为由裁定撤销该仲裁裁决，由双方当事人就争议事项另行起诉。

对于第二种情况，有的基层人民法院认为仲裁认定为非终局裁决错误，所以对用人单位依照仲裁裁决书指引提出的起诉不予受理，而要求其向中级法院申请撤销仲裁裁决。但我们认为此种做法欠妥，一是此做法与劳动仲裁裁决中对当事人救济途径的指引存在矛盾，使当事人无所适从；二是用人单位在其起诉不被受理后再申请撤裁常常会因超过法定期限，而导致其救济权无法行使；三是中级法院在决定是否受理时，往往会因用人单位提出的撤裁申请与仲裁裁决中的认定不符而不予受理，造成当事人救济无门。因此，我们建议，对于案件的救济途径，应尊重劳动仲裁部门的认定，按仲裁裁决中的相关指引处理。即如果劳动仲裁部门认定为"一裁终局"，则采取"一裁终局"的处理程序；如果劳动仲裁部门认定为非"一裁终局"案件，则采取普通劳动争议的处理方式。

（六）两级人民法院对"一裁终局"案件的相互衔接问题

《调解仲裁法》第四十八条和第四十九条规定了劳动者与用人单位不服终局裁决后不同的救济途径。劳动者可向基层法院起诉；而用人单位则需向中级法院提出撤销仲裁裁决的申请，由此引发不同层级法院的不同诉讼程序之间的相互衔接问题。

1. 双方当事人各自寻求救济时的相互衔接问题

劳动者和用人单位均不服仲裁裁决，分别向基层人民法院起诉和向中级人民法院申请撤销劳动仲裁终局裁决时，两个不同审级的法院的两个不同诉讼程序之间应如何衔接，目前，没有明确的规定。在讨论中，有两种不同的意见：第一种意见认为，应采取中级法院优先原则，即基层法院应裁定中止劳动者不服劳动仲裁终局裁决起诉案件的审理；如中级法院裁定驳回用人单位申请，基层法院则恢复对劳动者诉讼请求的审理。如中级法院裁定撤销劳动仲裁终局裁决，用人单位为劳动仲裁申诉人的，基层法院应终结该劳动争议案件的审理；劳动者为劳动仲裁申诉人的，基层法院应行使释明权，告知劳动者根据劳动争议案件事实变更其诉讼请求。

第二种意见认为，应采取基层法院优先原则，即中级法院应终结撤销劳动仲裁终局裁决案件，由基层法院对劳动者的起诉和用人单位的抗辩一并进行审理。考虑到劳动仲裁裁决在劳动者起诉时已不再具有法律效力，此时，已无对劳动仲裁裁决再进行司法审查的必要。因此，我们同意第二种意见，即在双方当事人各自寻求救济时，中级人民法院应终结该案件的司法审查，将用人单位的请求转由基层人民法院一并处理。当中级人民法院终结撤销仲裁裁决案件后，劳动者撤诉、按撤诉处理或者被驳回起诉，而导致劳动仲裁发生法律效力的，此时，为保护用人单位的救济权，应赋予其重新申请撤销仲裁裁决的权利。如其在劳动仲裁发生法律效力之日起三十日内，依照《调解仲裁法》第四十九条的规定再次提出撤销申请的，人民法院应予受理。

2. 终局裁决与非终局裁决的相互衔接问题

由于《调解仲裁法》规定的"一裁终局"制度仅适用于部分劳动争议请求，这就可能出现劳动者提出仲裁申请时的一部分请求属于"一裁终局"范围，一部分请求不属于"一裁终局"范围，即称为"非终局裁决"。对于这两部分请求适用不同程序进行处理，因而涉及终局裁决案件与非终局裁决案件的相互衔接问题。如劳动仲裁部门认定用人单位存在未足额支付劳动者工资的情况，并由此认定劳动者提出解除劳动关系符合法律规定，裁决用人单位在补足劳动者工资差额的基础上，支付劳动者解除劳动合同经济补偿。但由于劳动者两项请求数额的不同，工资差额属于非终局裁决，而经济补偿属于终局裁决。用人单位对两份仲裁裁决均不服，分别提出起诉和撤销申请。非终局案件经过一、二审，认定用人单位已足额支付了劳动者的工资，并不存在克扣工资的行为，故没有支持劳动者关于补足工资差额的要求。在此情形下，撤销仲裁裁决案件中可否撤销该案的终局裁决？如予以撤销，是否拖欠工资一般认为属于认定事实范畴，而认定事实错误并非人民法院撤销仲裁裁决的理由之一；而如果不予撤销，则将造成终局案件与非终局案件在裁判结果上的矛盾。因此，人民法院处于两难的选择之中。

对此，我们的意见是主张从实事求是和维护法院裁判统一性的角度出发，以非终局裁决案件中生效裁判所认定的事实作为判断终局劳动仲裁裁决是否存在法律适用错误的依据，以保障司法裁判的统一。但仅是解决二者矛盾的权宜之计，其根本还应改变分项终局的处理原则，只要当事人的申请中有一项涉及非终局的，则全部作为非终局对待。这样可以避免同时存在一个终局裁决和非终局裁决的情况发生，也就避免两份裁决产生矛盾的问题。

3. 基层法院审理"一裁终局"案件的范围

基层法院审理"一裁终局"案件的范围目前存在两种情况：一是仅劳动者提出起诉，而用人单位未向中级人民法院申请撤销仲裁裁决的案件。在此情况下，可视为用人单位认可仲裁裁决的结果。基层法院应仅针对劳动者的起诉内容进行审查，而裁判结果也不应减轻用人单位所应承担的责任。二是劳动者起诉的同时用人单位向中级人民法院申请撤销仲裁裁决，而中级人民法院终结撤销仲裁裁决案件后将用人单位的请求交由基层法院一并审理的案件。对于此类案件，从主体上看，基层法院应将劳动者列为原告，将用人单位列为被告，但在审理时应对用人单位的抗辩理由进行一并审理；从用人单位的抗辩理由上看，由于仲裁裁决在劳动者起诉时已经失去法律效力，此时，用人单位的抗辩理由不受《调解仲裁法》第四十九条规定的法定理由的限制，基层法院应对全案进行整体性、实质性的审理；从裁决结果上看，基层法院应当在对全案进行审理的基础上，根据认定的事实和相关法律作出裁决，该裁决与仅有劳动者起诉的案件不同，其可以加重或减轻用人单位的法律责任。

4. 撤裁程序与执行程序的相互衔接问题

终局裁决在劳动者未起诉，而用人单位提出撤销仲裁裁决申请时，劳动者可否提出执行劳动仲裁裁决申请？在此情况下，如不允许劳动者申请执行仲裁裁决，而是在中级人民法院驳回用人单位申请后才接受其申请，容易造成用人单位借撤销仲裁裁决程序拖延时间以转移财产，不利于对劳动者的保护。而如果在撤销仲裁裁决程序尚未作出结论前，就依劳动者的申请执行用人单位的财产，当中级法院依法裁定撤销劳动仲裁终局裁决时将可能因无法找到劳动者而造成执行回转困难的情况。我们建议，在劳动者申请执行仲裁裁决而用人单位申请撤销仲裁裁决时，人民法院原则上可在受理劳动者的执行申请后裁定中止执行，待撤裁程序作出裁判后再行决定。对于可能出现转移、隐匿财产的用人单位，人民法院可将相关财产划转至人民法院账户，后根据撤裁案件的裁判结果决定是将该财产转给劳动者，还是将其交回用人单位。这样，既可以防止用人单位逃避债务，又可以避免出现执行回转的情况。

三 《劳动合同法》适用上的若干具体问题

（一）解除权的除斥期间问题

劳动合同单方解除权的行使应否有除斥期间限制？《劳动法》、《劳动合同法》对此没有规定，我们认为有必要予以明确除斥期间限制的规定，避免双方当事人滥用解除权。例如，劳动者严重违反规章制度的事实发生几年之后，用人单位才行使解除权，显然不合理。劳动者以用人单位 1 年前克扣工资的事由行使解除权，显然也不合理。《中华人民共和国合同法》第九十五条规定，法律规定或者当事人约定解除权行使期限，期限届满当事人不行使的，该权利消灭。法律没有规定或者当事人没有约定解除权行使期限，经对方催告后在合理期限内不行使的，该权利消灭。我们认为，上述情况可以适用《中华人民共和国合同法》的规定。另外需注意，用人单位或者劳动者解除合同的事由必须发生在本劳动合同期限内，否则丧失解除权。如用人单位不能以上个劳动合同期限内的违纪事实来解除本劳动合同。对于对方催告后的合理期限，我们认为 60 天比较适当。

（二）《劳动合同法》第八十二条规定的"二倍工资"的具体范围

对于双倍工资中加付的一倍工资包括哪些项目，实践中分歧较大。第一种意见认为未订立书面劳动合同的两倍工资，其中加付的一倍工资是指劳动者在法定工作时间内提供了正常劳动，用人单位依法应当支付的工资，但不包括下列各项：①延长工作时间工资；②中班、夜班、高温、低温、井下、有毒有害等特殊工作环境、条件下的津贴；③法律、法规和国家规定的劳动者福利待遇等。第二种意见认为，应包括加班工资在内的所有劳动报酬，并且是应发工资。

两种意见的分歧对于如何解释两倍工资中"工资"的具体范畴。"工资"的概念较为宽泛，最广义的工资概念包括劳动者获得的所有劳动报酬，包括奖金、津贴、福利待遇、加班工资等。广义的工资概念只指工资和加班工资，不包括奖金、津贴、福利待遇。狭义的工资概念仅指正常工作时间工资，不包括加班工资。我们认为两倍工资中"工资"应采纳《关于工资总额组成的规定》第四条所确定的种类，包括计时工资、计件工资、奖金、津贴和补贴、加班加点工资、特殊情况下的工资。我们同意第二种意见。

（三）用人单位与劳动者补签劳动合同后，对于应当签订之日与补签之日期间是否应当支付两倍工资问题

《劳动合同法》第八十二条规定，用人单位自用工之日起超过一个月不满一年未与劳动者订立书面劳动合同的，应当向劳动者每月支付两倍工资。又根据《劳动合同法实施条例》第六条、第七条的规定，用人单位支付两倍工资后仍具有补签劳动合同的义务，从反面解释，用人单位补签劳动合同后，仍然不能免除支付两倍工资的义务。所以即使后来补签了劳动合同，仍然不能免除用人单位承担支付未签合同期间两倍工资的法律责任，但是如果劳动者愿意将劳动合同的期间溯及于之前的事实劳动关系期间，即倒签劳动合同期间，则应视为劳动者放弃了双倍工资的请求。我们认为，用人单位未按照法定期限与劳动者签订书面劳动合同，即使后来双方签订了劳动合同，劳动者要求用人单位支付两倍工资至签订之日的，应予支持。但双方均将劳动合同的签字日期倒签在法定期限之内，应视为双方对倒签日期的追认，在此情况下，劳动者要求用人单位支付两倍工资的，不予支持。比如，劳动者于2008年1月1日入职，双方实际于2008年5月1日签订劳动合同，约定的劳动合同期限为2008年1月1日～2010年1月1日或者注明签字日期为2008年1月1日（即倒签劳动合同），则劳动者不能要求2008年2月1日～5月1日期间的双倍工资（因为法律规定一个月的宽限期，所以劳动者当然也不能要求1月1日～2月1日期间的双倍工资）。但是如果双方注明的签字日期就是2008年5月1日并且约定的劳动合同期限也不包括2008年5月1日之前的日期，则劳动者可以请求2008年2月1日～5月1日期间的双倍工资。

（四）劳动者以用人单位自用工之日起满一年未与其订立书面劳动合同为由，要求用人单位支付用工之日起满一年之后的二倍工资问题

《劳动合同法实施条例》第七条规定，用人单位自用工之日起满一年未与劳动者订立书面劳动合同的，自用工之日起满一个月的次日至满一年的前一日应当依照《劳动合同法》第八十二条的规定向劳动者每月支付两倍的工资，并视为

自用工之日起满一年的当日已经与劳动者订立无固定期限劳动合同，应当立即与劳动者补订书面劳动合同。这里未规定，1 年之后，视为双方签订无固定期限劳动合同，如果双方仍然没有签订无固定期限劳动合同，用人单位还需不需要按照《劳动合同法》第八十二条第二款的规定支付双倍工资。

第一种意见认为《劳动合同法实施条例》第七条规定视为无固定期限劳动合同后，仍规定用人单位要与劳动者补签书面劳动合同，说明用人单位仍有签订无固定期限劳动合同的义务，如果仍然不签订，则应当按照《劳动合同法》第八十二条第二款的规定支付双倍工资。第二种意见认为"视为"无固定期限合同与"未签订"无固定期限合同存在区别，所以不再需要支付二倍工资，也就是说用人单位最多支付 11 个月的二倍工资。我们同意第二种意见。

（五）用人单位未依法支付两倍工资中加付的一倍工资或未休年假工资，劳动者要求支付 25% 经济补偿金以及以此解除合同要求经济补偿金问题

我们认为，双倍工资中另外加付的一倍工资性质为赔偿金，这与劳动合同法规定的超期试用期另外支付的试用期满工资认定为赔偿金是一致的。未休年假工资与未签劳动合同支付双倍工资一样，都属于用人单位违反劳动法律法规所承担的赔偿责任，并不是双方所约定的劳动报酬的范畴，所以应当认定为赔偿金性质。如果用人单位不及时支付双倍工资中加付的一倍工资以及未休年假工资，劳动者并不能以用人单位未及时足额支付劳动报酬为由解除劳动合同，要求解除劳动关系经济补偿金。

（六）用人单位解除劳动合同未提前三十日以书面形式通知劳动者或未事先通知工会以及裁员未履行《劳动合同法》第四十一条规定的法定程序是否构成违法解除劳动关系问题

违反提前一个月告知的程序性规定，劳动合同法允许以多支付一个月工资作为弥补条件，则应认为解除有效。如果没有事先将理由通知工会，并不能导致解除无效。因为《劳动合同法》第四十三条的规定应属于倡导性规定。《劳动合同法》第四十一条规定的裁员程序系强制性规定，必须遵守，如果用人单位违反，视为解除无效。

（七）劳动者严重违反劳动纪律，用人单位是否可以依照《劳动法》第二十五条的规定解除劳动关系问题

《劳动合同法》未规定违反劳动纪律可以解除合同，违反劳动纪律与违反规章制度是不同的法律概念，这是否意味着《劳动合同法》不再承认《劳动法》所规定的用人单位可以以劳动者严重违反劳动纪律为由解除劳动关系。我们认为，用人单位的规章制度可能健全也可能不健全，即便健全，普通劳动纪律例如上班期间不得从事与工作无关的事情，不得睡觉等作为劳动者应当知晓的劳动纪律，用人单位也可能不在规章制度中规定，又如专门的行业劳动纪律，即便在规章制度中未规定，也构成劳动者的一项专门劳动纪律。所以严重影响用人单位生产秩序、工作秩序的某些违纪行为，即使用人单位没有将其规定在规章制度中，如果给用人单位造成了严重的后果，也可以解除劳动关系。故我们认为，《劳动法》所规定的用人单位可以以劳动者严重违反劳动纪律为由解除劳动关系的规定仍然有效。

（八）新法实施后继续履行的劳动合同中与新法冲突内容的效力问题

《劳动合同法》第九十七条规定，施行之日存续的劳动合同在本法施行后继续履行，由此带来的一个问题是如果该劳动合同中的某些条款与《劳动合同法》相违背的，该条款是否无效？如双方就未经培训的劳动者的服务期约定了违约金，该违约金是否有效？我们认为，如果《劳动合同法》实施之后继续履行的劳动合同中的某些规定与《劳动合同法》明显相违背的，则应认定无效。

英国裁员案例的借鉴及改革我国裁员制度的建议

李连刚 *

摘　要： 2008 年下半年爆发的国际金融危机，引发劳动争议案件"井喷式"增长，裁员和变相裁员现象较严重。本文通过介绍英国裁员案例，比较中英裁员制度，分析《劳动合同法》第四十一条的不足，提出完善我国裁员制度的改革建议。

关键词： 裁员制度　英国案例　借鉴比较　改革建议

一　英国裁员案例介绍**

（一）案例一

1. 裁员情形

马斯特公司是一家动物饲料供应商，因遇到严重的农业灾害，公司产量锐减，出现经营困难。管理层决定裁减几名员工。公司将这次裁员视为一次解雇"麻烦制造者"员工的良机，并决定不与这些被挑选为裁员对象的员工讨论裁员事宜。

2. 问题

公司这样裁员，做法可行吗？

---

　* 李连刚，深圳市劳动人事争议仲裁院。

　** 英国案例由作者翻译自 Harry Sherrard, *Human resources disputes & resolutions*, Kogan Page Limited, 2007 一书。

3. 法律指引

依照英国的法律，裁员低于 20 人的情形下，雇主可以不开展集体协商。但是根据 1982 年劳动上诉法庭所做的威廉姆斯诉康派尔·马克山姆有限公司一案判决，个别裁员应符合以下司法判例原则。

（1）雇主对即将发生的裁员事先应尽可能发出警告。

（2）雇主应与工会协商裁员的程序，特别是选择裁员对象的程序。

（3）无论是否与工会就裁员的评判标准达成协议，公司也必须确定裁员的评判标准，这个标准应尽可能远离个人的好恶，而是能够被客观评判，如出勤记录、工作效率、经验、服务时间等。

（4）雇主应寻找确保挑选过程公平的方式。

（5）雇主也应寻找不采取解雇，而是调换工作岗位的方式。

该案例中是有工会的。对没有工会的，上述个别裁员原则同样适用于雇主。雇主如果按上述五原则裁员，不会自动导致不公平解雇程序。这是因为，尽管公司确定的挑选标准不总是构成公平的，但在实际生活中，劳动法庭不会轻易地将自己的看法凌驾于雇主的标准之上，除非能提供有说服力的证据证明裁员不公，如元老被裁而新人留用，否则法庭将认为裁员是公平的。

裁员时雇主如果未能向拟被裁雇员提供适当的替换岗位或者与被裁雇员讨论工作安排，将被视为行为不当，可能被认定为不公平解雇。除了很小的公司之外，所有雇主应当有能力证明其已提供了调换岗位的机会，或者已与雇员讨论过工作安排，否则依 1996 年的《雇佣权利条例》，很可能被认为违反公平原则。

（二）案例二

1. 裁员情形

公司 IT 部需要裁员，公司进行了全面和公平的裁员挑选程序，员工德里克得分最低。

2. 问题

当德里克以不公平解雇为由起诉公司时，公司如何证明裁员程序符合法律规定？

3. 法律指引

从严格技术要求上讲，裁员须遵循以下程序：

（1）雇主必须向拟被裁雇员发出书面通知，指出因其行为、表现或者其他因素，导致公司考虑将其解雇。

（2）雇主正式发出与拟被裁雇员开会讨论裁员事宜的会议通知（第一次会议）。

（3）会议必须在裁员行动开始之前召开。

（4）会议只有在满足以下两个条件时才能召开，即雇主告知解雇的事实和理由，以及雇员获得合理的机会可以思考雇主告知的内容。

（5）会议之后，雇主必须向被裁雇员告知其决定，并应告知雇员有申诉的权利。

（6）雇员申诉的，应通知雇主，雇主收到申诉后，必须邀请员工召开申诉会议（第二次会议）。

（7）申诉会议后，雇主必须告知雇员其最后的裁员决定。

根据 2006 年劳动上诉法庭对亚历山大诉布瑞格登有限公司一案的判决，进行裁员程序（1）时只是要求雇主向某个雇员发出信息，可以仅仅是其处于被裁危险状况的信息。程序（2）即第一会议主要解释为什么要裁减德里克，依据是什么，包括存在需要裁员的情况，为什么德里克被挑选为裁减对象。

劳动上诉法庭判例上说，在程序（2）中，雇主必须在会议之前提前告诉雇员裁员挑选标准，以及基于标准的评价情况。目的是让雇员有机会在会上陈述时，能对公司的裁员标准的合理性和公平性提出看法，更重要的是让员工有机会说明与其有关的某些特别标准很可能是不公正的及其原因。雇主没有这么做，将自动导致不公平解雇。

上述七个程序，对雇主而言，可能是烦琐的，不情愿做的，但违反程序将被视为技术违法，结果是认定为不公平解雇。因此，在德里克案中，雇主需要确保裁员符合法定程序。

（三）案例三

1. 裁员情形

空中馅饼有限公司是一家航空食品供应商，由于公司发展过于迅猛，造成管理和监督层级过多过滥。新任人事资源总监决定实施重组计划。改革的要点是将现在的高级主管、主管、主办三个职能相似的岗位撤销，设置一个新的职位——

团队主管，承担原来三个职位所负责的工作。这项改革将影响到30人，其中20人将上岗，10人将被裁减。上岗的薪水也会发生变化，高级主管薪水下降年3000～5000英镑，主管薪水略有下降或保持不变，主办薪水略有上升或保持不变。高级主管上岗后，还会失去一定程度的原航线合同管理权、人事管理权，地位有所下降。

2. 问题

公司怎么进行重组才不会违法？

3. 法律指导

（1）首先须以书面形式提出重组建议，并与雇员开会讨论建议。如果确定裁员，应允许雇员申诉。

（2）法律关于不公平解雇的一般原则将适用于此情形。

（3）10名裁员不足以启动集体协商程序。但在2000年的苏格兰普莱米尔诉伯恩斯一案中，法庭认为集体协商规则下的"裁员"是一个宽泛的概念，不仅包括传统意义上的"人员多余"，而且包括在新劳动合同下重新雇用过程中出现的"无过错"解雇。空中馅饼公司一案中，30名雇员将失去原来的职位，其中10名完全离开公司，进行集体协商程序还是法律所要求的，以避免不必要的纠纷。

（4）公司应考虑重组程序是劳动合同履行的改变，还是实行裁员的不同。前者是指劳动合同部分内容将发生变化，但基本条款不受影响，如公司实行新的上班制度，雇员作息时间发生改变，但岗位和工资待遇不变。后者意味劳动合同内容将发生显著改变，如工资降低、职责明显改变等，法律解释上也指原来的职位被撤销，公司提供的新职位基于合适性而发生的改变。

（5）劳动合同履行发生小改变的情形下，正确做法是与雇员协商，并努力签订新的劳动合同。如果达不成协议，雇主应告知雇员老劳动合同将终止，并提供修改后的新合同。如果雇员拒绝签字，并在雇主告知的合同终止日之前离职，随后以不公平解雇为由投诉，雇主应对的策略是以"某些实在的原因"主张解雇是公平的。如果雇主确有坚实的商业原因，且已进行适当的协商，解雇将被认为是公平的。

（6）空中馅饼公司重组方案中，劳动合同的改变相当明显。旧的职位被裁掉，新的团队主管职位是否属于适当的岗位替换，需要从两个方面考虑：一是客观标准，主要是从职责、工作内容、地位、工资方面比较新旧职位是否相当。尽管每个案件中都有其自身的独特性，但是法庭一般会认为同旧职位的薪水相比，新职位的薪水降幅超过15%是不适当的。二是在新职位被认为是适当替换的情形下，雇员仍然可以有理由拒绝。主要是从新职位对雇员个人生活和工作环境造成何种影响方面考虑，这是一个主观标准。例如工作地点变化了，因为雇员不会开车造成其上下班不便，这种情况下，法庭可能认为新职位是不适当的。

如果雇员无理拒绝新的适当替换岗位而被裁，将无权获得裁员补偿。

在空中馅饼公司一案中，新的团队主管职位对原高级主管而言，属于不适当的替换岗位，对主管而言，可能是适当的替换岗位。如果高级主管不接受新职位，有权获得裁员补偿。另外，有权获得新职位的人，在新职位上有四个星期的适应期，在此期间，如果雇员不想干，可以要求裁员补偿并离职。

（7）假如在空中馅饼公司一案中，原来的30名雇员中有超过20人想获得新的团队主管职位，雇主必须制定挑选办法，使最好的求职者获得新的职位。

二　比较、借鉴与建议

2008年下半年爆发的国际金融危机对我国实体经济造成严重冲击，部分企业经营困难，停产关闭企业增多，欠薪弃厂逃匿增多，企业用工减少，裁员和变相裁员现象增多。这种情况下，劳动关系不稳定因素增加，劳动争议呈现"井喷式"增长，如深圳市2008年受理的劳动争议案件比2007年增长3.5倍，东莞市为2.6倍。2009年劳动争议情况虽比2008年有所好转，但仍是高位运行。劳动争议调解仲裁工作面临前所未有的压力和挑战。

（一）中英两国裁员制度的比较与借鉴

处理因裁员引发的劳资纠纷是这一时期的显著特点。我国的裁员制度是通过成文法的形式予以确立的，《劳动合同法》第四十一条对经济性裁员制度作出了明确详细的规定，主要包括：（1）裁员的适用情形，即裁员20人以上或者不足20人但占企业职工总数10%以上。（2）裁员的前提条件，即什么样的企业才可以裁员，以下四种企业可以裁员：①依照企业破产法规定进行重整的；②生产经营发生严重困难的；③企业转产、重大技术革新或者经营方式调整，经变更劳动合同后，仍需要裁减人员的；④其他因劳动合同订立时所依据的客观经济情况发生重大变化，致使劳动合同无法履行的。（3）裁员的程序，首先，用人单位必须提前30日向工会或者全体职工说明情况，听取工会或者职工的意见；其次，必须将裁员方案向劳动行政部门报告。（4）裁员的照顾情形，用人单位裁员时必须优先留用三种人：即与本单位订立较长期限的固定期限劳动合同的员工，订立无固定期限劳动合同的员工，家庭无其他就业人员、有需要扶养的老人或者未成年人的员工。（5）裁员的禁止情形，以下六类人员不得裁减：①从事接触职业病危害作业的劳动者未进行离岗前职业健康检查，或者疑似职业病病人在诊断或者医学观察期间的；②在本单位患职业病或者因工负伤并被确认丧失或者部分丧失劳动能力的；③患病或者非因工负伤，在规定的医疗期内的；④女职工在孕期、产期、哺乳期的；⑤在本单位连续工作满15年，且距法定退休年龄不足5年的；⑥法律、行政法规规定的其他情形。（6）裁员的法律后果，主要是用人单位应当向被裁人员支付经济补偿金，以及用人单位在6个月内重新招用人员时，应当通知被裁减人员，并在同等条件下优先招用被裁减的人员。

这项制度的一个特点是企业经济性裁员须报告政府行政部门，因而因裁员引发的劳资纠纷，亦可以区分为执行报告政府通过的裁员方案引发的裁员纠纷和未报告政府的裁员纠纷。后者主要是《劳动合同法》第四十一条的缺陷造成的，该条对裁员20人以下或者不足20人且不占企业职工总数10%以上的裁员未作规定。一些企业在国际金融危机冲击下，订单急剧下降，开工严重不足，他们采取的应对措施之一是裁员，为了实现快速减少劳动用工的目的，某些企业规避《劳动合同法》第四十一条的规定，通过分期分批裁减19人以下实现裁员，这不仅产生了劳资纠纷，而且对裁员的法律规定提出了挑战。如何解决有瑕疵的裁员法律制度，成为必须思考的问题。

英国是判例法国家，与我国不同。上述的三个案例大致反映了英国的裁员制度，主要特点包括：一是区分个别裁员和集体裁员，裁员20人以上为集体裁员，不足20人为个别裁员；二是裁员应事先发出信息，不能搞"突然袭击"；三是开展劳资（与工会）协商，雇主应与工会协商裁员程序和裁员评判标准；四是裁员应制定不有意针对特定个人的标准；五是依裁员标准挑选拟被裁人员；六是应与拟被裁人员至少开展两次对话，保障其申诉权利；七是应向拟被裁人员提供其他职位供选择。八是法律问题通过司法程序解决，主要是审查裁员是否属于不公平解雇。从上述的三个案例中，我们没有看到裁员需要报告政府的规定，主要是严格劳资之间的博弈规则，违反规则将被法庭认定为不公平解雇。

中英裁员制度的另一个不同表现在裁员过程中对个人权利的保护力度上，英国的裁员程序中对个人权利的保护力度比较强，如雇主必须先向拟被裁雇员发出书面警告，与拟被裁雇员正式开会讨论裁员事宜，雇员有申诉的，雇主需要给予雇员合理的时间准备申诉意见，雇主收到申诉后，必须邀请员工召开申诉会议等。中国的则过于模糊、笼统，可操作性不强。原劳动部《企业经济性裁减人员规定》（劳部发〔1994〕447号）第四条规定："用人单位确需裁减人员，应按下列程序进行：第一，提前30日向工会或全体职工说明情况，并提供有关生产经营状况的资料；第二，提出裁减人员方案，内容包括：被裁减人员名单、裁减时间及实施步骤，符合法律、法规规定和集体合同约定的被裁减人员的经济补偿办法；第三，将裁减人员方案征求工会或者全体职工的意见，并对方案进行修改和完善；第四，向当地劳动行政部门报告裁减人员方案以及工会或者全体职工的意见，并听取劳动行政部门的意见；第五，由用人单位正式公布裁减人员方案，与被裁减人员办理解除劳动合同手续，按照有关规定向被裁减人员本人支付经济补偿金，并出具裁减人员证明书。"《劳动合同法》规定的裁员制度的两步程序为：第一步程序规定用人单位必须提前30日向工会或者全体职工说明情况，听取工会或者职工的意见。第二步程序规定裁员方案须向劳动行政部门报告。裁员一定是具体的个人被裁减，个人应当有权利知道为什么裁减的是他，而不是别人，依据是什么，挑选的标准与挑选的过程是否公正等。

我国裁员程序存在的问题包括：①在没有劳资双方先行博弈裁员标准和裁员程序的情况下，企业却先提出被裁减人员名单，在制度层面赋予企业过于强势的地位。②没有在制度层面让工会做最重要的工作，即与企业谈判裁员标准和裁员程序，而是让工会就被裁减人员名单、裁减时间、实施步骤、经济补偿办法提意见，这是舍本逐末，既存在配合企业裁员之嫌，也有代替被裁人员包办裁员事宜之嫌。实际生活中企业说明情况，听取工会意见易流于形式、走过场。③没有规定拟被裁对象的评判与确定过程。④没有规定企业需要与被裁减个人进行面对面的沟通。裁员危害的主要是个体的利益，捍卫自身的利益，他们最有动力、最积极，应当赋予他们权利向企业讨说法，企业也有义务给个人一个合理的交代。

⑤没有规定行政部门收到报告后，是行政审批还是备案，没有规定在多少时间内必须答复，行政部门拒收企业的裁员报告，企业该怎么办，能否行政复议或者行政诉讼等等。有人认为："这里的报告性质上属于事后告知，不是事前许可或者审批"，① 这里存在对法律的误解，《劳动合同法》第四十一条规定的是"裁减人员方案经向劳动行政部门报告，可以裁减人员"，显而易见，完全不是"事后告知"，而是告知在前，裁员在后。司法实践中，企业未向劳动行政部门报告裁减人员方案而自行裁员将被视为违法，企业向劳动行政部门报告但没有收到答复就自行裁员也将被视为违法。可见，由于法律规定得模糊使得政府行政部门的自由裁量权过大，不符合法治原则。

（二）完善我国裁员制度的主要建议

通过以上比较分析，为完善我国的裁员制度，我们可以从英国的裁员制度中借鉴其有益做法。其主要建议有以下几点。

（1）应对裁员 20 人以下或者不足 20 人且不占企业职工总数 10% 以上的裁员作出明确规定，以解决《劳动合同法》第四十一条的立法瑕疵。

有人认为企业"裁减人员人数不足法定标准，就不能以经济性裁员的实体条件为由成批解除劳动合同，只能按照《劳动合同法》第三十六条、第三十九条、第四十条的规定单个解除劳动合同"。② 第三十六条规定的是用人单位与劳动者协商一致解除劳动合同，这里对用人单位与劳动者双方都没有附加任何条件，换言之，与用人单位是否出现《劳动合同法》第四十一条规定的情形无关。第三十九条规定的是"因劳动者的过错而使用人单位单方面解除劳动合同"，③ 也与用人单位是否出现《劳动合同法》第四十一条规定的情形无关。第四十条规定的是预告辞退（又称无过失性辞退），该条共有三项，其中第（一）项规定的"劳动者患病或者非因工负伤，在规定的医疗期满后不能从事原工作，也不能从事由用人单位另行安排的工作"和第（二）项规定的"劳动者不能胜任工作，经过培训或者调整工作岗位，仍不能胜任工作"都与用人单位是否出现

---

① 参见李援主编《中华人民共和国劳动合同法解读与适用》，人民出版社，2007，第131页。
② 参见李援主编《中华人民共和国劳动合同法解读与适用》，人民出版社，2007，第130页。
③ 参见李援主编《中华人民共和国劳动合同法解读与适用》，人民出版社，2007，第118页。参见王全兴主编《劳动法学》，高等教育出版社，2004，第167页。

《劳动合同法》第四十一条规定的情形无关。第（三）项关于"劳动合同订立时所依据的客观情况发生重大变化，致使劳动合同无法履行，经用人单位与劳动者协商，未能就变更劳动合同达成协议的"，用人单位可以解除劳动合同的规定，被认为属于裁减不足法定人数时适用的情形，笔者认为值得商榷。从法理上讲，裁员是"预告辞退的一种特殊形式"，① 但在我国劳动立法中是严格区分二者的。原劳动部《关于〈中华人民共和国劳动法〉若干条文的说明》第二十六条规定"（预告辞退所称的）客观情况指：发生不可抗力或出现致使劳动合同全部或部分条款无法履行的其他情况，如企业迁移、被兼并、企业资产转移等，并且排除本法第二十七条②所列的客观情况"。所谓"排除"，就是指完全不同、不交叉。预告辞退的"客观情况"与裁员的四种情况界限分明，并且程序也不同，预告辞退中缺乏工会和政府行政部门的相应作用，而裁员须经过工会和政府行政部门。这意味着裁员的法律规定对员工的保护力度超过预告辞退。因而，当企业出现《劳动合同法》第四十一条规定的可以裁员的情形，又需要裁员 20 人以下或者不足 20 人且不占企业职工总数 10% 以上时，按《劳动合同法》第四十条第（三）项解除员工的劳动合同的做法是错误的。所以，对裁员人数不足法定标准如何操作的法律空白，需要做出适当规定。

（2）应明确规定企业裁员必须与工会或者全体员工开展集体谈判或者协商，共同协商裁员标准和裁员程序，标准应客观公正，能够被客观评判，尽可能远离个人的好恶，不得故意制定针对特定个人的裁员标准，不得乘裁员之机搞人员"清洗"。

（3）应充分保障被裁员工的个人权利，包括知情权、申诉权、内部调换岗位的权利等，使得在裁员过程中处于非常弱势地位的个人能够发出声音，争取在企业内部解决问题，而不是被动地接受被裁减的后果。

（4）应提高政府行政部门干预企业裁员的门槛，行政部门应将主要工作放在裁员规则、程序、劳资协商机制等的建立健全上，而不是在审查企业上报的裁员报告上。这次国际金融危机带来的裁员问题，也暴露出政府做了管不了、管不好的事情，这应通过改革予以解决。

---

① 参见王全兴主编《劳动法学》，高等教育出版社，2004，第 167 页。
② 即《劳动法》关于裁员的规定。

应更好地发挥劳动仲裁机构和法院在处理裁员纠纷上的能动作用。企业按《劳动合同法》第四十一条裁员，如裁员方案报政府通过，劳动仲裁机构和法院能发挥的作用就很受限制，主要是消极地审查企业是否违反裁员的禁止性规定。而对裁员方案本身的合法性、公正性，裁员程序的正当性，被裁减的具体个人是否受到公正对待，难以审理。这是因为裁员方案已上报政府行政部门，并获得通过后，劳动仲裁机构和法院不会否认其效力。所以，加强劳动仲裁机构和法院在审查企业裁员上的作用，切实保障劳动者个人的权利，构建和谐劳动关系，需要对《劳动合同法》第四十一条作出适当的修改。

劳动争议 ADR 研究

——兼及《中华人民共和国劳动争议调解仲裁法》之解读

翟玉娟*

摘　要：我国劳动争议处理机制的弊病已经成为制约劳动纠纷及时、公平解决的瓶颈，如何建立更加科学、公平且富有效率的劳动争议处理机制，仍为立法者、理论界和实务界共同关注的焦点问题。新实施的《劳动争议调解仲裁法》虽然增加了劳动争议调解机构，并在一定程度上完善了劳动争议仲裁程序，但在调解渠道的设计上仍然不够多样，也没有改变劳动仲裁强制性、前置性和行政性的特点。劳动仲裁由收费改为不收费的制度使劳动仲裁机构受理案件数大幅增加，抑制了其他劳动争议非诉讼解决方式作用的发挥。

关键词：劳动争议　非诉讼解决　协商　调解　仲裁

1995～2005年，我国各级劳动仲裁委员会受理的劳动争议案件以每年平均26.5%的幅度持续增长，[①] 与此同时，法院受理的劳动争议案件亦以每年平均20%的幅度递增，[②] 无论是仲裁机构还是审判机关面对急速增加的劳动争议案件都有一种不堪重负的感觉。由于劳动争议处理耗时长、效力低、程序烦琐，故而使得劳动争议处理机制成为各界抱怨的众矢之的。目前《中华人民共和国劳动争议调解仲裁法》[③] 已经实施，该法更加清晰地表明了 ADR 在解决劳动争议方面的优势，在一定程度上完善了我国解决劳动争议的 ADR 机制，但对原有的劳

---

*　翟玉娟，深圳大学法学院。
① 该数据是笔者根据中国劳动统计年鉴中1995～2005年全国各级劳动仲裁委员受理的案件数经过计算得出的。
② 资料来源：人民网。
③ 以下简称《调解仲裁法》。该法已于2008年5月1日起施行。

动争议处理机制则改变不大。具体而言，在劳动争议调解机构方面虽然增加了人民调解组织和乡镇街道劳动争议调解组织，但劳动仲裁不收费制度显然会减弱劳动争议调解方式的发挥。劳动仲裁依然保持了前置性、强制性和行政性的特点，只不过赋予了一定情况下的一裁终局。可以说，《调解仲裁法》对原有的劳动争议处理机制存在的弊端做了一些修正，但仍延续了"调裁审"的模式，在具体ADR 机制的设计上还存在一些问题，因此也就留下了遗憾。

一 ADR 最初的产生是为了解决劳动争议

（一） ADR 概述

ADR 为"Alternative Dispute Resolution"的英文简称，中文可直译为选择性争议解决方式、替代性纠纷解决方法，亦可根据其实质意义译为"审判外纠纷解决方式"或"非诉讼纠纷解决程序"。ADR 原来是指 20 世纪逐步发展起来的各种诉讼外纠纷解决方式，现在已引申为对世界各国普遍存在的、民事诉讼制度外的非诉讼纠纷解决程序或机制的总称。[①]

对 ADR 的界定主要依据后述几个要素：首先是替代性，即指对法院审理或判决的代替。其次是选择性，即须以当事人的自主合意和选择为基础。最后，解决纠纷，是 ADR 的基本功能。[②]

（二） ADR 的产生

考察现代 ADR 制度产生的过程，就会发现 ADR 制度与劳动争议有着历史的渊源。美国现代 ADR 的正式应用，即始于 20 世纪 30 年代的劳动争议调解。[③] 当时美国工业发展速度较快，劳动场所工作条件较差，故劳动争议案件急剧增多。雇员们为了保障自己的利益，纷纷开始组织工会，不断进行罢工运动，严重地影响了美国的经济发展。由于劳动纠纷与一般的民事纠纷不同，劳资双方之间的冲

---

① 范愉：《非诉讼程序（ADR）教程》，中国人民大学出版社，2002，第 17 页。
② 范愉：《非诉讼程序（ADR）教程》，中国人民大学出版社，2002，第 18 页。
③ 范愉：《非诉讼程序（ADR）教程》，中国人民大学出版社，2002，第 71 页。

突直接导致社会关系的不稳定，国家不得不对劳资关系进行干预，希望能够通过快速的途径解决劳资争议，随之 ADR 开始产生并用于解决劳动争议。后来，ADR 才广泛适用于民事纠纷的解决。

（三）美国的劳动争议 ADR

美国通过 ADR 解决劳动争议的形式分为有法律效力的 ADR 和没有法律效力的 ADR。

有法律效力的 ADR 包括：（1）由特殊的法官审判。将案件交给退休的或者是区法院、上诉法院的法官审判，没有陪审团的介入。（2）有效的中立评估。即通过会议或者简易的审判程序解决纠纷。

没有法律效力的 ADR 形式分为：①和解。和解是一个中立的非正式的形式，鼓励双方之间互相沟通。②微型审判（mini-trial）。① 当事人向中立的第三方评估者或者争议方的代表陈述案情，评估者通常都是双方的上层人物，这种形式会给予上层决策者"一个震动过程"，让他们会听取每一方的优势和不足。③温和的解决会议。鼓励双方当事人达成早期的解决方案。④简易陪审团审判（summary jury trial）。这是唯一的利用类似陪审团的形式来判断当事人立场的 ADR，给当事人提供了一个如果他们的案件经过陪审团可能会得到的裁决。⑤没有效力的仲裁。由中立的第三方或者小组听取双方一个简短陈述后，做出一个责任分配或者赔偿或者两者都有的裁决。如果当事人事先同意裁决有效，裁决就具有效力。否则，该裁决仅是建议性的。

另外，在企业还建立了其他富有个性的劳动争议 ADR，例如早期的中立评估、开门政策、巡视员等制度。"早期中立评估"是由独立的第三方对争议做一个最初的评估，鼓励双方通过协商解决争议。"开门政策"是在出现劳动争议时，雇员可以直接找上一级行政主管或者更上级的管理人员进行协商。"巡视员"制度是通过企业外巡视员作用的发挥，在雇员和雇主之间进行沟通。②

由此可见，从最初处理劳动争议开始采用 ADR 到现在形成了丰富且灵活多

---

① 英文中的"trial"包含的意思比较广泛，既包括正式的审判，也包括类似的像审判形式的证明行为或过程。

② Laura J. Cooper, Dennis R. Nolan, Richard A. Balew. *ADR IN THE WORKPLACE*, ST. PAUL, MINNN. 2000. p. 659.

样的 ADR，ADR 在解决劳动争议方面起到了重要作用并呈现出了独特的魅力和优越性。

二 我国劳动争议处理机制中的 ADR 并未充分发挥作用

（一）ADR 解决劳动争议的优势

ADR 首先在解决劳动争议上开始出现并被广泛地应用于民事纠纷的处理，是因为 ADR 与诉讼相比在解决劳动争议上有以下优势：

1. 劳动争议的特性比较适合采用 ADR 解决

工作场所是容易滋生纠纷冲突的地方，通过 ADR 能够寻找适合劳动争议特点的解决方式并有可能使双方继续维持关系。

2. ADR 快速简便

诉讼是国家解决纠纷的司法手段，为保证公平公正目的的实现，程序要求相当严格。ADR 则灵活、简便，为当事人提供了多样的、迅速的解决纠纷途径。

3. ADR 更经济

通过诉讼解决争议往往是费时、费钱和脆弱的，它将从事商业、经营的管理人员的才能转移到诉讼中去，占用了企业太多的资源。一般来讲，ADR 的费用则远远低于诉讼的费用。

4. ADR 保密性强

一般情况下，诉讼需要公开审判过程、公开判决结果。而通过 ADR，当事人可以非公开地解决争议，这对保守用人单位的商业秘密、保护双方的声誉来说都是一种良好的方式。

（二）我国劳动争议处理机制中的 ADR

我国劳动争议的处理机制中并不是没有 ADR，而是 ADR 没有充分发挥作用。"一调一裁两审制"中的调解和仲裁以及企业协商都属于 ADR，但程序设计不合理，故没有体现出 ADR 的优越性。我国劳动争议处理模式是单轨制运行，企业协商和调解是一种可选择性的环节，劳动仲裁是劳动争议诉讼之前置性强制性的程序，仲裁裁决不是终局性的，任何一方当事人可以基于任何理由启动诉讼程序。例如，2004 年全国各级劳动争议仲裁委员会立案受理劳动争议案件 26 万件，同年全国各级法院受理的劳动争议案件即达 16 万件。[①] 大量的仲裁案件进入诉讼程序，说明劳动争议 ADR 没有充分发挥作用。在诉讼程序中，法院对进入到诉讼中的劳动争议案件进行实体审理，重新裁判，故而抑制了劳动仲裁及其他 ADR 作用的发挥。

三　企业内部解决劳动争议的 ADR

劳动争议是用人单位与劳动者之间在劳动过程中发生的纠纷，双方都比较清楚争议发生的原因及解决争议的症结，因此在企业内部通过 ADR 解决劳动争议，无疑是最有效、最经济的一种方式。同时，劳动关系具有持续性的特点，在劳动争议中，劳动者一旦申请仲裁，或者即使在仲裁、诉讼中胜诉，带来的往往是劳动关系的终结。如果采用谈判方式解决劳动争议，显然更有利于使双方继续保持劳动关系，也会减少对社会的影响。

我国企业内部解决劳动争议的方式主要有企业协商和企业内部劳动争议调解。

（一）关于我国的企业协商机制

1. 企业协商机制存在的主要问题

所谓协商就是双方共同配合、共同商议。劳动争议协商是指劳动争议双方当事人就协调劳动关系、解决劳动争议进行商谈的行为。根据《中华人民共和国劳动争议处理条例》（以下简称《劳动争议处理条例》）的有关规定，劳动争议产生后，双方应当首先通过协商途径来解决争议。

目前协商机制存在的主要问题是企业不重视采用协商手段。由于我国劳动争议多是个体争议，且就业市场供大于求，用人单位的强势地位使其不屑于与劳动者进行协商，而大多直接与劳动者进行劳动仲裁和诉讼。劳动争议处理机制是一个整体设计的问题，只有在其他劳动争议解决方式的经济成本、社会成本大于收益的时候，用人单位才会注重并主动选择企业协商方式来解决劳动争议。

2.《调解仲裁法》对企业协商的改变

（1）改变了工会参与协商的方式，并明确了其在协商中的角色。在《调解

仲裁法》实施前，工会参与企业协商既可以应劳动者请求而参加，也可以发现劳动争议主动参与协商，但对工会在企业协商中的角色则没有明确。虽然工会的职责是依法维护劳动者的合法权益，但在现实中，基层工会的角色定位并不准，从而出现了工会代表企业利益与劳动者协商等现象。《调解仲裁法》第四条规定，由劳动者决定工会是否参与协商，如果工会参与协商，只能是和劳动者一起共同与企业协商，故对工会角色定位规定得非常明确。

（2）首次规定了劳动者可以请第三方参与协商。第三方既可以是本企业内与劳动争议无利害关系的人员，也可以是企业外的人员，这样可以促进企业根据自身特点，实行灵活多样的协商方式。另一方面，劳动者也有权聘请专业人士参与企业协商过程。

（3）首次规定了企业协商可以达成和解协议。企业协商是否达成协议一直没有规定，本次立法明确了可以达成和解协议，对和解协议不履行的，可以进入调解程序。

笔者认为新法的颁行对扩展企业协商的运用具有积极意义。企业协商是双方自主、自愿选择之解决纠纷的方式，企业可以根据实际情况设立多种形式的内部协商机制，而法律对企业协商的具体程序不宜规定太细，应给当事人更多的空间和灵活性。

（二）关于企业调解机制

1. 企业劳动争议调解的运行状况

《劳动争议处理条例》中规定对劳动争议进行调解的机构是企业的劳动争议调解委员会。但企业劳动争议调解委员会的作用发挥得并不理想，据统计，我国只有 6% 的企业设立了调解委员会，而每个调解委员会年均受理不到一宗案件，且调解成功的比例仅为受理案件的 28.4%。①

2. 企业调解没有发挥作用的原因

（1）企业根本没有调解委员会或调解委员会呈虚置状态。《企业劳动争议条

---

① 该数据是笔者将全国总工会对劳动争议调解委员会数量的统计与国务院对企业数量的统计相比得出的。据全国总工会统计，2004 年，全国基层工会所在企事业单位建立劳动争议调解委员会 195403 个，同年度受理案件 192119 件，调解成功 54537 件。国务院第一次全国经济普查领导小组办公室、中华人民共和国国家统计局：《第一次全国经济普查主要数据公报（第一号）》，2004 年末，全国共有从事第二、第三产业的法人单位 516.9 万个，其中，企业法人单位 325 万个。

例》对企业是否需要设置劳动争议调解委员会没有硬性规定，故有的企业没有设立调解委员会。有的企业即使设立了调解委员会，但发挥作用也不大。

（2）劳动者对企业劳动争议调解委员会不信任。现代的人力资源管理强调劳资双方的合作，但中国的企业没有与劳动者合作的习惯和精神，出现劳动争议时，劳动者不愿寻求内部机制解决纠纷。

（3）工会受制于用人单位。《工会法》第六条规定："工会以维护职工合法权益为基本职责"，但实际情况是工会严重依附于企业，工会的经费来源有相当部分是企业支付的，① 劳动者普遍对工会能否代表其利益表示怀疑。无论工会在法律上是应该维护劳动者利益还是事实上依附于企业，工会均不能保持中立，工会的性质也不允许它保持中立，所以由工会作为中立方主持的调解已经不是真正意义上的调解。

3. 《调解仲裁法》对企业劳动争议调解的修改

（1）将企业劳动争议调解委员会由职工代表、企业代表和企业工会代表三方组成改为由职工代表和企业代表组成。职工代表由职工推举产生改为由工会成员担任或者由全体职工推举产生。

（2）企业调解委员会主任由企业工会代表担任改为由工会成员或者双方推举的人员担任。

此外，在《企业劳动争议条例》中规定企业调解委员会的办事机构设在工会，而《调解仲裁法》对此没有规定。

可以说，《调解仲裁法》对工会角色的定位比较准确。《劳动争议处理条例》把工会定位于第三方，居中调解用人单位和劳动者之间的劳动争议，这种规定与工会的性质不符。《调解仲裁法》则明确了工会是代表劳动者的利益，并将调解委员会由职工代表、企业代表、企业工会代表三方组成改为由职工代表和企业代表两方组成，职工代表可以由工会人员担任，这些修改无疑有利于工会发挥保护劳动者利益的作用。

仔细研读《调解仲裁法》，就会发现企业协商与企业调解在运作方式上没有什么区别。如果说《劳动争议处理条例》是根据工会的不同作用来界定企业协

---

① 《中华人民共和国工会法》第四十二条："建立工会组织的企业、事业单位、机关按每月全部职工工资总额的百分之二向工会拨缴的经费。"

商和企业调解，那么在《调解仲裁法》中，工会在协商、调解中的角色相同、地位相同，从而使得企业协商和企业调解的界限更加模糊。该法对企业协商和企业调解的区分是所达成协议的效果不同。通过企业协商达成的协议称为和解协议，通过企业调解达成的协议称为调解协议书。对于和解协议，当事人任何一方不履行该协议的，可以进入调解程序。而经过企业调解制作的调解协议书由双方当事人签名或者盖章，经调解员签名并加盖调解组织印章后生效，对双方当事人具有约束力。对调解不服的，可以申请仲裁，部分调解协议书劳动者可以申请支付令。

所谓调解应该是在中立的第三方主持之下进行的，而我国的企业劳动争议调解虽有调解之名而无调解之实，仅仅依协议的效力而将本来属于协商范畴的"企业劳动争议调解"划入调解的范畴是不妥的。其实，无论是企业协商还是企业调解都类似于 ADR 程序中的谈判方式，是双方解决争议的过程。

四　劳动争议的企业外调解

调解是通过中立第三方的介入，在分清是非和民主协商的基础上，达成调解协议，及时解决争议的一种活动。调解是人类社会中一种历史最悠久、使用最普遍的纠纷解决方式。《调解仲裁法》对劳动争议调解所做的改变主要体现在两方面：第一，增设了劳动争议调解机构。该法第十条规定人民调解组织和在乡镇、街道设立的具有劳动争议调解职能的组织可以调解劳动争议案件。第二，赋予劳动者在一定情况下向法院申请支付令的权利。

（一）关于人民调解

人民调解是通过村民委员会和居民委员会下设的群众性组织对民间纠纷进行的调解。在《调解仲裁法》出台前，比较普遍的做法是用人民调解来解决劳动争议，这种方式在立法中得到了确认。利用人民调解方式调解劳动争议的优势是：第一，充分利用广泛的人民调解网络解决劳动争议。第二，人民调解属于第三方介入进行的调解。

此外，有的地方建立了所谓的联调机制。即人民调解、行政调解、司法调解三位一体、多方联动的劳动纠纷解决机制。主要做法是：以法院为主导，以基层劳动办为依托，以人民调解为基础，整合法院、劳动监察部门和人民调解组织的调解资源。人民调解员进驻劳动管理站合署办公，实行诉前转介指引机制，当事人申请仲裁或诉讼的，劳动仲裁部门和法院立案庭均建议当事人首选劳动联调部门解决。笔者认为，这种方式不宜提倡。第一，混淆了劳动监察与劳动争议调解的职能。劳动监察的职能是对用人单位执行劳动法的监督检查，对违法行为进行行政处罚，不应该介入对用人单位和劳动者具体争议的解决，监察的职能与劳动争议调解是不相容的。由人民调解员进驻劳动监察部门，增补劳动监察的人力，无疑与劳动监察的性质不相符。第二，法院的角色定位错误。法院是司法部门，监察是行政部门，人民调解是群众性的自治组织，三个部门在不同的轨道上各司其职，由法院为主导，提前介入进行调解会使当事人认为即使争议进入诉讼程序，无非就是同一结果，故易被迫接受调解。虽然法院对人民调解有指导的功能，但仅限于业务指导，而不能在诉前介入人民调解。同时当事人到仲裁部门申请仲裁及到法院去起诉均是当事人的基本权利，因此让当事人首先经过联调机制侵犯了公民的基本权利。所以这种联调机制是不可取的。

（二）在乡镇、街道设立的具有劳动争议调解职能的组织

什么是"乡镇、街道设立的具有劳动争议调解职能的组织"？《调解仲裁法》对此没有明确界定。笔者认为，既应该包括在乡镇、街道基层政府设立的具有调解劳动争议功能的行政性组织，也应该包括乡镇、街道基层政府附设、管理的具有劳动争议调解功能的其他组织。该法不仅给劳动争议当事人提供了更多的可供选择的纠纷解决途径，也给基层政府提供了建立、使用调解方式解决劳动争议的空间和灵活性。

实践中，出现了行业调解和民间调解的模式。由于行业内的劳动争议具有一定的共同特征，行业调解组织能够不受劳动关系当事人利益的束缚，居于超然地位，有效地调处行业内的劳动争议，提高调解质量。但我国的行业组织本身发育不规范，可能会存在一定的倾向性，但劳动争议调解要经过双方同意选择调解机构，故行业组织的调解机构要生存发展就必须重视调解的质量和公平性。经过笔者调查发现，还有一些民间调解组织亦非常活跃。例如有些经过工商部门注册登记的专门从事劳动争议、社会保险等有关问题咨询的机构，[①] 这些机构扎根于劳

---

① 笔者曾到这些机构进行过实地调查，发现他们的业务十分繁忙，经常有员工提出咨询、请求等，被劳动者称为"民间劳动局"。

动者中间，其工作人员有些曾经就是劳动争议的当事人，熟悉相关的法律法规，有些劳动者在出现劳动争议时，不信任企业调解、人民调解和行政调解，而愿意到这些咨询机构寻求帮助，用人单位也愿意通过它们来进行调解，调解的效果很好，当然这些机构也会收取相应费用。尽管这些机构从事有关法律的咨询服务是违反规定的，但其诞生并能够生存发展，说明了无论劳动者还是用人单位对中立性民间调解组织的需求。《调解仲裁法》的出台虽然没有明确指出这些调解模式，但这些调解组织如果能够附设在乡镇、街道政府或通过政府购买服务并接受政府管理，就可以成为合法的调解组织。

（三）关于调解协议书的效力

多年来，劳动争议当事人通过企业劳动争议委员会达成调解并制作协议书后一方不履行的，在仲裁和诉讼中，对调解协议的效力不予认可。为此，最高人民法院曾在 2006 年通过司法解释赋予企业劳动争议调解协议具有"劳动合同"的效力。[①] 但《调解仲裁法》第十五条规定："达成调解协议后，一方当事人在协议约定期限内不履行调解协议的，另一方可以依法申请仲裁。"而在仲裁中应如何认定调解协议书的效力，该法没有规定，进而会影响到调解协议书在诉讼程序中的效力，有可能使企业调解协议书的效力又回到了司法解释前的状态，这显然不利于劳动争议调解作用的发挥。至于如何对待通过人民调解达成的调解协议书也存在这个问题。最高法院为了强调人民调解协议的效力，在司法解释中曾将其界定为具有"民事合同"的效力，[②]《调解仲裁法》第十五条的规定则使通过人民调解达成的劳动争议调解协议书在仲裁中不予认可，这样就会产生对人民调解协议效力认定的冲突。[③]

[①] 《最高人民法院关于审理劳动争议案件适用法律若干问题的解释（二）》（法释［2006］第 6 号）第十七条规定："当事人在劳动争议调解委员会主持下达成的具有劳动权利义务内容的调解协议，具有劳动合同的约束力，可以作为人民法院裁判的根据。"

[②] 《最高人民法院关于审理涉及人民调解协议的民事案件的若干规定》（法释［2002］第 29 号）第一条规定："经人民调解委员会调解达成的、有民事权利义务内容，并由双方当事人签字或者盖章的调解协议，具有民事合同性质。当事人应当按照约定履行自己的义务，不得擅自变更或者解除调解协议。"

[③] 《最高人民法院关于审理涉及人民调解协议的民事案件的若干规定》（法释［2002］第 29 号）第一条规定："经人民调解委员会调解达成的、有民事权利义务内容，并由双方当事人签字或者盖章的调解协议，具有民事合同性质。当事人应当按照约定履行自己的义务，不得擅自变更或者解除调解协议。"

《调解仲裁法》一方面弱化了调解协议的效力，另一方面又赋予了劳动者可持调解协议书向法院申请支付令的权利。该法第十六条规定："因支付拖欠劳动报酬、工伤医疗费、经济补偿或者赔偿金事项达成调解协议，用人单位在协议约定期限内不履行的，劳动者可以持调解协议书依法向人民法院申请支付令。人民法院应当依法发出支付令。"从而使劳动者可以不经过仲裁程序而直接申请支付令，从而大大地加快了维权的速度。然而由于我国《民事诉讼法》中对督促程序的规定存在缺陷，督促程序的作用发挥得并不理想，故反而有可能使劳动争议的解决耗时更长。况且劳动争议不同于一般的民事争议，在异议被驳回后是否还要进入劳动仲裁程序以及督促程序如何与劳动仲裁程序进行衔接，这些都有待作出细化规定。

五　劳动争议 ADR 的重要方式——劳动仲裁

（一）仲裁解决劳动争议的优越性

仲裁是根据当事人的合意，把基于一定的法律关系而发生或将来可能发生的纠纷的处理，委托给法院以外的第三方进行裁决的纠纷解决方法或制度。[①] 适用仲裁方式解决劳动争议有以下的优越性。

1. 公平

公平是仲裁的生命。仲裁员、仲裁规则和程序是否公平关系到一个仲裁机构是否享有良好的声誉、是否能够得到足够的案源以及是否能够继续生存的关键。

2. 秘密

仲裁不同于诉讼的一个显著特点，即其过程不对当事人以外的公众公开，故而可以很好地保护雇主和雇员不愿公开的敏感内容。

3. 快速

仲裁程序通常比诉讼程序耗时短。

4. 经济

无论雇主还是雇员都愿意节省金钱以避免更大的诉讼开支。

---

① 范愉：《非诉讼程序（ADR）教程》，中国人民大学出版社，2002，第 158 页。

5. 专业

从事劳动争议仲裁的仲裁员一般都是熟悉劳动法律的专门人士。

6. 柔性

仲裁比诉讼要少一些对抗性。

由于劳动仲裁在解决劳动争议中具有的上述优势，因此在很多国家，仲裁已是解决劳动争议的重要途径。

（二）《调解仲裁法》有关劳动仲裁的规定

在我国，由于其他劳动争议 ADR 尚不发达，使得劳动仲裁在解决劳动争议方面承担了重要作用。《调解仲裁法》用了大量的篇幅规定了劳动仲裁，具体体现在以下几方面。

1. 细化了劳动仲裁程序

该法共有五十四条，其中第十七条到第五十一条为第三章，全部是有关仲裁的内容，从仲裁委员会的设置、仲裁员的聘任到仲裁案件的申请受理、开庭裁决等都作出了细致的规定。可以说，《调解仲裁法》不惜重墨地全面规范了劳动仲裁程序。

2. 规定了一定情况下的一裁终局[1]

由于我国劳动争议处理机制是单轨制的模式，先仲裁后诉讼，仲裁裁决非终局性，任何一方当事人均可以提起民事诉讼，这一点曾备受争议。《调解仲裁法》第四十七条规定了两类涉及劳动基准性的案件，[2] 如果劳动者没有提起诉讼的，仲裁裁决即为终局裁决，这意味着这两类争议案件可以快速得到解决。但该法的规定存在以下两个问题：第一，仲裁裁决发生法律效力的时间问题。第四十七条规定："除本法另有规定的外，仲裁裁决为终局裁决，裁决书自作出之日起发生法律效力"，这里的"本法另有规定"指的是第四十八条"劳动者对本法第四十七条规定的仲裁裁决不服的，可以自收到仲裁裁决书之日起十五日内向人民

---

① 范愉：《非诉讼程序（ADR）教程》，中国人民大学出版社，2002，第 158 页。

② 两类基准性的案件是指《调解仲裁法》第四十七条的规定："下列劳动争议，除本法另有规定的外，仲裁裁决为终局裁决，裁决书自作出之日起发生法律效力：（一）追索劳动报酬、工伤医疗费、经济补偿或者赔偿金，不超过当地月最低工资标准十二个月金额的争议；（二）因执行国家的劳动标准在工作时间、休息休假、社会保险等方面发生的争议。"

法院提起诉讼"，也就是说终局裁决是否发生法律效力取决于劳动者是否提起诉讼，如果提起诉讼，裁决就不是终局的；如果没有提起诉讼，裁决就是终局的。如此一来，既然劳动者有 15 天的时间来决定是否起诉，故在 15 天的时间内，仲裁裁决只是效力待定的状态，而不应该是作出之日发生法律效力。第二，对于涉及以上两类基准性争议的仲裁案件规定了不同的诉讼权利。劳动者享有决定是否起诉的权利，而用人单位对此类裁决则不能起诉。本来我国的劳动仲裁已经是强制性的仲裁，而仲裁裁决后又规定了不同的当事人对同一裁决有不同的诉权，这显然有违法律平等的原则。

3. 规定了仲裁不收费制度

对于劳动争议仲裁的收费，全国一直没有一个统一的标准。有的劳动争议仲裁委员会比照民事诉讼的按照标的大小的方法来进行收费，使得仲裁机构利用其垄断地位成为营利性机构。《调解仲裁法》第五十三条明确规定："劳动争议仲裁不收费，劳动仲裁机构的开支由国家财政予以保障。"笔者认为，不收费制度对于当事人来说固然比较有利，但不收费制度同时也会带来以下问题。

（1）劳动争议的企业内部解决机制和其他调解形式难以发挥作用。仲裁是不收费的制度，当事人基于程序效益的角度出发，大多会直接一步到位地选择仲裁，从而导致其他 ADR 方式不能发挥作用。

（2）争议解决的费用由社会承担是不公平的。仲裁在法律性质上是一种纠纷解决的私力救济方式，当事人应当承担合理的费用。不收费制度让整个社会承担了本应由争议当事人承担的费用，这样做是不公平的，对于违法当事人来说，没有起到通过缴纳仲裁费用所欲实现的制裁作用。

（3）不利于培育社会专业人才。《调解仲裁法》规定劳动争议仲裁机构可以从具有劳动争议处理经验的专家、学者、律师、工会及雇主组织工作人员中聘任兼职仲裁员参与办案。现在大部分律师之所以不愿意承办劳动争议案件，乃是因为劳动争议案件相比其他的民商事案件收益小，程序复杂。即使给予兼职仲裁员一定的报酬，但该法规定由政府承担全部仲裁费用，而我国各地的经济发展水平不一，无论给予兼职仲裁员报酬的标准是否统一，都可以预计由国家支付给兼职仲裁员的报酬肯定不会高，这样显然不利于培育我国解决劳动争议的专业人才，从而仍会保持目前劳动仲裁由劳动行政部门一家独揽的局面。

4. 将仲裁时效改为一年

我国劳动仲裁是强制性和前置性程序，故仲裁时效问题非常重要，60 天的仲裁时效一直是受到批评最多的一个问题，《调解仲裁法》将仲裁时效延长到一年，可谓进了一大步，但还是短于一般的诉讼时效。劳动争议涉及较多的是工资报酬等有关劳动基准的争议，这些均属于劳动者生存权的范畴，对于这些权利的保护低于对一般民事权利的保护，对于劳动者来说是不公平的。

（三）《调解仲裁法》的局限性

应当说，《调解仲裁法》全方位地规范了劳动仲裁程序，但该法却对劳动仲裁机构的定位及劳动仲裁的模式没作任何实质性的改变。

1. 没有改变仲裁机构的行政性

《劳动法》虽然规定了仲裁委员会应由劳动行政部门、同级工会代表、用人单位代表组成，但事实上劳动争议仲裁机构均是在劳动行政部门的管理之下来进行运作的，劳动仲裁机构已经成为劳动行政部门的一个组成部分，《调解仲裁法》并没有改变这种模式。仲裁的本意是由中立的第三方居中裁决，为了保持仲裁的中立性，仲裁机构必须是不依附于政府、政党和其他组织的。鉴此，笔者认为，建立中立性、社会性的仲裁机构不仅是民商事仲裁的发展方向，也是劳动仲裁的发展方向。

2. 没有改变仲裁的强制性

我国的劳动仲裁是强制性的，即无论当事人是否达成劳动仲裁的协议或者仲裁条款，只要没有在协商、调解阶段解决争议，除了部分调解协议书可以申请支付令外，其余的纠纷都要首先进入劳动仲裁而不能直接诉讼。《调解仲裁法》对此并没有改变。

从仲裁的产生发展过程来看，仲裁突出的特点之一乃是仲裁的自愿性，因为当事人一旦选择仲裁，就意味着放弃诉讼的权利。放弃这一权利需要当事人的自愿和明示。规范化的仲裁制度是由争议双方在纠纷发生前或者纠纷发生后通过仲裁协议或者仲裁条款一致同意将争议提交给仲裁机构加以裁决，自愿性是仲裁的典型特征。例如美国无论是集体协议中的仲裁条款还是个人雇佣合同中的仲裁条款，都要求双方完全自愿。很多雇主在与雇员签订雇佣合同时，会同时要求雇员签署一个仲裁条款，在雇佣争议发生时，双方同意将争议交给某一个仲裁机构。

至于这个条款是否属于强制性的仲裁条款、是否有效，也在美国的劳动法学界引起了广泛争论。很多人认为在双方确立雇佣合同时要求雇员签订这种条款，雇员为了获取工作机会，往往会被迫签订这样的条款，放弃一旦发生争议时到法院诉讼的机会和由陪审团进行审判的机会。① 而我国的劳动仲裁属于强制性仲裁，实践证明，由政府主导进行的劳动仲裁将政府卷入了劳动者和用人单位具体的劳动争议案件中，一旦裁决不公，会直接造成对政府的不满。

3. 没有改变仲裁的前置性

"调裁审"的单轨模式，使劳动仲裁成为诉讼的前置必经程序。虽然《调解仲裁法》赋予了劳动者在一定情况下可以不经劳动仲裁而直接向法院申请支付令，但当支付令不能发挥法律效力时，劳动者还得要进行劳动仲裁程序。仲裁的前置性使仲裁替代诉讼的作用不能得到发挥，反而使劳动仲裁成为诉讼前的必经环节。《调解仲裁法》虽然也规定了一定情况下仲裁裁决的终局性，但仅限于部分仲裁裁决，故仍然未能充分发挥仲裁替代诉讼的作用。仲裁的非终局性还带来了仲裁诉讼化的问题。即经过仲裁裁决的案件，法官仍要进行实体上的审理，这反过来导致仲裁机构纷纷以诉讼标准来规范仲裁，导致仲裁程序"诉讼化"及仲裁证据规则"诉讼化"，使仲裁的优势不能得到发挥。

4. 在劳动仲裁程序中没有将调解和仲裁两种方式分开设计

《调解仲裁法》第四十二条规定："仲裁庭在作出裁决前，应当先行调解"。可见，同一个仲裁庭既可以行使调解职能也可以做出裁决。笔者认为这样做混淆了两种处理方式，调解和仲裁虽然都是由第三方介入来解决争议，但毕竟是两种不同的处理方式，仲裁员的能力主要体现在对劳动法律的适用，来裁决当事人之间的纠纷，而调解是调解员运用自己的调解技巧来帮助双方进行协商达成解决纠纷的方式。调解与仲裁是性质完全不同的纠纷解决手段，即使劳动争议进入了仲裁程序，也应该建立独立的调解和仲裁程序，即调解和仲裁应该分开进行，调解员与仲裁员不宜由同一人担任。

由于劳动争议的多发性与专业性，使得劳动争议案件大量进入民事诉讼程序

---

① Sherwyn, D. *Because It Takes Two: Why Post-Dispute Voluntary Arbitration Programs will Fail to Fix the Problems Associated with Employment Discrimination Law Adjudication* 2003, I Berkeley J. Emp. Lab. L. 1.

有诸多弊端。因为民事诉讼程序本身的刚性、严肃性，对程序性权利的保障以及多重审级制度的设置等等都会使劳动争议的解决耗时长、效率低。实践证明，ADR 的出现与发展不仅给纠纷当事人，也给整个社会带来了巨大的利益。① 劳动争议的 ADR 程序——包括企业内部机制、其他组织的调解模式、劳动争议仲裁等为争议的解决提供了多条可供选择的途径，当事人可以根据自己的实际情况选择不同的程序，快速公平地解决争议。《调解仲裁法》充分肯定了 ADR 解决劳动争议的优势，并拓展了 ADR 的方式，但存在轻调解重仲裁的现象，尤其是劳动仲裁的不收费制度，势必会影响其他劳动争议 ADR 作用的充分发挥。面对我国急速增长的劳动争议案件，立法要最大限度地引导当事人适用 ADR，使劳动争议快速、公平、经济地得到解决。

---

① 齐树洁：《ADR 的发展与仲裁制度的改革与完善》，载《福建法学》2005 年第 1 期。

日本重构劳动争议处理体制的研究

李天国　吴　挺*

摘　要： 近年来，我国劳动争议纠纷持续高发，如何重构现有的劳动争议处理体制，以适应劳动争议持续增多的新现实。日本在这方面进行了有益的探索，并取得了相对成功的经验。通过对日本重构劳动争议处理体制进行探讨和研究，提出从多个方面参考借鉴日本经验的建议。

关键词： 劳动争议处理　日本重构体制　比较研究

伴随着世界各国工业化、城镇化进程的迅速发展，第二、第三产业就业人口不断增加，发生在劳动就业领域的纠纷也逐渐成为社会的主要矛盾。这是发达国家所经历的共同发展路径，我国也不例外。近年来，第二、第三产业就业人口无论从数量还是规模，都在急剧增长与扩大，与之相伴的劳动争议持续高发，这是有目共睹的。[1]

从最近二十几年各国的劳动争议发生的特点来看，主要为工会组建率逐年降低，第三产业的发展所引发的就业方式多样化，集体争议锐减，个别劳动争议呈多发态势。以日本为例，集体争议件数从 20 世纪的六七十年代达到高潮以后，就开始逐渐减少，到了 20 世纪 90 年代末期，每年所发生的集体争议案件还不到高发期的 1/3；但是，相对于集体争议案件的减少，个别劳动争议案件呈现快速增长的趋势。1991 年，地方法院新受理的通常诉讼 662 件、临时处分（保全）

---

* 李天国，人力资源和社会保障部劳动科学研究所；吴挺，深圳市人力资源和社会保障局。

① 2002 ~ 2007 年城镇就业人口从 24780 万人增加至 28310 万人，年均增加 883 万人。详细请参照 2007 年 9 月 20 日《经济日报》《就业规模持续稳步扩大》一文。尤其，《劳动合同法》颁布实施后，各地劳动争议都呈快速上升之趋势。

392 件，合计 1054 件。之后案件一直在增加，到 2004 年已增加到 3168 件（通常诉讼 2519 件、临时处分 649 件）。

美国的情况也如此。1999 年向美国联邦地方法院提起诉讼的个别劳动争议案件数比 1992 年增加了 46%，平均每年增加 7%；不仅如此，1991 年向美国地方法院提起诉讼案中个别劳动争议案件比 1971 年增加了 460%，平均每年增长率为 110%。

为了应对这种新变化，市场经济发达国家都在探索如何重构原有的劳动争议处理体制，以适应集体劳动争议减少，个别劳动争议持续增多的新现实。在这方面，日本近年来进行了有益的探索，并取得了相对比较成功的经验。由于我国从计划经济向市场经济过渡，尤其工会体制不同于发达国家，致使我国基本没有西方国家在经济高速发展阶段普遍高发的集体争议。因此，劳动争议处理基本上都是以处理个别劳动争议为主，争议处理体制也是以个别劳动争议处理为主的体制。这一背景也为我们就这一问题与西方发达国家进行比较研究提供很好的平台。

一 日本重构劳动争议处理体制的背景

（一）集体劳动争议减少

20 世纪 80 年代初期，在日本一提起劳动争议，人们就会想到工会与用人单位因集体谈判而引发的集体争议。为了有效解决集体争议，日本政府于 1945 年和 1946 年分别制定了《工会法》与《劳动关系调整法》。通过这两部法律确立了解决集体争议的劳动委员会制度。①

参照表 1 可以发现，到地方劳动委员会申请处理的集体争议件数最多出现在 20 世纪的六七十年代，之后就开始逐渐减少。尽管最近十几年由于泡沫经济破灭，有增加的倾向，但也不及高发期的 1/3。

集体争议减少一方面是由于经历了通过集体谈判开展激烈的劳资斗争时代之后，劳资关系逐渐走向成熟，争议预防与发生争议的早期解决起了重要的作用；

---

① 劳动委员会制度：利用行政手段处理集体劳动争议的机构。

表1　到地方劳动委员会申请集体争议处理的件数

单位：件

年份	申请集体争议处理件数	年份	申请集体争议处理件数
1965	1545	1992	322
1975	1765	1993	517
1985	676	1994	482
1986	665	1995	476
1987	778	1996	488
1988	524	1997	491
1989	416	1998	583
1990	315	1999	623
1991	328		

资料出处：日本中央劳动委员会事务局［劳动委员会年报］厚生劳动省的调查。

另一方面是工会组建率大幅降低，从 1950 年的近 55%，锐减到 2005 年的 18.7%，[①] 致使工会所特有的劳动争议解决机能逐渐低下。

（二）个别劳动争议案件不断增加

与集体争议减少相对应的是劳动者个人与用人单位的争议呈现不断增加的趋势。

（1）涉及劳动争议的民事案件数一直在增加。地方法院新受理的案件数 1991 年通常诉讼 662 件、临时处分（保全）[②] 392 件，合计 1054 件。到 2004 年

---

① 数据来源：日本劳动政策研究、研修机构编《国际劳动比较》，2006，201 页。

② 也可称为"临时性强制保护措施"，日文「假处分」。从采取的强制保护措施来看，保全程序大体上可分两种类型：一种是适用于支付之诉的，即为确保支付债权将来能够得以实现或能够得以强制执行，而对债务人的责任财产采取查封、扣押等强制措施，以维持责任财产的现状或将责任财产的处分权予以锁定；另一种是适用于确定之诉的，即为避免造成重大损害或急迫的危险而对当事人的某种法律地位临时性地先行予以认定。就劳动争议案件而言，申请保全程序的多为解雇争议案件和工资拖欠争议案件。就工资拖欠争议案件申请保全程序，要求暂行先予支付工资的（相当于我国民事诉讼法所规定的"先予执行"），这在司法实践中没有什么争议。但是，就解雇争议案件申请保全程序时，当事人一方面要求雇用方暂行先予继续支付作为员工所应领取的工资；另一方面要求暂行先予确认雇用方的解雇无效，其作为雇用方的员工之权利（地位）依然存在。在司法实践中，法院对工资的支付予以先予执行之外，也有同时作出确认被解雇者仍然是雇用方员工的"暂行处分"（参见手缘和彰《劳动争议与暂且处分》，有斐阁译，2004，第 292 页）。

已增加到 3168 件（通常诉讼 2519 件、临时处分 649 件）（见图 1）。虽然这里包括一些集体争议，但是考虑到工会组建率急剧降低与集体争议锐减的实情，应该说这一数据中大多数为个别争议。

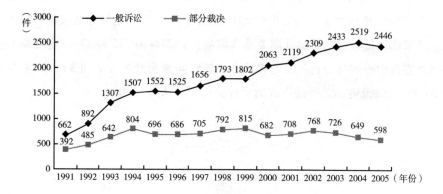

图1　在地方法院新受理的有关劳动民事案件

资料来源：日本最高法院事务总局《劳动关系民事、行政事件概要》法曹时报。

（2）劳动行政部门接受相关咨询的件数相当多。根据《个别劳动争议解决促进法》所设置的劳动问题综合咨询中心的统计，2004 年到该中心进行有关劳动关系问题咨询件数就高达 823864 件（见图 2）。其中不涉及违反《劳动基准法》的个别劳动争议就有 160166 件之多。

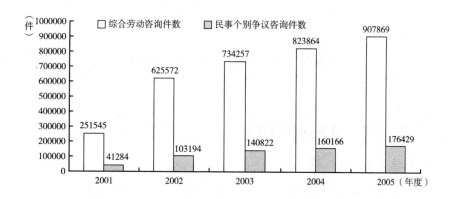

图2　利用个别劳动争议解决促进制度的劳动咨询件数

资料来源：日本厚生劳动省网站。

与之相对，集体争议继续减少。1975 年，到劳动委员会申请不当劳动行为救济的申请有 929 件，到 2005 年，仅有 311 件。1974 年向劳动委员会申请斡旋的有 2249 件，到 2005 年，仅有 511 件。

（3）从个别争议的类型看，一是通常诉讼案件中，以解雇与报酬支付争议为最多。2005 年地方法院共受理的 2519 案件中，1427 件是与劳动报酬有关的争议，请求确认是否存在劳动合同关系（解雇）的案件为 573 件。[①] 二是在综合劳动问题咨询中心涉及劳动关系的咨询中，解雇问题为最多（见图 3），2005 年达到 26.1%，降低劳动条件的咨询的案件也不少，达到 14.0%。

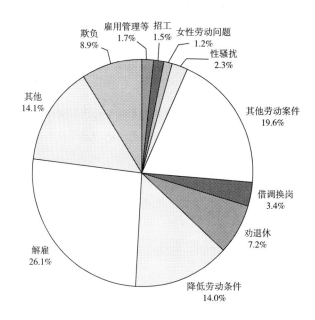

图 3　民事上咨询个别劳动争议的明细

资料来源：日本厚生劳动省网站。

（三）解决个别争议的旧体制已不能应对新变化

1. 司法机构解决机制

日本没有专门的解决个别劳动争议的特别机制，而只能是依据《民事诉讼

---

① 数据来源：〔日〕山川隆一《日本劳动争议解决——最近的展开与背景及对将来的展望》，《日本劳动研究杂志》，第 60 页。

法》向法院提起民事诉讼，按照一般的民事案件来处理个别劳动争议。民事诉讼由法院按照严格的程序进行居中审判，且有与之配套的执行程序，是最有效、最具强制力的纠纷解决制度。但该制度也存在费时、且经济成本高的问题。不太适合解决企业经营者与劳动者之间所发生的争议。因此，实际利用这一机制解决个别劳动争议的例子并不多。除此之外，在日本还有《民事调解法》。这是法院在诉讼程序之外解决民事争议的另外一种制度。但是现实中利用这一制度解决个别劳动争议例子几乎没有。

2. 国家行政机构解决制度

1998 年，日本对《劳动基准法》进行了修订，并于同年 10 月 1 日起施行。日本厚生劳动省据此设立了都道府县劳动局长的"建议进言指导制度"。当劳资双方当事人就劳动条件和待遇发生争议时，可以根据该法第一百零五条第三项的规定，向劳动局提出申请解决。劳动局长受理后，对争议事实进行调查，并通过听取劳动关系方面的专业人士的意见，为双方当事人提供建议进言指导，以促进争议尽快自主解决。

由于劳动局长的权限仅限于建议或进行指导，也就是为双方当事人指出争议中所存在的焦点问题，提出解决建议或给予适当的指导，并不能对争议当事人的主张进行调解，也不能为当事人提供解决方案，因此争议主要靠双方当事人自主解决。同时，《劳动基准法》还限定劳动局长进行建议指导的案件仅限于劳动条件与待遇方面所引发的争议，并不包括劳动关系的其他方面的问题，因为劳动关系方面问题不属于《劳动基准法》所调整的范围。

3. 地方政府（都道府县）解决制度

根据 1947 年颁布的《地方自治法》第四条第二项，允许都道府县知事制定条例，并根据条例在必要的地方设置劳政事务所。除此之外，在修改《完善关于进行地方分权相关法律》（2000 年法律第 87 号）之前，该法第二条第三项作为普通地方公共团体处理事务的特例的第十号规定：劳政事务所的职能是处理与工会、劳动争议调解、劳动教育以及其他相关的劳动事务。

各都道府县以劳政主管事务所为中心开展了广泛的劳动事务咨询工作，其主要目的是从更大范围的劳动领域为劳动者提供相关信息与咨询。这种劳动事务咨询有利于将劳动争议防患于未然，促进劳资双方在劳动争议发生的早期阶段自主解决，应该说起到很大作用。其中也有部分都道府县劳政事务所对一些个别劳动争议案件进行了简易的斡旋，这种简易斡旋是在都道府县行政机构的窗口进行，是贴近劳动者的、采取柔性手法解决个别劳动争议的一个好尝试，得到了广大劳动者的认可。但这毕竟是各地根据各地实际情况所进行的一种自治事务，很难说这种制度可以成为全国防范个别劳动争议的安全网。

4. 民间解决制度

日本的诉讼外争议解决机制（Alternative Dispute Resolution：ADR）存在有不隶属于国家任何机构的民间争议解决机构。最具代表性的有各地的律师协会仲裁中心、交通事故纠纷处理中心、PL 中心（在日本是指依据 PL 法即《产品责任法》设立的处理产品责任争议的 ADR）等。其中，律师协会的仲裁中心，可受理个别劳动争议，但在现实生活中受理的案件却非常之少。①

二 构建新体制

日本原有的以处理集体争议为主的劳动争议处理体制，已不能适应快速增加的个别劳动争议的新情况。日本政府及学术界开始探索构建新的处理个别劳动争议的体制。提出构建劳动争议处理体制不能忽视的几个问题。②

第一，个别劳动争议是发生在企业内部的"小社会"，在"小社会"中存在的一些劳资双方都认可的习惯或惯例，对争议的解决有着不可忽视的影响，必须予以关注。

第二，力求找到双方都能接受的解决办法。个别劳动争议不同于其他民事争议，并不是只要合法解决了就万事大吉。不能因为解决争议破坏劳资关系，而造成劳动者失业。

第三，力求解决方式与程序的简便、快捷。一般说来所有争议都应该简便、快捷地加以解决，但是，之于劳动争议，简便和快捷的意义尤为重要。因为对于普通劳动者而言，劳动是其维系生计唯一来源，而一旦发生劳动争议，劳动者的权利或地位处于极其不安定的状态，这必然会波及其生活来源，以至于影响家庭

---

① 资料来源：厚生劳动省大臣官房地方课劳动争议处理业务室编《个别劳动争议解决促进法》，劳务行政研究所 2002 年 10 月 1 日，第 21～27 页。
② 资料来源：厚生劳动省大臣官房地方课劳动争议处理业务室编《个别劳动争议解决促进法》，劳务行政研究所 2002 年 10 月 1 日，第 21～27 页。

成员的生活。因此，为消除或减小这种威胁，与其他争议相比，就更应特别强调尽可能以简便、快捷的方式解决劳动争议。

第四，构建劳动争议处理体制必须要考虑劳动争议不同于一般民事纠纷的特点。

（一）构建以提供咨询服务与斡旋为中心的行政处理体制

日本构建新的劳动争议处理体制时，在充分考虑劳动争议的特点基础之上，选择了改造现有的行政处理体系，制定了旨在通过行政机构为劳动者（或求职者）提供有关劳动领域的信息与咨询服务网络，强化行政斡旋。制定了《个别劳动争议解决促进法》。这一制度有三个层次构成。一是都道府县设置的综合劳动问题咨询制度；二是都道府县劳动局长为争议当事人提供建议指导制度；三是劳动争议调整委员会进行斡旋的制度。这部法律有以下主要特点。

1. 立法目的明确

通过构建斡旋制度，根据个别劳动争议案件的实际情况，迅速、公正地处理劳动者个人与用人单位（雇主）就劳动条件以及其他与劳动关系相关事项所产生的争议（也包括求职者个人与雇主就招聘与录用事项所引发的争议）。

2. 构建了缜密的劳动关系法律知识与案例咨询服务网络体系

这个体系由日本各劳动局内、劳动基准监督署办公地点，以及 300 所各大车站内设置的综合劳动问题咨询工作站组成，这些咨询工作站作为各都道府县劳动局的派出机构或办事处，配备相应的熟知劳动关系法律法规的专业人员（包括大企业人事部门退休人员、劳动行政部门的退休人员），直接为劳动者（或求职者）提供一站式咨询服务。

笔者在 2006 年夏季特意去了两所咨询站进行了考察。使笔者特别感兴趣的是咨询工作站的劳动争议案件的信息收集与分流功能。所谓信息收集功能，就是劳动行政部门将行政咨询服务放到第一线的同时，通过劳动者的咨询可以收集到劳动关系领域的一些情况变化，对行政部门及时制定或调整政策提供第一手参考材料。所谓分流功能，可以看到工作人员将不同类型的矛盾与争议分发给相关的行政部门，属于劳动基准监督署的就与劳动基准监督署联系，属于就业平等室的就与就业平等室联系，从而使矛盾或争议以最快速度得以化解。

3. 向争议当事人提供有针对性的建议与指导

在个别劳动争议中，有一部分争议是由于双方当事人对法律法规以及判例理解上存在分歧，采取不适当行为所导致的。对这样问题一般只要指出问题的症结所在并提示解决问题的方向与方法，往往争议就会得到迅速的化解。为此，该法第三条规定：都道府县劳动局长为了将个别劳动争议防患于未然及促进劳资之间自主解决个别劳动争议，给用人单位、劳动者（或求职者）提供有关劳动关系以及招聘与录用的相关知识与信息并提供必要的咨询与其他的援助。该法的第四条规定，要创设比斡旋更为简易迅速的个别劳动争议解决制度。有被解雇的劳动者来申请援助时，劳动局长认为该解雇案件有可能构成雇主滥用解雇权，就会根据相关法律或判例，说服雇主撤回解雇或重新考虑该劳动者的待遇问题。与此同时，为了确保该制度顺利得到实施，该法还规定，劳动局认为有必要时，可以就争议的有关问题向劳动关系方面专家学者进行咨询并征求意见。为了进一步保护处于弱势地位劳动者的合法权益，该法甚至规定雇主不得以劳动者向劳动局申请上述的行政咨询与援助为由解雇劳动者或采取不利于劳动者的行动。

4. 设置专门从事个别劳动争议斡旋①（调解）的机构

该法从第五条到第十七条用了 12 条明确了个别劳动争议斡旋的受理、争议调整委员会的设置、构成、斡旋程序等规定，在劳动行政部门构建了崭新的个别劳动争议斡旋制度。利用这一制度进行斡旋申请时，可以由劳动者个人或雇主任何一方单独进行，也可以由双方共同提出斡旋的申请。作为一种解决争议的方式，斡旋（调解）是最为简便、快捷的。

当劳动局接到申请后，认为该案件有必要进行斡旋，劳动局即通过所设立的

---

① 斡旋与审判型的争议解决机制（包括仲裁和诉讼）不同，而与调解颇为相似，两者都属于调整型的争议解决机制，旨在通过促进争议双方当事人达成合意而解决争议。但斡旋与调解还是有着鲜明的区别。调解往往是通过向争议当事人或相关人询问调查等，查清事实后提出调解方案，力劝争议双方予以接受；调解人一般还有要求当事人出庭、提交证据、询问调查等方面的一些强制性权力。而斡旋则是由斡旋委员作为中间人为争议当事人创造协商谈判的机会，力促争议当事人通过自主协商达成一致意见以解决争议，在其中，斡旋委员并不行使任何强制性的权力。村中孝史《关于个别劳动纷争处理的议论与政策》，载〔日〕《日本劳动法学会志》第 104 号（2004），第 87 页。

纠纷调整委员会进行斡旋。斡旋是由纠纷调整委员会①所指定的斡旋委员②进入双方当事人之间，促进双方当事人进一步协商。这种斡旋是一种非公开的程序。争议调整委员会设置在劳动局内，委员由有经验的劳动关系法律学者专家组成，斡旋是基于双方当事人自愿进行的，如有一方退出，斡旋即刻中止，没有强制性。

（二）构建便捷廉价解决个别劳动争议的司法审判制度

1. 成立过程

日本与我国一样，没有像德、法、英等国设置专门的审理劳动争议案件的劳动法院。长期以来，日本将劳动争议案件作为民事案件，由法院按照民事诉讼程序予以解决。但在规模比较大的一些地方法院，如东京和大阪等地，一般都下设集中处理或专门处理劳动争议案件的部门。

在级别管辖上，日本法律规定，劳动争议案件的第一审管辖法院为简易裁判所和地方裁判所。诉讼标的金额在 90 万日元以下的劳动争议案件，由简易裁判所审理，其他案件则由地方裁判所审理。《民事诉讼法》第四、第五条等则对地域管辖进行了规定。劳动争议一审案件，由被告的所在地、义务履行地、发生争议的经营场所所在地和侵权行为发生地的法院管辖。

---

① 争议调整委员会，由三至十二名委员组成。因为所有争议案件的斡旋都是从争议调整委员会的委员中选出三人为斡旋委员而进行的，因此，争议调整委员会委员的人数最低不得少于三人，且争议调整委员会委员的总人数一般应是三的倍数。而具体多少，理应根据各地的具体情况，尤其要根据各地受理的及可能受理的案件的多少来确定。

② 《个别劳动争议解决促进法》对委员的资格条件作了原则规定：必须具有"学识和经验"，即要求委员必须是熟悉劳动关系方面的实务，且具有法律和劳动人事管理方面的专业知识的人。具体而言主要是指下述人士：学者、律师等司法人士、精通劳动人事管理实务的人士等。为确保社会公众及争议当事人对斡旋委员的信赖，对不适合作为争议调整委员的情形作了明确规定，即任何人有下列情形之一的，不能成为争议调整委员，被宣告破产没有复权的；被判处有期徒刑以上刑罚且刑罚执行完毕后未满五年的。而为了防止争议调整委员会及其委员的工作受到所属都道府县劳动局（长）的影响，保证争议调整委员会及委员的独立性，《个别劳动争议解决促进法》（第七条）规定，争议调整委员不由都道府县劳动局长任命，而由厚生劳动省大臣予以任命。委员任期二年，可以连任。但是，委员在任期届满后，而后任委员尚未任命时，在后任委员被任命之前，应继续履行其职务。在任期中，委员不得被随意解除任命，但是出现影响职务履行且确有解除任命之必要的，如委员因身体或心理方面的健康原因不能履行其委员之职，或者作出违背其职务义务的行为或其他与其职务不相适应的不当行为的，厚生劳动省大臣可以依法解除委员的任命（《个别劳动争议解决促进法》第十条）。

2001 年日本颁布了《个别劳动争议解决促进法》，虽然确立了劳动行政机关提供咨询、建议指导和斡旋的个别劳动争议的行政解决制度。但仍没有涉及改革个别劳动争议司法处理体系的问题。因此，个别劳动争议仍然按照一般民事诉讼程序来审理。其审理程序必须严格遵照《民事诉讼法》的规定进行，程序烦琐，审期过长，案件审理平均大概需要近两年的时间。不仅如此，费用过高，对劳资双方来说都是负担，不适合解决劳动争议的应该快速、便捷、廉洁的特点。

恰逢此时，日本政府开始致力于司法改革，构建更贴近民众、方便民众的司法制度。1999 年 7 月，在内阁府下面成立了司法制度改革审议会，并于 2001 年 6 月提交了《司法制度改革审议会意见书——构建 21 世纪日本的司法制度》的研究报告。日本内阁据此制定了《司法制度改革推进计划》，于 2001 年 12 月设立了"司法制度改革推进本部"。并设置了 12 个领域的分组研究会（审议会），对各自专业领域开展了深入的调查研究。

以东京大学教授菅野和夫为首成立由 11 人组成的劳动研究会对劳动关系领域的相关问题作了专题研究。该研究会主要由资深律师、法官、工会和资方团体等相关人士组成。形成了《强化综合应对劳动关系措施》意见书，提出应主要关注研究的五个方面问题。一是劳动争议案件诉讼的审理时间（审理期限）应缩减一半，强化具有劳动关系专业知识的司法人才的培养，进一步完善和强化对案件的审理；二是作为民事调解的一种特殊类型，引入劳动争议调解，便于精通于劳动关系实务的专业人士参与；三是反思劳动委员会对不当劳动行为作出的行政救济命令进行司法审查的现行机制；四是探讨引入让精通劳动关系实务的专业人士参与的劳动审判制度（所谓的欧洲国家实行的陪审制问题等）的机制的可行性问题；五是探讨如何进一步完善现有劳动争议案件的诉讼程序等问题。

2002～2004 年，劳动审议会对上述五个问题进行了广泛的讨论和研究。关于如何参考欧洲的劳动法院制度、陪审制度，形成两派意见。一派认为，为强化法院劳动审判方面的专业化程度，促进国民的广泛参与，有必要让劳资双方的专业人士参与到劳动审判当中来，并且通过劳资方面人士的参与，可以将法律法规及法律意识渗透到劳动者和企业中去；另一派则认为，劳资方面的专业人士没有受过相关司法审判培训，缺乏司法审判技能和经验，且劳资双方易于陷入尖锐的对立状态，会降低民众对法院审判的信赖。

关于是否设立专门的审理程序也形成了赞成方与反对方两派意见。赞成方认为，就劳动争议而言，审理程序应力求简便快捷，而劳动争议案件中，物证等方面的证据主要由资方掌控，劳动者只能依赖于人证，而普通民事诉讼程序对此并没有特别规定，因此应制定适应劳动争议案件审理的特别程序。反对方则认为，正在进行的民事诉讼法的修订，已对审理程序及证据的调查收集方面做了相应充实与完善，修改后的民事诉讼法完全能满足劳动争议案件审理的需要，而无须另行制定专门的审理程序。但两派都认为随着社会经济的发展，尤其是个别劳动争议还在持续增加的现状，迫切需要在解决争议的制度上作出相应的调整。

2003 年 8 月，劳动审议会在提交的中期研究报告中明确提出了制定《劳动审判制度（拟称）》的建议。后即展开了对《劳动审判制度》的研究和起草工作，于同年 12 月向司法制度改革推进本部提交了研究报告——《劳动审判制度概要》。以该《概要》为基础，司法制度改革推进本部开始了立法准备工作。《劳动审判法》最终于 2004 年 4 月通过，2006 年 4 月开始实施。①

2. 制度概览

《劳动审判法》是一部包括司法调解程序、专门处理个别劳动争议的法律。主要包括解雇、调动、借调、报酬、退职金、惩戒处分、变更劳动条件等方面的个别劳动争议。当用人单位与劳动者发生上述的劳动争议时，当事人可以向地方法院申请劳动审判。地方法院由一名专业劳动法官和两名具有劳动关系专业知识和经验的劳动审判员（劳资各一名、兼职）组成劳动审判委员会处理争议。原则上不超过三次的开庭审理（该法第二十四条规定，当劳动审判委员会认为本案不能通过劳动审判程序迅速有效解决的，可以终止劳动审判程序，而将其诉之于法院以民事诉讼程序予以解决），以求迅速解决个别劳动争议案件（见图 4）。

该部法律主要有如下特点。

---

① 详情参考：〔日〕菅野和夫《劳动审判制度》，弘文堂 2005 年 10 月 30 日。该法已于 2006 年 4 月 1 日开始实施。据 2006 年 7 月 22 日《日本经济新闻》报道，4 月开始实施的《劳动审判法》，到 6 月末，地方法院已受理 278 件个别劳动争议案件，其中，东京地方法院从开始受理案件到结案，平均用了 49 天，可以说这一新的司法制度初见成效。又据 2007 年日本《读卖新闻》报道，到 2007 年 2 月末为止，根据最高法院统计，全国已受理 1000 个个别劳动争议案件，其中，70% 已经结案，平均一个案子用 73 天，超过解决一个案件需要三个月的预期。1055 个案件中，审理完 778 件。解除合同争议 393 件（51%）、与报酬相关案件 187 件（24%）、退职金 63 件（8%）。

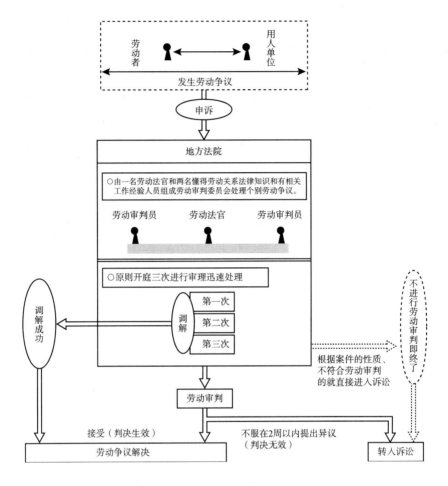

图4　日本迅速解决个别劳动争议案件示意图

（1）充分考虑了劳动争议的特点，利用来自劳资双方团体具有专业知识与实务经验的劳动审判员，① 对争议进行公正合理的判断，还兼顾劳动争议直接涉及劳动者生活的特点规定原则不超过三次的开庭审理结案，保障便捷迅速地处理个别劳动争议。

---

① 作为劳动审判委员会组成成员的劳动审判员，选自劳资方面的专业或资深人士，并不是法院的专职人员。但是，劳动审判员在审理和评议案件方面的权力，与选自法院专职法官的劳动审判官是平等的，劳动审判委员会在评议时完全依据少数服从多数的原则作出判决。同时，劳动审判员无论是出生于劳动者方的团体，还是出生于雇佣方的团体，都必须以中立、公正的立场审理评议争议案件，他并不代表当事人或出生团体任何一方的利益。

（2）促进当事人双方采取互相谦让、合理让步。该法赋予劳动审判委员会在审理个别劳动争议时，可以行使两种职能，即调解职能①和审判职能。审判委员会自始至终都尝试通过促进当事人双方让步随时调解结案。审判委员会每一步内都包有调解结案的程序。如果调解成立，其法律效力与法院所作普通民事和解判决具有同一法律效力。

当调解不能结案时，劳动审判委员会根据案件的实际情况作出判决。采用判决方式确认双方的权利关系，即可以命令包括支付金钱在内的财产给付，也可以决定其他的必要事项。对这一审判如果当事人没有异议，劳动争议即告结案。

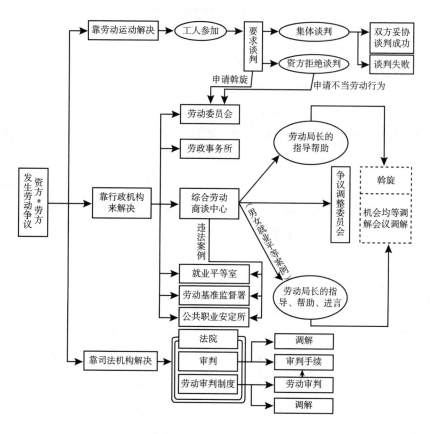

图 5　日本企业外劳动争议解决体系示意图

---

① 这一点与前面所介绍的解决个别劳动争议的劳动局斡旋也有着显著区别，斡旋只限于劝解调和，在斡旋不成时则不能依职权直接作出处理决定。

（3）与一般民事诉讼程序合理衔接。① 如果当事人对判决结果有异议不服，在两周以内可以上诉。此时该判决即失去法律效力。该法第二十二条规定，当事人不服时，提起劳动审判申请日，被视为向同一法院提起民事诉讼申请日。即该项劳动争议的民事诉讼仍然由进行了劳动审判程序的同一法院予以管辖。还有一种情况，劳动审判委员会认为不适用三次审理结案条件的案件，可不进行劳动审判，直接转为普通民事诉讼，申请劳动审判之日也被视为民事诉讼申请日。

三　对我国的启示

我国尽管与日本处于不同的发展阶段，面临着不同的问题，但就其政策思路来看，我们还是可以从日本重构劳动争议处理体制过程中找到可供借鉴之处。据全国第一次经济普查数据显示，我国在城镇就业的人数已超过三亿人。这一数据可以说明我国劳动者的总量已位于世界各国前列。我们的社会已经进入以雇佣关系为中心的社会，这个社会最大特征之一就是来自劳动关系领域所产生的矛盾已经构成基本的社会矛盾，这种社会矛盾直接关乎社会利益的调整以及整个社会的稳定。应该承认现有的制度尚不能很好地应对劳动关系领域出现的诸多新问题，还没有建立起一套适合雇佣社会发展的、解决雇佣社会最基本矛盾的劳动争议处理的新体制。因此，我们必须探索重构劳动争议处理的新体制，以适应劳动关系领域快速发展的现实。日本无论从人口规模、就业人数以及劳动争议数量都与我国无法相比，但是如前所述，日本近年来构建了多层次的劳动争议咨询、斡旋（调解）与司法审判的处理体系，相比之下我国的劳动争议处理体系则显得过于"单薄"，仅这一点我们就有必要进行反思。通过对日本重构劳动争议处理体制的研究，可以从如下几个方面参考借鉴日本的经验。

---

① 劳动审判程序，作为一种独立的个别劳动争议的解决程序，不是诉讼程序之前必经的程序，而是与现行民事诉讼程序并行的，争议当事人可以自行选择其中一种。但是，劳动审判程序和民事诉讼程序之间却有着密切的联系。正如前面所述，通过劳动审判程序作出的判决，当事人对此提出符合法律规定的异议时，该判决即自行失效，而当事人原先提出的劳动审判程序的申请即被视为提起了民事诉讼，即自动转入到普通民事诉讼程序。

（一）构建多层次的以行政服务为中心的劳动关系法律与案例指导咨询服务网络

日本企业外劳动争议处理体制的特点，就是构建了行政与司法多层次的处理体制，各个层次都有明确的分工，且之间有很好的衔接机制。通过这些机制将劳动争议逐层拦截化解。我国的劳动信访部门虽然有12333电话咨询服务，但是比起日本《促进个别劳动争议解决法》第三条所规定的都道府县劳动局长要给用人单位、劳动者（或求职者）提供有关劳动关系、招聘录用相关知识与信息以及必要的咨询与其他的援助相比，我们在这方面做得还远远不够。

建议在我国社区、工业区或劳动行政机构内设置"一站式服务的劳动问题咨询站"，给劳动者解答劳动就业、劳动关系领域相关知识与法律方面的疑惑，通过这些咨询服务尽快化解劳资纠纷。比如，日本在各劳动局内、劳动基准监督署办公地点、300座大车站内设置综合劳动问题咨询工作站，这些咨询工作站作为各都道府县劳动局的派出机构或办事处，配备相应的熟知劳动关系法律法规的专业人员（包括大企业人事部门退休人员、劳动行政部门的退休人员），直接为劳动者（或求职者）提供一站式咨询服务。各咨询工作站还为政府收集了大量的有关劳动关系领域的第一手材料，给政府决策提供了科学参考与支持。日本经过多年实行这一制度取得了显著效果。据厚生劳动省统计，仅2002年，在全国300个车站综合劳动问题咨询工作站就接受了544687个咨询案件，其中有9万件的个别劳动争议通过咨询服务得以解决，没有发展到对簿公堂的地步。①

（二）构建明确的行政调解体制

我国学者在探讨重构劳动争议处理体制时，都将目光集中在了仲裁与司法制度的改革上，却忽视了行政机构在化解劳动争议过程中应有的调解作用。通过上述的比较研究，不难发现日本无论是在过去解决集体争议时代，还是在解决个别劳动争议时代，都十分重视劳动行政部门在化解劳动争议过程中所起的作用。日本的这种思路与做法，可以为构建和完善我国劳动争议处理体制提供一个新的选

---

① 数据来源：〔日〕田村定《个别劳动争议解决制度的运用状况及管理机构的相互协作》，《中央劳动时报》1012号，2003年、4月号。

项或重要的参考。例如，通过《促进个别劳动争议解决法》所确立的劳动争议调整委员会的斡旋制度。

（三）构建劳动争议处理制度需要企业内外两个视角

劳动争议的"发源地"是企业。如果企业内劳动争议预防与处理做得好，"外泄"到企业外的劳动争议案件就会减少，反之就会给企业外的处理制度造成很大的压力。日本从20世纪80年代中期，开始探讨如何重构企业外劳动争议处理制度。但是，近两年很多日本研究劳动争议处理问题的专家学者开始将目光转向企业内劳动争议处理制度重构问题上来。这种研究视角的转变，一方面表明重构企业外劳动争议处理制度告一段落；另一方面也说明无论企业外劳动争议处理制度构建得多么完美，如果没有企业内预防处理制度作支持，其效果都会大打折扣。

从这一点看，日本是一个很好的例子。尽管日本近些年企业外劳动争议处理制度的不断完善，但是，其劳动争议量并没有因此而减少，而且还在逐年增加。劳动争议案件不同于一般的民事纠纷，其理想的处理方法最好以维持劳资双方的雇佣关系为前提，尽量不要因处理劳动争议引发劳动者失业。这就既需要重视事后处理（构建企业外处理体制），同时也必须考虑劳动争议的"发源地"企业内的事先预防。这也是近两年很多日本研究劳动争议处理制度的专家学者将目光转向企业内预防与处理制度重构问题上来的重要原因。

我国近两年随着劳动法律的不断完善，尤其是《劳动争议调解仲裁法》的颁布与实施，企业外处理机制开始逐步趋于完善，但企业内部机制几乎不发挥作用的现实基本没有得到改善，因此我们一方面要不断完善企业外部的处理机制，另一方面也应注重思考企业内部处理机制的重构与完善问题，必须用两个视角思考劳动争议处理体制的构建与完善。

参考文献

日本劳动政策研究、研修机构编《国际劳动比较》，2006。

〔日〕菅野和夫、山川隆一：《劳动审判制度》，2005。

〔日〕田村定：《个别劳动争议解决制度的运用状况及管理机构的相互协作》，《中央劳动时报》1012 号，2003 年、4 月号。

张利锋：《对劳动争议案件仲裁前置的反思与重构》，载《中国劳动》2000 年 3 月。

厚生劳动省大臣官房地方课劳动争议处理业务室编《个别劳动争议解决促进法》，劳务行政研究所 2002 年 10 月。

〔日〕山川隆一：《日本的劳动争议解决——最近的情况与背景以及对将来的展望》，劳动政策研究、研修机构编《日本劳动研究杂志》，2006 年特别号。

社团法人全国劳动基准关系团体联合会发行，劳动调查会出版局编《劳动契约法制》，《最终报告与解说》，2006。

黄越钦：《劳动法新论》，中国政法大学出版社，2003。

30 年深圳市从业人口发展变化脉络

王世巍*

摘 要: 深圳建市 30 年来,从业人口总量增长轨迹与常住人口总量增长轨迹大致相当,但从业人口总量增长率最高的年份要比常住人口总量增长率最高的年份大 1 倍多、两者净增长数量最高的年份则相当,从业人口大量、快速增长,构成深圳市人口变迁的主要特点与趋势。分析研究从业人口发展变化脉络,对深圳社会经济的发展密切相连,至关重要。

关键词: 从业人口 增长轨迹 趋势研究

从业人口是人口构成中最为重要的一部分,是研究人口问题的重要内容。从业人口问题不是独立的学科问题,其与经济社会的活动密切相关,将对整个人口的发展产生极大的影响。研究深圳从业人口发展变化脉络,对深圳社会经济的发展具有重要的积极意义。

一 深圳市从业人口一直表现为增长态势

与深圳市常住人口总量走势一样,深圳市从业人口 30 年来也一直表现为增长状态,而且较长时期都处于高速增长的状态。具体走势详见图 1。

1979 年,深圳市共有从业人口 13.95 万;2008 年,深圳市从业人口总量已经达到 670.42 万,比 1979 年增加了 656.47 万人(见图 2)。

---

* 王世巍,深圳市社会科学院。

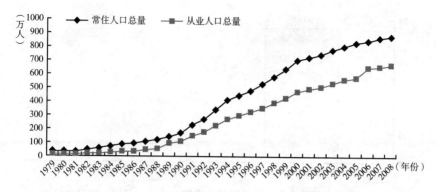

图 1　1979～2008 年深圳市常住人口总量和从业人口总量发展变化情况

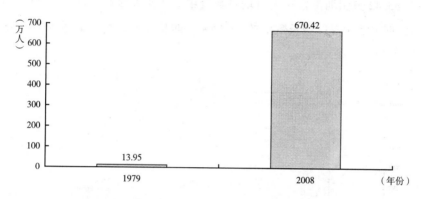

图 2　深圳市 1979 年与 2008 年从业人口总量比较

二　深圳从业人口增长高于全国城镇
从业人口增长状况

1979～2008 年，深圳市从业人口增长了 47.06 倍，而同期全国城镇从业人口由 9999 万人增长到 30210 万人，仅增长了 2.02 倍。深圳市从业人口增长幅度比全国城镇从业人口增长幅度高 23.30 倍（见图 3）。

三　从业人口快速增长构成深圳人口变迁的主流

1979～2008 年，深圳市从业人口大量、快速增长构成深圳市人口变迁的主

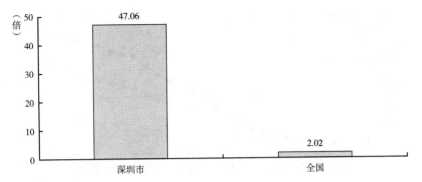

图3　深圳市从业人口增长状况与全国城镇从业人口增长状况比较

流。在845.42万深圳市常住人口增长数量中，从业人口增长数量为656.47万人，占深圳市常住人口增长数量的77.65%、非从业人口增长数量为188.95万人，占22.35%。参见图4。

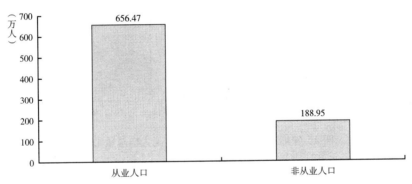

图4　1979~2008年深圳市从业人口增长数量与非从业人口增长数量比较

四　深圳从业人口年度增长数量高低交错、时多时少

从从业人口总量年度增长数量变化情况看，1979~2008年，深圳市从业人口年度增长数量高低交错、时多时少。期间，年度增长数量在1万人以内的有2个年份、1万~10万人的有7个年份、10万~20万人的有6个年份、20万~30万人的有5个年份、30万~40万人的有3个年份、40万~50万人的有3个年份、另外50万人以上和70万人以上各有1个年份。

具体说来，1980年和1981年，深圳市从业人口总量年度增长数量都比较少，分别比上年增多0.94万人和0.47万人。1982年，深圳市从业人口总量年度增长数量由上年的0.47万人飙升到3.13万人。1982~1987年，深圳市从业人口总量年度增长数量在3.13万~8.26万人之间，除1986年增长数量比上年增长数量减少外，其余年份呈现逐年上升状况。1988年，深圳市从业人口总量年度增长数量突破10万人，达到10.23万人。1988~2006年，深圳市从业人口总量年度增长数量在十几万到数十万不等，其中5个年份在10万人以上、5个年份在20万人以上、4个年份在30万人以上、3个年份在40万人以上、1994年达到52.19万人、2006年达到71.26万人。

1988~1993年，深圳市从业人口总量年度增长数量呈现波浪式上升状态，峰谷交叠。1995年，深圳市从业人口总量年度增长数量由上年的52.19%陡然下滑到25.51%。1995~1999年，深圳市从业人口总量年度增长数量走势较为平稳。2000年的深圳市从业人口总量年度增长数量，与前后年份形成悬殊差距，由上一年份1999年的36.56万上升到48.08万人，下一年份2001年的增长数量又滑落到16.33万人；2001年起，除2006年特殊外，深圳市从业人口总量年度增长数量明显回落。期间，2001~2004年，深圳市从业人口总量年度增长数量走势较为平稳，徘徊在16.33万~26.28万人之间。

2006年，既是30年间深圳市从业人口总量年度增长数量最高峰的年份，也是与前后年份增长数量差距悬殊的年份，上一年份2005年增长数量是14.09万，中间年份2006年增长数量陡然飙升到71.26万，下一年份2007年又出现跳水状况，增长数量直接滑落到8.06万。1979~2008年深圳市从业人口年度增长数量具体情况，参见图5。

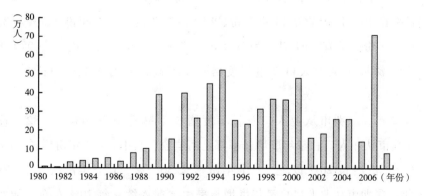

图5　1979~2008年深圳市从业人口各个年度增长数量

五　从业人口最高增长数量与最低增长数量差距很大

深圳市从业人口总量最高年度增长数量和最低年度增长数量自然也形成了很大的差距。深圳市从业人口总量增长最多的年份是 2006 年，比上年增多 71.26 万人；深圳市从业人口总量增长最少的年份是 1981 年，仅比上年增多 0.47 万人。最高年度增长数量比最低年度增长数量多 151.62 倍。参见图 6。

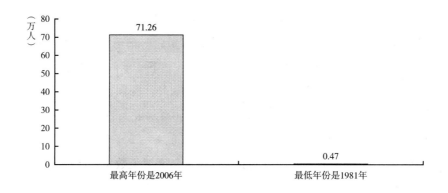

图6　深圳市从业人口最高年度增长数量与最低年度增长数量对照

从从业人口总量年度增长率变化情况看，1979～2008 年，深圳市从业人口年度增长率变化情况总体上是两头低、中间高，时现陡升陡降状况。期间，年度增长率在 10% 以内的有 14 个年份、10%～20% 的有 6 个年份、20%～30% 的有 6 个年份、还有 30% 以上和 70% 以上各 1 个年份。具体说来，1980 年和 1981 年，深圳市从业人口总量年度增长率不高，分别比上年增长 6.7% 和 3.2%。

1982 年，深圳市从业人口总量年度增长率飙升到 20.4%。1982～1994 年，深圳市从业人口总量年度增长率都是两位数，其中，4 个年份增长 10% 以上，7 个年份增长 20% 以上，1 个年份增长 36.7%，1 个年份增长 71.7%。1986 年，深圳市从业人口总量年度增长率由之前连续 4 年 20% 左右，陡然下降到 10.5%。1989 年，深圳市从业人口总量年度增长率由上年的 23.1% 跃升到 71.7%。

1990 年,深圳市从业人口总量年度增长率又出现很大的落差,陡然回落到 16.6%。1995~2000 年,深圳市从业人口总量年度增长率比上一阶段明显回落,1995 年年度增长率由上年的 23.1%,陡然下降到 9.3%,之后走势较为平稳,在 7.9%~11.3% 之间。2001 年起,深圳市从业人口总量年度增长率进一步明显下降,除 2006 年为 12.4% 外,其余年份均在 1.2%~5.1% 之间。

2001 年,深圳市从业人口总量年度增长率由上年的 11.3% 陡然下降到 3.4%,2007 年更低至 1.2%。1979~2008 年深圳市从业人口年度增长率具体情况参见图 7。

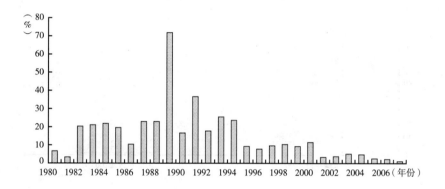

图 7 1979~2008 年深圳市从业人口各个年度增长率

1980~2008 年,深圳市从业人口总量年平均增长率为 14.3%,[①] 全国就业人口总量年平均增长率仅为 3.9%,[②] 两者相差 10.4 个百分点(见图 8)。

深圳市从业人口总量最高年度增长率与最低年度增长率差距大。30 年间,深圳市从业人口总量增长率最高的年份是 1989 年,比上年增长 71.7%;深圳市从业人口总量增长率最低的年份是 2007 年,仅比上年增长 1.2%。两者相差 70.5 个百分点(见图 9)。

---

① 数据来源于 2009《深圳统计年鉴》(深圳市统计局编:中国统计出版社,2009)。
② 数据来源于 2009《中国统计年鉴》 (中华人民共和国国家统计局编:中国统计出版社,2009)。

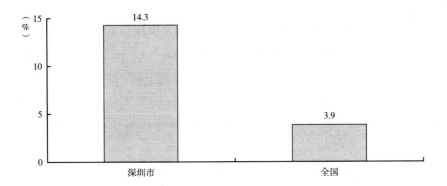

图8 深圳市与全国从业人口总量年平均增长率比较

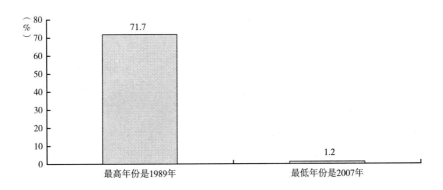

图9 1979～2008年深圳市从业人口最高年度增长率与最低年度增长率对照

深圳市从业人口总量突破100万人后，每增加100万人从业人口平均所需时间为3.4年。深圳市从业人口总量从1979年的13.95万人，增加到100万人以上用了11年时间，1990年达到109.22万人；深圳市从业人口总量从100万人以上增加到200万人以上用了3年时间，1993年达到220.81万人；深圳市从业人口总量从200万人以上增加到300万人以上用了3年时间，1996年达到332.12万人；深圳市从业人口总量从300万人以上增加到400万人以上用了3年时间，1999年达到426.89万人；深圳市从业人口总量从400万人以上增加到500万人以上用了3年时间，2002年达到509.74万人；深圳市从业人口总量从500万人以上增加到600万人以上用了4年时间，2006年达到647.52万人（见表1）。

表 1　深圳市从业人口总量突破 100 万后每增加 100 万人口平均所需时间

以每增加 100 万人口为阶段	每增加 100 万人口具体年份和常住人口总量	每增加 100 万人口年份跨度和所需年数	从业人口总量突破 100 万后每增加 100 万人口平均所需时间
从 13.95 万人增加到 100 万人以上	109.22 万人 (1990 年)	1979~1990 年,计 11 年	
从 100 万人以上增加到 200 万人以上	220.81 万人 (1993 年)	1990~1993 年,计 3 年	
从 200 万人以上增加到 300 万人以上	332.12 万人 (1996 年)	1993~1996 年,计 3 年	
从 300 万人以上增加到 400 万人以上	426.89 万人 (1999 年)	1996~1999 年,计 3 年	3.4 年
从 400 万人以上增加到 500 万人以上	509.74 万人 (2002 年)	1999~2002 年,计 3 年	
从 500 万人以上增加到 600 万人以上	647.52 万人 (2006 年)	2002~2006 年,计 4 年	

　　资料来源：根据 2009 深圳市统计局《深圳统计年鉴》，中国统计出版社，2009；数据和深圳市统计局《深圳市 2008 年国民经济和社会发展统计公报》数据制表。

六　从业人口占常住人口总量比重呈现三个阶段

　　30 年间，深圳市从业人口总量占常住人口总量比重呈现出三个阶段及逐段上升的状态。1979~1988 年为第一阶段，深圳市从业人口总量占常住人口总量比重在 36.77%~45.39% 之间。期间，1979~1982 年连续四年，在 41.13%~44.41% 之间；1983~1986 连续四年，略有回落，在 36.77%~38.52% 之间；1987 年和 1988 年，又分别回升到 42.01% 和 45.39%。

　　1989~2003 年为第二阶段，深圳市从业人口总量占常住人口总量比重比第一阶段有较大幅度的上升，在 65.10%~68.86% 之间。期间，1989 年，由上年的 45.39%，跃升到 66.14%；1992~2003 年，呈逐年上升状态。

　　2004 年起为第三阶段，深圳市从业人口总量占常住人口总量比重又比第二阶段有所上升，在 69.62% ~ 76.58% 之间。期间，2004 年上升到 70.20%，2005 年回落到 69.62%，2006 年和 2007 年又分别回升到 76.58% 和 76.09%。历年深圳市从业人口总量占常住人口总量比重具体情况，参见图 10。

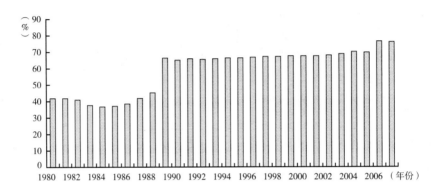

图 10 历年深圳市从业人口总量占常住人口总量比重

深圳市历年三次产业人口构成情况也在不断发生变化。建市初期，第一产业人口占绝对大的比重，第二产业人口和第三产业人口比重较小。随后，第一产业人口比重逐渐萎缩，第二产业人口和第三产业人口比重逐渐膨胀。1990 年以来的趋势是，第一产业人口占全市从业人口比例总体呈下降趋势，所占比例很小，而且越来越小；第二产业人口占全市从业人口比例总体上也是呈下降趋势，但所占比例仍然为最大，第二产业人口中从事制造业的人口最多，2008 年制造业人口为 3442744；第三产业人口占全市从业人口比例总体呈上升趋势，第三产业人口中从事批发和零售业的人口最多，2008 年批发和零售业人口为 1105764。具体情况参见表 2。

综上所述，深圳建市 30 年来，从业人口总量增长轨迹与常住人口总量增长轨迹大致相当，但从业人口总量增长率最高的年份要比常住人口总量增长率最高的年份大 1 倍多，两者净增长数量最高的年份则相当。从业人口大量、快速增长构成深圳市人口变迁的主流，30 年深圳市从业人口增长数量占常住人口增长总量的 77.65%。深圳市从业人口总量突破 100 万后，每增加 100 万人口平均所需时间为 3.4 年。深圳市从业人口总量占常住人口总量比重呈现出三个阶段式的上

表 2 深圳市历年三次产业人口构成情况

单位：%

年 份	第一产业人口占 全市从业人口比例	第二产业人口占 全市从业人口比例	第三产业人口占 全市从业人口比例
1982	57. 15	17. 68	25. 18
1990	6. 1	69. 8	24. 1
1991	4. 97	69. 4	25. 63
1992	3. 64	71. 84	24. 52
1993	2. 52	67. 81	29. 68
1994	2. 1	68. 9	29
1995	1. 5	66	32. 5
1996	1. 3	64. 6	34. 1
1997	1. 3	61. 6	37. 1
1998	1. 2	59. 8	39. 1
1999	1	58	41
2000	0. 8	57	42. 2
2001	0. 7	55. 7	43. 6
2002	0. 8	55. 8	43. 5
2003	0. 8	57	42. 2
2004	0. 5	57. 6	41. 9
2005	0. 5	57. 7	41. 8
2006	0. 3	57. 4	42. 3
2007	0. 1	54. 1	45. 8
2008	0. 1	54. 1	45. 8

资料来源：根据历年《深圳统计年鉴》相关数据制表。
以全市从业人口为100。

升状态。1979～1988 年为第一阶段，深圳市从业人口总量占常住人口总量比重在 36.77%～45.39% 之间。1989～2003 年为第二阶段，深圳市从业人口总量占常住人口总量比重比第一阶段有较大幅度的上升，在 65.10%～68.86% 之间。2004 年起为第三阶段，深圳市从业人口总量占常住人口总量比重又比第二阶段有所上升，在 69.62%～76.58% 之间。1990 年以来深圳市三次产业人口构成情况的发展变化趋势是，第一产业人口占全市从业人口比例总体呈下降趋势，所占比例很小，而且越来越小；第二产业人口占全市从业人口比例总体上也是呈下降趋势，但所占比例仍然为最大，第二产业人口中从事制造业的人口最多；第三产业人口占全市从业人口比例总体呈上升趋势，第三产业人口中从事批发和零售业的人口最多。①

---

① 30年深圳市从业人口总量发展变化情况涉及的所有数据，均来源于深圳统计局：《深圳统计年鉴 2008》，中国统计出版社，2008；《深圳市 2008 年国民经济和社会发展统计公报》，或根据有关数据测算所得。

构建和谐劳动关系中的
集体谈判制度研究

冯力　李红兵*

摘　要： 劳动关系的和谐是社会和谐的基础与前提。落实科学发展观，构建和谐社会，必须高度重视构建和谐劳动关系。在我国处于经济转轨和社会转型的历史性变革时期，劳动关系发生了深刻而巨大的变化。当前我国劳动关系失衡的现象比较突出，给经济发展和社会和谐带来严重隐患。借鉴西方市场经济国家调整劳动关系的成功经验，针对我国实行集体协商集体合同制度中存在的实际问题，建立健全集体谈判制度，通过劳资和谐对话，协商解决劳资双方的利益关系和劳动关系中存在的突出问题，有利于建立规范有序、公正合理、互利共赢、和谐稳定的社会主义新型劳动关系，促进社会主义和谐社会建设。

关键词： 和谐社会　劳动关系　集体谈判　制度研究

一　我国实行集体谈判制度的现状及存在的主要问题

（一）集体谈判制度在我国的产生发展及主要成效

我国最早的集体合同出现在 20 世纪 20 年代初。新中国成立后，工会在企业中普遍建立起来，集体谈判和集体合同制度也随之得到发展，但是随着生产资料社会主义改造的完成和大跃进的到来，集体谈判和集体合同制度逐渐被削

---

* 冯力，深圳市人力资源和社会保障局；李红兵，深圳市工人文化宫。

弱直至被取消。党的十一届三中全会以后，集体谈判和集体合同制度逐渐恢复。1994 年 7 月，我国颁布了《中华人民共和国劳动法》，第一次以法典形式规定了集体合同制度。2000 年 11 月，劳动保障部颁布了《工资集体协商试行办法》，对集体谈判的重要形式——工资集体协商，做出了详细规定。2004年，劳动保障部颁布了新的《集体合同规定》，标志着我国集体谈判签订集体合同工作得到进一步发展。2007 年 7 月，我国颁布了《中华人民共和国劳动合同法》，对集体合同内容做了特别规定。2008 年 10 月，深圳市出台了《深圳经济特区和谐劳动关系促进条例》，明确了劳动关系中的集体协商的内容和程序。

我国新时期开始实行的集体协商制度，是随着社会主义市场经济改革而发展的。到目前为止，全国有 20 多个省、自治区、直辖市制定颁布了地方性法规推动平等协商集体合同制度，初步形成了劳动关系主体双方依法自主协调的有效机制，维护了职工的合法权益，增强了工会组织的吸引力和凝聚力，为协调稳定劳动关系、构建和谐社会，发挥了重大作用。[①]

（二）我国实行集体谈判制度的特点

一是政府和工会主导推行。我国的集体协商和集体合同制度是在由计划经济向市场经济过渡的过程中，由政府倡导建立的，政府劳动部门一开始便直接介入，并与地方总工会和其他政府部门共同推进这一制度；而且集体合同文本经职代会讨论通过后还要报送劳动部门审核通过后方能生效。

二是实施集体谈判制度的范围以企业为主。我国的集体协商与集体合同制度目前主要是在企业范围内推行和建立的。在企业级协商具备一定基础以后，再考虑实行行业和地区级的协商。其主要原因在于，我国经济体制改革以企业为着力点，在企业内部劳动关系主体及其经济利益关系明晰化的情况下，相应的要求建立起企业内部的劳动关系调整机制，这与我国劳动法律的相关规定及世界范围内集体谈判分散化的趋势是一致的。但在一些特定的地方，如企业工会力量较弱或大批同行业的小企业的聚集地，也实行了区域性、行业性的集体谈判制度并取得显著成效。

---

① 中华全国总工会：《2006 年中国工会维护职工合法权益蓝皮书》，人民网，2007 年 5 月 15 日。

三是集体协商的主体还有待成熟，平等协商签订集体合同制度的覆盖面有限。我国劳动关系双方主体及其组织的发育都不成熟。实行经济体制改革以来，代表职工合法权益的工会组织虽然正在逐步转型，但与市场经济条件下代表和维护劳动者利益的要求还有一定差距。正规的、有代表性的雇主组织也非常不成熟，加上企业缺乏通过集体谈判解决劳资冲突、协调劳资关系的积极性，影响了这一制度的推行，效果有限。

（三）我国实行集体谈判制度存在的主要问题

1. 实行集体谈判制度尚未形成社会共识

从企业来看，有的国有企业管理者认为集体谈判是处理劳资关系的手段，国有企业与劳动者的利益是一致的，集体谈判制度对国有企业不适用。有的企业主认为，企业在市场经济条件下的主要任务就是生存和发展，没有时间和精力去推行集体谈判制度。一些私营企业主则认为企业是自己的，自己说了算，无须通过集体谈判协调劳资关系。

从工会来看，一些工会干部认为企业工会工作的重点是促进企业发展，企业发展了，经济效益提高了，职工的收入和福利待遇能够得到相应的改善，这是从根本上维护和发展职工的权益，因而没有必要通过集体谈判去维护职工利益。也有工会干部认为既然集体合同由政府劳动部门负责审批，推行的主体应是政府劳动部门而不是工会，同时担心工会与经营者谈判容易产生对立，给工会工作带来负面影响。

从职工来看，一些工人认为集体谈判解决不了问题，是搞形式、走过场。还有的劳动者认为，现在用工和就业都是双向选择了，企业处于主导地位，在大批廉价农村劳动力涌入城市、大量下岗职工等待就业的情况下，能有一份工作就不错了，还怎能奢望工人组织起来派代表去与企业协商、谈判。在这些观念的影响下，多数劳动者不会主动要求通过集体谈判维护自己的合法权益。

2. 有关集体谈判制度的立法不完备

一是立法简单，立法层次较低。劳动和社会保障部2000年颁布的《工资集体协商试行办法》和2004年颁布的《集体合同规定》，二者均属部委规章，在立法层次上处于较低层次，其效力低于法律、行政法规和地方性法规，在实际推行中由于执法手段有限而难以得到贯彻执行。

二是法律规定分散，且法律之间规定不相一致。目前涉及集体谈判制度的《劳动法》、《劳动合同法》、《工会法》、《公司法》由于立法的侧重点不同，对这项制度的提法也不一致，规定也不甚统一，突出体现在推行这项制度的自愿性或强制性这一问题上。

三是法律规定过于原则，可操作性不强。《劳动法》规定"企业职工一方与企业可以签订集体合同。集体合同由工会代表职工与企业签订，没有建立工会的企业，由职工推举的代表与企业签订。"《劳动合同法》规定"企业职工一方与用人单位通过平等协商，可以就劳动报酬、工作时间、休息休假、劳动安全卫生、保险福利等事项订立集体合同"，但两部法律中都没有具体规定如何进行集体谈判。

四是没有明确法律责任，缺乏对集体谈判制度的最终保护。集体谈判是一项法律制度，而没有法律责任的法律制度则无法成立。我国的法律法规没有规定集体谈判中的企业责任，《劳动法》第三十三条的规定更给企业逃避集体谈判提供了一条依据。《集体合同规定》虽然规定了企业在接到集体谈判要求后无正当理由不得拒绝，但并未明确何种理由为正当或不正当，更未规定拒绝谈判的法律责任。

3. 工会作为职工谈判代表面临的严峻挑战及主体错位

在集体谈判中，工会只是劳动者一方的代表，真正的主体是劳动者与企业方。关于劳动者一方在集体谈判中的主体地位，我国《劳动法》、《劳动合同法》、《工会法》、《集体合同规定》等法律法规均有明确规定，即劳动者谈判代表由职工民主选举产生；谈判前确定的谈判内容应征求职工的意见；经双方协商一致的集体合同草案应当提交职工代表大会或者全体职工讨论。也就是说，职工是集体谈判的实质主体，工会只是代表职工与企业行政就涉及职工切身利益的问题进行谈判，并以集体协议的形式确认谈判结果。但在实践中，存在主体错位问题，一些工会颠倒了主体和代表的关系，自行确定谈判代表和谈判内容，自行与企业签订集体合同，合同签订后也不向职工公布。这种错位导致集体谈判的实质主体缺失，职工对集体谈判和集体合同毫不知情，也就无法关心和重视集体谈判和集体合同制度。

4. 行业性区域性集体谈判中的雇主组织缺位

由于集体谈判的主体是劳方代表（工会）和资方代表（雇主或雇主组织），

而我国雇主组织建设的滞后,导致区域性行业性集体谈判中的雇主组织缺位。中国企业联合会是国际劳工组织和中国政府承认的中国雇主的代表性组织,但与强有力的中央级工会组织相比,中央级的雇主组织在其代表性和会员数量方面实际上要弱很多。雇主组织即中国企业联合会在许多区县一级并没有相应的分支机构,因而目前开展的区域性、行业性集体谈判制度中,企业方对等主体缺位问题突出。

5. 集体谈判机制不完善,作用难以发挥

首先,谈判主体没有强制性的谈判权利和义务。2001 年 10 月修改的《工会法》强调:工会通过平等协商和集体合同制度,协调劳动关系,维护企业职工劳动权益;工会代表职工与企业以及实行企业化管理的事业单位进行平等协商,签订集体合同。这里强调的是工会的协商权,并非谈判权。

其次,谈判程序缺乏严肃性和衔接性。集体谈判是签订集体协议的前提和必经阶段,是集体谈判制度的灵魂,集体合同只是集体谈判的最终结果。集体谈判要经过反复多次的讨价还价,谈判的过程实际上也是双方求同存异、逐步达成共识、解决矛盾和分歧的过程。没有实际的谈判过程,事实上就不可能通过谈判达到解决纠纷和冲突的目的。而我国目前在推行集体协商制度时,不是将建立集体协商和谈判机制作为目的,而是把签订集体合同作为目的,把先建机制变成了先签合同,普遍存在重签约、轻协商的现象,没有真正形成协商谈判机制。

6. 集体谈判签订的集体合同内容雷同,针对性不强

我国推行平等协商集体合同制度,目的在于规范集体劳动关系,由政府和地方工会主导推行,企业实行集体协商制度的愿望并不强烈,有的甚至认为没有必要。目前,一些工会为迅速推进集体合同制度,提高签约率,往往拿着事先拟定好的合同范本,说服企业与工会签约。在内容上,合同条款大多照抄现有法律法规的规定,没有结合企业实际进行具体细化量化,过于原则空泛,合同缺少针对性和可操作性。特别是针对企业改制中的员工安置、经济补偿、社会保险接续以及劳动合同续签、企业年金、补充保险、家属医疗费用的承担等实践中不断出现的新情况、新问题的条款很少,导致员工对合同的认可程度很低。

二 我国建立健全集体谈判制度的必要性分析

（一） 是社会主义市场经济条件下有效的工资决定机制

工资是劳资双方集体谈判的主要内容。集体谈判工资理论认为，短期的工资决定，相当程度上取决于劳资双方在工资谈判中交涉力量抗衡的结果，经双方谈判，找出妥协方案，达成工资协议。随着我国社会主义市场经济体制改革的深化，由市场来调节生产要素配置的主客观条件的逐步具备，必然会提出企业与员工是劳动力市场上两个平等的主体，工资水平应由双方协商决定。实行集体谈判工资制，有利于充分发挥市场机制对工资分配的基础性调节作用，促进市场均衡工资率的形成；有利于指导企业根据劳动力供求状况和市场价格，形成企业内部科学合理的工资分配关系；有利于人才的正常合理流动，有效解决我国企业因工资原因而留不住人才的问题。

（二） 是规范劳动关系、维护职工合法权益的需要

在市场经济条件下，当企业作为自主经营、自负盈亏的市场主体时，其行为目标就会转向利润最大化，这就有可能产生抑制工资增长，把人工成本尽可能压低的倾向，从而有损劳动者的合法权益。通过劳资集体谈判，使职工对工作时间、工资待遇、工作条件等最重要的劳动关系问题通过工会与企业协商谈判，有利于从源头上避免劳资矛盾和劳动争议的产生。经谈判签订的集体合同具有法律效力，双方都要依法履行，这对维护双方的合法权益，特别是职工的合法权益，具有重要的法律保护意义。

（三） 是加强企业民主管理，提高人力资源利用效率的需要

集体谈判也是实现工会参与权的重要途径。我国当前劳动力市场的低效率运行状态，在宏观层面上主要表现为劳动力供给大于需求，企业处于力量对比的优势地位，劳动者没有形成集体力量，合法权益经常得不到保障。在微观层面主要表现为劳动者的合法权益被雇主侵害，劳动者在工作中表现出消极怠工等低效率状态，漠视甚至直接或间接损害企业利益，人力资源利用程度明显低于正常水

平，降低了企业运行效率。而集体谈判则提高了劳动者在企业劳资决策中的地位，为劳动者民主参与企业管理提供了一个实实在在的切入点。

（四）是企业履行社会责任、参与全球化竞争的必然要求

目前全球 500 强企业已有一半以上在我国设立了子公司或分支机构，这种涉外劳资关系的发展，也要求我国劳资关系的运作必须符合国际劳工标准。我国作为发展中国家，目前参与全球经济竞争的优势在于相对低廉的劳动力成本。建立集体谈判制度，可以为工人利用集体的力量去争取劳动条件的改善、工资待遇的提高和生存状态的优化。1997 年，世界上第一个企业社会责任标准（Social Accoutability 8000，简称 SA8000）由欧美一些国家的商业组织制定并通过。该标准明确要求企业应尊重工人的结社自由和集体谈判权，其他内容也与集体谈判制度所追求的目标高度一致。随着 SA8000 认证在发达国家的适用范围越来越广，我国的企业要想开拓国际市场，必须按照 SA8000 标准和国际劳工组织的有关公约及建议书的要求，建立和完善包括集体谈判制度在内的和谐劳资关系，以此获得进入国际市场的准入权。[①]

三　西方市场经济国家有代表性的集体谈判制度及借鉴

（一）西方市场经济国家有代表性的集体谈判制度

1. 英国的集体谈判制度

英国是世界上最早开始工业革命的国家，也是最早建立工人组织的国家，集体谈判也最早出现在英国。18 世纪末，英国出现了世界上最早出现的由雇佣劳动团体与雇主签订的集体协议。英国没有明确的关于集体谈判的法律规定。劳资双方在解决劳资纠纷时，反对任何外界的介入，主要依靠自愿原则。英国大多数有组织的工人在解决劳资纠纷时首选的方式都是集体谈判。1906 年，英国议会颁布的《行业争执法》规定劳资双方在自愿的基础上进行谈判，议会对谈判的

---

① 中华全国总工会：《2006 年中国工会维护职工合法权益蓝皮书》，人民网，2007 年 5 月 15 日。

过程、内容、结果等不做任何法律限制；政府也主要以判决的方式减少和解决劳资双方在谈判中的冲突，而不直接干预谈判。①

2. 美国的集体谈判制度

1935 年的《国家劳动关系法》是美国最重要的联邦法律之一，规定了工会与企业进行集体谈判的权利及其要件。1938 年的《公平劳动基准法》，规定了最低工资、工时及延长工时等劳动条件。1947 年的《塔夫特·哈特莱法案》规定了举行重大罢工的延迟程序，延迟时间最长可达 80 天，在此期间联邦或州政府有权对争议进行调解。罢工过去在美国很常见，但从 20 世纪 70 年代以后逐渐减少。美国的劳动力市场在许多方面与欧洲的集体劳资关系存在很大区别，其集体谈判制度的主要特点是：①中央级别的集体协议十分少见。②企业级别的谈判模式较为普遍。③集体协议覆盖面小。④产业级别的团体交涉有限。规定了工作权条款。②

3. 德国的集体谈判制度

德国于 1921 年颁布了《劳动协约法（草案）》，1952 年德国联邦议会又颁布了《集体合同法》，从而明确了工会和雇主协会的地位、集体谈判的规则，以及集体合同的起因、内容和程序，使集体谈判和集体合同纳入了规范化的轨道。

德国劳资集体谈判大多每年进行一次，分别在国家、产业和企业三级进行，其中以产业级谈判为主，由国家级谈判达成的协议是产业和企业劳资谈判的基础和前提。集体谈判基本上是以工会提出的方案为基础，雇主方一般是在工会提出要求后，才制订出资方的提议。德国政府对劳资谈判采取不干预、不介入的立场，注重对集体谈判实行"管而不死"的间接调控。③

（二）西方市场经济国家集体谈判制度的发展趋势

为促进集体谈判制度的法制化和规范化，工会发挥了重要作用。力促国家通过劳工立法，为集体谈判提供较为完善的法律依据与保障，并依法运作，是当今西方市场经济国家工会普遍采取的方式。现在绝大多数市场经济国家工会，

---

① 佘云霞：《英国的集体谈判》，《工会理论与实践·中国工运学院院报》1996 年第 1 期。
② 程延园：《集体谈判制度研究》，中国人民大学出版社，2004，第 70 页。
③ 王福东、于安义：《德国企业的集体谈判制度》，《生产力研究》1997 年第 4 期。

不仅大力促使国家当局提供尽可能完善的集体谈判法律、法规，而且在集体谈判中或在履行集体协议中、或在劳资争议的处理中，都能自觉严格依据法定程序运作。

伴随着集体谈判制度的法制化，国际劳工组织有关公约的规范作用得到加强。国际劳工组织与集体谈判有关的公约主要包括《组织权利和集体谈判权利公约》（98 号公约）、《关于企业职工代表》（135 号公约）、《关于集体谈判活动》（154 号公约）和《关于雇主动议下的终止劳动关系问题》（158 号公约）等。

1. 谈判的内容和覆盖面更加广泛

首先，集体谈判的内容范围不断扩大。传统上的集体合同都要规定工资的年增长比例，但是近年来越来越多的集体合同只强调工资与通货膨胀率挂钩，并对通货膨胀作出限制性规定，从而保证职工的实际收入不受影响。另外，集体合同比以往更加关注社会保障问题。以前在合同里少有规定或不够明确的问题，如提前退休、生育假期、反对劳动歧视和性骚扰等，近年更加受到重视，这对维护职工的合法权益有着重要作用。其次，分享集体谈判成果的覆盖面不断扩大。近年来，随着就业形式的多样化，出现了大批非正规就业职工，如临时工、季节工、家庭工等。有些国家通过政府干预等方式也把他们纳入了集体合同的覆盖范围。

2. 谈判代表的素质更高，体现出一定的灵活性

现在各市场经济国家的工会所派出的代表往往是在工会内部有意识组成一批专门负责集体谈判的人员，其中不乏律师、经济学家、统计学家和财务人员，从而为提升集体谈判质量奠定了基础。在集体谈判中，工会往往注重从本国实际出发，并善于根据工会当时所面临的形势，审时度势，及时调整对策，体现出一定的灵活性。在具体进行集体谈判的过程中，工会既不随意违背国际劳工公约和建议书对集体谈判的程序、内容等指导性的规范，又不拘泥于某些具体规定，而是注重针对本国的特点，从实际出发，灵活把握。

3. 出现了跨国别的集体谈判趋势

随着经济全球化和跨国公司的发展，西方国家的集体谈判出现了跨国性发展趋势。如 2000 年国际自由工联所属的国际运输工人联合会与国际海事雇主联合会就首次签订了全球性协议。近年来，国际自由工联的国际建筑和木材工人联合

会等产业工会国际组织与相关的跨国公司总部都曾举行过谈判并签订了集体协议。同时，跨国公司内部的跨国集体谈判活动也日益活跃。主要是由总公司的雇主代表与工会代表通过谈判签订框架性集体协议，并供设在各国和各地区的分公司签订集体合同时参照。分公司集体合同的规定不得低于总公司集体协议的标准。

（三）西方集体谈判制度的借鉴意义

从西方市场经济国家集体谈判制度的发展历史来看，集体谈判制度在平衡劳资力量、保护工人合法权益等方面发挥了重要作用，成为协调劳资关系的有效机制。由于各国的国情不同，西方各主要市场经济国家建立了适应本国实际需要的集体谈判制度。总体来看，德国、瑞典、日本等集体谈判制度推行情况好的国家，均有专门的法律规定了工人和工会的集体谈判权利。集体谈判的内容日益广泛，只要涉及工人权益的内容都可以纳入谈判范围，谈判的主要目的是签订集体协议，协议双方均应诚实履约。

我国所有制结构的变化及社会主义市场经济体制的建立，使我国真正意义上的劳动关系及劳资关系得以确立。从目前的现状来看，我国的劳动关系和劳资关系日益复杂，劳资冲突不断加剧。特别是我国劳动力供给远远超过有效需求的状况，使广大劳动者在劳资关系双方力量对比上处于不利地位，资方具有更多的讨价还价的资本，侵犯劳动者合法权益的现象时有发生。借鉴西方市场经济国家的经验，建立健全完善的集体谈判制度，有利于增强劳动关系中劳动者一方的集体力量，更好地发展和谐劳动关系。

四 建立健全我国集体谈判制度的思考与建议

（一）实行集体谈判制度应遵循的基本原则

1. 依法推进的原则

这里的"法"既包括全国人大或人大常委会通过的严格意义上的法律，也包括国务院及其部门、地方人民政府、地方人大及其常委会颁发的行政法规、部门规章、地方行政规章和地方法规。具体来说，就是集体谈判的内容、劳动标准、协商程序以及集体合同的条款必须符合《劳动法》、《劳动合同法》、《工会法》、《集体合同规定》、《工资集体协商试行办法》等法律法规的要求。

2. 谈判双方地位平等的原则

这一原则主要包括三个方面的含义：一是在平等的基础上进行谈判。参与谈判的工会组织与企业的法律地位平等，任何一方尤其是企业一方在谈判过程中不得采取威胁、命令等不正当手段。二是谈判的结果必须建立在自愿接受的基础上，体现谈判双方协商一致、权利与义务相结合的精神，任何一方都不能强迫对方接受自己的要求和条件。三是企业或工会一方不得独断处理集体谈判中发生的争议，必须按照有关规定由政府劳动行政部门处理。

3. 谈判双方相互合作的原则

谈判双方应自始至终抱着诚实、合作的态度进行谈判。首先，工会或企业任何一方提出谈判和签订集体合同的要求，另一方应予答复。其次，谈判过程中工会或企业任何一方都有义务向对方提供有关的情况或资料。劳资双方在谈判过程中有义务保证生产经营的正常运转以及劳动关系的稳定发展，在谈判发生分歧时，双方都要保持冷静和克制，切忌采取过激行为。

（二）充分发挥政府的立法保障和行政支持作用

1. 加强立法保障工作

一是必须改变《劳动法》、《劳动合同法》中关于职工与企业进行集体谈判签订集体合同的选择性规定，当一方提出谈判或协商要求时，另一方必须给予允诺。二是要明确规定多层次的集体谈判结构。由于目前我国企业工会在很多方面还依赖于企业，与企业存在密切关系，实行多层次的集体谈判结构可以使企业工会相对超脱。三是要切实保障集体合同由全体职工批准。四是要有完善的司法救济和行政救济手段。五是要明确和规范罢工权。六是要扩大谈判双方的主体资格。

2. 加强雇主组织建设

首先，制定有关雇主组织的法律法规，使雇主组织的成立和活动实现规范化和法制化。其次，实现雇主组织的多元一体化，即允许雇主利益在基层集中时先形成多元化代表，然后这些代表组织又通过有效的整合机制形成统一的雇主联盟，同时由联盟中的一个最成熟、最有力量的代表组织充任雇主联盟的领导核心，对外以正式的雇主组织身份参加活动，代表和维护整个雇主联盟乃至雇主阶层的利益。三是尽快实现中国企业联合会等雇主组织向区、县、街道、乡镇一级的延伸，解决区域性、行业性集体谈判中雇主组织的缺位问题。

（三）工会在完善集体谈判制度中的主要任务

1. 依法加强工会组织建设

因为工会组建率客观上反映了工会作为工人利益代表的广泛程度，因而直接影响到工会在集体谈判中的力量对比。针对企事业单位中工会工作不断淡化、工会的地位和作用下降的趋势，2001 年修订的《工会法》对加强工会组织建设增加了许多硬性规定。同时还增加了许多对工会干部依法履行职责的保护性规定。当前应按照《工会法》、《劳动法》的要求，按照"哪里有职工哪里就要建立工会组织"的原则，督促企业建立健全工会组织。

2. 非公有制企业工会主席职业化

目前有相当一部分非公有制企业还没有成立工会组织，已经成立的工会组织也多数难以履行职责和发挥作用，导致一些企业的职工合法权益得不到有效维护。出现这些问题的主要原因是工会干部多数是兼职，有些私营企业的工会主席还是老板的亲属，其素质和工作能力难以保证。解决这些问题的有效办法，是实行非公有制企业工会主席社会化和职业化。这是对传统基层工会干部管理模式的突破与创新，可以免除工会主席的后顾之忧，挺直腰杆维权。

3. 严格按程序开展集体谈判

集体谈判的程序一般分为谈判前的准备阶段和谈判阶段。谈判准备阶段，工会首先要确定谈判目标。谈判前工会须以书面形式提出自己的要求，一般为集体合同草案，也可以是工资、劳动条件等专项内容。草案应广泛征求职工意见，然后提交职代会审议表决，职代会上未被企业行政通过或接受的事项，才是谈判的内容和条件。正式谈判阶段，工会以书面形式向对方提出需要谈判的问题。工会代表职工提出的条件应合理合法，不能把违背政策的要求提出来强制对方通过。同时，工会应坚持原则，有理、有据、有序谈判，在涉及职工根本利益的重大问题上不能妥协让步，对一些虽属合理但不能马上解决的问题应当放宽或放弃要求。

（四）企业在实施集体谈判制度中的主要职责

1. 建立和完善有效的集体谈判机制

一是建立真正平等的协商谈判机制。凡是涉及劳动关系方面的问题都要由工会或职工代表与企业代表在平等协商的基础上通过集体谈判解决。要依法确定平等协商机制的内容、程序和办法，形成制度，加以规范，并在实践中不断充实和完善。

二是建立履约责任制度。企业要建立奖惩考核和责任追究制度，把集体合同规定的内容分解落实到各个相关职能部门和个人，与经济责任制、岗位责任制和目标管理责任制相结合，纳入企业各项管理制度之中，提高集体合同履约兑现率。

三是建立监督检查制度。要依托职工代表大会（职工大会），在企业建立相应的集体合同监督检查组织和工作制度，通过定期和不定期检查、全面检查与专项检查相结合的方式，促进集体合同的履约兑现。

四是建立职工参与和评价制度。通过职代会、厂务公开等民主管理制度，保证职工对平等协商签订集体合同的知情权、参与权、审议权和监督权，使平等协商签订集体合同真正成为广大职工群众的内在要求。

2. 解决集体谈判中信息不对称的问题

首先，企业和雇主要向工会或工人代表提供有关企业经营情况的真实信息，并在集体谈判的全过程承担向工会提供资料的责任。其次，为了解决在谈判中工会或工人代表在谈判技巧或有关问题上知识技能的欠缺，工会可以根据谈判议题聘请相关的专家和专业中介机构参与谈判。再次在谈判前根据谈判议题对谈判人员进行培训。

（五）劳动者在集体谈判中的应强化的权利与义务

第一，明确和强化劳动者在集体谈判制度中的主体地位。明确和强调全体劳动者的主体地位，因为有的工会组织并不一定在集体谈判中代表职工利益，有的工会组织虽然想维护职工权益，但因自身地位弱势而力不从心。因此，在集体谈判制度的相关法规中，应明确全体劳动者的主体地位，对工会组织代表职工进行集体谈判的程序也要有明确的规定。

第二，由劳动者对工会谈判代表的资格进行确认。为了保证被选出的工会领导在谈判中能够代表和维护工人的利益，可以对工会谈判代表资格实行确认制，即谈判代表由工人投票确认，这样可以保证谈判代表的代表性。

第三，正确行使罢工权。一是不得违背公共利益。集体行动权的功能在于确保集体协议自治与结社自由。二是以签订集体合同为目的。集体协议与集体行动权有着密不可分的关系，合法的罢工须以缔结集体协议为目的，以促进与维护劳动条件或经济条件。三是符合妥当性原则。为避免罢工对公众及第三人利益造成过度影响，应将其限制在一定范围之内。

图书在版编目（CIP）数据

深圳劳动关系发展报告．2010/汤庭芬主编．—北京：社会科学文献出版社，2010.5
（深圳蓝皮书）
ISBN 978-7-5097-1512-3

Ⅰ.①深… Ⅱ.①汤… Ⅲ.①劳动-生产关系-研究报告-深圳市-2010 Ⅳ.①F249.276.53

中国版本图书馆 CIP 数据核字（2010）第 076200 号

深圳蓝皮书

深圳劳动关系发展报告（2010）

主　　编／汤庭芬
副 主 编／秦晓南　刘　秦　吴　挺

出 版 人／谢寿光
总 编 辑／邹东涛
出 版 者／社会科学文献出版社
地　　址／北京市西城区北三环中路甲 29 号院 3 号楼华龙大厦
邮政编码／100029
网　　址／http：//www.ssap.com.cn
网站支持／(010) 59367077
责任部门／皮书出版中心 (010) 59367127
电子信箱／pishubu@ssap.cn
项目经理／周映希
责任编辑／丁　凡
责任校对／张永琴
责任印制／蔡　静　董　然　米　扬
品牌推广／蔡继辉

总 经 销／社会科学文献出版社发行部
　　　　　(010) 59367080　59367097
经　　销／各地书店
读者服务／读者服务中心 (010) 59367028
排　　版／北京中文天地文化艺术有限公司
印　　刷／北京季蜂印刷有限公司

开　　本／787mm×1092mm　1/16
印　　张／25.75 字数／440 千字
版　　次／2010 年 5 月第 1 版　印次／2010 年 5 月第 1 次印刷

书　　号／ISBN 978-7-5097-1512-3
定　　价／69.00 元

本书如有破损、缺页、装订错误，
请与本社读者服务中心联系更换

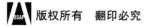

专家数据解析 权威资讯发布

社会科学文献出版社 皮书系列

皮书是非常珍贵实用的资讯，对社会各个阶层、各种职业的人士都能提供有益的帮助，适宜各级党政部门决策人员、科研机构研究人员、企事业单位领导、管理工作者、媒体记者国外驻华商社和使领事馆工作人员，以及关注中国和世界经济、社会形势的各界人士阅读。

"皮书系列"是社会科学文献出版社十多年来连续推出的大型系列图书，由一系列权威研究报告组成，在每年的岁末年初对每一年度有关中国与世界的经济、社会、文化、法治、国际形势、区域等各个领域以及各个行业的现状和发展态势进行分析和预测，年出版百余种。

该系列图书的作者以中国社会科学院的专家为主，多为国内一流研究机构的一流专家，他们的看法和观点体现和反映了对中国与世界的现实和未来最高水平的解读与分析，具有不容置疑的权威性。

及时 准确 更新

咨询电话：010-59367028

邮　　箱：duzhe@ssap.cn

邮购地址：北京市西城区北三环中路
　　　　　甲29号院3号楼华龙大厦
　　　　　社会科学文献出版社 学术传播中心

银行户名：社会科学文献出版社发行部

开户银行：工商银行北京东四南支行

账　　号：0200001009066109151

盘点年度资讯，预测时代前程

从"盘阅读"到全程在线，使用更方便 品牌创新又一启程

·产品更多样

从纸书到电子书，再到全程在线网络阅读，皮书系列产品更加多样化。2010年开始，皮书系列随书附赠产品将从原先的电子光盘改为更具价值的皮书数据库阅读卡。纸书的购买者凭借附赠的阅读卡将获得皮书数据库高价值的免费阅读服务。

·内容更丰富

皮书数据库以皮书系列为基础，整合国内外其他相关资讯构建而成，下设六个子库，内容包括建社以来的700余种皮书、近20000篇文章，并且每年以120种皮书、4000篇文章的数量增加。可以为读者提供更加广泛的资讯服务；皮书数据库开创便捷的检索系统，可以实现精确查找与模糊匹配，为读者提供更加准确的资讯服务。

·流程更方便

登录皮书数据库网站www.i-ssdb.cn，注册、登录、充值后，即可实现下载阅读，购买本书赠送您100元充值卡。请按以下方法进行充值。

充值卡使用步骤：

第一步
· 刮开下面密码涂层
· 登录 www.i-ssdb.cn
  点击"注册"进行用户注册

第二步
登录后点击"会员中心"进入会员中心。

SSDB

社科文献资源库
SOCIAL SCIENCE
DATABASE

皮书系列
社会科学文献出版社
SOCIAL SCIENCES ACADEMIC PRESS (CHINA)

卡号：32237373960175
密码：

（本卡为图书内容的一部分，不购书刮卡，视为盗书）

第三步
· 点击"在线充值"的"充值卡充值"，
· 输入正确的"卡号"和"密码"，即可使用。

如果您还有疑问，可以点击网站的"使用帮助"或电话垂询010-59367071。